辛亥风云之梅山英烈

曾文辉 著

线装书局

图书在版编目（ＣＩＰ）数据

辛亥风云之梅山英烈 / 曾文辉著. -- 北京 ：线装
书局，2024.1
　　ISBN 978-7-5120-5860-6

Ⅰ．①辛… Ⅱ．①曾… Ⅲ．①长篇小说－中国－当代
Ⅳ．①I247.5

中国国家版本馆CIP数据核字(2024)第037229号

辛亥风云之梅山英烈

XINHAI FENGYUN ZHI MEISHAN YINGLIE

著　　者：曾文辉

责任编辑：崔　巍

出版发行：线装书局

　　　　　地　　址：北京市丰台区方庄日月天地大厦 B 座 17 层
　　　　　（100078）

　　　　　电　　话：010-58077126（发行部）010-58076938（总编室）

　　　　　网　　址：www.zgxzsj.com

经　　销：新华书店

印　　制：三河市中晟雅豪印务有限公司

开　　本：787mm×1092mm　1/16

印　　张：30.5

字　　数：481 千字

版　　次：2024 年 1 月第 1 版第 1 次印刷

定　　价：138.00 元

线装书局官方微信

前　言

　　湖南新化，古时又称"梅山"，地处雪峰山脉北段东南麓的群山之中，为古梅山蛮聚居之地。因开发较晚，是历代王朝中的三等县。辛亥革命时期，新化县一扫先前那种偏居一隅，与世隔绝的沉寂局面，变得异常活跃，新思想领域人才济济，各路英雄横空出世。其突飞猛进之势，远甚于省内其他各州县，甚至在全国都是声名显赫。在新旧思想交替的年代里，曾掀起了一股声势浩大的"新化潮"，新化也由当时的三等县一跃成为一等县。

　　这最初之功该归根于新化实学堂（新化一中前身）之创办，早在1898年戊戌变法时，谭嗣同等在长沙首办时务学堂，本县著名的舆地学家，长沙时务学堂的舆地教习邹代钧回家乡带领进步乡绅创办了新化实学堂，与之桴鼓相应。这样一来，本县大批青年学子受到新文化、新思想的熏陶，开始认识到清王朝的腐败，纷纷赴日本、美国、欧洲寻求救国之道，最终汇成汹涌澎湃的革命潮流。

　　新化县早在1902年湖南首批官费十二名留日学生中就占有名额，及至1905年8月在日本东京成立"中国同盟会"时，据冯自由先生所著《革命逸史》所载，首届中国同盟会员中出席成立大会的各省代表七十余人，光新化籍代表就有陈天华等十余人，总部、中部发展的会员达四十多人，参加过辛亥革命的仁人志士则有数百人之众。中国同盟会成立不久，谭人凤与宋教仁等在上海组建中部同盟会领导长江中下游起义。新化籍人士邹永成、谢介僧等一大批志士，闻风而动，积极响应，迅速成立了中国同盟会新化分会，并建立了秘密机关。当时不论在省内、省外，新化同盟会会员的数量与质量居全国各县之首，因而有"同盟会荟萃之乡"的美誉。（邓操《湖南新化籍革命党人与辛亥革命》，原载台湾《湖南文献》总号第89期）新化前后赴日本等国留学的激进青年达一百七十多人，其中不乏享誉中外的陈天华、谭人凤、方鼎英等杰出人物。

在辛亥革命这场风起云涌的斗争中，新化一个小小的偏僻山区县，就涌现了如此多的革命志士，又因这些仁人志士特殊的贡献，而使新化彪炳于近代中国民主运动的史册，这就是令我们后人引以为自豪的"辛亥新化潮"。

这个时期，当是新化历史上最辉煌的时期，也是让所有新化人至今乃至以后回忆起来都是荡气回肠、豪气顿生的光辉岁月。（选自鄢吉先生《辛亥革命，新化人的血流得最多》有删改）

历史不应该被遗忘，所有为中国革命出过力，流过血的先辈们不应该被遗忘，谨以此文献给辛亥革命时期的梅山英烈们！

本文以陈天华、谭人凤为主线，展示了辛亥革命时期，新化的先贤们在辛亥革命这幅波澜壮阔的历史画卷中，用鲜血和生命所留下的不朽印记。

目 录

第一章 寻找左宗棠

夕阳西下。余晖里，一个背着大竹篓，踽踽独行的青年背影被拉成了细长的一条。

望着眼前渐渐被暮色吞没的官道，青年把背上的竹篓往上提了提，加快了脚下的步伐，得赶快找个落脚的地方才行，都连续走了十几里路，前面应该有驿亭了。

果然，拐过那块凸出的岩石后，一座四角飘翘的驿亭出现在了眼前。

放下背篓，趁着天还没黑完，青年人赶紧去驿亭周边捡了一些干柴，今晚找不到伙铺，得在这驿亭里过夜了。

篝火点燃，暗红的火苗映照着青年那一张黝黑但轮廓分明的脸，光亮的眸子里透出一股坚毅。就着驿亭旁边那条小溪里的山泉水吞了两块干粮，青年在驿亭里的石条凳上和衣躺了下来，面对熊熊火光，想起了过往的事情。

青年叫邹代钧，字沅帆，又字甄伯，湖南新化人，祖父邹汉勋和父亲邹世繇、叔叔邹世琦都是著名的舆地学家。

祖父邹汉勋，字叔绩，一生致力于舆地学研究，曾依据以经纬测绘地图的理论和方法，在《宝庆疆里图说》中提出绘制地图的基本原则：1. 明分率（比例）；2. 分准望（方位）；3. 定中宫（坐标）；4. 测日量，即作图以经纬度划成方格，每格按比例等于若干里。他还创造性地沿用前人绘制地图的各种图形标志，并不断改进，使之完善，如山用"叠人"；水用"双线"；道路用"叠点"等。他的博学多才，被士林尊称为"古之郑贾，今之江戴"；他的舆地学与当时驰名京都的魏源的经史、何绍基的书法并称为"湘中三杰"。乡谚赞曰："记不全，问魏源；记不清，问汉勋。"可见其当时的知名度。

清道光十九年(1839年)，应乡前辈邓显鹤之约，校刊《船山遗书》，共五十一部三百余卷，遂知名于世。后应聘修湖南《宝庆府志》。又赴贵州先后修贵阳、大定、兴义、安顺诸府志，五年内成书二百三十六卷。所撰《新宁形势说》、《贵阳循吏传》，皆洞中日后情事。

清咸丰元年 (1851 年)，中辛亥科举人。翌年春，赴礼部试，公车报罢，绕道江苏往访同乡著名学者魏源，时魏源知江苏高邮州，互出所著相参证，与魏源共撰《尧典释天》一卷，又为《古书微》一书绘"唐虞天象""璇玑内外""玉衡三建"诸图。咸丰三年初夏，由高邮回到长沙，因胞弟邹汉章随湘军将领江忠源（字岷樵）被困江西南昌，于是投笔从役，与江忠源之弟江忠淑一同往解南昌之围，受知于江忠源，留幕参赞军务。是年十二月十六 (1854 年 1 月 14 日)，太平军攻克安徽庐州。次日，邹汉勋与庐州守将江忠源一同被杀于大西门，尸骨未收。曾国藩、左宗棠饬邹代钧父亲世縠、叔叔世琦葬衣冠于新化首望山麓。曾国藩挽以联曰：

闻叔绩不生，风云变色。

与岷樵同死，日月争光。

祖父去世的时候，邹代钧还未出生，但并没有影响邹代钧对舆地学的喜爱，他自幼受家风熏陶，精研史地，通测绘学。清光绪五年 (1879 年) 邹代钧刚补县博士弟子员，父亲邹世縠便让他带上祖父邹汉勋的遗著《邹叔子遗书》去肃州酒泉找左宗棠。

左宗棠跟祖父邹汉勋是长沙城南书院的同窗，左宗棠对舆地学也是很有研究，因为共同的喜好，左宗棠和邹汉勋成了莫逆。邹汉勋去世很突然，他的很多书稿没来得及修正就搁在那里，为了让祖父的遗稿能公之于世，父亲让他带着祖父的遗稿去肃州找左宗棠校正。

当时母亲很是担心，毕竟邹代钧才二十多岁的年纪，从新化到肃州有三千多里路，要过千山万水，而且肃州很多地方还是荒凉之地，这么远的路，还背着一篓书稿，那得吃多少苦，受多少累？母亲说是要备一匹好马，儿子可以坐在马上，书篓也可以让马驮着，却被父亲制止了。父亲说邹家世代都研究舆地学，写了这么多有关舆地学的文章，这些成果可不是坐在家里轻而易举能成就的，也不是骑在马上走马观花能获得的，是一步一步丈量、一地一地勘测出来的。父亲认为要想让邹家的家传学术在儿子手上继续发扬光大，必须多吃苦、多体验，他之所以派邹代钧不远千里背着书稿去找左宗棠校正，也是为了磨炼他的意志。

天渐渐凉了下来，草丛中，蟋蟀的叫声越来越清脆。记得从家里出发的时间是立秋，转眼就过了白露。当时选择立秋时动身是认为：立秋之后天气往凉里转，估计路上的时间需三个月，到达肃州酒泉的时候刚好是立冬，这段时间天气不冷也不热，正合适赶路。

可今年的秋老虎似乎特别凶猛，刚出门的那几天，身上的衣服没有干的时候。虽然戴了斗笠，邹代钧肩上的皮还是晒脱了一层又一层，晚上一静下心来，就感觉肩背火辣辣的。往年的时候，一旦立秋，尽管白天因为二十四个秋老虎的余威未尽而酷热，早晚还是凉爽了的，今年偏偏晚上还是闷热得很，直到二十四个秋老虎过完了，天气才开始转凉，早晨起来，草叶上也开始有了露珠。想到露珠，邹代钧又把背篓往身边挪了挪，背篓底下是祖父的书稿，可不能让露水给打湿了。虽然是在官道上，晚上的大山里难免有野兽出没，所以，尽管天气还暖，但必须要燃起篝火。背篓又不敢靠火边，怕万一一个不小心，被火星子溅到，把书稿引燃，这可是祖父的心血。出门的时候，父亲是千叮咛、万嘱咐："书稿不能见水、不能见火，更不能丢，这是邹家的传家之宝啊！"所以，下雨天，邹代钧的斗笠是盖在竹篓上的，宁可自己淋湿也不敢打湿书稿，晚上如果在野外睡，自己睡在篝火与竹篓之间，竹篓还要揽在怀里。如果住伙铺，则只住单间，睡前要仔细关好门窗。当然，这一切还要做得不动声色，不能引起别人的怀疑，虽然这些书稿对于别人来说是废纸一叠，不值一文，但就怕他们误当成金银财宝偷了去。

进入肃州地界的时候，已时至深秋。邹代钧背篓里的衣服都穿在了身上，最后的一双新鞋昨天也换到了脚上，背篓里剩下的是母亲用布包了几层的祖父的书稿。虽然背篓里的东西越来越少，但邹代钧却觉得背篓越来越重，赶路的速度也越来越慢。邹代钧丝毫也不敢停歇，他知道，进入冬季后，雪一下来，路将会更加难走。

肃州地广人稀，很多的地方不要说热闹的市镇，连牧民的毡房都很少看到。穿行在茫茫的沙漠戈壁中，邹代钧感觉到了什么叫茫然，幸亏临行前父亲让带上了祖父的罗盘，才未让自己迷失在无边无际的戈壁滩上。

这是自进入肃州以后少有的一个大的市镇，它处在河西走廊的最西端，自古是中原通往西域的交通要塞，是"丝绸之路"的一个重要节点，它的名字叫酒泉，名字的由来是"城下有泉，其水若酒"，也正是因为城下有泉，才能在这戈壁上形成这么大规模的一个市镇。一路走来，邹代钧也喝过不少的泉水，这酒泉的水虽然没有传说中的其水若酒，但经过层层砂石过滤的地下水非常清澈甘洌，尤其是酒泉属于半沙漠地带，沙漠中的泉水当然是倍感珍贵了，所以把它喻为酒也是在情理当中。其实，此地叫作"酒泉"，民间还流传着一个版本，跟大名鼎鼎的霍去病有关，据说因平叛匈奴，战功卓著，朝廷赐来几坛美酒，为让将士们和百姓都能喝上御酒，霍去病下令将酒倒入泉眼，大伙都来畅饮，这就是有关"酒泉"的另一个传说。

左宗棠所率领的湘军就驻扎在酒泉，市面上常常能看到官兵的身影。许是因为有官兵驻扎的缘故，这里的集市比别的地方少了些喧嚣与杂乱，连闲逛的人都不多，大都是来去匆匆，办完该办的事就迅速离去，店家也都是有条不紊做着自己该做的事情，没个闲聊的，也没有多余的时间去管闲事。

走了很长的一段没有人烟的路，背篓里的干粮早就吃完，饿得肚皮贴着背脊了，邹代钧赶紧找了间饭铺，决定先填饱肚子再说。一大碗酒泉特有的羊肉臊子面入肚，邹代钧才抬起头问正在接待客人的堂倌："堂倌，向你打听个事儿，左宗棠左大人的府第在哪儿？"

刚才还笑容满面的堂倌顿时有了警觉，眼神带着疑问道："客官从哪里来？找左大人有何事？"

"我来自湖南新化，是左大人故旧之后，找左大人是想在他军中谋份差事做。"邹代钧也不敢如实说，只能半真半假的。

听邹代钧说来自内地，且是左大人的故旧之后，堂倌才放松了警惕，神情也变得恭敬起来："原来是左大人故旧之后，失敬！失敬！刚才言语有些欠妥，全是因了此地为边关重镇，随时可能有敌国探子刺探军情，所以必须保持高度的警惕。"

"理解！理解！作为国家的子民，能有这份责任心，值得褒奖！"邹代钧赞道。

"左大人为收复疆土做出了巨大的贡献，我们都很敬重他，虽然他入新疆收复失地的时候是抱着不畏死的决心，抬着棺材来的，但我们也要尽全力保护他的安全。"堂倌说。

从堂倌的语气和描述，邹代钧明白了左宗棠大人在百姓心中的地位，跟父亲对左宗棠大人的评价差不多，看来父亲让自己来找左宗棠大人的目的不仅仅是来校正祖父的遗稿，而且要为自己找一位榜样，找一位德高望重的好老师。

"左大人就住在离县府衙门不远处的那座刚建成的园林旁边，他的住所旁边栽了三棵柳树，很容易找。"堂倌又说。

"园林？"邹代钧有些迷茫，酒泉属温带干旱区，降水量很少，连草木都难以生存,要在这一望无际的沙漠戈壁上修一座园林,难度可想而知。左宗棠大人为什么要在这里大兴土木建一座园林呢？他想起了传说中的皇帝家的御花园,想起王公大臣们的私家园林,左宗棠是有名的清官,难道……

看到邹代钧难以置信的眼神,堂倌解释说:"这是左大人根据英国公使的提议建的一座供战乱后的民众休养生息的园林,不是私家园林,这座园林每逢农历节日,都会对民众开放,不管是贫富贵贱,谁都可以在园里尽情游玩。"

邹代钧听了,豁然开朗,左宗棠大人是爱民敬民的人,有这种与民同乐的思想也是不足为奇。

"有劳了！"邹代钧起身作揖道谢告辞,他想立刻就见到左宗棠大人。

按照堂倌的指点,邹代钧找到了那处园林。园林很宽阔,据堂倌讲占地两千七百亩,园内有泉有湖、有树有藤、有花有草;有亭台楼阁、有曲径回廊、有假山怪石,建筑物也都是白墙黑瓦、雕梁画栋,一派江南风貌,想是左宗棠大人把对家乡的思念都写在这里了吧。

在堂倌所说的三株柳树旁边,邹代钧找到了左宗棠的住处。这是一间同样具有浓厚的江南气息,但陈设简陋的两进院,在一进院的大花厅里,邹代钧见到了仰慕已久的左宗棠。

年近七十的左宗棠,个头不高,精神矍铄,头发黑白相间,辫子梳得甚是整齐,两道灰黑色的弯眉下,眼睛虽然不大,但炯炯有神,花白的胡子绕了嘴唇一圈,悬胆鼻的鼻翼两端,两道深深的法令纹直插到嘴角,让人有种不怒而威的感觉。

知道眼前这位虽然风尘仆仆,但精神抖擞的年轻人是故旧邹汉勋的孙儿,左宗棠满心的欢喜,听他此番来意,更是满心支持。他道:"沅帆啊！难得你们邹家一代又一代人坚持发展舆地学,舆地学对保卫我们国家的疆土很重要,我们必须把国家的每一寸土地都了解清楚,每一寸土地都要牢牢守住,这是每个国民的责任。"

邹代钧听父亲讲过,作为熟悉舆地学的左宗棠坚持西征,收复新疆等被外敌侵占的土地,绝非一时之勇,更不是意气用事,他早已敏锐地察觉到新疆对于我国的重要性,新疆绝不是李鸿章等人认为的边塞不毛之地,它的得失,关系到了中原核心地区的存亡。为了引起皇上对新疆的重视,左宗棠不仅在朝堂上对李鸿章等人为首的"海防派"认为的"应该更加注重海防,放弃距京师万里之遥、地广人稀的新疆等地"的论调进行了大力驳斥,据理力争。并冲破重重阻挠，在同治十三年（1874年）以六十二岁的高龄亲自挂帅，抬棺出征，率领湘军子弟开赴新疆，并最终击败侵略者，收复了祖国六分之一的国土。

"谢谢左大人，家父也是这么教育沅帆的。"邹代钧答道。

"沅帆，我与你祖父叔绩是同窗好友，你既然是叔绩的孙儿，也就是我的孙儿，你不要有所拘束，就像在家里一样，在这里多待些时日。酒泉是河西走廊上的一个重镇，它地处肃州西北部、河西走廊西端阿尔金山、祁连山与马鬃山之间，自古就是通往新疆和西域的交通要塞。北部除少部分与外蒙古接壤外，绝大部分与内蒙古相接，西达新疆，南界青海，东邻张掖。你是学舆地的，对这些地方应该感兴趣，有时间你可以骑马去周边看看，我派两个当地人给你做向导，待我把叔绩兄的遗稿看完，再商议怎么处理。"怕邹代钧在这里待着无聊，左宗棠提议道。

"谢谢大人的指点！沅帆也有此意。"邹代钧拱手谢道。

策马扬鞭，邹代钧肆意驰骋在这片看似荒芜，但自古都是兵家必争之地的沙漠上。

莫高窟在肃州敦煌城东南二十五公里的鸣沙山与三危山之间的断崖上，所占崖面全长一千六百一十八米。莫高窟开凿于十六国时期前秦建元二年（公元366年），一说是东晋永和九年（公元353年），历经了前秦、北凉、西魏、北周、隋、唐、五代、宋、西夏、元等朝代，现共留存大小洞窟四百九十一座，塑像两千四百多躯。

浏览着这些精美绝伦的艺术瑰宝，邹代钧想，如果不是左宗棠大人执意要收复失地，这些中华民族的伟大的艺术作品恐怕会落入侵略者手中，遭到侵略者的无情践踏，那将是中华文化的巨大损失，左宗棠大人真是高瞻远瞩啊！

玉门关位于敦煌城西北约九十公里处祁连山西端疏勒河南岸戈壁，是2—3世纪汉王朝设立在河西走廊地区西端最重要的关隘遗存，在地理区域上具有东西交通分界的标志地位。作为"丝绸之路"上至今保存最好、类型最完整、规模足够大的关隘遗存，其见证了汉代大型交通保障体系中的交通管理制度、烽燧制度与长城防御制度，及对"丝绸之路"长距离交通和交流的保障。

玉门关包括东起仓亭燧、西至显明燧、南至南三墩的汉长城，还有河仓城一起构成完整的军事防御保障体系，不仅实现了汉长城的防御功能，起到维护边疆社会稳定的目的，同时从客观上保障了以"丝绸之路"为主的东西方贸易、文化交流，促进了该区域社会经济发展和文化繁荣。

站在玉门关那座饱经风霜的烽火楼上，邹代钧想起了唐代王之涣的那首《凉州词》："黄河远上白云间，一片孤城万仞山。羌笛何须怨杨柳，春风不度玉门关。"王之涣的这首诗不仅描写了边塞凉州雄伟壮阔又荒凉寂寞的景象，同时也写出了戍边士兵的怀乡之情，让人们感受到了古代戍边将士的艰辛，但丝毫没有半点颓丧消沉的情调。古代的将士为了守卫疆土，能够舍弃家园，我们今天有什么理由去放弃祖国的任何一块土地呢？现在的他深深懂得了左宗棠大人的这种家国情怀，心中升腾起了一种由衷的钦佩。

游历回来后，邹代钧跟左宗棠谈起自己的这番感受，左宗棠频频点头，眼里满是赞许道："不愧是叔绩的后代，已经懂得了一个舆地学家应尽的责任和义务，我们的责任就是看护好祖国的每一寸疆土。"

阅完邹汉勋的文稿后，左宗棠不仅提出了自己的一些建议，对遗稿做了修改，又给了邹代钧一些银两道："沅帆，你祖父的这批遗稿非常好，它对延续和发展我国的舆地学非常重要，你回去后，一定要把你祖父的遗稿整理、校对好，然后请人镂刻制版，把遗稿印刷成书。"

听着左宗棠的吩咐，邹代钧非常激动，没想左大人对祖父的遗稿评价竟这么高，连忙点头应允道："请左大人放心，沅帆一定遵照左大人的吩咐去做好这件事。"

在酒泉待了三个月有余，回来的时节刚好是春天，俗话说"春风得意马蹄疾"，骑着左宗棠大人赠送的快马，不到一个月时间，邹代钧就回到了家乡新化。

听儿子说左宗棠大人非常重视父亲的遗稿，邹世镠非常激动，嘱咐儿子："沅帆啊！这可是我们邹家世代的荣耀，你可一定用心把你祖父的遗稿整理好。"

"父亲，您放心！别说有左宗棠大人的吩咐，就是没有，我也要把我们邹家的家学传扬下去的。"

邹代钧把书稿整理好后，遵照父亲的指示，又去请左宗棠为祖父的遗稿作序。左宗棠此时已回金陵，他看着已整理好的文稿不仅干净整洁，字迹清秀，而且文笔也是非常的流畅，他被邹代钧孜孜不倦的精神所感动，不仅为邹汉勋的遗稿写了《邹叔子遗书序》，还给邹代钧保了一个县丞的职位。

第二章　回乡办学

　　1885年，经两江总督曾国荃推荐，邹代钧随太常寺卿刘瑞芬出使英、俄。当时正好英帝国想把哲孟雄（锡金）争为自己的殖民地印度的附属国，清政府派刘瑞芬与英国人交涉，刘瑞芬召集随行的人商议，该怎样去与英国人谈判，众人你看看我，我看看你，一时间也想不出合适的方法，只有邹代钧引古证今，从舆地学方面论述了哲孟雄与西藏的历史渊源，证明其属于中国而不属于印度，使馆参赞英国人马格里很支持邹代钧的意见，他说："沅帆是地理学家，他有充分的证据表明，哲孟雄不属于印度，而是属于中国，我们就按照他的说法，和他所提供的证据回复英国外交部，保证万无一失。"

　　"既然马格里参赞认为沅帆的证据很充分，很有说服力，我们就按照沅帆说的去做。"刘瑞芬采纳了马格里的意见。

　　因为邹代钧引经据典，证据充分，英国外交部果然无词以对。但因为清政府的昏聩和懦弱，惧怕英帝国的淫威，结果还是让英帝国侵占了哲孟雄。听到这个消息，眼睁睁看着国土被英国人强行占去，邹代钧气得浑身发抖，但胳膊拧不过大腿，他无力去改变这一切。

　　邹代钧作为一个外交使节，随团多年的外交经历，让他明白了自己国家的贫穷与落后，明白了什么叫"弱国无外交"。他认为，只有国家强大起来，才有发言权，才能不受欺侮，才能守得住自己的疆土。而国家强大起来的重要途径是加强教育，学习外国的先进技术和先进经验，"以夷制夷"。

　　1894年中日甲午战争，中国败于日本。1895年4月17日，李鸿章去日本马关，与日本签下了丧权辱国的《马关条约》。中国割让辽东半岛（后因俄罗斯、德国、法国三国干涉还辽而未能得逞）、台湾岛及其附属各岛屿、澎湖列岛给日本，赔偿日本两亿两白银。中国还增开沙市、重庆、苏州、杭州为商埠，并允许日本在中国的通商口岸投资办厂。

　　1895年春的乙未科进士在北平考完会试，正等待发榜。《马关条约》割让台湾及辽东，赔款白银两亿两的消息突然传至，在北京应试的举人群情激愤，台籍举人更是痛哭流涕。4月22日，康有为写成一万八千字的"上今上皇帝书"，十八省举人响应，一千二百多人连署。5月2日，由十八省举人与数千市民集"都察院"门前请代奏。这就是震惊朝野的"公车上书"。虽然上书被清政府拒绝，但在社会上产生了巨大影响。之后，康有为等人以"变法图强"为号召，在北京、上海等地发行报纸，宣传维新思想。严复、谭嗣同亦追随其后在福建、湖南等地，开始维新思想的传播。

随着清朝政府的渐见赢弱，侵略者的掠夺也日益加快。1897年，德国强占胶州湾，其他帝国主义纷起效尤，强占租借地，划分势力范围，中国面临被瓜分的危险，国家命运危在旦夕，各地的救亡运动也如雨后春笋，纷纷冒出头来。

湖南维新志士谭嗣同等做了最坏的打算，一旦中国被列强瓜分而亡国，则须"做亡后之图，思保湖南之独立"。为了使"南支那可以不亡"，思来想去，具体的办法是成立一个学会，宣传救亡，发展地方自治，并联络广东，以湘、粤为中心，实行变法，而后再图救中国。他们的想法得到康有为和梁启超的支持。康有为认为若中国被列强瓜分，则湘省"可图自主"，即使中国被"割尽"，也可留下湖南一片净土，"以为黄种之苗"。梁启超也认为：为今日计，必有腹地一二省可以自立，然后中国有一线之生路。赞成湘、粤联合，以为"湖南之士可用，广东之商可用"。故所立之学会，取名"南学会"，"南学会"为挽救瓜分危机而设，明显地带有救亡性质。他们的这一想法得到了湖南巡抚陈宝箴等开明官吏的支持。

为了救亡，宣传维新思想，为推行新政储备人才，1897年10月，长沙时务学堂正式成立，熊希龄任总理，聘梁启超、李维洛、邹代钧、韩文举、唐才常等为教习。

1898年春，由熊希龄、谭嗣同、唐才常发起，南学会正式成立，长沙设总会，各府厅州县设分会。

1898年3月7日，为配合湖南省的维新运动，在巡抚陈宝箴的主导下，熊希龄、李维洛、邹代钧等创办了《湘报》，《湘报》系湖南第一份日报。《湘报》的八名董事蒋德钧、王铭忠、梁启超、李维洛、谭嗣同、邹代钧、唐才常、熊希龄中，几乎都与时务学堂有着相当密切的联系。这样一来，南学会既与时务学堂相表里，又有《湘报》配合宣传，思想甚为活跃，影响也相当广泛，对促进湖南推行新政，转变社会风气，起了重要作用。

维新派倡导的学习西方，提倡科学文化，改革政治、教育制度，发展农、工、商业等的资产阶级改良思想与邹代钧心目中改变中国贫穷积弱的现状的思想正合了拍，他积极努力地投身到了这场轰轰烈烈的改革中。

在长沙时务学堂成立的同时，邹代钧为响应维新变法的"自治其身，自治其乡"，呈请巡抚陈宝箴、湖广总督张之洞，报北京学部禀准立案，准备回老家新化开办一所与长沙时务学堂相呼应的新式学堂，为维新运动储备人才。当时的北京也正在积极筹备"京师大学堂"，所以呈请得到了北京学部的支持。

回到新化老家的邹代钧联系了艾敦甫、周辛铄、晏孝仁、彭延炽、邹代藩、邹代立、邹代过、曾庆湘、萧湘柱、伍炳荣、王哲夫等乡贤以存谷一千担作为办学基金成立了"新化实学堂"。实学堂办学宗旨即是"中学为体、西学为用"。倡导新学，传播民主思想，讲授科学知识，走教育救国实学之路，培养经世致用人才，以为富民强国之本。

第三章 初露锋芒

实学堂成立以后，公推邹代钧为监督；公举晏孝仁、彭延炽为管堂，负责内部事务；聘罗仪陆、谢重斋为经、史、地、算教习。

新化实学堂的开办，不仅在新化县城，在省城也产生了巨大的影响，它与省城的长沙时务学堂桴鼓相应，"实开湖南七十二州县新学之先声""与长沙时务学堂并时为两"。

新化实学堂在开办之初就已经在新化县城传得沸沸扬扬，实学堂招生的消息一出，青年学子纷纷报名，大大超出了实学堂创办时的规模所能招收的人数。见此情形，邹代钧商请湖南学政江标，招生名额实行分配，按十六团，每团正取三名，备取两名的份额，录取了第一批新生，共计五十余人。

罗仪陆，名永绍，号殿藩，新化县永靖团文田村人，清光绪十七年（1891年）参与岁试，获第一名。督学使张某函送两湖书院肄业。光绪二十四年补廪生。因为罗仪陆优异的成绩，监督邹代钧亲自上门，请他来新化实学堂做经史教习。

刚入而立之年的罗仪陆此时也是信心百倍，维新运动如火如荼地开展，不仅开阔了他的眼界，而且拓展了他的思路。他想，既然邹代钧先生这么信任我，我就应该为新化实学堂，为维新运动尽力培养人才才对。

学堂开办之初，租借的是城南的曾氏祠堂，条件虽然有些简陋，但丝毫没有影响教习和学生们的热情。1898年清明后的第5日，在一片喧天的锣鼓和鞭炮声中，新化实学堂正式开学。

上午是开学典礼，监督邹代钧第一个发言，他根据自己的亲身经历，讲述了因为国家贫穷落后，处处受到外国列强欺辱的惨痛教训；阐述了开办新学的重要性；教导同学们不仅要继承老祖宗留下的几千年的国学经典，更要吸收外夷的先进技术和先进经验，让国家强大起来，最后他描述了维新思想推广开来，将对中国的崛起所产生的巨大影响。听得同学们热血沸腾、心潮澎湃，大家纷纷表示，一定要学好本领，为祖国的强盛尽自己的全部力量。

下午，作为经史教习的罗仪陆开启了新化实学堂的第一课。站在三尺讲台前，望着五十多双充满求知欲和新奇感的眼睛，罗仪陆心里有些紧张又有些激动，对于新化这个有将近千年历史的古老的县城来讲，这是第一所新式中等学校，相对于全省的州、县来讲也是首屈一指，即使放眼全中国，也属第一批，与北京的京师大学堂同年成立，实学堂教学成果的好坏，将直接影响维新思想在整个新化乃至湘省的传播，自己身上的担子重啊！

学生来自全县的十六个团，年龄大小、学识高低各有不同，罗仪陆认为，要想把学生带好，必须先做全面了解，才能因材施教。于是，他决定出一个不仅能了解学生的学识，而且能了解学生的思想和抱负的作文题目《述志》。

题目一出来，学生们立刻显出了各异的神态：有托肘思考的；有抓耳挠腮的；有执笔龙飞凤舞的；也有咬笔凝神冥想的。

罗仪陆在课堂里来来回回走了几圈，他注意到了坐在最后面的一个高个子同学。因为他个子比较高，年纪比较大，并且名字也有点特别，所以，报名的时候，罗仪陆就多看了他一眼，对他有些印象。

他叫陈显宿，字星台。显宿是天上的星宿，星台是像石台一样的星星，看样子，他的出生一定与星星有关，罗仪陆猜测。

只见陈显宿凝神思考了一会，就在纸上奋笔疾书起来，其间连头都没抬一下。大约过了半个时辰，陈显宿搁下笔，把文卷又看了一遍，然后抬头举手说："教习，我已经写好了。"

罗仪陆开始还感到很欣慰，认为陈显宿做事认真，行动敏捷，没想他这么快就要交卷，这么短的时间能写出一篇好文章来吗？该不是敷衍了事吧？罗仪陆皱了皱眉头，有些不悦地说："今天的课就上到这里，你写完了就可以放学，文卷放桌面上，我等下一起收卷。"

"好哦！我可以放学了。"陈显宿显然没有注意到教习脸上的不悦，听说可以放学了，高兴地收拾好自己的书包，在同学们羡慕的眼神下，走出了课室。

陈显宿是知方团下乐村人，据说他母亲怀他的时候刚好有一块像石台一样的陨石落在他家旁边的楸树林子里，村里人认为他是天上的星宿下凡，所以，他父亲给他取名为显宿，字星台。陈星台的母亲在他十岁的时候病逝，父亲陈宝卿以前是下乐村陈姓蒙学馆的塾师。陈宝卿为人豪爽，爱打抱不平，常常免费为人家写诉状，自己生活清贫，还时常接济别人。陈显宿自小跟着父亲读书识字，因为家境贫寒，常给族人放牛、提篮做小买卖补贴家用。虽然为了生存，他要干很多的活，但仍然坚持学习，常常向别人借阅史籍之类书籍，尤其喜欢读传奇小说，亦爱民间说唱弹词和木偶戏、傩戏、山歌等，且天赋过人，很多东西能过目不忘，有"牛背上的神童"之称。十五岁的时候在族长陈云帆的资助下进入知方团高等塾馆读书。1895年，在新化县城开"三味堂书坊"的族人陈御臣的建议下，陈显宿跟父亲一起搬到县城。1896年，经陈御臣周济，入新化资江书院读了两年，新化实学堂招生的时候，以知方团第一名的成绩，考入新化实学堂。

从学堂出来后，陈显宿没有中途停留，径直走到东正街的路口，那里有一个破草席搭就的小茶棚，经营小茶摊的便是陈天华的父亲陈宝卿。陈宝卿看上去七十岁左右，因为长期在外摆摊，脸上粘着一层好像永远都洗不掉的尘土，布满皱纹的脸上，头发和胡子都是花白的，胡子很长很密，遮住了他的大半个脸庞和脖子。一件看不清原来的颜色的长布衫，横七竖八补了几个颜色不同的补丁，整个人看上去饱经沧桑。在陈宝卿身旁的矮竹凳上，坐着一个年约四十多岁，脑子看上去不大灵光的中年人，这是陈显宿同父异母的残疾哥哥，陈显宿还有三个同父异母的姐姐，在陈显宿还未出生的时候已经出嫁。

"爹，今天的生意怎么样？"陈显宿今天的语气明显的活泼。

"唉！老样子，这天气潮啊！没什么人喝茶，东西也没卖出去。"陈宝卿叹了口气说。

"爹，您别急，今天放学早，待我提篮出去多叫卖一圈，总是能卖点东西出去的。"陈显宿没有被爹低落的情绪感染，而是欢快地从茶摊底下拖出一个提篮，提篮里面装满糖果、糕点，还有洋火、洋皂这些小百货，陈显宿把看上去有些凌乱的东西整理了一下，刚才还满满当当的篮子，看上去空了许多，东西分类后显得很有条理，每样东西都看得清楚。

"星台，怎么这么早就放学了？今天是实学堂开学第一天，你觉得学校怎么样？教习怎么样？这个可是新化街上的第一所新式学校啊！"陈宝卿觉得儿子今天的神情与以往有些不同，好像忽然间开朗了许多，便问道。

"好得很呢！开学典礼上，监督邹代钧先生给我们讲述了开办新学的重要性。他讲得真好，朝廷是该变了，祖宗陈法也该变了，再不变怕是要被别国一步一步蚕食掉。"陈显宿说。

"不过我觉得，如果在满虏的统治下实行变法的话，等于换汤没换药，最终可能也是黄鼠狼变狸猫，好不到哪里去，我还是希望有一场大的变革，推翻满虏，我们汉人把政权夺回来，再实行新法。"陈显宿接着说。

听到显宿的这番话，陈宝卿蓦然觉得儿子好像一下就长大了。

"改朝换代不是容易的事情，一个政权夺取另一个政权必须经过暴力手段，现在已经是民不聊生了，如果再发生内乱，那百姓更加难以生存。现在既然有人提出变法，那就是和平演变，百姓就不必再经历战乱之苦，所以，我觉得变法总比不变法好。听说跟我们隔海相望的那个日本国以前跟我们的处境是一样的，他们是经历了明治维新后才强大起来的。虽然我们不想被满虏继续统治，但如果通过变革，国家能强盛起来，对民众还是有些好处的，起码不用担心被瓜分、被亡国而当亡国奴。"陈宝卿说，他每天都在街上摆摊，四面八方的消息听多了，对现在的时政也很有自己的见解。

陈显宿觉得父亲说的也有道理，便默认了。

"爹，你不知道我们的经史教习罗仪陆有多年轻，年纪看上去比我大不了几岁，说话做事都很干练，他今天就给我们出了一道作文题，题目叫《述志》，我写完作文就回来了。"说到罗教习，陈显宿显得特别兴奋。

"《述志》？这个题目有些大，你是怎么写的？"陈宝卿有些急切地问。

"赤县暗哑，沧海横流。当今时会，帝誉俱哭。列强侵我，如蚁蚕食。……大丈夫立功绝域，决胜疆场，如班定远、岳武忠之流，吾闻其语，未见其人。至若运筹帷幄，赞划庙堂，定变法之权衡，操时政之损益，自谓差有一日之长。不幸而布衣终老，名山著述，亦所愿也。至若徇时俗之所好，返素真之所行，与老学究争胜负于盈尺地，有死而已，不能为也。"陈天华摇头晃脑，也可以说是手舞足蹈，把文章全篇背诵了一遍给父亲听。

陈宝卿听了，微微点了点头"嗯，还不错，言简意赅。"

陈显宿心里有些小得意，但他装作没有理会父亲后面的赞许，他怕父亲又要说他骄傲了，便提了篮子开始沿街叫卖。

"糖果、花生、炒米糕，洋火、洋皂、洋卷烟，胭脂、水粉、桂花油，正宗的汉口货，谁要买？便宜卖咯！"声音抑扬顿挫，听上去韵味十足。

"星台，怎么今天这么早就出摊了？"街边一间卖祭祀用品的铺子里，一个花白脑袋从一堆五颜六色的花圈后面探出来。这是陈显宿的一个老主顾,最喜欢买陈显宿卖的撒了桂花的炒米糕(又叫麻糖),这是知方团及周边乡镇的特产,糯米蒸熟阴干再炒爆成米花,加入炒花生米、炒黄豆、熟芝麻,用熬好的红薯糖搅拌均匀,放模具里面,最后撒上桂花,冷却后切块。吃起来干脆爽口,满口溢香。

"今天放学早呢,张伯今天还买炒米糕吗?"陈显宿回道。

"买呢,买呢,口正馋着,你就送上门来了。"张伯从柜台后摸出了两个铜钱,递给陈显宿。

糕点都按同一重量称好的,两个铜钱一份,陈显宿接过铜钱,递了一包炒米糕给张伯,并鞠躬道:"谢谢张伯照顾星台的生意。"

张伯微笑着看着陈显宿的背影离去,才打开了手中的糕点。

陈显宿几乎每天都是沿固定的路线行走,他的叫卖声像是一个唱歌的时钟,每天准时到达,买过了他的东西的人都知道,他的货好,而且也不随便抬价,所以,都喜欢买他的东西,一天下来,总能做成几单生意,比父亲的茶摊强多了。父亲的茶摊季节性太强,夏天的生意还好一点,一到冬天,几乎没什么生意,就是靠着陈显宿的提篮生意来支撑全家的生活费用。

陈显宿平时也不会把所有的时间都放在生意上,每天按照固定的路线走一趟,除非哪天生意特别淡,才多走一条街,余下的时间则是用来看书。以前在资江书院读书的时候,因为书院有全县城最大的图书室,除了提篮做生意,其他时间他都待在图书室。

在资江书院读书期间,陈显宿熟读了《二十四史》等古籍,每每读到窦建德、李吉甫、李泌、岳飞、戚继光、文天祥等爱国将领在关键时刻能运筹帷幄、力挽狂澜、克敌制胜时总是大加赞赏;当读到卢杞、李义府、蔡京、秦桧、严嵩、马士英等奸臣扰乱朝纲、营私舞弊、陷害忠良时总是痛心疾首;当读到外来入侵者为所欲为、横行霸道、残杀无辜时,常常掩卷长叹,忧国忧民的情绪油然而生。

离开资江书院后,不能再去资江书院的图书室看书了,暂时还没找到新的可以看书的地方,陈显宿只好把课余时间全花在做提篮生意上,刚好也填补了父亲茶摊生意惨淡的亏空。

第四章 拍案叫绝

下午的作文课，因为学生们交卷时间的不同，一直延续到了四五点钟光景。曾氏祠堂坐落在城区，周围建筑物比较密集，阻挡了光线，有些房间早早就见不到日光，课室尽管紧靠天井，此时光线也暗了下来。最后一位学生交卷离开后，罗仪陆点燃了讲桌上的煤油灯，开始收集桌面上的文卷。

收到陈显宿的文卷时，只有薄薄的两页纸，目测也就是一两百个字，想到他交卷时那泰然自若的神情，罗仪陆迫切地想知道陈显宿文卷上究竟写了些什么？这么大的题目，他就写了这么些字，能表述得清楚吗？

"……大丈夫立功绝域，决胜疆场，如班定远、岳武忠之流，吾闻其语，未见其人。至若运筹帷幄，赞划庙堂，定变法之权衡，操时政之损益，自谓差有一日之长。不幸而布衣终老，名山著述，亦所愿也。至若徇时俗之所好，返素真之所行，与老学究争胜负于盈尺地，有死而已，不能为也。"读到这几句时，罗仪陆再也忍不住了，他一拍桌子站了起来，反反复复吟诵了几遍，然后提笔在文卷上批道："狭巷短兵相接处，杀人如草不闻声。"想想，又写了个眉批"少许胜人许多"，并把他取为一等第一名。

第二天，陈显宿早早来到了学堂，没想还有比他更早的同学，因为大部分同学家住得远，在学堂寄宿，一起床就进了课堂。

看到陈显宿进来，大家都点头打招呼，陈显宿一下有点摸不着头脑，怎么才上了一堂课，同学们都认识自己了？后来坐在陈显宿前排的一位叫苏鹏的同学揭开了谜底，同学们之所以都认识他的原因不仅是因为他昨天早早交了卷，而且还在于教习摆在讲台上的那叠整整齐齐的文卷，最上面的那份文卷便是陈显宿的，上面不只有教习用朱笔写的评语、眉批、一等第一名的排名，更是给后面的那整段话都加了红圈圈，可见教习对这篇文章的喜欢程度。

上课时，教习罗仪陆是这样解析陈显宿的这篇短文的："短短一两百字，陈显宿把自己的志向表露无遗。他要像班超、岳飞那样'立功绝域、决胜疆场';他也希望将来能'运筹帷幄,赞划庙堂',参与变法,改革政治;如果'不幸而布衣终老'也要著书立说,传于后世。如果让他违背本愿,随世俗人的喜好,与老学究在考场争胜负,那他宁愿死,也不会这样去做。"

他特别指出,文中陈显宿对旧学的批判是直接而尖锐,宁死也不"与老学究争胜负于盈尺地"的说法,坚决地否定了那些至今试图通过科举考试,来获取自己的荣华富贵的老学究。接着,又延伸说:"我们作为年轻的学子,就应该有这种与陈腐相背驰,与陋习做斗争的勇气,要有接受新生事物的情怀,更要有远大而崇高的奋斗目标。"

罗教习的解析,让陈显宿获得了同学们的阵阵掌声和羡慕的眼光,罗教习后面的那几句话也让陈显宿受到了莫大的鼓舞,维新思想开始在心里生根发芽。

苏鹏是最早看到陈显宿的文卷的,因为他在学校寄宿,早上第一个进教室。苏鹏家住大同镇柳箕村毛易铺,毛易铺离新化有三四十里路,不可能每天回去,所以,他选择在学堂寄宿。苏鹏家条件比较殷实,家里就他一个儿子,怕他一个人在外面读书吃苦,还想着给他在县城租房,找个下人陪读的,被他舅舅阻止了。

苏鹏的舅舅周辛铄是新化实学堂的创始人之一。周辛铄,字叔川,又号督川,新化大同团人,出生于耕读世家。周辛铄的父亲,也就是苏鹏的外公周泽时,派名盛会,号洛东公,曾为湘军李续宾的幕僚,捐纳正八品衔,知书达理,颇具民族主义思想。湘军镇压太平军打下江宁的时候,掠夺了不少的财宝。周洛东虽然身在湘军,但对于太平志士失败后的惨状,也是心怀愧疚,临终前嘱咐周辛铄:"冤魂血泪所集之家资,尔辈应多做善事……"周辛铄兄弟六人,他排行第三,幼承庭训,曾考中秀才。周辛铄为人豪迈,待人诚恳,尤善识人。他深受王船山、顾炎武思想影响,留心经世致用之学。周辛铄早在光绪中叶,就开始维新活动。他"为人任侠有奇气,处世落落,不矜细行。""且富改革精神,世事有不善者,辄思改革之。急公义,毁家捐躯在所不惜"。周辛铄在乡组织团防,并被选为大同团的团总,该团领十七村,人口十余万。为了管理好这么大的一个团,周辛铄亲制《大同公约》,又倡议本团设学田分局,储产为日后兴学之资。当时,地方游惰之民,伤风败俗,公开抢劫。周辛铄上任后,果决严明,雷厉风行,不到一年时间,境内匪盗匿迹,无赌博、开设妓院、烟馆等伤风败俗之事,因此,他在百姓中的威望大增，地方官也对他敬畏三分。为了募捐办学之资，周辛铄四处奔走，每年除缴纳县总局粮课外，又将所余积贮并入义学学产。

周辛铄得知邹代钧要办新学，不仅积极响应，出钱出粮，还把自己的外甥苏鹏拉过来入读实学堂，以期他能多接触一些维新思想，学习一些新技能。

"你好！我叫苏鹏，又名先鸁，字凤初，家在大同镇柳箕村毛易铺。"一下课，苏鹏就忙着跟坐在身后的陈显宿做自我介绍。

"我叫陈显宿，字星台，家在知方团下乐村，现同父亲、哥哥暂时在县城租住。"陈显宿也向苏鹏介绍自己。

"星台，你就不用自我介绍了，我们都知道了你的名字。"旁边座位上一个面容清秀，神情略显羞涩的同学说。接着他也自我介绍："我叫杨源浚，字伯笙，家住县城厢团上下村。"

接着又有坐得远一点的同学走过来介绍自己。

"我叫罗元鲲，字瀚溟，县敦信团利村寨边人。这位叫邹德淹，字小范，又字景贤，我们是一个村的。"罗元鲲指了指自己旁边的一个年龄显得有点大的瘦高个说。

"哈哈！你们倒好，一个村占了两个名额。"一旁的苏鹏笑道。

罗元鲲开始愣了一下，后面才明白过来。"是哦！每个团才三个正取名额，我们村就占据了两个，确实有点过，我都觉得有点对不住其他村的学子了。"罗元鲲口气有点调侃。

"哈哈！假装的，为了能争取进入实学堂，考场上，大家虽无刀剑相向，却也是拼了个你死我活。"有同学大笑道，气氛一下活跃起来。

"我和瀚溟在村里没有缘分成为同窗，没想在县城倒是同窗了。"邹德淹说。1864 年出生的邹德淹比 1882 年出生的罗元鲲大了十八岁，差不多一辈，两人在村里读私塾的时候没有什么交集，没想一起考入了新化实学堂。

"说明你们俩有未了的同窗之缘。"苏鹏笑说。

又有人接着往下介绍。

"我叫曾广轼，字叔式，县亲睦团珂溪村。"

"我叫袁华选，字曙庵，号士权，中和团下庄村人。"

"我叫曾鲲化，字抟九，西城团傅家村人。"

"我叫高霁，名兆奎，县城厢团人。我和伯笙也可称得上一个地方的吧。"高霁说。

"我认为，既然现在都是在实学堂学习，大家以后就不要分地方了，都是同窗，同窗之情比所有的感情都纯、都真。"陈显宿说。

"对！星台说得对！以后我们都是同窗，是没有血缘关系的兄弟。我年纪比你们都大，以后你们可以叫我景贤兄，也可以叫我景贤大哥，大家以后有什么需要我这个老大哥帮忙的，定当竭尽全力。"邹德淹接道。

"这里除了景贤兄，大概就属我最大了，以后大家可以叫我二哥。"陈显宿也说。

"哎呀！这多麻烦，以后大家都以兄弟相称就得了，什么大哥、二哥的，我们班总共有五十多人，难道我们还得排列下去，最后的该叫五十几哥吗？"苏鹏嚷嚷道。

听到苏鹏这一通说，大家想一下，都笑了。

"对，以后大家都是同窗加兄弟。"大家纷纷附和。

"我可以跟你们做兄弟吗？"大家正聊得热乎，冷不防旁边传来一个熟悉的声音。大家都听出来，是罗教习的声音，顿时吓得不敢作声了。

"教习，我们同窗之间称呼兄弟是不是有什么不妥？"只有陈显宿壮着胆子问。

"没啥不妥啊！同窗之间就应该有兄弟感情，我觉得我年纪比你们大不了多少，所以也可与你们兄弟相称。"看同学们吓得都不敢作声，罗仪陆忙解释说。

大家这才松口气，七嘴八舌发表着自己的看法。

邹德淹有些难为情说："我觉得教习就是教习，学生就是学生，不能这么混为一谈。虽然我年纪比教习还大。"

"我也是这么认为，我们心里可以把教习当兄弟，但明面上还是要分得清楚明白。"杨源浚也说。

"教习，你这么一说，我可是对你没有畏惧心咯！"陈显宿倒是不拘小节。

"谁说教习与学生之间需要有畏惧心理？在我面前，你们可以放心大胆，畅所欲言，就像你所写的《述志》一样，怎么想就怎么说，这样，我才能了解你们真实的想法和学识，才能真正做到因材施教，这就是新学的特点。新学倡导人人平等，教习和学生之间也是平等的，不是旧学那套迂腐的做法，先生即使错了也不敢说，有的甚至先生错了，学生跟着错，这样只能误人子弟。俗话说：'金无足赤；人无完人。'我以后的教学中，如果有什么差错，同学们可以大胆提出来让我改正，我们一起学习、一起提高。"罗仪陆说。

霎时，课室里响起了热烈的掌声。

晚上，陈显宿回家，把罗教习说的话跟父亲说了，陈宝卿沉吟一会说："星台，你是遇到一位好教习了，他说的那些陈腐的规矩，正是老辈传下来的陈规旧习中需要改正的。但是，你决不能因此狂妄自大，尊师重教是中华民族的优良传统，这个一定要发扬下去。"

"爹，我懂得，现在，我与教习的关系就像是我和您之间的关系，有时是师生、有时是父子、有时是朋友、有时是兄弟、有时又是同学，我们可以无话不说，遇到问题可以相互沟通，共同寻找解决办法。"陈显宿说。

"对，星台，你说的完全正确。"陈宝卿欣慰地说，看来这个新化实学堂还真正是一个教书育人的地方。

第五章 遭遇阻挠

实学堂传播的维新思想让新化县城的封建保守势力有了一种危机感、一种恐惧感，他们害怕这种风气的日益高涨会对他们现有的权威、势力构成威胁，所以，他们串联起来，罗织各种罪名，诉诸县府、省衙乃至京师，以期得到官府的支持，扼杀这株刚刚才出土的幼苗。鉴于维新思想刚刚兴起，各县、州、府直至京师都有支持者，加之，实学堂的发起者都是地方的有识之士，他们不惧险阻，顶住各种压力，坚持不懈，使实学堂得以保存了下来。

封建保守势力明面上没得到官府的支持，奈何不了实学堂的支持者们，暗地里又使绊子，企图阻止实学堂办下去。他们借口曾氏祠堂是曾氏的家族祠堂，要用来举办一些家族祭祀活动，近段时间因为实学堂的租借，他们很多祭祀活动都无法开展，所以，请他们尽早搬离，以后将不再租借。无奈之下，实学堂只好搬出，改租县城西门刘祠继续办学。

这次的变故让实学堂的发起者们认识到了一点，学堂不能无永久之基地，要想把学堂继续办下去、永久办下去，必须有自己的校舍、宿舍。于是，由邹代钧主持，游智开、彭延炽、晏孝仁、曾子亿、魏仲辉等贤绅或倡导，或奔走，或捐款，花了整整一年时间，终于在县城资江东岸上渡江建成了一栋三层楼的校舍和十二间宿舍。

新学堂建成，同学们兴高采烈地开始搬往新校区。搬宿舍的时候，高霁却说他不搬去新学堂，直接搬家里去了，同学们感到一阵愕然。

"怎么了！兆奎兄，你是要退学了吗？"陈显宿关切地问。

"确实，我家里让我退学。"高霁点了点头说。

"兆奎兄，事情不是已经过去了吗？新学堂也建好了，怎么就要退学呢？"苏鹏急问，他以为高霁是因为实学堂办学遭到阻挠而想退学的。

"是呀！新化也没有比实学堂更好的学堂。"陈显宿说。

"不是因为学堂不好，或有什么阻碍，而是因为在实学堂学习的这段时间，我增长了很多的知识，也想明白了很多事情，才答应我家里退学的。"高霁说。

"我都被你弄糊涂了，既然实学堂能让你增长知识，明白事理，那为什么又要退学呢？"罗元鲲说。

"同学们，我退学不是为了别的，是想去日本留学。本来，在我进实学堂之前，家里就让我去日本留学的，当时我是不想离开家乡，我舍不得我的爹娘，舍不得家里的温暖。自从接触了维新思想后，真心觉得自己思想太狭隘，中国这么贫穷落后，还要遭受外国人的欺侮，男子汉大丈夫岂能守在家门口，躺在安乐窝里自得其乐？好男儿应该志在四方，要分得清国家和小家的事情孰轻孰重，所以，我决定还是去日本留学，学得一身真本事，为祖国的强盛尽一份力。"高霁说。

"兆奎兄，好样的！祝你早日学成归来！"杨源浚竖起大拇指赞道。

"兆奎兄，你去日本准备上什么学校？学什么？"陈显宿认真地问。

"我父亲本来要我去学办实业的，说是富国才能强兵，但我认为只有军事强大起来，才能保护国家的安全，维护民众的利益，才能让实业有生存的土壤和空间。所以，我打算去读军校，已经联系好了日本的成城军校。"高霁说。

"兆奎兄，我坚决支持你，假如有一天我也有机会去日本留学，我一定像你一样学好军事，保家卫国！"杨源浚激动地说。

高霁的赴日留学，让同学们有了新的感悟，要想学习先进的知识技术，认识外面的世界，还必须走出国门去。

一日，午休完毕，陈显宿刚走到教室门口，罗教习就在大声喊："星台，你快点通知同学们，我们的书回来了，大家帮忙把学堂门口马车上的书搬到图书室去。"

"真的？我们的书回来了？走，兄弟们搬书去。"陈显宿听到这个消息，异常兴奋，很久都没找到新书看了，让他觉得生活中有一种严重的缺失。白天在学堂上课还不觉得，晚上回家除了提篮做生意就不知道该干什么，这会听到这么个振奋人心的消息，自是高兴不已，他赶紧跑到教室、宿舍通知同学们。

整整五马车的书和报纸，同学们搬了一个下午，眼看着空旷的图书室慢慢充盈起来，大家心里美滋滋的，越搬越精神，根本没有累的感觉。

"这下好了，总算有书看了，不然漫漫长夜，我们很难度过啊！"苏鹏也在感叹。

"这么多的书，够我们看到毕业了，不知道有多少历史方面的书，这个才是我最喜欢的。"罗元鲲却说。

"放心，这些书里面不仅有中国历史，而且有世界各国的历史，够你看的。"罗教习答道。

"太好了！我很想看看外国的历史，看看他们是怎么发展起来的，我们中华民族有五千年的历史，而西方有的国家才建立几百年，却也敢来侵略我们这个历史悠久的文明古国，我想知道这到底是怎么一回事。"罗元鲲说。

罗教习点点头道："鉴古知今、鉴往知来、学史明智，我们只有明白了其中的道理，才能探索出未来的路该怎么走。"

同学们负责把书搬进来，罗教习则在整理书籍。这里面不仅有提倡新学的各种书报，还有西方的自然科学，西方的社会、政治、经济、历史、地理类书籍，他把它们进行了归类，分门别类摆放好，并在书柜上标注清楚，这样，同学们以后看书会省去很多找书的时间。

这些古今中外的进步书籍，让一直埋头于封建文化的实学堂的学生们眼界一下开阔了。为了能有更多的时间读书，陈显宿也申请住进了实学堂宿舍，他跟苏鹏、杨源浚、罗元鲲成了舍友。

图书室建起来后，为了鼓励同学们多读书，每周周六下午，罗教习把它定为同学们集体讨论的日子。一般情况下，是罗教习提前出一个题目，让同学们查找资料，讨论会上，同学们运用所学的知识阐述自己的观点。也有自由讨论的时间，一般都与当前的形势有关。为了获得更多的知识，让自己的观点得到大家的认可，同学们一有时间就钻进图书室看书，根本就不用教习监督。

第六章 维新志士

新学堂建成不久，邹代钧被朝廷调去主修湖北全省地图，他临走前，请热心于办教育的周辛铄出来主持新化实学堂的外部事务。

鉴于当时复杂的形势，周辛铄怕自己无法独自扛起这个重任，又邀请了好友谭人凤一起来实学堂。

谭人凤，字有时，号符善，又号石屏。清咸丰十年(1860年)农历八月初六出生在新化永靖团福田村一个普通的农民家庭。谭家世代务农，兄弟六人，他最小，且因为哮喘病，体质较弱。他从小非常聪明，为了谭家能出一个人才，兄长们都吃苦耐劳，努力耕耘，然后把所有的钱财都花费在他身上，支持他念书。谭人凤也是深感到弟兄们的厚望，一直坚持不懈地努力。

福田村距县城有一百来里地，靠近贵州和广西的边界，因地处偏僻，很少与外界联系，所以，那里风气闭塞、民智不开。谭氏家族中有不少为反清而"奋迹戎行者"，明末清初之际，谭人凤先人中有晚明大臣定远侯隆翔与从兄隆蛟、从弟隆际、族弟德泽等人，"痛种族之沦亡，翼戴桂藩，奔窜蜀粤，无力回天，赍志以殁"。此后两百年，谭家世代以此恨事告诫子孙，向后代讲述"扬州十日""嘉定三屠"之类的亡国故事，灌输民族复仇意识。受此熏陶，谭人凤幼年时即萌生强烈的反清意识，八九岁时，与村里的孩子游戏，就常喊"杀鞑子！杀鞑子"，他的大哥和四哥都是武秀才，跟江湖人士也有些来往，所以，谭人凤对于会党也不陌生。

谭人凤天资聪颖，勤奋好学，成绩优异，但曾多次参加科举考试，都未考中。因为性格豪爽，乐于为地方人办事，遇到不平事，就伸出援手，帮人写状子，打官司，所以，谭人凤在地方上很有威信。三十岁那年，因为他蓄的一部长髯，被考官斥为"乡间讼师"，赶出考场。回家后，他越想越气愤，作了一首诗："手执钢刀磨一磨，问天下喽啰？就从今日起，看我有如何？"从此，他告别了科考，在村内办起了义学，既当校长又当塾师。

他一边办学，培养人才；一边联络会党，广交江湖朋友。立下了"澄清天下之大志"。他认为"革命就是造反，要想把现在坐在皇帝宝座上的清朝鞑子翻下台去，只有洪门有这个力量"。

福田村附近有一个古铜坳，有个洪门会党头领叫谭恒山。谭恒山，新化永靖团人，为新化县西北一带洪门会会党头目。谭人凤开始注重联络会党人物后，第一个去拜访的就是他。见面后，谭人凤谈了自己想组织会党的意愿，并提出要看看洪门会的章程。谭恒山认为谭人凤是一介书生，并且在村内办义学，与自己这样的山野草民不是一路的人，便拒绝说："谭先生，你怎能像我这山野草民一样组织会党，立山为王呢？我们这些人在官府眼里就是草寇、叛逆，而你是中规中矩的读书人，以后说不定能皇榜高中，有大好的前程呢。"

谭人凤捋了一下自己的髯须，眼睛一瞪说："什么皇榜高中？什么大好前程？我才不稀罕呢！我的想法是要把现在坐在皇帝宝座上的清朝鞑子翻下台去，建立我们汉人的政权。"

"虽然我们都有推翻清皇朝的愿望，可我是邪你是正，无法走到一条道上。"谭恒山还是不肯松口。

"正可以邪，邪可以正，我正你邪，我们两人正好可以起互补的作用啊！哈哈！"谭人凤与谭恒山相视一笑，瞬间心意相通。

"也罢！也罢！我也听说你是一位行侠仗义的读书人，我今天就交你这个朋友了。"

说罢，谭恒山把会党的纲领、宗旨、组织原则、活动状况、联络暗号等情况都给谭人凤一一做了说明。

随后，谭人凤就在家乡的香炉山开了山堂，名曰"卧龙山堂"，自立为山主，有"托塔天王"之称。后又到新化、宝庆等地设立分堂，广泛结交洪门会党，先后吸收李燮和、唐镜三、李洞天等人入会。并与结社于'一字山'的周辛铄、隆回的刘纲领等会党首领取得联络。

1895年冬，新化实学堂的另一发起人邹代藩与谭人凤相识。邹代藩，字价人，是舆地学家邹汉勋的孙子，邹代钧的堂弟，他出身书香世家，从小饱读诗书，跟他堂兄邹代钧一样明白教育救国的道理，企图通过办学开启民智，培养人才。邹代藩住在罗洪村，与谭人凤所在的福田村隔一座山，邹代藩见多识广，谭人凤爱憎分明，两人一见面就颇有相见恨晚的感觉，他们在一起谈世事，议时政，聊古今中外的大事，对腐败无能、崇洋媚外的清朝政府切齿痛恨，他们"纵言改革，如长江大河，真源于昆仑之巅，一导其源流，则万里屈注，不于海不止"。在邹代藩的影响下，1896年，谭人凤在福田村创办了"福田义学"，受谭人凤的邀请，邹代藩执教于"福田义学"，以其新鲜识见与谭人凤等将"福田义学"改造成了仿照西方教学的新学堂，开湖南新学的先河。

周辛铄、邹代藩都是新化实学堂的发起人，与谭人凤都相好，谭人凤又乐于办学，周辛铄盛情相邀，岂有不答应之理？谭人凤说他把家里的事情安排一下，三天之后一定报到。

这天，苏鹏和陈显宿正在课室里温习功课，苏鹏告诉陈显宿说："星台，我舅舅明天要来实学堂，我介绍你认识一下他。"

"你舅舅？"陈显宿反问。

"是的，我舅舅，他叫周辛铄。"苏鹏解释说。

"噢！周先生不是实学堂的创始人之一吗？他是你舅舅？"陈显宿惊呼。

"哈哈！没错，我是他亲外甥，他是我亲舅舅。"看见陈显宿这么惊奇，苏鹏调皮道。

"怎么我以前一点都不知道呢？你也不肯告诉我一声。"陈显宿故作责备说。

"哈！我也总不能在学堂里大喊，周辛铄是我舅舅，我是周辛铄的外甥啊！那岂不有显摆之嫌？"苏鹏笑着反驳道。

"那倒也是，只是我怕见到你舅舅时我会紧张。"陈显宿也笑了。

"这有什么好紧张的？我们是好兄弟，我的舅舅就是你的舅舅，你把他当舅舅看就行。"苏鹏说。

陈显宿抚了一下胸口，长吁一口气，定了下神说："好吧，但愿你舅舅不是一个很严肃的先生。"

"放心吧！我舅舅绝对是你心目中的舅舅。"苏鹏笑道。

第二天，周辛铄如期而至。

周辛铄看上去三十多岁，个头不高，皮肤黝黑，一双大眼睛炯炯有神，走起路来带着一阵风，一看就是那种有超强能力的人。

见到周辛铄，陈显宿差点叫起来，这个人很多次来过实学堂，他每次都是去找监督邹代钧，匆匆来，又匆匆去，从来不做稍久的停留，根本就没人知道他是实学堂的创始人之一，也不知道他是苏鹏的舅舅。

来到周辛铄面前，陈显宿恭恭敬敬鞠了躬，叫一声："周先生好！"

周辛铄看陈显宿的眼神充满了欣赏，问道："你就是陈星台？"

"是的，周先生。"陈显宿点头答道。

"陈星台同学，也许你不知道，我早就听罗教习说起过你，他说别看你年少，但志向很高，你写的那篇《述志》罗教习还给我看过，还真有鲸吞山河的气概！"周辛铄说。

"先生过奖了！星台才疏学浅，还望长辈多多指教。"陈显宿没想到周先生竟然早就知道自己，心里的紧张一下全无踪影。

"你们的教习罗仪陆很不错，不仅有才，而且很有正义感，请他来新化实学堂授课，监督邹代钧先生是费了很大工夫的，你们要好好跟他学，珍惜这段时光。"周辛铄嘱咐说。

"那是自然的，我们现在都很喜欢罗教习给我们授课。"陈显宿说。

"那就好！"周辛铄点头说。

"舅舅这次来所为何事？"苏鹏知道舅舅很忙碌，这次他这么郑重地来到实学堂一定是有事，不然，他每天不是在联络会党就是在联络会党的路上。

"凤初、星台，我此次回来就是要召集你们这些思想先进的青年们传达一些消息。"周辛铄说。

"什么消息？"陈显宿和苏鹏几乎是同声问道。

"省城维新变法的事情开始闹腾起来了。"周辛铄说。

"真的？"陈显宿问。

"千真万确，我刚从省城回来，都是亲眼看见、亲耳听见的。"周辛铄说。

陈显宿听后很是惊喜，他在报纸上看到过一些有关维新变法的新闻，大概也知道是怎么回事，但省城离县城远隔千里，从没出过县城的陈显宿觉得这维新变法离自己太远，根本就是看不见、摸不着的事情，现在周先生却说是他亲眼见到的事情，这样看来，这维新变法离自己也很近了。

"舅，你能不能给我们详细讲讲？"苏鹏忙说。

"我找你们来就是要说给你们听，你们都知道康有为吧？"周辛铄说。

"当然知道，报纸上都在说他提倡的维新变法呢，但具体是怎么回事，我们也还不是太明白。"苏鹏说

"有没有听说过'公车上书'？"周辛铄又问。

"听说过，就是康有为和他的弟子梁启超，听说李鸿章代表朝廷跟日

本人签订了丧权辱国的《马关条约》，把我国沿海许多地方都割让给了日本国。当时，正值1895年春的乙未科进士在北平考完会试，等待发榜。康有为写成一万八千字的'上今上皇帝书'，企图阻止《马关条约》的施行，他发动十八省举人响应，一千二百多人连署，后又由十八省举人与数千市民集'都察院'门前请代奏。这就是震惊朝野的'公车上书'。"陈显宿说。

"没错，看来你们对这件事很关注。"周辛铄赞道。

"我们每天都看报纸，特别是《湘报》。"陈显宿说。

"对，《湘报》就是宣扬新政的。虽然'公车上书'没有得到什么实质性的后果，但却形成了国民问政的风气，为了保全国家不会被瓜分，各省纷纷办起了'强学会''保国会''南学会'等各种学会。"周辛铄接着说。

"这些会是用来做什么的呢？"陈显宿问。

"'强学'就是要学西洋各国的政治和教育方法，学西洋的自由、平等、民权、立宪和议院。'保国'就是说如果要强国，首先还得保国；要想保国，就得先'保种''保族'……"周辛铄解释说。

"舅，我怎么听起来像绕口令？"苏鹏听得有些迷糊了。

"'保国''保种''保族'又是怎么一回事呢？"陈显宿问。

"'保国'就是开民智，学西洋、兴教育、变法律、建海军；'保族'就是办学校、废科举、除八股、兴女学；'保种'就是禁缠足、禁吸鸦片、禁多妾、禁殉夫。"周辛铄说。

"这个跟我们平时所谈论的有很多相似之处。"陈显宿若有所思地说。

"是的，听你们的监督邹代钧先生说你们的思想已经达到了一定的高度。"周辛铄说。

"只是，只是我听说朝廷现在分两派，一派是支持光绪帝的，一派是支持慈禧太后的，且支持慈禧太后的人重权在握。光绪帝素来懦弱，那个慈禧太后又很强权，他有胆量支持这场变法吗？"陈显宿蹙紧眉头说。

"唉！我也是不明白，慈禧太后都这么大年纪了，还不舍得放权享享清福去，要死死抓住这权柄干什么呢？难道她还想掌权到死吗？"苏鹏叹口气说。

"问题没那么简单，如果光绪帝掌权了，肯定会提拔他的支持者掌握大权，慈禧的人就得靠边站了，现在那些掌握重权的大都是慈禧的人，他们会这么轻易放手吗？所以，这不仅仅是光绪帝与慈禧太后的较量，同时也是'帝党'和'后党'的当权者之间的较量。"陈显宿说。

"星台说的没错，现在光绪帝已下定决心，要重用康有为、梁启超、谭嗣同等维新派人士，看情形，维新变法应该是有希望的。"周辛铄说。

"但愿如此！"陈显宿说。

"舅，你不是说省里已经闹腾起来了吗？省里现在是怎么个闹腾法呢？"苏鹏问。

"现在的巡抚大人陈宝箴才调到湖南不久，就是他在支持省城的变革，陈宝箴虽然是江西义宁人，但很早便与湖南结下了不解之缘。太平天国起义时，举人身份的陈宝箴投笔从戎，随父在家乡操办团练，一度入湘阻击太平军。回江西后，又到湘军将领席宝田幕中任职，曾献策生擒了太平天国幼主洪天贵福和大臣洪仁玕。1869 年，经湘军统帅曾国藩推荐，陈宝箴入京觐见同治皇帝，被授以知府官职，发往湖南候补。后代理因病去职的席宝田主持军务，因镇压苗民起义有功，升为道员。1875 年署理湖南辰永沅靖兵备道，1880 年才离开湖南。他有很长的一段时间在湖南打拼，湖南可以说是他的第二故乡。离开湖南后，他先后在河南、浙江、湖北、河北等地任职。1894 年，中国在甲午战争中惨败，第二年被迫签订了《马关条约》，陈宝箴闻讯后痛心疾首。久处官场，他对于国家的弊病看得很清楚，深知清朝政府要从衰败中走出来，非大变祖宗陈法不可。他十分欣赏康有为的维新学说，认为康有为所提出的变法措施是救国良方。他把自己的观点上疏光绪帝，称赞康有为和他的弟子梁启超博学多才、议论宏通，言人之所不敢言，为人之所不敢为，实大清朝的忠臣，请皇上破格提拔，委以重任。疏上不久，陈宝箴就奉旨调任湖南巡抚，他心里明白，这说明皇上赏识他的这番见解，赋予他这方面的权力，鼓励他在自己所辖范围内推广新政，湖南是自己耕耘多年的地方，这回派自己回湖南，等于是给了自己一个施展拳脚的最好的舞台，让自己尽情发挥。为了感激皇上的赏识，此时年已六十四岁的陈宝箴决心在垂暮之年好好地为振兴国家出一把力。

才到湖南上任，他便发现按察使黄遵宪，学政江标跟他有同样的见地。黄遵宪四十多岁，是个颇有名气的学者诗人，他多年来一直在海外任职，在日本、美国、英国担任过参赞、总领事等职务，熟悉西方各国情况，尤其对日本的明治维新有深入研究，迫切希望自己的国家也能像日本一样，通过变法迅速强大起来，不再受外敌侵辱。学政江标还只有三十多岁，功名颇顺，年纪轻轻便中进士点翰林，他器识明远，雄心勃勃，目睹国家现状，慨然有矫世变俗之志。只有当时的布政使俞廉三,因体弱多病不管事。于是,他与黄遵宪、江标三个志同道合的人一起,立志要在湖南推行新政,彻底改变湖南的现状。他们在湖南创办新政,设矿务局、官钱局、铸钱局;又设电报、轮船、枪弹厂、修建湘粤铁路;立保安局、南学会、算学会;还办起时务学堂、武备学堂;办起了支持新政的《湘报》和《湘学新报》,引进了维新派的重要刊物《时务报》;还在巡抚衙门高大的仪门两旁栅栏上挂上了他自己书写的'有耻立志'四个字以示不忘国耻。'有耻立志'这四个字本是为时务学堂创办典礼的题词,当时这四个字在典礼上受到了人们的普遍关注,说这四个字体现了中国人不甘受辱、立志救国的精气神,所以,会后就以隆重的仪式移到这巡抚衙门门口,表达了陈宝箴立志变革的决心。"周辛铄说。

听了周辛铄这段话,陈显宿觉得自己的血都沸腾了起来,巡抚大人他们都这么积极,可以想见现在的省会长沙会是怎样热闹的一个场面。

"周先生,听了您的这番话,我觉得我全身都要燃烧起来了。"陈显宿说。

"何止是你,整个长沙城都要燃烧起来了,过去的巡抚衙门口是严肃、阴冷的,为了避讳,大家宁可绕着道儿走,也不肯从衙门前过。现在不一样了,大家纷纷拥到巡抚门前,热火朝天喊口号,一致支持变法。"周辛铄说。

"民众的参政思想开始萌发,看来我们新化也要赶紧行动才是,不然落后一大截了。"陈显宿有所感悟地说。

"可是,我们现在群龙无首啊!我们监督邹代钧先生整天忙着著述,还在武昌办了个'舆地学会',现在又被朝廷调去主修湖北全省地图了。"苏鹏说。

"我这次来就是因为这个原因,你们监督邹代钧先生写信给我了,要我暂时来帮忙管理一下学堂,他说修地图的事情也很重要。"周辛铄说。

"修地图是清政府的事情,监督这不是为清政府服务去了吗?"苏鹏嘟着嘴不满地说。

"凤初,这你就想错了,修地图不是清政府的事情,而是我们中华民族的事情,它关系到我们中华民族神圣的领土面积,他去修地图不是为朝廷服务,而是为中华民族的子孙后代服务,我们只有弄清楚了祖国的每一座高山、每一块平原、每一条河流、每一处海岸线,才能守住我们的疆土,才能寸土必争。"周辛铄说。

"那就是说周先生要亲自来主导这件事咯?"陈显宿欣喜道。

"不仅是我,还有一位呢。"周辛铄笑容满面地说。

"舅，是谁呢？我认识吗？"苏鹏问。

"现在不认识，马上就可以认识了，我已经捎信给他，估计过两天就到，他叫'谭人凤'，外号叫'谭胡子'，也是我们新化人。"周辛铄说。

听到"谭胡子"这个外号，陈显宿就有一种亲切感，有一种特别想认识他的感觉，父亲也有一部长须，父亲在村里的外号叫"宝胡子"。

见到谭人凤的时候，陈显宿果然是眼前一亮，谭人凤年纪在三十岁左右，个子不高，身材虽然有些瘦弱，但宽眉下有一双目光犀利的眼睛。那部美髯果然也是名不虚传，黑黝黝在嘴边围了大半圈，把人衬托得很严肃。

谭人凤的外号叫"谭胡子"也是有一定来历的。十七岁那年，父亲病故，怕耽误了种田，他不要哥哥们守灵，自己在父亲坟旁支了个棚子，一边念书一边守灵。没想到这段时间胡子疯长，成了一部美髯，他认为这是父亲所托，就没有再把胡子剃掉，然后就得到了"谭胡子"这个外号。

"谭先生好！"陈显宿见到谭人凤忙作揖道。

"这位是？"谭人凤不认识陈显宿，疑问道。

周辛铄赶忙给他介绍："这位是陈星台，这位是苏凤初，凤初是我外甥，星台是凤初的同窗好友。他们都是新化实学堂的学生。"

"哦，好！好！好！自古英雄出少年，有你们这么一群有理想，有抱负的年轻人，中国还是有希望的。"谭人凤连说了几个好字。

谭人凤到实学堂的时候，时间已晚。见过面后，周辛铄临时安排他到自己房间里面睡觉，而他则去到苏鹏的宿舍暂住一宿。

宿舍里不知事情原委的杨源浚和罗元鲲也不认识周辛铄，但听到苏鹏的介绍之后，两人又惊又喜，没想到周先生会跟自己睡在一个宿舍。

苏鹏把床让出来给舅舅睡，自己则和陈显宿挤在了一张床上。住进了学生宿舍的周辛铄少了先生的威严，让陈显宿他们觉得很亲近，正像苏鹏所说的像是自己的舅舅。周辛铄像拉家常一样仔细询问了几位同学的家庭情况，当他知道陈显宿和杨源浚家境非常贫寒时，当即表示，如果他们俩在学习或生活中有什么困难，可以跟自己讲，他将尽力帮助，让陈显宿和杨源浚深受感动。

第七章 维新理念

第二天，周辛铄除了组织实学堂的进步学生和老师，又召集了县城的几个开明士绅一起召开了维新变法在新化如何展开的讨论会，会议由周辛铄主持，陈显宿、苏鹏、杨源浚、曾广轼、袁华选、曾鲲化、邹德淹、罗仪陆都到了，陈御臣作为开明士绅也在被邀请之列。

"各位都是我们新化县的开明贤绅或进步人士。现在湖南的维新运动已经展开，我们新化虽然说是王化之新地，但也有千年的历史，也称得上是一座古城。新化人口众多，是我们湖南的一个大县，再加之新化人素有"梅山蛮"之称，性格刚烈、勇猛、顽强，要在这样的一座古城实行变法维新，可能有一定的难度，还得靠在座的各位鼎力支持，所以，我想先听听各位对变法维新的看法。"周辛铄说。

有人说："古城变法，势在必行。但不管怎么变，首先一点，必须保证教育，必须遵纲常、遵伦理、遵仁义道德。"

"我们变法是要去除一些糟粕，好的传统教育肯定是要发扬的，只是有些已经被时代所淘汰的陋习必须要剔除。"周辛铄说。

有人说："古城要改旧，必须明白旧的陋习形成的原因，才能根治，譬如这个人是贼，我们要知道是什么原因让他变成贼？这个人是娼妓，又是什么原因让她成为娼妓？这个人作恶多端，要知晓是什么原因造成的，我们必须弄清楚根源在哪里，正本清源，才可以彻底清除陋习。"

"这位仁兄说得极对，陋习不去除，新的好习惯又怎么能养成？而去除陋习必须对症下药，才能药到病除。"谭人凤赞道。

"还有吸大烟、嫖娼、缠足、殉夫、纳妾等等都是些丑陋的社会风气，希望这次全部都消除了，这样社会风气才会清明起来。"周辛铄说。

"周先生说得对，这些陋习都必须除去，我们支持这种有益于社会稳定的变法维新。"大家齐声赞道。

在这些都可以称为长辈的人面前，以陈显宿、苏鹏、杨源浚他们的年龄和阅历，只有听的份儿，但他们对每一个人的发言，都是牢记于心，心里默默思考在这场维新运动中，自己该做些什么。

这场会开得如火如荼的时候，唯一把自己置身事外的只有罗元鲲。正当大家在激烈讨论的时候，罗元鲲却把自己关在藏书室看书。他最感兴趣的是历史，古今中外的历史故事能让他的思绪飘得很远很远：在战争中所向披靡的拿破仑为什么滑铁卢之战会惨败？彼得大帝是多么的雄傲，为什么最后被刺杀？陈胜、吴广起义的胜利果实为什么最后被刘邦摘去？商鞅变法为普通百姓谋取了利益，受百姓爱戴和拥护，最后却落得个五马分尸的下场。这一切的一切都让他惊心动魄，让他心有余悸，他害怕政治，他要远离政治。

罗元鲲不知在藏书室待了多久，直到陈显宿、苏鹏和杨源浚在外面大喊："瀚溟兄，瀚溟兄。"他才醒过神来。

"怎么？你们的会开完了吗？"罗元鲲问。

陈显宿拥着他的肩膀说："瀚溟兄，你就一直待在这里？也不去感受一下外面火热的气氛？"

"星台，我对这个真的不感兴趣，我只喜欢我的历史。"罗元鲲说。

"历史都是人创造的，我们也可以一起创造新的历史呀！"陈显宿说。

"是呀！今天听先生们讲了这么多，我觉得一个新的历史时代即将来临，我们将在历史的潮流中搏击。"杨源浚的脸显得神采飞扬，全然没有了往日的羞涩。

"星台兄，凤初兄，伯笙兄我真的不是创造历史的那块料，我还是研究我的历史吧！"罗元鲲说。

"人各有志，我们也不便勉强你，你好好念你的历史吧，希望有一天你在历史方面有所建树，瀚溟兄。"苏鹏说。

罗元鲲尴尬地笑笑，算是回答。

第八章 不缠足会

每周的讨论会是同学们思维最活跃的时候。这周讨论会的议题是："我们的思想要怎样才能与西方站在同一高度，才能与世界同步？"

"要想接受西方的一些新事物，我们必须先打破一些旧的传统、旧的观念。"接触了一些维新思想的陈显宿在讨论会上提出了自己的见解。

"封建思想禁锢了人们的大脑几千年，不是说打破就能打破的。"曾广轼回应说。

"现在也不是说要全盘打破，我们要一步一步来，先是有选择、有目的的打破那些危害人们身心健康的旧传统、旧观念。"陈显宿说。

"我觉得我们现在所有的一切都是约定俗成的，像君主制度、奴隶制度、男权思想等等，都流传几千年之久了。"苏鹏说。

"我们现在就是要打破这些已经固化的糟粕，因为它们已经严重阻碍了社会的进步。你们想啊，中国有几千年的文明史，而西方国家有的只有几百年，但现在的我们已经远远落后于他们，这是为什么？就是因为这几千年的封建思想的禁锢，我们自己捆住了自己的手脚，思想中天性的自由都被压制住了，无法释放出来，社会怎么能进步呢？"陈显宿说。

"星台，你受维新思想的影响很深啊！虽然现在有人提出维新观点，但反对的人也不在少数，在事情没有明朗之前，我们还是慎言为妙。"罗元熙小心提醒说。罗元熙，字益之，才入学的时候，他思想并不活跃，也是受到了陈显宿他们的影响，才慢慢开始接受这些新思想。

"益之，我们只是学习了一些西方的进步思想，接受了一些新生事物，如果说这是维新思想，那又有什么关系呢？只要是好的东西，对国家和人民有利的，我们可以接受啊！干吗要这么拘泥呢？我们实学堂实行的就是新学啊！"陈显宿说。

"星台，我明白了。"罗元熙点点头说。

"星台说得对，国家要进步就必须推陈出新，改变陈旧的、妨碍社会进步的旧思想，宣扬先进的、顺应时代潮流的新思想。"有人赞同说。

"星台，你说我们要一步一步，有选择性的打破那些危害人们身心健康的旧传统、旧观念，我们现在迫切需要打破的是哪些旧的传统、旧的观念呢？"袁华选问。

"我认为，要打破男尊女卑的思想。你们看人家西方国家的妇女，跟男人一样可以抛头露面，跟男人一样可以进学堂，甚至还可以参加竞选，做政府官员。而我们国家的妇女一般都是大门不出二门不迈，待在家里相夫教子，因为脚缠成了三寸金莲，路都不能走，哪都不能去，还怎么干别的事？"曾鲲化抢着回应。

曾鲲化的这段话让陈显宿想起了童年的伙伴梅子，想起了梅子缠足时那撕心裂肺的哭声，想起梅子缠足后连门都不能随便出的悲惨生活，赞同说："对！我也认为妇女缠足是一种传统陋习，缠足不仅会让妇女思想变颓废，身体变残疾，还要让妇女多吃很多苦。你们想啊，把一个人的脚掌活生生地变成畸形，让她一辈子都生活在痛苦中，这是一种多么可怕的陋习。"

"是啊！我看我母亲走路的时候一双小脚颠来颠去的真的很痛苦，还要操持一家人的生活。"苏鹏附和。

"我记得我妹妹们小时候缠足是哭得死去活来的，她们那双双嫩嫩的脚被一层层的布裹成粽子一样，一开始的时候皮肉都磨破了，裹脚布被血染成红色，血干后又变成紫色，换裹脚布的时候，把布打开是血肉模糊的一团，好可怜。"杨源浚说

"也是，好好的一双脚，能走能跳，为什么一定要把它变成畸形只能整天坐着呢？"袁华选说。

"不就是有些大老爷们喜欢女人的三寸金莲嘛！女人要讨男人们的欢心，就拼命把自己的脚裹小，以脚小为荣，为了拥有一双三寸金莲，全然不顾自己一辈子的痛苦。"曾广轼说。

"这就是男尊女卑的具体表现，为了迎合男人，女人就得吃苦受痛。"曾鲲化说。

"还说什么相夫教子，一个女人成天待在家里，什么见识都没有，她怎么教子？她能够把孩子教好吗？所以，这相夫教子也是男人控制女人的一个借口。"苏鹏说。

"人家西方国家的女人都是天足，什么事情想做就做，有的妇女甚至都

敢骑马，还有参军打仗的。"曾鲲化说。

"说到参军打仗？我们国家不是也有替父从军的花木兰吗？"苏鹏说。

"那只是个别的，花木兰替父从军还得偷偷摸摸，什么'雄兔脚扑朔，雌兔眼迷离；双兔傍地走，安能辨我是雄雌？'哪像人家西方国家就公开招收女兵。"罗元熙说。

陈显宿的观点显然得到了同学们的认同。

"既然大家都认为缠足不好，那我们为什么不打破这个陋习，号召妇女们不缠足呢？"陈显宿说。

"对，我们应该学习西方国家，解放妇女，帮助妇女们把缠足这个陋习彻底除掉。"邹德淹说。

"我看报纸上有些地方也有关于解放妇女双足的倡议。"曾广轼说。

"我想，我们可以成立一个'不缠足会'，去民间号召妇女以后不再缠足。"陈显宿进一步提议说。

"星台这个建议很好，我第一个支持！"邹德淹马上赞同。

"好！我们赞成！"同学们纷纷响应。

"我认为，光是我们这些人还不够，我们应该发动全县的力量，我们还应该得到官府的支持，让官府明令禁止妇女缠足，才能起到从源头控制的效果。不然，妇女们想不缠足，但家里的大老爷们却认为小脚漂亮，强迫她们缠足，那我们的工作不是白做了？只有官府出面，这问题才能得到彻底解决。"邹德淹说。

"景贤兄想得很周到，我们马上起草呈禀县衙的禀文，号召全县的禀生、增生、附生、童生在上面签上自己的名字，这样才能体现我们消除缠足这种陋习的决心。"陈显宿说。

"好的，星台，你快写吧，我们这些人里面数你文章写得最好，我们大家签名就是。"邹德淹说。

"我们这么做要不要给周先生、谭先生和罗教习说一声？"罗元熙担心说。

"我看还是不要了，周先生、谭先生和罗教习他们是代表学堂的，出什么问题他们得担责任，学堂也要担责任，如果做这件事情只是我们的个人行为，我们是学生，做错了顶多认个错而已。"邹德淹说。

"景贤兄说得对，我们不能连累周先生、谭先生和罗教习。"杨源浚说。

当晚，显宿就挥笔写下了《公恳禁幼女缠足禀》："为禁革敝俗，恳示通行，事禀妇女缠足，于古无征……害及天下万世。"要求政府"出示晓谕，以觉愚俗，而变颓风，则不惟二万万女孩馨香顶祝，而强种保族之举，亦略见一端矣"。禀文签好名后直接送到了县衙，县令李弼清看到这份禀帖很有新意，与当时刚刚兴起的维新思想所提出的观点很吻合，李弼清不敢私自发令，便把这份禀帖呈报给了省府。

"没想到新化实学堂一群小小的学生，竟有这样的远见和胆识，了不得！"谭嗣同等维新派官吏看了显宿他们的禀帖，很是惊讶。

"梁启超先生不是说过吗，'湖南民智骤开，士气大昌……人人皆能言政治之公理，以爱国相砥砺，以救亡为己任，其英俊之才，遍地皆是，其人皆在二、三十岁之间，无科第，无官阶，声名未显著者，而其数不可计'。说的就是他们这代人。"有官员说。

"不得了！这一代人成长起来，将来准是国家维新的中流砥柱。"另一官员说。

"是啊！这也说明了维新运动，不再是我们社会上层的官员、知识分子的主张，它已经真正深入了民心，影响到了社会的各个阶层。"又有官员说。

"嗯，这篇禀文的执笔者文笔也很了得，我们现在不是正主张解放妇女的双足吗？我看可以推荐给唐才常他们的《湘报》，在头版刊登出来，扩大影响。"谭嗣同说。

不几天，在《湘报》的显要位置，一篇由新化陈显宿、邹德淹、曾继辉、苏鹏、杨源浚等二十二名禀生、增生、附生、童生联名上书的《公恳禁幼女缠足禀》的文章让罗仪陆着实大吃一惊，没想到这批学生的思想这么敏锐，观点已经这么成熟，我们这当教习的都自愧不如啊！

"陈星台，《公恳禁幼女缠足禀》这篇文章是你写的吧？"罗仪陆直接拿着那张报纸找到陈显宿问。

经过一段时间的接触，罗仪陆对陈显宿的文风已经非常熟悉，报纸上刊登的这篇文章虽然有二十二个人签名，但他一看便知是出自陈显宿之手，所以直接找到陈显宿问询。

陈显宿开始以为自己的文章出了什么问题，怕连累同学们，勇敢承认道："教习，写这篇文章是陈星台个人所为，名也是陈星台乞求其他同学签的，有什么问题由陈星台承担，不关其他同学的事。"

罗仪陆知道陈显宿误会了，用手指点着报纸上那个醒目的黑标题解释道："陈星台，我现在不是要追究你的责任，而是要表扬你，你看，你写的文章刊登在《湘报》上了，这在我们实学堂还是头一回，这可是我们新化实学堂的荣誉啊！"

陈显宿接过报纸一看，自己的禀文真的刊在报纸上了，还是在比较显眼的位置。于是，又有些腼腆地向罗仪陆解释："教习，这篇文章其实是大家的意思，不单是我个人的想法，我只不过是给同学们执笔代言而已。"

"嗯，不管是你们集体的想法还是个人的行为，这篇文章刊在了《湘报》上，是值得祝贺的，只是，以后如有这样的事情，你们要事先告知我，我也可以给你们把把关，不是说我是你们的兄弟嘛！"罗仪陆温和地说，他心里对陈显宿这种敢于担当，又不居功自傲的表现尤其赞许。

"对不起！教习，这篇禀文我们只是呈给县府的，不知怎么转到《湘报》去了，其实，我们当时也是不知道这禀文写得妥还是不妥，如果有什么事，我们不想连累你，所以就自作主张了。"陈显宿道歉说。

"为什么叫兄弟？就是有福同享、有难同当啊！"罗仪陆拍着陈显宿的肩膀说道。

自己的文章居然登在了《湘报》上面，又得到了罗教习的表扬，陈显宿受到了从未有过的鼓舞。

"星台，了不得！文章都上报纸了。"同学们得到这个消息，纷纷祝贺说。

"这不都是同学们共同的想法嘛，我只不过是一个执笔人而已。"陈显宿谦逊说。

"星台，你就别谦虚了，除了你，我们这里还有谁有你这样的文采？"苏鹏说。

"大家都是在学习阶段，谈不上谁比谁的文采好，重要的是大家都在为实现自己的目标努力。"陈显宿说。

知县李弼清也是接受过维新思想熏陶的人，他看省城的维新派官吏们这般重视这份禀帖，便很快批准陈显宿他们正式成立"新化天足会"。

有了县衙的支持，陈显宿和同学们更加积极推进这件事，一有时间就去街道、去乡村宣传禁止缠足的新思想、新观念，提高妇女们对缠足的危害性的认识。

曾继辉，字月川，新化县亲睦团珂溪村人，他不是新化实学堂的学生，他跟曾广轼是同乡也是曾经的同窗，他从曾广轼那里得知新化实学堂的同学倡导的不缠足运动后，非常感兴趣，不仅主动要求在《公恳禁幼女缠足禀》上签名，对推进不缠足运动也是不遗余力，他自撰了一首《放脚歌》，不缠足会每次活动，他都积极参与，组织同学们唱他的《放脚歌》，他还建议大家出去宣传的时候不要穿鞋，每到一个地方鸣锣告示，沿门宣讲，用自己的赤脚现身说法向大家解释不缠足的好处。

又是休息日，陈显宿他们把标语写好，把头天晚上抄好的那一些宣传资料整理一下准备出发。

"星台，周边的乡镇我们都走完了，这个星期天去哪里宣传呢？"邹德淹问。

"乡村走完了我们就开始走县城，县城虽然面积不是很大，但人口高度集中，所以，县城里的每条街道我们都要宣传到。这次我们去向东街吧，向东街是县城的中心街道，集家坊、商贾、集市于一体，每天流动人口很多，又靠近资江码头，码头上船来船往，那些船上至宝庆，下至益阳、武汉，几千里的水路，也许能把我们的思想传播得更远。"陈显宿说。

"好，星台，你这志向远着呢，还想着沿资江河，宝庆、益阳、武汉，这么一路宣传过去。"邹德淹笑道。

"我都恨不得全中国都知道我们的'新化天足会'，恨不得天下的妇女双足都得到解放。"陈显宿目光看起来有些深远。

这家伙做事情这么有远见，以后怕不是个平地卧的角色，望着踌躇满志的陈显宿，邹德淹想道。

因为陈显宿他们的积极推进，一时间，新化的维新运动走在了湖南的前列，他们的行动不仅受到了百姓的拥护，学校的支持，也受到了县府衙门的高度赞赏。

这次的成功，给了陈显宿很大的信心，他更加积极关注和参与维新运动，并给自己改名天华，字过庭，别号思黄。

第九章 支持维新

　　"叔川，新化实学堂这帮学子了不得，你看他们接触维新思想才多久，一个个思想都是通透明亮的，什么东西好，什么东西不好，他们看得清清楚楚、明明白白。就说那缠足吧，这么多年，老祖宗传下来的规矩，也许是熟视无睹了，我们就没觉出什么不妥，可他们把缠足的坏处一罗列出来，顿时就感觉到女人缠足这个规矩简直就是个恶魔，把女人们一个个弄得求生不得，求死不能，现在他们这么一闹，女人们总算是给解放了。"谭人凤感叹道。

　　"是啊！从这次的不缠足运动，我们也可以看出新政在新化这地方是可行的，但我们要改革的还不只是妇女的缠足问题，像吸大烟、嫖娼、殉夫、纳妾等等都是需要铲除的陋习，只是一下改变不了这么多，我们只能一样一样来。"周辛铄说。

　　"依我看，继缠足后，现在最紧要解决的问题是禁止吸食鸦片，自1840年英国人把鸦片传入我国以来，不知害得多少人妻离子散、家破人亡。"谭人凤说。

　　"新化城里最大的烟馆就是南门湾'斜眼三'开的福寿烟馆。'斜眼三'又叫'邪烟三'，是南门湾里的一个烂崽，仗着他姐夫是县衙的师爷在新化街上是无恶不作、无所不为。前两年还听说他为了收鸦片钱，把城南的一家三口给活活逼死了。"周辛铄说。

　　"竟有这等事情？简直是无法无天了！叔川，你能不能给我说说事件的原委？"谭人凤怒目一瞪，气得胡子都翘翘的。

　　"被逼死的那家人，男人是个烟鬼，以前家里还是蛮富庶的，在城南有一栋两进的有天井的青砖瓦房。自从吸上大烟后，家里的财产都在那福寿烟馆里化成了缕缕青烟，以致连房子都卖掉了。一次，他烟瘾犯了，去福寿烟馆抽了一泡烟没钱给，'斜眼三'就派人去他家收账，可他家除了一间四面透风、顶上漏雨的、以前做茅房的土砖房，再没什么值钱的。于是，'斜眼三'的手下限定他们第二天从那土砖房搬出去，用那间土砖房抵那泡烟钱。连最后的一点栖身之地都被剥夺，那家的女人觉得没办法活下去了，带着才五岁的女儿要寻死。那男的觉得，如果堂客、孩子都死了，自己活着也没什么意思，再说，没大烟抽自己也一定会被憋死，还不如一起死了算了。当天晚上，一家三口用一根麻绳绑在一起，跳了资江河。过两天，尸首浮上来都没人收，县衙派人拖去乱葬岗埋了，草席都没有裹一张，真是惨啊！"周辛铄说。

"这样逼死人，县府衙门也不管吗？"谭人凤问。

"这'斜眼三'开烟馆赚了不少钱，通过他姐夫，早把原来的县府衙门都买通了。况且那家人是自杀，谁会管这事？即使人是他们杀的，他们也会想办法脱罪的。"周辛铄说。

"我们一定要想办法把这颗毒瘤清除掉。"谭人凤狠狠地说，黑眉紧皱，犀利的眸子放出一道凌厉的光芒。

"这段时间我也一直在琢磨这件事情，我想了一个办法，让学生们像组织'不缠足会'一样，组织一个'戒烟会'，到处宣传抽鸦片的危害，让大家从根本上认识到问题的严重性之后不再去沾鸦片，已经有鸦片瘾的，把他们组织在一起，强制戒烟。"周辛铄说。

"这办法好是好，只怕他们是学生，没权利这么做，这还需得到县衙的支持，要县衙发文，县衙会同意吗？"谭人凤疑问道。

"新来的知县李弼清是支持新政的，不是原来的那个被他们收买的知县，我想，他肯定会支持。再说，鸦片害死了不知多少人，给社会造成了很多不稳定因素，为了社会的安定，县衙也一定会支持戒烟。"周辛铄说。

果然不出所料，"戒烟会"得到了县衙的全力支持。于是，陈天华他们放开手脚行动起来，不仅组织鸦片鬼们集体戒烟，到各乡镇、街道大肆宣扬吸食鸦片的危害，还把禁止吸食鸦片的横幅拉到了福寿烟馆门口，在这样的高压态势下，谁还敢来吸食鸦片？

县城西门外有一座高耸的"贞女坊"，它像一个失去依靠的孤女，凄楚地立在那里，任凭世俗的风雨日夜吹打。有次讨论的时候，有同学提出，这个"贞女坊"是不是对死了男人的女人的一种戕害？陈天华他们觉得，为死去男人的女人立贞节牌坊就是"殉夫"这种陋习的表现形式之一，贞女坊就像是套在女人脖子上的一把沉重的枷锁，让她们在本该享受生命的年纪，被世俗的枷锁牢牢套住，变成一具活死尸。世人都是平等的，凭什么男人死了女人可以再娶，甚至是三妻四妾，女人死了男人就不能再嫁，得守贞节？这就是对女人的不公平，既然有不公平，我们就应该把它打破。于是，陈天华他们借来了长楼梯，把"贞女坊"几个字刷上石灰水盖住，在上面写上"大同坊"三个大字。以示对"殉夫"这种陋习的宣战。

陈天华他们这些行动触犯了传统的封建势力的权威，他们也组织起来反抗。一次，不知是谁，发动一些须发全白的老头子，手拄拐杖，站在被改成"大同坊"的"贞女坊"前，用气得发抖的手指指着"贞节坊"说道："成何体统！成何体统！女人的'从一而终'呢？'三从四德'呢？现在都被这些不知天高地厚，败坏伦常的逆子给破坏了……"。而那些长期被"贞女节妇"这几个字压得抬不起头的妇女，此刻嘴角终于露出了一抹如释重负的微笑。

第十章 大同辑报

为了响应维新派的新政，宣传新政，周辛铄与萧竹雯、王哲夫、辜藻堂、苏香谷、谢映星等开明士绅商议创办一份宣传新思想的报纸，转载《申报》《湘报》《时务报》等报纸上宣传新政的重要文章，以便更能快速地传播维新思想。

办报之初，为了这个报刊的名，可热议了一阵子。康有为为推行变法，在上书之余，写过一部《大同书》，其意旨是："大同世界，天下为公，无有阶级，一切平等。"周辛铄他们认为，康有为的这种理想的大同世界是广大民众所期盼的，刚好周辛铄又是新化县大同团的团总，这样的机缘巧合，让他心中一动，报刊就取名为了《大同辑报》。

在陈御臣的"三昧堂书坊"的大力协助下，第一期《大同辑报》顺利出刊。陈天华自告奋勇担任卖报任务，做惯了提篮生意的陈天华用上了以往的推销方法，手提着装报的篮子，在街头大声叫卖："看报，看报，看《大同辑报》，看我们新化人自己编印的报纸，掌握最新消息。看报，看报，看《大同辑报》，看当今中国，大兴学堂，以洋制洋，振我家邦……"

过往的读书人、士绅模样的有不少人都被他的叫卖声吸引住，纷纷停下脚步买上一份报纸，但那些小市民和商贩模样的却是一副漠不关心的神态。陈天华见状，灵机一动，马上编了首歌谣："卖报，卖报，救我中华！小小日本，为何强霸？小小德国，为何凶暴？小小英国，为何歹毒？还有俄国和美国为何这般狡诈？我中华民族呀！危在旦夕，我们国民啊！应该如何解救？全写在报上呀！不妨买张读读，买张读读。"这一试，效果很好，不大一会儿，手中的报纸全都卖光了。

看人们读报时的各种神态，有的愤怒、有的叹气、有的思考、有的沉默。陈天华知道这份报纸起到了它应有的作用，它正在人们的脑海里持续发酵，它将指导着人们的思想与时代同步，与维新变革的理念合拍，他深信国民是可以唤醒的，国民的力量是无穷的，只要国民起来一起拥护维新变法，就不愁新政推行不了，国家不会进步。

《大同辑报》推广开来后，考虑到乡村消息闭塞，村民的生活又比较艰苦，周辛铄他们又商议自购一部活字印刷设备，自己印刷书籍、报纸，以降低成本，书籍、报纸仅以成本价卖给各村，以传播文化，倡导新风。

推行新政才两个多月，新化的天空似乎清明了许多。街上的人多了，气氛和谐了，人人脸上都带着笑容。正值秋天，收获的季节，丰收了的农人带着他们的土特产，带着他们的喜悦一起来到城里，让城里的人们也一起享受他们的丰收快乐。

走在街上，那些士绅、学子逢人必谈新政，都以知道当前的新政为荣。而那些路人也是每逢听到有人在谈新政，都驻下脚步静静倾听，生怕漏掉一个字。他们所谈论的，正是《大同辑报》上所刊载的。特别是最近出的第三期上面刊载了梁启超的《少年中国说》：

"今日之责任，不在他人，而全在我少年。

少年智则国智，少年富则国富；

少年强则国强，少年独立则国独立；

少年自由则国自由，少年进步则国进步；

少年胜于欧洲则国胜于欧洲，少年雄于地球则国雄于地球。

红日初升，其道大光。河出伏流，一泻千里。潜龙腾渊，鳞爪飞扬。乳虎啸谷，百兽震惶。鹰隼试翼，风尘吸张。奇花初胎，矞矞皇皇。干将发硎，有作其芒。天戴其苍，地履其黄。纵有千古，横有八方。前途似海，来日方长。美哉我少年中国，与天不老！壮哉我中国少年，与国无疆。"

有不少的学子在大声地朗诵，那激越的声音，更是让人心潮澎湃，热血沸腾。它不仅长了中国少年的志气，也让人们仿佛看到了一个新的少年中国即将冉冉升起。

休息日，周辛铄、谭人凤、陈天华、苏鹏、杨源浚他们都来到街上，走在人群中，感受新政所带来的新场景、新气象，心中升腾起的是一种为了中华崛起，自己在尽一分力量的自豪。

"没有求新务实，古城是一座死城，它在慢慢地腐朽，是维新变法给它充满了新的活力。"周辛铄感叹说。

"有新政才有新生，没有新政只有死路一条。"谭人凤也说。

看着两位前辈兴高采烈的样子，三个跟随的年轻人也是心里异常兴奋，看来这两个多月来的功夫没白费。

这段时间，这些年轻人一直没闲着，继成立"不缠足会"，解放了妇女的双足之后，在周辛铄和谭人凤的领导下，又成立了"戒烟会"，把那些吸食鸦片的烟鬼集中起来戒烟，很多被鸦片所害的人家对他们是感激涕零。接下来，又协助周辛铄他们办报纸，把维新思想传遍新化的每个角落……。这些实实在在的成果，让人们充分体验到了新政带来的好处，所以，大家对新政更加信服。

当然，也有那些个靠贩卖鸦片为生，鱼肉百姓过活的人，对他们是恨之入骨。南门街上的"斜眼三"，这段时间就被陈天华他们的"戒烟会"搞得焦头烂额。自新来的知县李弼清全力支持禁烟以来，鸦片馆现在门可罗雀，完全没有了往日的门庭若市。新政把自己发财的路给堵死了，"斜眼三"把搞新政的人恨得牙痒痒的，但又不敢发威，只能夹着尾巴忍着。

第十一章 新政失败

陈天华、苏鹏、杨源浚几个人从街上返回实学堂宿舍的时候，苏鹏却碰到了家里的一个帮工在宿舍门口等他，他说是家里专门派他来给自己送信的。什么事情这么紧急？还要专门派人来送信？苏鹏心里咯噔了一下。

急速打开信，看到的却是一个惊人的消息：维新派出事了。

"凤初，出什么事了？"看到苏鹏脸色的急剧变化，陈天华急速地问。

"省城正在大肆抓人。"苏鹏焦急地说。

"大肆抓人？抓谁啊？"杨源浚惊问。

"抓康有为、梁启超及他们的党徒。"苏鹏说。

"这怎么可能啊！皇帝不正重用他们变法吗？"陈天华说。

"皇帝也被抓了，关在瀛台的一个秘密处所。康有为和梁启超都跑了，跑去了日本，我们湖南的谭嗣同因不肯逃走被官兵抓住了，巡抚陈宝箴也被革了职，做回平民。"苏鹏说。

"这消息可靠吗？我们之前怎么一点信都没听到？"陈天华问。

"绝对可靠！这是我的亲叔叔说的，他有一个儿子在省城衙门做事，他有事没事都会跑去儿子那里住上一阵子。他说他是亲眼看到的，省府衙门现在每天都有人被抓进去，他是看到风声紧，赶紧回来报信的。"苏鹏说。

"那现在还在抓哪些人？"杨源浚问。

"大的跑了抓小的呗，慈禧想着要一网打尽。"陈天华说。

"对，星台说得对。"苏鹏说。

"看来我们得赶紧去告诉周先生和谭先生。"陈天华说。

"是啊！我父亲在信上也是这么交代的，叫我舅赶紧跑，再不跑怕来不及了。"苏鹏说。

"凤初，那你还不赶紧把信交给你舅？"陈天华提醒道。

"对！对！事情来得太突然，我都有点慌乱了。"苏鹏猛醒过来，赶紧去找周辛铄。

周辛铄看到信也是吃惊不小："大事不好，朝廷又变脸了。"

"舅，那现在该怎么办？"苏鹏焦急问道。

"别急！风初，你们都还是学生，不是很要紧，只是我和谭胡子得赶紧走，好汉不吃眼前亏，我现在就通知谭胡子去，以后实学堂有关新政的事你们暂时不要参与，专心念书，等风声过去再说。"周辛铄叮嘱道。

"唉！中国的历次变法，哪一次不是牺牲在统治者的屠刀下？"望着周辛铄远去的背影，陈天华心中叹道，自己所担心的事情终于发生了。

不久，消息得到了进一步证实，清廷不仅杀害了谭嗣同，跟他一起被杀害的还有康广仁、刘光第、林旭、杨深秀、杨锐五位参与变法的君子。省城里头不仅革了陈宝箴的职，他的支持者黄遵宪、江标、徐仁铸、熊希龄等也被革职，省城的时务学堂被停办。

消息传开，新化县城自然也是"山雨欲来风满楼"。刚实行新政的时候，周辛铄他们的一系列行动也是触犯了一些人的利益的，当时，只是因为省府和县府衙门的支持，他们才敢怒不敢言，现在风向一变，他们自然是要跳出来翻变天账了。支持新政的知县李弼清被革职查办后，报复得最狠的是"斜眼三"，他在得到消息的当晚就带人去抄了李弼清的家，后来又带新来的知县去新化实学堂搜查支持新政的周辛铄、谭人凤他们，得知周辛铄、谭人凤逃走后，协助衙门的人把缉捕周辛铄、谭人凤的布告贴得满街都是，而宣扬新政的标语被他们撕得破破烂烂在风雨中飘摇，更是有人在上面又贴了一层反新政的标语。停了几个月的烟馆又开起来，没有人阻止，闻着那烟味儿，烟瘾犯了的烟鬼又开始往烟馆跑，相比之前，烟瘾有过之而无不及。不知是谁，把那牌坊上的字又改回去了，"贞女坊"三个字用黑色的漆刷了，黑黝黝的泛着冷光。

自此，新化的维新变法宣告失败。

实学堂被官府下令关停后，同学们不得不各奔前程。临走时几个好友相约来到资江河边。陈天华、苏鹏、杨浚源都到了，独缺了罗元鲲。自他们闹新政，罗元鲲连跟他们说个话都是战战兢兢的，现在的形势下，不敢跟他们见面自然也是意料之中的事情，所以三个人也没怎么在乎。

寒风扑面，吹乱了没有心思梳理的头发，望着滔滔流过的资江水，陈天华慨道：

莫水流向东，不复再回程。

今此离别后，何时再相逢？

苏鹏此时也是满心的惆怅，接道：

三春相依伴，以为岁月长。

皆因处浊世，前途太渺茫。

看陈天华和苏鹏是这般的伤感，杨源浚劝道："你们俩别那么伤感好不好？救中华民族于水深火热之中是我们共同的目标，为了这个共同的目标，我们肯定有再走到一起的时候，所以，我得来首欢快一点的：

此番离别去，缘浅情义深。

待到重逢日，把酒话时新。"

"伯笙兄果然了得，这首诗可是对我们的未来充满了希望，'待到重逢日，把酒话时新。'预示着我们重逢的时候，将是我们拥有了新的生活的时候。"陈天华赞道。

"我也相信我们会重逢在新的变革时代。"苏鹏说。

杨源浚紧紧握住了两人的手："千古知音最难觅，愿我们早日重逢。"

第十二章 各奔东西

资江边分手后，陈天华回到老父亲摆茶摊的地方。天气冷了，加上世道不好，茶摊生意也是一落千丈。看着日益衰老的父亲，陈天华不禁悲从心中起，洒下一把心酸的眼泪。如果不是为了自己多念一点书，老父亲也不会背井离乡，来到县城过这种漂泊的日子，家里的日子苦是苦点，但在塾馆做着先生，饭还是有口吃。父亲为自己吃了这么多的苦，而现在自己连书都没得读了，如果让父亲知道，不知他要伤心成什么样子？但这样的大事不告诉父亲能瞒得过去吗？

儿子这么悲哀，陈宝卿心里也难过，虽然儿子怕自己担心，没有很明确告诉自己他现在的处境，但在平时聊天的时候儿子时不时吐露出的一些新词，陈宝卿也知道，儿子情绪这么差绝对跟眼下众人谈论的维新变法被清政府绞杀有关。

终于，陈天华跟父亲袒露了自己这段时间的遭遇。

"现在书不能读了，乡亲们对你期望那么大，又不好回乡下去，你打算怎么办？"陈宝卿问。

"我也不知道怎么办，但看您的茶摊经营这么惨淡，我还是提篮做生意，先帮您渡过难关再说。"陈天华说。

"星台，再苦再难，我也不愿你放弃学业，要不你再去找找陈御臣老爷，看他有什么办法？"陈宝卿说。

"好吧！"尽管陈天华不想再去麻烦陈御臣，但这时候自己是束手无策，也只能这样了。

因为印刷《大同辑报》，陈御臣也受到了牵连，幸亏他在新化县城里面根基深厚，经多方打点，才以罚款一千两银子了事。

陈天华清楚陈御臣此时的境地，一见面就道歉说："晚辈不才，承蒙错爱，因为新政之事，连累了老爷。"

陈御臣说："星台，这不关你的事，是清政府腐朽，他们一定要等到国破家亡了才能醒悟过来。只是现在实学堂被关了，周先生、谭先生还在被缉捕当中，学生也都散了，我倒是担心你，现在该怎么办？"

陈天华鞠躬道："真的不好意思！让老爷操心了，晚辈也正是为此事而来，想请教老爷。"

"这件事我也正在考虑。七年前，我去省城游玩，适逢岳麓书院修缮，我捐了两百两银子，并且结识了岳麓书院一位叫周宇宽的先生，互相留下了名帖，之后书信也来往了几回，只是后来少了联系，不知他是否还在书院。"

"您是想让我去长沙岳麓书院？"陈天华问。

"时间过去这么久了，只能碰运气，我现在修书一封，按原址寄出，看能不能收到回信。如果周先生还在那里，他会想法安排你去岳麓书院读书的，如果不在，我们只能另想办法了。"陈御臣说。

"晚辈全听老爷安排！"陈天华恭敬道。

过了不多久，周宇宽先生来信说已为陈天华在长沙岳麓书院安排好了一切，让陈天华只管放心去就是了。

得到回音的陈天华赶紧回去把这个好消息告诉了父亲，准备择日动身前往长沙。不巧陈宝卿这时却突然生了病，陈天华不放心生病的父亲，想等父亲身体痊愈后再去长沙，而陈宝卿怕陈天华失去了这好不容易得来的读书机会，谎称自己没多大的病，只是感染了风寒而已，逼着陈天华立马去长沙。陈天华只好收拾行李往长沙出发。

苏鹏离开实学堂后，便回到家乡毛易铺。毛易铺是个地名，并不是一个铺子。毛易铺地方不大，周边全是石灰岩的山，有一条浪花飞溅的小溪穿村而过，村人的房子依溪而建，每户人家从后门出去就到了小溪边。溪水很干净，小溪周边的人不仅用的是溪里的水，喝的也是溪里的水。

苏鹏的家是溪边一栋石院石屋的房子，房子很宽敞，院子里也收拾得整整齐齐。因为取石容易，院子里的东西好像都是石头做的，石桌、石凳、石磨、石头砌成的花坛，地上铺的也是正方形的石砖。

苏鹏一回到家，便被家里人软禁了起来，父亲说："凤初，这段时间你哪儿都不许去，就待在毛易铺好了。"

苏鹏听了，抗议道："爹，孩儿又没犯错，凭什么说我不能离开毛易铺？"

父亲回答说："不是因为你犯了错，而是外面很不安全，现在清理'康梁乱党'，新化县城内的复辟势力非常猖獗，正在到处抓人，你舅舅和谭先生都是在逃犯，新化街上到处都贴满了抓捕他们俩的缉捕令，你现在出去，难免被官府当成同案犯抓去。"

"是啊！凤初，我们就你一个儿子，倘若你出了什么事，让我们怎么活呀！"母亲也在旁边一把鼻涕一把眼泪地说。

看见父母亲焦虑的模样，苏鹏心里的抵触情绪渐渐消退，家里就自己一个独子，父母的担心也不无道理。父母供自己吃、穿、住、读书，把所有的一切都给了自己，一心指望自己考取功名，光宗耀祖，现在自己不仅让他们没能如愿，而且还让他们整天提心吊胆，自己是不是太不孝顺了？还是乖乖在家里待上一段时间，等事情过去或出现转机之后再说吧。

经历过热火朝天的维新运动，现在突然静下来，苏鹏有一种无所适从的感觉，闲着没事干，整天吃吃、喝喝、睡睡，觉得自己快赶上那些七老八十的人了。父亲劝他，在家里可以练练字、写写诗、看看书、下下棋，苏鹏也照做了，但这种没什么奔头的事情做起来让他感到很没劲，除了消磨时间，一点意义都没有，所以，他整天看上去都是无精打采的。

后来，发现屋后面的小溪里有些老人、小孩在捞鱼，他也走近去看了一下。这是一种身体圆圆的，肉质透明，有些棕褐色斑纹，几乎没有骨头的小鱼，这种鱼听说是从小溪源头的阴河里流出来的，捞上来用茶油炸酥脆下酒，那满口溢香的味道是毛易铺的老人们津津乐道的话题。

苏鹏觉得自己找到了一种消遣的好方法，他在屋后的小溪里用鹅卵石筑一道坝，中间留一缺口，缺口的大小跟他用的一种竹制的捞鱼工具"竹罐"的进水口一样大小，上游流下来的溪水都要经过竹罐，水可以从竹罐的缝隙里流出，小鱼就留在竹罐里了。自从发明了这种捞鱼方法后，他乐此不疲，可以整天整天地待在小溪边，家里的饭桌再也不缺小鱼，多的时候还可以送给邻居们吃。

看到二十来岁的儿子像那些老人、小孩一样，整天在小溪里捞鱼，苏鹏父母觉得好气又好笑，但又没有办法阻止他。

"要么我们赶紧给凤初找个媳妇，反正他也二十来岁了，到了该成亲的年纪。"苏鹏母亲提议道。

这倒是个好主意，苏鹏父亲立马赞成，就去找媒婆给儿子说媒。看见家境殷实，一表人才的苏鹏，媒婆说："你家凤初这么优秀，好妹子怕是排队等着呢。"苏鹏父母听了，高兴得合不拢嘴，吩咐媒婆赶紧的，如果媒保成了，自家的谢媒礼一定比别人家高。

父母这么安排，苏鹏也没有什么异议，反正苏家要靠自己传宗接代，这也是自己的责任和义务。没几天，媒婆果然带来了一位妹子，妹子家是隔壁蓝田县的，家境跟苏鹏家不相上下，听媒婆说人也是村子里的一枝花，苏鹏就答应了，心想，亲也定了，现在父母总该可以放心让我走出毛易铺了吧。

杨源浚的家离县城不远，家里世代都是农民，只是到他父亲这一代才迁到城厢团上下村，以经营屠宰业为生。杨源浚是家里的老大，下面还有几个妹妹，他从小"器宇不凡，夙负不羁之志"。杨源浚家很穷，在实学堂的时候，有次因为没钱交学费，父亲让他辍学跟自己学屠宰，杨源浚死活都不肯。教习罗仪陆知道后，亲自上门劝他父亲，说杨源浚聪明好学，成绩优秀，将来会有出息的，你们不能因为学费问题而耽误了他的前程，并说学费可先欠着，但学一定得上。这样，才让杨源浚得以在实学堂继续学习。

实学堂关停后，杨源浚一下没了方向，不知道自己该怎么办？继续念书吧，家里没钱，也不知道该去哪里念；跟爹学屠宰吧，自己心里是千万个不愿意，如果做一辈子的屠夫，那自己这么多年的书不就白读了？这样活着有什么意义？最后，还是罗教习以前跟爹说的那段话起了作用，不能因为学费而耽误了前程，父亲咬着牙，借了款，找人托关系，把他送进了长沙岳麓书院。

第十三章 岳麓书院

清光绪二十六年（1900 年）春，背着简单行李的陈天华从新化县城一路风尘走进了省城，走近了一心向往的长沙岳麓书院。

长沙岳麓书院是中国历史上赫赫有名的四大书院之一，坐落在湘江西岸的岳麓山脚下。书院依山傍水，前临湘江，后枕岳麓山，四周林木荫翳，环境幽静雅致。

快到书院的时候，迎面一阵微风吹过，陈天华闻到了熟悉的味道，一股江水的味道。资江？一个念头闪过陈天华的脑海，不对，这里应该是湘江了，虽然都是江，但给陈天华的印象是截然不同。资江原始、古朴、粗犷，有跌宕起伏的江水、有四季变幻的河滩、有怪石嶙峋的峡谷。资江充满了野性和莫测，像是一个原始部落的首领。眼前的湘江俊秀、端庄、温婉，有波光迤逦的江水、有宽广浩渺的江面、有花红柳绿的江岸，湘江充满了知性和典雅，更像是一位出身世家的闺秀。

走过宽阔的中间铺满平整的青石板，两旁砌着整齐的青石条的甬道，一座绿树掩映，古朴庄重的门楼迎面而来。清同治七年（1868 年）重建的岳麓书院门楼，采用南方将军门式结构，建于十二级台阶之上，五间硬山，出三山屏墙，前立方形柱一对，白墙青瓦，置琉璃沟头滴水及空花屋脊，枋梁绘游龙戏太极，间杂卷草云纹，整体风格威仪大方，门楼的上方是宋真宗御笔赐书的雍容圆厚的"岳麓书院"四个字，两边是颜体集成的"惟楚有才；于斯为盛"四字对联。

走上那十二级青石条的台阶，跨进那同样是青色的长条石做的门槛，经过那块"岳麓书院"牌匾，踩在这个堪称湖南最高学府的院落里，陈天华觉得自己离理想又近了一步。

按照陈御臣的嘱咐，陈天华首先去拜访周宇宽先生。周宇宽先生的住宅就在岳麓书院的二道门里面。

进得门来，陈天华被里面的精美建筑所震撼。作为世界上最古老的学府之一，其古代传统的书院建筑至今被完整保存，它的每一组院落、每一块石碑、每一枚砖瓦、每一枝风荷，都闪烁着时光淬炼的人文精神。

过了二道门，便进入讲堂。这地方很宽敞，大概可以容纳两三百人，讲堂两壁嵌的是朱熹手书的"忠孝廉节"，还有"学规""学箴"等石碑石刻。讲堂上置着两个讲席，循的是宋时的规矩。陈天华无法想象，两三百人同处一室听课的情景，这么多人听课，后面的同学怎么能听到？除非讲堂里鸦雀无声。

陈天华在讲堂里流连忘返，一时忘了自己来这里是干什么的，直到一个门夫打扮的人过来问询："书院静地，闲人免进，你找何人？"

陈天华这才醒过神来，他忙从怀里掏出临行前陈御臣给的荐信，指着上面的名字说："我找周宇宽先生。"

"哦！是找周先生的，你跟我来吧。"门夫说。

门夫前面带路，出了讲堂，就是"御书阁"，御书阁在岳麓书院的建筑群里面属于比较大的，走了不短的一段路才走过，门夫把陈天华领过"御书阁"后，指着西面的那扇门说："从那进去，里面就是周宇宽先生的家。"

陈天华道了谢，径直往那座绿萝掩映，翠竹傍依的圆门走去。看到圆门上书的"百泉轩"三个字，就知道是一处雅苑。

这是一座很清幽的园子。正值春天，园子里百花齐放，有娇艳的茶花、妖娆的迎春、清秀的月季、妩媚的桃花。还有傲然屹立的松柏、满身泪滴的湘妃竹、四处攀爬的常春藤、青翠欲滴的草坪、千姿百态的假山。花丛中、草坪边、绿树下是一条条清澈的小溪，循溪望去是一个个正在冒水的泉眼，怪不得叫百泉轩了。

园子里静悄悄的，偶尔才传出一两声鸟鸣，陈天华四下张望，希望能找着一个指路的人。猛然，从一株开得极茂盛的茶花后面传出来一个银铃般的声音："喂！你是什么人？在这里东张西望的，你要找谁？"

陈天华寻声望去，看到的是一个身穿湖绿色丝绸小短袄和同色夹裤，脚穿粉色绣花鞋，脑后垂着一条黢黑大辫子的漂亮的十八九岁的大姑娘。心里顿时有点慌乱，手忙脚乱地作了个揖："你好！小妹，我找，我找周宇宽先生。"

"谁是你小妹？"看到陈天华慌乱的样子，姑娘没有一般女孩的那种害羞，相反捂着嘴忍住笑呵斥道。

陈天华以为冒犯了姑娘，忙又作揖改口道："姑娘，我找周宇宽先生，请给我指一下路。"

"哪来这么多揖呀？你姓甚名谁？找周先生有何事？"姑娘抢白道。

陈天华慌忙掏出信递了过去："我叫陈星台，从新化县城来，这里有封信，想呈给周先生。"

"噢！你就是陈星台？家父都等你好几天了，为什么现在才来？"姑娘深深望了一眼陈天华问道。

没想到眼前的姑娘竟是周先生的女儿，陈天华忙解释道："临行前，家父身体有点不适，想着以后不能在家父身边伺候了，就多待了几日，等家父身体稍微好转才来省城。"

"哦！原来如此，我叫周婕，你稍等，我去给你通报一下。"姑娘的口气温和了下来。

"谢谢周婕姑娘！"陈天华又作揖道。

"嘿嘿！你这个书呆子，哪有这么多的礼数？"周婕笑着转身走了。

"爹爹，你嘴里念叨的那个书呆子来了，现在正在园子里等呢？看，这是他带给你的信。"周婕边喊边往屋里走去。

周宇宽接过信轻声训斥道："婕儿别乱说，人家哪是书呆子，人家是个有志之士。"

"可我看他就是个书呆子，爹爹，你不知道，他跟我说一句话就作一个揖，好搞笑。"周婕娇声道。

"还说呢，人家这是懂礼数，哪像你整天疯疯癫癫地没个正形。"周宇宽瞪了女儿一眼说。

"还没见到人呢，就已经这么护着他了。"周婕噘着嘴假装生气说。

"还在这里待着？还不快去把人领进来？"周宇宽没理会周婕的生气，吩咐说。

周婕扮了个鬼脸，也像陈天华一样给爹作了个揖："周先生，遵命！"笑着跑出去了。

陈天华在周婕的引领下，走进了周宇宽先生的书斋。在这间窗明几净，格调高雅的书斋里，戴着老花眼镜，身着朱红色地元宝图案马褂，头戴黑色锻帽，帽子后垂一条花白长辫，一派学者风范的周宇宽接待了陈天华。周宇宽是岳麓书院的历史教习，见多识广，知识渊博。历史是陈天华最感兴趣的功课，他曾在资江书院花两年时间读完了"二十四史"，所以跟周宇宽也是很投缘。

"你就是陈星台？"周宇宽把陈天华上下打量了一番，微微颔首道。

"是的，周先生。"陈天华回道。

"陈御臣先生在信中说到了你的一些情况，他是很赏识你的。"周宇宽说。

"承蒙陈御臣老爷和族人的倾情支持，星台才能走到今天这一步。"陈天华满怀感激地说。

"星台，我听陈御臣先生说你原来入读的'新化实学堂'因闹新政被县衙关停了？"周宇宽问。

"是的，新政失败，支持新政的县令被撤了职，新化实学堂也被关停。"陈天华如实回答。

"星台，我知道你胸有大志，但到了岳麓书院，有些事情还是要注意一点。俗话说'识时务者为俊杰'，长沙城现在对新政也是疯狂绞杀。你一定听说过，长沙时务学堂也被关停了，在这里，你一定要小心谨慎，别出差错。岳麓书院的山长王先谦是极力反对新政的，他和省城里的著名豪绅张祖同、叶德辉沆瀣一气，一贯扼杀新政支持者，书院有言新政者，即予以开除。新政时期，有几个学生在课室内谈论时事，被王先谦听到，即强行勒令离开书院，学政使徐仁铸亲自到书院来为他们说情，王先谦都不肯妥协，还以辞职相威胁，徐仁铸只好作罢。"周宇宽说。

"谢谢先生提点！只是我听说长沙时务学堂成立的时候，岳麓书院的山长王先谦是积极支持的，为什么他现在却极力反对新政了呢？"陈天华反问道。

"他与张祖同、叶德辉等明面上为支持，暗地里却想操纵，被婉拒后，怀恨在心。长沙时务学堂成立时，该学堂总理熊希龄聘梁启超、韩文举、唐才常、邹代钧等维新人士任教习。后来维新运动高涨，他攻击时务学堂总教习梁启超等'伤风败俗''志在谋逆''专以无父无君之邪说教人'，使学生'不复知忠孝节义为何事'，指斥南学会和《湘报》宣传民权平等学说为'一切平等，禽兽之行''背叛圣教，败灭伦常'。并纠集张祖同、叶德辉等提出《湘绅公呈》，呈请抚院对时务学堂严加整顿，驱逐熊希龄、唐才常及梁启超等维新人士。又致书陈宝箴，提出停刊《湘报》。还串通省内劣绅，鼓动岳麓、城南、求实三书院部分学生，齐集省城学宫，商定所谓《湘省学约》，用以约束士人言行，对抗新思想传播。及至戊戌变法失败后，其门人苏舆编辑《翼教丛编》一书，集中攻讦变法维新，颂扬王先谦能事先'洞烛其奸，摘发备至'。声称康有为、梁启超等乱民，犯上作乱，祸国之深，人应诛之。又加之张之洞滥发《劝学篇》，湖湘学子，几乎人手一册，上面说：'宣扬民权无一益而有百害，纯属邪说暴行之流，大大有误朝廷国家……'所以，在书院的公开场合，不宜谈新政。"周宇宽说。

　　陈天华听了，不禁倒吸了一口冷气，王先谦、张之洞以前都有支持过维新运动，怎么现在说变就变了呢？怪不得才开始就有人担心光绪帝是斗不过慈禧的，原来是因为有这么多反复无常的人存在。看来省城的斗争比县城厉害得多，都到了你死我活的地步，自己一定得小心行事才行。

第十四章 志同道合

陈天华到岳麓书院不久，杨源浚紧跟着也来到了岳麓书院。

这天下午，百泉轩外面来了位年轻人打听陈天华，门夫过来通知陈天华，说门外有人找。

谁找我呢？陈天华猜测，因为来书院只有这么久，自己除了周宇宽和他的女儿周婕及周婕的表哥刘揆一以外，其他认识的都是一同在书院读书的人。如果是刘揆一来找自己，哪还用得着门房通报，早就站在自己面前了。

刘揆一，字霖生，湖南衡山县人，父亲刘方峣投过湘军，当过小头目，然而在一次与太平军作战的时候，因为人性与民族意识使然，他放走了天平军的总制，后来害怕事情败露，便离开湘军潜回了老家。直待金陵被攻克，他才又在亲戚的帮助下，在衡山县衙做了个狱吏。刘揆一自小聪明，他父亲送他念完衡山县城远近闻名的集贤书院后，慕王闿运之名，十五岁的时候，又把他送进船山书院。但他具有强烈的反清情绪，对王闿运的三门功课"功名之学、诗文之学、帝王之学"不感兴趣，一心只想找能让他的反清思想得以实现的地方。长沙时务学堂开办后，他带着船山书院的几个士子投奔了长沙时务学堂，受到中文总教习梁启超和中文分教习唐才常的赏识。因为志趣相投，他与当时也在长沙时务学堂学习的蔡艮寅成了好朋友。跟蔡艮寅一起到处宣传，为时务学堂招募学生。蔡艮寅，字松坡，清光绪八年十一月初九（1882 年 12 月 18 日）生于湖南省宝庆府一户贫寒的裁缝家庭。幼年在私塾读书，十二岁考中秀才，十六岁考入长沙时务学堂，受到中文总教习梁启超的赏识。长沙时务学堂停办后，刘揆一到处游历，结交江湖上的反清义士。因为他父亲救过"哥老会"的头目，他也给"哥老会"传递过重要消息，所以，哥老会首领马福益都尊称他为"恩人"。

与刘揆一认识后，陈天华跟他很快成了好朋友，他的桀骜不羁，他的江湖阅历，犹如打开了通往外界的窗口，使被封闭在了岳麓书院的陈天华视野一下开阔起来。

听了门房的传话，陈天华赶紧跑去门口，看到的却是意想不到的杨源浚。"伯笙兄，怎么是你啊？"陈天华惊问。

"怎么不能是我啊！你来长沙念书，我也来长沙念书了。"杨源浚笑道。

"真的？你也来岳麓书院了？"陈天华睁大眼睛问道。

"一点没错，我听人说你也入了岳麓书院，却没有在宿舍找到你，到处打听，才找到这里。"杨源浚说。

"没想这么快我们就重逢，伯笙兄，走吧，别站在这里了，进去坐一会。"陈天华热情地说。

随陈天华走进百泉轩，来到了陈天华那间周宇宽给他安排的葡萄藤掩映下的小室。杨源浚打量了一下室内叹道："怪不得宿舍找不着你，没想星台兄在岳麓书院的百泉轩还有这么一方静地也！"

陈天华笑道："全蒙尊师周宇宽惜铁如金，我才有此等幸运。"原来，周宇宽听陈御臣说陈天华家里很穷，又知道他很有才，为了减轻他的经济负担，让他能安心念书，便要女儿把自己家的杂物房腾了出来给他住。

为了不打扰周宇宽一家人，陈天华提议到书院外头走走。

漫步到岳麓山下一间临江的小酒馆，陈天华说先在这里坐一会，叫上两壶新化水酒，摆上一碟花生米，两人兴致勃勃喝开了。

陈天华不嗜酒，但佳朋来了，囊中羞涩，又记得杨源浚的那句"待到重逢日，把酒话时新"的诗，所以才以酒相待。面对远处的江南丽阳，湘江帆影，近处的萋萋芳草，五色野花，大家各吐一番衷肠，也便是一段良辰美景。

"伯笙兄，我们两人是重逢了，只是不知道凤初兄现在在哪里？"陈天华说。

"我也没去打听，实学堂解散后，心里乱了方寸，不知道以后该干什么，后来家里借了不少的钱，才托人给我推荐来岳麓书院的。"杨源浚说。

"我也是，实学堂解散之后不知所措，幸亏有恩人陈御臣老爷和恩师周宇宽，我才有了这学习的机会。"陈天华感叹说。

三杯水酒，几处美景，让杨源浚不禁诗思涌出，他吟道：

"昨日庚江惜离别，

今朝湘水又携游。

江南美景眼前驻，

心中却有许多愁。"

陈天华道:"伯笙兄,你一贯都很洒脱的,啥时变得这么多愁了?"

"唉!国家这么落后,侵略者如此贪婪,那些反动官绅还在拼命阻止社会的进步,不知眼前的盛景还能维持多久?你应该也知道,岳麓书院的山长王先谦,还有和他同一个鼻孔出气的号称叶吏部的叶德辉,把岳麓书院当成了他家的后花园,什么都控制得死死的,根本就不允许新政渗透进来。特别是那个叶大麻子,大骂主张新政的康有为和梁启超是居心叵测,以所谓维新学说来蛊惑湘人,致使无识之徒翕然从之。还说其实他们的学说不外乎推崇泰西,主张民权,效耶稣纪年,言素王改制,又倡君王平权,攻击三纲五常,其学乃扰乱社会之邪说,其人乃无父无君之乱党。所以,岳麓书院根本没人敢谈新政,我们待在岳麓书院变成了聋子、瞎子、哑巴,我真的怀疑当初选择岳麓书院是否正确。"杨源浚叹道。

"是的,恩师周宇宽也跟我说过这些,我也觉得这几个月过的是一种与世隔离的生活。不过,既来之则安之,不说别的,不能辜负那些花钱给我们书念的人的期望。"陈天华说。

"也是!"杨源浚应道。

"伯笙,最近,我结识了一个叫刘揆一的人,他的性情与我们相似,理念和我们相同,并且他的活动能力极强,眼界开阔,在他那里,我能听到很多闻所未闻的消息,不管是旧事还是新闻。"陈天华说。

"真的?那太好了!能有这样的一个朋友,我们就不用再担心消息闭塞、与世隔绝了。"杨源浚兴奋地说,这段日子的孤陋寡闻,可把他熬苦了。

"是的,我也是这种感觉,等他下次来的时候,我给你们互介一下,他可是个喜欢广交天下朋友的人。"陈天华说。

"好啊!好啊!"杨源浚连连点头。

"伯笙,只要我们不懈努力,相信终究能找到一条振兴家国的道路,不如我们来首振奋一点的诗吧:

"山河破碎年复年,

此等美景能几天?

一朝把那胡虏灭,

如画江山万万年!"

"好哦!好哦!"两人一齐拍手称好。旁边的人纷纷侧目这两个喝了几杯淡酒,就兴奋得手舞足蹈的人。

新化水酒味甘而不烈，醇浓而烈香，喝的时候非常可口，但后劲十足。几杯下肚，陈天华不胜酒力，感觉已有点醉意，杨源浚怕他失态，拉他去江边坐了好一会，直到江风把他的醉意吹散，才送他回百泉轩。

通过刘揆一的引荐，陈天华和杨源浚又认识了杨笃生和禹之谟。

杨笃生，字毓麟，是长沙本地人，1891年从秀才中选拔，保送入国子监读书。戊戌变法时期担任过《湘学报》时务栏的编撰，并被湖南时务学堂聘为教习，他跟刘揆一是亦师亦友。

禹之谟，1866年8月27日，诞生于湖南双峰县青树坪镇贻则堂。他少有大志，娴文习武，嫉恶如仇，爱憎分明，最爱读王船山著作。二十岁时禹之谟遍游江、浙诸省，广泛接触社会名流，研读西方社会政治学说，开阔了眼界，增长了见识，爱国忧民之心也日趋强烈。1894年，中日甲午战争爆发，他愤然弃笔从戎，投身清军，立志报国。由于晚清政府腐败，中日甲午战争失败，1897年，禹之谟回到家乡创办实业，走实业救国道路。"戊戌变法"失败后，禹之谟深知倚赖清廷改行新法，实施资产阶级改良主义是行不通的，遂萌发民主革命思想，积极投入反清斗争。禹之谟跟刘揆一一样是个闲不住的人，经常在外面游历，刘揆一是在江湖上跑的时候认识他的。

很快，几个志趣相投的人就成了无话不说的好朋友，有时间就约在一起互通信息，讨论当前的局势。

这天，刘揆一又来岳麓书院找陈天华和杨源浚了，说是有重要消息告诉他们，并说已和杨笃生、禹之谟约好在天心阁见面，他们几乎每次见面都选在那地方。

三人径直来到湘江边。初夏的湘江，夏潮刚刚涨起，才下过雨，江水不是很清澈，一波接一波的江水，用力拍打着江岸，展示着它不可小觑的力量。坐渡船过了湘江，来到长沙城区。天心阁位于长沙城的正中心，高踞于南门城墙之上，有一种俯仰天地，极目楚舒之感，再加上周边的雉堞女墙、古城万舍、城南义冢，西城岳麓、朱张渡口，还有远方的浅山平畴，让这座古老的楼阁读遍四季颜色，阅尽千古沧桑。

三人赶到天心阁的时候，杨笃生和禹之谟早已等在那里了。这次，刘揆一带来的是个很不幸的消息，他的老师唐才常领导的"自立军"行动被泄密，惨遭失败，唐才常等二十几位壮士被清政府残忍杀害。

在岳麓书院与世隔绝了一段时间，陈天华和杨源浚第一次听说"自立军"，后来听刘揆一解释才知道"自立军"是以他的老师唐才常为首组织的一支支持光绪帝的"勤王"武装。

义和团运动闹得最火热的时候，"戊戌变法"失败后逃往日本的唐才常遵梁启超的嘱咐，偷偷回国寻找机会，准备组织武装"勤王"，以实现"君主立宪"的目的。他认为曾支持维新变法的两湖总督张之洞可以信赖，就从家乡跑到湖北，在林圭、吴禄贞、秦力山等的帮助下，秘密建立了一支保护光绪帝复位，抗击慈禧的"自立军"。

其实，刘揆一当时也知道这件事，唐才常邀请他参加"自立军"，但他并不支持他的老师，他是反清人士，不主张扶持光绪帝，他的想法是要推翻整个清朝政府。他认为，清朝政府腐败日久，现在又是内忧外患，已经危如累卵，为什么还要保护这样一个岌岌可危的政府呢？这天下应该是汉人的天下，是大众的天下，绝对不应该再是满族的天下。所以他婉言拒绝了他的老师。

"事情怎么就被泄露了呢？"陈天华问。

"唐才常想趁义和团大乱之机率自立军起义，当时也知会过两湖总督张之洞，张之洞听了他们的计划也未置可否，唐才常以为他是默许，起义就按着原计划进行，没想到张之洞却于起义之前，将大小首领二十余人，悉数抓获，秘密杀害于滋阳湖畔。你们没看到当时的惨状，群雄被杀害之后，都没人敢去收尸，只有我偷偷去祭奠了他们一番。群雄都是身首异处，鲜血染红了湖边的沙滩，头颅们一个个怒目圆睁，直视苍天，仿佛在质问老天爷：天道何在？公理何在？"刘揆一沉痛地描述说。他虽然不参加唐才常的"自立军"，但老师被杀害让他痛心疾首。

"那段时间，慈禧正在仓皇逃跑中，是谁下的血令，令二十多位壮士身首异处？"陈天华疑惑道。

"还能是谁？肯定是张之洞这狗贼，这助纣为虐的刽子手。"杨笃生咬牙切齿说，对于以前一起在时务学堂共过事的好友唐才常的不幸遇难，杨笃生也是悲愤交加。

"张之洞素来精明，诡计多端，唐才常组织的自立军是保皇的，难道他不怕得罪光绪帝？不保皇了？"杨源浚疑惑道。

刘揆一说："光绪帝在慈禧那里已成了一只死鸟，在瀛台被幽禁得成了木偶一般，张之洞的精明就精明在这个地方，现在掌权得势的是慈禧，他早知道唐才常他们的事情，但一直保持沉默，他要等到他们起事的时候才将他们一网打尽，这样才能向慈禧邀功请赏，也能掩盖他以前两面三刀的事情。"

禹之谟说："霖生兄说到了问题的实质，张之洞是杀人灭口。"

"这些狗官，为他们头上的顶子，什么事情都干得出来，中国都被他们搞得血流成河了，他们的顶子都是鲜血染红的。汉人也是太不争气，出了这么些背祖叛宗的浑蛋。"听到这里，陈天华气得头上青筋都暴出来了。

"唉！这些都已成事实，我们在这里再怎么难过都无济于事了，现在想的是该怎么筹划我们的未来。"刘揆一说。

"我本是想实业救国，看到西洋国家的兴盛，而我们中国是这么的贫穷落后，我想办工厂、办学校，首先让国家富强起来。但'戊戌变法'失败后，我觉得要依赖清朝政府改行新法是完全不可能的事情。"禹之谟说。

"做实业确实是一条强国之路，但现在国家都难以生存，你的实业哪来的依托？哪来生存的土壤？现在唯有解救国家于水火中才是首要问题。"杨源浚说。

"伯笙兄说的没错，自立军的失败，也让我们认清了事实，不能再对现在的清政府抱有任何的幻想，我们必须彻底推翻这个政权，才能有新的出路。"刘揆一说。

"血淋淋的教训摆在面前，唐才常他们的死唤醒了我们。"杨笃生愤怒地说。

"迷蒙的中国大地，黑沉沉的清政府，还有愚昧穷困的无知百姓，我们还得想着要怎样才能唤醒他们的灵魂，昂扬他们的斗志，让每个人都投入到这场拯救中去。"陈天华心情沉重地说。

"我看当务之急是填饱肚子，再各自回去想想下面的事情该怎么做。"看场面如此沉重，刘揆一逗趣说。

"哈哈！霖生兄好主意，先填饱肚子再说。"杨笃生大笑道。

大家都被刘揆一的话逗笑了，阴霾似乎已经驱散，一个新的明天已经开启。

第十五章 不相为谋

岳麓书院有学生二百多人，每天早晨必须在庙宇般的悠扬的钟声里，聚集到明伦堂诵读《卧碑文》《戒饬士子文》《圣谕广训》，并于考课次日，诵读《大清律例》。

陈天华参加了几次，不屑于读诵这些东西，他觉得这是在浪费时间，所以经常不参与，好在他住在百泉轩，不必从前门进出，所以，他没参与也无人发现。这段时间，陈天华就躲进"御书阁"看书。御书阁藏书一万四千一百三十册，像是一间中型的图书馆，徜徉在这书的天地里，陈天华才觉得知识海洋的浩瀚，而他则像是一块海绵，尽情地吮吸着海洋里的水滴。

第一次见到王先谦，觉得他门面上倒也像个人物。王先谦年已花甲，体态魁伟，面相雍容。端坐在台前的时候，气定神闲，目不斜视。讲起课来也是声音洪亮，口若悬河，滔滔不绝。说起来他也是湖南学界泰斗，曾任国子监祭酒、江苏学政。有史学家、经学家、训诂学家、实业家等称号。但凡他主讲课的时候，陈天华还是会认真听的。

岳麓书院自宋以来，以讲"求仁履实""经世致用"为最大特点，形成了独具特色的湖湘学派。政治上拘泥保守、食古不化的王先谦，却只把"致用"两个字发挥到了极致，曾手谕学生"世子读书，期于致用"。

书院开设的是经学、史学、掌故、舆地、算学、译学六门功课。他主讲的自然是占主导地位的经学。但经学，无论王先谦讲得如何头头是道、声情并茂，在陈天华眼里也无半点诱惑。他想，灾难深重的中华大地，逆来顺受的中华民族，已经到了最危险的时刻，还要按儒家的"修身齐家治国平天下"的思想循序渐进的话，已经是远水救不了近火，中国只能沦为砧板上的肉任人宰割了。

每当王先谦主讲的时候，书院的旁听席上总会坐着一位身材粗壮，满脸横肉，横肉上布满紫酱色麻子，有着稀疏八字胡的人物。不用猜，他就是跟王先谦沆瀣一气，扼杀新政的叶大麻子叶德辉。

叶德辉，他虽人生得丑陋、粗蛮，浑身上下都不像一个读书人，倒像个杀猪的屠夫，但也算是一个名人。他别号吏部，和湖南的杨度，俱是船山书院王闿运的得意门生。王闿运，字壬秋，又字壬父，号湘绮，世称湘绮先生。清咸丰二年（1852 年）的举人，曾任肃顺家庭教师，后入曾国藩幕府。1880 年入川，主持成都尊经书院。后主讲于长沙思贤讲舍、衡州船山书院等学堂。是著名的经学家、文学家。所以，王闿运的得意门生，不用多做介绍，自然是门缝里吹喇叭，声名在外了。

跟大多数同学一样，陈天华很喜欢听周宇宽先生讲的历史课。周宇宽博古通今，知识渊博，常常是寓教于乐，有时一个很平常的故事就能引出一段不平常的历史。

有次，周宇宽讲孔尚任的《桃花扇》："'孙楚楼边，莫愁湖上，又添几树垂柳。偏是江山胜处，酒卖斜阳……'它表面上看似是才子侯方域与名妓李香君演绎的一段才子佳人悲欢离合的故事，但实质上是一部表现亡国之痛的历史剧。作者将明末侯方域与秦淮艳姬李香君的悲欢离合同南明弘光政权的兴亡有机地结合在了一起。大家试述这千古悲剧是谁酿成的？是怎样酿成的呢？"

陈天华站起来答道："依愚生之见，最大的原因是吴三桂引狼入室，导致满人夺走了江山；其次是南明没有开明的政治措施来团结内部；第三是马士英、阮大铖等人的擅权乱政，排挤东林、复社世子。"

又一学生站起来说："我认为《桃花扇》的悲剧，是南明朱由崧的悲剧。堂堂大明，已失一半，偏隅东南，立为福王，却不知坚守江淮，徐图恢复，岂不悲哉？"

周宇宽点了点头："《桃花扇》是一部接近真实历史的历史剧，它不仅展示了明末南京的社会现实，同时也揭露了弘光政权衰亡的原因，歌颂了对国家忠贞不渝的民族英雄和底层百姓，展现了明朝遗民的亡国之痛。"

受邹代钧的影响，舆地课也是陈天华喜欢的。《中国海岸记》《西征纪行》《西图译略》《中俄界记》等书让他明白，中国的土地是多么的辽阔，资源是多么的丰富；中国的海岸线是多么的绵长、海洋是多么的宽广。这些也正是侵略者虎视眈眈我国领土的根源所在。

书院每月都有月考，月考有奖学津贴，这给了经济窘困的陈天华又一次机会。尽管有些课程陈天华不喜欢，但几乎每次月考陈天华都能拿到奖学津贴。

岳麓书院的山长王先谦虽然不准学生过问政治，但还是很注意发掘人才的。几个月过去，他渐渐注意到了陈天华，他发现他很少听课，但每次月考都能拿到奖学津贴，他把这件事跟叶德辉说了，叶德辉则怀疑陈天华的成绩是假的。

叶德辉说："他不上课，却能取得这么好的成绩，肯定是有问题，学问，学问，得学得问，哪有不学而知的道理？"

"我调查过了，没有学生反映他有作弊的现象。"王先谦说。

"要么我们俩干脆面试他一番，如果面试不过就直接劝他退学，不要坏了我们书院的名声。如果成绩是真实的，那就说明这个人天赋异禀，面试结果让我们满意的话，我们可以考虑选他接我们的班。"叶德辉说。

"这倒是个很好的提议，我赶紧着人去通知他，我们的年纪也都不小，该考虑接班的人选了。"王先谦完全赞同叶德辉的提议。

"陈星台，王山长要你去山长室呢。"门夫到百泉轩通知陈天华。

陈天华愕然，山长居然叫自己，莫不是自己平时逃课的事被他发现了？

"山长喊我做什么？"陈天华问。

"这个我就不晓得咯，山长只是让我喊你去山长室。"门夫答。

"好！麻烦你回复山长，我换件衣服马上就到。"陈天华说。

门夫走后，陈天华赶紧找到周宇宽，把山长找的事情跟他说了一下："尊师，不知何故，王先谦特意差人让学生去见他。"

周宇宽也有点疑惑，山长亲自喊学生谈话一般是比较重要的事情，天华平时在书院也是很低调的，除了成绩好，也没有什么很突出的地方，这王先谦找天华究竟所为何事呢？难道天华在外面有什么不当言论被王先谦听到了？

"星台，我也弄不清楚，是不是你在外面有什么事？"周宇宽问。

"尊师，星台在外面绝没有什么不轨的事情。"陈天华道。

"既然外面没犯什么事，你就放心去好了，不过有一点，面对王先谦你要小心答话，这个人城府很深的。"周宇宽嘱咐说。

"多谢先生提点，学生这就去了。"陈天华道。

经过周宇宽的提醒，陈天华镇静多了，他从容地来到山长室。

"山长好！弟子陈星台前来聆听教诲。"陈天华站在门口恭敬说道。

里面王先谦的声音传出来："进来吧！"

陈天华进门一看，里面不仅有山长，还有他平时很厌恶的叶德辉，但再怎么不喜欢，陈天华还是不动声色地给王先谦和叶德辉都鞠了个躬："山长好！叶先生好！"

"陈星台，坐吧！"穿着银狐夹袍，戴着金丝眼镜，花白的头发梳得一丝不乱，一副老泰斗模样的王先谦指了指书桌对面的凳子说。

身穿荷兰绸的夹袄长袍，脚蹬软缎布厚底皂鞋，长辫子乌黑发亮的叶德辉则坐在王先谦旁边。

"陈星台，你是哪里人？"叶德辉首先提问。

"先生，学生来自新化。"陈天华答。

"新化，王化之新地，属梅山区域。听说那里的人是蚩尤的后裔，以前一直过着与世隔绝的生活，与外界不通来往，且勇猛、顽强，又称'梅山蛮'。梅山人是很难驯化的一群人，朝廷多次派兵镇压都未能屈服，直到北宋熙宁五年宋仁宗采取'怀柔政策'才归化，所以叫'新化'。"叶德辉娓娓道来，看来他是做足了功课的。

"先生说的没错，新化人有一种不屈不挠的精神。"陈天华说。

"这也说明新化人很忠诚，他们忠于自己的民族、忠于自己的祖先。"王先谦接道。

陈天华以为自己是来挨批的，没想却出现这样一种境况，长沙城里两个坚硬的老顽固究竟葫芦里卖的是什么药呢？

"听王山长说你学业很突出，每次月考都能拿到奖学津贴，今日，王山长约我来，想跟你切磋切磋一下学问。"叶德辉话锋一转。

陈天华突然明白了，原来是自己成绩突出惹的祸，他们想试试自己是不是真本领，有没有骗取奖学津贴的嫌疑，这下陈天华心里踏实了。

"我们只是问你几个平时不大能问到的问题，看你这几个月来学问长进到了什么地步，因为平时考试针对的是大多数的学生，出的题目也是大众化的，无法测试到你的真本领。"王先谦补充说。

"先生尽管问，学生知无不言，言无不尽。"陈天华道。

叶德辉道："中国殷夏所行'学在官府'，天子命之教，然后为学。湖南于春秋属楚，君臣亦自称为'蛮夷'。自东周下至楚，地方风物及巫文化相杂，才滋育了独具特色的楚文化。你喜欢楚文化吗？"

陈天华知道这个问题不是一个"喜欢"或"不喜欢"就能回答得了的，必须从王先谦所教的《经学》的观点去解答这个问题。

《管子·大匡》曰：'楚国之教，巧文以利。'战国晚期屈子作《楚辞》，文采绚丽，并究功利；其下宋玉、唐勒、景差等人袭之。溯其源，孔子早提出了个义利问题。他说'富与贵，是人之所欲也。不以其道得之，不处也；贫与贱，是人之所恶也，不以其道得之，不去也'。亦说'饭蔬食饮水，曲肱而枕之，乐亦在其中矣。不义而富且贵，于我如浮云'。因此，楚文化既为我喜欢，又为我嗟叹……"陈天华娓娓道来。

王先谦不解，问道："何以也？"

陈天华答："君子喻于义，小人喻于利。"

王先谦反驳道："照你所言，屈原也是小人了？"

陈天华朗声道："不，屈原是最伟大的爱国主义诗人，不是小人，他虽然怀才不遇，想通过绚烂的文采来醒悟昏聩的楚怀王，但他最大的功利不是想复位，而是救国，所以'巧文以利'四字，不能冠于他头上，而应该是宋玉之辈。"

叶德辉倒是颔首道："见解颇当。"

王先谦也说："看来你对《论语》兴趣甚笃，那么'民可使由之，不可使知之'你的看法又如何？"

陈天华说："民可使由之，对也；'魏征以德'，重视教化，要求百姓都能自觉的不做坏事。'不可使知之'，非也！这是愚民政策，几千年来，让我中华民族，堂堂大汉，积弱不浅。反过来，孟子的民贵君轻思想，倒闪耀着仁政的光辉！"

这些话使王先谦、叶德辉惊讶，一个刚入岳麓书院不久的学生，他的某些观点已经这么成熟、独到，确实是一个不可小觑的人物，看来以前的奖学津贴并无虚发。

现在还需考验的是他对新政的态度，这是遴选接班人的最基本的态度。

"那么，你对新政、新学的问题是怎么看的。"叶德辉单刀直入。

这么敏感的话题，陈天华想到了入学之初，周宇宽先生说过的，王先谦、叶德辉两人对新政的恨之入骨，想到刚才周先生告诫自己王先谦是一个城府很深的人，再加上叶德辉这个心狠手辣的毒角色，自己一定得小心应付，既不能轻易得罪眼前的这两个人，又不能违心改变自己的观点，现在只能含而不露，迂回自己的情怀。

"老子曰：反者道之动，强为之名曰大，大曰逝，逝曰远，远曰反。这也即老子的：'曲则全，枉则直，洼则盈，敝则新，少则得，多则惑。'《易传》则如此说：'穷则变，变则通，通则久'……我也不知自己引用得对不对？还请两位前辈指教。"陈天华首先抛出了自己的观点，但又把这些观点正确与否的决策权交给了王先谦和叶德辉，意即你们认为对就接受，你们认为不对，可以给我更正，反正现在你们是先生，我是学生。

听了陈天华引经据典的一番说辞，叶德辉是早已心生不满，但这些确实又出自经典，都是有据可查的，自己能推翻吗？显然是不可能的。

"这样说来，你也是赞成新政、新学的咯！"叶德辉的口气有些不屑。

陈天华坦然道："学生不敢妄自下结论，都是书上说的，学生只是据实说而已。"

王先谦叹道："新政、魔政，新学、邪学，尔类中毒弥深，奚可指望国泰民康与社会？异端邪说，本起西洋，何可借变而学也？尧之天下，舜之天下，岂不是如此过来的吗？"

陈天华回道："山长大人，孟子说：'圣人与我同类者''尧舜与人同耳'。"

叶德辉脸上的麻子都要炸开了，他大声训斥道："狂妄！狂妄！！"

见面闹得不欢而散，陈天华回百泉轩，周宇宽和周婕正在花园散步，陈天华把刚才与王先谦与叶德辉的对话说给了周宇宽听。

周宇宽思索良久，说道："人能弘道，非道弘人。"

周婕则说："能把王先谦、叶德辉气成这样的人并不多，星台哥，你还是小心为妙。"

陈天华知道周婕说的没错，不禁也心生怅然。

第十六章 时政变化

这年夏天,陈天华父亲病故,陈天华回家奔丧染上热痢,因病情反复,无法继续读书,从长沙岳麓书院休学。

第二年春天,陈天华身体恢复后,准备再度去省城念书。

想着之前跟王先谦、叶德辉之间不愉快的对话,想着岳麓书院严令禁止学生参加有关新政和新学的活动,自己像一只井底之蛙,整天困守在书院里面。想起刘揆一与船山书院的不辞而别,想起杨源浚后悔选错了书院,他觉得自己应该趁此机会去寻找一片新的天空,能够让自己自由翱翔的天空。

陈天华回到长沙,没有再回岳麓书院,选择了自己早已心仪的长沙求实书院。长沙求实书院是由长沙时务学堂改成的,新政失败后,长沙时务学堂被关停,后改名求实书院重新开讲,但它从开办之初,就深深打下了新政时期的烙印,现在只是把名头改一下,换汤没换药,所以书院里还是有一股浓浓的新政时期的气氛。不像在岳麓书院,学生们谈新政而色变。

在求实书院,陈天华觉得自己就是一只挣脱了笼子的鸟,可以在广阔的天空里自由自在飞翔了。

同学周来苏,字瑟铿,号东山,新化大同团筱坪村人,性格严肃耿直、沉默寡言,他先于陈天华来到求实书院。在书院里,因为性格原因,他少与同学来往。陈天华到来后,因为都是新化人,便成了好朋友,在陈天华的带动下,周来苏吸收了一些西方的新文化和新思想,眼界渐渐开阔,慢慢也开始走出课堂,走入了陈天华他们的圈子。

这些日子,长沙城里的风向又开始变了,街头巷尾到处都在议论时局,说前段时间对新政痛下杀手的慈禧太后,又要开始变法了。慈禧太后这种阴晴不定的做法让所有人都觉得不安,她是不是想把水搅浑,把谋划着搞新政的人都搅出来,然后一网打尽?所以,对于慈禧的新政,很多人都抱着将信将疑的态度。

一日,陈天华、周来苏、杨源浚与刘揆一、杨笃生在一起聚会,又聊到了时下流传的慈禧变法。

"我也正在寻思，她慈禧要变什么法？该不是要变什么戏法吧？"陈天华诙谐地说。

"哈！哈！星台兄真会开玩笑。"陈天华这一说把杨笃生逗笑了。

刘揆一说："让我来告诉你们吧，慈禧变法的内容共有三条：第一是提倡和奖励私人资本办工业。"

"这跟原来维新志士的主张是一样的呀！炒冷饭而已，她难道忘了，她当初是怎样杀害戊戌六君子的？我想谭嗣同他们如果泉下有知，不知该做何感想了？"陈天华说。

"没错，慈禧她就是这么反复无常。"杨笃生说。

"在这里，我还是要说一句公道话，其实，在八国联军入侵之前，慈禧是平衡地使用封建守旧派的官僚和主张洋务派的官僚的，但因为新旧之间的矛盾冲突，所以守旧派和洋务派的斗争也是你死我活，很多人都是这两种斗争的牺牲品，像谭嗣同他们。被八国联军重创后，可以说，她已经使朝廷变成了洋务派的朝廷，从此没有了洋务派和守旧派之争。她之所以高调唱变法，一是为了讨好洋人，二是平息因为镇压新政在民间所引起的怨怼。"刘揆一说。

"霖生兄分析得有理，那第二条变法是什么？"杨源浚问。

"第二条是废除科举考试制度，设立学堂，提倡出国留学。"刘揆一说。

"这第二条看上去还有点意思。"陈天华顿时来了兴趣。

"是啊，是这样的。只可惜，出国留学，难以轮到我和霖生兄。"杨笃生说。

"此话怎讲？"周来苏问。

"我和霖生兄，现在都不是书院中人，如果官方选派，已经是没有机会了。"杨笃生说。

刘揆一赶忙插嘴说："不哦！你毓麟兄是有出国留学的机会的，只是，只是要自掏腰包。"

杨笃生一听，顿时面露喜色说："对呀！我怎么把这档给忘了，我赶紧回去跟家里人商量去。"

陈天华说："霖生兄，你同样也可以出国啊！反正你家有良田百亩，卖掉几亩就可供你留学了。"

刘揆一说："我呀！难着呢，我爹娘倒好说，我怕我婆姨不放我走。"

几个人听了，都大笑起来。

"现在才知道为情所累了吧，既有今日，何必当初？"杨笃生说。

"我也后悔了呀！可后悔有用吗？"刘揆一自讥道。

"如果你坚定了信念，还是能够去的。"杨源浚说。

"是的，我一定争取去，我要去看看外面的世界。"刘揆一说。

"如果是这样，我们几个人有可能在国外相聚。"陈天华说。

"嗯，我和霖生都会努力争取。"杨笃生说。

"我们也一样，需要努力才能争取到。"陈天华说。

"霖生，慈禧的第三条变法又是什么来着？"周来苏问。

"第三条是改革军制，就是逐渐撤裁旧式的绿营、防勇，组建新军。"刘揆一说。

"我觉得这个不错呀！"杨源浚记得高霁去日本读的是军校，学的是先进的军事技术，现在慈禧要组建新军，他毕业回来可是有用武之地了。自己的愿望也是读军校，家里是没能力送自己自费出国留学的，只能靠自己的努力争取官费留学。

"听来，这也是富国强兵之道，只可惜那朝廷已是病入膏肓，洋人又很猖獗，恐怕已无回天之力。"陈天华道。

杨笃生说："现在的朝廷是株病黄的白菜，施再多肥也是白搭。"

"是啊！这些我们不能现在就相信她，只能骑驴看唱本走着瞧。"刘揆一说。

果然，长沙城内真是闹起了变革，那个镇压新政最凶的巡抚余廉山被调走，朝廷又派了一个叫赵尔巽的来做巡抚。赵尔巽上任后，首先是安抚躁动不安的民众，他四处视察民情，看到不少地方因为天灾人祸，出现很多饥民，就下令开仓赈粮，以解民众燃眉之急。然后就是改变军队建制，将防勇改为协标管带。全省的各书院也开始选派留学人才了。

赵尔巽的这些措施虽然取得了民众的一些拥护，但因为官民之间积怨太深，洋人的嚣张，侵略者的跋扈，朝廷在列强面前的软弱，慈禧对新政的阴晴不定，让理智的人们痛定思痛，还是无法全然相信清政府的这一系列措施。

第十七章 指点迷津

周辛铄和谭人凤从实学堂逃出后，一时间也不知该往哪个方向走。周辛铄想要去贵州，他说："贵州山高林密，我们在那里人生地不熟，肯定没人认识，找个地方先躲一阵子，等过了这阵风再考虑下一步怎么走。"

谭人凤毕竟是个特别胆大的人，他说："我看还是去我们福田村吧。邹代藩已经把'福田义学'改成新式学堂了，正在推广新教学、新思想呢。"

周辛铄愣了一下说："去福田村？去你老家？你不怕衙役去抓人？县衙现在是没得到消息，如果得到消息肯定会抓我们的。"

"不是说'灯下黑'吗？我认为越危险的地方越安全，县衙那些吃干饭的衙役肯定没想到我们会躲家里去的，况且，福田村山高皇帝远，道路崎岖、消息闭塞，衙役们去走一趟不容易，如果去了没抓到我们，岂不是白费了力气？他们舍得出这力吗？"

周辛铄觉得谭人凤说的也有道理，还是先去福田村暂避一下，见机行事。再说福田村靠近贵州和广西边界，万一官府追捕，很方便逃脱。

果然，在福田村待了一个半月，一切风平浪静，周辛铄还在"福田义学"观摩了一段时间，准备以后在大同团也要建一所这样的新式学堂。

避了一个多月的风之后，感觉风声已经过去，周辛铄和谭人凤在福田村也待不住了，又开始外出联络会党。

谭人凤在新化实学堂的这段时间接触到了不少的新思想，视野开阔了，他认为现在自己必须从福田村走出去，从新化走出去，去寻找更广阔的发展空间。所以，他不仅联络本邑及其附近的会党，而且还步行外出，赴辰溪、沅陵，下常德。经过数月的奔波，在湘西、湘中，跟沅江流域的会党通上了声息。之后，还把联络范围延伸到了湘南的永州、郴州、桂阳，北及衡山，远达于赣西，使这些地方的会党彼此呼应，相互声援，积蓄起一股相当大的反清力量。

周辛铄也是没回家，直接踏上了征途。在联络会党的途中，路过姐姐家，就顺路探听一下实学堂停学后回家的苏鹏的情况，得知苏鹏回家后就被姐姐、姐夫关在家里，没事做就整天在小溪里捞鱼，气得把姐姐、姐夫好一顿说："你们是不是要把风初养成一只关在笼子里的金丝鸟？你们生的可是一个男孩啊！男孩要有安邦治国平天下的气概，你们倒好，把他弄成这副样子。你们希望的是他走你们的老路，整天守在自家的一亩三分地里转悠，这样你们是可以每天都能看到他在你们眼皮子底下晃，男子汉大丈夫这样活着又有什么意思？一点远见都没有。"

看到舅舅帮自己说话，苏鹏觉得真解气。苏鹏父母也被周辛铄说得心生惭愧就问："叔川，你说得对，我们现在该怎么做才好？"

周辛铄说："我听说蔡松坡现在正到处招揽人才，我建议风初去投奔他。"

"蔡松坡是谁？"苏鹏父母一脸的茫然。

"蔡松坡是隔壁邵阳一位很有本事的年轻人，名艮良，字松坡。"周辛铄说。

"年轻人？他多大年纪？能照顾好我家风初吗？"苏鹏母亲急忙问。

"1882年生的，比风初还小两岁。姐，你让风初出去是学本事还是让人照顾？"听到姐姐这么问，周辛铄有些哭笑不得。

"舅，蔡松坡年纪比我还小，您要我去投奔他？"苏鹏也有些不自在，插嘴道。在周围人的嘴里，自己也是被称为"才子"的，再说蔡松坡这么小的年纪，他能有多大本事？

"别看蔡松坡比你还小两岁，可是个能人。他六岁入私塾，十岁读完'四书''五经'，能写流畅的文章，被当地人誉为'神童'。十三岁参与史学、辞章院试，以优异成绩考中秀才。十五岁考入湖南时务学堂。所作课卷曾在《湘报》发表，很受中文总教习梁启超、分教习唐才常器重。他还参加过谭嗣同、唐才常在长沙组织的南学会活动。十七岁考入上海南洋公学。后应梁启超之召东渡日本，到东京大同高等学校学习日语，研究政法、哲学。不久，又考入横滨华商举办的东亚商业学校。受到西方民主学说的影响，蔡松坡思想比较激进，他是刚刚回国，参加他在时务学堂时的教习唐才常等组织的自立军。现在，他正为自立军到处招募人才。"周辛铄说。

舅舅说的这些话让苏鹏顿时面红耳赤，年纪比自己小两岁的蔡松坡已经经历了这么多，而自己却整天在小溪里抓小鱼，还自命不凡，说出去该被别人笑掉大牙了。

"舅，蔡松坡这么厉害，他会收留我吗？"苏鹏这时倒有些担心了。

"会的，你也读了这么些年的书，他现在招募的全是些有胆识、有知识的年轻人，况且我曾经帮助过他，等下我给你写封荐信。"周辛铄满有把握地说。

"您帮助过他？舅早就认识蔡松坡吗？"苏鹏问。

"很早了，我认识他时他才十岁，正应童子试。我也是有事情去邵阳，听人说他是'神童'，特去探望。见到蔡松坡时却出乎了我的意料，只见他大大的眼睛，细嫩的皮肤，一脸的稚气，而且身材特单薄，很难想象出这么一个小小的孩童，能有多大的才能。于是，我决定试试他，便出了一联让他对，我出的上联是'十岁孩童游泮水'，蔡松坡对的是'万国衣冠拜冕旒'。我一听，知道这个孩子不简单，以后前途无量。得知他家很贫寒，甚至可能因为没钱交学费而无法完成学业，我想，这么好的一个人才可不能耽搁了，便给了他父母一笔数额比较大的学费，以便助他完成学业。"周辛铄说。

"噢！那我就放心了。"苏鹏母亲说。

"听舅舅这么说，这蔡松坡还真是我学习的榜样，好，我明天立马动身去找他。"苏鹏说完，看了父亲一眼。

"去吧！去吧！跟着一个有能耐的人做事，总比你在小溪里捞小鱼强。"苏鹏父亲没好气地说，倒把旁边的人逗笑了。

"凤初，跟你相好的陈星台和杨伯笙呢？实学堂停学后，他们现在情况怎样了？我记得他们两个家里都很贫困的，如果他们有什么困难，我也想帮帮他们。"周辛铄又问苏鹏。

"他们两人倒好，都去长沙岳麓书院继续念书了，只是前段时间，星台的父亲去世，他回家奔丧染上了热痢，久治不愈，在家休学了半年，现在病好又去长沙了。"苏鹏回说。

"哦，那就好！我真怕浪费了这么些人才，陈星台和杨伯笙，还有曾叔式、曾传九、邹景贤、袁士权等你们这些实学堂的同学，都是些不错的年轻人，人聪明，又敢想敢干，所谓乱世出英雄，说不定这些人中间将来有人会有大出息，你要跟他们好好联络。"周辛铄说。

"好的，只是上次分别得太突然，又很慌乱，所以有些还没来得及留下联络方式。"苏鹏说。

"有机会的，俗话说'人生何处不相逢'何况你们都是一些有理想、有抱负的年轻人，现在的形势是瞬息万变，各地反压迫、反侵略的运动风起云涌，说不定在哪里就遇上了。"周辛铄道。

"我希望我们将来能为共同的目标走到一起。"苏鹏说。

"所以，你得认清形势，选对以后要走的道路。"周辛铄点点头说。

回到大同团后，周辛铄没忘记谭人凤、邹代藩他们在福田村创办的新式学校。1901 年底，周辛铄参照"福田义学"的模式，发起创立大同高等小学堂，因开办经费不足，他变卖家产，垫了两百块银洋才把学堂办成功。学堂办成后，又考虑到学堂要持续长久的办下去得有足够的经费，周辛铄又到处想办法筹措办学经费。大同团盛产煤炭，当地绅董对外运煤石抽取"过境费"，以前的"过境费"都被土豪们私吞了，并未作为大同团集体的收益。周辛铄便提议将此项过境费提作大同学校固定办学经费，并报官备案，得到湖南省衙和新化县衙的批准，但遭到反对兴学的劣绅及守旧派抵制，当地一煤业主因为此事对他影响甚大，对周辛铄很是忌恨，放出话来愿出四百光洋买人刺杀周辛铄，周辛铄虽然数次险遭谋害，但他毫不畏惧，办学之志愈加坚定。

第十八章 身份转变

离开新化实学堂快两年了，罗仪陆至今还清楚记得在实学堂的最后那段时光。

那天，陈天华匆匆地跑到自己的书房喊道："罗教习，不好了！出事了！"

"出事了？谁出事了？出什么事？"罗仪陆吓得从座椅上站了起来，他以为是有学生发生了什么意外事故。

"不是谁出事，是新政出事了。"陈天华知道教习理解错了，赶紧补充道。

"噢！新政出什么事了？你从哪里知道的？我怎么没听说？"罗教习虽然也是很惊讶，但还是松了口气。

"长沙现在到处在抓闹新政的人，听说康有为、梁启超、唐才常等人都逃去日本了，只有我们湖南的谭嗣同不肯逃走，被官府抓了去。"陈天华说。

"这消息可靠吗？这清政府到底是想干什么？新政不是执行得好好的吗？我们新化县城都已经初见成效了，怎么现在说变就变呢？"罗仪陆道。

"这个我也不明白，但消息却是可靠，是苏凤初的叔叔在省城亲耳听到的，周先生和谭先生已经跑了，我怕你有事，所以赶紧来通知你。"陈天华说。

"星台，别怕，我不会有事的，你们也不用怕，周先生和谭先生既然跑了，我们就先不要动，好好上课，就好像什么事都没发生一样，有什么问题我给你们担着。"罗仪陆安慰着陈天华，他知道，初次遇到这种事情，他们一定是感到有些害怕了。

"嗯！教习不怕，我们更不怕，我们又没有干杀人放火、偷盗抢劫的事情，我们是按照官府的话去做。"陈天华说。

"对！如果有事，我们就这么应对，没谁能把我们怎么着的。"罗仪陆说。

按照罗仪陆的吩咐，陈天华他们还是像往常一样照常上课，只是不再出去活动。

连续几天没活动，有同学感到奇怪了，问陈天华道："星台，我们现在该干什么了？周先生和谭先生有什么吩咐吗？"

"我们现在'两耳不闻窗外事，一心只读圣贤书'。"陈天华一本正经地说。

同学还以为他在开玩笑道："星台兄，你怎么好像变了个人似的。"

陈天华这下不知怎么回答才好。

罗仪陆见状，赶紧走过来说："同学们，你们现在的任务是读书。周先生和谭先生是监督邹代钧先生请来临时管理学堂的，现在他们有事，已经走了，不再回来。所以，大家以后不要再谈周先生和谭先生的事情，只要做好我们自己该做的事情，埋头读书就好。"

"哦！怪不得我们这几天没看见两位先生了。"同学点头道。

周辛铄和谭人凤逃走后，大概过了五六天时间，新政失败的消息传到县城。这下，县城就闹开了。首先是支持新政的县令李弼清被撤了职，听说还被"斜眼三"带人抄了家；反对新政的标语县城贴得到处都是；"邪眼三"被关闭的烟馆重新开张了；那些反对不缠足的老劣绅拄着文明棍，跑去县衙骂骂咧咧要县衙重新告示妇女要缠足、要从一而终、要三从四德……西门外的那个"大同坊"又被改成了"贞节坊"。接着，县衙有人来实学堂，说要抓捕宣扬新政的周辛铄和谭人凤及他们发展的党羽，听说周辛铄和谭人凤早走了，便说要抓几个学生去询问他们的下落。

这下，罗仪陆不干了，他站出来说道："这个不关学生们的事，学生怎么知道先生去哪了？"

"闹新政的时候，学生不是跳得挺欢吗？""斜眼三"的姐夫这时跳了出来指证。

"学生们只是按照周辛铄和谭人凤的吩咐去做事，他们两人当时是代表学堂监督邹代钧先生来管事的，他们是学生，难道能拒绝代理监督交代做的事情吗？如果你们真想要抓他们，也得经过监督邹代钧先生的同意才行，不可能想抓就抓的，邹代钧先生正在给朝廷修地图，要么你们先找他去。"罗仪陆不急不缓地说。

罗仪陆说得头头是道，衙役们也找不出反驳的理由。再说，新化实学堂的监督邹代钧，他家世代舆地学家的头衔，现在又正给朝廷办事，他们哪敢轻举妄动，只好作罢。

过不了多久，新的县令上任了，又带领一群衙役扑到实学堂。这回他们不是来抓人，而是来搜物，他们把有关新政的书和报纸统统收集来，一把火烧掉，然后，下令说限实学堂的学生三天之内撤出，关闭实学堂。

临走前，罗仪陆给学生上了最后一堂课，结束语是："同学们，动身的时刻到了，让我们走吧！不必惋惜，也无须告别，纵使以后天涯海角，我们的心也会永远地在一起！"

罗仪陆的这番话让本来很伤感的离别场面霎时轻松了起来，同学们擦擦刚刚潮润的眼睛，互道珍重，预祝重逢，结束了这段永远铭刻心间的学习生涯。

新化实学堂结束后，罗仪陆立马被宝庆府录为郡立中学堂教育长，可在实学堂的两年教习经历，令他对保守的封建教育制度已经无所适从，也无法忍受，他决定离开，去更广阔的天地里闯闯。1902年，罗仪陆赴日本留学，入读日本法政大学。

从教习变回学生，罗仪陆丝毫没有违和感，只是可惜自己走出来得太晚，他跟早期来日本的实学堂的学生高霁，及实学堂关闭后来的曾广轼、曾鲲化、袁华选都联系上了。

这几个人都在日本留学，最先出来的高霁在成城军校念完后，又进了陆军士官学校。曾鲲化先是在日本的成城军校，后来考入日本私立岩仓铁道学院。曾广轼在日本的警察学堂。袁华选也在日本的陆军士官学校。

知道罗仪陆也是来日本留学的，曾鲲化笑道："教习，我们以后该称呼您先生还是同窗呢？"

罗仪陆说："我早就说过我们是兄弟，现在称呼为兄弟应该不会有错了吧！"逗得同学们哈哈大笑，都说罗仪陆是神人，能预知以后将要发生的事情。

高霁是留学时间最长的，他在这里已经待了四年，还没有回国。罗仪陆很好奇，他问："兆奎，你不是早早就来日本留学了吗？怎么还没回国？"

"成城军校毕业后，我觉得我的军事知识还不够丰富，又考入陆军士官学校继续学习。"高霁说。

"兆奎，你这是精益求精呀！"罗仪陆赞道。

"要学就要学懂、学通、学透。"高霁说。

罗仪陆点头称赞道："你会成为一名好军人的。"

"传九，你也是，我们国家正需要军事方面的人才，你为什么军校不读了又去读铁道学院？"罗仪陆又问曾鲲化。

"我从军校转读铁道学院也是气愤不过。"曾鲲化说。

"传九，遇到什么事情了？让你这么气愤？"罗仪陆好奇道。

"这话说来有点长，我在成城军校读书的时候，做过《游学译编》的编辑，负责"时论"专栏，因为要搜集资料，我到处找书看。有一次，看了一本日本人所著的《支那铁路分割案》，此书主要论述日本如何在中国与俄国、英国等列强争夺铁路权益，从而把铁路作为侵华的最好触角。读了此书后，我深受刺激，铁路将是关系到未来中国兴衰的重要事业，我们不能让列强们牢牢卡着我们的脖子肆意欺凌，我们必须有自己的铁路建设和管理人才，所以，我舍弃读军校，改读铁道学院。"曾鲲化解释说。

"改得好！中国人就是要有这志气，哪里是我们的弱项，我们就攻哪里，我就不信，凭我们中国人民的智慧，有哪样事情我们是做不到的。"罗仪陆说。

"抟九兄，好样的！我们向你学习！"曾广轼竖起大拇指道。

"对！取人之长，补己之短。"高霁说。

"学好人家先进的经验，强大自己的祖国，才是我们出来留学的真正目的。"袁华选说。

聊着聊着，聊到了陈天华、苏鹏、杨源浚、邹德淹、罗元鲲这些经常在一起的好友，竟是百般的想念，想起在实学堂一起成立"不缠足会""戒烟会"，一起去乡村、去街道做宣传的情景感慨万千，如果他们都能到日本来留学该有多好，我们就能像在新化实学堂一样，可以聊时事、聊政治、聊家乡、聊异乡、聊师生之情，也聊同窗之谊，并且可以光明正大，不用躲躲藏藏，害怕官府反对了。

"实学堂一别之后，也不知道他们几个现在身在何处？"曾鲲化说。

"邹景贤考取举人了，以通判（知县）派往云南等待职务，他运气很好，遇到同是新化人的魏景桐在蒙自做管理海关事务的关道，便安排他做书记，要他管理政府的公文、书信及印章等。他肯定是不会来日本的。"罗仪陆说，对于自己的这些得意门生，他时刻在关注。

"景贤兄倒是适合做这个职务，他做事历来非常认真、严谨，记得我们在实学堂搞不缠足运动的那份呈禀县衙的有关"新化不缠足会"的禀帖也是他先提议写的。"曾广轼说。

"是啊，听说他做书记期间，正值法国和日本合作修建云南到安南（越南）的滇安铁路，法国人动不动就找碴闹事，邹景贤就根据合约据理力争，每次争议他都是有理有据，准备充分得很，所以，连法国领事都对他有所顾忌。"罗仪陆说。

"景贤兄这也是保家卫国啊！"高霁笑道。

"确实，如果朝廷的官员都像他一样，时刻想着维护祖国的利益，也不会有什么《马关条约》《辛丑条约》等一系列的卖国条约了。"袁华选说。

"热爱历史的罗瀚溟呢？"曾鲲化问。

"罗瀚溟考上了湖南中路师范学堂。"罗仪陆说。

"瀚溟兄可是找到了他人生的准确目标，以后做历史教习，他可能也不会来日本。"曾鲲化说。

"敦信团的两个人大概已经定位了，变动的概率不是很大。陈星台、苏凤初和杨伯笙呢？维新运动的时候，他们三人是最积极、也是最相好的。"袁华选说。

"苏凤初听说投奔蔡松坡去了。陈星台和杨伯笙开始一起在长沙岳麓书院念书，后来，陈星台的父亲去世，他回家奔丧患上热痢，休学在家养了半年病，后来据说去了长沙求实书院，也就是原来的'长沙时务学堂'。"罗仪陆说。

"他们三个倒是有机会来日本。"曾广轼说。

"特别是陈星台和杨伯笙，一心只想着要去外面学习新知识、新思想的。"袁华选说。

"记得杨伯笙以前说过，如果有机会来日本留学，他也是要读军校的，我都盼着他来呢，弄不好我们又能同窗了。"高霁说。

"他们的学习成绩是新化实学堂数一数二的，虽然家里都比较贫穷，但朝廷现在开始官费选派留学生，他们俩肯定有机会。"曾鲲化说。

"但愿不久的将来，我们又能环绕在罗教习的周围聆听教诲，跟罗教习在一起的日子，可以说是我们思想的一个飞跃时期。"高霁说。

"喂！兄弟们，我不再是教习了，我跟你们一样是在日本的大清国留学生。"罗仪陆笑道。

"因为年龄相近，我们也不必说'一日为师，终身为父'，但在我们心里，你永远是我们尊敬的教习。"曾广轼说。

"确实，你是我们的教习加兄弟。"大家附和道。

"教习加兄弟？好！好！好！这个称呼我倒是能接受。"罗仪陆笑道。

第十九章 榜上无名

清光绪二十八年八月（1902年），正逢三年一次的乡试。陈天华知道，这次考试成绩好的，有可能被推荐出国留学，所以，他格外慎重。一切顺利，试卷被推荐了上去，只等秋后发榜。父亲去世后，残疾的哥哥暂由族人照顾，家里没有其他人，陈天华没打算回下乐村，待在书院里等结果。

九月桂花开的时候，终于发榜了。发榜的那天，陈天华清早起来洗了一个头，又换了一身干净的衣衫，精精神神跑去看榜。一路的桂花香让陈天华心里感到特别愉悦，十年寒窗苦读，今日终于可以看到结果了。

陈天华赶到的时候，榜单前早已挤满了人，根本无法靠前去。好不容易等人少了一点，陈天华才上前去看，可榜单从头看到尾又从尾看到头，除了看到杨源浚榜上有名，始终没有找到自己的名字，难道名字被写漏了？但听旁边也有几个试卷被推荐的人说自己榜上无名，这才知道自己和他们一样是落榜了。陈天华的神情一下子暗淡下去，求实书院学习成绩的翘楚却榜上无名，这对陈天华来说是个天大的打击，从小到大，成绩一贯被认可，也一路畅通进入了求实书院，关键时刻却榜上无名，这怎么对得起资助自己读书的乡亲呢？怎么对得起临终都没见上一面的父亲？失去了考试这一条路，既没背景又家贫如洗的自己又能做什么？失去了考试这条路，自己怎样才能有机会为拯救这个垂危的国家出一份力？从小家到国家，从家人到乡亲，陈天华一下想了很多很多，他觉得自己遭遇了从没有过的失败，虽然对于考试的失败心里存了太多的疑惑，可现在榜都出了，事情已成定局，自己又没有能力去挽回，还能怎么办？只能背起行囊，灰头土脸回家乡。

杨源浚得到陈天华落榜的消息后，也很是震惊，陈天华的成绩一贯比自己优秀，无论在岳麓书院还是求实书院，他的成绩都是前茅，每回都能拿到奖学津贴，让他能够靠自己的奖学津贴把书继续念下去。现在居然落榜了，这让他情何以堪？

知道他回了下乐村，杨源浚本想去看看他，但又怕他看见自己之后，更刺激了他落榜的痛苦，想想还是作罢。

过不久，收到官费去日本振武学堂留学的通知后，杨源浚还是写了一封信给他，告诉他自己即将去日本留学，并希望他振作起来，争取下次取得好成绩。

果然，杨源浚的信让陈天华更加难过，下次，下次考试还要等三年，这三年自己怎么过呀？陈天华在痛苦中苦苦挣扎了很久，越想越觉得心有不甘，我的试卷明明推荐上去了的，为什么会榜上无名呢？会不会其中有什么蹊跷？难道我就这么认命了吗？不，我不能认命，我不能坐以待毙，我要去弄个清楚明白。但这件事情该去找谁呢？谁又能帮上自己的忙？陈天华突然想到了实学堂的监督邹代钧先生，他既是自己的老师，又是有名的舆地学家，如果他能够出面一定管用。记得邹代钧先生在湖北武昌的巡道岭办了一家"中国舆地学会"，只要去到那里，肯定能找到他。

陈天华是坐一艘朋友的货船去湖北的，从资江入洞庭湖再进长江，经过三天时间，船顺利到达湖北汉口码头。船一靠岸，码头上一大群人围了上来，有喊吃饭、住店的，有手拿扁担、麻绳帮忙卸货，说的是清一色的新化话，让人有些迷惘自己到底到了哪里。记得小时候父亲给自己讲过一个新化人用梅山功夫在武汉打码头的故事：说是汉口有一个"宝庆码头"，是新化王爷山的人用梅山武术硬生生从当地人手中抢过来的，那里的人绝大部分都是新化人。

听父亲讲完故事，陈天华对梅山武术也是着了迷，村里凡是有"打师（武术教师）"来"告打（教武术）"，他一定会踊跃参加，对传说中的宝庆码头也很是向往，希望有一天能一睹宝庆码头的风采。按照平日里的性格，陈天华一定是要细细察看一番的，但此时的陈天华无暇顾及这些，只想尽快找到邹代钧先生。

"中国舆地学会"在武昌的巡道岭，武汉到武昌还有几十公里的路程，为了节省时间，陈天华咬咬牙卖了张小火车票，一个多小时后便到了武昌。巡道岭乍一听还以为是一座山，其实它就地势高一点，跟别的地方一样有花圃、有绿荫、有楼宇、有珠光宝气的阔太、有金发碧眼的洋人、有衣衫褴褛的乞丐、有步履匆忙的路人。

根据路人指点，陈天华到达一栋低矮、灰暗、陈旧的房子前的时候，赫然就看到了"中国舆地学会"的牌子，他有些不敢相信自己的眼睛，这难道就是赫赫有名的"中国舆地学会"吗？走近那个门房里的小老头一问，没错。

当陈天华告诉小老头想找邹代钧先生时，小老头看了他一眼说："你找邹先生有何贵干？"

陈天华赶忙解释自己是邹代钧先生的学生，刚从他的家乡湖南新化千里迢迢赶来，找他有重要事情。

"什么？你是从湖南新化来的？"小老头眼里顿时有了喜气。

"是的，我是新化人。"陈天华说。

"噢！我也是新化人，我们是老乡，邹先生不在家，去外头考察地形了，要三四天才能回来。后生家，幸亏你来得早，朝廷已来函，过几天邹先生要调去北平充编书局总纂兼学务处提调官了。"小老头马上改成了纯粹的新化土话，热情地说。

"这么巧？您也是新化的？"在这里能遇到老乡，陈天华并不感到惊讶。

"汉口有一个'宝庆码头'，那里有很多的新化人，我就是从汉口那边过来的。"小老头说。

陈天华猜他所说的"宝庆码头"就是父亲口里的宝庆码头，也就是刚才自己下船的地方，那些拉生意的就是从新化过来的，他们主要是服务于在资江及长江流域驾船的船夫们的生活起居及码头的装卸业务。

要等三四天？囊中羞涩的陈天华有些紧张起来，这得要多少旅费呀？

小老头看出了这个年轻人的为难："你很着急见到邹先生吗？"

"那倒不是，只是要等三四天，我在这里人生地不熟，不知住哪里好。"陈天华不好说自己没钱。

"只要你不嫌弃我这个糟老头，就跟我住在这门房里，我也好多年没回家乡了，正好可以跟你聊聊家乡的事情。"小老头说。

"那感情好。"陈天华惊喜道。

陈天华就在门房住下了。白天在门房看看报纸，晚上跟小老头聊聊天。从小老头的嘴里，陈天华了解到小老头的父亲曾在李鸿章的江南制造总局里做过事，他本来有三个兄弟，都毙命在曾国藩的剿捻阵列里。他未曾娶妻，老乡邹代钧见他身世可怜，就留他在"中国舆地学会"做了门房，让他有一个养老的地方。

好不容易过了三天，终于在第四天的下午，风尘仆仆的邹代钧和一个眉眼与他有些相像的年轻人回来了。看到陈天华，邹代钧很是惊讶，问道：

"星台，你怎么在这儿？"

"先生，我在这里等您三天了。"陈天华说。

邹代钧听了，知道事情不寻常，忙拉了陈天华去自己楼上的书房。

"星台，只怪我出去的不是时候，害你久等了。"邹代钧抱歉说。

"先生别这么说，是学生不才，远来惊扰，实感不安。"陈天华连忙说。

邹代钧的书房兼着卧室，房间里也是很简单，除了一张床，一张书桌，其他剩下的就只有书和地图了。

"星台，你来这里所为何事？"进得房间，邹代钧直问道。

陈天华把自己的情况给邹先生做了一个详细的说明。

邹代钧沉思了一会，说道："星台，我给你呈一封书信给赵尔巽巡抚吧，前次他去湖南赴任的时候经过湖北，湖北巡抚苏道南与他有交情，于黄鹤楼设宴为他钱行。其时我正为湖北绘制全省地图，恰巧被赵尔巽看到，他面邀我日后为他绘制湖南地图，我答应了。你这事情是合情合理的，不是什么徇私舞弊，求他应该不难。"

陈天华闻言大喜："谢先生！太感谢先生了！"

"别谢！星台，既然是你先生，能帮上忙肯定会帮忙的，况且这也是一种维护正义。"邹代钧说。

邹代钧当即挥毫修书。

拿到书信后，陈天华拜别了邹代钧，又给门房的小老头作了个揖，感谢他这几天的收留，匆匆返回。

从湖北回来后，陈天华马不停蹄赶往长沙，把邹代钧的书信呈给赵尔巽巡抚后，回到新化等消息。

过不久，求实书院传来消息，陈天华被省城师范馆录取。省城师范馆不是陈天华的目标，他的目标是官费留学，但能录取总比落榜好，况且第一批留学生人家都已经出国了，陈天华只好来到省城师范馆报到。

不久，又有消息传来，省抚辕部院从那些荐卷里面挑选试卷，准备选派第二批学生去国外留学，陈天华获得了预取资格。这一消息让陈天华顿时喜出望外，出国留学的愿望终于要实现了，只是，这还是预取，不知何时才能等到真正的录取通知，只能在师范馆耐心等候。

次年二月，陈天华终于接到了获官费留学日本的通知。

第二十章 东渡日本

三月初，还是春寒料峭的时候，上海滩的夜晚虽然华灯璀璨，但也是寒气逼人。此时的黄埔港也是繁忙的，耀眼的汽灯下，货船忙着装卸货，客船忙着上下客。一艘准备驶往日本的"博爱丸"号客轮上，一群梳着长辫，穿着长衫，提着藤条箱的青年学子，正排着长队依次往舷梯上走。

河岸上，送行的人挥舞着手里能挥舞的帽子、手绢等，向即将登船的亲朋示意，希望上船的人能看见人群中送行的自己。

那些上了船的人又拥挤在靠岸边的船舷，用手里能够挥舞的东西向岸边送行的人群示意，希望岸上的亲朋能看见自己顺利登船。船上、岸上都是人头攒动。

"大家别急，不要拥挤，按顺序来，每个人都要上船的。"舷梯边，有人在维持秩序。

经过一段时间的骚动，人慢慢归了位，船上变得有了秩序。

长长的汽笛声中，轮船慢慢驶离长江口岸，在黑暗中缓缓行进。天亮的时候，轮船已经进入东海，船上的人们也渐渐从船舱里走出来，迎着海上那一轮刚升起的太阳，舒展舒展身子。此时，一个面容清瘦，身材高大的青年人站在甲板上正往来处眺望，他就是陈天华。眼望着越来越远离的故土，一抹离愁也在他脸上由浅变深。

"星台，别这么多愁善感了，不就是去国外读几年书吗？又不是不回来了。"耳边的声音好熟悉，怎么像是刘揆一的声音？

陈天华转身一看，果真是刘揆一。

"霖生，你怎么也在这条船上？你也去日本？"陈天华惊喜地问。

"难道日本只许你去，不许我去吗？"刘揆一嬉笑道。

"不是！不是！只是你突然出现在我面前，让我感到太意外了。"陈天华忙解释说。

"看把你愁的，你呀，是堂堂正正的官费留学生，我还是私费的呢，都没有你这么愁。"刘揆一说。

"霖生兄也是去日本留学吗？没想你真的成功了。"陈天华道。

"唉！经历了千辛万苦，都说'父母在，不远游'，我不仅要远离父母，而且要远离妻儿，那情形，不是你一个未成过家的人所能想象的，不过我有点奇怪了，你无牵无挂的，站在这里伤什么情？"刘揆一问。

"我不是愁这个，我是想我们要留学三年，希望这三年里，国家的情况不要再往坏的方面发展才好，它已经再也经不起折腾了。"陈天华说。

"这个哪是我们左右得了的？但是，只要是国家有事，我就要回来，哪管什么三年不三年。"刘揆一说。

"还是你这私费的自由，想咋的就咋的。"陈天华说。

"花钱买来的自由啊！"刘揆一耸耸肩，摊开双手说。

"哟！你们两位也是湖南的吧？"两人身后又传出了一个长沙口音。

回头一看，是个身材比较魁伟，满脸的胡子，看上去年龄比他们成熟一点的年轻人。

"是啊！"两个人不约而同点了点头。

"你们也是去日本留学的？"年轻人问。

"是的，刚选上的。"陈天华说。

"读的是哪所学校？"年轻人又问。

"东京弘文学院。"陈天华说。

"我读的也是东京弘文学院。"刘揆一说。

"这么巧？我也是东京弘文学院的学生，我们以后是同窗了，我叫黄兴，字克强，湖南善化人。"年轻人自我介绍说。

黄兴，原名轸，字廑午，清同治十三年（1874 年）十月二十五，出身于湖南善化一个书香门第，父亲黄筱村是晚清秀才。黄兴幼年时思想受湖南的明末清初大儒王夫之的影响很深。光绪十九年（1893 年），黄兴入长沙城南书院读书。光绪二十二年（1896 年），考中秀才。光绪二十四年（1898 年），黄兴由长沙湘水校经堂新生，被保送到武昌两湖书院深造。光绪二十七年（1901 年）毕业于武昌两湖书院。

清光绪二十八年（1902 年）春，湖广总督张之洞从两湖、经心、江汉三书院选派学生三十多人，赴日本东京宏文学院速成师范科留学。黄兴这位两湖书院的优秀毕业生，成为这批留学生中唯一的湘籍学生。

"我叫陈天华,字星台,湖南新化县人。"

"我叫刘揆一,字霖生,湖南衡山县人。"

陈天华和刘揆一也分别对自己做了一番介绍。

"星台,第一次离开家乡吧,一脸的离愁别绪。"黄兴开玩笑说。

"呵呵,第一次远渡重洋,难免心生离愁。"陈天华憨憨一笑,有些不好意思。

"别愁,日本有很多中国留学生呢,这一批就有五十人。"黄兴说。

"克强兄也跟我们是一批的?"陈天华问。

"不是,我是去年来的,两湖书院选派,那一次我们两湖、经心、江汉三书院选派学生三十多人,就我一个是湖南人,那才叫孤单呢,后来认识了其他省份的一些同学才好了一些。"黄兴说。

"五十?怪不得我在船上到处都能听到汉语。"刘揆一说。

"不仅这里到处能听到汉语,以后在校园里也是能到处听到汉语的,东京弘文学院是日本教育家嘉纳治五郎在东京牛込为中国留学生创办的学校,大部分人都是中国留学生。"黄兴说。

"噢!那太好了,我们像是在家里一样。"陈天华顿时开心起来。

"唉!中华文化博大精深,如果不是腐朽的封建制度阻滞了中国的发展,我们也不至于这么多人都跑出来学习人家的先进经验了。"说到这些,黄兴的脸色暗淡了下来。

"如果不是我们落后,就不会被人家跑上门来欺侮,落后就要挨打呀!"陈天华说。

"嗯,星台,你这说法很恰当,通俗易懂,因为我们落后就被人家跑上门来欺侮。"黄兴很是欣赏陈天华这种说话的语气,很接地气,没有一丝一毫的那种整天埋在书堆里的书呆子气。

"嘿嘿!我就喜欢我们家乡的梅山古文化,讲我们家乡的俗语,说我们家乡的弹词、唱我们家乡的山歌,每个人都能听懂。"陈天华有些羞涩地说。

"梅山古文化?"黄兴饶有兴趣地问。

"是的,我们新化地处湘中地区,古时称'梅山',自古至今流传着一种古老神奇的文化形态,似巫似道,尚武崇文,杂糅着人类渔猎、农耕和原始手工业发展的过程,因为来自民间,是古梅山文化千百年进化的结果,所以接地气。"陈天华解释说。

"嗯，我也听说过'新化'这地名的含义是'王化之新地'。如果没有它自成一派的文明积累，应该是早就被王化了的。你这种接地气的表达方式很好。"黄兴再一次赞道。

"是啊！我们新化人在古代称为'梅山蛮'，是很难驯服的一群人，至今都保留着自己的文化形式，就像我们的中华民族，是一个不可屈服的民族。"陈天华说。

"说得好！中华民族是不可屈服的。"黄兴紧握了一下自己的拳头。

陈天华望着年龄比自己才大一岁的黄兴，顿时有了一种找到兄长、找到温暖的感觉，记得以前跟父亲、跟教习罗仪陆说话的时候，也总是会有这种感觉。

"这不是克强兄吗？"从船舱里又出来了一个留学生模样的，看见黄兴招呼道。

"笏棠兄，是你？你也是这批留学生里面的吧。"黄兴看到来人也很惊喜。

"是的，我这次被选派官费留学，读振武学堂。"那个叫笏棠的同学说。

"正好，我也给你们引荐一下，这位是廖名缙，字笏棠，湖南芦溪县人，我在两湖书院读书时的同窗。"黄兴说。

"这位叫陈天华，字星台，湖南新化县人。这位叫刘揆一，字霖生，湖南衡山县人。"黄兴又给廖名缙介绍了陈天华和刘揆一。

"真高兴，在船上就认识了两位老乡。"廖名缙抱拳施礼说。

"笏棠兄，你要去的振武学堂，我也有一位好友，叫杨源浚，字伯笙，他是去年来日本的。"陈天华说。

"好啊！我正担心自己一个人太孤单呢，谢谢星台兄引荐，我到了学堂马上去找他。"廖名缙高兴地说。

"你是陈星台？怎么差点认不出了。"身后又有声音传来。

陈天华转身一看，竟是新化实学堂的同学罗元熙。

"益之，你也去日本留学？"这样的巧遇让陈天华有些不敢相信。

"是呀！我也去日本留学，并且也是弘文学院。"罗元熙脸上的惊讶还未退尽。

"你们很熟吗？"黄兴也感兴趣地问。

"我们是老家的同窗。"陈天华说。

"有这么巧？"刘揆一说。

"无巧不成书呀！"罗元熙调皮地说。

经过三天三夜的航行，"博爱丸"号终于抵达日本横滨港，横滨港的码头上，跟上海的黄埔港一样挤满了人，但这回不是送行而是迎宾，听说第二批留学生今天到，第一批留学生们早早就来到了港口迎接。

第二十一章　老友相逢

陈天华第一眼看到的竟然是苏鹏，苏鹏身边还有一位少年，他怕认错，直走到跟前才敢相认："凤初，真的是你？"

苏鹏看到陈天华和罗元熙也很是惊讶："星台、益之，你们也来日本了？"

"是的，我们都被录取到东京弘文学院师范科学习，你什么时候来的？"陈天华问。

"不会这么巧吧？我也在东京弘文学院师范速成科，去年来的。"苏鹏说。

"你比我还早到日本？你家什么时候把你放出来的？"陈天华很是惊奇，想起了自己曾经去苏鹏家看他的情景。

陈天华因为父亲去世回家奔丧，顶着酷暑赶路，一路上又喝了不干净的水，得了热痢，久治不愈被迫休学。休学在家的那段时间，想起苏鹏，不知他现在怎样了，便去冷水江毛易铺看他。陈天华去到他家的时候，刚好苏鹏不在家，家里人说他去后面的小溪里捞鱼去了。陈天华找到苏鹏的时候，他正在屋后的小溪里用"罐"捞小鱼。想到当时在新化实学堂的时候雄心勃勃，一心想着救国家于危难的苏鹏如今竟像老人、小孩一样在溪水里捞小鱼，陈天华不禁苦笑了一下。

"凤初兄，今天有收获不？"陈天华调侃道。

正在专心捞鱼的苏鹏抬头一看是陈天华，赶紧扔了手中的工具跑上岸来惊叫道："星台兄，怎么是你？听说你去岳麓书院读书了的，现在怎么有时间回来？怎么都瘦成这个样子了？是不是身体有恙？"

听到苏鹏一连声的询问，陈天华鼻子一酸，沉声道："家父去世了，我是回来奔丧的，不幸又染上热痢，差点没命，不过现在总算痊愈了。"

"我怎么一点都不知道呢？星台，你要给我捎个信，我也可以来照顾你的。"苏鹏说。

"一听到父亲去世的消息马上赶回来的，身体又有病，什么事情都做不了。"陈天华说。

"真是遗憾，也不能送伯父最后一程。"苏鹏说。

"我也没能见他老人家最后一面，这是我终身的遗憾。现在事情都过去了，后悔也没用。凤初，看你现在的样子很悠闲的，你在家里都干些什么？"陈天华问。

"唉！别说了，我现在是等于被家里人软禁了。"苏鹏叹了一口气说。

"什么？软禁？"陈天华很是惊讶。

"是的，实学堂分别后，我回到了毛易铺，家里人就不再准我出门，说现在清理'康梁乱党'，新化县城内的复辟势力非常猖獗，正在到处抓人，他们是不会让我出去冒险的。"苏鹏说。

"那你在家里日子是怎么过的？"陈天华问。

"我现在每天在家无非是几件事情：睡觉、起床、穿衣、吃饭、背诗词古文、习字、作诗、陪老人们下棋。"苏鹏苦笑说。

"凤初，你可是真能玩啊！"陈天华似笑非笑道。

"没办法，人都快憋出病来了。家里人为了拴住我，还给我说了一门亲事，妹子是蓝田的，我跟她见过面，长相不错，家境跟我家也是门当户对，我也没有什么可挑剔的，就应承了下来，以为这下该给我松绑了，但还是无法自由活动，所以现在就干这种事情打发日子。"苏鹏指了指装小鱼的背篓说。

"你有家人关爱是幸事，也不是幸事；我没有家人关爱不是幸事，也是幸事。唉！人呀，为什么总是那么矛盾？"陈天华叹道。

"其实，我很羡慕你的自由。"苏鹏知道陈天华又想自己的家人了，宽慰道。

"这种自由像是无根的浮萍，无依无靠，让人有种轻飘飘，不踏实的感觉。"陈天华道，心中有一种说不出的落寞。以前尽管也是一个人在外飘荡，但心里还是有一种维系，飞得再远再高，只要把线收起来，自己还是能落地。现在爹走了，收线的人走了，自己就像是一只断了线的风筝，只能四处飘荡。

"凤初，你舅舅和谭先生有消息吗？"陈天华想到逃走的周辛铄和谭人凤。

"我舅舅他们一直没有消息，不知他们现在怎么样了，不过新化城里也没有听到有关他们的坏消息，这也是我家里不准我出门的原因，他们认为这件事情还没过去。"苏鹏说。

"但愿他们没事。"陈天华担心道。

"放心！我舅舅这个人胆大心细，谭先生更是胆大包天，他们还都是会党头领，到哪里都有党徒，都可潜伏，要抓到他们也不是那么容易的。"苏鹏倒是很淡定。

"那就好！你知道我在长沙遇到谁了吗？"陈天华转移了话题。

"谁呀？是不是伯笙兄？"苏鹏猜道。

"凤初，你真是聪明，被你猜中了。"陈天华笑道。

"能够让你星台兄这么在意的人还能有谁？伯笙兄在长沙干什么？"苏鹏急切地问。

"他也在岳麓书院念书呀！"陈天华说。

"哎呀！你们又成同窗了，真是羡慕，我都被家里人关成一只呆鹅了。"苏鹏满心的感慨。

"呵呵！那你就跟那个蓝田妹子赶紧成亲，生几个孩子，慢慢享受天伦之乐吧。"陈天华笑道。

"星台兄，你还在打趣我，我都快被烦死了！"苏鹏高声抗议道。

"你也别烦了，俗话说：时也、命也、运也，很多东西不是我们自己能掌握的，像我父亲去世，根本就在我的意料之外。"陈天华说。

"是呀！天有不测风雨，人有旦夕祸福，明天的事情谁都无法预料。"苏鹏像是自言自语地说。

陈天华告辞的时候，苏鹏母亲硬要留陈天华在毛易铺多住些时日，她说："星台，你跟凤初是同窗好友，凤初回家常说，数你和杨伯笙、罗瀚溟与他最相知。今天既然来了，就多住些日子，跟凤初叙叙，凤初这段时间被关在家里，我知道他也是苦闷得很，但我们只有这么一个儿子，不能让他有什么闪失的。"

"感谢伯母的挽留！但星台重孝在身，家里有些琐事还需处理，以后有时间再来探望伯母。"有孝在身，陈天华不便在苏鹏家长时间逗留，只能匆匆告别。

送陈天华的路上，苏鹏气呼呼地说："真是气人，回来这么长时间了，哪都不让我去。"

"其实你家里人也是为你好，为了你的安全着想，你没必要生那么大气。"陈天华劝道。

"生于忧患，死于安乐。大丈夫不成功，便成仁。我这么下去会彻底变成废物的，想想我们曾经在资江边立下的宏愿，这个样子我还怎么去实现呀？"苏鹏说。

"哈！我还以为你把这些都忘了，准备讨个堂客过自己的小日子。"陈天华开心地笑了，原以为苏鹏已经被家软化了的，没想他的雄心还在那里。

"去你的！星台，我苏凤初是那么容易妥协的人吗？我也只是想暂时顺从一下父母，让他们不要为我操心太多。"苏鹏撸了陈天华一把，不服道。

"好，既然凤初兄还没改初心，还有满腔的热血，那我陈天华不枉结交你这个好朋友。现在你既然不能自由行动，我和伯笙兄都在省城，一有什么好的机会就写信告诉你，希望我们还能像当初一样并肩战斗。"陈天华说。

"嗯，这才是我的好兄弟嘛！"苏鹏这才转忧为乐，搂着陈天华的肩直把他送到村口。

陈天华这一走，因为换书院、落选、升学、留学等一系列的变动，生活一直也是动荡不安，所以，还没来得及写信告诉苏鹏自己的近况，原想来日本找到杨源浚之后再跟苏鹏联络，劝他也想办法来日本的，没想他竟先一步到了。

"凤初，你是怎么来日本的？"陈天华问。

"说来也是凑巧，你走后不久，舅舅就来我们家了。"苏鹏说。

"你舅舅？周叔川先生？他没什么事吧？"陈天华急忙问。

"没有，我这舅舅和谭先生可是胆大得很，那次他们逃离新化县城后并没有走远，而是在谭先生他家乡福田村躲藏了一段时间，风声一过，两人又四处发展会党去了。他来我家也是路过，顺便来看看我爹娘，探探我的情况。看见我父母管得我这么严，把我父母都说了好一通。我父母被他说得心生惭愧，就问舅舅他们现在该怎么做？舅舅建议我去投奔蔡松坡，我就按我舅舅的意思投奔了蔡松坡。不久，蔡松坡因为参加唐才常领导的'自卫军'失败，逃到日本，通过梁启超的介绍，来日本陆军士官学校学习，我就跟着他来了日本。"

"哈哈！真的没想到，凤初你争取自由的经历还这么传奇，原以为自新化实学堂分别后再难同窗的，没想又在日本东京弘文学院同窗了，这世上的事情，真的很难预料。"陈天华说。

"我们离开实学堂的时候不是也说过吗。'待到重逢日，把酒话时新'，我们肯定有重逢的日子的，因为我们都有了新的生活。"苏鹏笑着说。

"对！我想也是，记得跟伯笙重逢的时候，我也想起了这句话。"陈天华点点头说。

"只是我还有点不明白，你投奔蔡松坡，有一种'投笔从戎'的感觉，可为什么又跑来读师范了？"陈天华问。

"这个说来真是气愤。刚来日本的时候，要填志愿，我本来跟蔡松坡一样填的是陆军士官学校，以期今后跟他一起征战沙场，殊不料志愿表交上去之后竟被驻日公使馆横加改变，将我派到了弘文学院师范速成科。"说起这个，苏鹏满心的愤懑。

"不过，这于我来说还是件好事，以后我们能天天见面，像在新化实学堂一样，哈哈！"陈天华爽朗笑道。

"也是，如果知道你也读的是弘文学院，我不会这么气的。星台，听说我们新化实学堂一班有不少同学来了日本，只是许久没通音信了，不知道他们在哪里学习。"苏鹏说。

"我知道杨源浚也来了日本，他读的是振武学堂。"陈天华说。

"真的吗？振武学堂是军校，是原来的成城军校改名的，他也读军校，还跟高兆奎在同一个学校，这是不是太巧了？我记得他在实学堂的时候就说过，他如果能来日本留学，也会读军校的，没想他的愿望真的实现了。"苏鹏说。

"是的，不知他今天来了没有。"陈天华说。

"没来我们就去找他，振武学堂也在东京，东京就那么大的一块地方，我不信找不到他，还有高兆奎，以后有时间约他们一个月见一次面。高兆奎是最早来日本的，不知他有没有联系上别的同学，没有我们就再去找，如果能把在日本的同学都联系上，几个好友在异地他乡能经常见面，那将是一件多么惬意的事。"苏鹏说。

"对，我们还能像以前在新化实学堂一样，坐在一起谈谈时事，聊聊故乡。"罗元熙说。

聊了半天，苏鹏才记起身边的少年，忙向陈天华推介说："这是方鼎英，字伯雄，我们新化时雍团的。"

"时雍团离我们知方团很近，有的地方还接壤。"陈天华望着这个比自己低了半个头，嘴上刚刚生出一圈淡黄色茸毛的少年说。

"是的，我早就听凤初大哥说过星台大哥，说起你们在新化实学堂的一些趣事，一直盼望能见到你，今天得偿所愿啦！"一直看着他们寒暄插不上嘴的方鼎英终于说话了。

"伯雄小弟今年几岁了？怎么这么小年纪就来了日本？我像你这个年纪的时候还在放牛呢。"陈天华笑问道。

"我今年十五岁……"

方鼎英还没说完，旁边的苏鹏指着前面不远的地方叫道："星台，你看，你看，伯笙兄，伯笙兄在那里。"

陈天华抬头一看，果然，杨源浚此时和一个身材魁梧，相貌堂堂的年轻人穿过拥挤的人群正往这边走来。

"哎！伯笙兄，我们在这里呢，快来这里。"苏鹏挥着手，扯着嗓门大喊。

杨源浚他们像是听到了苏鹏的声音，挤的速度加快，旋即来到了四个人身边大笑道："哈哈！星台，真没想到，我前脚刚到，你后脚就跟过来了，真是人生何处不相逢，益之，你跟星台一起来的？"

"我跟星台是在船上碰到的。"罗元熙说。

"依我说，应该是因为共同的目标我们走到了一起。"陈天华说。

"好像真的是那么一回事。"苏鹏说。

"凤初、益之，我们很多年都没见面了，没想却相遇在日本！"杨源浚道。

"有缘千里来相会，我们也是有未了之缘，哈哈！"苏鹏笑道。

"不，这应该是不远万里来相会。"陈天华更正说，又指了指杨源浚身边的年轻人问："伯笙，这位是？"

"自我介绍一下，我叫曾继梧，字凤岗，新化县亲睦团珂溪村人，我也是今年录取到振武学堂，跟伯笙兄也是刚认识。"年轻人抢先说。

"哈！又是同邑，想不到我们新化这么多人来了日本。"陈天华笑道。

"是啊！我听伯笙兄说你们实学堂很多同学来日本了，我还知道新化的'不缠足运动'就是你们这群人发起的，真了不起！"曾继梧说。

"凤岗兄过奖了！如果你在，也一定会跟我们一起做这件事的。"陈天华说。

"对，我跟你们的观点是一致的，就像现在我跟伯笙兄，什么都能聊到一块，虽然我们不是同窗，但以后我们都是志同道合的好朋友。"曾继梧说。

"都是为振兴中华，抵御外敌而寻求真理的一群人。"陈天华接过话说。

几个人相视一笑，不约而同点了点头。都说"老乡见老乡，两眼泪汪汪"，现在这群人心里并没有这种感觉，有的是满腔的热血，共同的理想。

"伯笙，兆奎兄也是在振武学堂学习的，他怎么没跟你们一起来？"苏鹏问道。

"我去到振武学堂的时候兆奎兄已经不在那里了，他比我们早来三年，应该也是结束学业了，不知他是不是回了国？"杨源浚回答说。

"唔！很有这种可能，真遗憾！"苏鹏说。

"别急，等我们回国再找，肯定能找到的。"杨源浚说。

"哎！凤初、伯笙你们怎么都把大辫子剪了？"陈天华忽然像哥伦布发现了新大陆。

"嗨！你不知道，日本人在报纸上称我们的辫子为'猪尾'，留日学生走在街上，常有日本小孩追逐身后，嘲骂'猪尾奴''半边和尚'。"杨源浚说。

"可恶的日本人，可恶的大辫子。"苏鹏骂道，不知道该把责任归咎到日本人还是大辫子头上，所以一齐骂。

"我也好讨厌这条辫子，既然你们已经剪掉了，我还留它何用？等我回到东京，马上剪掉。"陈天华说。

"我也会剪掉。"曾继梧说。

旁边的方鼎英头上还留着一条小辫子，看着他们一个个声讨辫子，没有作声。

"喂！伯雄小弟，别人都把辫子剪掉了，你怎么还留着？"陈天华见状问。

"星台大哥，古人云：'身体发肤，受之父母，不敢毁伤，孝之始也。'没得到我娘允许，我不敢剪掉辫子。"方鼎英低声说。

"伯雄老弟年纪还小，有些事情不敢自己做主也在所难免，等以后再说吧。"杨源浚替他说道。

"对，只要我娘允许，我马上剪掉。"方鼎英声明说。

"哈哈！小弟，这个不勉强你。"陈天华将了一下方鼎英的小辫子说。

这边，陈天华、苏鹏、杨源浚、方鼎英、曾继梧、罗元熙他们聊得火热。那边刘揆一、黄兴、廖名缙在人群中看到了杨笃生和禹之谟前来迎接，也是热情之至。刘揆一本来在国内和杨笃生、禹之谟是知己，黄兴在日本和杨笃生、禹之谟是朋友，大家都是圈子里的人，所以，都有聊不完的话题。

陈天华把苏鹏、杨源浚、方鼎英、曾继梧、罗元熙都拉了过来，一一介绍彼此认识，并特别给杨源浚、曾继梧和廖名缙做了引介。

"'莫愁前路无知己，天下谁人不识君。'你们现在懂得前人高适的高见了吧？亏有的同学刚离开家时还悲悲寂寂的，满心的离愁别绪。"黄兴调侃道。

陈天华知道黄兴暗指自己刚上船时的丑态，不好意思笑了。

第二十二章 新化同邑

码头分手后，陈天华随同苏鹏他们来到了东京弘文学院。进到东京弘文学院，果然像黄兴所说的，到处都是中国人，全国各地的都有，下课的时候，操场像是一个大型的车站，说话南腔北调，什么口音都有。

正走着，迎面走过来一位中等身材，面庞很清秀，一脸的书生气的年轻人，他手上拿着一卷书，步履显得很匆忙。

"凤荒兄，你这是要去哪里？走得这么急？"苏鹏用新化话打招呼道。

"《游学译编》不是要定稿嘛，我刚才发现有篇文章里面有个错别字，趁现在还没付印，我赶去修改一下。凤初，接到新同学了？我今天赶稿子，没时间去接，等下回来再叙。"年轻人朝陈天华和罗元熙礼貌地点点头，晃了晃手中的书，同样用新化话回答苏鹏，然后步履匆匆走了过去。

陈天华觉得这位年轻人有点眼熟，好像在哪里见过，听口音就是新化人，是不是在县城里碰到过？

"凤荒兄做事情还真是认真，为了一个错别字又去跑一趟印刷厂。"苏鹏赞道。

"精益求精，这才是真正做学问的人。凤初，这位同学也是新化人吗？"陈天华问苏鹏。

"是呀！奇怪了，你们俩是怎么回事？他叫陈润霖，字凤荒，号立园，县城厢团青石街人。凤荒兄在长沙求实书院读过书，你也在求实书院读过书，你们应该是同窗才对。"苏鹏疑问道。

"真的吗？我们怎么不认识呢？不只是我不认识他，看样子他也不认识我。"陈天华也觉得很奇怪。

"哈！等找时间你们俩当面问问清楚，这到底是怎么回事？"苏鹏说。

晚些时候，陈润霖回来了，径直来到陈天华的宿舍。

"不好意思！今天没去接你们，你就是陈星台？我在求实书院的时候，听说过你的名字，你每次考试都是名列前茅的，但我只知道你的名字，并不知道你是新化人，没主动联系你，所以，并不认识你的人，现在可是对上号了。"陈润霖倒好像并不觉得这件事情很奇怪。

原来，陈润霖在国内的时候是两耳不闻窗外事，一心只读圣贤书的那种，他潜心的是经世之学，与新化实学堂时的同学罗元鲲颇为相似，只是罗元鲲活在历史里，陈润霖活在书本中。陈润霖比陈天华先进求实书院，陈天华进入求实书院没多久，陈润霖就被选送到日本弘文学院读师范科，两人相交集的时间并不长，所以，互不相识。

"嗨！我说这个年轻人怎么这么眼熟，原来是这么回事，好吧，让我们再续前缘。"陈天华道。

"以后可不能说我们不认识了。"陈润霖玩笑说。

"哈哈！肯定不会了。"陈天华也笑道。

弘文学院的环境很优美，一条条花径把空地环绕成形状各异的花圃，花圃里栽满各种花卉，花径两边栽了樱花树，樱花盛开的时节，整个校园都隐在一片粉红的云彩里面。陈天华很喜欢这里的环境，他除了白天上课，晚上大部分时间也都是待在图书室、阅览室、自修室里。跟他一样喜欢待在这些地方的还有方鼎英。方鼎英年纪很小，他出身贫寒，父亲原是塾师，在他四岁的时候就去世了。方鼎英天资聪颖，十岁便读完"四书""五经"应幼童考，十二岁入长沙明德学校，十五岁便被明德学校选拔为官费留学生送来日本留学。

方鼎英听苏鹏说了很多有关陈天华的故事，对陈天华很是仰慕，所以一直称陈天华为大哥，陈天华也很喜欢这个爱学习的小弟弟。

一日，陈天华、苏鹏、方鼎英正沿着花径散步，一阵清风吹来，樱花花瓣雪花似的飘下来落在苏鹏的头发上，苏鹏不经意地甩了甩剪短的头发，花瓣又轻飘飘飞了出去，看上去很是潇洒。

"哎！我怎么就把剪头发这件事给忘了。"走在后面的陈天华看着这个动作突然记起。

"哈！我还以为你又舍不得剪了呢。"苏鹏笑道。

"哪有？这些日子忙，把这件事给忘了，辫子这东西老是要打理，对于我来说纯粹就是个累赘，还留它干什么？凤初，哪里有快剪？给我找一把来，我立马行动。"陈天华急得跟猴子似的。

"你等一下，我马上给你去找。"苏鹏也是火急火燎的，好像生怕慢了陈天华会反悔。

一会儿，苏鹏就找了把剪刀过来。

陈天华接过，把辫子甩到胸前一把抓住，然后"咔嚓"，头发应声成了两节，他把辫子弃于樱花树下的垃圾桶里，然后又盯上了方鼎英的小辫子："伯雄，你的辫子也剪掉吧。"

方鼎英迟疑了一下，看到自己仰慕的大哥这么决然，还是下决心要把辫子剪掉，他颤声道："星台大哥，我听你的，剪吧。"说着把身子扭过去，把辫子呈到陈天华面前。陈天华也是毫不犹豫，"咔嚓"一声，一个英俊的、朝气蓬勃的少年出现在了大家眼前。

"哇！伯雄，你剪掉辫子多好看，英气逼人啦！"苏鹏赞道。

"真的？"方鼎英一脸的兴奋，刚才的犹疑一扫而光。

"后生家，剪掉辫子真的是潇洒俊朗，没有之前的拖拉之气了。"陈天华也赞道。

"噢！我得赶紧去拍张照片寄回去给我娘看看，免得以后回家她感觉太突兀。"方鼎英却说。

"真是个孝子！"陈天华点头赞许道。

第二十三章 统一思想

弘文学院的学生也是各式各样，有的是来镀金，有的纯粹来玩，有的想学一些真本领回去富国强兵，有的则是来追求革命真理的。

所以，有的人沉溺于东京的繁华，有的人喜欢东京的自由，有的人爱上了温柔、开放的东洋女人。唯有陈天华、黄兴、刘揆一、苏鹏、罗元熙他们一群人很自律，极少玩乐，但有时会因为观点不同、意见不统一而争得面红耳赤。争论最多的话题是奉行君主立宪制还是民主共和制。君主立宪制也就是有限君主制，是在保留君主制的前提下，通过立宪，树立人民主权、限制君主权力、实现事务上的共和主义理想但不采取共和政体。民主共和指的是资本主义国家的一种政体形式，国家权力机关的组成人员和国家元首由选举产生并有一定的任期。

主张君主立宪的，自然是保皇党，他们认为只要把像光绪帝这样的人拥立起来，有个开明的皇帝，国家自然就会走上正轨，各行各业就会顺利发展起来，就能让人民安居乐业，无疑这是一种很美好的愿望。主张民主共和的则是激进的革命派，他们认为清朝政府根基已经完全腐朽，在已经腐朽的基础上进行君主立宪就像是让一株已经枯死的树上再开出美丽的花朵，根本是不现实的。清朝政府已经无法扭转中国的局势，只有通过革命，暴力摧毁这个已经腐败不堪的政府，建立新的民主政权，才能给民众新的生活。

黄兴、陈天华、刘揆一、苏鹏、罗元熙他们自然是拥护暴力革命的，他们认为只有通过流血、暴动等赶走清朝统治者，恢复中华，才是拯救中国的唯一办法。

这些争论一般不会在校园里面，有时是在黄兴、禹之谟他们在外面租住的房子里，更多的是在东京郊外的大森海湾。

大森海湾，一个美丽而静谧的地方，蔚蓝的天空下，海鸥在天空翱翔，微风携着细浪，轻拍着银色的沙滩，归航的船儿也怕扰了这番梦一般的景色，在远远的海面上停泊，只留下点点帆影映在辽阔的蓝天背景上。

时间已至暮春，东京经过了有些漫长的寒冷季节，渐渐暖和起来，遍野的樱花也已落尽，归于泥土。

大森海湾的海滩上，此刻聚集着一群浑身朝气，充满活力的年轻人，他们中不仅有黄兴、陈天华、刘揆一、禹之谟、苏鹏、杨笃生、陈润霖、方鼎英、罗元鲲等熟悉的面孔，还多了一个身材瘦弱，但英俊潇洒的年轻人，他就是蔡锷，也就是蔡松坡，自立军起义失败后，他改名"锷"，立志"流血救民"。受苏鹏的邀请，蔡锷第一次参加弘文学院的留学生们的这种讨论。

戊戌变法失败后，蔡锷跟随老师们的脚步来到日本，被梁启超安置到了他本人正任校长的大同高等学校，后来梁启超迁居横滨办《新民丛报》，他也时常过去帮忙。庚子年，唐才常邀蔡锷回国举行起义，唐才常惨遭杀害，蔡锷侥幸逃脱。唐才常的惨死，使再度逃亡到日本的蔡锷弃文从武，决心以高超的军事谋略置慈禧于死地。梁启超非常支持他，向他的朋友士官学校教务长佐藤义夫推荐，于是被编进了第三期骑兵科。

此时，黄兴他们这群彻底的民主革命的拥护者，在怎样使用暴力上又因持有各自不同的观点，在争论不休。

"由于立宪派大肆宣扬他们君主立宪的观点，很多以前支持我们观点的人都跑去支持立宪派了，而我们现在除了争吵，根本就没有让别人信服的东西，所以我们必须团结一致，做出一点让别人对我们刮目相看的成绩来，这样才能让别人重拾信心。"黄兴说。

"我也认为激烈的争吵于我们所支持的民主革命一点意义都没有，我们应该从心灵上唤醒国人，用民主革命的思想去武装人们的灵魂。毓麟兄不是写了一本《新湖南》吗？我认为是时候把它印出来，散发出去了。《游学译编》这本杂志还可以扩大版面，增加影响范围。"陈天华说。

"我赞成星台兄的意见，我们要用语言、用文字去唤醒沉睡的灵魂，召回那些误入歧途的民众。"禹之谟说。

"我也是这么认为，不说别的，就拿我自己为例，我在求实书院的时候，可以说是一个只埋头于封建文化的书呆子，我整天研究经世之学，外面闹翻天了，我还蒙在鼓里。自从任《游学译编》编辑以来，因为要找资料，我看了不少的进步书籍，现在的我是大大的改观了。所以，我觉得文字还是能唤醒一部分人的。"陈润霖说。

"凤荒兄的现身说法，很有教益。"陈天华说。

"星台兄既然要我把《新湖南》拿出来，我就拿出来试试，文字的力量有时也是不可小觑的。"杨笃生答应道。

"依我的观点，干脆使用武力，先搞几件震天动地的事情，比如暗杀顽固不化的清廷贪官，在朝堂里埋个炸弹什么的，来一个敲山震虎，让那些老顽固醒醒脑。"苏鹏说。

"我很欣赏凤初兄的胆识，别跟那些清廷走狗文绉绉的讲道理、谈理想，他们都是茅坑里的石头，又臭又硬，跟他们讲道理就是对牛弹琴，跟他们谈理想更是一片迷茫，得给他们点颜色看看。"刘揆一说。

"松坡兄，说说你的看法，你刚接触我们这个团体，可以说是旁观者清嘛！"黄兴对一直沉默不语，静静聆听的蔡锷说。

此时的蔡锷看似很平静，看着这群正在激烈争执的年轻人，淡然地一笑。

"各位兄弟说的都有道理，但我私下以为，攻心为上，不到万不得已，不要使用暴力，因为我们的革命组织毕竟还是初始发展阶段，势单力薄，现在还无法与清朝政府分庭抗礼，如果贸然激进，难免会被消灭在萌芽状态。"蔡锷说。

"松坡兄说的有道理，先礼后兵，先洗脑，等时机成熟了再革命，不知大家意见如何？"陈天华说。

"好！那就先把毓麟兄的《新湖南》印出来，然后再扩大《游学译编》杂志的版面，现在多了这么多留学生，看杂志的人多了，撰稿的人也多了，我们一定能把这刊物做大做强。"黄兴说。

"我们有信心。"杨笃生说。

"坚决支持！"陈天华说。

"我们都支持！"

这回大家的思想很统一，一致赞成。

第二十四章　拒俄运动

1902 年 4 月中俄签订的《中俄交收东三省条约》里规定："协议签订后，沙俄必须在一年半之内把军队全部撤走。"1903 年 4 月是最后的撤离期限了，但沙俄丝毫没有要走的意思，它的十几万军队仍然霸占着东三省。它不仅不撤一兵一卒，反而增兵南满，并节外生枝，向清政府提出"七项要求"，表示其"保持在满洲独立势力的决心"。

沙俄的无耻行径激起了中国人民的强烈反对。上海中国教育会、爱国学社和广大群众在张园召开拒俄大会，通电俄国和清朝廷："即使政府承允，我全国国民万不承认。倘从此民心激变，遍国之中，无论何地再见仇洋之事，皆系俄国所致，与我国无涉。"

国内的拒俄运动得到日本留学生的声援，4 月 29 日，由留日学生秦毓鎏、叶澜、钮永建等人发起，五百余名留日学生在东京锦辉馆集会，声讨沙俄侵华罪行，黄兴和陈天华在动员会上做了发言。

"……东北，我们之东北也，岂能让虎狼之沙俄就这么强占去？我们要起来抗争！抗争！同学们，我们的国家到了生死存亡的关键时刻，我们必须团结起来，共同对敌！"黄兴说。

立刻台下一片呼声。

"抗争！抗争！我们中华民族到了最危险的时刻，我们要起来抗争！"

"……东北，我们之东北也！沙俄，虎狼之沙俄也！我们不争谁争？我们不拒谁拒？"

"我们力争！我们力拒！"

黄兴刚走下台，陈天华就敏捷地跳了上去。

"……同学们，我们光有一腔热血，在这里呼喊是不行的，我们还必须有自己的组织，有强健的体魄，有随时上战场与侵略者决一死战的决心。"陈天华挥舞着拳头说。

"我们要以血肉之躯，与沙俄抗争到底！"刘揆一在台下的人群中奋力喊道。

"对，我们要组织敢死队，随时准备奔赴保卫国家主权的战场。"苏鹏接着喊。

"组织敢死队！组织敢死队！"全场的呼声此起彼伏，同学们的拒俄情绪达到了沸点。

陈天华刚从演讲台上下来，黄兴、苏鹏、刘揆一、杨笃生、罗元熙他们从人群中挤过来祝贺。

黄兴伸出大拇指说："星台，讲得很好，很有鼓动性。"

"不都是受了克强兄演讲的感染嘛！"陈天华说。

"星台，你的演讲真不错，听得我们每个人都热血沸腾了。"苏鹏说。

"星台，没想你还有这特长。"罗元熙说。

"星台，真有你的，演讲口才这么好。"刘揆一也说。

"凤初、霖生、毓麟、益之过奖了，你们都参加敢死队吗？"陈天华环顾了一下几个人问。

"当然要参加的了，我们都是有血有肉的中国人，岂能允许祖国这么受人欺凌，我们是要并肩战斗的。"苏鹏搂住陈天华的肩膀说。

"对，并肩战斗，我们既是同窗又是战友。"陈天华握住苏鹏的手说。

"只要我们还有一口气，绝不能让祖国山河任人践踏！"刘揆一紧握拳头说。

"我一定参加敢死队！"杨笃生说。

"在哪里报名呢？"罗元熙问。

……

"看今天的场面，同学们抗拒俄国侵略者的呼声很高，应同学们的要求，我们今天就组织一个敢死队，名字叫'拒俄义勇队'。现在开始报名，报名处在前台的右侧，请同学们排好队，一个一个来。"台上，会议主持人在说。

"走，我们报名去。"陈天华拥着几个人一起往报名处走。

人群一阵晃动之后主席台右边设的报名处前很快排起了长龙，黄兴、陈天华、刘揆一、杨笃生、蔡锷、苏鹏、罗元熙都排在了队伍当中。轮到陈天华的时候，秦毓鎏又特别说了："星台，你刚才的演讲很好，很能鼓动人心，我们希望以后你能多做演讲。"

"这个没问题，只要大家支持我。"陈天华说。

"我们当然是支持你的，以后你就是我们义勇队的演讲者，也就是我们义勇队的喉舌，我们希望喉咙里发出我们义勇队的最强音。"秦毓鎏说。

陈天华点头说："嗯，这是我的使命，这是我的职责，我一定尽力发出我们有正义感的中国人的肺腑之声。"

会场，报名者非常之踊跃，当即有二百余人签名参加。女留学生则组成赤十字社，报名参加随军看护工作。大会还决定派钮永建、汤栖为特派员回国宣传拒俄，赴天津促使袁世凯主战，并致电上海各爱国团体及派人到南洋各地宣传拒俄。表示愿"为火炮之引线，唤起国民铁血之气节""头可断，血可流，躯壳可糜烂，此一点爱国心，虽经千尊炮、万支枪之子弹炸破粉碎之，终不可以灭""宁为亡国鬼，不为亡国人"。

陈天华还咬破手指，用鲜血写下了一封封《敬告湖南人》的公开信，号召湖南人群起抗俄救亡：

敬告湖南人（一九〇三年五月二十四日）

某敬告于所至亲至爱至敬至慕之湖南人：呜呼！我湖南人岂非十八省中最有价值之人格耶！何以当此灭亡之风潮而无所动作也？吾思之，吾重思之而不能为诸君解也。

谓将有所待乎？则台湾、胶州、旅顺、威海、广州之割，亦日将有待也，何以惟闻日蹙百里，投袂而起者不闻有人也。人之断吾手足也，吾不之较，直待断吾首，然后起而与抗，不已晚乎？东三省、广西之失，不特手足也，直断吾首，而犹日有待，不知如何而始无待也。试思东三省归俄、广西归法，英、日、美、德能甘心乎？瓜分实策，数月间事也。斯时诸君怅怅何之？欲图抵抗乎？抵抗死也；欲作顺民乎？杀顺民者亦有人也。死，一也。死于今日，或可侥幸于万一；死于异时，徒死无补。且为同种人而死，虽死犹荣；为异种人戕同种人而死，则万死不足以偿其罪。诸君纵生不过数十寒暑，此数十寒暑何事则极悲之惨剧也，印度、波兰、非洲之故事，将于我中国演之。台湾、胶州、旅顺、威海、广州之民，先睹一出，已有欲观不耐、欲罢不能之慨。诸君其何乐留此七尺之躯，以观此惨剧也。曷若轩轩昂昂排去此等惨剧，以奏我和平之曲，讵非大丈夫之所为乎！

诸君所畏者死也。然而死，人孰不畏，如某者，贪生之尤者也。避死之方，百死不得，始敢为此以卵击石之举。填海精卫，惟持血忱，成败利钝，非所逆睹。诸君其有免死之良策乎？则某愿执鞭从之也。倘若是宁玉碎者碎，希瓦全者亦不全，则某愿诸君审所择也。元之得天下，杀人一千八百万。苟此千八百万之人，豫知其不免，悉起与敌，吾知死不及半，元已无种类矣。惟其人人畏死，而死者乃如是之多。元人不畏死，而始能以渺小之种族，奴隶我至大之汉种。我中国数千年来为外人所屠割如恒河沙，曾无一能报复之者，则何以故？以畏死故。中国人口号四万万，合欧洲各国之数也，苟千人之中有一不畏死者，则天下莫强焉。而奄奄有种绝之虞，则何以故？以畏死故。是故畏死者，中国灭亡一大原因也。诸君于此等关头尚未打破，则中国前途真无望也。

诸君勿以此日之灭亡为前日灭亡之比也。前此之灭中国者，其文明不如我，其蕃殖力不如我，故为我所化，而于种族界之膨胀无损焉。今则非其伦也，民族帝国主义渐渐推广，初以我为奴隶，继将以我为牛马，终则等诸草芥，观于澳、美之土人及中国之苗、瑶，可以省也。人日加增而土不加辟，欧洲于百年之中人民陡增一倍之外，本国既不能容，殖民地又无间隙，其旧不去，其新何居？然此亦未必草剃兽狝也，于我之生计界上渐竭其源，久而久之，民之能婚娶者愈少，不期绝而自绝也。自通商以后，我民不日穷一日乎？近于路、矿二事，争相染指，此即实行灭绝中国种族之遗策也，故今日中国之亡，岂仅亡国，实亡种也。国亡诸君何托？种亡诸君何存？诸君或犹以奴隶外族为习惯之举，无庸足怪，甚至谓前此野蛮之外族，尚可奴之，今日文明之外族，岂不可奴，而何必排之。不知今日欧美列强，对于内者文明，对于外者野蛮。如英人最言自由平等者也，而印人不能与英之齐民齿，英人之幸福，印人不与焉。英国尚然，况虎狼之俄、德、法哉！吾未见为人所制而能平等于人者也。慈父之视其奴，必不如其子，奴而甘之，他又何说。且为奴而即可无辜乎？列强瓜分中国之后，非能相归于好者也。异日者，以疆场之故，俄、德则驱北人以攻南，英、法则驱南人以攻北，已则凭轼而观，彼此死者，中国人也。列强之争无已时，中国人之死亦无已时，当斯际也，吾中国人于列强，人人有当兵之义务，欲求安逸不可得也。

诸君此际不为同种人排外族，他日必为异种人诛同族。诸君于排外族则辞焉，于诛同族则任焉，不知诸君何心也？诸君之丧天良者，必有谓文天祥、史可法等之死无救于宋、明之亡，徒多杀生灵为借口者，为斯言者，真吾中国之蟊贼也。谓恭顺即可以免杀戮乎！则革命之际宜所杀者，惟执戈执殳之徒耳。林林总总之侪，固不敢抗颜于强暴之前，何以此辈之死者百倍于战场之死者也？盖敌人之所欲者，子女玉帛，不杀则将焉取之！盗贼入门，岂可以揖让退之哉。彼外族之入中国也，不敢歼绝吾种者，正缘其初尚有抵拒力，操之过急则恐铤而走险，故汉种虽伏处外族政府之下，权力亦未至全失。是谁之赐？无数烈士捐身命以得之者也。使人尽若夫已氏，吾恐汉种之无久矣。

昔者法灭于英，全国皆靡，一呼而法国复者非一女子耶！今中国尚未至如法之地步也，诸君之位置又不仅一女子也。苟万众一心，舍死向前，吾恐外人食之不得下咽也。中国之存亡系于诸君，诸君而以为中国亡则中国亡矣，诸君以为中国不亡则孰能亡之！抑诸君湘人也，吾请与言湘军。湘军之起，都三十万，死者半焉，可谓惨焉。然湘军死十五万人，而获无穷之名誉，其余死于发、捻之乱者，无虑数千万，则皆烟消云灭，归于无何有之乡。诸君其欲赴先哲之后尘乎？则其功岂仅曾、左。盖曾、左所杀者同胞，而我所排者外族耳。

诸君乎！诸君乎！以湖南运动中国之言，不尝出诸诸君之口乎！何他省先为之，而我尚欲逡巡以避之也。诸君其欲勉践前言也，惟诸君；诸君其欲甘让人为善也，亦惟诸君。但使异日青史氏书曰，中国之亡，湖南与有力焉，则吾所万不忍受者也。

时任湖南巡抚的赵尔巽也接到了陈天华的血信，看后很是激动，没想到区区一个青年留学生，对国家的命运是如此的担忧，对民众的心理是这么的彻悟，对侵略者的行为是如此的痛恨，为国家的前途是这么尽心，这对于为官为宦的权贵们是多大的一个警醒啊！如果每个人都能像陈天华一样以天下为己任，这个国家就有救了，就不会被外国列强任意践踏。他想，自己做为一方的父母官，更得为这个年轻人鼓气、加油才行，于是，他不仅吩咐在《湘报》刊登陈天华的《敬告湖南人》，还亲自拿着陈天华的血书去各学堂宣读展示。

听过、看过《敬告湖南人》的人很多流下了眼泪，大家义愤填膺，纷纷要求组织、参加拒俄运动。一时间府、州、县各级衙门都开设武备讲习所，训练士兵，湖南全省拒俄运动士气空前高涨。

求实书院的同学周来苏在家乡新化听说了陈天华的事迹，赶紧写信给陈天华，询问有关拒俄运动的具体情况，陈天华回信让他过来跟自己一起感受。于是，周来苏带上自己的外甥谢国藻一起来到日本，周来苏考入了东京振武学堂，一心振兴实业的谢国藻则入了早稻田大学经济科，然后，一起加入了拒俄义勇队。

第二十五章 迅速成长

为了把拒俄义勇队正规化，5月2日，留日学生在东京锦辉馆开会，把拒俄义勇队更名为学生军，并制定《学生军规则》，正式组编学生军队伍。

"学生军"成立后，由蓝天蔚担任队长。蓝天蔚，字秀豪，1878年1月出生于湖北黄陂县蓝家大湾。

1899年冬，蓝天蔚以优异成绩被湖广总督张之洞选送赴日本留学。他东渡日本，先入成城军校，结业后又到日本陆军联队实习半年，于1902年升入日本士官学校工兵科，为中国第二期留日士官生。蓝天蔚在校期间，结识了吴禄贞、张绍曾，三人学习成绩突出，志趣不凡，被人们称为"士官三杰"。

蓝天蔚在日本留学期间，受孙中山民主革命思想影响，开始走上革命道路。1902年底，蓝天蔚与刘成禹、李书城等鄂籍留日先进青年十余人在东京组织了同乡会，并创办了留学生界第一个以省名命名的刊物《湖北学生界》，以"输入东西学说，唤起国民精神"。

天气越来越热，像极了热血已经沸腾的学生军们。大森海湾此时一片阳光灿烂，把沙滩照得泛着耀眼的白光，海鸥在大海与蓝天之间轮番冲刺，一下钻入海水里，一忽儿又冲向蓝天。

虽然海水温度越来越高，但因为地处偏僻，来海边游玩的人也没有几个，四周寂静得只有海浪声、蝉鸣声，及远处传来的海鸥间或的叫声。高高的椰子树下，蓝天蔚、秦毓鎏、黄兴、陈天华、蔡锷、叶澜、刘揆一、苏鹏、罗元熙等正在讨论。

"学生军组织起来了，我们下一步该怎么做呢？"秦毓鎏说。

"如果准备回国参加战斗的话，我认为应该先进行一些军事训练，比如射击、投弹、格斗等等，这些既能锻炼身体，一旦上了战场也能有所发挥。"蓝天蔚说。

"秀豪兄不愧是学军事的，一句话就说到了点子上。"秦毓鎏赞道。

"三句话不离本行，秀豪兄是大队长，那以后由秀豪兄带领我们操练如何？"黄兴说。

"好！既然是学生军，就要按照部队的模式来进行分组管理，我决定把队伍分成三个区队，每个区队设四个小分队，按现在的人数规模，每个小队大约十人左右，当然，我们的人数是不断增加的，以后根据情况我们可以增加小队。"蓝天蔚说。

"我赞成，我本来就想去学军事的，这下也圆了我的当兵梦。"苏鹏马上站起来表示拥护。

"我和凤初一样也有当兵梦。"黄兴说。

"听说克强兄原来也是想上军校的，结果被分配到了弘文学院？"蓝天蔚说。

"是呀，以前在两湖书院读书的时候，学校有兵操课，我很感兴趣，来日本报的就是军校，却被分配到了弘文学院。既然去不成军校，有时间我就去东京的一些大娱乐场学习格斗、射击和驭马。日本人崇尚'武士道精神'，这里的大娱乐场都有这些训练设施，也有专门的教导员教大家怎么练习，所以，现在一些基本的动作我还是知晓的。"黄兴说。

"既然克强兄知晓这些，就请克强兄担任军训大队长如何？"蓝天蔚说。

"只要大家信任，我绝对执行命令。"黄兴很干脆地说。

"我们要不要准备一些装备什么的？比如刀、枪、子弹等。"秦毓鎏问。

"真枪实弹？日本政府会不会允许啊？"蓝天蔚说。

"我认为秀豪兄的担忧不无道理，因为我们毕竟不是正规的军事训练，还是隐蔽一点好。我们可以做些木枪、木刀什么的，别人要问，只说是锻炼身体。"蔡锷说。

"松坡兄说的有道理，我们平时只是掌握要领，把身体练强壮一些就好，必要的时候可以去大娱乐场进行实弹训练。"黄兴说。

"那操练的地址选哪里好呢？"秦毓鎏问。

"我看这里就好啊，天高地阔，人烟稀少，环境又好。"陈天华说。

"对，这地方操练真的不错。"蔡锷说。

"好，那就说定了，我们每天都到这里来锻炼一番。"蓝天蔚说。

大家都没异议。

每天早晨，天刚蒙蒙亮，学生军们就跑步来到这里，摸、爬、滚、打，练得不亦乐乎，把原本寂静的沙滩搅得一片凌乱。

"同学们，我们光练这些步兵作战的基本功还不行，我们还要学习骑兵的作战方法。要学当骑兵，首先要学习骑马，今天我们去学习骑马。"一天，黄兴提议说。

"我们这么多人，哪里有这么多马呀？"蓝天蔚问。

"郊区北有个大娱乐场，里面什么娱乐活动都有，还有一大片驭马场，够我们练的。"黄兴说。

"好啊！我正想学呢。"苏鹏首先欢呼。

"我也想学，俄国不是有很多骑兵吗？到时我们跟他们在马上拼杀。"刘揆一说。

"我小时候给人家放过牛，骑牛挺厉害的，马没骑过，我也想学。"陈天华说。

骑马这一项，同学们都格外喜欢，练过几次后，基本上都掌握了骑马的技术。

除了参加学生军的训练，陈天华还要与湖南的拒俄运动做互动，他写信给同学、同乡、友人，把自己的活动轨迹及抗俄心得随时告诉大家，同时还要参加学生军组织的集会、演讲，每天忙得不亦乐乎。正如当时所说的，陈天华成了学生军的喉舌，很多人通过他的宣传、演讲了解了拒俄抗俄的意义，纷纷报名参加学生军，积极参加军训活动，随时准备开赴东北前线，与沙俄侵略军抗争。

学生军的活动日益频繁，响应的人数迅速增加，引起了清政府的恐慌。学生军的组成人员基本都是留日学生或知识分子，如果他们"醉翁之意不在酒"，学生军发展成为与清政府为敌的"义和团"，那比义和团对清朝政府的威胁有过之而无不及。参加"义和团"的一般是农民及社会的最底层民众，他们大多没有文化，也没有自己的观点，更不消说有自己的思想，只能人云亦云。他们有的是勇敢、顽强及血性，却没有什么谋略，只能听命于少数几个领头者。而学生军差不多都是社会的精英，他们头脑聪明，思维活跃，知识面广，眼界宽。他们有理想、有抱负、有眼光、有谋略，如果他们团结起来造反，那清朝政府的地位就岌岌可危了。现在他们还处在萌芽状态，只有在他们还没成气候之前连根拔掉，才能永绝后患。于是，清政府一方面对国内的拒俄人员进行残酷镇压，强行解散拒俄组织，另一方面动用官方手段与日本政府进行交涉，驱赶在日本的学生军。

第二十六章 遭遇镇压

这天是星期天，一个异常晴朗的日子，学生军们照例来到大森海湾的沙滩上。

炎炎烈日下，大家在听军训大队长黄兴讲话："同学们，孟子在《先秦》里面说过：'天将降大任于斯人也，必先苦其心志，劳其筋骨，饿其体肤，空乏其身……'时至今日，我们为了共御外敌，而选择了吃大苦、耐大劳，是因为历史赋予了我们使命，是天将降大任于我们，我们的大任是什么？是拯救我们的国家，拯救我们的民族……"

训导陈天华接着道："同学们，我们不畏艰险，我们不畏苦难，是为了什么？就是为了中华民族这个大家园。同学们，当我们翻开民族一页一页的受难史时，怎么能不心痛？远的不说，就说那沙俄强盗，他们血洗我海兰泡，惨焚我六十四屯，占领我大面积的国土，猖獗到了极致，他们甚至当着父老乡亲的面，在光天化日之下，枪杀我们的国人，奸污我们的妇女，我们能不悲耶？怒耶？悲愤交加耶？"

"杀！杀他沙皇！"

"杀！杀他俄国鬼子！"

"把强盗们赶出中国！"

原本宁静的沙滩被一阵怒吼声撕破。

隐隐地，从远处传来了"嘚、嘚"的马蹄声和机动车的轰鸣声。

当黄兴、陈天华他们能准确听清楚这些声音是朝着海滩来的时候，日本人的马队已冲到了海滩上，警车也在岸边停了下来。

从马上、警车上下来的不仅有荷枪实弹的士兵，还有清政府驻日公使杨枢和学监姚文甫。

姚文甫跟学生军可说是仇人见面，分外眼红。姚文甫本是个酒色俱全的贪官污吏，他不光贪污留学生的生活费，还扣留学生的助学金，贪了钱就经常出入妓院，泡东洋女子。四川巴县来的留学生邹容，虽然年纪小，但很有胆识，且很具有正义感，他早就看不惯姚文甫的所作所为，查实了姚文甫的一些贪污腐化的证据，想着要整治他一番。一天，邹容发现姚文甫又带了一东洋女子回宿舍，他联合张继、陈独秀等人在晚上掌灯时分，闯入姚文甫的宿舍，乘姚文甫不备，由张继抱腰，邹容抱头，陈独秀挥剪，剪掉了姚文甫的辫子。回到学生会馆后，邹容还将姚文甫的辫子挂到梁上，旁边写一幅字：'禽兽姚文甫之辫。'把姚文甫气得暴跳如雷，当即以抗拒朝廷命官罪，勒令他们回国了。

没想到一个才十几岁的青年就有这么大的勇气和胆量。听说这件事后，陈天华也深为邹容他们的勇敢精神所感动。

果然，姚文甫走上前来，左手叉腰，伸出胖胖的手指头指着学生们的脸，尖着嗓子叫道："你们这是在干什么？在干什么？你们还是学生吗？是清国的留学生吗？你们来日本的目的是什么？是念书！念书！明白吗？可你们不好好坐在教室里念书，跑到这里来舞枪弄刀、大吼大叫，成何体统？你们哪像是学生？简直就是一群散兵游勇。"

毫不畏惧的陈天华站了出来，迎上去说："什么散兵游勇？我们是一群拒俄抗辱爱国爱家的学生军！"

姚文甫听到陈天华敢公然称他们为学生军，认为自己已经抓到了他们任意妄为的把柄，愈发气势汹汹："学生军？谁批准你们的？你们居然敢自己组建军队，你们眼里还有没有大清王法？你们这么做不仅是藐视朝廷，而且惊扰了友邦，严重破坏了本地的社会治安。"

"什么破坏社会治安？我们就是用木枪木刀锻炼身体而已，在这么个偏僻的地方，我们惊谁扰谁了？海浪？沙滩？椰树？还是海鸥？"黄兴马上站出来怼道。

"你们，你们简直是一群乌合之众！"姚文甫被黄兴的回话气得脸色铁青。

一看姚文甫把气氛闹得很僵，杨枢赶忙出来打圆场："同学们，我知道，大家对俄国军队拒不交还东三省的行为很不满，你们也是为国家担忧，但使枪弄刀，非王道也，我大清帝国素来以德服人，不在兵威。诸位同学爱国热情可嘉，杨某深感佩服！但是，你们是学子，不是愚夫，你们这样子去与沙俄军队斗，无异于以血肉抗大炮，以徒手拼刺刀，是以卵击石，自寻死路。生命可贵呀！你们认为这样做值得吗？更何况我们是在异国他乡，在别人的领地里面，惊动了日本政府，我们是要吃亏的。好汉不吃眼前亏，你们还是把枪械交给警察吧。"

那群日本警察也是在旁边虎视眈眈的，时不时"嗨"上一句。

姚文甫趁机又威胁说："我们官方该做的事情做了，如果还有顽抗的，后果自负。"

黄兴和陈天华互换了个眼色。

黄兴怅然道："不过是些木刀、木枪而已，交了就交了吧。"

学生军们把手里的木枪、木刀纷纷扔到地上，杨枢忙命人捡了，放到车上，扬长而去。

虽然"武器"上交了，学生军们还是迟迟不肯散去。

陈天华愤愤地说："诸君，难道我们的拒俄爱国义举，就这样轻而易举被瓦解了？"

"怎么可能？我们可以另寻他途。"刘揆一马上回道。

"我看我们还不如回国去闹，干脆搞炸药炸死慈禧那个老妖婆算了。"杨笃生更是简单粗暴。

苏鹏热烈拥护："我也是这么想的，射人先射马，擒贼先擒王，慈禧死了，一切该重新开始。"

"既然清廷不让我们拒俄，我们干脆武力反清算了。"黄兴听了大家的意见说道。

"武力反清？怎么个反法？我们都是手无寸铁的学生。"陈天华不解地问。

"我们可以兵分几路，一部分去国内组织武装反清势力，一部分在这里继续活动，组建外围的物资和精神上的反清势力。"黄兴说。

苏鹏和杨笃生不约而同地说："我们去试制炸妖之炸药。"

黄兴激动得拉住两人的手大声说："好啊！我们来个里应外合，炸弹遍地开花，让那清廷、那满虏焦头烂额，防不胜防。"

"以后我们还来这里操练吗？"有人问。

"咱们以后就不操练了，各自去安排自己的下一步行动。"黄兴说。

第二十七章 各行其事

为了试制炸药，杨笃生和苏鹏他们决定去横滨，同去的还有陈天华、刘揆一、方鼎英、何海樵和胡晴崖。何海樵，江苏常州人，早年考入南京水师学堂，准备服役于北洋水师，后又进入日本士官学校学习，他跟杨笃生、苏鹏一样非常支持用炸药去炸慈禧。胡晴崖是广东人，就读东京医科大学，略懂化学，他找来了一些原料和器材，准备学以致用，跟杨笃生、苏鹏、何海樵一起制造炸药，

下了火车，几个人来到横滨郊外的一间小酒馆。几杯酒下肚，话语就多了起来，因为地处偏僻，老板娘和老板又是地道的日本当地人，听不懂汉语，所以大家毫无顾忌地用汉语谈论起制造炸药的计划。

杨笃生说："我们此行不把炸药试制成功，决不回国。"

"我想，以我们从书本上学来的知识，还有马君武、梁慕光、李植生教授给我们介绍的一些经验，制造炸药是一定能成功的，只是书上有两种炸药配方，一种是黑色的，一种是黄色的，我们决定做哪一种呢？"胡晴崖满怀信心说。

"这要看我们带来的原料适合做哪种，如果原料不够的话，哪种容易采购一点，这地方太偏僻，还不知道到哪里能采购到原材料。"何海樵说。

"我认为，黑炸药的配方里面有硝酸钾、硫黄和木屑，爆炸时烟雾很大，容易暴露，而且威力比黄色炸药小，我认为做黄色炸药好些。"苏鹏说。

"我也认为黄色炸药好，黄色炸药是烈性炸药，威力大，一旦使用，够那些人喝一壶的。"杨笃生说。

刘揆一本来没打算来制炸药的，被他们这么一说，兴致就来了："管它黑的、黄的，只要能做出来，能把他们炸成红红白白的就行。你们四人够吗？不够我也来加入你们的队伍，虽然我不会制炸药，做饭总行吧，我来给你们搞后勤，你们专心做炸药就是。"

"真的吗？我们可是一言为定，不许反悔的哦！"杨笃生说。

"君子一言快马一鞭，我决不反悔。"刘揆一坚定地说。

"热烈欢迎霖生兄加入。"其他三个人说。

"星台兄，我跟他们一起去，就不陪你们回东京了。"刘揆一对陈天华说。

"既然霖生兄有此意愿，我也不会拖你们的后腿，我虽不懂炸药，但非常支持兄弟们的行动。"陈天华说。

"预祝我们的炸药试制成功！干杯！"杨笃生说。

几个人说得正起劲，"当啷"一声，门被推开。

众人大惊，抬眼一看，进来的是一位精神矍铄、须发银白、身材粗壮、腰间系着一张豹皮，猎户打扮的老人。老猎人肩上扛着一把火药枪，枪头上挂着一只野兔、一只山鸡。

来了不速之客，本来欲发作的众人看见老猎人这身打扮便安静了下来，满脸的惊诧。

老猎人看出了大家的惊诧，用流利的汉语解释说："诸位不必惊慌，我是汉人，我没有恶意，我是听说你们想制造炸药去炸那恶贯满盈的慈禧才跟踪你们的。"

听到老猎人是跟踪而来，几个人更加惊异，一路上这么多人竟未发现被人跟踪，看来几个人的警惕性还有待提高，特别是现在的实验都是秘密进行的。

"您是谁？所来何为？"陈天华问道。

"我本朱由检第七代孙，先朝灭亡的时候，先祖为了逃脱清军的屠戮，就避到东海岸边，然后在一个月黑风高的夜晚，偷藏在一艘海盗船内，随船来到东瀛，隐居在横滨的这座深山，后代就繁衍于此了。虽然我现在居住在日本，但跟你们是同仇敌忾。假若各位不嫌弃，可随老朽去住地试制炸药，那地儿非常隐蔽，保证不会出什么意外。"老猎人说。

大家听了，面面相觑，竟有这样的奇遇？难道真是天要灭清？

苏鹏叹道："看来这是满虏气数已尽，天助我们也！"

老猎人道："满清早就该灭了，它现在只是苟延残喘。"

"我住家的那里离横滨路途有点远，你们最好在横滨多备些硝药上山，黑色炸药易试，黄色炸药可不容易。"老猎人指点道，显然他把他们前面讨论的话听了个清清楚楚。

至此，大家的疑虑已打消，邀老猎人入席共饮一杯。

饭后大家就要分手了，留下杨笃生、苏鹏、何海樵、胡晴崖、刘揆一随老猎人入山，陈天华和方鼎英则乘火车返回东京。

第二十八章 避其锋芒

学生军虽然取消了每周的操练,但集会还是时时有,陈天华仍然担任学生军的喉舌,一有集会就去演讲。

"星台,今天的演讲取消。"陈天华又如约准备出去演讲,秦毓鎏过来通知他说。

"为什么?我们前几天的演讲效果不是很好吗?学生军的人数也是越来越多了。"陈天华不解问道。

"你不知道,朝廷对学生军又下手了,他们动用官方手段跟日本政府进行交涉,欲强行解散学生军。"秦毓鎏说。

"这就奇怪了,清朝政府他不去对付沙俄的侵略,却花心思来对付我们这些反对沙俄侵略的手无寸铁的学生?你说他们究竟安的是什么心?"陈天华说。

"我估计,清朝政府是怕我们走义和团的老路,起来造他们的反,他们要防患于未然。"秦毓鎏说。

"哼!他们就是怕丢掉他们腐朽的政权,他们也不想想是什么原因让我们的国家成为列强们争相侵吞的肥肉?又是什么原因让我们国家的民众对他们的政权恨之入骨?就是因为他们的对外无能,对内凶残。"陈天华说。

"是啊!清朝政府已经到崩溃的边缘了,他们是在做垂死挣扎。"秦毓鎏说。

"我们现在该怎么办?这些活动还要不要继续坚持下去?"陈天华问。

"我就是找你来商量这些事情的,走,我已经通知了蓝天蔚、叶澜、钮永建、黄兴、周来苏、张继、萨端、周宏……他们了,我们一起讨论一下,以后该怎么办。"秦毓鎏说。

讨论会上秦毓鎏说:"为了躲避清朝政府的追杀,避免不必要的牺牲,我们将解散学生军。"

"什么?解散学生军?这个怎么行?学生军是我们好不容易组织起来

的，这么轻易就把它解散掉？我们又没有做什么违法乱纪的事情，难道就怕了那腐败的清朝政府不成？我们可以起来跟他们抗争呀！"听说要解散学生军，陈天华有些激动。

"星台，你放心，不是真的要解散学生军，我们只不过是把公开转为秘密，暂时避开锋芒。"秦毓鎏解释说。

"孙子兵法三十六计里面不是有一条叫'明修栈道，暗度陈仓'吗？我们明面上解散学生军，其实是改头换面，再续前情。"叶澜说。

"改头换面？就是说要把名字改一下，活动的内容依然不变。"周宏说。

"是的，但以后要从明面转入地下了，大家可以讨论一下，要起一个怎么样的名字，才能不引起官府的注意。"秦毓鎏说。

"要么就叫'军国民教育会'吧。"黄兴提议。

"'学生军'被清政府禁止了，难道'军国民教育会'就不会被清朝政府追查吗？"陈天华反问道。

"区别就在于，我们对外宣传'军国民教育会'以'养成尚武精神，实行爱国主义'，我们鼓吹的是'尚武''爱国'，这样，清政府一时也摸不透我们这个组织的意图，所以我们就可以名正言顺地进行活动。"黄兴解释说。

"其实，一直以来，我们的宗旨也是'尚武''爱国'，只是此国非彼国，我们爱的是中华民族而非大清皇朝。"周来苏说。

"确实如此！我们都爱我们的祖国。"张继赞同说。

"噢！这样也好！这样也好！不与清政府硬碰硬，既保存了实力，又在与清政府、与沙俄进行秘密斗争。"恍然大悟的陈天华连忙赞道。

"是的，要与腐败的清朝政府做斗争，蛮干是不行的，因为他们手上现在不仅有绿营、团练，还有正在操练的新军，我们要巧干，要准备做长期不懈的斗争。"钮永建说。

"我的想法是，既然要武装反清，我们就要去军队里面搞策反，我在两湖书院读书的时候，结交了一些朋友，他们现在在新军里面，要么我回国去运动新军吧。"黄兴说。

"我也在想，要与清朝政府做斗争，光靠我们这些留学生力量太薄弱了，克强兄既然打算回国去运动新军了，我以前是学生军的喉舌，现在我来做反清运动的'运动员'吧，我去民间，多发动一些民众参与进来，壮大我们的队伍。"陈天华毛遂自荐说。

"好啊！我们正有此想法，克强兄说回去运动新军，我们认为军队的力量固然很重要，但民众的力量也不容小觑，我们要发展民间的反清势力，既要给腐败无能的清政府一些威慑力，又要让民众看到拯救中国的希望，这样才能万众一心，推翻腐败无能的清政府。"秦毓鎏说。

"星台，去国内发展反清势力需晚一步，现在运动资金不足，我们正在筹措，等资金筹足了再去吧。"叶澜说。

"要么我自己去筹措吧，以前联络过一些华商，他们有支持我们的意向，我筹到资金就去国内做策动，以配合你们的行动。"陈天华说。

"那更好啊！星台，谢谢你！有你这样的一位得力干将，是我们军国民教育会的骄傲。"秦毓鎏赞道。

"国家兴亡，匹夫有责。只要能让国家振兴起来，让我陈星台去死都愿意。"陈天华豪气干云地说。

送别了准备回国运动新军的黄兴、蔡锷、罗元熙等一干人，陈天华开始筹措自己回国做策反运动的资金。

连续几天的雨，把每一朵云都泡得湿漉漉沉甸甸的，从天上低低地压下来，仿佛随时会砸在人的头上。陈天华此刻的心情就像这天上的云朵，阴沉沉的。这几天走访了几个曾经答应资助自己去国内搞反清运动的华商，都是无功而返。

"星台啊！不好意思，不是我不想帮你，实在是现在手头有点紧。前几天海上刮台风，我的一艘货船被刮搁浅了，现在货都没到，商行都无法做生意了。"芝华商行的夏老板是这么说的。

"噢！既然是这样，那对不起！打扰了！"陈天华连忙说。

"真是不好意思！不好意思！"夏老板低垂着头，嘴里连声说着不好意思，把陈天华送出了门。

告别了芝华商行的夏老板，陈天华又奔润华商号，润华商号的卢老板曾经给义勇队赞助过活动经费，并且答应只要是有利于祖国的事情，他一定鼎力支持。

看到上门的陈天华，卢老板似乎少了往日的热情。听到陈天华说要筹款回国组织反清运动时，卢老板面露难色说："星台，不是我食言，实在是有难处。现在国内对义勇队的人员查得很厉害，听说抓到了就要杀头，跟义勇队人员有瓜葛的人，一旦查获要连坐。"

"卢老板，我们学生军都解散了，哪还有什么义勇队人员？我们现在是'军国民教育会'，宗旨是'养成尚武精神，实行爱国主义'合理合法。再说了，如果万一有什么事情也是我们自己承担，不会把卢老板您说出来的。"陈天华赶紧解释说。

"话是这么说，可'学生军'和'军国民教育会'只是改了名字，现在是合法的，说不定哪一天政府说不合法了呢？你也知道现在的政府虽然在外国人面前没什么本事，但对民众是厉害得很啦！他们翻手为云覆手为雨，对、错都是他们说了算，一有什么风吹草动，马上如临大敌，我资助你们的事万一走漏风声就不得了了，我在国内还有一大家子的人，我不想因为我的一个举动而让他们陷入危险当中。"卢老板说。

"卢老板的顾虑我们能理解，还是先谢谢卢老板先前对我们的支持。"陈天华无奈地说。

"呵！呵！星台，以前的事情千万别再提了，我们就当没发生过好吗？希望你能明白我的意思。"卢老板搓着双手，神情有些焦虑地看着陈天华。

"放心！卢老板，我们不是忘恩负义的人，知道什么事情该说，什么事情不该说。"陈天华说。

"好！好！有你这句话，我就放心了。"卢老板擦了一把额头上冒出的汗珠。

走出卢老板的家，望了一眼越来越低沉的天，陈天华叹了一口长气，看来清政府的高压政策很是奏效，回国的费用一分都没筹到，一时无计可施的陈天华不知不觉中回到宿舍。

"星台大哥，看你一脸的苦闷，是不是有什么事不开心？"看到闷闷不乐的陈天华，方鼎英问道。

"伯雄，我去国内做'运动员'的事情恐怕办不成了。"陈天华说。

"为什么？出什么意外了吗？"方鼎英关切地问。

"事情确实出乎我的预料，走访了几位曾经答应支持我的商号，现在没有一家答应给我钱，我连回国的路费都没筹到，更不用说活动经费了。现在是白色恐怖时期，清政府大肆抓捕国内的拒俄人员，有钱人都怕受连累，不怕连累的人又没钱。唉！"陈天华说。

"也是，那就先别去吧，没钱怎么去？"方鼎英说。

"可我已经答应了毓鋆兄他们的，怎么能食言呢？"陈天华说。

"那也只能照实说了，不然你现在去哪里找钱？我家也是很穷的，没法助你一臂之力。"方鼎英说。

"唉！好吧，也只能这样了，谢谢小弟！"陈天华叹一口气说，身边的人走的走，散的散，没想这时候只有这个小弟弟陪在身边开解自己。

晚上，参加"军国民教育会"的秘密碰头会，陈天华把自己这几天的筹款情况做了汇报。

"实在是不好意思，这几天出去筹款都是无功而返，原来答应的几家商号因为各种原因都拿不出钱。"陈天华说。

"星台，怎么回事？关键时刻他们都食言了？"秦毓鎏问。

"是的，其中最主要的原因是清政府在国内对拒俄运动人员的围剿。"陈天华说。

"星台，按你说的情况，我认为你现在也不宜去国内活动。既然现在国内的风声这么紧，想要策反大批的人肯定难度比以往大，人数太少又没有多大的影响力。再说，如果你现在回国，自己的处境也很危险。"叶澜说。

"危险我倒是不怕，要革命就会有牺牲，如果都怕死，这些危险的事情就没人去做，那国破家亡也没人管了。"陈天华说。

"星台，你的心情我们理解，我认为叶澜说的没错，还是缓一段时间吧。虽然中国处在最危急的时刻，但现在去不仅缺少经费，行动也有些仓促，这样不仅收不到想要的效果，相反还可能会打草惊蛇，波及'军国民教育会'的其他行动，不如我们先把这里的准备工作做好，慢慢筹措一些资金再行动，反正策反也不是一时半会就能成功的，你说呢？"钮永建也说。

"是的，我们要努力保存现有的力量，减少不必要的牺牲。"秦毓鎏说。

"好吧，我时刻准备着，只要是为了救国，为了汉人同胞，我愿随时奔赴最前线，也愿意随时献出自己的生命。"陈天华说。

"星台，可别这么说，我们是革命的急先锋，是革命的有生力量，我们的生命是宝贵的，不能轻易献出。"秦毓鎏很严肃地说。

不能回国的陈天华并没有放弃他的斗争，他拿起笔，继续用文字跟腐朽的清政府和侵略者进行斗争。

拒俄运动遭到清政府的残酷镇压，陈天华悲愤难平、寝食不安，从当年初夏至仲秋，挥毫撰写了醒世雄文《猛回头》《警世钟》，以冀唤醒国人奋起反抗侵略，实行反清革命。两本书均用白话文写成，通俗易懂，字字血泪，感人肺腑，在群众中广为流传，陈天华很快以革命的通俗宣传家闻名于世，被时人称为"革命党之大文豪"。

　　1903年10月，沙俄增调重兵侵入我国东北，国家的危难更加急重。闻听这个消息，可是把陈天华急坏了，他整晚整晚地睡不着，人也明显地消瘦。每次与人聊到国家的安危问题，他总像小孩失去父母，弱女失去依靠一样痛哭一场，然后一次又一次把沙俄入侵的消息告诉所有的人，中华民族到了最危急的时候，大家唯有准备最后的死拼，才有可能拯救这个生命垂危的祖国。又咬破手指写下血书寄回祖国，号召国内的同胞组织起来，与侵略者血拼到底。

　　原来还想用手中的笔做刀、做剑，宣传救国道理的陈天华再也坐不住，他决定回国亲自参加到这场反压迫、反侵略的革命洪流中去。

第二十九章 试制炸药

话说杨笃生、苏鹏、刘揆一、何海樵、胡晴崖他们五个随老猎人进了深山。

这里确实是一处人迹罕至之地，三面环山，一面濒水，从山下到住地最少有四十里的山路，像杨笃生他们不熟悉地形的人，出山一趟来回得走一天，幸亏老猎人提醒，临上山前买了足够的硝药，才不至于又要经常来回跑。

老猎人的家虽然在深山里，但也是靠近海边，依山傍水，风景也是很优美。房子是就地取材，用白桦树做的，里面的生活用具也是能用天然的尽量用天然的，只有极少的物品是从山下采购回来，住在里面有一种回归自然的感觉。屋内的设施是中国模式，有木床、木桌、木凳还有烧柴火的灶，不像日本人进屋就是榻榻米。灶房的房梁上挂满了野鸡、野兔、野猪肉等，有的被柴火烟熏得黑乎乎的，有的还只有一层浅浅的褐色。屋旁种满了果树，都是常见的桃树、梨树、柑橘之类的，桃树、梨树上挂满了果，正开始成熟，柑橘花期刚过，树上满是绿豆大小的果实。再远一点的地方种了一些稻米和蔬菜，一派世外桃源的景象。

老猎人在山上就靠种田和打猎为生，如果需要购买其他生活用品就用猎物去山下换，这次下山本来是要用野兔和野鸡去换双鞋的，结果碰上杨笃生他们，一路跟踪，把事情给耽搁了，野鸡、野兔又扛了回来。

"真是一个隐居的好地方！如果不是祖国正遭受列强侵略，我真愿意在这屋子里待上几年。"杨笃生感叹说。

"我的老伴故去很多年了，两个女儿也都嫁到了横滨，我之所以还留在这里也是因为不愿意离开。"老猎人说。

"为什么呢？您年纪这么大了，这里又只有一户人家，一个人在这深山老林的，多不方便呀？"苏鹏问。

"才逃到这里的时候，不止我们一家的，我们几代人在这已经生活两百多年，我们的先祖刚来这里的时候，一直是立志反清复明的，可一年又一年，一代又一代，离这个愿望不是越来越近，而是越来越远。现在人都散尽了，只剩下我一家，我又后继无人，这个愿望也会随着我的逝去而烟消云散，没想到这个时候碰上了你们，也是老天垂怜，要我在有生之年能看到清朝政府的彻底覆灭。"老猎人说。

"一定能够的，我们只要研制出了炸药，炸死了慈禧那个老妖婆，清朝灭亡的日子也就指日可待了。"杨笃生说。

"我相信你们这一群年轻人，为了支持你们研制炸药，家里能吃的尽管吃，能用的尽管用，也算是我朱氏家族对反清的最后一点贡献。我现在的任务是带着我的猎犬给你们去巡山，以保证你们的实验顺利进行。"老猎人微笑说。

"我现在的任务是后勤保障工作，负责你们几个人的吃、喝、拉、撒。"刘揆一接着说。

"哈！吃、喝你可以保障，拉、撒你就免了吧，我们去这么远的地方做实验，难道拉屎、撒尿还要回来请示你？"苏鹏笑道。

"那就是脱裤子放屁，多此一举了。"平时不大言语的何海樵冷不防来上这么一句，惹得大家哄堂大笑。

可事情做起来远没有想的那么简单。胡晴崖用自己从东京带来的天平称，按照书上的配方，把所有的原料称好配好，一份一份装在铁罐里面，安上引线，然后密封。第二天，四个人带着晚上装好的铁罐，到一个更隐蔽的地方。点燃引线，等了半天，一点反应都没有，最后胡晴崖忍不住了，跑上去一看，铁罐外面的引线早烧没了，铁罐子一点动静都没有，只好把铁罐带回去重新研究。

刘揆一每天把饭做好后，就给做实验的人去送饭，顺便打探一下实验的进展情况，可每次得到的答案都是懒洋洋的三个字"没成功"。

胡晴崖每次不成功回来之后，总是要调整一下原料的配比，核实一下原料的重量，检验一下引火线安放的位置。这样实验了很多次，眼看着实验用的原料即将耗尽，而实验的进展一点都没有。

苏鹏都有些气馁了："我们这样做好像是在慢慢摸索，这要多久才能摸索出来啊？"

只有杨笃生还是信心十足："没关系，慢慢来，第一次不成做第二次，第二次不成做第三次……第九次不成做第十次，直到做成功为止。"

"我也相信，有志者事竟成。"何海樵说。

"霖生兄，我们的原料快没了，麻烦你明天下山去采购点原料，可不能因为原料供应不上而影响实验。"杨笃生吩咐刘揆一说。

"好的，刚好我们的生活用品也缺少了一些，一起补上，我们做好打持久战的准备。"刘揆一说。

第二天，刘揆一一大早就下山了。他先去采购了炸药原料，然后买了生活用品，路过书局的时候，又拐进去看了一下。在山上待了很长一段时间了，与世隔绝，不知近段时间又有什么事情发生，他想买几份报纸上山看看。突然，在书局最显眼的位置，他看到了一本汉字的书，题目叫《猛回头》，一看作者竟是陈天华。哇！没想到短短的两三个月陈天华竟出书了。又看了几份华文报纸，报纸上也有不少对陈天华写的《猛回头》的褒奖文章。他赶紧把书和报纸都买下，急急忙忙返回住地。

走到离住地不远的地方，猛听到一声巨响，地动山摇。刘揆一猜想，这一定是炸药实验成功了，于是三步并做两步往住地走去。

果然，在路上就碰到了一身尘土的四个人。

看到刘揆一，苏鹏就嚷嚷道："霖生，好险，我们差点就见不到你了，没想这炸药的威力这么大。"

"是啊！当时只觉得地都要陷下去了。"杨笃生说。

"我是紧紧抱住身边的一棵树才没让自己飞出去。"何海樵说。

三个人表情生动地描述当时的情景，全然不顾自己的灰头土脸。

只有胡晴崖，嘴里在反复念叨："成功了！成功了！我的炸药终于试制成功了！"

再远一点的地方，一声声狗吠传来，大家知道，这是老猎人和他的猎犬回来了。

"首先，我要恭喜各位仁兄实验成功，然后我还要告诉大家一个好消息。"刘揆一满脸兴奋说。

"什么好消息？"苏鹏急问。

"还有更好的消息吗？"杨笃生说。

"那是双喜临门了。"何海樵说。

"赶快告诉我们，我们现在太需要好消息了。"胡晴崖这会也清醒了过来。

"你们看，这是什么？"刘揆一亮出了本书。

"一本书？"胡晴崖疑惑，该不会是被他又找到了一种炸药的配方吧。

"什么书？谁写的书？"杨笃生问。

"书名叫《猛回头》，作者你们猜猜看。"刘揆一故作神秘说。

"该不会是星台兄写的吧。"苏鹏说。

"还是凤初兄厉害，此书正是星台兄所写。"刘揆一说。

"我就知道星台兄有这本事。"苏鹏笑道。

"你们看看，你们看看，这些报纸上好多人都在评论这本书，说什么：'是书以弹词写述异族欺凌之惨剧，唤醒国民迷梦，提倡独立精神，一字一泪，一语一血，诚普度世人之宝筏也。'反正是好评如潮。"刘揆一说。

"星台厉害呢！我们在这里来武的，他就在那里来文的。"杨笃生说。

"星台的《猛回头》也是一颗炸弹，扔向了清廷的心脏。"胡晴崖说。

"而且是烈性炸弹，威力可比上百颗普通炸弹了。"何海樵说。

"快！把报纸分给我们看看。"苏鹏急不可待了。

刘揆一则打开《猛回头》朗读起来：

大地沉沦几百秋，烽烟滚滚血横流。

伤心细数当时事，同种何人雪耻仇？

……

正当杨笃生、苏鹏他们为炸弹试制成功而欢欣鼓舞的时候，横滨发生了鼠疫，警察挨家挨户进行防疫检查，连老猎人那偏僻的房子也没有逃脱。杨笃生他们为了应付警察的搜查，急将炸药倒在水缸内，因为药是粉末状的，浮在水面上，一时难以下沉，为了让药粉尽快下沉，他们用玻璃管搅拌，不料却引起爆炸，爆炸的冲击力把桌子都炸散了架，屋顶的楼板也冲毁了几块，杨笃生和苏鹏的眼睛被炸伤，幸好水缸是敞口的，爆炸力未横发，伤势不是很重，他们回到东京，治疗一段时间得以痊愈。

第三十章 华兴会筹备

黄兴离日归国，准备在国内发动反清运动。他先到上海，联系上了两湖书院读书时的同学，时任《苏报》主编的长沙人章士钊。章士钊，字行严，1881 年 3 月 20 日生于湖南省善化县，1902 年 3 月，入南京陆师学堂学军事。次年进上海爱国学社。5 月，任上海《苏报》主笔。通过章士钊，黄兴在上海认识了大批新派人士。

随后，黄兴又去到湖北，在湖北的新军和社会圈子里头活动，他已经结识了蒋翊武、刘复基、彭楚藩、孙武、居正等一些活动频繁的反清人物，大家纷纷表示支持黄兴行动，只要湖南发动起来，他们在湖北积极响应。在此期间，他在母校两湖书院还认识了来自湖南常德的同乡宋教仁。

宋教仁出生于湖南常德桃源。清光绪十四年 (1888 年)，六岁的宋教仁进入私塾读书。光绪二十五年 (1899 年)，入读桃源漳江书院。光绪二十七年 (1901 年)，考中秀才。光绪二十八年 (1902 年)，赴武昌投考美国圣公会文华书院普通中学堂，被录为第一，翌年入学。在校期间，由吴禄贞等人组织的革命团体在武昌花园山的聚会吸引了他，常与同学议论时政。

黄兴发现宋教仁对时政颇感兴趣，便有意与他攀谈。这位个子瘦高，眉黑如漆，目光如炬的年轻人，谈吐也是十分的凌厉，经过一番推心置腹的长谈，宋教仁完全接受了黄兴的思想，并愿意接受黄兴交代的任务，在武昌积极开展发动反清人员的活动。

不久，陈天华的《猛回头》《警世钟》传到了国内，黄兴也得到了两本，他看了之后连声叫好，并拿去楚天书局复印了很多册，秘密发到湖北新军的一些士兵手里，自此，《猛回头》和《警世钟》在湖北新军里流传开来。

把湖北那边的工作交给宋教仁之后，黄兴回到了湖南，为了方便活动，通过日本东京弘文学院的先期留学生、长沙明德学堂校长胡元倓的介绍找到了一份在明德学堂教书的工作。

这段时间，黄兴利用明德学堂教员的身份，创办了一所名为"东方讲习所"的日语学校，向学生灌输革命思想，一时"排满革命之谈充塞庠序"；此外，又大量翻印《革命军》《猛回头》《警世钟》等革命书籍，散布到军商各界；还与社会上的许多进步知识分子取得了广泛的联系。数月之间，便打下了创建革命团体的基础。

黄兴的活动也遭到了地方保守绅士的控告，幸而有明德校董龙璋等人的担保才得以解围。

龙璋，湖南攸县人，是长沙城著名的绅士，左宗棠的外孙女婿，谭嗣同亲家。龙璋是光绪年间举人，少年得志，出任过江苏如皋、沭阳、上元、泰兴、江宁等县令及候补道，家资丰厚。他非常开明，又很慷慨，四十多岁便弃任回湖南，热心实业和办学，长沙明德学校就是他创办的。龙璋非常同情革命，与革命党暗中早有来往，黄兴去明德学校当教员也是他同意批准的。

发生此次事件后，为了能全身心致力于革命，也为了不使明德学堂遭受牵连，黄兴辞去了他在明德的教师职务。

陈天华回到湖南，都等不及回一趟家乡，即与先前回国的黄兴取得了联系。见到陈天华，黄兴很是兴奋："星台兄，你也回国了？欢迎你啊！"

这段时间，他一直在联络一些知识分子，特别是日本回来的留学生，准备组织一个反清的革命团体"华兴会"，陈天华回国，以他的才华和影响力，对于自己准备筹备的"华兴会"无疑是如虎添翼。

"国内的情势都这么危急了，我在国外哪还待得住？"陈天华满脸的焦虑。

"星台，你回来得正是时候，我正在筹备一桩大事。"黄兴的话语带着明显的兴奋。

"克强兄，什么大事？只要用得着我陈星台的地方，赴汤蹈火，在所不辞。"陈天华拍着胸膛说。

"这桩事我筹划好久了，我们准备筹备成立一个革命组织，取名'华兴会'，现在参加的有宋教仁、刘揆一、章士钊、周震鳞、翁巩、秦毓鎏、柳聘农、柳继忠、胡瑛、徐佛苏、苏鹏等人，成立时间定在11月4日，因为那天是我的生日，为了掩人耳目，趁我过生日的时候把大家召集来把事情落实了，现在你回来了，我也正式邀请你参加。"黄兴说。

"既然克强兄邀请了，又是革命组织，我是定当参加的，只是不知这华兴会的宗旨是什么？"陈天华说。

"华兴会的宗旨是：振兴中华、扫除帝虏、驱除列强。"黄兴说。

"好！大气磅礴，代表了中华儿女共同的心愿。"陈天华兴奋地说。

"是的，这是我们大家共同商议的结果。"黄兴说。

"哈哈！看来我是落后一大截了。"陈天华说。

"还没落后，你回来得很及时，筹备方面很多事情还需要你去做。为了宣传我们的华兴会，我准备创办一份刊物，正缺少像你这样的人才，你可是大名鼎鼎的'革命党之大文豪'啊！"黄兴说。

没想到在国内的黄兴也知道这个评价，陈天华谦虚道："克强兄过奖了，徒有虚名而已。"

"什么徒有虚名？实至名归！你不知道你的《猛回头》和《警世钟》在国内外的影响有多大？看了的哪一个不是深受感动，拍手称好？"黄兴说。

"只是说出了民众的心声罢了，不知克强兄要办一份什么样的刊物？能否先告知星台，好有所准备。"陈天华问。

"我想啊，我们华兴会的主要人员大部分都是湖南人，我们华兴会是以湖南为根据地，首先发动起来的自然也是湖南人，所以，我们要办一份湖南人自己的刊物，用湖南人自己的语言写，这样通俗易懂，刊名嘛，我想就叫《俚语报》好了。我记得星台兄以前跟我说过：'我就喜欢我们家乡的梅山古文化，讲我们家乡的俗语，说我们家乡的弹词、唱我们家乡的山歌，每个人都能听懂、看懂。'这《俚语报》是不是正合了你的理念？"黄兴说。

陈天华没想到自己与黄兴第一次见面说的话他竟然记得这么清楚。

"没错，用家乡的语言读家乡的报纸很有亲切感，很具亲和力，很能唤醒民众的认同感。"陈天华说。

"我也是这么想的，那事情就这么定了，等华兴会正式成立后开始办，报纸由我负责它的出版，你是主笔，其他的人员暂时还没定，你可以在华兴会的人员里面选拔。"黄兴说。

"好的，好的，只是我还有一个疑问，组织一成立，就要准备起事，不知在这方面克强兄做过打算没有？"陈天华说。

"当然有做过这方面的打算，我们华兴会人员大部分都是湖南人，家乡遍布湖南各府、县，发动群众比较容易，所以，我们认为起事的方法是从湖南开始发动起义，然后号召各省响应，最后长驱直入直捣清政府的巢穴。"黄兴知道陈天华是一个彻底的、坚定的反清爱国者，所以，对于他没什么可隐瞒的，就把自己的计划和盘托出。

"好啊！这可正对了我的心思，对于这个腐败到了极点的清朝政府，我们只有拿起武器来跟他们对着干，才能打破眼前的这种民众任由腐败政府欺压，国家任由外国列强欺辱的局面。"陈天华激动得挥舞着拳头，看来此次回国正是时候，终于有机会与腐败的清朝政府，与那些日益猖獗的侵略者面对面大干一场了。

"是啊！大家都忍无可忍了，一听说来真的，都是摩拳擦掌。但是，要与清朝政府做对，与他们真刀实枪地干，光靠我们这些知识分子是不行的，所以，我想着多找些人帮忙发动民众，凭你的演讲水平和笔底功夫，我相信你一定能助一臂之力。"黄兴说。

"克强兄，有用得上我陈星台的地方，你吩咐就是，我回来可不是想闲着的，就是要投身到这场救国救民的火热的革命运动中去。"陈天华激动地说。

"哈哈！星台，你终于回来了。"正说着，门外传来一阵爽朗的笑声。

一听这声音，陈天华知道是苏鹏。

"我就说星台兄是一个不甘落后的人，这不，一听到风声就赶回来了。"这说话的人一定是刘揆一了。

果然，两个人并排站在了陈天华面前。

"是呀，这次活动，凤初兄和霖生兄走在星台前面了。"陈天华笑着说。

"谁让我们比你早回国。"苏鹏说。

"早回、晚回都没关系，星台是我们急需的人才，他的演讲水平可是一流的，而且他写的《猛回头》《警世钟》早就深入人心了，如果让他去发动民众，肯定效果显著。"黄兴说。

"嗯，星台一回来就可以行动了，你不仅以前是学生军的喉舌，军国民教育会的运动员，现在变成华兴会的演说家了。"刘揆一说。

"万变不离其宗，总归是一个地地道道的革命者，用邹容的话来说是革命军中的马前卒。"苏鹏说。

"依我说，他是在用他的激情，他的斗志，唤醒中华民族这头大睡狮。该是睡狮猛醒的时候了，我想只要我们中华民族这头睡狮醒了，一定会发出这天地间的最强音。"黄兴说。

"睡狮猛醒，哈！这比喻好！"苏鹏跷出大拇指称赞。

"对，这比喻好，我下一篇文章的题目想好了，就叫《狮子吼》，我们要彻底唤醒这头东方的雄狮，让它的吼声威震四方。"陈天华说。

"好啊！好啊！这题目有气势，对于你的新作，我们拭目以待。"刘揆一说。

第三十一章 暗杀行动

苏鹏他们是为了进行暗杀活动而回国的。炸药试制成功后，便回国准备实施暗杀计划，后来周来苏也加入了他们的行列，与杨笃生、何海樵、胡晴崖一起五人组成"横滨暗杀团"。因为慈禧太后的行为已经引起天怒人怨，他们决心第一个刺杀的目标便是慈禧太后。

暗杀团人员都抱着必死的决心，临行前，苏鹏、杨笃生、何海樵、张继、周来苏五个人都分别写了遗书，苏鹏是家里的独子，他写给父母的遗书是："为国家民族求幸福，决牺牲个人，不愿生还。"

出发后，他们并没有直接去到北京，而是先抵天津，租了一间房暂住，在那里购买好了制造炸药的硝药、铁弹、引线等物品，再悄悄地潜入北京，在北京的草头胡同租得住所，然后，开始出去打探慈禧的动向。探听到消息，慈禧此时应该正在颐和园避暑，他们准备以投考入学的身份进入颐和园，择机行事。但是，由于清廷防卫严密，进入颐和园十分不易，更别说带入炸药了，最后，只好选择在西直门与颐和园之间的近河道上埋设炸弹，这是慈禧回宫的必经之路。他们将引爆线通到附近的芦苇丛中，人员隐蔽在芦苇丛里面，只待慈禧车驾回宫通过此处，便引爆炸药，炸死慈禧。他们每天都是轮流去隐蔽地匍匐窥伺，几双焦灼、紧张、激奋的眼睛紧紧盯住官道，祈盼着慈禧乘坐的马车从颐和园那头逶迤而来，进入他们早已埋好炸药的地段，让"老佛爷"在轰然巨响中一命归西。就这样，一直等了三个月，却始终没见着慈禧的影子，所筹旅费已用尽，无法继续待在北京，最后不得不放弃这一计划，人员分别撤回东京、上海。

苏鹏回到东京后，重读那封没发出去的遗书，顿足自言道："辜负了这封信呀！"后来，他们才知道慈禧病了，一直留住在承德山庄避暑。哎呀！早知道直接去承德避暑山庄了，苏鹏他们后悔得要死。

知道苏鹏回到东京了，黄兴写信，嘱托他组织在日本的湘籍陆军留学生归国参加起义军事行动。在他的组织下，先后有张孝准、周仲玉、刘介藩、程潜、陈伟丞等陆军留学生回国，到达上海，等待黄兴的行动讯息，准备参加起义行动。

这时，上海成立了以蔡元培为会长的中国教育会。它是国内学界建立的第一个具有革命倾向的爱国团体。会长蔡元培在知识界颇有威望。苏鹏到上海后，亲自主盟，发展了蔡元培及堂弟蔡元康参加暗杀团。蔡元培还被推为"军国民教育会"上海支部负责人。后来，蔡氏兄弟又分别介绍了陶成章、徐锡麟入会。

第三十二章 整合会党

　　为了扩大会党组织，谭人凤不仅在乡村联络会党，发展会员，还赴长沙、湘潭等城市发展会员。陈浴新就是谭人凤在长沙发展的会员之一。

　　陈浴新，名世梅，字积发，1890 年 11 月 13 出生在湖南省安化县蓝田镇一个贫寒家庭，幼读乡塾，课诗书，兼习武。十二岁时，他得到同乡革命志士李燮和的指点，阅读了许多革命书刊，爱国思想逐渐增长。

　　十三岁时，陈浴新离开家乡到长沙黎家坡遐岭庵补习外文、数学，眼界进一步开阔，1903 年暑假期间，谭人凤时常去他的住地，看他的房间里竟然摆着陈天华的《猛回头》《警世钟》，知道他有革命倾向，便为他讲述明末抗清斗争史实，接着，谭人凤又试探着把自己的革命思想传递给陈浴新。他说："浴新，你看过陈星台的《猛回头》《警世钟》了吧，陈星台书中宣传的都是反满革命。而革命就是造反，是要把现在坐在皇帝宝座上的清朝鞑子翻下台去，但看现在能起来革命的，只有洪门兄弟有这个力量，并告以洪门秘密结社的内容。洪门的人本来不喜欢读书人，认为戴顶子、穿官服的都是汉奸和满奴，是他们的死对头。现在他们的眼界扩大了，成见化除了，认为凡属汉族爱国的人，都应在团结之列，希望大家一同负起救亡保种的责任来……"经过几次接触，陈浴新了解了谭人凤的革命内容确实是为了救亡保种，拯救中国。加之，陈天华关于"列强瓜分中国的危机之时，人人都应养成'牺牲个人，以为社会；牺牲现在，以为将来'的品质"和"只要人心不死，中国决无可亡之理"的革命宣传，对陈浴新影响尤深。遂以"东方望"的化名，履行拜会加盟仪式加入了洪门。

　　谭人凤不仅注意联络省内的会党，还重视与外省会党的联络。宝庆产煤，常有运煤的船经资水入洞庭进长江，把煤卖到湖北等地。运煤的船一般都是毛板船，毛板船是一种专门用于装运煤炭的船，为资水所独有。说它是船，其实就是一种木筏，这种形似船的木筏用未刨的松木板制成，加工简易、粗糙，故名毛板船。毛板船头尖，尾尖而翘。长二十四米左右，宽三米以上，最重的能装煤一百二十吨。

明清时期，特别是光绪十六年(1890年)张之洞兴建汉阳铁厂之际，湘中地区的煤矿资源得到较大规模的开采，大量煤炭需要外运，于是人们因陋就简，从排筏汲取灵感，创新和改进了毛板船。

毛板船虽然体积庞大，装载量大，但制作粗糙，易出事故。一艘毛板船，从造船到装煤，成本只需银洋一千元左右，若能平安抵达武汉可卖二千五至三千银洋。由于巨大利润的诱惑，在资水航运中，驾毛板船是最富传奇色彩的一种冒险行当。毛板船的每一次航程都意味着生离死别，资水两岸多的是山峰夹峙的险滩，河水落差大，稍一闪失的话，船就会在顷刻之间覆灭。所以，凡属驾毛板船的人，都是舍得死霸得蛮的人。

谭人凤懂得这些特性，所以，他不顾危险，常常选择坐毛板船出行，一路上与运煤人员讲解洪门的各种规章、制度，宣传革命道理。采煤行业也是提着脑袋吃饭的高风险行业，谭人凤通过运煤人员又结识采煤人员，在采煤、运煤人员中大量发展会员。

因为经常坐毛板船往武汉、长沙、宝庆一带，联络、发展沿途的革命会党，由此，"长江流域的会员无不知有'谭胡子'其人的"。

谭人凤在结交洪门会党兄弟、扩大会党组织的同时又发现，洪门会党山堂林立，派系众多，各树一帜，互不统属，行动既不协同，力量亦不集中。他认为这样不仅难成大事，而且很容易被各个击破。为了改变这种局面，谭人凤以加强各山堂之间的联系，统一行动为由，邀约湖南会党各山堂的负责人于1903年"重九"节齐集长沙举行游山会，以期通过会议，把各山堂的名称、规章和行动统一起来。谭人凤的主张得了各山堂的积极响应。那天，派代表出席游山会的有浏阳、湘阴、宁乡、醴陵、宝庆、安化、新化、巴陵、常德、永顺、桑植、石门、沅陵、溆浦、辰溪、益阳、武冈、衡山、宁远、郴州、资兴、湘乡等州县各堂口的几十个代表。还有在省城的邹代藩、李燮和等也应邀参加。

他们在长沙河西云盖寺集合。各路会党到齐后，谭人凤喟然叹道："黄冠草履之民，谁无尊亲之血气；四海九州之内，何非故国之山河！"谭人凤的这声感叹，霎时触动了人们的心声，"杀尽满虏！还我汉人江山！""驱除清朝鞑子！复我大明皇朝！"的呼声此起彼伏，与会者莫不同仇敌忾，意气激昂。

然后，由邹代藩讲演朱元璋反元斗争和明朝被清灭亡的史实以及现代中国的民族危机，并举出民族英雄可歌可泣的革命事例，最后勉励所有洪门兄弟，把兴汉灭满的事业担当起来。李燮和则把他在杭州参加龙华会的经过向大家做了报告。

　　最后，谭人凤做总结，只见他手提扑满，内装制钱，激昂慷慨地说："现在我们的山堂名义太多了，若不把名称、规章、行动统一起来，必将被满虏如同吃肉一般一块一块地吞咽下去。所以，从现在开始我们规定湖南所有的会党，统一称为岳麓山道义堂（后改为联合山堂）。我今提出八个字的口号：'同心扑满，当面清算。'意思就是'扑灭满清'，以后它就是我们岳麓山道义堂的联络暗号。"说毕，谭人凤将扑满往地上一掷，"砰"的一声，扑满粉碎，钱散满地。与会者皆起立欢呼，齐声喊道："谨遵帅令！扑灭满清。"最后，谭人凤对大家说："各自珍重，以后另有'上福（书信）'。"随即发给山堂凭证。谭人凤组织这次游山会之后，湖南的会党形成了一个统一的组织。

第三十三章 民间联络

根据黄兴的指示，陈天华这段时间主要的工作是民间联络。去民间联络，陈天华首先想到的是新化民间的会党首领周辛铄和谭人凤，这两个人，他们不仅是坚定的反清人物，而且都是会党首领，手下有很多会员，只要把他们发动起来，必然会起到事半功倍的作用。

谭人凤组织的游山会虽然严格保密，但在长沙城里也产生了影响，几天后，得到消息的陈天华找到谭人凤，把他介绍给了黄兴、宋教仁、刘揆一等华兴会组织人员，谭人凤把自己组织会党的事及现在的人员、规模、理念，一一向黄兴他们做了阐述，得到了黄兴他们的高度评价，谭人凤认为华兴会的人是自己的知音，是懂得自己的人，自此，谭人凤决定加入华兴会。

谭人凤已经决定加入华兴会了，自然不用多说，陈天华下一个要联系的人便是周辛铄，于是便写了封信托人带给周辛铄，告诉他自己准备回新化，并约好他在周氏山庄的一字山见面。

《辛丑条约》签订后，周辛铄深恨清廷腐败无能，认识到办学兴教已是远水救不了近火，"专办一局部事无济于时局，欲以一身肩任国家事"。毅然选择武装反清的民主革命道路。1903 年，周辛铄约同邑奉集勋、罗锡藩与洪门首领谭恒山等，结社于大同镇时荣桥一字山的周氏山庄，歃血为盟，密谋起义，誓死灭清。并向洪门兄弟反复宣讲反清的道理，号召大家拿起武器来进行反清斗争。

在日本留学期间，因与苏鹏在一起，苏鹏跟他舅舅常有联系，陈天华也跟周辛铄和谭人凤有了联系，每有文章发表，都会给他们寄去，谢国藻也经常给他们寄送一些鼓吹革命的进步书报，周辛铄和谭人凤读后大受启发，愈加认为只有民主革命才是中国的出路，以前自己立山头、拉帮派的行为，是"抱一部落主义以自雄"的绿林好汉的狭隘眼界，根本无法拯救现在的中国，只有大家团结起来，共同对敌，才有希望彻底推翻腐败的清政府，才能抵御强悍的外来侵略者。

听到陈天华要来的消息，周辛铄准备开山堂迎接。正在周辛铄家居留的邹永成、张斗枢也是兴奋异常。

邹永成，字器之，他的曾祖是邹汉勋，邹永成少承家教，潜心经世之学。因为感觉苦闷，想着要冲破当时的环境，跑到外面去做一番事业。

1897年，他听说伯父邹代钧同梁启超等人在长沙开办时务学堂，提倡新学。得到这个消息，他也没告诉伯父，就自作主张跑到长沙去报考，被录取，原以为自己这下可以挣脱家庭的束缚，干一番自己想干的事情。结果，邹代钧知道后，认为他年纪太小，不许就读。他气愤地背着包袱出逃，开始浪迹江湖，广交豪杰。那时的他已抱着造反的思想，专意结交江湖上的朋友。如此混了一年多的时间，直到1899年，邹代钧在武昌筹办"中国舆地学会"，邹永成才到武昌，住在他伯父的舆地学会里，帮他办理一些日常事宜。

1900年，碰到唐才常组织的会党"富有山堂"在湖北散发富有票，组织自立军准备武装"勤王"，邹永成便秘密参加了这个组织，后来被伯父邹代钧知道了，勒令他回新化，把他关在家里不许出门。

1902年，邹代钧又把他召去武昌，在舆地学会期间，他"偷读了几本革命书籍，才了解民主革命的真谛，清洗了不正确的草莽英雄思想"。此次回新化，也是来找周辛铄交流一些革命的观点的。

张斗枢，字镇衡，新化时雍团人。张斗枢家很富有，他从小随父亲在南京生活，见识颇广，长大后回长沙做实业，在南阳街经营国书仪器印刷业务。因为早先跟周辛铄、谭人凤、伍任钧、邹永成他们有交往，懂得他们所从事的活动，他也是积极支持反清的，所以，但凡一字山有聚义，都会来参加。

邹永成在伯父邹代钧设在武昌的"中国舆地学会"见过陈天华，他那时跟伯父刚好外出，陈天华跟伯父见面后又匆匆离去，所以只是一面之缘，没有更多了解。陈天华的《猛回头》《警世钟》在国内外引起巨大反响后，他对陈天华也是愈加佩服，所以极想见他。

一字山，海拔约400米，山上楠竹茂密，除南北麓有些梯田外，山顶鲜有人进入，周辛铄设堂聚义之处，即在半山中的一栋庄户里，非常隐蔽。

为了隐藏身份，陈天华是挑着货郎担来的，他以卖货做掩护，一路都在宣传、发动民众准备参加起义，到达位于周氏山庄的一字山的时候，已经是11月中旬。一进到一字山的地段，陈天华明显感觉到气氛有些变化，沿途都好像有人站岗放哨，隔那么一段距离就感觉树上或是草丛里能隐约看到人影。因为已经事先有通知，陈天华也没理会，只是一径往山上走去。沿途不断碰到有赶牛、挑米、担菜上山的，陈天华估计是担去山上做饭吃的，看赶的牛也不少，应该有不少的人吧。

果然，越接近目的地，人越多起来，不仅暗处有人，明处也有不少的人。没有费太多周折，陈天华就找到了那家庄户，见到周辛铄后，把自己沿途看到的跟他说了，他笑着介绍说是有不少的人正赶过来，来参加堂会的不只有周辛铄他们大同团的人，旁边谭人凤他们福田村的人，还有附近安化、宝庆等地的人。周辛铄的长子周京甫、次子周宣甫都是会党成员，也都来了。

陈天华第一次见识开山堂，只见黑压压的大概有一两百号人，整齐地排列在大堂里，大堂正前方有一张供桌，桌上摆了三鲜：一只鸡、一个猪头、一条鱼，这是梅山的规矩，仪式是谭恒山主持的，只见他头上戴了个饕餮纹的头扎，胸前绕脖子系了块红布，左手端着一只盛满酒的土碗，用右手的拇指和中指将碗里的酒弹向四面八方，意即敬各路神仙，嘴里还念念有词的，那样子有点像梅山傩戏里面的傩师在演傩戏。

他们先按照洪门的规矩行了三叩九拜的大礼，然后是周辛铄等首领开始宣讲，周辛铄不愧是中过秀才的，他从鸦片战争以来帝国主义对中国的侵略，清政府的割地赔款丧权辱国的历史开始，向会员们进行爱国思想教育，然后揭露清政府的腐败无能，讲述明末抗清的斗争史实，号召大家团结起来造反，把清统治者赶下台去。

最后是陈天华讲话："……各位父老乡亲，你们以为现在的朝廷还是满洲的吗？早就不是了，早就卖给洋人了，如果大家还是不相信，那我就给大家讲讲事实，摆摆道理。你们看近段时间朝廷做的事情，哪件不是为洋人做？哪件不是为洋人想？哪件又是为我们自己着想了呢？不说远的，就说俄国占领我们东三省不还的事情吧，大家都是起来反俄、抗俄，保护自己的领土。早先时候，很多地方还组织了义勇军，要与俄人血战到底，结果怎么样？义勇军遭到朝廷镇压，反俄人士被一个个关进了监牢或被杀。而俄人却依然占领着我们的领土，还变本加厉。你们说朝廷还是我们自己的朝廷吗？虽然我们表面上还是中国人，事实上我们恐怕早就变成洋人的奴隶了，因为我们的努力付出，最后得到的成果都是洋人的。你们说这样的朝廷我们还能顺承？这样的朝廷我们还不能反抗吗？

……我今天就给大家说仔细了，那些外国的狗强盗们还在继续瓜分我们的国家。他们今天跟朝廷签个协议，要什么权力，要什么港口，明天又跟朝廷签个协议，要哪块地方，要什么地方的修铁路权，就这样，今天一口、明天一口，不管是多大的一块饼，也会被他们慢慢啃掉的。饼被他们啃完了，国家就亡了。现在的亡国还不像从前的亡国，从前的亡国只是一个政权消灭另一个政权，一个朝代换成另一个朝代，比如说夏、商、周、秦、唐、宋、元、明，换来换去只是皇帝变了，我们中国人还是中国人，对于我们做百姓的也没有很大的利害关系，田还是种自己的田，日子还是过自己的日子，也就是大家说的'窝里斗'，关起门来打架，架打完了，最后还是一家人。但现在的瓜分可就不同了，那是近来洋人因为人数太多，无地安插，四处寻找地方，得了一国，不把敌国的人杀尽，他总不肯停手，如果我们都被杀掉了，我们的子孙后代都被杀掉了，那国还是我们自己的国吗？那就是别人的国了。你们不知道土地被别人侵占后的人的惨状，前些日子我在日本亲身听说过一件事情。

"有一个日本人，去考察东三省的事情，回来向我说道：'那里的汉人，受俄人残虐可是惨不可言啦！一日在火车上，看见车站旁边立着一个中国人，一个俄国人用鞭子抽他，他不敢哭，只用两手擦泪，再一鞭，就倒在铁路上了，恰好有一火车过来，把这人截为两段，火车上的人却毫不在意。'我问道：'这是什么缘故呢？'一个中国人在旁答道：'没什么缘故，因为俄国人喝醉了。'到后来也没人根究这事，这中国人就算白死了。一路上，中国的人被俄国人打得半死不活的，不计其数，即使是疼痛，也不敢哭，倘若哭了，不但俄国人要打他，旁边立的中国人，也都替俄国人代打。倘若打死了，死者家里也不敢哭，倘若哭了，地方官员就要当最重的罪办他，讨俄国人的好。路上不许中国人两人相连而行，若有两个人连行，俄国的警察兵，必先行打死一个，他们恐怕一个俄国人撞着两个中国人，要遭中国人的报复，所以预先提防。俄国兵每到一处，就把那处的房屋烧了，奸淫掳掠，更不消讲。界外头的汉人，不准进界，界里的汉人，不准出界。不出三年，东三省的汉人（东三省的人口共一千六百万，有汉人十分之七），一定是没有了。"陈天华说。

这时有人打岔道："这是什么世道？挨打了还不能喊痛，不能哭，家里死人了也不能哭，自己家的房子不仅自己不能住，还要被烧掉，这哪有一点王法？这俄人还是人吗？简直是饿狼了。"

"他们是侵略者，他们要想让你们臣服，就要想方设法折磨你们，消灭你们，他们哪里还跟你们讲王法，他们就是王法。"陈天华说。

"这惨景还不算，将来中国瓜分之后，我们中国人的处境更加不堪设想了。"陈天华又说。

"什么？还有比这更悲惨的事吗？"有人问。

"有，各国瓜分中国之后，又不能相安无事，彼此又要相争，他们的人离得远，又金贵，所以都要中国人做他的兵，替他们去死。你们想想，如果那些瓜分我国的列强们都招中国人当兵，不仅把战场设在中国，战场上还都是中国人杀中国人，死的都是中国人，这些中国人又不是为自己的国家而战，而是替侵略中国的国家而战，这是怎样的一种场景？中国人能经得起多久折腾？

还有一种比战争更可怕的，那就是用那比较温和的手段，假仁假义，把中国人都变成他们的顺民。如果每个国家都像俄国一样，在中国胡乱杀戮，也许会激起中国人团结一心，拼死反抗，中国还可能死里逃生。如果是外表和平，内里使坏，杀人于无形，那就更加可怕。这灭种就一定免不了了。

他们不是直接杀你，而是要把你们的生路绝了，使你们不能婚娶，不能读书，由半文半野的种族，变成极野蛮的种族，再由野蛮种族，变为最下等的动物。

日本人早就看到了这一点，日本有名的报纸《日本周报》上说中国十年灭国，百年灭种。但看现在的样子，不要十年，国已灭了，不要百年，这种一定要灭。

各位如果还不相信，就想想看，自从通商以来，只有五十年，中国已弄得民穷财尽。若是各国瓜分了中国，一切矿山、铁路、轮船、电线以及种种制造，都是洋人的，中国人既没了家财，又没有职业，拿什么来养妻活儿？即使在洋人那里得了个极粗重的下等工作。一年辛苦所得的工资，纳各国的税还不够，哪里还能娶妻成家？不能成家就无法生儿育女，中国的人会日少一日，而别国的人日多一日，等到中国的人口全灭了，中国的地方他们就全得了。

所以，现在不拼命舍死保住几块地方，世界虽然广大，只怕没有中国人住的地方了，不但中国人没有地方可以住，恐怕到后来，世界上连中国人种的影子都没有了！"陈天华说。

"我的天老爷，这瓜分这么可怕？那我们不仅没地种，连命都要没有了？"有人说。

"是的，只要是被瓜分了，肯定是没命了的。"陈天华说。

"难道这皇帝老子，人们称天子的，他就这么是非不明？这么浅显的道理他都不懂吗？"有人提出疑问。

"他不是是非不明，也不是不懂道理，他心里明白得很，他是怕洋人，也怕民众。他怕洋人侵略灭了他的政权，又怕民众造反夺了他的政权。他要死死抓住他的政权，所以对手无寸铁的民众就采取残酷镇压的方式，而对有坚枪利炮，他们打不过的洋人就唯命是从。"陈天华说。

"这哪像个做皇帝的样子？国家就像一个大家庭，皇帝就是大家长，做家长的在孩子受到别人欺侮的时候只能保护自己的孩子，把欺侮自己孩子的人赶跑，在别人要霸占自己的家的时候，拼死反抗，保住自己的家。看现在这样子，他们不仅不保自己的家，反过来因为害怕别人而打自己的孩子。这样下去还得了，我们岂不是都要变成洋人的奴隶了。"又有人说。

"对，这位大叔的比喻很恰当，现在变成洋奴还只是第一步，第二步就是要被洋人亡国、灭种。"陈天华说。

"啊！有这么严重吗？那以后不就没有中国？没有汉种了？"有人说。

"西洋人都是狼子野心，他们就是想霸占我们的国家，灭我们汉种，我们不能让他们的野心得逞。"有人大声说道。

"对，我们中国人就是要自己团结起来抗拒洋人，不能上洋人的当。"陈天华大手一挥，说道。

"我的娘呀！多恐怖的计谋，如果这样下去，我们家族不是就要被灭了，我们祖祖辈辈传下来的产业要落到洋人手里了？那些洋人怎么这么恶毒啊？"有个老人说。

"大家先别急，现在不是都在想法子吗？我们现在最要紧的是要团结起来，推翻这个腐败无能的清朝政府，建立民主的新政府，才能与洋人对抗，才能争取到一线生机。"陈天华说。

"大家一起行动，推翻这腐败的清政府，把那些侵略我们的洋人赶出中国去。"邹永成说道。

"是的，我这次来就是告诉大家，我们湖南要起事了，大家要做好准备，到时只要大家齐心协力，我相信我们的目标必将实现。"陈天华说。

"驱除鞑虏！建立中华！"周辛铄站起来高呼道。

大家跟着高呼："驱除鞑虏！建立中华！"

声音响彻云霄。

会后，陈天华跟张斗枢闲聊："镇衡兄，听说你是时雍团的人，我在日本弘文学院有位小弟也是时雍团的，他叫方鼎英，字伯雄，不知你认不认识？"

没想，张斗枢一拍大腿说："方鼎英是我内表弟呀！他去明德学校还是我找人介绍的，到明德学堂不久就被选送去了日本留学。"

"哈！这么巧？你那表弟很不错，不仅聪明、勤奋，有正义感，而且很是孝顺。"陈天华说。

"是的，他爹是前清的秀才，以前靠教书为生，但在他四岁时就去世了，是他母亲独自把他拉扯大的，所以对他母亲特别孝顺。"张斗枢说。

"伯雄学习也很努力，将来一定会有所出息的。"陈天华说。

"那就好，只要他有出息，他妈这么多年的辛苦没白费，会苦尽甘来的。"张斗枢说。

周辛铄这里的事情告一段落后，陈天华回长沙，邹永成也跟着一起回了长沙，通过陈天华的介绍，邹永成加入了华兴会。

第三十四章 华兴会成立

1904年2月15日也就是除夕，龙璋的西园寓所笼罩在一片氤氲的热气里。硕大的客厅里挤满了人，院子里也到处是人，屋里屋外，一盆盆堆满木炭的大火正熊熊燃烧着。此刻寓所里的人们的心情也像这盆盆大火正被即将到来的历史时刻燃烧得激情澎湃。

把开会地点设在龙璋家，不仅具有号召力，安全系数也比较高，一般人不敢随便进入。

除了黄兴、宋教仁、陈天华、刘揆一、章士钊、周震鳞、翁巩、秦毓鎏、柳聘农、柳继忠、胡瑛、徐佛苏、苏鹏、彭渊恂等发起人外，省内外来参加成立大会的有一百多人。

虽然来自五湖四海，大家一点都没感到陌生。既然是因为同一个目标走到了一起，自然有共同的话题，相似的语言，即使有些方言听不懂，但也能意会。

成立大会按照原定计划顺利举行，会上，大家一致推举黄兴为会长，主要领导人有宋教仁、陈天华、刘揆一、秦毓鎏、杨笃生、章士钊等人。

作为会长的黄兴第一个发言。

"诸位嘉宾，清政府的统治已差不多三百年，中华大地，现在是灾难滂沱，这都是因为这腐朽的清政府，我们再不收拾这破碎的河山，将灭种灭族。《三国志》云：天下大势，合久必分，分久必合。如今，清政府气数已尽，那我们就来给他们敲响那送葬的钟声吧！彻底埋葬清王朝！"黄兴说。

"该死的清政府，我们的国家都被他们糟蹋得惨不忍睹了。"有人说。

"想我中华民族，以前是何等的威武，现在又是何等的屈辱。"有人说。

"彻底推翻清政府！"有人呼出了口号。

宋教仁赶紧制止说："诸君，我们现在是秘密集会，不宜闹出太大的动静，我们请黄兴会长继续说。"

"各位知道我们为什么要取名为'华兴会'吗？华兴，就意味着我中华兴。孙中山在海外成立了'兴中会'，我们就在这里成立'华兴会'，到时我们来个里应外合，彻底推翻清政府。"黄兴说。

黄兴的声音刚停，全场响起热烈的掌声。

"华兴！华兴！我中华兴！"

黄兴又说："我们成立华兴会的目的是什么，大家心里都已经清楚了，那下一步的行动大家也应该都明白。"

"当然是把推翻清政府的口号付诸行动咯。"有人回答说。

"对，但清朝政府不是说推翻它，它就自己会倒的，需要我们跟它斗争，进行一场你死我活的斗争。"黄兴说。

"我们要起事，我们要行动。"陈天华说。

"是啊！需要闹点动静才行。"刘揆一说。

"什么时候起事，我们听从会长的安排。"秦毓鎏说。

"会长，有什么计划你就说吧，我们既然都坐到了这里，都会听从会长的安排。"众人附和说。

"我们不只是要闹点动静，我们要做一件惊天地，泣鬼神的大事。"黄兴说。

"一次性给他来一个翻天覆地。"人群中有人说。

"对，我们要把这腐败的清政府打个稀巴烂，建立全新的民主的政权。"又有人说。

"要推翻一个政权不是那么容易的，我们不能把事情想得太简单，现在他们手上有权、有钱、有武器、有兵，而我们是一个才组建的会党。这不是我灭自家的威风，长他人的志气，这是我们现在要真正面对的问题。所以，必须要慎重。"黄兴说。

"会长是不是已经有什么想法了？"刘揆一问。

"这段时间我一直在思考这个问题，现在把我的想法说出来，在座的都是华兴会会员，大家来讨论讨论，看发难地点选哪里最合适，发难选择什么时间最好。发难的地点我想过两种，一种是倾覆帝都北京，建瓴以临海内，有如法国大革命发难于巴黎，英国大革命发难于伦敦。但英国和法国的革命为市民革命，而非国民革命，市民生在城市长在城市，身受专制之痛苦，有强烈的反抗欲，有人振臂高呼他们就会响应，故能迅速控制要害，制敌死命，取得革命的胜利。

而我们中国，北京城里住的大部分都是清朝贵族，我们既不能利用北京城里那些苟且偷安的市民协助我们扑灭虏廷，又不能与满族的禁卫军同谋合作，所以，这种方式我认为不是很适合我们。另一种就是采取雄踞一省，然后发动各省响应。现就我们湖南而论，在我们前期的努力下，军界、学界革命思潮越来越浓，且日趋明朗，市民在潜移默化中思想觉悟也日趋提高，而且，同样有排满思想的洪门早已遍地发展会党，只是现在有所顾虑而不敢抢先发难。

现在的形势好比炸弹已经准备好了，只等我们点燃那引爆炸药的引线，使大家能联合起来形成一股强大的、能摧毁一切的力量。我们可以由会党发难，或由军、学界发难，然后互为声援，那样就不难取得湘省作为根据地。但有一点，是我所担忧的，我们现在的革命团体都是独立存在的，大家都不联络，不互通声息，这样，即使以湘省为首发动起义，而其他省没有响应的话，则是以一隅敌天下，仍然难直捣幽燕，驱除鞑虏。所以，我希望在座的各位会员，不管是本省、外省，只要能发动各界的反清势力联合起来的，都可以分头去行动。

至于发难的时间，我想到了一个日子，今年的11月16日是西太后七十大寿，全省官吏要去皇殿行礼，咱们预埋下炸药，把他们全都炸死，然后趁机起事。"黄兴说。

"不错，这方法好，平时他们是难得聚在一起的，这次给他们一锅端。"陈天华说。

"对，先把他们的官员干掉，然后趁机起事，到时他们没有领头的，只能乱成一锅粥。"苏鹏说。

"先在长沙点燃战火，然后发动各省响应，我们要让这战火燃遍全中国。"黄兴说。

"可我们都是书生，手无缚鸡之力，不懂武功，又不懂武器，有些事情可能做不来。"秦毓鎏担忧说。

"是啊！就这放置炸药的事情，我们这些人怕是搞不掂，别事情没办成倒把事情败露了。"宋教仁说。

"这个大家别担心，据我所知，在日本，有人组织了一个'横滨暗杀团'，至于哪些人员，现在我也不便透露。"刘揆一看了杨笃生一眼说。

"现在除了暗杀的方法，你们认为还有别的更好的办法吗？我现在是征求大家的意见，大家可以各抒己见。"黄兴问道。

现场一下安静下来，没正式成立华兴会之前，这个问题除了黄兴恐怕谁也没想过，现在在成立大会上突然提出来，大家不知该怎么回答才好。

　　"我认为找些武功高强的人来加入华兴会。"有人提议。

　　"外面的人良莠不齐，如果不是知根知底的人，我们不敢找，怕泄露秘密，知根知底的人又难找，我们都是些文人，身边圈子里的也是文人，很难进入武人的圈子。"宋教仁说。

　　"要不，我们可以考虑动员联络一些哥老会的人参与，一来，哥老会有很多人会武功，他们结交的层面广，社会上不同阶层都有他们的人。二来，他们有经验，哥老会是太平天国李秀成、李世贤等派洪门中人潜入湘军而创立的，是洪门的一个分支，有一定的斗争经验。第三点最重要，他们都是反清义士，在这一点上跟我们是目标一致的。"黄兴以商量的口气说。

　　"会长说的没错，要搞就把事情搞大，要把事情搞大就要联络社会各个阶层的人，特别是要联络一些有经验、有武功的江湖义士。"刘揆一说。

　　"但我们华兴会人员在外人看来都是些知识分子，这样与三教九流的人混在一起会让人心生疑惑，不如我们再另外成立一个外围组织，作为与外界联络的中间机构如何？"宋教仁说。

　　"这样好是好，但得另外起一个名字，以示与华兴会有所区别。"陈天华说。

　　"这个组织该叫什么名字呢？"杨笃生问。

　　"就叫'同仇会'吧，腐朽的清政府是我们共同的敌人，这样听起来有号召力，又有江湖气息，那些江湖人士才有兴趣加入。"黄兴说。

　　"我赞成会长的提议，以后把'同仇会'设为一个专门联络江湖人士的机构。"刘揆一说。

　　"我也赞成！"陈天华说。

　　"我赞成！"

　　"我赞成！"

　　人群中的呼应声此起彼伏。

　　黄兴见时机成熟，建议大家举手表决："虽然大家对这个计划的呼声这么高，但这是我们华兴会第一次起事，我们要慎之又慎，现在征求大家的意见，如果有百分之八十的人通过了，我们就按这个计划进行，然后做分工安排，如果支持的人数不多，那我们只能另想良策了。"

　　通过表决，大家一致通过这个计划。

"还有，我们华兴会既然成立了，就经常有聚会、有活动，如果一个地方老是无缘无故聚集很多人，势必引起清政府的注意，所以，对外我们称为公司，公司名字叫'华兴公司'，经营的业务是'兴办矿业'，集股一百万元，作为开矿资本，禹之谟任总经理。实际上'矿业'两字代表'革命'，'入股'即'入会'，股票即会员证。公司的口号是'同心扑满，当面清算'，表面上听起来是公司的经营理念，但实际暗含了'扑灭满清'的意思。"

　　"同心扑满，当面清算"是谭人凤在"重九"节长沙游山会上提出来的，他跟黄兴他们会面的时候提到过，没想到现在黄兴把它作为华兴公司的口号，谭人凤心里感到非常高兴，觉得该是自己表达的时候了。

　　"会长安排吧，我们服从命令，我已经联络了不少的洪门会党，到时号召他们一起参加。"谭人凤大声说道。

　　"我知道，谭先生是有名的会党首领，能一呼百应。"黄兴点头赞道。

　　"另外，星台你不仅要做好联络工作，而且要把你的笔用起来了。我们上次商量的办《俚语报》的事情，现在华兴会成立了，《俚语报》也要马上出刊，配合华兴会的行动。"黄兴又说。

　　"放心，会长，我从来没有放下过我的笔，办《俚语报》的事情我马上落实。"陈天华说。

　　"星台的笔是可以当刀枪使的，现在可是发挥你的能力的时候到了。"章士钊说。

　　"星台定当竭尽全力。"陈天华抱拳说。

　　"星台，你还需要哪些人协助？华兴会人员里面你随便挑。"黄兴说。

　　"霖生，我们是老搭档了，你是跑不掉的。"陈天华笑着对刘揆一说。

　　然后，陈天华又选上了姚宏业。姚宏业，字剑生，湖南益阳人，身份是明德学校的学生，是黄兴在明德学校教书的时候发展起来的反清斗士。

　　"好，既然人员已经定下了，我来分工一下，我负责出版，星台是主笔兼编辑，霖生和剑生就管校对和付印如何？"黄兴说。

　　"听从会长安排。"三人齐声答道。

第三十五章 查封《俚语报》

　　长沙坡子街一栋不起眼的民房内，俚语报报社正式成立。为了掩人耳目，陈天华他们在院子里种了一些花草，还养了一些鸡、鸭、鹅在里面，让人尽量觉得这是一间普通的民房，房间里面却是一整套的印刷设备，从编辑到拣字到排版到校对到印刷到发行都在房间里进行。提供办报经费的是龙璋。

　　为了配合起事，对梅山文化情有独钟的陈天华，继续用家乡的梅山方言写一些揭露清朝政府腐败内幕的文章在《俚语报》上发表。很接近老百姓口语的梅山语言在民间又引发了一场热潮，凡能识几个字的人，对文章的内容都能信手拈来，逢人可以讲上一段。

　　《俚语报》一篇篇像炸弹一样直抵清政府心脏的文章，把官府弄得牙龈痒痒，同时也把自己暴露在了官府的魔爪之下。巡抚陆元鼎派人四处去找《俚语报》的出处，他们罗织了藐视朝廷、侮辱官府、扰乱民心等一系列罪名，准备查封《俚语报》。

　　那天，长沙圣公会的传教士黄吉亭刚好去坡子街买木炭。黄吉亭，名瑞祥，字虞之，幼读私塾，后入武昌基督教文华书院读书，其间受洗加入教会，成为基督徒。黄吉亭是土生土长的湖北人，但他长得高大壮实，戴着金丝玳瑁眼镜，又是满脸的连腮胡子，脑后没有辫子，一头浅黄色的短卷发蓬松地垂在肩上，胸前挂着银色的十字架，看上去倒像是个洋人。黄吉亭是武昌圣公会派来的，他传教的地点在长沙的吉祥巷。黄兴以前在武昌活动的时候与宋教仁常常在他就读的圣公会文华书院见面，与黄吉亭有了交往。他从武昌那边得到过陈天华的《猛回头》《警世钟》，看过之后对陈天华这个人很是佩服，对现在的中国形势也有比较深入的了解，他认为中国的革命是势在必行的了，它像一股洪流，任何反对势力都无法阻挡它的发展，所以，对革命党人，他一直是一种支持的态度。

　　买木炭的地方离俚语报报社不远，黄吉亭顺便去了俚语报报社。报社内，只有黄兴、刘揆一和姚宏业在，陈天华出去找新闻了。黄吉亭跟黄兴他们说了一会儿话后，便拉了两车木炭，准备往回走。尚未出巷口，闻听巷外传来了一阵呵斥声："闪开！快闪开！"然后，踢踢踏踏的脚步声密密传来。

遭了！官兵来了，是不是针对俚语报报社来的？因为早先也听人说《俚语报》已经惹恼了官府，黄吉亭脑海里立马闪过这个念头。

不容多想，黄吉亭赶紧招呼车夫停车，在两个车夫耳边嘀咕了一阵。两个车夫明白了他的意思，把两匹马拉开，形成犄角之势，差不多把巷子堵了个水泄不通，又将前马车上的绳索解开，让捆绑好的一大车木炭掉到地上，然后两个车夫开始手忙脚乱捡木炭。

大批气势汹汹的巡防营官兵被两匹马挡住了，他们凶狠地呵斥道："快让开！让开！你们眼瞎了？官兵来了还不晓得让路？"

两个车夫站直了身子，无可奈何地说："长官，车绳断了，木炭掉了下来，马车过不去。"

"他妈的，妨碍老子执行公务，你们是不是找死？"一个官兵走上前来用枪托对准车夫，准备殴打。

这时，黄吉亭不慌不忙从车上走了下来，彬彬有礼地说："长官，且慢！我们是圣公会的，天气冷，想拉点木炭回去烤火，没承想绳索断了，木炭掉了下来。长官，别急，我让他们赶紧捡了，把车挪开。真的不好意思，挡你们的路了，请各位长官原谅！"

看黄吉亭长着一副洋人的模样，又是牧师的装扮，说话也是不卑不亢，官兵以为他是洋牧师，哪敢得罪？眼见一车木炭一时半刻也无法装好，只能小心翼翼从车上爬过去或从车底钻过去，这样耽搁了不少的时间。

等官兵们赶到俚语报报社所在的地方时，屋里已经人去楼空，只剩下几台冰冷冷的机器冷冷地注视着官兵。

那会儿，陈天华去外面寻找新闻没回来，黄兴、刘揆一、姚宏业三个人在忙碌，突然窗外有人边跑边喊："官兵来抓人了，官兵来抓人了，快跑！快跑！"他们一听就明白，官兵是冲俚语报报社来的，三人赶紧把重要的东西收拾了一下，分散逃走。

人都逃走了，什么把柄都没抓住，无计可施的官兵们只能对着那一堆冰冷的机器猛砸，可机器毕竟是钢铁的，任他们怎么砸也是无动于衷，最后只好悻悻离去。

过不久，陈天华从外面回来，看见门上居然被打了封条，上午出去还好好的，怎么现在回来被封了呢？不明就里的陈天华不管三七二十一，撕了封条就往里走，只见屋里一片狼藉，机器有的被砸坏了，顿时惊呆了，想找个人问下是怎么一回事，屋里的人也都不见了，人呢？都去哪了？

黄吉亭也不放心俚语报报社，他走的时候陈天华没在，如果他不知情跑回来被官兵抓走了怎么办？等官兵们气哼哼走远后，他又跑了回来，却见其他人都走了，只有陈天华还是端端坐在那里。

"星台，你怎么还没走？《俚语报》被官府查封了，你待在这里很危险。"黄吉亭说。

"《俚语报》被官府查封了？凭什么？"陈天华惊问。

"他们说《俚语报》审稿有问题，什么样的稿子都能上，特别是你的文章充满了藐视朝廷的言论，说你是在蛊惑民众与朝廷做对，有造反的迹象。"黄吉亭说。

这些不用别人说陈天华也知道，自己写的这些文章就是要揭露朝廷的腐败内幕，鼓动民众造反的。

"我的文章写的都是社会现实，没什么可怕的。"陈天华冷静地说。

"还说呢，他们现在正到处找你们，要抓你们坐牢，黄兴他们都逃走了，你还不快找地方躲上一阵，避过风头再说。"黄吉亭说。

"躲？躲哪里去？天下乌鸦一般黑，现在到处都是清朝政府的走狗、鹰犬，躲在哪里都不安全，还是随它去吧，反正我又不怕坐牢，为了正义把牢底坐穿又如何？"陈天华毫不在意地说。

"哎呀！星台，你这是傻呀！好汉不吃眼前亏，你以为牢是那么好坐的？你知道邹容吧，跟你们一起在日本留学的邹容，还记得《苏报》案吧，他是因为《苏报》的主编章太炎被抓了，主动投案进的监狱。邹容也以为自己只不过是《苏报》的编辑，只不过写了《革命军》这部书，做编辑、写文章又不是杀人、放火，这个不管怎么着都罪不至死，最后还不是被清政府的走狗们害死在牢里？依我看，你还是去日本躲避一下吧，以往他们遇到政府抓捕都是去日本避难的，那地方你读了这么长时间的书，比较熟悉，又不在清朝政府的势力范围，他们想抓你也不是那么容易。"黄吉亭说。

"好吧，只要风头一过，我很快就会回来的，我不能放弃我的祖国。不好意思的是我连累了大家，连累了《俚语报》。"陈天华想了想说。

"星台，这说不上连累不连累的，你的文章揭露了清政府腐败的本质，是大家愿意看到愿意听到的，也是大家所想的，是广大民众的呼声，如果办一份报纸一味只是替腐朽的政府遮丑唱好，办这报纸又有何意义？"黄吉亭说。

"谢谢你！黄牧师，谢谢你冒着危险来通知我。"陈天华紧紧握住黄吉亭的手连声说道。

"不用谢了！你也不是常说'国家兴亡，匹夫有责'吗？我们都是中国人，都要为捍卫和振兴自己的祖国出一份力。"黄吉亭说着把自己身上所有的钱掏出来塞在陈天华手里说："没做什么准备，身上就这些钱，你要去日本，身上得备一点钱。"

陈天华知道此时多说无益，只是深深地拥抱了一下黄吉亭说："谢谢黄牧师！"

第三十六章 法政大学

再渡东瀛后，陈天华进了日本法政大学，他是冲着曾经的教习罗仪陆去的。陈天华的《猛回头》发表后，在法政大学读书的罗仪陆很快联系上了陈天华，他对陈天华的《猛回头》给予了高度评价。《警世钟》写完后，陈天华特意把书稿拿去给罗仪陆评点，罗仪陆看了满心感叹："星台，当初你写《述志》的时候就知你志在千里，真的没有看错，你现在正沿着自己设定的目标前进。你的《猛回头》和《警世钟》可是一篇比一篇有力量，在用洪荒之力给中华大地敲响警钟。"接着，罗仪陆给《警世钟》题了一阕词：

孔子铸颜之，冶黄帝首山之铜，以锻以熔，成警世钟，坚其外，洪其中，有开放夏声之宏愿，而孤鸣于荒荒大陆之东。呜呼，警世钟，吾铭汝功。

大叩大鸣，人诧汝凶。小叩小鸣，人谁启聪。夜漫漫而漏尽，天惨惨而云封。辜负汝，山崩遥应，霜信潜通。让雷鸣于瓦缶，甘追蠹于幽宫。呜呼，警世钟，吾怜汝穷。

鸡三号，月半栊，启明耿耿耀天东。听汝一声警世钟，送来朝气浮空中。千门万户声隆隆。不问郑人昭、宋人聋，苟迷楼之撞破，悔九死其无庸。呜呼，警世钟，吾嘉汝忠。（录自罗仪陆所著《一粟草》）

陈天华看了罗仪陆的题词，深深感叹："知我者，殿藩先生也！"

本来，跟罗仪陆商量好，约个时间，要跟在日本的新化实学堂的同学见面的，但急匆匆回国，把这件事给耽搁了。

此番回日本，陈天华最想见的就是罗仪陆，想着如果能跟他一块儿在法政大学读书，自己又多了个良师益友。

虽然以前在日本待了不短的一段时间，陈天华还是第一次进入法政大学。

法政大学的建筑物像是法官的面孔，用他威严、庄重的灰蓝色迎接陈天华的到来。

仰着面，从那有些陡峭的石头长阶往上走。适逢下课时间，前面从上而下的同学很清楚地呈现在陈天华眼前。突然一个似曾相识的面孔映入了陈天华的眼帘。仇鳌？虽然面孔不是很熟，但名字太熟悉了，因为它是那么的与众不同。

仇鳌，字曜元，湖南湘阴人，也在岳麓书院读过书，那时他见陈天华思想独立，气度非凡，很喜欢跟他交往。他曾跟陈天华说起过自己名字的由来，说他曾做过一个噩梦，梦见自己被一只巨鳌咬得遍体鳞伤，醒来后就把自己的名字改成了"仇鳌"。只是陈天华在岳麓书院待的时间不长，所以对他的面孔不是很记得，名字倒记在了心里。

"曜元兄！"陈天华喊道。

"星台兄，怎么是你？你不是回国了吗？"仇鳌也认出了陈天华。

"哎！法政大学的课程我还没修过，我来这里补补课。"陈天华自讥道。

"好啊！我们曾在岳麓书院同过窗，现在又到法政大学同窗了。"仇鳌高兴地说。

"曜元兄，你是什么时候来日本的？之前我怎么没听说过？"陈天华问。

"今年才来啊，我在国内读过你的《猛回头》和《警世钟》，也听过你的《敬告湖南人》，很是佩服你，刚来日本我就去弘文学院找你，结果有人说你回国了。"仇鳌说。

"你在弘文学院找到谁了？"陈天华问。

"一位叫方伯雄的同学，说是你同乡，以前你们住在同一宿舍的。"仇鳌说。

噢！原来是方鼎英，陈天华来日本之前有跟他联系过，有时间要找他聚聚。

"没错，方伯雄是我的同乡小弟。"陈天华说。

"哦！怪不得我跟他讲话的时候他一口一个'星台哥'，怪亲热的。"仇鳌说。

仇鳌一行三人，那两人看仇鳌跟陈天华聊得很火热，也满脸笑容在旁边听着。

仇鳌便拉他们介绍给陈天华。

"这位是赵僚，浙江金华人，我们是在来日本的船上认识的。"仇鳌说。

赵僚文文静静，瘦瘦高高，一派斯文的读书人模样，另一位墩头虎脑，身材比较粗壮，两人身材相对立。

"这位也姓仇，叫仇亮，名式匡。"仇鳌说。

"你们两兄弟啊？"陈天华问。

"不是，我们虽然同是湘阴人，连近亲都不是，他父亲是湘阴鼎鼎有名的仇道南先生，如果说我们完全不是亲戚也不对，都姓仇，五百年前也是一家。"仇鳌笑道。

大家也跟着笑起来。

"这位就是《猛回头》《警世钟》的作者陈星台。"仇鳌又给赵僚和仇亮介绍陈天华。

"知道了，星台大哥大名鼎鼎，我们从你们刚才的谈话中就认识了。"仇亮一副自来熟的模样，毫不认生。

"好啊！大家以后都是同学了，就要互相关照。"陈天华说。

"那当然了，星台兄，你是我们的大哥，以后我们都听你的。"仇鳌说。

"不要这么说，我们都是兄弟，只是我比你们虚长几岁，权且当你们的大哥哥，有什么事情大家一起商量。"陈天华说。

仇鳌看看周围没有旁人，又神秘地说："星台兄，这里两个星期前来了一位大才子，叫杨度，名皙子，也是我们湖南湘潭人，他在我们留学生中很有威信，且口才极好。可就是他那一套'君主立宪理论'和我们信奉的'民主共和的理论'大相径庭。大家不满他的观点又无法反驳他，现在来了你这个'革命党之大文豪'，我们可是有援兵了，哼！哼！这回看他杨皙子怎么辩？"

"杨皙子确实是个了不起的人物，他是一代名儒王闿运的学生，跟随王闿运习学帝王之学，深得老师喜爱。按理说，他也是第二次来日本了，他是弘文学院第一期速成班的学员，以有胆量和口才好闻名。速成班结业会上，他用犀利的语言驳斥了日本高等师范学校校长嘉纳治五郎在学术演说中对汉人的鄙夷不屑，获得大家的认可，被推举为中国留日学生会总干事。他这次来日本，是受了朝廷'梁头康尾'之害。杨皙子热衷的是'帝王之学'，所以，他即使有时能凭他的聪明才智给中国人撑一点面子，但骨子里却是拥护朝廷，拥护皇帝，以成就他'帝王之学'的理想。因此，要与他争锋，的确是有一定难度，但只要大家齐心协力，坚定信念，能与他争一高下的。"陈天华说。

"星台兄，你来了，以后大家就有主心骨了。"仇鳌说。

"星台兄远道而来，我们别光顾着说话了，还是先回宿舍休息一会吧。"赵僚提议道。

"也是，也是，都坐了几天船了，我们不能让星台兄太辛苦，星台兄，我来给你拿行李吧。"仇亮也说，并接过陈天华的行李，往宿舍走去。

正在这时，下面有一个人大叫着："星台哥，星台哥。"

陈天华回头一看，正是刚才还在念叨的同乡小弟方鼎英。

仇鳌忙过去迎了："哟！是伯雄兄，你也知道星台兄今天到日本？"

"是的，星台哥来之前有告诉过我，我是天天盼着他了。"方鼎英说。

陈天华一把揽过方鼎英的肩膀，上下打量了一番说："伯雄小弟，你长高了，也结实了，我以后不叫你小弟，也叫你伯雄兄。"

方鼎英还是有点小孩子的忸怩说："小弟听星台哥的。"

"星台哥，伯雄还有点事要跟你说一下。"方鼎英一副欲言又止的样子。

"好，麻烦你们三位给我把行李放宿舍，我跟伯雄兄出去一下。"陈天华对仇鳌他们三个说道。

"星台兄，你放心吧！我们会给你把东西都收拾好的。"仇亮说。

"伯雄兄，有什么事？你说吧。"陈天华俯视着这个越来越成熟的小弟。

"我今天是来迎接你也是来向你辞行的。"方鼎英说。

"此话怎讲？伯雄，你也要回国了吗？"陈天华疑惑道。

"不是要回国，我考上士官学校了，马上就要去报到。"方鼎英说。

"真的？祝贺你！伯雄，你为什么选择读士官学校呢？"陈天华问。

"因为我认为学文没法成为星台哥一样的'大文豪'，成不了大器，就没多大用途，所以，不如学武，也许今后还有些用武之地。"方鼎英说。

"想法不错！虽然星台兄不是你说的那种'大文豪'，但我坚决支持你的选择，现在国家正是大量需要安邦定国的人才的时候，学武的用途更大，不知伯雄兄何时动身去士官学校？"陈天华说。

"后天。还好，星台哥能够今天到日本，如果再晚两天我去了士官学校，行动就没那么方便了，听说军校管理都很严格的。"方鼎英说。

"对啊！到了军校就要好好学习，学就一身硬本领。"陈天华说。

"星台哥放心，伯雄绝不会忘记自己的使命。"方鼎英说。

"好！愿君鹏程万里，直上青云！"陈天华拍了拍他的肩膀道。

"谢大哥激励！伯雄将尽力而为。"方鼎英道。

路过一个小酒馆，方鼎英硬拉着陈天华进去喝上几杯日本的清酒，说是为陈天华洗尘，也是向陈天华辞行。陈天华知道他家境困难，说什么也不肯让他付钱，他说："伯雄兄，这段时间哥赚了一些稿费，理应哥请你才对，怎么能让小弟掏钱？"方鼎英拗不过他，只好作罢。

与方鼎英小聚一会，回到法政大学的时候，天色已晚，宿舍里灯火通明，争辩声也很激烈。陈天华想，这是不是就是仇鳌所说的"君主立宪"和"民主共和"之争？

　　陈天华紧走两步，推开宿舍门一看，果然，大群留学生正围着一个中等身材，体态均匀，长脸上眉骨突出，两只大眼睛精光闪亮，鼻梁挺直，轮廓分明的嘴唇，唇沟非常鲜明，看上去很是英俊的年轻人争论着什么，围观的留学生里包括陈天华认识的仇鳌、仇亮、陈僚。

　　不用问，陈天华就知道，中间的那个人一定是杨度了。这个年纪仅比自己大两个月的年轻人，此时可以称得上踌躇满志、意气风发。

　　而这时的仇鳌脸憋得通红，他激动地说："革命、立宪二个词，显然是清流、浊流也！我们决不能清浊不分啊！立宪就是保皇，保皇就是倒退，人类是进步的，怎么能倒退呢？"

　　杨度则回应说："保皇又有什么不好呢？中华民族几千年的历史，每一个朝代都有一个皇帝。历史上有很多的皇帝在中华民族的发展史上留下了辉煌的一笔，譬如秦始皇修建万里长城；唐太宗的'贞观之治'；宋太宗有收复河山之功；一代天骄成吉思汗用弯弓射大雕的勇猛统一了漠北等等，他们都是中华民族最杰出的皇帝。"

　　陈天华听了，忍不住走过去驳斥道："中国的皇帝到现在为止，共有四百二十二位，能有杰出贡献的也就是寥寥可数了。就说现在的清政府吧，慈禧、光绪他们功在何方？对中华民族又有什么贡献？"

　　杨度听到这么言辞犀利，简单直白的评价，知道遇到了一个天不怕、地不怕的角色，而这个角色大概就只有陈天华了，前几天就听说陈天华也要来法政大学学习的。但他依然不慌不忙地说："慈禧，垂帘听政，独揽大权，专制蛮横，诚不可取，但光绪帝为国为民，维新变法，身陷瀛台，不可取乎？"

　　陈天华回应道："慈禧，镇压民众，跪膝洋人，罪应当诛。光绪帝，懦弱无能，权柄尽失，想借维新诸人之手，从慈禧手上抢回权力，无奈被慈禧反制，才造成'戊戌变法'的惨剧。这难道不是戊戌维新失败的真正原因吗？"

　　杨度说："君宪之治，国安也！革命之起，国乱也！又何以言之？"

　　陈天华说："君宪，君主，乃一回事。当今之世，已致离析、动乱，洋人大举食我，朝廷自不能保，不革命，而待何法？而待何时？"

　　杨度说："革命，则如以卵击石，以油添火，以乱更乱，革命何为？不如组织内阁，效他欧洲，召开议会，颁布宪法，建立合法的责任政府。"

陈天华说："没有陈胜、吴广起义，哪有汉朝？没有绿林赤眉，哪有新朝？没有李渊兵变和陈桥兵变，哪有唐朝、宋朝？兵变、起义，都叫革命。我们不起来革命，又何能推翻清朝？"

针尖对麦芒，众人大呼叫好。

杨度知道今晚的主角不会是自己，有礼作揖道："这位大概就是星台君了。"

"没错，晳子君，我就是陈星台。"陈天华说。

"星台君，我早仰你的大名，也读过你的《猛回头》《警世钟》，今日得见，果然与众不同。我们同是为了拯救中国，只是观点不同而已，待有暇，我们再磋商吧！"杨度仍然是一副泰然自若的样子。

杨度气度果然是不同凡响，陈天华心里也在暗想，亦拱手道："星台有所得罪，恕请日后教正！"

"不说教正，我们互相学习。"杨度拱手回礼道。

"你就是陈星台？是我们新化的陈星台？"突然，从旁边挤上来一个学生拉着陈天华的手激动地说。

陈天华愣了一下，但听他说的一口纯正的新化话，知道他也是从新化来日本的留学生。

"同学，怎么称呼？请问你是新化哪里的？"陈天华问。

"我叫邹毓奇，字人澍，县敦信团利村寨边人。"那学生答道。

"呀！县敦信团利村，你认不认识邹景贤？还有罗瀚溟？"陈天华记得邹德淹和罗元鲲都是县敦信团利村的。

"景贤兄和瀚溟兄我都认识，在村私塾的时候，我和瀚溟是同窗，他在县城读书的时候，我们还有见面，景贤兄是我们村里的名人，他考取举人去云南候缺了。"邹毓奇道。

"是的，没错，景贤兄去云南了，他运气好，云南蒙自的关道魏景桐也是新化人，他现在就在魏景桐手下掌书记。"陈天华说。

"我也听老家的人说了。星台兄，听说他们跟你是新化实学堂的同窗，你们以前在县城里面搞的那个'不缠足运动'可是闹得满城风雨啊！"邹毓奇说。

"在新化实学堂的时候，我们不仅是同窗而且是好友。"陈天华说。

"星台兄现在已是声名远播，你的《猛回头》《警世钟》尽人皆知，先前听说你回国了的，后来听同学们说有个叫陈星台的要来法政大学念书，开始还以为只是跟你同名同姓，没想真的是你。"邹毓奇说。

"书还没念完呢，回来接着念。"对邹毓奇不是很了解，陈天华不好随便说出实情，只好找个理由。

"能跟星台兄同窗是我们的荣幸，以后还望星台兄多提点。"邹毓奇说。

"人澍兄谦虚了，我们是同学，又是同乡，以后可以互相帮助。来！来！来！我给你介绍几个朋友。"陈天华说着把他介绍给了仇鳌等人。

跟邹毓奇他们寒暄了一阵之后，陈天华始终惦念着找罗教习的事情，便问邹毓奇："新化一个叫罗仪陆的留学生也在法政大学学习，你认识吗？"

"我认识啊！只是我来的时候，他就要毕业了，我们相处的时间不多。听说以前是新化实学堂的教习，还在宝庆府郡立中学堂做过教长，后来想改学法律就来法政大学学习了。"邹毓奇说。

"是的，他是我、景贤兄、瀚溟兄在新化实学堂的教习，他人呢？现在在哪？"陈天华急切地问。

"星台兄，不巧得很，他学业完成，刚刚回国了。"邹毓奇说。

"哎！真的是很不巧，我们失之交臂了。"陈天华深感遗憾。

天气晴朗的日子，陈天华带仇鳌、仇亮、赵僚、邹毓奇几个去到大森海湾，给他们讲述学生军操练的情景。想着以前大家在一起的日子是多么的有激情，现在，战友们都各奔东西，仍留在日本的没有几个了，旧地重游，多少有些伤感。但也知道这种分离是为了去到更重要的地方，做更重要的事情，达到更高的目标，想想也就释然了。

苏鹏、杨源浚、刘揆一这几个能无话不说的好友在国内，仇鳌、仇亮、赵僚、邹毓奇几个究竟还是刚来日本的小弟们，很多认识还不能达到一致的高度，让陈天华多少有些无处诉说的感觉。孤独中，陈天华想到了在日本读书的同学还有曾鲲化、袁华选、曾广轼、高霁。虽然与罗仪陆没能见面，陈天华还是想法联系到了他们。

按照约定的日子，他们四个人果然找了过来。

"星台兄，你现在的名头可不小啊，是我们这些同学中的佼佼者。"一见面，袁华选就说。

"士权兄，话可不能这么说，你和兆奎兄是未来的武官，是将才，我呢，顶多算是个耍笔杆子的文人，怎么能相比较呢？虽然说我现在的名声大一点，也不过是多写了几篇文章而已，你们将来可是安邦定国的人，你们才是真正的佼佼者。"陈天华说。

"星台兄，你谦虚了！俗话说：'文能治国，武能安邦'相形之下，文的作用要大一些。"高霁说。

"星台兄学生时代就志向高远，现在看来果真是如此，你们看星台兄写的那些文章，哪一篇不是心怀天下，高瞻远瞩？特别是《猛回头》和《警示钟》，它们能唤醒无数的国人，真真能抵得上千军万马了。"曾鲲化说。

"兄弟们再这么说，星台就惭愧了。"陈天华赶紧说。

"星台兄，我们是真心地佩服你，你不知道，读了你的文章之后，我们都是热血沸腾，恨不能马上回去与侵略者决一死战，只是现在学业还未完结，国内的反侵略战争也还没打响，我们只能暂时坚持在这里学习，一旦发生了战争，我们肯定会回到祖国去战斗的。"袁华选说。

"星台兄，我们都是同窗，虽然现在很少参加一些社会活动，那是因为我读的是警校，警校管理也很严格，我们身不由己，但我们也都是热血青年，都有同样的理想和目标，都不甘愿做亡国奴，所以，以后多多联络，有什么需要我们的地方，尽管说一声，我们将全力以赴。"曾广轼说。

"星台兄，对于你文中所体现的思想和观点，我们都是赞同的，就像我们在新化实学堂时一样，虽然开始有争议，有各自的看法，但最后都能达到高度一致，所以，我们现在虽然不能并肩战斗，但将来一定会为共同的目标奋斗。"曾鲲化说。

"同学们的支持和理解，星台先在此表示感谢！"陈天华抱拳说。

"星台兄，凤初呢？伯笙呢？我听罗教习说凤初跟你以前同在弘文学院学习？"袁华选问。

"是的，后来我们都回国去了，我是因为在国内写了一些文章，遭官府抓捕，才回日本暂避风头，伯笙读的是振武学堂，他也回国了。"陈天华说。

"振武学堂我和兆奎兄都在那读过，不过我们读的时候叫成城军校，后来改的名字，如果我们走晚一点也许能跟伯笙遇上。"高霁说。

"是呀！事情有时候就是这么凑巧，我跟伯笙、凤初才来的时候还以为你那时就已经学成归国了呢。我这次来法政大学是想找罗教习的，没想他也刚刚毕业回国了。"陈天华道。

"星台，你怎么不早点来呢？罗教习在这里留学的时候，我们跟罗教习是经常在一起聊天的，还聊到了你、杨伯笙、苏凤初。"曾广轼说。

"我现在也是后悔，要早点来找罗教习的。"陈天华说。

"星台兄，你们一个个都回国了，现在国内的形势怎么样？"高霁问。

"现在我们湖南的留日学生很多都回国了，在黄兴的领导下组建了一个'华兴会'，华兴会的宗旨是'振兴中华、扫除帝虏、驱除列强'，我和凤初都是华兴会的会员。"陈天华说。

"黄兴？听说过这个人，据说蛮有组织能力的。"曾鲲化说。

"对，他是湖南长沙府善化县人，我跟他是在来日本留学的船上认识的，在我们湖南老乡里面，他是我们的领头人。"陈天华说。

"'振兴中华、扫除帝虏、驱除列强'这个宗旨好，正符合我们的意愿，我是真羡慕你们了，能够这么自由，做自己想做的事情，我们可是身不由己啊！"曾广轼感叹说。

"没关系，大家心里有数就行，我们现在是先锋，等你们学成的时候，说不定正是用人之际，到时欢迎你们加入我们的华兴会。"陈天华说。

"我们约定，等学成归国后，再一起商议。"曾鲲化说。

"好，我们约定，等你们学成回国，我们一起干一番大事业！"陈天华激动地说。

"一言为定！"五双手紧握在了一起。

跟同学们见过面之后，陈天华觉得浑身又充满了斗志，他知道，待在这里的不只是自己，还有袁华选、高霁、曾广轼、曾鲲化、仇鳌、仇亮、赵僚、邹毓奇……他们跟自己一样爱国、反清。

接下来的一段时间，陈天华把自己深埋进书本里面，他不仅苦读日本的法律和政治书籍，还精研欧洲各国的一些政治和哲学方面的经典。

不久，陈天华接到了黄兴从国内托一个叫宫崎寅藏的日本人带来的信，回国去参加长沙起义的准备工作。宫崎寅藏，别号白浪滔天，又称宫崎滔天，日本熊本县人，日本知名的社会活动家。陈天华一个偶然的机会认识了他，两人便有了联络。宫崎寅藏不仅跟黄兴相熟，跟孙中山也是知交，还是孙中山组织的"兴中会"人员，虽然他是日本人，却以极大的热情关注和支持中国的革命。

收到黄兴的信后，陈天华立马动身回国，随陈天华一起回国的还有新化留学日本东京工科学校的曾继略。曾继略，又名曾济略、曾季略，新化县亲睦团人，跟曾继梧是同乡又是同宗，经曾继梧的介绍认识了陈天华，并受陈天华的影响接受了民主革命思想。曾继略身材魁伟、嗓音洪亮、说话很有魄力，是那种遇到阻碍也能勇往直前的人。他听说陈天华要回国参加长沙起义，马上要求跟他一起回去。

第三十七章 起义准备

陈天华和曾继略回到长沙，在保甲巷彭渊恂家的后园见到了黄兴。陈天华问黄兴为什么急召自己回来，黄兴显得很是愤怒，他说："星台，你不知道，自《俚语报》出事，你迫逃日本后，陆元鼎并没有放弃对《俚语报》参与人员的搜捕，反而变本加厉，把《猛回头》和《警世钟》也列为禁书，凡搜查到，跟《俚语报》一样焚毁。我气愤不过，干脆又暗中印刷了几千套分发出去，结果被长沙县衙指名缉捕。后来还是龙璋先生从中斡旋，把影响控制在最小范围内。陆元鼎的这一行动更加坚定了我与清朝政府干到底的决心，这次我召集了宋教仁、刘揆一、禹之谟、谭人凤、姚宏业等人，包括龙璋先生和黄吉亭牧师，还把你从日本召回，我是要开始策划反清起义的武装力量了。"

"我猜也是这件事情，我在日本也是日夜盼望啊！现在终于得偿所愿了。"陈天华高兴地说。

"克强兄，星台兄我也要参加你们的行动。"曾继略听了也是异常兴奋。

"欢迎啊！我们正在到处招募人马呢。"黄兴说。

"那我现在能做什么事情呢？"曾继略急切地问。

"你可以把星台兄的《猛回头》《警世钟》带回去，先在你们老家新化做些前期的宣传活动。"黄兴说。

"好，这个没问题。"曾继略满口答应。

第二天曾继略便启程回新化，陈天华则留在长沙与黄兴他们继续筹备起义。

先前成立的"华兴公司"在华兴会会员的努力下已经开枝散叶。"华兴公司"作为总机关，在总机关之下，设立了一批分支机构和联络机关：小吴门正街有一所"东方讲习所"，它名义上是补习日文的，但补习的教习都是从日本回来的留学生，他们给学生们灌输的是反清革命的道理，实际上成了培养人才，从事秘密活动的据点；在东街，张斗枢、柳聘农、柳继忠、龙璋、陆鸿逵、彭渊恂等捐款资助成立了"民译社"，这是华兴会宣传联络机关；在圣公会内有黄吉亭牧师设立的秘密联络点"长沙日知会"；此外还有明德学堂、经正学堂、修业学堂、醴陵渌江学堂等都设有秘密联络点。

接下来，黄兴等人又迅速策划和安排了省内各处的起义工作。长沙方面，周震麟重点联络长沙城内文武学堂的师生。浏阳、醴陵方面，黄兴与马福益联络不久，就派刘揆一、张平子、万武等人到马福益正式开堂的五龙山某寺，送去白马一匹和一些酒、肉、布匹以及暗藏在这些物品中的手枪、长枪与子弹，向马福益传达了黄兴要求其尽快将会党人员编练成作战部队，并尽可能让会党人员打入清廷正在操练的新军，待时机成熟，策动军队起义反正。马福益收到这些物品后很高兴，答应按照黄兴的指示办。然后，刘揆一应聘赴醴陵渌江学堂任监督，借以调度会党与湘赣军队联合。

1904 年 9 月 24 日（农历八月十五中秋节）浏阳普迹市沿例召开牛马交易大会。莅会者多达数万人，其中半数有哥老会会籍，因为，哥老会将此日子定为拜盟宣誓加入"同仇会"的日子。

这天，黄兴派刘揆一、陈天华赴浏阳普迹市举行授勋仪式，正式授予马福益少将军衔，由刘揆一带领宣誓，还赠给马福益长枪二十杆、手枪四十支、马四十匹。仪式非常庄严，观看的人很多，影响非常显著。接下来的一段时间，哥老会很多会徒相继加入"同仇会"。

常德方面，黄兴派宋教仁、游得胜、楚义生等于 9 月初从长沙回常德。并在武陵县的五省客栈设立湘西联络总站，作为响应长沙起义的机关。并联络了好友刘复基、胡范庵、蒋翊武、孙安仁和会党首领孙汉臣，向他们介绍了华兴会的宗旨和章程、长沙起义的目的与策略，并发展他们为华兴会会员，指派他们分头活动。蒋翊武、孙安仁负责联络学生；孙汉臣负责联络会党和巡防营防勇。宋教仁的哥哥宋教信也给予了积极支持，在他的联络下，"不旬日间，豪俊集者三万人"，均表示愿听从宋教仁的指挥。

宝庆方面是谭人凤、周辛铄为首，他们负责带领组织好的会党和农民发动起义，攻打宝庆府，策应长沙城里的起义。

与此同时，衡州、岳州方面的联络与推广工作也在同步进行。

新化籍留日学生戴哲文利用假期回国之机，按黄兴的指令从日本购置军火押回长沙。

戴哲文，字骏友，号石屏，湖南新化县敦信团人。1897 年考入长沙时务学堂，与同学蔡锷结为至交。"戊戌变法"失败后，梁启超逃亡日本，时务学堂被迫解散。戴哲文与蔡锷前往武昌，准备入两湖书院继续学习，却因曾是时务学堂学生被拒之门外。两人又准备前往上海报考南洋公学。10月，他邀家境贫寒的蔡锷回到新化老家戴家凼一起研习功课。

戴家在当地是有名的富户，戴哲文父亲戴前龙善于经营，他利用当地廉价的毛竹、木材等原料设立造纸厂，纸制品顺资水而下，远销武汉，获利颇巨。有了钱后，便大兴土木，建造了不少楼房、仓库，并开设商店、学馆，名传乡里。戴家房产很多，戴家凼当地有一首童谣"一排排牛舍一排排仓，一路路铜锁放毫光"就是形容他家房产之多的。戴前龙还积极捐资修路，造福乡里，从戴家凼到县城的官道有很长的一段路，这条路由整齐的麻石板铺成，这便是戴家捐资修建的。

蔡锷在戴家凼住了三个月，1899年，应梁启超之邀，前往日本留学。受其影响，戴哲文也于1902年考取官费，东渡日本留学工手学校。戴哲文到日本后，受到西方资产阶级民主革命思想的影响，积极投身革命活动，认识了黄兴等人，并参与创办《游学译编》和湖南编译社。华兴会成立后，正为采购军火发愁的黄兴知道戴哲文要回国，即指派戴哲文从日本购置一批军火回来，他欣然领命。

这几天黄兴和陈天华都在华兴公司焦灼地等待戴哲文的消息。半个月前，戴哲文从日本买回来的枪支已运达上海，没找到合适的船只运回长沙，后来还是龙璋派他的轮船公司的船到上海去接应，按理说这两天应该要到了。

天色早已暗下来，下了一天的雨还没有停歇的意思。黄兴去龙璋那里打探消息了，华兴公司现在只剩下陈天华一个人留守。

突然，一阵敲门声响起。

陈天华警惕地问："谁呀？"

"星台，是我。"门外响起的是黄兴的声音。

打开门，黄兴步履匆匆走了进来。

"星台，快做准备，上海的枪支马上到，我们赶紧去接应。"黄兴说。

"好！我马上准备。"陈天华说完，起身赶紧去找了两件雨衣，和黄兴一起消失在雨中的黑夜里。

顶着暴雨，租了三辆黄包车来到湘江边。夜已深，又下着暴雨，除了江边停泊的船只，路上几乎已没有行人。按照事先约定的联络暗号，黄兴和陈天华来到一艘挂着马灯的江轮边，早已迎候在那里的戴哲文马上把他们引进船舱。

一捆捆用油纸包好的枪、一个个装满子弹的木箱，黄兴、陈天华和戴哲文一起，小心翼翼把它们搬到黄包车上。为了保密，黄兴拒绝了黄包车夫要来帮忙的请求，都是三个人亲力亲为。

待把枪拉到华兴公司的时候，已是深夜，但三人一点都没感觉到累，又把枪从黄包车上卸下来搬进房间。

门插好，油纸打开，当一把把黝黑铮亮的枪出现在眼前时，三人眼里都放射出惊喜的光芒，仿佛看到了一道道胜利的曙光。

枪到齐了。自制的炸药和其他武器也在一间小型的秘密工厂里夜以继日赶造。配制炸药的是明德学校的化学教员日本友人崛井觉太郎。崛井觉太郎是日本神户人，毕业于日本神田大学。目睹清国留学生大批涌入日本，通过一段时间的了解，他深感中华民族积弱日深，政治腐败，不可能有像日本明治天皇一样的开明君主，能让日本迅速焕然一新。对于这样的国家，只有推翻原有的统治，重新开始，才会有新的希望。他想着要为中国的变革出一份力，于是，他跟中国留学生做朋友，并随他们一起来到中国。当明德学校招聘化学和物理教习时，他毅然走上了明德学校的讲台，希望把国外先进的经验和技术灌输给明德的学生们。他跟黄兴是好朋友，所以，黄兴有需要的时候，他毫不迟疑答应了。

黄兴和陈天华随着崛井觉太郎来到储存武器的地方，崛井觉太郎指着一堆堆生产好的武器跟他们介绍："这里是剑、这里是大刀、这里是匕首，这里是炸弹，炸弹是我亲自配制的，我保证杀伤力大大的有。"

望着满满当当的武器库，黄兴高兴地握着崛井觉太郎的手说："非常感谢崛井君给我们的帮助！"

崛井觉太郎则说："任务还很多，等完成任务再谢，到时我们喝上一杯。"

"好的，等到胜利，我们大摆庆功宴，你一定是功臣。"黄兴爽快地说。

从武器工厂出来，黄兴和陈天华又去到彭渊恂那里。彭渊恂一方面负责外购武器的保管，另一方面就是利用职务之便，在湖南新军里挑选可以策反的人。

经过一段时间的观察，他发现一个叫陈作新的人正符合他的要求。

陈作新，1870年出生于浏阳永安镇，自幼过继给其伯父陈伊鼎为子，陈伊鼎学识渊博，主讲于浏阳狮山书院，故落籍于此。陈作新从小随伯父就读，打下了深厚的国学根基。

陈作新青少年时代，专攻八股文，从十四岁开始先后参加过六次科举考试，每次都名落孙山。但在外县替人做"枪手"五次，却有三次获售，曾得到过三百多两银子的报酬。由此，他认识到清廷科场的腐败，遂放弃了科举取士的欲望。迫于生计，他于1896年到李芳生家教书，教学之余，在李家藏书中，读了王夫之的《船山遗书》、黄梨洲的《宋元学案》《明儒学案》、魏源的《海国图志》等书。

长沙名士彭梅生在东长街创立"国民教育阅书处"，邀约陈作新作助手，陈作新又读了许多翻译的新书，他开始对于外部世界有所了解，领悟其中的道理，从而产生了改造社会、变法图强的思想。

1897年10月，谭嗣同等维新志士在长沙创立时务学堂，陈作新准备投考，此事为王先谦所阻，未能如愿，他为此而愤愤不平，经常借酒消愁，醉后放言无忌，大骂守旧派王先谦等人，并表示今后一朝得势，定要杀尽这些老朽。随后，他以笔名陈汝弼，字荩诚，与一批志同道合的爱国之士组织"碧螺吟社"，砥砺气节，吟诗作赋，"启人爱国之思"。

次年2月，谭嗣同、唐才常等人在长沙发起成立"南学会"，陈作新经常去听"南学会"组织的讲演，赞成维新派的变法主张。

1898年9月，戊戌政变发生，谭嗣同等维新志士殉难。陈作新认识到通过改良的道路难达到救国的目的，于是产生了"弃文就武"的想法。他拍案大呼："天下正多事，男儿岂久事笔砚间哉！"

他从此化名程秉钺，改投唐才常领导的自立军。他来到汉口，唐才常深知他疏狂不羁，怕因酒误事，派他到湖北安陆一带组织自立军，因为安陆有一位名叫许行健的会党头目，此人是个"老江湖"，群众基础很好，可以协助他开展联络工作。陈作新到达安陆后，许行健劝他参加会党组织，他拒绝了。然而自立军起事主要是依靠会党作为主力的，如果领导人不加入会党组织，就很难联络会众。所以工作难以开展，留在安陆也无所作为，于是他又回到汉口。

唐才常得知陈作新不愿"卷入江湖"的想法后，表示"为事业而卷入江湖，不同于无目的耍江湖"，要他在对待会党的问题上"再考虑考虑"。

其时，正值崇阳、通城一带会党统领谢大哥病危，群龙无首，唐才常又派陈作新去崇阳、通城一带接管。他刚到崇、通等地，自立军就遭到清廷围剿，唐才常等二十余人死难，汉口自立军机关被破坏。陈作新化装成游学先生逃回故里。这次以会党为主力的起事悲壮地失败了，他深切地感到："非大改革不足以救亡非拥重兵不可""徒恃会党无益也！"

1901年9月，清政府连发两道谕旨，整顿兵制，"各省会设立武备学堂""先就原有将弁择其朴实勤奋者遴选擢用"，以培养将才，练成劲旅。陈作新认为这是一个极好的机会，次年，他改名陈竟存，字涤非，身穿一件酱色宁绸镶有青锻五云的得胜马褂(清末新军军官服)，左右袖各有金边三道(表示官阶的)，足蹬快靴，自提笔墨袋，前往报考。

留日学生、湖南试用道俞明颐是时担任武备学堂总办，亲自主考，本拟录取，但因有人控告他"假冒军官"，所以，1903年5月武备学堂正式开学时，新生中又没有他的名字。

同年11月，武备学堂附设湖南兵目学堂，他更名陈作新，字振民，投考该校，因字写得好，加上龙璋的推荐，陈作新得以入兵目学堂学习。在学堂里，心里已有打算的陈作新积极联络志趣相投的同学，与他们称兄道弟，并时时给他们灌输反清革命思想，渐渐成了学堂的反清代表人物。基于这一点，他也成了彭渊恂策反的对象。

此时，站在黄兴和陈天华面前的陈作新，精神抖擞、神情坚定。

"兄弟，想来你也是知道我们要做什么了。"黄兴开门见山。

"渊恂兄给我们透露过一些，说是你们准备发动长沙起义。"陈作新说。

"没错，你能发动一些新军兄弟跟你一起，参加我们的起义吗？"黄兴问。

"可以的，我们新军里面有不少的人痛恨清政府的腐败、专制、无能，早就想推翻他们了，我们有很多情投意合的兄弟都在一起商量过了，无论谁反清，我们都拥护。"陈作新说。

陈天华说："那好呀！我们起义就是要推翻清政府。"

陈作新顿时两眼放光，急切地说："太好了，什么时候动手？我们积极响应，只要起事成功，湖南就是我们的了。"

"不仅湖南，全国都是我们的，我们要从湖南开始，把起义大旗插遍全中国。"黄兴信心十足地说。

"好！我们做梦都想要参加这样一场轰轰烈烈的彻底推翻清朝统治的革命。"陈作新说。

"以后我们就是战友加兄弟了。"陈天华走过去，拥抱了他一下。

"兄弟贵姓？我还不知两位的尊姓大名。"陈作新说。

"我叫陈天华，字星台。这位是黄兴，字克强。"陈天华指着黄兴说。

当陈作新知道站在自己眼前的人是黄兴和陈天华时，更是激动万分，表示一定听从他们指挥。

第三十八章 新化联络

戴哲文把军火秘密交给留守在长沙总部的黄兴、陈天华后，加入了华兴会，又领到了黄兴的命令，充当谭人凤在宝庆起事，响应长沙起义的联络员。

奉了黄兴之命联络谭人凤的戴哲文赶回新化。听人说谭人凤在新化县城文场内办了一所小学叫"群治小学堂"，戴哲文便去文场找他。

在文场内，果然找到了"群治小学堂"。这是一间全新式教学的小学堂，是谭人凤去年开办的，因为刚刚才招收第一批新生，很多地方还没走上正轨，所以，谭人凤有时间就在这里监督。

也是巧了，戴哲文刚走进那扇青砖砌成，门楣上装饰有云纹花纹，花纹中间的白框上是宋体的"群治小学堂"的校门时，迎面就碰到一位有一部美髯的先生模样的人，"谭胡子"，一个称谓瞬间跳入脑海。

"请问，阁下是不是谭先生？"戴哲文拱手作揖问道。

谭人凤本来对这个迎面走来的，一脸书生气的年轻人有了关注，见他要找的人是自己，连忙回道："我就是谭人凤，请问小兄弟找我，所为何事？"

"果然没猜错！"戴哲文兴奋道，然后压低了声音说："我是黄克强，黄先生派来的，找谭先生传递一些信息。"

谭人凤听说戴哲文是黄兴派来的，马上把戴哲文带进了自己的监督室。

"谭先生，我先自己介绍一下，我叫戴哲文，字骏友，号石屏，新化县敦信团人。我刚从日本回来，是黄兴先生派我来联系您的，以后我就是华兴会与你们宝庆方面的会党的联络员。"戴哲文先自报家门。

"石屏？你也号石屏？这么巧？我字石屏啊！"谭人凤叫道。

"是的，我当时听黄先生介绍说您字石屏时也是这种感觉。"戴哲文笑道。

"骏友兄，黄兴会长对我们宝庆方面的行动是怎么安排的？"谭人凤急切地问。

"黄兴会长说让你们尽快把各地的会员组织起来，进行统一训练，随时做好攻打宝庆府的准备。"戴哲文说。

"好啊！终于要行动了，我们早就在等这个消息，我马上就去通知其他人员。"谭人凤撸了撸衣袖，插着腰说道，一副急不可待的样子。

谭人凤得到戴哲文传达的指令后，一面安排戴哲文在学校住下来，一面迅速找来在县城居住的周辛铄，和在资江学堂做教习的罗锡藩、奉集勋等人商量响应方法。谭人凤来到新化县城文场内办小学堂后，到处发展革命志士，在新化实学堂读过书的罗锡藩自然是他发展的对象，经过谭人凤的多次走访，罗锡藩也慢慢接受了革命思想。奉集勋与罗锡藩关系很好，早年与周辛铄、罗锡藩从事过会党活动，他们都是谭人凤发展的进步人士。戴哲文与他们相处了几天后，认为他们"可与共事"，遂与他们相约"同甘苦、共生死"，结为盟友。

恰巧邵阳会党李洞天、肖立诚、唐镜三此时也来到群治小学堂找谭人凤。他们听说在宝庆府发动起义，响应长沙起义的事情后又向谭人凤推荐宝庆中学的教习李燮和，说他最具革命思想。李燮和本与谭人凤相熟，收到信马上赶了过来。

为了进一步扩大影响，大家经过反复商议后决定：谭人凤和周辛铄镇守新化负责全盘工作，李洞天、肖立诚担任邵阳，唐镜三担任武冈，李燮和担任安化等地的发动工作，戴哲文、奉集勋、罗锡藩及他们发展的会员曾立三、曾继焘、周先哲利用教书做掩护发展会员。

曾立三，字启旒，新化亲睦团人，1902年留学日本，毕业于日本警政学校，回国后，任教于新化资江学堂和新化速成学堂。

曾继焘，字乾伯，新化亲睦团人，1902年留学日本东京工科学校，回国后通过族弟曾广轼介绍，先在蔡锷的随营学堂任教习，1904年回新化，在资江学堂任教习。

曾立三、曾继焘、周先哲本来是资江学堂的教习，就继续留在资江学堂，戴哲文刚从日本回来，没职业，也被安排进了资江学堂任教习，接触一段时间后，戴哲文认为这些人"可与共事"，遂与他们相约"同甘苦，共生死"结为盟友，并决定在群治小学堂设立联络通信机关，"印就章程、党证及浅显讲义"，积极发展会员。

为了进一步扩大影响，谭人凤又联系上了会党首领谭恒山携带章程、党证、讲义等物前往辰溪、沅江一带通声气。在很短的时间内发动了数万人，革命形势日益高涨，只等长沙起义爆发即可马上响应。

长沙华兴会总部，省内工作有头绪后，为了促成"各省纷起"，响应长沙起义，黄兴又开始筹划与外省的联系。先是派杨笃生、章士钊前往上海、南京联络东南地区的革命党人，他们在南京设立了联络机构，又到上海联络蔡元培设立爱国协会，由杨笃生、章士钊分任正副会长。7月，黄兴亲自赴上海与杨笃生、章士钊等人进行具体磋商，通过蔡元培同浙江的革命党人陶成章建立了联系，陶成章联系浙江各地会党准备与华兴会联合行动。当时内地和日本的志士得知黄兴将在长沙举义，也纷纷来到上海。

同时，宋教仁和胡瑛赴湖北开展宣传联络活动，于武昌设立华兴会支部，"结纳同志，运动武阳夏三镇新军"。宋教仁和胡瑛到武昌后即与曹亚伯、吕大森、张难先等武昌的革命志士建立起密切的关系，成立科学补习所。

枪支的事情妥帖之后，陈天华与姚宏业一起被黄兴派往游说江西巡防营统领廖名缙，途中，他又与江西的洪江会联系上了，江西的洪江会也是反清组织，是洪门圈子里后起的一个支派，据说大部分会员都是太平军的后代。虽然自己在动员大会上没有提及去动员这个组织，但陈天华认为多一个组织多一份反清的力量，就想法去接触当地的洪江会。并跟洪江会达成了合作意向，写成一封万多字的意向书派醴陵人漆英送给黄兴，华兴会后来与洪江会的合作议案里，大部分采纳了陈天华的意见。

第三十九章 起义流产

原以为，万事俱备，只欠东风。接下来，事情却发生了意想不到的变化。由于马福益的少将授予仪式是在半公开状态下进行的，各地都在传扬这件事情，风声也传到了官府，因为没有真凭实据，官府暂时也没敢动。

岳麓书院的老顽固王先谦一直窥伺着新学界的动向。华兴公司成立后即引起他的注意，因为他发现那些股东里面很多人都是支持新学的人，特别是总经理禹之谟，更是他特别关注的。于是，他派他的门徒刘佐揖混入了华兴公司，暗地里监视华兴公司的一举一动。武备学堂学生朱某，不小心将起义的事情泄露给了刘佐揖，得到消息的王先谦立马将此事密告了巡抚陆元鼎。至此黄兴、宋教仁、陈天华、刘揆一、马福益等华兴会人员完全暴露。

1904年10月24日，陆元鼎一面下令抓捕革命党首领："……即时动手，全省统一，着速捕缉黄兴、陈天华、刘揆一、宋教仁、马福益等各逸匪首，务获究办。切饬各洋关，遇有轮船抵口，务须认真稽查，以免匪徒私运军火，混迹滋事。……"一面加强了长沙及各地的防范，并派大批官兵围剿马福益的哥老会的老巢湘潭茶园铺矿山。

其时，马福益和他的一个贴身侍卫正飞马奔走在去湘潭的路上。蓦然看见前面有一个公差模样的人，正神色紧张地从另一条路上插过来，与马福益他们同向而行，往前急马奔走。心思缜密的马福益心里一凛，官差这么死命奔走，一定是发生了什么大事，这节骨眼上，千万不能出什么事端才好。他向旁边的侍卫使了个眼色，侍卫立刻明白了他的意思，策马向前，挡在了公差前面说："请问伙计，岳塘村该怎么走？"

那公差一看其貌不扬的侍卫竟敢挡自己的路，大声呵斥道："瞎了你的狗眼，竟敢挡本大爷的路。"

侍卫不待他骂第二句，拍马近前，一掌过去打昏了他，然后搜他身上的公文，可翻遍包袱和衣服都没找到一张纸片。

难道是自己判断有误？马福益忖道，并亲自上前在他身上摸索起来，最后，在他的内衣的内袋里面摸到了一薄薄的硬物，拿出一看，正是一封公文。把封着火漆的信封拆开，抽出里面的公文纸一看，竟把马福益吓出了一身冷汗："不好了！情况有变，官府已经知道起义的事情了，现四方文告，迅速缉拿起义头目，并准备围剿茶园铺矿山哥老会老巢。"

侍卫听了也是吓呆了，问："大哥，我们现在该怎么办？"

"快，你速携了公文，往长沙明德学堂找龙璋，让他尽快通知黄兴和陈天华他们逃走。我速回湘潭遣散哥老会人员。"马福益当机立断。

侍卫把公文藏好，绑紧腰带，急速策马赶往长沙。

待侍卫走远，马福益看见躺在地上还没醒过来的公差，觉得此人不能留，便一脚踹过去，那人顿时七窍流血，气绝身亡。马福益迅速把他拖到旁边的草丛里，折了几根树枝盖上，然后往湘潭方向奔驰而去。

侍卫赶到长沙的时候，天已擦黑，他一刻也不敢停歇，直接来到明德学校，说要找校董龙璋。

门卫见侍卫走得急，也不敢怠慢，急忙去通知龙璋。

龙璋走到门卫室一看，不认识侍卫，问他："你是谁？找我何事？"

侍卫也不认识龙璋，只说："我是马福益派来的，有要事相告。"龙璋听说是马福益派来的，赶紧拉他去校董室，问他马福益有什么事情要找自己。侍卫把公文递了上去，龙璋一看，大事不好，赶紧找到门卫说："快！叫黄包车。"

龙璋直接来到彭渊恂的寓所，找到黄兴和陈天华，把公文给他们看。

"……卯时动手，全省统一，着速捕缉黄兴、陈天华、刘揆一、宋教仁、马福益等各逸匪首，务获究办。……"黄兴轻声念道。

"我赶快给你们找个地方藏起来。"旁边的彭渊恂听了脸色一凛。

黄兴冷静地说："不用，你这里也不安全，如果被发现了还会把你也扯出来，这里离圣公会很近，圣公会是外国人开的，官府一般不敢随便得罪，我们还是去圣公会躲躲。"

于是两人迅速离开，往圣公会奔去。

马福益赶到湘潭茶园铺矿山的时候已是寅时二刻，眼看卯时很快就到，却见四周安安静静的，也没有什么不妥的地方。马福益以为除掉了公差，没收到公文的衙役们不会那么快找上门来，心想，现在乌漆麻黑的，要通知哥老会的人聚集很困难，赶了一整天路了，自己也是又累又饿，不如干脆休息一晚，养足精神，明早再做打算。

却不料，官府异常狡猾，这么紧急的事情，他们怕万一情况有变，途中出现状况，便在第一拨差役出发三小时之后，又派遣了第二拨，这完全出乎了马福益的意料。

卯时刚过，山脚下出现了密密麻麻的火把，卫兵们一看情况不妙，赶紧去通知马福益。

矿山石灰窑内，惊慌失措的卫兵终于将鼾声大作的马福益摇醒："大哥，不好了！不好了！清兵从四面包围上来了。"

马福益霎时清醒过来，知道出大事了，疾速穿好衣服，拿了开堂拜盟的时候，华兴会赠送的小手枪，提了挎刀，赶紧出了窑洞。

洞外，哥老会会员们已和清军厮杀在了一起。毫无防备的会员们怎么是有备而来的清军的对手？一时被清军包了饺子，死伤无数。幸好是晚上，又熟悉地形，部分哥老会会员们利用这些优势与清军进行殊死搏斗。

马福益出得洞来，便遇上大批的清兵围攻。近身的搏斗，手枪已没多大的用武之地，他索性抽出挎刀，冲进敌军阵容。这时候，平时练就的一身功夫有了用武之地，马福益如入无人之境，左砍右砍，近身的清军纷纷败退。旁边的哥老会会员们大受鼓舞，也是勇往直前，局势开始扭转。一场肉搏之后，清军往后撤退，开始逃跑。马福益追上去拔出手枪，又撂倒了几个逃跑的清兵，其他的哥老会会员欲跟着追上去，马福益制止道："穷寇莫追，清军只是暂时的后退，天亮后，他们应该还有大批的援兵赶到，我们现在得利用天黑的优势赶紧撤离，等天亮就来不及了。"

大家听了，收住脚步，回家急忙收拾了一些衣物，跟着马福益往广西撤去。

第四十章 齐聚上海

由于时间紧迫，黄兴、陈天华、刘揆一匆匆躲进了黄吉亭的圣公会，而宋教仁因为当时正在武昌，躲过了官府的追捕。

在圣公会躲了几日，几个人才化装逃了出去。逃出去后，黄兴、刘揆一直接逃去了上海，陈天华则回了老家新化一趟，后从江西辗转去了上海。宋教仁得到起义流产的消息后，不敢在武昌做太久停留，他也去到上海找章士钊，与黄兴他们会合。

长沙起义虽然胎死腹中，但并没有打消黄兴、宋教仁他们领导华兴会起事的念头。陈天华来到上海后，几个人聚在余庆里八号，拟继续策动反清情绪比较高的地区再次起义。

仇鳌、仇亮在东京得知华兴会准备起事，顿时萌生了回国参加的念头，他们邀请了赵僎、邹毓奇同行，赵僎因为加入了以"反清复明"为宗旨的"洪门"的一个分支机构"三合会"，当时"三合会"正好有些事情在纠缠，脱不开身，未能前往。而邹毓奇则因为身体有恙，无法动身。

仇鳌他们从日本回到上海，再从上海到汉口，准备从汉口赶往长沙。因为年轻，缺乏经验，两人在汉口购买船票的时候，才发现盘缠已不够买船票，只好去江对面的武昌找亲戚借钱，借到钱再返回汉口的时候，在船上却听到了长沙起义流产，清军正在捉拿革命党的消息。看来长沙是绝对不能去了，汉口也开始搜捕逃跑的革命党，两个人不敢到处乱窜，只好在客栈里躲避几日，待风声过了才返回上海。茫茫大上海，能识得的人是湖南长沙的章士钊，因盘缠有限，只能先寄居在章士钊的余庆里八号。

杨度是三个月前回国的。慈禧为了缓和国内矛盾，下令大赦，杨度回到了故乡湘潭。才待了几日，在外面热热闹闹的日子过惯了的杨度又觉得居家无味，便出去拜访了从前青睐他的张之洞。年逾古稀的张之洞嘱咐他应将西欧各国和日本的宪政律条研究透彻，以备日后朝廷有大用。杨度认为张之洞言之有理，便决心再去日本继续攻读。候船时期便滞留在上海章士钊的余庆里八号。

　　杨度这人，虽然反对暴力革命，主张君主立宪，但对于赞成暴力的革命党，也不是那种势不两立的态度。相反，他不仅与孙中山关系极为密切，对于陈天华、黄兴、宋教仁他们也是极为欣赏的，认为他们都是些了不起的人，他们也是为了中国的强盛，只是他认为中国革命靠暴力难以成功，只能靠君主立宪来完成国家的转型，像日本的明治维新。

　　余庆里八号是章士钊任《苏报》主笔时长期租住的房子，章士钊是知名人士，很多去海外的湖南人要从上海的黄埔港坐船，都会顺道拜访，或暂时留住等候船期。所以，章士钊居住的余庆里八号也成了湖南人在上海的聚集地。章士钊自《苏报》案之后，逃回了自己的老家长沙。在长沙待了几个月后，《苏报》案总算平息下来，才返回上海。回到上海后，他又和何梅士等人办起了《国民日报》，继续与清政府进行斗争。因此，也吸引了湖南来上海的反清斗士的纷纷投奔。

　　苏鹏、周来苏他们在上海等候黄兴消息时，黄兴在湖南的起义活动却已遭失败，他们从湖南逃出来后直接来到上海与苏鹏他们从日本回国的党人在上海于庆里八号会合。

　　各路反清斗士的陆续来到，章士钊的斗室顿时热闹起来，讨论最多的还是目前的形势。

　　"政局将怎么变化？中华将去向何方？我认为只有改朝换代，驱除鞑虏，才是唯一的出路。"黄兴说。

　　"虽然长沙起义流产，很多志士为此牺牲了生命，但为了此事业、此目标，我们即使付出更大的代价，做出更大的牺牲都是值得的。"陈天华说。

　　宋教仁望了在座的杨度一眼，说道："所以，我们要继续革命、继续起义。今天我们来讨论一些方案，在座的晳子先生虽然不是像我们一样主张暴力革命的同志，但他也是希望改变中国现状的人，又跟我们都是同乡，想来他是不支持也不反对，更是不会告密的人，我们用不着戒备。"

　　杨度忙说："承蒙各位的信任，尽可以直抒己见。昔日在东瀛时，我曾与孙中山先生也发生过争辩，他企图说服我，我也想说服他，虽然谁也说服不了谁，但我们最终的目的都是一样的：振兴中华。我们甚至说无论谁的主张取得了最后胜利，都可以去为对方服务。所以，我们可说是殊途同归。"

　　"能审时度势，可进可退，晳子先生确实是个聪明人。"刘揆一说。

"只有这样，皙子先生才能游刃有余施展自己的才华和抱负，完美地阐释'帝王之学'。可我们，实在不希望中国再有什么皇帝。"陈天华说。

　　杨度知道刘揆一和陈天华的口气中带有挖苦、揶揄的味道，尽管自己口才了得，但现在的境况下自己不宜逞口舌之快，只能苦笑一下。

　　黄兴委婉道："初来沪上，主客俱佳，不应以个人观点为碍，我们一起来谈谈下一步的计划和打算吧。"

　　杨度觉得自己现在实在不宜再留在这里，起身向章士钊等众人施礼道："各位慢聊，在下还有一事去做，先告辞了。"

　　杨度走后，大家都松了一口气，现在都是清一色支持暴力革命的，说话自由多了。

　　商量过来商量过去，大家认为可以在宁夏和湖北两个民众基础较好的地方重新发动起义，但发动起义不是一两天的事情，需要做持久战的准备。要做长久打算，必先在上海落下脚。考虑到这么多人需要一个名正言顺的吃饭、住宿、工作的地方，便决定成立一个译书局，翻译一些欧洲文艺复兴时期的作品，印刷发行，用以启迪民智，增加民众反清意识，唤醒国民的反抗精神，为以后的再次起义做前期的铺垫，这书局的名字就叫"启明译书局"。

　　仇鳌、仇亮和先期已在上海运动多时的张继、周来苏、何海樵等，都自告奋勇去湖北和宁夏运动学界和军界。其他人留在上海筹备成立"启明译书局"。

　　"启明译书局"的牌子在余庆里八号的大门上悬挂起来了。章士钊仍从事他的《国民日报》事务，黄兴、陈天华、杨笃生和苏鹏等则忙于开展译书局的各项工作，谁也不敢懈怠。

　　"启明译书局"发行的各种书籍吸引了英租界不少的青年男女。他们到这里来买书、读书、讨论书，慢慢这里变成了思想交流中心。各种新思想也从这里传播开去。

第四十一章 万福华案

1904 年 11 月，上海滩发生了万福华刺杀王之春事件。万福华，字绍武，1865 年出生在安徽省合肥市一个贫寒家庭，他读书十分用功，学过医，做过学徒，从过商，并考得后补知县。先后到滦州铁路筹备局和盐局谋事多年，后弃官游历川、楚、湘、粤诸省，暗结志士，倾向维新。戊戌变法失败后，他的思想发生了转变，开始参加反清革命。

1904 年夏，他在南京认识同乡吴旸谷，然后一起组织暗杀团。听说清廷军机大臣铁良要南下，便与暗杀团人员策划暗杀，一切准备就绪，只等铁良下船时实施暗杀行动。

不料这个暗杀计划被时任两江总督的李兴锐之孙李茂桢获悉，李家暗地里支持过革命党人，得知消息的李茂桢苦苦劝说万福华等人，说这样做不仅对他祖父前程有碍，而且如果在南京出事，原定革命党人利用南京筹款等的计划都将付诸流水。权衡利弊，万福华等人最终决定终止计划。后转赴上海，在上海认识了章士钊。

王之春，湖南衡阳人，在 1899 年至 1901 年担任安徽巡抚期间，曾将安徽三十多处矿山出卖给帝国主义，深为安徽人民所痛恨。

1902 年春，广西爆发了大规模的会党起事，次年起义军一度逼近省城桂林，清政府一筹莫展。此时身为广西巡抚的王之春企图借法国驻安南的军队平乱，并以广西全省筑路权、开矿权作为回报。其卖国行为激起了国人的反抗，声讨王之春的呼声越来越高，并掀起轰轰烈烈的拒法运动，清政府被迫将王之春革职。

1904 年日俄战争爆发，强俄便重金贿赂清廷佞臣李莲英、高道士等人，意图得到湘粤汉铁路权。因王之春曾出使沙俄，且与俄皇尼古拉关系甚洽，素有"联俄党"之称，此时遂被委以重任，为李莲英，高道士与沙俄之间牵线搭桥。王之春受人重贿后奔走效劳，乐此不疲。

11 月中旬，王到达上海，到处散布割让东三省的联俄谬论，这更激起了包括万福华在内的革命志士的痛恨，万福华决心杀掉这个卖国贼，以儆效尤。与万福华有同样想法的还有章士钊、刘师培、林獬等人，经章士钊介绍相识后，四人共同策划刺杀王之春。他们精心布置了一个引王上钩的圈套，伪造一封王之春熟悉的广东水师提督吴长庆之子吴保初的亲笔信，约邀王之春于11月19日晚，到位于英租界的四马路金谷香番菜馆赴宴。由刘师培、林獬推荐的一个名叫陈自新的学生担任射手。为了保障计划顺利实施，章士钊将新买的手枪给了陈自新，让陈自新佯装侍者，潜藏于餐馆楼上，伺机狙击。而万福华则持着原来准备暗杀铁良的那把旧枪在楼下望风策应。是日傍晚，四马路一带跟往常一样，华灯闪烁，人群熙攘。驻守在楼下的万福华看到王之春应约而来，马车停在金谷香门口，下了车直奔楼上而去，不由大喜。

可是，王之春上楼很久了，还迟迟未听到枪声，且楼上一点动静都没有。正感到疑惑，忽然见王之春与仆人已匆忙下楼，快步走近马车。万福华也来不及多想，急冲向前，拉住王之春的手臂厉声斥责："卖国贼，我代表四万万同胞对你执行枪决！"此言一出，周围的人都听到了，大家纷纷过来围观，但是连扣了几下扳机，枪就是不响，正僵持的时候，英租界巡捕赶来，将万福华逮捕。万福华一边从容就捕，一边大声历数王之春卖国的种种罪行，围观的人听了，对这位刺杀卖国贼的壮士都钦佩不已。

听说万福华刺杀未成功，被英国巡捕逮住了，章士钊心里很是着急。第二天，章士钊通过关系前往巡捕房探望，拟与万福华商议如何应对，不意引起怀疑，被探子跟踪到余庆里八号，他们认为余庆里八号的人与万福华是同伙。这样，不仅章士钊被捕，"启明译书局"包括黄兴、陈天华、张继、苏鹏、周来苏等，还有暂住这里的湘潭人郭人漳一共十一个人都被抓。

第四十二章　营救行动

　　刚从外地赶回，还没来得及回译书局的杨笃生和刘揆一，听说巡捕在余庆里八号抓人，也不敢再回译书局，在外面租了间小旅馆先住下，想着怎么救人。他们首先想到了上海光复会的蔡元培和陶成章。

　　蔡元培和陶成章是光复会的主要人物，光复会的总部在上海，活动范围也是江苏、浙江、上海、安徽等地，人员也大多是江浙一带的，如果求助于他们，应该比较合适。

　　蔡元培和陶成章也知道华兴会在长沙起义没成功，对万福华的刺杀案件也清楚，只是没想到万福华的刺杀事件会牵涉到华兴会人员。

　　杨笃生、刘揆一求上门来的时候才知道黄兴、陈天华他们在长沙是被清廷缉捕的人物，只是现在批文还没下达到全国，上海方面现在还没掌握消息。如果一旦朝廷的批文下来，这些人是必死无疑。

　　"我们赶紧撰写文章，争取新闻界和舆论界的支持，让巡捕房迫于舆论压力放人。"蔡元培说。

　　"但文章也不能暴露他们的真实姓名啊！不然报纸一出，又暴露了他们的行踪。"陶成章犹豫说。

　　"我想他们应该是不会说出真名的。"刘揆一说。

　　"要么我们先去探探监，了解一下情况再进行下一步行动？"蔡元培说。

　　事不宜迟，俩人想法在巡捕房找到了一个华裔巡捕，打点打点后顺利找到了他们几个。没想真还如刘揆一所料到的，他们不仅没说真实姓名，连职业都是胡编的。这下好了，蔡元培他们可以大肆造势。两天后，上海大小报纸都登出了蔡元培所写的《何奇之有？巡捕房乱抓人》、陶成章所写的《英租界何能太嗜血》。一时间，整个上海滩都闹得沸沸扬扬，舆论界都在评论和指责四马路巡捕房乱抓人。

　　恰在这时，蔡锷也来到了上海。自在日本学成归国后，蔡锷在军界也是混得风生水起，各省都争相请他。他在云南、广东等省各训练了几个月新军后，本是想来上海静养一段时间的，哪知道碰上了这档子事，看着昔日的好友被捕，他岂有袖手旁观之理？于是，他赶紧通过光复会找到躲藏在小旅馆里的杨笃生和刘揆一共商对策。

看到蔡锷，刘揆一和杨笃生顿觉找到了依靠。

"松坡兄，你来得真是及时啊！你现在是军界的红人，营救黄兴和陈天华他们的重任就可以交给你了。"杨笃生说。

"你们现在有没有找到合适的营救方法？"蔡锷问。

"光复会的蔡鹤卿和陶焕卿写了两篇文章，在争取舆论的支持，但实际的营救还没有找到有效的方法。"刘揆一说。

蔡锷想了一下说："我立即电召粤、桂、滇、黔诸省，向英租界巡捕房抗议，抗议他们无理拘捕我华人的野蛮行径。"

"好！松坡兄现在威名远播，一定能得到各省支持的。"刘揆一说。

蔡锷当即拟好向各省发出的电文：

xx省巡抚阁下：

列强掠我之惨状不用述矣！今沪上英租界四马路巡捕房肆意害吾同胞，捉拿入狱，严酷折磨，全沪已纷起抗议，卫吾华邦。望能援助！

蔡松坡顿首

"霖生兄，麻烦你速去电报局把电文发出去。"电文写好后，蔡锷又吩咐刘揆一说。

"好勒！"刘揆一赶紧接了电文纸，快速往电报局走去。

不日，粤、桂、滇、黔各省的抗议电文纷纷飞到英租界四马路巡捕房。

巡捕房探长麦克士看到这么多抗议电文，开始还是有点恐慌，过后想想，这是英租界的巡捕房，是英国人管辖的地方，华人是不足畏惧的，也就不当一回事了。

蔡锷以为，有这么多抗议电文，巡捕房一定会迫于压力放人的，没想巡捕房根本没放在眼里，他去到巡捕房的时候，那些洋巡捕根本没把他当回事，气得他回来大发雷霆："这些狗强盗，居然说这是英国租界，只归英国政府管。"

看来此路不通，只能另寻他途了。

"要么我们去找龙璋先生吧。"蔡锷说。

"什么？要找龙璋先生？他可是在长沙，远水解不了近渴。"杨笃生不解地问。

"我们要找他资助，有钱能使鬼推磨，抗议行不通，看来只能使这一招了。"蔡锷说。

"我送信去长沙吧。"刘揆一说。

"不行，霖生，你不能去，你是被缉捕的华兴会人员之一，难道你是想送货上门吗？"蔡锷说。

"噢！一时心急，都忘了这回事。"刘揆一醒悟说。

"我去吧！"杨笃生说。

"也是只能你去了，毓麟兄，请容我修书一封，帮我带给龙璋先生。"蔡锷说。

长沙龙璋的寓所。

龙璋眉头紧锁，他正在翻看一张《湖南官报》，陆元鼎请示朝廷在全国捕拿陈天华、黄兴、刘揆一、宋教仁、马福益等的上谕已被正式批准，五人被斥为"在逃各匪"。看来这几个人处境已非常危险，一旦被抓到，陆元鼎是不会放过他们的，怎么办呢？也不知道这几个人现在逃到了哪里。

这时，仆人跑进园来报告："老爷，园外有人求见。"

龙璋正是烦的时候，挥挥手说："不见！不见！现在任何人都不见！"

"是！……"仆人领命而去。

不一会，仆人又急忙跑了进来报告说："来人说有非常要紧的事情，非见你不可。"

"来人什么模样？叫什么名字？"听说来人这么着急要见自己，龙璋问。

"脸黑黑的，身材瘦瘦的，眼睛又大又圆，满脸的疲惫，像是从远方来。他说他叫杨毓麟……"仆人说。

"快！赶快传他进来。"听说是杨笃生，仆人还没说完，龙璋赶紧说。

进来的果然是风尘仆仆的杨笃生。

"毓麟，难得一见，看你的样子像是远道而来，有什么急事？"龙璋问。

"龙先生，情况紧急！求您救救克强、星台他们。"杨笃生急急忙忙说。

"噢！黄克强他们怎么了？你先坐下，把事情详细跟我说说。"龙璋说。

杨笃生就把上海的情况和黄兴、陈天华、宋教仁他们目前的处境说了一遍。然后掏出了蔡锷写的信递给龙璋。

龙璋看完信果断地说："我马上筹钱去上海。"

"谢谢先生的仁义，救诸君于危难时刻！"杨笃生马上起身，拱手施礼。

"救人要紧，钱何惜乎？"龙璋说。

龙璋携款前往上海营救。四马路巡捕房探长麦克士自黄兴、陈天华他们被抓进巡捕房以来，神经就没松弛过。先是有人在报纸上大肆宣扬巡捕房胡乱抓人；然后是四省巡抚电文声讨；巡捕房外还时不时有人喊口号示威说巡捕房"侵犯人权"等，把他弄得整天神经兮兮的。最主要的是现在他都没找到什么真凭实据证实他们犯了罪，再这样下去自己真的很难交差了，现在既然有人愿出钱来赎人，自己不正好可以顺坡下驴了吗？还白白得了这么多钱，傻瓜都不会放过这么个好机会。于是，除了万福华和周来苏，万福华因为是案犯，周来苏则是因为被捕的时候身上带了一把手枪。虽然他辩称自己在日本学习军事，准备回湖南新化探亲，因为是山区，沿途不靖，所以携带枪支自卫，与他人无关，但仍被租界以"妨害治安罪"，判监禁一年零三个月，其他人都被放了出来。

担心清廷追捕，黄兴他们又想逃亡日本，陈天华不想逃，他说："我才不逃了呢，被清廷抓住，在监狱里最坏程度是死，事情做不成，国灭种亡也是等死，反正都是死路一条，为何还要逃生呢？我就要留在祖国，云游四海，宣传革命，组织反清。"

黄兴见他倔脾气又上来了劝道："星台，留得青山在，不怕没柴烧。失败是成功之母。一场伟大的革命要取得成功，经历几次失败又算得了什么？不是积累了一次又一次的经验吗？既然有了经验，以后就可以避开一些危险的因素，成功的机会就会大大增加。你以为革命能一蹴而就？那简直就是不可能的事，哪一次改朝换代不是经历了很多次的斗争，经历了很多次的失败才成功的？只有经过无数次的失败后还不言放弃，才能取得革命最后的胜利。"

"这个我知道，要革命就要有斗争，有斗争就会有牺牲，所以我不惜牺牲自己的生命。"陈天华仍然坚持己见。

"星台，你傻呀！生命怎么能白白牺牲呢？革命要继续，还需要有一个前提条件，那就是人要活着，只有人活着，才有机会东山再起继续进行革命，如果都死了，谁领导革命去？"刘揆一说。

陈天华听了这么多的劝解，也觉得自己的想法有些简单，革命的道路还长着呢，不能这么快就把命送掉。这才从从容容收拾了东西重新前往日本。第三次到日本，陈天华又进了法政大学学习。

第四十三章 暗杀铁良

苏鹏出狱后，又参与一次新的暗杀行动，这一次的暗杀对象是铁良。铁良当时为清廷兵部左侍郎，是清廷统治阶级中顽固反对革命的死硬派，他娴习军事，是革命力量的一个危险敌人。其时，清廷派铁良为钦差，南下检阅江苏、安徽、江西、湖北、湖南各省新军，企图加强对抗革命的军事力量。革命党人准备在铁良检阅途中伺机除掉他。

因为苏鹏在制造炸药方面有经验，革命志士张榕川从江西到上海来找他商量，愿以他的决定为断。苏鹏表示同意，并立即投入这一新的行动。苏鹏与张榕川从上海到武汉，准备待铁良南下到武汉时，伺机行事。除了苏鹏和张榕川两人外，还有王汉、胡瑛、成邦杰和孙国华参与这一行刺活动。

当他们侦知铁良已到汉口将转武昌时，就连夜雇小船，装载炸药、电线、铁锄等器具，从汉口宝庆码头驶往武昌黄鹤楼下，准备潜渡至武昌官码头，装埋炸药。不料小船即将靠岸的时候，突然，岸上出现了一队巡逻的清军，这队清军也正是因为铁良要路过此处才加强巡逻的，他们发现了小船，厉声喝问："干什么的？"

因为宝庆码头很多新化人，苏鹏示意那几个人躲在船舱里不要作声，自己出舱用新化话道："我去宝庆码头路过这里，因为今晚有货船要靠宝庆码头，我帮东家去宝庆码头拿货。"

"拿什么货？"一兵丁问。

"玉兰片，从湖南新化运来的玉兰片。"苏鹏答道。

见苏鹏的回答毫无破绽，巡逻兵丁也没起疑心，只是赶他们说："今晚这里戒严，速速把船划走。"

苏鹏忙不迭地说："噢！我不知道，谢谢军爷！谢谢军爷提醒！我马上划走。"

苏鹏机智的回答把巡逻队应付过去后，迅速转舵下驶，才免遭检查，未致暴露。

离开清廷兵丁所指的范围后，小船才停下来。

"现在连岸边都难以靠近，埋炸药的办法看来是不可能实现了。"张榕川说。

"是啊！我们都没办法靠近铁良，更别说用炸药去炸他了。"苏鹏说。

"看来铁良这贼很谨慎的，事先就在这里布下了警戒。"胡瑛说。

"现在清廷这些狗官就是惊弓之鸟，已经草木皆兵。"成邦杰说。

"难道我们准备了这么长时间都是白费了？我不甘心！"王汉说。

"不甘心又能怎么办？他们防备这么严，根本无法靠近。"张榕川说。

"老虎还有打盹的时候，他要检阅这么多地方，不可能处处都防备这么严的。"王汉说。

"我们这么多人，也不知道在什么地方才能下手，这么跟下去目标太大。"胡瑛说。

"我一个人跟去，目标就小了，哪里能下手就在哪里下手。"王汉说。

"王汉，你不要这么坚持，我们还可以找别的目标，别的机会的。"苏鹏说。

"不，我的目标就是杀铁良，不杀铁良我誓不罢休。"王汉很坚决地说。

苏鹏知道他"梅山蛮子"的脾气上来了，拦是拦不住的，只能随他。他说："王汉，如果你坚持要去，我也不拦你，但是你一定注意安全，也要注意保密。"

"放心！凤初兄，杀不了铁良，我不会活着回来见你们。"王汉铮铮地说。

于是，王汉怀揣手枪继续跟踪铁良，直到河北正定，始终无隙可乘，深感失望的王汉在1905年2月间，自杀明志。王汉也是新化人，是跟着苏鹏一起参加暗杀团的，他的自杀，苏鹏深感痛心，为他作诗一首：

哀歌砑地有王郎，

就义从容悼国殇。

九世复仇怀祖国，

一心别内赴疆场。

碣碑剥落埋黄冢，

遗著光芒扶洁霜。

尚有故人垂涕泪，

白头天宝话宫妆。

1905年春，心情极度失落的苏鹏回到湖南，回到老家新化县毛易铺。

苏鹏已三年未回家，一天到晚担心儿子安危的苏鹏父母看到儿子突然就出现在自己面前，不禁喜极而泣，儿子低落的情绪，虽然让他们很心疼，但毕竟是平安归来了。

"凤初，外面的世界你也见识过了，看你现在的样子，并没有想象中的好吧？闯荡也闯荡过了，现在该安下心来过日子了。"苏鹏父亲说。

此时的苏鹏脑子里是一片迷茫，也不知道自己接下来的路该怎么走，便随口"嗯"了一声。

"好！好！凤初终于能安下心来，就该娶媳妇过日子，我明天就去跟媒婆说，马上成亲，马上成亲，我盼着抱孙子都好几年了。"听到苏鹏的回答，苏鹏妈喜不自禁地说。

于是，家里操办着给苏鹏成了亲，然后又想着要给他谋一点事做，问他想做什么事情。苏鹏说想利用毛易铺那条小溪置办一家小型造纸厂，运用自己在日本学到的一些化学知识，改良家乡的土法造纸手工业。但新化毕竟只是一个县城，还是一个很偏远的县城，有些化学原料不仅没有买，连听都没听说过，如果要去省城采购，那成本比直接采购纸的成本低不了多少，这么一算下来，苏鹏有些犹豫了。

1904年从日本法政大学毕业回来的罗仪陆，此时任湖南游学预备科副监督兼教务长，他得知苏鹏回到新化的消息，马上写信给他，让他前往长沙协助。罗仪陆的来信，给苏鹏找到了新的方向，他当即决定放弃办造纸厂，前往长沙去见自己的教习。

看到分别多年的罗仪陆，苏鹏不仅没有感觉到他的成熟，反而觉得他跟自己成了同龄人。

"教习，您这是逆生长呢，这么多年过去了，我怎么感觉您越来越年轻了。"苏鹏笑道。

"从教习又转变为学生，在日本留学三年，自然什么都得跟着转变呀！"罗仪陆笑着说。

"凤初，我虽然曾经当过你们的教习，但我不希望你称呼我为教习，我们可以兄弟相称。我跟陈星台、曾叔式、高兆奎、袁曙庵、杨伯笙、曾抟九他们几个都在日本见过面，我们都是同窗加兄弟，只有跟你，一直都无法联系。听说你一直在制炸弹，搞暗杀？"罗仪陆接着说。

苏鹏有些羞愧说："确实，炸弹是制成功了，只是暗杀几次，都是以失败告终，弄得我都不知道怎么办才好。"

"这个不能怪你，我听说很多人都有参加暗杀行动，但真正成功的不多，这也许就是所谓的天时地利人和，缺一都不可。"罗仪陆安慰说。

"也许是吧，我现在正迷茫着，所以，收到你的信，我马上就赶过来了。"苏鹏说。

"凤初，你先在这里安心工作，等到有合适的时机，再去实现你的理想和抱负。"罗仪陆说。

苏鹏到长沙后，因工作的原因，与在日本认识的禹之谟又联系上了。禹之谟回国后，大肆兴办企业和教育，先在安庆设立阜湘织布厂，后返湘潭创办湘利黔织布局，实践其实业救国的主张。其间，他还创办了惟一学堂和湘乡驻省中学。1904 年 4 月，为反对美帝国主义攫取中国铁路建筑权，湖南掀起粤汉铁路废约自办运动。禹之谟领导组织省工商各界，集资百余万，收回了路权。这些傲人的成绩让禹之谟在湖南的工商界和学界都树立了很高的威信。禹之谟的成绩，让苏鹏在迷茫中看到了希望，把他当成了自己学习的楷模，立志以后实业救国。

第四十四章 改良思想

陈天华来到东京后，还是没从反清起义流产的阴影中走出来，心情非常的抑郁。特别是听说马福益约黄兴回国再次起义，在萍乡车站被刚来湖南上任的反动巡抚端方杀害后，更是悲痛万分，经常一个人待在寓所里，一待就是一整天，连门都不肯出，有时连饭都不吃。

"星台，你可不能这么糟蹋自己，身体是革命的本钱，本钱没有了，你还谈什么革命？"同为华兴会主要负责人的徐佛苏劝道。

陈天华知道，徐佛苏虽然同为华兴会主要负责人，因为万福华暗杀案牵连也被捕过，但不知为什么，不久他就被释放。来日本后，他就转投到康有为的保皇党。既然没在同一条战壕了，陈天华本不想理会他，但又觉得心里苦闷得很，现在只想找个人说说心里的苦。

"运奎啊！我现在是两眼一抹黑，失去了组织，感觉独木难支；没有了思想，犹如行尸走肉；没有了前进的方向，犹如大海中一条随波逐流的小舟。眼看着国家在受难，民众在遭苦，自己没有能力去帮助他、改变他，心里特别难受。"陈天华说。

"星台，不只是你难受，只要是有一点骨气的中国人，看到眼前的景况都会难受，但难受又有什么用？清朝政府不会因为你们的难受而改变他们的腐败无能，侵略者也不会因为你们的难受而停止侵略，相反，他们很高兴看到你们自己折磨自己，看到你们放弃一切反抗，坐以待毙。"徐佛苏说。

"谁说我放弃反抗了？谁说我坐以待毙了？只是以前在一起活动的人有的被捕了，有的牺牲了，我现在有一种势单力薄的感觉，不像以前一呼百应，一说起事就能让人热血沸腾。"陈天华说。

"星台，你想认识梁启超先生吗？他就在横滨。"徐佛苏问。

"梁启超，他是康有为的学生，他的思想跟他老师一样倡导'维新变法'。他们的理念跟我们华兴会的理念有根本的不同，他只是想在已有的基础上改革、改变，并没有想过要推翻清政府，但清政府是百足之虫死而不僵，已经没有新生的能力了，还能希望他改革、改变？那不就是让人死而复生？我们华兴会则不同，我们的主张是'振兴中华、扫除帝虏、驱除列强'，运用强硬手段，扫除一切阻碍社会进步的旧势力，驱除一切侵略者，建设一个民主、自由、富强的新中国。"陈天华说。

"星台，你说的这一切都没错，我也是参加过华兴会的，这些我都懂，我也是支持'振兴中华、扫除帝虏、驱除列强'这种理念的。但从华兴会成立到现在，我们也经历不少了，每次起事，还没开始就遭遇失败，就遭到清政府的扼杀。你看现在华兴会的人员都是被抓的被抓，被杀的被杀，逃跑的逃跑，七零八落的，这究竟是什么原因呢？我认为是缺少斗争的经验。俗话说：'兼听则明，偏听则暗'，维新思想虽然与我们华兴会的观点有些本质的区别，但也不是毫无可取之处，我们可以参考一下他们的观点和经验，采取扬弃的态度，好的我们学以致用，坏的我们剔除掉，兼收并蓄并不是一件坏事。"徐佛苏说。

"运奎兄，你说的也有道理，我们既然有坚定的革命信念，就能判别事情的正确与否，就不会轻易受到别的思想的侵扰。"陈天华说。

"对，我们有正确的方向，有判别是非的能力，就能公正地看待一切事物。"徐佛苏说。

"运奎兄，什么时候能给我引荐认识一下梁启超先生？我想跟他接触一下，看他有什么思想值得我们借鉴的。"陈天华思考了一下说。

"好，有机会我就给你引荐。只是我看星台兄这段时间这么消沉，该振作起来才是。"徐佛苏说。

"运奎兄说得对，我不能再这么沉沦下去了，我要振作起来，重新拿起我的笔。"陈天华点点头说。

在徐佛苏等人的劝说下，陈天华又拿起纸和笔开始长篇小说《狮子吼》的创作，沉默了一段时间的陈天华又开始发声。

陈天华的《狮子吼》一刊出，立刻受到了广泛关注，他犀利的笔锋直指反动统治者，当时有人称：陈天华的《狮子吼》是"有血有泪之言""读此篇而不怒发冲冠，拔刀击案者，必非人也。"足见其感人之深。

过不久，徐佛苏说带陈天华去见梁启超先生。

梁启超住在横滨一座背山面海的房子里，房子很宽敞，有客室、厅堂、书房、卧房，布置得很雅致。梁启超是在书房里接待他们的。第一次见到梁启超的陈天华，觉得他与自己想象中有很大区别，大多数读书的人，因为长年待在书房，皮肤一般都是比较白净，所以常常有白面书生之说。出生广东的梁启超，像大多数广东人一样，皮肤有些黑，大概是因为广东属于亚热带地区，日照时间过长的原因。陈天华印象最深的是他额头很宽阔，上扬的眉毛下，眼睛大而深陷，鼻梁高耸，轮廓分明的嘴唇，一笑就会露出一口与黑色皮肤相映衬的洁白的牙齿，短小精悍的身上穿着一身新式的西服，头上的辫子也剪了，头发中分倒向两边，一副十足的接受了西方教育的精英知识分子形象。

书房里堆满了书，既有汉语的，也有英文、日文、俄文的，书房墙上横书遒劲有力的"饮冰室"三个大字。

梁启超不愧是一个大智大量大有学问之人，他自"戊戌变法"临难逃到海外之后，偕夫人游历了纽约、费城、温哥华、旧金山等很多名城，最后才又回到日本，以日本名字吉田晋取得定居权，办起了鼓吹民主、自由、宪政的《新民丛报》。《新民丛报》登出的文章是全体留学生公认第一流的，传到国内去是张之洞行文禁读的。梁启超的思想光芒折射在他所写的一篇篇文章里。他以流畅浅显的文字介绍西方资产阶级的哲学、政治学和经济学，歌颂西方民族运动和革命运动中的历史人物。宣扬种种同中国封建传统相违背的思想道德观念，使许多从前只知道四书、五经、孔、孟、老、庄的人们，有了一个更大的思想和视觉空间，了解到了他们以前不曾了解过的西方文化、西方政治，强烈地燃烧起一种救国和变革的热情。陈天华初始革命的热情，就是来源于此。

跟梁启超细谈后，陈天华又强烈感觉到梁启超的思想深处蕴藏着许多的矛盾（也许是无奈）。他满怀激情地憧憬新中国的未来，一方面对推翻清朝，实行民主革命表示怀疑和反对；另一方面却说，要救中国，不经过一次大变革（也即革命）是不行的……

陈天华与梁启超有了来往之后，受到梁启超改造国民性，提升国民素质的改良思想的影响，加上当时在新化实学堂时首先接触的新思想也是维新思想，陈天华的思想渐渐起了一些变化，他开始有些认同梁启超的改良观点。

1905 年 1 月，陈天华在留学界发布《要求救亡意见书》。几次起义的失败，让陈天华认识到了革命的长期性和艰巨性。他认为，革命在近期不会很快成功，但国家危在旦夕，远水救不了近火，梁启超的改良思想又让他认为，现在的权宜之计是由留日学生选派代表归国，以请愿的形式要求立宪，阻止清政府卖国。

他认为，在拯救祖国即将被瓜分的危机问题上，留学生有理性，不是义和团，"惟先将主义标出，可平和则平和，当激烈则激烈，一出于公，而不杂以一毫之私，使政府有所择取，使国民有所依，然于将来或不至于全无影响。此吾侪今日之苦心也。"

《要求救亡意见书》一发布，即引起巨大反响，留学生们众说纷纭，有的赞成，有的不赞成，更有甚者"谓因此恐荒功课，骚动学界"。连日本警察都出来干涉了，他们怕陈天华的举动会引出麻烦。

对于这纷至沓来的各种反响，陈天华都是从容应对，并特别驳斥了那种"谓因此恐荒功课，骚动学界"的观点，他认为他只是"先以意见书。公举数人送之政府，其余则仍可以日夜并学，以待政府之任使"，怎么可能会荒废学业呢？

正当他准备返国上书请愿时，宋教仁出来阻止，他认为陈天华的做法与当时华兴会的宗旨有异，约了黄兴等人在黄兴寓所与陈天华进行"特别谈判"。

黄兴寓所内，有雪白的纸窗，有素雅的榻榻米，榻榻米上的小方桌上搁有日本茶具。

陈天华、宋教仁、刘揆一进来后，四人在方桌边各据一方，开始辩论。

"星台，听说你准备北上请愿，劝说清政府立宪改革。"黄兴说。

"是的，我写的《要求救亡意见书》表达的就是这种观点。"陈天华说。

"你这么做不是向清政府妥协吗？如果清政府凭着你的一纸请愿书能改变，早就不是现在的样子了。"宋教仁说。

"如果清政府不接受我的请愿，我准备血溅朝堂，以死抗争。"陈天华说。

"星台，你这是受到梁启超这些保皇党的蛊惑了，你以为你的血能让腐朽的清政府清醒？戊戌六君子是怎么死的？'公车上书'的结果怎么样？难道这血的教训还不够吗？难道这些血流得还不够多吗？"刘揆一说。

"此一时、彼一时，中国现在到了最危急的关头，好的意见和建议他们应该也是能接受的。再说，革命也不是一天、两天、一月、两月能成功的，这是一个漫长的过程，现在侵略者对我们是步步紧逼，时间这么紧迫，情势这么危急，等到革命成功，恐怕国家早已易主了。"陈天华说。

"星台，你这话对革命带有消极的成分了，是不是因为前几次的失败，让你对革命失去信心了？"宋教仁说。

"不会的，遁初兄，我对革命一直都充满信心，只是现在情况危急，当前，我认为救国才是最首要的问题，其他的事情可以慢慢来。"陈天华说。

双方各抒己见，针锋相对。黄兴见一时说不通陈天华，怕他一意孤行，建议召开湖南同乡会，听听大家的意见。

"星台，看样子我们是一时说服不了你了，我建议召开一个湖南同乡会，听听大家的意见如何？"黄兴说。

跟黄兴、宋教仁他们争论了这么久，虽然言语上并没有妥协，但陈天华的内心还是感觉到有了一丝松动，黄兴、宋教仁、刘揆一的思想与自己历来是保持一致的，现在他们这么强烈反对，是不是自己的想法真的出现了偏差？

"好吧，我尊重大家的意见，只要反对我上书的人是大多数，就证明我的观点有了问题，我就放弃北上请愿要求政府立宪的想法。"陈天华说。

"好，我们一言为定！"黄兴说。

次日，湖南留日学生同乡会在留学生会馆举行。当时参会的有两百多人，会上大家都不赞成要求政府立宪的说法，而主张全省独立自治。大家的意见如此统一，按照当初和黄兴的约定，陈天华同意取消北上请愿的想法。

会后，陈天华一个人来到大森湾海边，看着在晚霞的簇拥下即将落下的日头，惆怅万分。

他的请愿和北上陈情的计划化为泡影。同学、同志、同乡们都激烈反对他这么做，痛心的呼喝和耐心的劝阻，让他不禁自我反省，难道我真的做错了？难道立宪这条路真的是死胡同？北上陈情真的是自投罗网？可起义是一次又一次失败呀！如果不走北上请愿这条路，那路，又该如何走下去？怎样才能阻止国家继续滑下灭亡的深渊？

可眼前没有任何人能回答他，只有已渐渐没入黑暗的海水，在哗啦哗啦自顾自说。

通过此番事件，陈天华对梁启超开始疏远，又回归到"振兴中华、扫除帝虏、驱除列强"这条道路上来。

第四十五章 《二十世纪之支那》

同样是黄兴寓所内，黄兴又召集了宋教仁、陈天华、刘揆一等人聚在了一起。榻榻米上的茶桌边，大家盘腿而坐，一边品茶，一边讨论。

"克强兄召我们来，不知所为何事？"陈天华问。

"自上次与星台兄讨论是否北上陈情的事情后，我们是很久都没相聚了，此次克强兄组织大家相聚，是否有什么特别的事情？"刘揆一也问。

宋教仁道："克强兄召我们来，除了互相砥砺志气外，我看重要的是要讨论避难日本后，我们华兴会下一步该怎么走？各华兴会成员又该如何做？"

"遁初兄说的，也是我所想的。"陈天华说。

"我们今天要讨论的就是这件事。起义流产后，大家意志都有些消沉，甚至有了不同的想法，这都是不可取的。我们得重新树立起信心，我们不应该让民众、让革命党人觉得起义一失败，我们就销声匿迹了，我们就胆怯了，我们就无法坚持下去了。我们还得宣传、还得呐喊、还得让大家知道，华兴会打不垮，华兴会与清政府的斗争是不屈不挠的，华兴会一定会坚持到革命的最后胜利。"黄兴慷慨激昂地说。

"避难日本的华兴会会员就这么几个，要怎样才能以最快的速度、最有效的方法把我们的声音传递出来呢？"刘揆一说。

"这个，我也在想，办杂志、报纸是我们比较拿手的活，如果搞这些，我们这里的几个人都有用武之地，所以，建议我们做一份杂志。"宋教仁说。

"我支持！"陈天华第一个举手。

"恩，这个计划好，做生不如做熟。"黄兴也说。

"这个杂志该起个什么名字呢？叫《华兴报》？"刘揆一问。

"这也太明显了，说不定在日本政府审核时连名字都通不过呢？还是隐蔽一点好。"黄兴说。

"我想了个名字，现在说出来供大家讨论一下。"宋教仁说。

"什么名字？快点说说。"刘揆一就是猴急。

《二十世纪之支那》，这名字若何？"宋教仁说。

"很新颖，能迅速吸引人们的关注，好！"黄兴说。

"'支那，支取、支拿也，意味着我们中国可以任意被宰割，任意被凌辱，'这是一个带有污辱性的称呼，但这个名字也可以刺激神经麻木的中国人，可以呼唤清醒着的爱国民众，让大家清楚认识到自己在日本人眼里的位置，明白自己该怎么做才能树立起自己民族的尊严。"陈天华说。

"弱国是要受欺凌的，我们国家现在就好像是被列强左右开弓扇耳光，如果我们还不知道疼痛，还不觉得羞耻的话，那实在是太糊涂了。这个名字就像是时刻在提醒我们，什么时候才能去掉'支那'这个称呼。20世纪，中国将不再是别人可以任意拿取的中国。"刘揆一说。

"很好，既然大家都明白了其中的道理，以后就知道写文章的思路了。"宋教仁说。

"杂志的定位解决了，只是资金问题该怎么解决？"陈天华问。

黄兴摩挲着自己的下巴说："经费的问题不用担心，由我和霖生兄想办法解决。"

"好！其他的事情由我和星台兄去办，我们分头行动，争取尽快出刊。"宋教仁说。

清光绪三十二年五月初一（1906年6月22日）陈天华跟宋教仁、黄兴、刘揆一、程家柽、田桐、张继等在日本东京一同创办了《二十世纪之支那》杂志。杂志的中心口号是：爱国主义。创办刊物的目的是：在国势日危的情况下，启发和引导民众的爱国之心，教育国民奋发图强，共同图谋国家的富强。以其给当时麻木的民众以警示和鞭策，给开始觉醒的热血青年以激励和鼓舞。

对于留日学生反清情绪越来越高的情形，清政府一方面采取严厉打击的手段进行镇压，另一方面则以拉拢、驯化等手段实施瓦解。

清光绪三十一年六月十二（1905年7月14日），清朝政府举行第一次回国留学生考试，录取了金邦平等十四人，除分别赐他们进士、举人出身外，并授予官职。金邦平在日本留学的时候也有过革命行动，在接触到许多新学说和新观点后，很快成为留日学生组建的第一个翻译团体"译书汇编社"的主要成员，编辑出版进步刊物《译书汇编》，又和东京的二十多位留学生一起，发起组织了"中国青年会"。这个组织是留日学生中第一个具有明显革命倾向的组织。现在被清朝政府招安，马上摇身一变，成了清朝政府如何优待留日学生的代言人，在清光绪帝三十五岁生辰的时候还上台做演讲，大肆宣扬朝廷对留学生圣恩隆重，很重视留学生等等，以瓦解留学生的革命情绪。

当时，宋教仁做了一则《留学生殿试》的时评，陈天华则写出了《丑哉金邦平》一文。在《丑哉金邦平》这篇文章中，陈天华以具体人物和事件抨击了留学生殿试的虚伪和堕落。对清朝政府笼络留学生的此举予以揭露和批判，同时也表现了自己对金邦平这样两面三刀的"留学生中之败类"的鄙夷与不屑。

第四十六章 仰慕已久

1905 年夏，孙中山来到日本，在留日学生中开展联合各团体的活动。

对于孙中山，陈天华早有耳闻，很是希望能与他见上一面。

对孙中山感兴趣的不只是陈天华，《二十世纪之支那》杂志社里此时热闹非凡。

"大家不知道，这几天我为了更全面客观地了解孙中山先生，在留学生里做了一项调查。他们可是褒贬不一呀，支持康有为、梁启超为首的保皇党的留学生直接称孙中山先生为乱臣贼子、乱党，但广东籍的留学生则多是说孙中山先生是如何的了不起。"陈天华说。

"星台兄，你这么说有点不够准确，康有为和梁启超都是广东人，他们是保皇党的领军人物，可是最反对孙中山先生的。"张继纠正说。

"哈哈，不好意思，我可是忽略这一点了，溥泉，你跟孙中山先生很熟，很了解孙中山先生，那你来给我们讲讲孙中山先生的故事如何？"陈天华来兴趣了。

"孙中山先生可是个充满传奇色彩的人，你要我讲孙中山先生的什么呢？"张继说。

"当然是孙中山先生革命的逸闻趣事了。"宋教仁端着茶杯走过来接道。

"那就可多了，孙中山先生很早就参加革命，他参加革命的时候，我们还不知道这'革命'两字。孙中山先生从小思想就比较前卫，还很年少的时候，他就带头砸了他们家乡翠亨村的菩萨像。你们知道，广东人非常迷信菩萨的，当时把他们那个族长气得呀，差点要把他从族谱里面剔出来，是他父亲苦苦哀求，才让他的名字继续留在里面。他可好，什么都无所谓。"张继说。

"了不起！了不起！自古英雄出少年，菩萨的地位在迷信人的心里是至高无上的，这么小年纪就敢做常人不敢做的事情。"陈天华佩服说。

"在康有为、梁启超还在梦想通过科举制度做大清朝的奴才的时候，孙中山先生和他的同窗好友已经在澳门、香港等地发起了密谋推翻清王朝的革命，人称四勇士。"张继说。

"四勇士？我可是没听说过，哪四个人？"宋教仁问。

"孙中山、陈少白、尤列，还有杨鹤龄。"张继说。

"真的是敢为人先，怪不得这么多人崇拜他。"陈天华说。

"可不是吗？有人称孙中山为革命的先驱。"张继说。

"嗯，名副其实！名副其实！"宋教仁点点头说。

听完张继的介绍，陈天华和宋教仁对孙中山更是钦佩。

"遁初，我很想见见孙中山先生。"寓所里，写了半天字的陈天华对斜倚在桌上看书的宋教仁说。

"我也想见见真人，我们都是只闻其名，没见过其人。"宋教仁放下手中的书，抬头说。

"你说孙中山先生会是一副什么样子呢？"陈天华猜想着。

"我想孙中山先生应该是像克强兄一样高大魁梧，气宇轩昂。我听人说他武功高强，几个大汉都不是他对手。我还听说他加入过洪门，在洪门的地位很高，做到了双花红棍。"宋教仁说。

"双花红棍？这是个什么职位？"陈天华觉得这职位有些难以理解。

"'红棍'是社团里能打的打仔，双花红棍是所有打仔里面最能打的一个，在洪门里面地位仅次于门主，是下一任洪门门主接班人。"宋教仁解释说。

"真的吗？孙先生武功这么了得？我也会一点'梅山功夫'，到时一定向他请教几招。"陈天华开玩笑说。

"哈哈！我都差点忘了，星台，你也是练家子。"宋教仁笑说。

"开玩笑的，我哪称得上什么练家子？只不过我们梅山人崇文尚武，乡下男人几乎每个人都能来两手用于防身。"陈天华说。

"一方水土养一方人，怪不得星台兄能文能武。"宋教仁说。

"遁初兄过奖了，兄弟我哪有那本事？"陈天华不好意思笑道。

"什么？中山先生是武林高手？遁初，你这是听谁说的？真是天大的误会，中山先生根本就是一介书生。"旁边的张继听宋教仁说孙中山是武林高手大呼道。

"不仅如此，我还听说过他三拳两脚就打退过几个去他家偷盗书稿的贼呢，人家说的是有根有据的。"宋教仁认真道。

"那可是一桩真事，有几个地痞流氓知道他是革命党，想到他家里去偷些什么书稿、字据之类的证据去清朝政府邀功请赏，结果被打得屁滚尿流，仓皇逃窜。只不过这件事不是孙中山先生所为，而是他身边有一个追随他的妇女陈粹芬武功了得，这么多年来，到处宣传革命的孙中山先生能安然无恙就是得益于她的保护。"张继说。

"哈，没想到孙中山先生的追随者中还有巾帼不让须眉的女汉子。"陈天华笑道。

"现在妇女渐渐觉醒了，听克强兄说浙江的光复会里也有一位女汉子呢？"宋教仁说。

"我也听说过，她叫秋瑾，人称鉴湖女侠。秋瑾是浙江人，嫁到湖南的一个官宦人家当媳妇，是湖南媳妇。结婚后她觉得跟她丈夫志向完全不同，便主动提出离婚，离婚后自费来日本留学的。"陈天华说。

"此女也是很厉害的，不仅敢提出离婚，自费来到日本留学，和我们一样积极主张革命，还加入过洪门，职位也是相当高的，听说位居白扇，相当于宰相，是洪门里出谋划策的人物。"张继说。

"古有替父从军的花木兰，现有休夫参加革命的秋瑾，又是一位奇女子，以后也该把她写入历史书了。"宋教仁说。

"那她跟中山先生也属同门？"陈天华问。

"是的，但他们洪门很多支系，虽然是同门也不一定认识。"张继说。

"有机会，我们也要见见这位奇女子。"陈天华说。

"如果孙中山先生把各团体都联合起来，我们属于同一团体了，肯定有机会见面的。"张继说。

"你们说我们华兴会会加入吗？"陈天华问。

"这个还不能明确，依我的意见肯定是加入的，现在团体到处都是，各团体之间就像一盘散沙，没有一点团结性。如果能把这些团体整合起来，那反清的力量就大大增强了。"张继说。

"遁初，你说呢？"陈天华问。

宋教仁沉默了一会儿，像是在思考什么问题，然后说："我认为需观察一段时间，看孙先生是什么主张，跟我们华兴会的主张是否一致，如果不一致，那我们不是又违反初衷了？"

"对，还是遁初兄考虑得周到，我赞成遁初兄的意见。"陈天华说。

"遁初兄说得对，事情还是稳妥一点好，不要太激进。"刚进门的黄兴正好听到了这一句，也赞成宋教仁的意见。

第四十七章 意见分歧

过了几天，黄兴召集华兴会的主要成员在寓所聚会，讨论是否加入孙中山所倡议的联合团体问题。

"我相信这几天大家都听说了一件事，就是孙中山先生来日本开展联合留日学生各团体的活动。"黄兴说。

大家纷纷点头。

"这件事在留学生里可以说是尽人皆知。"张继说。

"所以，我今天召集大家具体来讨论一下对这件事情的看法。"黄兴说。

"我认为，我们华兴会现在单独发展就很好，没必要去凑热闹。"刘揆一立马站出来说。

"但我认为，这不是凑热闹的问题，现在革命团体如雨后春笋般涌现出来，数量众多的革命团体就像我们一双手的十个手指头，如果要去攻击敌人，你们说我们用十个手指头伸出去攻击敌人有力，还是十个手指头攥成拳头去攻击敌人有力？"黄兴说。

"当然是拳头啦！"陈天华伸出自己骨节有些粗壮的拳头晃了晃。

"对，我们要团结起来，攥成一个坚硬的拳头，有力地打击腐败的清朝政府。"黄兴拉过陈天华的拳头比划了一下。

"一根筷子容易折，一把筷子折不断，我们要团结一致，对付我们共同的敌人。"宋教仁说。

"遁初说的没错，团结一致，共同对敌。"黄兴点了点头。

"我都不知道这个人称孙大炮的人到底有什么魔力，让你们这么多人都折服在他面前。"刘揆一有些不屑地说。

"霖生，你不知道，孙中山先生真的很有其独特的魅力，他的见识之广，对国民革命的见解之深，我们一般人都不能及。"陈天华说。

"是的，人们称孙中山先生为孙大炮，绝对不含贬义，而是他所宣传的革命真理具有像大炮一样的威力，能够影响周边的所有人。"张继说。

"前几天与孙中山先生见过面，我向他请教了一个问题，如果起义，我们该选择什么地方？我的观点是长江中下游地区，因为这里物产丰富，文化发达，一旦在这里起义成功，东可控宁、沪、杭、甬，西可辖天府之国四川。从纯军事角度讲，我们只要攻下武汉、南京和上海，那么北京的大清王朝就会不攻自破。没想到孙中山先生完全否定了我的意见。

他说：'长江中下游确实如你所说，物产丰富，文化发达，当年太平天国举行起义，就是在长江中下游。可他们攻占南京后，并没有使北京的清朝政府的根基产生动摇，相反，洪秀全几十万起义大军，就在长江中下游这一带葬身江湖之中，这是其一。二是，时下长江中下游这一带被西方列强所瓜分，他们的租借地上海有，武汉有，南京也有，他们能袖手旁观，看着你们革命党起义而不管吗？第三，在长沙，你黄克强在这里举行过起义，清政府和帝国主义勾结起来，对这一带的革命党进行了镇压，并且加强了严格的控制，我们能在这起义吗？'

那你认为在哪里起义最合适？

他说：'两广，两广才是最适合起义的地方。'

中山先生为了证明两广是时下起义的最佳地点，他说了三大理由。

他说：'第一，两广，特别是广西地瘠人穷，素有以游勇为主力的群众起义，这也是当年洪秀全领导的太平军很快成气候的所在。第二，在那里驻防的清军军官郭人漳、蔡锷等人，他们同情革命。第三，两广地处边疆，毗邻安南，一旦打响起义的枪声，可以从安南向国内运送人员和武器，万一起事受挫也容易越境向安南转移。'

他可以说事事都考虑得很周全，就这样，我就完全被他说服了。"黄兴说。

"哎呀呀！我真没想到素有坚定革命信仰的克强兄，和孙中山仅仅交手了一个回合就宣布缴械投降了"宋教仁笑着说。

"不，不是投降，一来，孙中山先生革命的目标跟我们是一致的，推翻清朝政府，建立民主政权。二来，他在领导方面确实有过人的才能。准确地说，在孙先生面前我就像个学生，只有听他宣讲的份了。"黄兴说。

"克强兄啊！不知孙先生需要你这个学生做什么呢？"陈天华明知孙中山先生会说什么，还是问了一下。

"为了革命的需要，他希望我们湖南的华兴会，浙江的光复会，和他在广州创建的兴中会合并成立一个由孙中山先生领导的全国性的反清团体。"黄兴说。

"哼！哼！一听就是这目的，这位孙先生不会是想借合并之名吃掉我们华兴会吧。你看，他不是自己说要由他来领导这个联合的反清团体吗？"刘揆一怀疑说。

"孙先生绝无此意，孙先生是一个胸怀大志，光明磊落的人。"黄兴说。

"我也赞成克强兄的观点，孙先生这个人很诚恳，对人又和蔼可亲。"张继支持说。

"如果合并，那如何处理新组建的团体和我们华兴会的关系呢？"刘揆一问。

"这个我也还没想清楚，今天开会就是征求诸位的意见，诸位可以敞开心扉说说你们的想法。"黄兴说。

"既然克强兄如此相信孙先生，我同意将我们华兴会就以团体的形式加入孙先生新组的革命团体，但我们也应该有自己单独的空间。"陈天华兴奋地说，能有一个与孙中山并肩作战的机会，那是求之不得啊！

"我赞成星台兄的提议，时下，从形式上，我认为我们华兴会应该加入孙先生新组建的革命团体，但从精神上，我们仍然要保留华兴会的革命追求。他日万一生变，我们仍然有华兴会存在。"见刘揆一有不同的意见，黄兴提出了一个折中的建议。

"我做过详细的调查，孙中山筹建的兴中会大都是广东人和海外的一些华侨，虽然孙中山革命比我们早，但他长期在海外奔走革命，我们对他的情况也不是很清楚，浙江的光复会人数不多，唯独我们华兴会自成立以来，会员发展得很快，现在人数众多，力量又强，是任何一个革命团体无法比拟的，既然这样，他孙中山还筹建什么新的组织，全都加入到我们的华兴会，不是也很好吗？"刘揆一争辩说。

"霖生，我郑重表明我的态度，我坚决反对把革命当成工厂，也绝不允许把入股的思想带进革命组织中来。"见刘揆一有点跑偏，黄兴严肃地说。

"我也再一次重申我的立场，我刘霖生绝不加入孙中山的组织。"刘揆一怼道。

"大家先不要动怒，现在不是正在商量嘛，如果谁有更好的建议，可以提出来。"宋教仁出来圆场。

"既然大家的意见不能统一，我看这样好了，不以华兴会的名义加入，个人按照自己的意思自由选择加入与否。"黄兴退一步说。

"好，那就按会长说的，加入与否由自己决定，我们不鼓励也不阻止。"见黄兴让步了，刘揆一也不再是那么坚持。

第四十八章 畅所欲言

7月28日，程家柽捎信说孙中山先生要与宋教仁和陈天华在《二十世纪之支那》杂志社见面，约定时间是下午1点。

看到时间很快到1点，正在外面办事的宋教仁和陈天华匆匆往回赶。

"星台，你知道吗？家柽说中山先生是指明要见我们俩。"宋教仁说。

"没想到中山先生这么有趣，不仅到我们《二十世纪之支那》杂志社来见我们，还指名道姓的，都说客随主便，他可是倒过来了。"陈天华说。

"这就是大家风范，求贤若渴、不耻下问。"宋教仁说。

"嗯，现在我脑海里已经勾画出他的模样了，不知道等会见到会不会与想象相差很远。"陈天华说。

"那你现在还想跟他比武吗？"宋教仁开玩笑说。

"哪敢啊！我只是开个玩笑而已，中山先生也不会跟我动手的。"陈天华也笑着说。

老远，宫崎寅藏就迎了上来："两位很准时啊！中山先生在屋里等你们。"

进得屋去，见一个儒商模样的中年人背对着门在观察杂志社的陈设，他这里摸摸，那里看看的。陈天华猜想，这个人一定就是孙中山先生了。

"中山先生，遁初君和星台君来了。"宫崎寅藏说道。

孙中山忙转过身子自我介绍道："我就是被清政府所通缉的流寇，有家不能回的孙文。"

"久闻孙先生大名，如雷贯耳，我叫宋教仁……"宋教仁说。

不待宋教仁说完，孙中山抓住他的手朗声道："遁初。"

听到孙中山先生这么叫自己，宋教仁不由得心里产生了一种亲切感，像是一个多年未见面的兄长突然碰上了。

宋教仁转身正准备给陈天华介绍，孙中山先生不让，却朗诵起《警世钟》里面的诗句："'长梦千年何日醒，睡乡谁遣警钟鸣？腥风血雨难为我，好个江山忍送人！万丈风潮大逼人，腥膻满地血如糜；一腔无限同舟痛，献与同胞侧耳听．'星台，你的《猛回头》与《警世钟》写得好哇！给麻木不仁的国人真正敲了一记警钟，我拜读了很多遍，每读一遍都有热血沸腾的感觉。你的《狮子吼》我也是在追着看，我是你很忠实的读者哦，你可要快些写，不要让我们等得太久啊！"

"一定！一定！星台一定加油写。"陈天华赶紧说。

孙中山先生的知遇，让陈天华感激涕零，他走过去与中山先生紧紧抱在了一起。

"虽然我的《猛回头》《警世钟》能起一定的作用，但我认为，只有像先生这样先知先觉的革命者，敲响警世钟，才能尽快唤醒中华民族这头东方的睡狮啊！"陈天华激动地说。

"星台，你要知道，干革命，光靠一个人或几个人肯定是不行的，我们要同舟共济，一起努力。"孙中山拉着宋教仁和陈天华的手说。宫崎寅藏也走过来伸出了双手。

"对，同舟共济，一起努力。"四双手紧紧叠在了一起。

"我听说你们华兴会对组建新的革命组织有不同的看法是吧。"停了一会，孙中山又问。

"是的，由于黄兴会长和我们二位主张联合，所以华兴会大部分的人都同意加入。"宋教仁说。

"那为什么副会长刘揆一还没加入呢？"孙中山问。

"霖生不明白先生为什么要这么早成立新的革命团体，而且浙江的光复会、湖北的科学补习所这些大的反清团体也不知道是什么态度。"陈天华说。

"哦！这件事都怪我，以后我应该事先跟大家讲清楚就不会出现这样的结果了。"孙中山说道。

"遁初、星台，听说你们在长沙组织华兴会，发动过长沙起义？"孙中山问。

长沙起义是陈天华心头的痛，现在回想起来还历历在目："是的，可惜还没开始就失败了。"

说到华兴会的事，陈天华给孙中山做了详细的述说，结合自己的观点，他认为长沙起义的失败主要是因为缺乏与腐败的清朝政府作斗争的经验，保密情况也没做好，导致起义还没开始就遭到绞杀。

望着陈天华对长沙起义失败痛心疾首的样子，孙中山反过来安慰说：

"星台，有革命就有失败，如果革命这么轻而易举能取得胜利，那就不叫革命了。你看我革命这么多年，也失败了这么多年，现在像流寇一样，有家都不能回，但我还是坚信，革命最终是要胜利的，所以，现在我还在不懈努力。"

"对，我坚信，我们一定能取得革命的最后胜利。"宋教仁说。

"听君一席话，胜读十年书。"陈天华激动地握着孙中山的手说，他觉得自己的心结终于打开了。

孙中山也向宋教仁和陈天华详尽阐述革命大势及各省革命团体联合的必要性。

"遁初、星台，我在想一个很重要的问题，就是我们现在的中国忧的是什么？好像忧的是被国外的瓜分，但实际上更忧的是我们内部的不统一，比如说我们现在各省的起义，这个省要起义，那个省要起义，都要起义，但又互相不联络，各自号召，这样下来，起义成功的有几个？有的甚至还在萌芽状态，就被清政府给灭了，就像你们华兴会组织的长沙起义，还有你们在上海拟策动的湖北和宁夏起义。这是为什么呢？就是我们这些团体之间不互通信息，没有往来，这就给腐败的清朝政府提供一个各个击破的机会。大家不要以为，清政府腐败无能到了极点就是那么容易推翻，大家应该也听说过，瘦死的骆驼比马大，我们都还是新生力量，无论从财富积累还是人员和武器方面，我们这些单独的团体都无法跟清政府抗衡，唯一的办法就是联合起来，形成统一战线，才能跟腐败的清政府一决高下。我们要发挥蚂蚁撼动大树的精神，小小的蚂蚁为什么能够撼动大树？那是因为他们有组织、有纪律、有团队精神。"

"对，先生说得对，这就是问题的症结所在。"陈天华点头赞同。

"还有，我们从中国发展的历史来看，各路英豪都是为了推翻皇帝，最后夺取政权，自己成为新的皇帝。但是新的皇帝上台后呢，又有新的英豪对夺取了政权的新的皇帝不满，又为了争夺新的政权展开了厮杀，而且这种厮杀比推翻旧皇帝的厮杀还要残酷，还要激烈。这是什么原因造成的？没有统一的组织，没有统一的目标，没有统一的纲领，都是为了自己的一己私欲。因为接连不断的战争，大批的士兵，大批的老百姓死在战场上，国力也因为长期的征战，一天比一天衰退。最后的结果是两败俱伤。当然，最苦的还是平民百姓和那些枉死沙场的士兵。"

"是的，先生说的非常深刻，真是一语中的。"宋教仁说。

"还有，现在西方列强也最期望我们内部不统一呀，我们内部不统一就无法推翻清朝政府，清朝政府就要出手来镇压我们，他们可以不用费多大力气瓜分我们，这就是我们常说的螳螂捕蝉，黄雀在后。我们每一个中华儿女都要警醒，要警醒啊！所以说我们要互相联络，建立一个统一的组织，为当前最重要的任务。"

　　"为了不让百姓再流更多的血，为了国家不受更多的难，我决心追随先生建立新的革命团体。"陈天华说。

　　"我也是，愿追随先生革命到底。"宋教仁说。

　　"击掌为盟！"孙中山先生提议。

　　跟孙中山的这段谈话，可以说给了陈天华很大的启迪。回去的路上，他一直在回味着。

　　"中山先生真的很有亲和力，跟他相处真的就像是跟自己的兄长相处。"搓着还留着孙中山余温的手，陈天华感叹道。

　　"他在留学生和东南亚华侨中间有这么大的影响力，自有他过人的能力。"宋教仁说。

　　"我认为中山先生的革命理念跟我们华兴会的差不多。"陈天华说。

　　"我感觉也是，不管华兴会最终的决定如何，我都会加入中山先生组织的新的革命团体。"宋教仁说。

　　"我的想法也是这样的。"陈天华说。

　　"星台，中山先生跟你心目中勾画的形象差不多吗？"宋教仁又问。

　　"呵呵，有点差异，多了一层温文尔雅的气质，一个典型的美男子。"陈天华笑道。

第四十九章 成立同盟会

7月30日，孙中山租住的寓所里，华兴会、兴中会、复兴会的主要人员如约到来。

陈天华没想到在这里居然碰上杨源浚，跟他同来的还有高霁，一问，原来他们俩已经秘密加入了孙中山领导的兴中会。

"哈！真是人生何处不相逢"陈天华兴奋地说。

"星台，我们早前听你说过湖南的华兴会，猜你一定会来参会的，果不其然。"杨源浚则说。

"心有灵犀呀！"高霁说。

正在热聊，黄兴压低声音跟他们说："大家安静一下，孙先生要讲话了。"

三人立刻噤声，专心听孙中山的讲话。

"欢迎大家的到来，今天会议的第一个内容就是要给我们即将成立的革命团体起个名字。首先声明，我们这个会议自始至终都要有民主的精神，谁都有权利起这个名字，谁都有权利同意和否决他人的意见。"孙中山首先站起来发言。

"好！好！"

屋里响起一片掌声，支持孙中山的提议。

"谁先说？"孙中山问。

第一个站起来回答的是广东来的朱执信，他是跟他的舅舅汪兆铭一同来参加的，他年纪比汪兆铭小，但看上去却比汪兆铭成熟。

他说："既然我们进行革命的目的是要推翻清政府，我提议我们这个组织的名字就叫'对满同盟会'，大家觉得怎么样？"

"我不赞成！我的理由很简单，我们革命的最终目的是要'推翻专制，建立共和'，这个名字只是包括了前部分，后面的部分没提及，概括得不全面。"孙中山说。

"中山先生，还是你起个名字吧。"黄兴提议道。

孙中山沉吟一下说："好！就叫'中国革命同盟会'吧。"

"中山先生，我有反对意见，我认为，本会在相当长的一段时间内都将是一个秘密性的组织，不适合使用'革命'两字。"陈天华举手站起来说。

"星台，我赞成你的意见。"黄兴支持说。

"对，不能先暴露我们的目的。"

"是的，免得过早被清政府扼杀。"

大家纷纷支持陈天华的观点。

"大家看这样好不好？我们去掉'革命'两字，就叫'中国同盟会'"孙中山说。

"这名字好！"有人马上赞成。

"嗯，就是这个名字了，我赞成！"

"我也认为这名字好。"

这回大家都点头赞成。

宋教仁带头举手同意，最后大家一致举手。

"好，名字全体通过，我们开始进行第二项，确定同盟会的政纲，我提出的是：'驱除鞑虏、恢复中华、创立民国、平均地权。'十六个字。"孙中山说。

"孙先生，所谓的'平均地权'，是不是把有土地的人家的地充公分给没地的农民？"有人提出疑问。

"原则上是这样的，刚开始，可能用的手段不尽相同，但要达到'耕者有其田'的最终目的。"孙中山解释说。

"我不同意！"

"我不同意！"

"我们是来参加革命的，结果革到我们自己的头上，要我们拿出自己的土地来分，这是什么道理？"

"我们是参加革命的，为什么要分我们的土地？"

"我家的土地是我们的先祖一点一点地积攒起来的，怎么能被我们这些革命的子孙给分出去呢？"

……

一时间，大家躁动起来，很多人都表示不理解、不赞成。

"大家安静一下！安静一下！先听听孙先生解释'耕者有其田'的道理

之后，你们就会明白了。"黄兴站起来维持秩序。

"诸位都是学贯中西，立志要救中华民族于水火。当今世界的趋势和中国最主要的问题就是'民生问题'，而'平均地权'是解决这一主要问题的第一方法。大家都知道，欧美它没有解决社会的主要矛盾，原因是没有解决好土地问题。在英国出现了所谓的'羊吃人'现象，就是大片的土地掌握在少数人的手里，大批农民被赶出家园，成为两手空空的流浪者。为了生存，他们不得不去到城市的工厂，靠出卖劳动力为生。工厂一旦停工，就会有大量的人员失业，伦敦每年就有七八十万人失业。这样下去贫富差距越来越大，'平等'二字就成了空口白话。现代资本暴露出来的社会问题在欧美积重难返，而我们中国却刚刚开始。这种社会问题如果处理不当，就会出现大的革命，但革命这个事情，是万不得已才用的，不可频频使用，那样会伤了国民的元气，民族的元气。我们在实行民族主义政治革命的时候，必须同时解决好社会的经济结构，考虑到未来的社会矛盾，和可能出现的社会革命，这是最大的责任。我们革命的目的是什么？就是为众生服务。因不满少数满州人的统治，而进行了民族革命；因不愿君主一人专制，而进行了政治革命；因不愿少数富人专制，而进行了社会革命。这三样有一样做不到，那都不是我们的本意。中国同盟会应该高瞻远瞩，既解决民族问题，又解决社会问题，还要把将来社会最难的问题一并解决。那么，我们就可以建立一个世界上最美好、最富强的国家。"孙中山说。

孙中山的讲话，博得了一阵阵的掌声。原来有不同意见的人也接受了这种观点。

"同意中国同盟会政纲的请举手。"黄兴提议道。

全体通过！

"既然大家都同意了，那我们宣誓。"孙中山带头举起右手。

大家跟着举起右手宣誓："驱除鞑虏、恢复中华、创立民国、平均地权、矢信矢终、有始有卒、如或渝此、任众处罚。"

"大家还有什么不同意见吗？"孙中山问。

"没有了。"大家几乎异口同声说。

"好！我们一起高呼：中华民国万岁！"孙中山说。

"中华民国万岁！"激动的情绪充盈了每个会员的胸膛。

会上，陈天华被推举与黄兴、马君武等八人一起起草同盟会会章《革命方略》，这让陈天华如鱼得水。筹备会结束后，他与黄兴几乎天天前往孙中山的寓所，与孙中山共同研究一系列的革命问题。这时的陈天华与数月前情绪低落时期简直是判若两人，他朝气蓬勃，浑身充满活力。

"星台，还记得我们第一次见面吗？你一谈到华兴会领导的长沙起义流产的经过那是痛彻心扉啊！我看你现在变了，浑身都是劲，像是脱胎换骨变了一个人。"孙中山看到了陈天华的变化。

"孙先生领导成立的同盟会让星台看到了中国的希望，看到了民主革命胜利的曙光。"陈天华有些不好意思地说。

"放心，中国革命是有希望的，不管过程有多曲折，但胜利终将属于我们。"孙中山大手一挥，做了一个陈天华很眼熟的手势，孙中山每次演讲，都是用这个手势把气氛推向高潮。

"哈！革命还是需要领头羊，孙中山先生就是我们的领头羊。你们看，孙中山先生这么一组织，现在，名字有了，政纲有了，会章也有了，万事俱备，只欠东风。"起草完同盟会会章的陈天华感慨地说。

"星台说的没错，怪不得连克强兄这样的人都对他佩服得五体投地。"宋教仁说。

"别光说我，难道你遁初先生还有不服的？"黄兴反问道。

"服！服！我是从心底里服了，孙先生胸襟广阔，大气磅礴，有鲸吞山河的气势。"宋教仁连连说。

"对！我说啊，只要跟孙中山先生一起革命，最后胜利是一定属于我们的。"陈天华满怀信心地说。

"嗯，我看我们加入同盟会的选择一点都没错，得赶紧说服霖生加入进来才是，别错过了时机。"黄兴说。

"霖生是个很聪明的人，我想他一定会醒悟过来的。"陈天华说。

孙中山自来到日本后，一天也没停止过活动，不是联络会员，就是宣传革命，在留日学界的影响是越来越大。

一天，黄兴来宿舍宣布："同学们，近日留日学界打算举行一个欢迎孙中山先生的见面会，会上有孙中山先生的演讲，因为会场小，名额有限，所以，我想先征求大家的意见，哪些同学想去？"

"我。"

"我。"

“还有我。”

宿舍里的人除了刘揆一，几乎全都举手了，这下倒让黄兴有些为难了。

“同学们，开欢迎会的地方只有这么大，有这么多团体参加，大家都去肯定是挤不下的，现在这么多同学想去，我也无法定夺，要么我们抓阄决定？”黄兴想出了一个办法。

“我可不跟你们抓阄啊！我是《二十世纪之支那》的撰述，我肯定得参加啦！我不参加怎么写文章？”陈天华提出来。

“那好，星台你就不用抓了，到时把文章写好一点。”黄兴点了点头。

“那是自然的，好不容易才等到孙先生的演讲。”陈天华说。

“我们不抓阄，我们也要去，即使不能进去，在外面听听也行。”同学们喊道。

“好吧，但同学们一定要注意，不能进去就不要进去，不能造成会场混乱。”黄兴见同学们热情这么高，也不好强行阻止，只能嘱咐道。

8月13日，陈天华参加了留日学界在东京富士见楼召开的欢迎孙中山大会。欢迎会盛况空前，不仅会堂里挤满了人，连会场外都围了很多人，大家都想一瞻孙中山的风采。

孙中山在欢迎会上发表了激情洋溢的演说：“鄙人往年提倡民族主义，应而和之者，特会党耳，至于中流社会以上之人，实为寥寥。乃曾几何时，思想进步，民族主义大有一日千里之势，充布于各种社会之中，殆无不认革命为必要者。虽以鄙人之愚，以其曾从事于民族主义为诸君所欢迎，此诚足为我国贺也。顾诸君之来日本也，在吸取其文明也，然而日本之文明非其所固有者，前则取之于中国，后则师资于泰西。若中国以其固有之文明，转而用之，突驾日本，无可疑也。

中国不仅足以突驾日本也。鄙人此次由美而英而德、法，古时所谓文明之中心点，如埃及、希腊、罗马等，皆已不可复睹。近日阿利安民族之文明，特发达于数百年前耳。而中国之文明，已著于五千年前，此为西人所不及，但中间倾于保守，故让西人独步。然近今十年，思想之变迁，有异常之速度。以此速度推之，十年、二十年之后，不难举西人之文明而尽有之，即或胜之焉，亦非不可能之事也。盖各国无不由旧而新。英国伦敦先无电车，惟用马车，日本亦然。鄙人去日本未二年耳，再来而迥如隔世，前之马车，今已悉改为电车矣。谓数年后之中国，而仍如今日之中国，有是理乎？

中国土地人口，为各国所不及，吾侪生在中国，实为幸福。各国贤豪欲得如中国之舞台者利用之而不可得。吾侪既据此大舞台，而反谓无所藉手，蹉跎岁月，寸功不展，使此绝好山河仍为异族所据，至今无有能光复之，而建一大共和国以表白于世界者，岂非可羞之极者乎？

西人知我不能利用此土地也，乃始狡焉思逞。中国见情事日迫，不胜危惧。然苟我发愤自雄，西人将见好于我不暇，遑敢图我？不思自立，惟以惧人为事，岂计之得者耶？

所以鄙人无他，惟愿诸君将振兴中国之责任，置之于自身之肩上。昔日本维新之初，亦不过数志士为之原动力耳，仅三十余年，而跻于六大强国之一。以吾侪今日为之，独不能事半功倍乎？

有谓中国今日无一不在幼稚时代，殊难望其速效。此甚不然。各国发明机器者，皆积数十百年始能成一物，仿而造之者，岁月之功已足。中国之情况亦犹是耳。

又有谓各国皆由野蛮而专制，由专制而君主立宪，由君主立宪而始共和，次序井然，断难猎等；中国今日，亦只可为君主立宪，不能猎等而为共和。此说亦谬；于修筑铁路可以知之矣。铁路之汽车，始极粗恶，继渐改良，中国而修铁路也，将用其最初粗恶之汽车乎？抑用其最近改良之汽车乎？如此取譬，是非较然矣。

且夫菲律宾之人，土番也，而能拒西班牙、美利坚二大国，以谋独立而建共和。北美之黑人，前此皆蠢如鹿豕，今皆得为自由民。言中国不可共和，是诬中国人曾菲律宾人、北美黑奴之不若也，呜呼可？

所以吾侪不可谓中国不能共和，如谓不能，是反夫进化之公理也，是不知文明之真价也。且世界立宪，亦必以流血得之，方能称为真立宪。同一流血，何不为直截了当之共和，而为此不完不备之立宪乎？语曰："取法于上，仅得其中。"择其中而取法之，是岂智者所为耶？鄙人愿诸君于是等谬想，淘汰洁尽，从最上之改革着手，则同胞幸甚！中国幸甚！"

听了孙中山先生的演讲，会场掌声雷动，有些人禁不住流下激动的泪水。

通过几次见面，陈天华对孙中山有了进一步的了解，他在当日撰写的报道《纪东京留学生欢迎孙君逸仙事》中盛赞孙中山："有失败之英雄，有成功之英雄。英雄而成功也，人讴歌之；英雄而失败也，人哀吟之。若夫屡失败而将来有成功可望之英雄，则世界之视线集焉。是故欧美之于英雄也，于其未至，则通书以相讯问，于其既至，则开会以盛欢迎。贵绅淑女，黄叟稚童，争握其手；有接其馨颏者，则以为希世之荣；甚至如加里波的之至英，英人欲留其所着之衣以为纪念，顷刻而其衣片片撕尽。迄今思之，其狂愚诚不可及，亦足以窥见白人崇拜英雄之一斑。夫于异国之英雄，犹有其然也，况为本族之英雄乎？况为本族屡失败而将来有望之英雄乎？人之想忘其风采，愿接其颜色也，何怪其然。

孙君逸仙者，非成功之英雄，而失败之英雄也；非异国之英雄，而本族之英雄也。虽屡失败，而于将来有大望；虽为本族之英雄，而其为英雄也，决不可以本族限之，实为世界之大人物。彼之理想，彼之抱负，非徒注眼于本族止也，欲于全球之政界上、社会上开一新纪元，放一大异彩。后世吾不知也，各国吾不知也。以现在之中国论，则吾敢下一断辞曰：是吾四万万人之代表也，是中国英雄中之英雄也。斯言也，微独吾信之，国民所公认也。

……

抑吾闻孙君所抱持之主义，实兼民族、平民二主义者也。是日之演说，仅及民族主义，于平民主义则未曾提及。盖人数过多，则程度不一，故有难言之者。且中国所宜急于行者，亦以民族主义为先，此所以特缓平民主义，而急其所先焉，着手之次第应尔也。至于孙君所言，骤听似为人人能言者，特人言之而不行，孙君则行之而后言，此其所以异也。况孙君于十余年之前，民智蒙昧之世，已能见及此而实行之，得不谓为世间之豪杰乎！夫豪杰之见地，亦惟先于常人一着耳。据事后而曰我亦能之，则凡今日之摇电铃而过市者，皆可以称神圣，而当日之发明电气者为无功矣，有是事乎？今后有人，其能力、其理想，俱驾于孙君之上，吾不敢保其必无也。然而孙君为一造时势之英雄，则吾所敢必也。"

或有谓余者曰："人不可失自尊心也。孙君英雄，吾独非英雄乎？若之何其崇拜之也？"答之曰："唯唯否否，不然。人固不可失自尊心，然吾崇拜民族主义者也，以崇拜民族主义之故，因而崇拜实行民族主义之孙君，吾岂崇拜孙君哉！仍崇拜吾民族主义也。敬重军队者，因而敬重军旗，夫军旗有何知识，而亦须敬重之耶？亦以军队泛而无着，寄其敬重之心于军旗耳！军旗尚然，况于实行民族主义之孙君乎？是日之欢迎孙君者，余敢断言其非失自尊心，而出于爱国之热忱，识者当不以余言为谬。"

"星台，你的文章我看过了，太抬举我了，很是惭愧呀！惭愧呀！"见到陈天华，孙中山紧握着他的手说道。

"孙先生，我是打心里崇拜你的，这些话都发自我的内心。"陈天华急忙说。

"星台，真的要谢谢你们对我的信任和支持。"孙中山感激地说。

"跟着孙先生走，将革命进行到底也是我陈星台此生最大的愿望。"陈天华说。

"星台，有这么多像你，像黄兴、宋教仁这样的支持者，我相信我们的革命一定能取得最后的胜利。"孙中山手握拳头，做了一个强劲的手势。

陈天华写的《纪东京留学生欢迎孙君逸仙事》在留学生中广泛流传，及时有力地支持了孙中山的革命活动。

为了给《二十世纪之支那》写稿，陈天华每天都是沿着孙中山的足迹在走，几乎很少有时间回学校。这天陈天华打算回学校洗个澡，换身衣服。

"星台兄，星台兄，我可找到你了，我都来你们学校三四次了。"陈天华才回学校，就碰到了等在校门口的方鼎英。

自方鼎英入读军校以后，陈天华都没见过他，眼前的方鼎英不仅长高、长壮实了，脸也晒得黑黝黝，一看就是军校锻炼出来的，而且越发英气逼人。

"哟！伯雄兄，这么长时间不见，又长大了很多，你这么急着找我，有事吗？"陈天华笑道。

"星台兄，听说你认识孙中山先生，还参加了他领导的同盟会的创立？"方鼎英问。

"你听谁说的？谁这么关心我？"陈天华开玩笑说。

"我看了你写的《纪东京留学生欢迎孙君逸仙事》，猜的。"方鼎英老实说。

"伯雄兄，我确实参加了同盟会的创立，也认识孙中山先生。"陈天华说。

"太好了，我能够申请加入同盟会吗？"方鼎英高兴地说。

"怎么不可以？求之不得呢，走，我现在带你去见孙中山先生，请他和我共同做你的入会介绍人。"陈天华都没想着回学校了，立马说。

在孙中山的寓所，第一次见到方鼎英的孙中山喜欢上了眼前这个英姿勃勃、意气风发的年轻人，听了陈天华的介绍更是对他喜爱有加。

"伯雄，年轻有为啊！像你这么年轻的时候我还在家乡砸菩萨像呢。"孙中山风趣地说。

孙中山的话让开始还有些腼腆的方鼎英一下轻松起来。

"可现在的孙先生是我们年轻人崇拜的偶像了。"陈天华接道。

"星台，不要说崇拜，大家一起来干一番事业。"孙中山赶紧制止说。

"孙先生，我真的很崇拜您，我想加入同盟会，您能做我加入同盟会的介绍人吗？"方鼎英问。

"当然可以呀！同盟会的大门向你们年轻人敞开着，你们年轻人才是祖国的未来，民族振兴的希望。来，你先填一份表，然后我就给你签字。"孙中山递给方鼎英一份申请表道。

"好的。"方鼎英双手接过孙中山递过来的表，仔细填好，又递回给孙中山。

"伯雄，从今天开始，你就正式是同盟会会员了，同盟会的纲领你知道吗？同盟会的会章你读过吗？如果没有读过，叫星台找给你。"孙中山签完字说道。

"谢谢孙先生！我都学习过，我一定严格信奉和坚持同盟会纲领，严格遵守同盟会会章，跟孙先生革命到底！"方鼎英激动地说，双手接过表。

"年轻人，好好努力，将来的中国是你们的。"孙中山又拍了拍方鼎英的肩膀说。

离开孙中山寓所，方鼎英的心还没平静下来，他说："星台兄，没想到，大家心目中充满传奇色彩的孙中山先生却是这么的平易近人。"

"哈！伯雄，你这么想就对了，因为我第一次见他的感觉跟你是一样的。"陈天华笑道。

第五十章 报刊更名

《二十世纪之支那》杂志编辑部里，大家正各司其职忙自己的那份事情。

"宋主编，我今天看到了一篇好文章。"邹毓奇手上挥动几页稿纸，激动地喊着主编宋教仁。

邹毓奇是陈天华介绍来杂志社任职的，在东京法政大学的时候，陈天华读过他写的文章，觉得很不错，杂志社需要人手的时候，就把他喊来了。

"什么文章？我看看。"宋教仁急问。

"蔡汇东写的《日本政客之经营中国谈》，文中深刻揭露了日本对中国辽东半岛的领土野心。"邹毓奇说。

接过邹毓奇手中的稿纸，宋教仁看了一遍："嗯，文章不错，立意很新，一针见血，言辞很犀利，恐怕日本人看了会有些不舒服，星台，你看看。"宋教仁又把稿子递给了陈天华。

"我们做杂志，就是要发一些揭露阴暗面的东西，让人们能够透过现象看本质，这样才能起到警醒世人的作用。"陈天华说出自己的意见。

"能不能把词语修饰一下，让人看起来圆润一些，不是那么犀利。"宋教仁说。

"主编，我看这样挺好，只有这样犀利的语言才能刺痛他们的神经。"邹毓奇坚持说。

"嗯，那好吧，按你的意思在《二十世纪之支那》第二期编发。"宋教仁想了想说。

"好！我预见这篇文章一发出去，一定会在这个小小的岛国引起激烈的震荡。"邹毓奇满怀信心地说。

《二十世纪之支那》第二期编好后，赶紧送到印刷厂付诸印刷。第三天，印刷厂按时把杂志送到了编辑部。

邹毓奇抽出一本翻开，看着编排在首页的《日本政客之经营中国谈》，邹毓奇笑了一下，等下只要把杂志发出去，肯定会一石激起千层浪。

"喂！你们谁是这里的主编？"突然，有四五个日本警察冲了进来，其中一个头目对着埋头工作的编辑们大声喊道。

宋教仁站了起来答道："我就是，请问你们有何贵干？"

"你们的杂志《二十世纪之支那》第二期所刊登的《日本政客之经营中国谈》侵犯了日本人的声誉，现责令《二十世纪之支那》杂志停刊，第二期的杂志全部没收。"头目抖了抖手中的一张纸说。

"你们日本不是鼓吹言论自由吗？怎么我们刊登一篇文章就侵犯你们的声誉了？"陈天华站出来辩道。

头目说："这个我们不管，我们是奉命行事，有什么问题，你们找我们官方谈去。"说着命令手下人去搬杂志。

陈天华冲上去想护住杂志，被两个日本警察强行拉开，所有第二期的杂志全部被清理拉走。

然后，警察头目又宣布查封杂志社，把陈天华、宋教仁他们赶出来后，在门上贴了封条，扬长而去。

正如宋教仁所担心的，《日本政客之经营中国谈》引起了日本官方的恼怒，所以他们派警察没收杂志，查封了杂志社。

面对突如其来的变故，杂志社的人一下都蒙了，怎么会这样呢？

"这篇文章我估计会有麻烦的，但没料到会有这么大的麻烦。"宋教仁说。

"我找他们说理去。"邹毓奇冲动地说。

"算了，在人家的地盘上哪有我们说理的地方，还是忍忍吧。"刘揆一拉住他说。

"是啊！强龙难压地头蛇。"张继说。

"对不起！是我连累了杂志社。"邹毓奇惭愧地说。

"人澍，不要过分自责了，你也没想到事情会这么严重的，怪只怪日本政府说的是一套，做的又是一套。"陈天华安慰说。

"这篇文章是我审查过的，我也有责任。"怕邹毓奇太难过，宋教仁主动揽过责任说。

杂志社被查封，编辑部的人都无事可做了。第二天，大家还是习惯性地来到了杂志社。

"杂志社被封，我们都成了无业游民，大家还跑来干什么？"望着到处打着封条的杂志社，宋教仁苦笑着对大家说。

"我昨天晚上想了想，其实，现在封的只是《二十世纪之支那》杂志，我们能不能改个别的名字再重新办？"陈天华说。

"这倒是个办法，容我想想，该改个什么名字。"宋教仁点头道。

"既然要成立同盟会，那就该有一个会刊，我们把《二十世纪之支那》杂志献出来给同盟会做会刊如何？"黄兴提议说。

"对呀！我们现在人员是现成的、办公用具是现成的，改个名字又可以开张营业了，还用再想他途吗？大家说是不是？"宋教仁说。

"好啊！我坚决支持！"陈天华高举着双手说。

"我也支持！"张继说。

"我不支持！我们的杂志社凭什么又要给那个孙大炮？"刘揆一说。

"霖生，不是给孙大炮，是给同盟会。"黄兴说。

"反正我保留意见，如果你们要给我就不参与。"刘揆一气哼哼地说。

"我们还是集体表决吧。"黄兴拗不过，只好表决通过。

除了刘揆一，大家纷纷举起了手。

"好，既然百分之九十九都通过了，我们去跟中山先生汇报一下。"黄兴说。

听说黄兴他们要献出《二十世纪之支那》杂志社创办同盟会的机关报，孙中山很是高兴："好啊！你们真像是及时雨，想我之所想，急我之所急。同盟会一成立，必须有自己的会刊来宣传自己的政治纲领和主张。况且你们杂志社有现成的一班人马，且都是坚定的革命者，这对于同盟会来说是如虎添翼啊！"

"那杂志的名字该怎么改呢？"黄兴问。

"同盟会是为了谋取广大民众的共同利益即民族主义、民权主义、民生主义而诞生的，报纸是为同盟会服务的，它发出的应该是民众的声音，我们就将《二十世纪之支那》改名叫《民报》吧。"孙中山说。

"好！这名字好！《民报》，刊载民众之声的报纸，为民众服务的报纸。"黄兴不禁拊手叫好。

8月20日，在东京赤坂区头山满提供的民宅二楼榻榻米房，由兴中会、华兴会、光复会组成的中国同盟会正式成立。除了刘揆一之外，黄兴、宋教仁、陈天华等华兴会会员都加入了同盟会。

会上，黄兴正式宣布将《二十世纪之支那》献给同盟会："同志们，中国同盟会正式成立了，应该设有机关报刊，除了宣传我们的政治主张外，还担负着与保皇党、立宪派进行斗争的重任，为此，我和宋教仁、陈天华等同志商议将《二十世纪之支那》杂志献出来作为同盟会的机关报，更名为《民报》。"

杂志社就要更名了，看着自己亲手创办的杂志才出两期就要更名，宋教仁还是有些依依不舍。

"完成使命了，摘下来吧。"宋教仁深深望了一眼《二十世纪之支那》的牌匾，沉声对陈天华说。

"还是有点舍不得，你看这是克强兄写的字！"陈天华指着那幅黄兴写的题词说。

"两位，别这么伤感嘛！黄兴先生的题词及《二十世纪之支那》的牌匾已成为革命的文物了，我们要好好保存起来的。"张继说。

"放心吧！这个字和牌匾我自己收了，各位仁兄，可惜呀！才出了两期就寿终正寝了。"宋教仁有些伤感地说。

"不对，不对，怎么叫寿终正寝呢？叫浴火重生才对。"张继纠正说。

"中国革命史上今后一定有这样两句话，《二十世纪之支那》是冲锋号角，是它催生了中国同盟会的《民报》。"程家柽说。

"是啊！我也希望它有更大的用武之地。"宋教仁说。

"这就没错了，《民报》的舞台更大，现在是它发挥最大能量的时候到了。"程家柽说。

"对，我们期待它凤凰涅槃，有一个辉煌的明天。"陈天华说。

《二十世纪之支那》改为《民报》后，陈天华继续留在编辑部任撰述。作为同盟会的会刊，孙中山先生为其撰写发刊词，提出了"三民主义"，即"民族主义、民权主义、民生主义"。

第五十一章 壮志未酬

华兴会策划的长沙起义虽告流产，但谭人凤他们攻打宝庆府的行动计划因为还没开始实施并没暴露，长沙起义流产所产生的影响也还没有波及新化，这让谭人凤觉得又有了可乘之机。

新化文场群治小学堂内，谭人凤又召集了周辛铄、戴哲文等人一起来商议。

"大家应该都知道，长沙起义已经暴露，黄兴、陈天华他们据说都已逃去上海。看来继续起义已经不可能了，但我们已经召集了这么多的人马，也训练了这么长的时间，可以说万事俱备只欠东风，我们难道就这么放弃了吗？"谭人凤说。

"我觉得就这么放弃太可惜了，刚开始说要起事联系大家的时候，个个都是斗志昂扬，现在就这么一盆冷水泼下去，会让大家感到非常失望，以后要重新召集人马就非常难了。"周辛铄说。

"叔川兄说得对！我们不能半途而废，长沙起义没搞成，我们可以在宝庆继续搞啊！"谭人凤说。

"我赞成两位先生的想法，开弓没有回头箭，我们现在没暴露不能担保以后不会暴露，世上没有不透风的墙，说不定我们没去找官府的麻烦，官府以后会找我们的麻烦，我们还不如主动出击，舍死一搏。"戴哲文说。

跟戴哲文一起来的还有谢介僧、奉集勋、罗锡藩、曾继焘等这些积极支持革命的进步人士。

"可我认为，如果就我们这些人的话，有点势单力薄，我们还需要发动更多会党参加。"谢介僧说道。谢介僧，号国萃，字价僧，亦曰介轩，新化县大同团人，清光绪十三年(1887年)二月生，一直是周辛铄和谭人凤的追随者。

"我认为地点要重新选，长沙起义事泄应该是惊动了宝庆府的，宝庆府现在是惊弓之鸟，防备做得很充分，我们不能去跟他们硬拼。"奉集勋道。

"集勋兄说得很有道理，按我们现在召集的人数，单打独斗与宝庆府抗衡的话，不仅占不到便宜，而且可能被他们一口吃掉。"罗锡藩说。

"没错，我今天召集大家来就是商量这个事情的，我们可以做进一步的联络，寻找合适的地方再次发动起义。"谭人凤道。

"联络工作我看还是由我和人凤兄去做，毕竟我们都跑了这么多地方、这么长时间，已经轻车熟路。"周辛铄说。

"好！骏友、介僧、集勋、锡藩你们几个就继续留在资江书院，发展你们周边的人入会。我和叔川兄去外面联络，可能很长时间都不在新化，如果需要活动经费，你们先垫上，等我们回来再给你们。"谭人凤说。

"不用了，谭先生，我们做教习都有薪水的，要不我们就拿出薪水的一半作为活动经费吧。"戴哲文提议说。

"我同意！"

"可以！"

奉集勋和罗锡藩也表示支持。

有了目标后，谭人凤、周辛铄不顾清吏严查搜捕的"白色恐怖"，继续为筹划反清起义四处奔走联络。

1905年2月开始，他俩头戴草帽，脚穿草鞋从隆回出发，翻越林密草深的雪峰山，风餐露宿，入溆浦、过辰溪、沅江、下常德一路联络过去。

这日，他们准备从桃源去常德，走的是水路。沅江水浅，河面上行走的一般都是木排或竹筏。正值桃花汛期，河面上漂满了长长的排筏，为了省船费，俩人找了一贩木材到上海的木筏乘了上去。沅江自桃源的陬市以上，河道便狭窄起来，而且蜿蜒曲折，滩险、浪急、水浅，一路上都是提着心、吊着胆。河道七弯八绕，流过一百多里，就到了常德县所管辖的牛鼻滩镇。出了牛鼻滩，进入汉寿县的地界便属于洞庭湖了。

进入一望无际的西洞庭湖水域，原以为水路必是畅通无阻了的，哪知，才走没多远，前面一块木排就被卡住了。原来，这洞庭湖里头的水路，因为洪水的关系，也是年年有变化，每年各不同。今年的桃花水涨得大，上游下来的洪水，裹挟的泥沙多，泥沙一多，有些地段便淤积成堆，原先能够过水的地方，被淤泥堵塞起来，木排一不小心就会被阻住。只要一块木排搁了浅，整个批次的木排便像条懒龙似的被卡住，上又不能上，下也不能下。坐在排上的谭人凤和周辛铄有些急了，不知这一耽搁，得多少时间。问船家，船家说，那要看接下来的天气了，如果能连下几天雨，接着涨一河大水，这搁浅的木排还能水涨船高，跟着浮起，否则，要停留在湖中间，慢慢坐等大水来，方能得脱。这一等或许几天或许要几个月，也许是多半年。听到这，谭人凤和周辛铄可是急眼了，在这四面都是水的湖中间，要怎样才能走出去呀？

"还有没有别的办法？"谭人凤问道。

"现在唯一的办法是把搁浅的排拆掉再组装。"船家说。

"那还等什么？大家帮忙拆排呀！"谭人凤说着第一个跳上了那个卡住了排的小沙丘。

没办法，大伙只好都跳下去帮忙拆排。不一会，只见正在拆钉的周辛铄用手紧紧按住自己的肝部，脸上冒出豆大的汗珠，脸色也变得苍白起来。

"叔川兄，你这是怎么了？"谭人凤见此情景，慌忙放下手里的活计过来搀住他。

"我肝部有些疼痛。"周辛铄强忍着剧痛说。

"怎么回事？是受伤了吗？"谭人凤以为他是不小心碰伤了。

"不是，肝部不适已经很久了。"周辛铄说。

其实，先期与谭人凤两人在新化、宝庆一带大肆联络会党，准备在慈禧七十大寿的时候举行宝庆起义，作为外围力量支持长沙起义的时候，周辛铄已经感觉到了肝部的不适，因为当时时间很紧迫，所以顾不上自己的病痛，现在这么一劳累，病情就加重了。

"要么我们先回新化，等你病好了再继续。"谭人凤道。

周辛铄摇摇头说："现在时间紧迫，等我们把事情办妥了再说吧。"

谭人凤知道周辛铄的脾气，他办事情是坚决到底，决不后退的，也只好由着他了。

在船家的指挥下，把搁浅的排拆开再组装虽然费了不少的时间，但还是顺利进入了洞庭湖。

经过谭人凤和周辛铄的数月努力，会党势力迅速蔓延至全省，甚至扩大到洞庭湖区及长江流域，长江流域的会党没有谁不知道"谭胡子"这个人，可见其影响力之大。不久，他们到处联络会党的行踪被清政府获知，同时宝庆府衙也获取了他们曾经准备在宝庆发动起义驰援长沙起义的消息，顿时将他们视若洪水猛兽，马上悬赏缉捕谭人凤和周辛铄等人。

周辛铄的病越来越重，他自己知道已经没办法四处躲藏了，便决定去日本，一来是为了躲避清政府的搜捕，二来也是想去日本养病。

1905年夏，周辛铄将新化会党事务和大同校务委托给谢映山和肖雯竹管理，变卖了家中仅剩的几亩田产，凑了两百块银圆，跟也在清政府的缉捕之列，想去日本避难的戴哲文前往日本。

两人来到上海等船的时候，因病情加重，不得已在上海住了一个月的院，病情稍稍稳定之后，才辗转去到日本。

来日本后，周辛铄打算在日本先学习速成政法，然后相机而动。得知周辛铄来到日本，陈天华便赶去看他，见他脸色十分憔悴，关切地问："先生脸色这么憔悴，是不是旅途劳累所致？"

周辛铄无力地摇了摇头说："肝部有疾，很长一段时间了，在上海医院住了一个月的院，有所好转。"

"那先生还是先住院，把病治好再说别的事情。"陈天华说。

"没事，我的病在上海已经治得差不多了，我们还是先谈正事，星台，你给我说说你们在日本组建的同盟会的情况。"周辛铄全然不顾自己的病痛，只是问陈天华有关同盟会的一些事情。

陈天华只好把同盟会的纲领及会章给他做了详尽的说明。周辛铄一边听一边点头称："好！好！有了这样的一个组织，这下我们中国有救了，看来我这趟日本没有白来，我得赶快行动起来，加入到这场轰轰烈烈的反清斗争中去。"

见此，陈天华把黄兴介绍给了他。周辛铄认识黄兴后，便又跟黄兴谈起了自己的志向，谈起了他和谭人凤在全省，乃至湖南周边省份联系会党的情况，谈起他和谭人凤为宝庆起义所做的努力。黄兴听了异常高兴，知道这又是一位坚定的且有影响力的革命者，便介绍他认识了孙中山，孙中山和黄兴作为介绍人介绍他加入了同盟会，被委为长江上游招讨使，周辛铄接受委任后，准备重返国内，组织会党，发展同盟会员，待机起义。

正在这时，日俄发生战争，虽然是日俄战争，他们的战场却在中国的东北，使得东北形势非常严峻。周辛铄准备前往考察，刚到神户，肝病又发作，经陈天华他们再三强求，才进入日本的岗山医院就医。后来，经医生检查，他得的是肝癌，且日益严重，已无药可救，叫他趁现在还能行动，赶紧回去。得到自己得绝症的消息，周辛铄并没有慌乱，还是像往常一样镇定自若。陈天华知道后，便召集新化的同乡商量，最后决定由谢国藻送他回国。两人到横滨港一打听，当期去上海的船已满员，等下一趟船还需很长的一段时间。

周辛铄此时已是疼痛难忍了，只好就近住进兵库县县立医院。兵库县县立医院的医生检查了他的病情后，不肯收治，只是暂时让他住下来。周辛铄听医生的口气，知道自己不仅无药可救且大限将至，对谢国藻感叹道："使天假我三年，吾必有以表白于世。今若此，岂非天乎！"

谢国藻听了，不禁黯然伤神，又不能在周辛铄面前表露出来。周辛铄的病日益严重，且出现昏迷状态，谢国藻见情况不妙，赶紧电告陈天华，陈天华他们又增派刚来日本就读日本海军学校的刘华式去协助谢国藻。刘华式和谢国藻跟周辛铄是同乡，都是大同团人，两人不分日夜，轮番精心护理。

在昏迷时刻，周辛铄常常讲些梦话，仔细一听，却都是在讲些国家大事，要求同志们前仆后继去推翻清朝统治，没有一句是关于自己的家事。住院五十多天后，周辛铄终因医治无效，含恨而死。临终前，他留下一首绝命诗："我欲横吞此胡虏，可恨阎罗昏聩不相许，哀哉此恨长终古！"

第五十二章 再组会党

被清政府缉捕后，谭人凤潜返家乡。回乡不久，隆回会党头目刘纲领派人来邀请谭人凤前往隆回商议起义之事，使谭人凤顿时精神一振。

刘纲领，字配仙，号步瀛，1871 年 10 月生于邵阳县司门前石桥铺宝丰村。刘纲领从小饱读诗书，思维敏捷，而且具有侠义心肠，爱打抱不平。刘家曾是家有地产千百亩的大地主，但刘纲领常常接济穷人，在当地很有名望，因此，他出面组织会党"效果速，而地方亦不惊也"。

谭人凤应邀即于 6 月初赶往刘纲领的家乡石桥铺。

到石桥铺后，谭人凤和刘纲领交流了长沙、宝庆等地形势后，认为以现在的起义人员和规模，还不宜去攻打长沙府、宝庆府这样的大州府，可以先占领一些小的县城，成功后，肯定会给别的地区的会党造成影响、树立榜样，他们会仿效，最后才能大范围地行动起来，最后推翻整个清朝政府。于是，谭人凤部署了在隆回、辰溪等地武装举事的具体计划。

正在武装举事的行动按照计划在进行的时候，谭人凤却接到了时任广西随营学堂总办、测绘学堂堂长的蔡锷邀他赴桂林的电报。

1904 年冬，蔡锷从日本陆军士官学校毕业后回国，先后到南昌、长沙等地从事军事教学工作，次年 6 月，又应广西巡抚李经羲之邀赴桂林，担任随营学堂总办、测绘学堂堂长。蔡锷到桂后又推荐其留日期间的好友曾广轼任警察学堂总办。

"叔式兄，现在广西的反清势力还很薄弱，还需招揽一些人才，梅山地区是个会党云集的地方，'梅山蛮'可是出了名的。我有一个恩人，叫周叔川，他以前也是会党首领，不知你可认识。"一天，曾广轼跟蔡锷在一起聊到周辛铄。

"认识，他和谭人凤先生以前在新化实学堂带领我们推行过新政，谭人凤先生也是会党首领，他们在新化及周边地区都相当有号召力。"曾广轼说。

"真的？那太好了！你可以想法联系一下他们。"蔡锷说。

曾广轼联系到谭人凤后,得知周辛铄已逃亡去日本,谭人凤自己也正被清政府缉捕,但他顶着高压,正同邵阳石桥铺的刘纲领在谋划隆回、辰溪起义。曾广轼马上把这个消息告诉了蔡锷,蔡锷听了非常高兴,告诉他,让谭人凤马上来广西共商反清大计,到了广西,就没人敢动他了。于是,曾广轼马上致电谭人凤,极力邀请他到桂林来。

谭人凤接到电报后,考虑到广西与湖南相邻,有着密不可分的联系,自己发展会员的触角也已经延伸到了湘桂边境,且随营学堂有很多才智出众的同乡,特别是蔡锷和曾广轼,都是留日回来的高才生,自己也是一个联络他们的好机会呀!如果能够跟他们联合起来,那反清阵营一下就扩大了许多。于是,他决定去蔡锷的随营学堂看看。

他给群治小学堂招聘了两位教习谢介僧和毕春深,并于校内设立联络机关,将联络隆回、辰溪、沅陵的事情交给他俩处理之后,于6月底,带领罗儒烈、彭笏卿、邹元和三位学生去到广西。到桂林后,得知随营学堂的教员和学生很多都是热心的反清革命同志,心里非常高兴,于是,决定留下来,他安排罗儒烈、彭笏卿、邹元和三位学生在随营学堂学习,自己则去到曾广轼的警察学堂挂一个文案的差事,几个人安顿了下来。

没过多久,戴哲文也来到了桂林,他也是因为跟蔡锷交好,被蔡锷函请过来的,紧接着,戴哲文的哥哥戴哲人也过来了。

戴哲人是戴哲文的长兄,他跟申少艺、蔡松恒,毕同书等集资组建兴安造纸公司,通过造纸为革命赚取活动经费,并以造纸为名,掩护同志前往云、贵一带联络会党,开展反清革命活动。他们还在地处中国和安南边界的龙州开设讲武堂培养官兵,以防卫法国从安南侵略中国。

在桂林,蔡锷、谭人凤、戴哲文、曾广轼等反清人士经常在一起谋划反清计划,谭人凤为能遇到这么多志同道合,又有能力的朋友感到非常幸运。虽然如此,但他的心还在牵挂着家乡起义之事。在此期间,谭人凤和戴哲文还一起去了镇筸一带活动,准备会合辰溪、沅江、永州、靖州会党,由武冈进攻宝庆,组织发动"丙午邵阳之役"。

10月,隆回传来消息,说唐镜三、李燮和带领人马进驻隆回县城,因时间太久,骚扰了县城的民众,引起民众的不满,于是,有关他们准备造反的消息开始四处传扬。后来,又听说老家是隆回的闽浙总督魏光焘因遭到铁良参劾开缺归乡,虽然他是一个被免除了职务的清廷官员,但也怕他发现苗头后引起事端，破坏隆回起义之事，所以，谭人凤心里很是着急，想着要赶快回去看看。

蔡锷得知了谭人凤的情况后，劝道："谭先生，您先不要着急，我派人去打探消息了，我们先等消息，等弄清楚情况再做打算。"

谭人凤道："事情太紧急了，我无法袖手旁观，在这里等着是干着急，还不如赶紧回去，只有置身事中，才能知道事情的轻重缓急，才知道如何去应付。只是，如果万一事情没成功，发展到了无法挽回的地步，我们就直接到广西来投奔你，到时还得请你帮助。"

"我这里的门为你敞开着，希望你们能成功。"蔡锷回答说。

蔡锷见谭人凤决心已下，知道劝不动他，只好送了他手枪二十支，让他的学生岳森陪他一起去，并派了四名卫兵荷枪护送，以表示对他的支持。

不想，谭人凤还没走到半道，就碰上了起义失败后逃亡的唐镜三。原来，因为唐镜三和李燮和不按原计划，仓促行事，把队伍提前拉进隆回县城，暴露了起义计划。惊动了司门前官府衙门，县衙官员们惊恐万状，连夜派人去宝庆府衙门报告。宝庆府衙得到消息，丝毫都不敢怠慢，连夜派兵镇压。刘纲领见事情已经泄露，只能提前发难，当时，刘纲领的队伍正在麻塘山集结整编，充实武器，准备动身，没想，清军突然杀到，并包围了会场，情况变化太快，刘纲领的队伍只能匆匆应战。虽然刘纲领指挥众会员拼死抵抗，但因为清军的武器先进，又有连续不断的增援部队，终究寡不敌众，败退下来。会员们死的死，逃的逃。逃出来的刘纲领，被迫乔装打扮改名为刘正芳，辗转逃至贵州同仁府。

隆回起义的惨败，会党人员的遇难，让谭人凤心痛不已，他想邀唐镜三一起回新化去给遇难的会党善后，收拢那些打散后逃走的会党，此时的唐镜三因为怕官府抓捕，坚决不肯回去。谭人凤只好自己只身赶回新化善后。因人数太多，谭人凤自家的钱根本不够安排，谭人凤便想着去家境还算殷实的姑妈家借，但姑妈家一下也拿不出这么多钱，就在走投无路困顿之时，谭人凤想到了自己的恩师彭延宣。彭延宣不仅对谭人凤有教导之恩，还有救命之恩，1904年，谭人凤联络会党时，因有人泄密，遭到官府通缉，幸得恩师的大儿子彭宝卿帮助才逃脱官兵追捕。

此时谭人凤想不出别的办法，便去离自家仅一里路的恩师家借钱，并向彭延宣说明了自己借钱的目的，彭延宣对谭人凤的这一举动大加赞赏，满口答应给谭人凤筹钱，第二天就将所卖四十八担租谷田之钱如数交给谭人凤，并指派彭宝卿亲自护送。谭人凤一再感激恩师的慷慨相助，表示今后一定报答恩师。

谭人凤把隆回起义遇难人员的善后工作做好后，便回群治小学堂，没想到他刚一回到新化，就在群治小学堂看到了曾广轼。

"叔式，你怎么也回来了？什么时候回来的？"谭人凤奇怪地问。

"你前脚走，我后脚就跟来了。"曾广轼道。

"回来有什么事情吗？"谭人凤问。

"我就回来找你的，听说隆回起义失败，松坡不放心你，就叫我赶紧回来，看有什么能帮到你的。松坡说如果你愿意，他欢迎你随时回桂林。"曾广轼说。

原来，蔡锷送走谭人凤以后，一直牵挂隆回起义，日夜带领学生操练，以备应援。得知隆回起义失败后，蔡锷又赶紧派曾广轼再回来邀请谭人凤去桂林。

想到自己邀请唐镜三回来收拾残局时，他的断然拒绝，而蔡锷在这时候又伸出了友谊之手，这种"济人之急，拯人之危"的义举让谭人凤深受感动。

"叔式，谢谢你！也请你替我谢谢松坡，感谢他在危困之际向我伸出援手，我现在不能离开，隆回起义失败，虽然我已经回家安置了一些遇难会党，但可能还有不少打散的会党会陆陆续续去老家找我或投奔我的，我不能丢下他们不管，我得把这里的残局收拾好了才能想别的事情。"谭人凤说。

曾广轼很佩服谭人凤这种"义薄云天"的豪迈气概，不再勉强他。

谭人凤回到福田村，果然，又有不少被打散的会党来投奔谭人凤，谭人凤把他们安置在左邻右舍的人家里。由于当地人敬重谭人凤，因此，不仅慨然接受，而且知道要保守秘密。但后来投奔的人越来越多，慢慢也开始有了传言，风声传到官府，立马派人来搜捕，幸好谭人凤的一个族兄在衙门办事，听到了消息，他一夜派人三次报警，谭人凤不得不离家出走。

第五十三章 支持《民报》

自担任《民报》的撰述后，陈天华一直笔耕不辍，尽情发挥着自己的才华。在《民报》创刊之际，为了契合孙中山先生所提出的"三民主义"，陈天华撰写了《国民必读》，深刻阐述了作为一个国民的八项权利和三项义务。

《国民必读》包含了民主主义革命若干纲领性要求和论旨，摆事实，讲道理说出了国民要争取各种权利的重要性。它揭露了封建皇权的专制、帝国主义的侵略对中国人民的种种迫害，表明了中国人民都起来反帝、反封建，争取自己的权利的必要性。三项义务则是为"推翻专制""驱除鞑虏""建立民国"提出的。

纵观历史，环视当今各国，陈天华痛感中国地大物博，物产丰富，非他国所能比拟，中国留学生之出类拔萃，也常令人赞叹、折服。然而，为什么我国与今日欧洲之文明相去甚远？主要是中国的闭关锁国，学校不兴，教育不普及。因为教育不普及，绝大多数国民被拒之学校门外，造成文盲充斥国度，民族文化发展发生偏差，近代科学技术落后。人才乏绝，国民的寡闻浅见，是造成可怕差距的重要原因。要达立国、强国之目的，则必须增长国民的智慧，实行普及教育。他认为受教育的对象不应当是少数人，而应当是全体国民，人人都应该有享受教育的权利。只有全体国民而不是只是少数人的教育程度提高了，整个民族才能兴旺，国家才能富强。

陈天华的国民教育思想，以救亡图存，振兴民族为前提。在此基础上，他界定了现在国民与国家的基本内涵，及其相互关系。建构了近代教育体系的基本框架。

陈天华不仅主张教育普及广育人才。而且坚决反对教育分省界，主张"外省有材而我用之，我省有材而人用之，不亦互收其益乎？"为此，他写下了《今日岂分省界之日耶》一文以阐明自己的观点。

从《今日岂分省界之日耶》可以看出，陈天华对全民教育的认识达到了一个前所未有的高度，他这一远见卓识说明他对社会现实有深刻的认识，也是同代资产阶级思想家所不及的。

是建立一个资产阶级共和国？还是实行改良主义，让清朝反动统治苟延残喘？这是革命派与改良派激烈争论的核心问题。康有为、梁启超等认为中国人民没有享受自由民主的资格，即使推翻了清政府也没能力建立新的国家，中国只能行帝制，不能行"共和"，更不可兴"民权"。

陈天华虽然前期对梁启超的某些观点有过认同，但现在是彻底站在他的对立面了，自然观点有了根本的不同，他的《论中国宜改创民主政体》就是对梁启超的《开明专制论》的有力驳斥。

《论中国宜改创民主政体》一文引古论今，以西欧各国及日本为例，论述了"民权""民主"在中国的可行性和必然性，再次强调"欲救中国，惟有兴民权、改民主；而入手之方，则先之以开明专制，以为兴民权改民主之预备；最初之手段，则革命也。宁举吾侪尽牺牲之，此目的不可不达。"作为中国民主革命的探路石，《论中国宜改创民主政体》走出了重要的一步。

梁启超作为资产阶级改良主义的代表，在向封建制度和传统的封建道德观念进行冲击的时候，都把历史作为政治斗争的武器。他们一方面力图以以往的历史，证明维新变法是历史演进的必然趋势，另一方面又从西方资产阶级那里学到了进化论、天演论的学说。把这两个方面的东西糅和起来，构成了他们新的历史观即"历史进化论"。梁启超在他的政治宣传中就经常运用"历史进化论"这个武器。但随着"戊戌变法"失败，资产阶级革命派力量迅速崛起，他们坚持以革命的手段推翻封建的君主制度，建立民主共和国。而梁启超则仍然坚持改良路线，反对革命，并将中外革命史作了比较发表了《中国历史上革命之研究》一文。他认为中国革命史有七个方面不如西方："其不如者有七端：一曰，中国有私人革命而无团体革命；二曰，有野心的革命而无自卫的革命；三曰，有上等下等社会革命而无中等社会革命；四曰，革命之地段，较泰西为复杂；五曰，革命之时日，较泰西为长久；六曰，革命家与革命家自相残杀；七曰，因革命而外族之势力因之侵入。"

对于改良派梁启超在史学领域的挑战，第一个勇敢地站出来应战的就是陈天华，他撰写了《中国革命史论》一文，针锋相对地批驳梁启超在《中国历史上革命之研究》的论点，指出梁启超"是不知今日万事皆当开一纪元，不得援旧闻以相难"。

陈天华在《中国革命史论》中，首先探讨了西方历史认为中国历史比不上西方历史，只是近代的事"中国革命之无价值固也，泰西革命之有价值，亦自近世纪始然也"。这是因为西方中等社会主持事，而那些作历史的人也"以革命为救之要务，从而鼓舞之，吹唱之，能使百世之下，闻风而起，历史上之影响决非寻常""雄飞突步，得有今日"这都是革命的结果。而中国的历史上的农民革命，虽然有"一二枭雄，冲决藩篱，悍然不顾，甘冒天下之大不韪，以求济其私心所欲"。所以革命不能成功。陈天华认为历史上所造成的这样恶果，正需要我们去改造"以冀有良结果之发生"。而不能"从事于革命之镇压，拔本塞源，非徒无益而又害之"。

陈天华指出中国历史上的革命有两种"有国民之革命，有英雄之革命"。它所产生的影响是不同的。"英雄革命"这种革命"出于权术者多，出于真自由者少""以求济其私心之所欲"。因此，往往是"专制去而另一专制来""或则群雄角逐，战争无已，相持至数十百年，而后始底于一，幸福之得，不足以偿其痛苦。中国历史之革命是也"。

"国民革命"这种革命是"出于责任心""无所私焉"，"革命之后，宣布自由，设立共和，其幸福较之未革命之前，增进万倍，如近日泰西诸国之革命是也。"陈天华认为，他所主张的革命正是西方资产阶级性质的革命。

陈天华站在资产阶级革命派立场，尽情地讴歌资产阶级革命，他说：因为革命，才能推翻腐朽的清朝统治，才能"一扫从来之污点""乃放大光明于历史"。因为革命，人民才能从痛苦中解脱，社会才会进步。因此，他说："质而言之，革命者，救人救世之圣药也，终古无革命，则终古成长夜矣。彼暴君、污吏，不敢以犬马土芥视其民，而时懔覆舟之惧者，正缘有革命者以持后也。不然者，被无所恐怖，其淫威宁涯耶？"将革命看成是社会不断前进的动因。

第五十四章 不平则鸣

1905 年，清廷派五大臣出洋考察宪政，为立宪做准备。镇国公载泽、户部侍郎戴鸿慈、兵部侍郎徐世昌、湖南巡抚端方、商部右丞绍英奉命分两路出洋，载泽、徐世昌、绍英赴英、法、日本和比利时等国；戴鸿慈、端方赴美国、德国、意大利和奥地利。

听到此消息，正在北京寻找刺杀目标的革命党人吴樾、张榕马上潜伏到北京的前门车站等候目标出现。

吴樾、张榕按多次踩点、研究后的计划，在王府井大街衣帽寄卖店里各买了一套清朝贵族府里家丁的衣帽穿戴上，扮成家丁、车夫混在人群里。两人开始站在一处，进站的时候，因为人流拥挤，被挤散了，吴樾被挤到了离那辆列车的车厢门很近的地方，他心里暗暗得意，想办法让自己停在了那里。

一个多小时后，突然人群开始骚动起来，五位大臣和三十八位随员在两列卫兵的护送下，在一片鼓乐声中大摇大摆走了进来。

看到官员队伍中一脸春风得意的端方，吴樾眼里冒出火来，恨不得立马把他撕得粉碎，手中握着的炸弹也是越握越紧，眼看着官员们鱼贯上车，他不顾一切冲了上去。

"有刺客！抓刺客！"人群顿时混乱了起来。卫兵纷纷冲向吴樾，眼看着卫兵就要冲到自己身边，情急中，吴樾迅速引爆炸弹扔了出去，因为人太拥挤，炸弹没扔多远，炸弹爆炸，吴樾也倒在了血泊中。

张榕远远地看见吴樾的所作所为，欲过去救援，无奈人群拥挤，无法靠近，等他好不容易挤过去却看到吴樾已被炸得面目全非，知道无法相救，又没办法再行动，只好在潜伏在译学馆做翻译的杨笃生的掩护下，趁乱逃离了现场。

吴樾刺杀五大臣的事件立刻像疾风迅雨，一下就传了开来，北京各报纸连篇累牍都是这件事。连日本的报纸《朝日新闻》都把这件事放在了头条，报童们手拿报纸，尖声锐叫："新闻！新闻！中国的特大新闻！""卖报！卖报！中国出大事了，北京出洋五大臣火车站遇刺。"

陈天华正和一群留学生逛街，一听，赶紧买了一份报纸看，瞬间惊呆了，报上刊载：中国北京，叛党引爆炸弹刺杀出洋考察五大臣，凶手当场毙命，载泽、绍英两大臣被炸伤。报纸还配了一幅血腥的现场照片。

然后下面配的字是：中国上海学堂和报刊纷纷指责叛党病狂丧心……

看到这里，陈天华顿时火冒三丈，三下两下就把报纸扯碎了，边扔边说："病狂丧心！病狂丧心！病狂丧心！这样的人才是中华民族的好男儿，才是真正的民族英雄，他们怎么能这样污辱他呢？他们还是不是中国人？"

留学生们也都感叹："炸卖国贼、炸卖国贼的爪牙，怎么就成了病狂丧心了呢？"

"视死如归的大丈夫，我们的楷模。"

"现在什么都是倒行逆施、黑白颠倒。"

天空好像也在为死者鸣不平，一时电闪雷鸣的。紧接着，大颗、大颗的雨滴落了下来。人们在慌忙找地方避雨，只有陈天华迎着暴风雨大踏步往前走，他要用暴雨来平息自己满腔的愤怒。

回到宿舍，浑身湿漉漉的陈天华感到头重脚轻，太阳穴高高鼓起，头钻心的痛，一阵天旋地转，栽倒在了床上。

天快黑的时候，宋教仁和刘揆一推门走了进来，一看陈天华脸色赤红，浑身尽湿，躺在床上已昏迷，赶紧去医务室叫了医生，医生说他是感冒加上心情激动，才致晕厥过去。

注射了一些针剂后，陈天华才悠悠醒过来，看见宋教仁和刘揆一，竟像孩子似的哭了起来。还没明白怎么回事的刘揆一问："何事让星台兄这么伤心？"

"我是为那位炸出洋五大臣的兄弟伤心。虽然我还不知道他的名字，他为了革命，就这么英勇就义了，还被那些无良的报纸，无良的上海各学堂说成是'病狂丧心'，天理何在啊！我一定要为那位兄弟讨公道，我一定为他讨公道。"说着，陈天华从床上爬起来，走到桌前写下了《怪哉上海各学堂各报馆之慰问出洋五大臣》。

陈天华的《论中国宜改创民主政体》、《今日岂分省界之日耶》、《中国革命史论》的前部分、《怪哉上海各学堂各报馆之慰问出洋五大臣》和前期写的《纪东京留学生欢迎孙君逸仙事》修改版均发在《民报》的第一期。连续五篇铿锵有力的稿子，在当时的留日学界引起了巨大的反响，《民报》第一期再版七次，对刚成立的同盟会起了很大的推动作用。

9月23日，周辛铄病逝。本来这段时间，陈天华还准备去兵库县看看他的，但因为《民报》刚刚创刊，陈天华是撰述，整天有忙不完的事情，就把见面的事情往后推了推，想等忙完这阵子再去。哪知陈天华的事情还没忙完，他就病亡了，陈天华这时心里的那个悔呀，不知怎么才能表现出来。

周辛铄是陈天华最崇拜、最佩服的人之一，他不仅是好友苏鹏的舅舅，同时还是自己的师长，在新化实学堂的时候，对自己也是关怀备至。陈天华一夜未眠，当即写下《周君辛铄事略》以志纪念。

陈天华把此文也发在了《民报》的创刊号上。

《民报》的创办及其宣传，壮大了革命派的声势，也壮大了同盟会的队伍，成为进步舆论的中心。

第五十五章 取缔风云

同盟会成立后，由当初的二十人迅速发展到了四百多人，要求加入同盟会的人也越来越多，陈天华又陆续介绍了一些同学、老乡入会，包括曾继梧、邹毓奇、刘华式、伍任钧等。伍任钧，字仲衡，新化县西成团三塘村人。伍任钧也加入过华兴会，在外围参与组织过长沙起义，起义流产后东渡日本，进入东京弘文学院师范科。伍任钧进入东京弘文学院的时候，陈天华、苏鹏和方鼎英都已离开弘文学院，因此陈天华并不认识他，只是他知道陈天华是新化人，是《猛回头》《警世钟》的作者，后来在阻止陈天华上书请愿的那次湖南同乡会上有机会远远见上一面。因为当时场面争论非常激烈，也未能前去叙述同邑之情。同盟会成立后，陈天华成为首批同盟会会员，伍任钧知道后，就去找他介绍自己入会，自此与陈天华成为朋友。因为陈天华的介绍，曾继梧、邹毓奇、伍任钧三个人也成了好朋友，几个人经常在一起谈论时事，交流革命心得。

为了更好地联络各方势力，壮大同盟会的力量，黄兴跟孙中山去了南洋发展反清势力加入同盟会，由宋教仁担任临时庶务。

同盟会的飞速发展，让清朝政府感受到巨大的威胁，可对于远在日本的同盟会，清政府鞭长莫及。怎样才能阻止这些留日学生的革命行动继续发展下去呢？清政府只能请求日本政府出面加强对中国留学生的严密防范。并增派汪大燮任驻日特使，协助公使杨枢处理此事。

清公使馆内，汪大燮和杨枢正在商讨对策。

"唉！杨公，真没想到小小的日本国居然有这么多中国的革命党人，才短短的一个多月时间，孙文的同盟会发展到四百多人，实在是让人不敢小觑啊！"汪大燮叹道。

"连日本政府都拿这个孙大炮没办法。他来无影、去无踪，一直在各国间游荡，到处宣传他所谓的革命道理，他才来日本多久？一下就创立了个同盟会。"杨枢抓挠着后脑勺，一脸的无奈。

"杨公，这个同盟会并不是突然冒出来的，他们有组织、有计划、有预谋、有思想基础。你要知道，这个孙文虽然是被朝廷追得到处逃窜的流寇，但他以前在日本经营过很多年，在日本发展了不少的支持者，这次则有更多的留学生支持他、追随他，所以，他才能这么顺畅创立同盟会。"汪大燮说。

"这个同盟会的发展这么迅猛，再这么下去一定会成为朝廷的心腹大患，看来这次我们得下狠手把这个毒瘤割掉才行，免得夜长梦多。只是，这里是日本国不是中国，在中国只要政府发公告缉拿便是，这里可还要通过日本政府才行。"杨枢愁道。

"这次朝廷派我过来，就是让我协助你办这件事，事不宜迟，我们这就去跟日本政府交涉。"汪大燮说。

"好！好！好！有您过来助阵，我心里安稳多了。"杨枢连声道。

因为汪大燮和杨枢的交涉，日本文部省于1905年11月2日颁布了《关于许清国人入学的公私学校之规程》（俗称《取缔规则》），对中国留学生集会结社，言论通讯等横加限制、取缔。该规程共有十五条，其中第九条规定："受选定之公立或私立学校，必须使清国学生住居宿舍或指定之旅馆，以加监督。"第十条规定："受选定之公立或私立学校，不得招收他校以性行不良而被饬令退学之学生。"

留学生总会馆里，学监姚文甫拿出《关于许清国人入学的公私学校之规程》在那里毫无表情地念着，台下的反对声渐渐响起。

"这哪是什么规则？纯粹是把我们圈起来嘛！"

"不是说日本是一个自由的国度吗？这个《取缔规则》剥夺了我们所有的自由。"

"这个规则太不合理了，我们不遵守。"

"我们抗议！我们抗议这不合理的规则！"

可姚文甫根本不理会这些，他说："你们抗议，你们反对又有什么用？要记住，你们是在日本，而不是在中国，在日本就得遵守日本的规章制度。"

"这不合理的规章制度是你们官府勾结日本政府做出的，你们是始作俑者。"

"你们想给中国留学生套上枷锁、铁链。限制留学生的自由，让留学生在你们划定的圈子里学习、生活，你们是何居心？"

"我们坚决反对！"

"我们坚决反对！我们拒绝执行！"

同学们的反应更加激烈。

"哼！日本政府的规定，你们反对吧！我看你们怎么个反对法！"姚文甫冷笑道。

"夺我自由，我们罢课！"

"我们要自由，还我自由！"

"我们罢课、我们退学、我们回国！"

终于，台下的留学生们被彻底激怒。以留学生总干事杨度为首的留学生们喊出了争取自由的口号。随即采取了联合罢课和集体退学归国的抗议行动。

留学生会馆总干事杨度，虽然平时一直主张君主立宪，钻营着升官发财、帝王之道，但在这有关民族尊严的事情上，也表现出了维护祖国尊严的坚定立场，他联合各学生代表给驻日公使杨枢递上了一份禀帖，希望通过公使馆同日本文部省进行交涉，对规则不合理的地方进行修改。

面临日益高涨的学潮，杨枢也是吓坏了，原想只把学生禁锢起来，让他们无法自由活动，就不会聚集闹事。没想学生们的反应这么强烈，他生怕局面失去控制，自己无法全身而退，正忧心如焚。因此，收到杨度递上的禀帖后，他觉得此禀帖写得有道理，于是把禀帖原封不动地转给了日本政府，并致函日本外务省，提出修改《取缔规则》的要求。杨枢之函曰：大日本国内阁总理大臣兼外务大臣伯爵桂太郎敬启者：现据敝国留学日本全体学生公禀等，于明治三十八年十一月二日官报中见，所载文部省令第十九号：关于清国人入学之公私立学校之规程十五条，自三十九年一月一日施行。绎其文意，无非为吾国学生谋学课之改良，期教育之完善，以使异邦来学者得善良之结果，以归饷其本国，其用意至为美矣，凡见此者莫不感慰。惟第九、第十两条，将来施行之际，吾国学生必有因此而受不利之影响者。特为述其利害与其苦情，仰邀大力照请文部省，将第九、第十两条允与取消等情前来。本大臣据此查贵国文部省现定第十九号规程，原为改良学界起见，全体学生因极感慰，本大臣亦同深钦服，惟其第九、第十两条，既于学生有所障碍，又据学生公禀前情，相应将原禀函送贵大臣查照，并请将原禀转咨文部大臣，体顺舆情，酌核见覆为荷。专布，顺颂时祉。附学生原禀一件。杨枢谨具。光绪三十一年十一月初六日。

为了不自己打自己的嘴巴，杨枢的信写得很委婉，他信中认为文部省的《取缔规则》用意是好的，是为了"谋学课之改良，期教育之完善"。说明他对文部省颁布的《取缔规则》基本上是满意的，只不过广大学生对第九条、第十条提出一些异议，因此只要对《取缔规则》作一些局部的修改，以图敷衍学生，企图平息这场学潮。

可是，杨枢的信和杨度的禀帖都没有被日本政府所接受，相反，还颁布指令"限令各生于该月二十九日前呈报其原籍、住址、年龄、学历等，若逾期不报，则对该生不利"。

日本政府的做法犹如火上浇油，更加引起留学生的激愤。他们认为"日本政府专与中国留学生为难"，纷纷要求采取更大的行动捍卫自己权利。

行动也由原来的罢课和退学发展到了游行示威，参加的人数也是与日俱增。

"还我人权、还我自由！"

"夺我自由！全体罢课！"

"我们罢学！我们回国！"

外面的学潮闹得轰轰烈烈，可陈天华却端坐在教室里，一副事不关己的样子。这让非常了解他的刘揆一感到好生奇怪，陈天华这是怎么了？这不像是那个只要是有关革命的，什么事情都冲在前面，命都可以不要的陈天华啊！

"星台，大家都罢课去游行示威了，你还在等什么，我们也参加去。"刘揆一拉陈天华一起去参加游行示威。

"霖生，我是不赞成这种过激的举动的。"陈天华说。

"别人都在行动，就我们按兵不动，就显得与大家步调不一致了。"刘揆一说。

"等等吧，看情况再说，我真的不希望长期罢课，我们来日本是来学知识的，这样大规模的罢课、退学，违背了我们的初衷，也达不到预期的效果。我希望同学们先冷静一下，坐下来商量商量，再想法怎么对付这《取缔规则》。"陈天华说。

可事情并没有朝着好的方向发展，相反越闹越大，到了无法控制的地步，12月4日，中国留日学生八千余人实行总罢课。

当天晚上，杨度却被叫到了清驻日公使馆。

杨度进到公使馆的时候，公使馆桌面上摆着一封来自湖北总督府的信。

杨枢把信推到杨度面前说："皙子，你看看这封信。"

谁的信？还要给我看？杨度有些不知所以。打开信一看，却是两湖总督张之洞写给杨枢和汪大燮的："杨、汪二阁下：贵体安康，谨此叩念。今有一事，恳望相携。在下嘱湘省杨度再次漂洋，实盼其蓄鸿鹄之才，长安邦之志，立宪政之基。其所毫举，关系重大。请二阁下明察，龟其操节为感……"

看了张之洞的信，杨度心里很感动，不知如何表达才好，没想到相隔重洋，远在国内的两湖总督，心里时时在牵挂自己，不忘培养自己，而自己这段时间做了什么呢？带领留学生反朝廷，闹罢课，闹回国，他真后悔自己的一时冲动，辜负了张之洞对自己的栽培。

"皙子，没想到身为两湖总督的张之洞大人如此看重你，关心你，你看后有何感想？"杨枢问道。

"皙子知道错了，辜负了张之洞大人的期望，以后该怎么做，还望两位大臣明示。"杨度说。

"以后你可不要再与他们同流合污，而且要控制眼前的局面。"汪大燮说。

"皙子，我们知道你在留学生中威望很高，还希望你能协助我们把这件事情处理好。"杨枢说。

"好，两位大臣请放心，我立即召集各团体学生代表召开碰头会议，把事情压下去。"杨度说。

杨枢和汪大燮相视一笑，微笑着点了点头。

留学生会馆的碰头会上，各派之间又发生了争执。

"我看我们还是要克制一些，这么下去事情控制不住了的，到时候怕是去留两难。"陈天华在碰头会上提出了自己的看法。

"我认为，不能妥协，我们要坚决抗争到底，大不了我们罢学回国。"宋教仁说。

"对，我也支持罢学回国。"秋瑾积极支持宋教仁的意见。

"我不赞成罢学回国，我们到日本来的目的是什么？我们是要学习，学习日本先进的东西，然后再回去建设我们的国家，不是到这里来争取什么权益。"汪兆铭说。

"是的，我们要学会隐忍，所谓'忍一时之气，免百日之忧'，现在国家这么落后，你争取到这些权益又有什么用？国家强大了，你的权益自然就有了。"胡汉民支持汪兆铭的观点。

"忍？我们凭什么要忍？生当作人杰，死亦为鬼雄，我们不会向日本政府、清朝政府低头的，如果日本政府不解除《取缔规则》，我们留学生集体罢学回国。"秋瑾一拍桌子站起来说。

"我们要抗争到底，决不后退一步，如果日本政府不答应我们的要求，我们继续罢课、继续游行示威。"宋教仁说。

"我支持陈星台的意见，不要把事情闹到不可收拾的地步。"杨度正好借陈天华的话提出了自己的观点。

"怎么啦？杨皙子，罢课、示威、回国不是你提出来的吗？现在怎么就反悔了，你该不会是被官府招安了吧。"有人追着问。

杨度被踩到了痛脚，但此时他的巧言善辩发挥了作用："同学们，我们背负着强盛祖国的重任，背负着光宗耀祖的期望来到海外留学，有的同学为了求学，甚至不惜变卖了家里的财产。难道我们就这么半途而废？难道我们在未学成之前就打道回府？难道我们要让祖国失望、家人失望吗？同学们，想想我们当年的寒窗苦读，目的是什么？难道我们就能因为一点挫折而让自己曾经的辛苦功亏一篑？难道我们就因为一点点不公就放弃自己肩负的使命吗？这是对手们希望看到的结果？我们这么做不正中了他们的下怀？我们这么做是不是愚蠢之极？"

马上有立宪派的人站起来响应："不回国，不回国，我们不能这么愚蠢。"

"皙子说得对，我们现在的主要任务是学知识，不能半途而废。"汪兆铭也是赶紧支持。

"那你当初为什么要发动我们闹罢课、闹退学、闹回国？"有人质问道。

"同学们，当时是当时，现在是现在，我们做事情要审时度势，要有度，再这么闹下去，如果控制不住的话，最终吃亏的是我们自己。"杨度狡辩说。

"我们才不怕呢，大不了收拾行李回国。"

"对，我们收拾行李回国，不在这里做低人一等的清国留学生了。"

"杨皙子一定是被杨枢收买了，我们不能听他的。"

杨度没想到事情不仅没得到解决，相反还点燃了留学生内部各派之间的导火索，各派不仅互不相让，而且针锋相对，一丝商量的余地都没有，不仅如此，火开始烧到了自己身上，不禁有些恐慌起来，他怕担责任，赶紧提出辞职。

"你们这么说是对我杨皙子的污辱，既然大家信不过我，那我申请辞掉总干事的职务。"杨度说。

其他几个干事见杨度提出辞职，生怕火烧到自己身上，也纷纷提出辞职。

尽管事情发展到了这个地步，各派之间还是互不相让。

汪兆铭、胡汉民一派主张忍气吞声，以学业为主。

杨度一派的则不再参与和支持闹学潮。

宋教仁、秋瑾一派的学生们要坚决斗争到底，他们把矛头指向了临阵脱逃的总干事杨度，指责他和驻日公使杨枢狼狈为奸，破坏学生运动，有人甚至扬言要"杀了两杨"。

面对眼前混乱的场面，陈天华甚是忧虑，他认为现在既然大家都一起罢课、一起示威游行、一起回国，就证明大家的意见不谋而合了，就应该齐心协力一致到底才是，现在留的要留下来，回的要回去，退的退缩了，事情没得到解决，反而内部矛盾闹大了，这样闹下去该怎么收场呢？特别是留日学生干事们，平时拿着钱不干事，到真正需要他们干事的时候倒好，一个个都把头缩了回去，因为怕担责任，居然在这个时候提出辞职，这是怎么一回事？这不是贻人笑柄吗？

正像陈天华所担忧的，留日学生的这一举动又引来了日本各报肆意嘲讽，说中国留学生是一群乌合之众。1905 年 12 月 7 日的《朝日新闻》公然将留日学生的爱国举动彻底丑化，责斥留学生的行为"放纵卑劣"，挖苦中国人缺乏团结的力量。

看着这一切，陈天华感到很是羞愤。这种羞愤不是针对挖苦、轻视中国人的日本人，也不是针对腐败无能的清朝政府，而是针对"求利禄不居责任"的中国留学生总会的干事们和甘当奴隶麻木不仁的祖国同胞及自由任性不能团结一致的留学生们。他当即写了《致留日学生总会诸干事书》：干事诸君鉴：闻诸君有欲辞职者，不解所谓。事实已如此，诸君不力为维持，徒引身而退，不欲有留学界耶？如日俄交战，倘日本政府因国民之暴动，而即解散机关，坐视国家之灭，可乎？否乎？今之问题，何以异兹？愿诸君思之。

陈天华的劝导并没有令干事们回心转意，而立宪、民主、保皇三派人之间的矛盾更加尖锐。有人甚至对陈天华所提出的"克制"的观点也产生了怀疑，认为他又是受了立宪派的蛊惑，重新站在立宪派一边了。别人的误解让陈天华对眼前的事情更加绝望，他不明白人间哪来这么多的忧患？哪来这么多的谬误？明明是对的，别人要说成是错的；明明是白的，别人要说成是黑的；这岂不是是非曲直全被颠倒了？"路漫漫其修远兮，吾将上下而求索。"这是沉冤千古耿直磊落的屈子的话，他也是因为自己忠诚得不到理解而屡遭排挤，绝望之下投江自尽的。陈天华越想心里越沉重。

第五十六章 蹈海明志

其实，长沙起义失败，邹容、马福益、吴樾等人的惨烈牺牲，让陈天华一直都处于忧困之中。他性情急躁，什么事情都是一马当先，希望一蹴而就，他追求理想、追求真理过于理想化，他害怕失败，所以，遭受挫折的时候受到的打击也非常之大。当理想的泡沫在自己的眼前一个个破碎，自己的感受又无法向谁诉说时，更加悲愤交加。在苦思无解的困扰下，陈天华决定用一种很极端的方式对眼前的情况做出反击，以期唤醒这一群麻木的人。

当天晚上，他提笔写下《绝命辞》：呜呼我同胞！其亦知今日之中国乎？今日之中国，主权失矣，利权去矣，无在而不是悲观，未见有乐观者存。其有一线之希望者，则在于近来留学者日多，风气渐开也。使由是而日进不已，人皆以爱国为念，刻苦向学，以救祖国，则十年二十年之后，未始不可转危为安。乃进观吾同学者，有为之士固多，有可疵可指之处亦不少。以东瀛为终南捷径，其目的在于求利禄，而不在于居责任。其尤不肖者，则学问未事，私德先坏，其被举于彼国报章者，不可缕数。近该国文省部有清国留学生取缔规则之颁，其剥我自由，侵我主权，固不待言。鄙人内顾团体之实情，不敢轻于发难。继同学诸君倡为停课，鄙人闻之，恐事体愈致重大，颇不赞成；然既已如此矣，则宜全体一致，务期始终贯彻，万不可互相参差，贻日人以口实。幸而各校同心，八千余人，不谋而合。此诚出于鄙人预想之外，且惊且惧。惊者何？惊吾同人果有此团体也；惧者何？惧不能持久也。然而日本各报，则诋为乌合之众，或嘲或讽，不可言喻。如《朝日新闻》等，则直诋为"放纵卑劣"，其轻我不遗余地矣。夫使此四字加诸我而未当也，斯亦不足与之计较。若或有万一之似焉，则真不可磨之玷也。

近来每遇一问题发生，则群起哗之曰："此中国存亡问题也。"顾问题有何存亡之分，我不自亡，人孰能亡我者！惟留学生而皆放纵卑劣，则中国真亡矣。岂特亡国而已，二十世纪之后有放纵卑劣之人种，能存于世乎？鄙人心痛此言，欲我同胞时时勿忘此语，力除此四字，而做此四字之反面："坚忍奉公，力学爱国。"恐同胞之不见听而或忘之，故以身投东海，为诸君之纪念。诸君而如念及鄙人也，则毋忘鄙人今日所言。但慎毋误会其意，谓鄙人为取缔规则问题而死，而更有意外之举动，须知鄙人原重自修，不重尤人。鄙人死后，取缔规则问题可了则了，切勿固执。惟须亟讲善后之策，力求振作之方，雪日本报章所言，举行救国之实，则鄙人虽死之日，犹生之年矣。

诸君更勿为鄙人惜也。鄙人志行薄弱，不能大有所作为，将来自处，惟有两途：其一则作书报以警世；其二则遇有可死之机会则死之。夫空谈救国，人多厌闻，能言如鄙人者，不知凡几！以生而多言，或不如死而少言之有效乎！至于待至事无可为，始从容就死，其于鄙人诚得矣，其于事何补耶？今朝鲜非无死者，而朝鲜终亡。中国去亡之期，极少须有十年，与其死于十年之后，曷若于今日死之，使诸君有所警动，去绝非行，共讲爱国，更卧薪尝胆，刻苦求学，徐以养成实力，丕兴国家，则中国或可以不亡。此鄙人今日之希望也。然而必如鄙人之无才无学无气者而后可，使稍胜于鄙人者，则万不可学鄙人也。与鄙人相亲厚之友朋，勿以鄙人之故而悲痛失其故常，亦勿为舆论所动，而易其素志。鄙人以救国为前提，苟可以达救国之目的者，其行事不必与鄙人合也。鄙人今将与诸君长别矣，当世之问题，亦不得不略与诸君言之。

近今革命之论，嚣嚣起矣，鄙人亦此中之一人也。而革命之中，有置重于民族主义者，有置重于政治问题者。鄙人平日所主张，固重政治而轻民族，观于鄙人所著各书自明。去岁以前，亦尝渴望满洲变法，融和种界，以御外侮。然至近则主张民族者，则以满、汉终不并立。我排彼以言，彼排我以实。我之排彼自近年始，彼之排我，二百年如一日。我退则彼进，岂能望彼消释嫌疑，而甘心愿与我共事乎？欲使中国不亡，惟有一刀两断，代满洲执政柄而卵育之。彼若果知天命者，则待之以德川氏可也。满洲民族，许为同等之国民，以现世之文明，断无有仇杀之事。故鄙人之排满也，非如倡复仇论者所云，仍为政治问题也。盖政治公例，以多数优等之族，统治少数之劣等族者为顺，以少数之劣等族，统治多数之优等族者为逆故也。鄙人之于革命如此。

然鄙人之于革命，有与人异其趣者，则鄙人之于革命，必出之以极迂拙之手段，不可有丝毫取巧之心。盖革命有出于功名心者，有出于责任心者。出于责任心者，必事至万不得已而后为之，无所利焉。出于功名心者，已力不足，或至借他力，非内用会党，则外恃外资。会党可以偶用，而不可恃为本营。日、俄不能用马贼交战，光武不能用铜马、赤眉平定天下，况欲用今日之会党以成大事乎？至于外资则尤危险，菲律宾覆辙，可为前鉴。夫以鄙人之迂远如此，或至无实行之期，亦不可知。然而举中国皆汉人也，使汉人皆认革命为必要，则或如瑞典、诺威之分离，以一纸书通过，而无须流血焉可也。故今日惟有使中等社会皆知革命主义，渐普及下等社会。斯时也，一夫发难，万众响应，其于事何难焉。若多数犹未明此义，而即实行，恐未足以救中国，而转以乱中国也。此鄙人对于革命问题之意见也。

近今盛倡利权回收，不可谓非民族之进步也。然于利权回收之后，无所设施，则于前此之持锁国主义者何异？夫前此之持锁国主义者，不可谓所虑之不是也；徒用消极方法，而无积极方法，故国终不锁。而前此之纷纷扰扰者，皆归无效。今之倡利权回收者，何以异兹？故苟能善用之，于此数年之间，改变国政，开通民智，整理财政，养成实业人才，十年之后，经理有人，主权还复，吸收外国资本，以开发中国文明，如日本今日之输进之外资可也。否则争之甲者，仍以与乙，或遂不办，外人有所借口，群以强力相压迫，则十年之后，亦如溃堤之水滔滔而入，利权终不保也。此鄙人对于利权回收问题之意见也。

近人有主张亲日者，有主张排日者，鄙人以为二者皆非也。彼以日本为可亲，则请观朝鲜。然遂谓日人将不利于我，必排之而后可者，则愚亦不知其说之所在也。夫日人之隐谋，所谓司马昭之心，路人皆知；即彼之书报亦倡言无忌，固不虑吾之知也，而吾谓其不可排者何也？"兼弱攻昧，取乱侮亡"，吾古圣之明训也。吾有可亡之道，岂能怨人之亡我？吾无可亡之道，彼能亡我乎？朝鲜之亡也，亦朝鲜自亡之耳，非日本能亡之也。吾不能禁彼之不亡我，彼亦不能禁我之自强，使吾亦如彼之所以治其国者，则彼将亲我之不暇，遑敢亡我乎？否则即排之有何势力耶？平心而论，日本此次之战，不可谓于东亚全无功也。倘无日本一战，则中国已瓜分亦不可知。因有日本一战，而中国得保残喘。虽以堂堂中国被保护于日本，言之可羞，然事实已如此，无可讳也。如耻之，莫如自强，利用外交，更新政体，于十年之间，练常备军五十万，增海军二十万吨，修铁路十万里，则彼必与我同盟。夫"同盟"与"保护"不可同日语也。"保护"者，自己无势力，而全受人拥蔽，朝鲜是也。"同盟"者，势力相等，互相救援，英、日是也。"同盟"为利害关系相同之故，而不由于同文同种。英不与欧洲同文同种之国同盟，而与不同文同种之日本同盟，日本不与亚洲同文同种之国同盟，而与不同文同种之英国同盟。无他，利害相冲突，则虽同文同种，而亦相仇雠；利害关系相同，则虽不同文同种，而亦相同盟。中国之与日本，利害关系可谓同矣，然而势力苟不相等，是"同盟"其名，而"保护"其实也。故居今日而即欲与日本同盟，是欲作朝鲜也；居今日而即欲与日本相离，是欲亡东亚也。惟能分担保全东亚之义务，则彼不能专握东亚之权利，可断言也。此鄙人对于日本之意见也。

凡作一事，须远瞻百年，不可徒任一时感慨而一切不顾，一哄之政策，此后再不宜于中国矣。如有问题发生，须计全局，勿轻于发难，此固鄙人有谓而发，然亦切要之言也。鄙人于宗教观念，素来薄弱。然如谓宗教必不可无，则无宁仍尊孔教；以重于违俗之故，则兼奉佛教亦可。至于耶稣，除好之者可自由奉之外，欲据以改易国教，则可不必。或有本非迷信欲利用之而有所运动者，其谬于鄙人所著之《最后之方针》言之已详，兹不赘及。

近来青年误解自由，以不服从规则，违抗尊长为能，以爱国自饰，而先牺牲一切私德。此之结果，不言可想。其余鄙人所欲言者多，今不及言矣。散见于鄙人所著各书者，愿诸君取而观之，择其是者而从之，幸甚。《语》曰："君子不以人废言。"又曰："鸟之将死，其鸣也哀；人之将死，其言也善。"则鄙人今日之言，或亦不无可取乎？

写完《绝命辞》，陈天华感觉一阵释然。回想自己生活在这世上的三十多年，最对不起的是自己的父亲。父亲为人慷慨热情，为了自己倾其所有，最后自己什么都未能给他留下，陈家的血脉也将在自己这一代断掉，以后凭什么来祭奠自己的父亲呢？既然父亲喜欢自己写文章，就把他生平事迹写成文章留下来吧。

于是，陈天华又挥笔写下了《先考宝卿府君事略》：

府君讳善，号宝卿，以庚子六月二十四日卒，寿七十一。其事迹今猝不能尽述，语其大略而已。府君生六岁而孤，先大母抚育之；窘甚，至以棕实为食。有先叔曾祖名义章者，无子，训蒙童于里，怜府君慧，教而饲之。

至十九岁，府君亦训蒙矣，脩金仅八千。馆傍有欲嫁其妻者，哭甚哀，府君问之，为债主所逼，将售妻以偿。府君心动，将以脩金之半周之，请命于先大母。先大母曰："吾力能自食，其行汝所志。"府君遂以四金为之倡，捐集者甚踊跃，其妻得不嫁。府君之忘己急人，皆此类也。府君家无石斗储，然每三日雨，亢旱至五日，则夜不能寐，起而祷天；晨起则周巡田野，如身被其灾者。府君自奉甚约，敝衣粗实终身。然有余，人求之无不与者，虽被朦（蒙）不悔也。里人有以诉讼事告诉于府君者，府君直任之。终岁为人排解，或挺身为人御强侮，数取辱不顾也。府君之卒也，男女数百人皆哭。乡人至今见某兄弟，则肃然起敬，盖感府君之德也。

府君性和蔼可亲，人接之而无不悦者。尤厚于子女，与天华每夕抵足而睡，必谈至夜深，醒则再谈，傍人见之，不知其为父子。呜呼！府君固未尝闻新学说者也，而能实行博爱、平等主义者，莫府君里若也。

府君以上三世皆孤，至府君而生星台兄弟三人。二兄早卒，长兄今年五十余，无子。此外五属内，更无近亲，府君之血祀竟将斩矣。哀哉！

烦伯笙检择冠于华文集上

《致湖南留学生书》是陈天华与湖南留学生最后的告别：呜呼！同乡会不可解散。呜呼！愿我同胞养成尽义务守秩序之国民。当今之弊，在于废弛，不在于专制。欲救中国，惟有开明专制。呜呼！我同胞其勿误解自由。自由者，总体之自由，非个人之自由。我同胞其听之耶？呜呼！愿我同胞其听之，其听之。

他希望用自己最后的声音，唤醒还在迷糊中的留学生们。

信写好后，陈天华把他们小心翼翼装在贴身的口袋里，然后吃了一点早餐，找室友借了两元现金寄信，换上了干净的衣服、鞋袜、围巾，拉开了宿舍的门。

所有的一切都该放下与这个世界告别了。

屋外，天刚刚泛一点鱼肚白，走出门，一股冷风扑面吹来，他紧了紧脖子上的围巾，一点都没退缩，迎风走去。

冬天的大森海湾，海边一片宁静，静到能听到每一朵浪花拍打海岸的声音。天才微微亮，渔船上的灯光都熄灭了，从远处只能看到黛黑色的海平线和帆船的剪影。

从那片曾经熟悉的海滩一直往前走，偶遇到一两个晨练的人，以为陈天华也是一个晨练者，都没怎么关注他，直看到他头也不回一直往海的深处走，才知道他是一个自杀者。

有人喊他："站住！危险。"他充耳不闻。

有人往海边跑，想去挽留他，陈天华头也不回，一直走到海水漫过自己的头顶，一个海浪打来，瞬间被卷入大海深处。

"有人投海了！有人投海了！！"一阵惊呼声在空阔的海滩上瞬间响起，因为此处太偏僻，声音传了很远都没人听见。

第五十七章 痛彻心扉

陈天华居住的宿舍，他的室友跟前来找陈天华的宋教仁说："前天晚上，星台伏在桌上奋笔疾书，一直到天快亮，然后吃了早餐，又找我拿了两元钱，换了衣服出门了，到现在都没回来，该不会是出什么事了吧？"

听了室友的述说，宋教仁心里已有了隐隐的一丝不安，他知道陈天华的性格，爱国爱到了极点，常常是那种想着为了救国愿意牺牲自己性命的人。但这段时间，外面闹得沸沸扬扬的时候他又显得出奇的平静，与他平时的性格截然不同，有人说他又开始亲近保皇派，与杨度站在了同一条战线上，自己是绝不相信的，也许他有自己的立场和想法，只是没有表露出来。正是基于这些原因，宋教仁想找他沟通一下，目前几派人观点迥然不同，又各不退让，他却站得远远的，谁都不支持，他想知道他到底是怎么想的。

没多久，学生会馆看门的人来报："使馆来电话说，大森海湾警察打电话到使馆，告诉他们有一中国男子死在海里，该男子姓陈，名天华，住在神田东新社。"

宋教仁听到这消息心头一凛，赶紧召了邹毓奇、谢国藻等陈天华的同乡赶去大森海湾。大森町长告诉他们："昨天早上六点，当地海岸东滨距离大约六十米的地方，发现一具尸体，听到报案后，警察局来人把尸体打捞了上来。九点的时候检查他身上，发现有数枚铜钱和一张寄信保险证，保险证上的名字叫陈天华，是中国人，其他没什么东西，我们根据寄信保险证上的电话打通了中国留学生总会馆的电话，证实有一个叫陈天华的留学生后，准备把他装殓了，运往横滨。"

"能带我们去看看遗体吗？我们确认一下。"宋教仁说。

"可以的，我马上带你们去。"町长点头说。

看到陈天华略微有些浮肿的遗体，大家都有些凄惶，忍不住洒下眼泪。

"星台，你干嘛要走这条路呢？你不是说我们要一起革命到底的吗？"邹毓奇痛哭道。

"星台前段时间还好好的，怎么突然就自杀了呢？记得前段时间日本刚发布《关于许清国人入学的公私学校之规程》，留学生纷纷起来抗议的时候，我问过天华：'星台，你文章写得好，是不是针对这件事情写篇文章发表一下自己的意见。'天华说：'不，我不会用空洞的语言去鼓励同学们举行抗议活动，我不怎么支持罢课抗议。'前几天事情越闹越大全体留学生大罢课的时候，天华还是没怎么行动，我以为他对这件事反应很冷淡，不想今天就是这个样子了，他究竟是为了什么呢？"宋教仁自言自语说。

邹毓奇看了看遗物袋，拿出那张寄信保险证，上面写明一封信是寄给杨源浚，一封是寄给中国留学生总会馆干事长杨度的。

杨源浚跟陈天华都是新化实学堂的同学，又是要好的朋友，寄给杨源浚的信也许是家书，那寄给留学生总会馆干事长杨度的是什么信呢？

"要么我们去找找星台写给中国留学生总会馆干事长杨度的那封信吧，也许能从那上面找出一点线索。"谢国藻提议说。

"对，我们去找那封信，既然是星台临走时写的，应该有写他为什么蹈海自尽的原因。"邹毓奇说。

"我们现在就赶往中国留学生总会馆。"宋教仁说。

正在这时，已有同邑在为陈天华准备棺材寿衣，另外有两个人准备送陈天华的遗体往横滨，把陈天华葬在横滨的华人墓地。宋教仁让他们把遗体送往横滨后先不要下葬，自己则和谢国藻、邹毓奇他们赶紧去留学生总会馆，索取陈天华的遗物。

宋教仁他们赶到中国留学生总会馆的时候，会馆门卫说总干事长杨度去横滨他的老朋友梁启超那里了，现在还没去开信箱，不知道信送达了没有。没想到杨度在这关键时刻居然跑去横滨了，这不是明显在躲避吗？宋教仁他们这时也不容多想，只是跟着门卫赶紧去开启信箱。果然，一封厚厚的信躺在信箱里。跟谢国藻猜的一样，陈天华的遗物是一封长达万字的书信，即《绝命辞》。

看完陈天华的《绝命辞》，大家都是泪如雨下，没想到陈天华不是对《取缔规则》反应冷淡，而是用生命在反抗，他不仅以死表达对日本报纸称中国人"放纵卑劣"的抗议，更是用自己的死来唤醒那些麻木、自私的国人。最后还对中国未来发展的前景做了详细的描画，为中国的未来建设留下了自己的金玉良言。

"星台是一个骨子里都爱国的人，怪不得他说不用空洞的语言来支持留学生抗议，他是要用他的死来警醒国人勿忘国耻，用死来刺痛国人麻木的神经，如果每个人都像他这么爱国，中国何愁不兴啊！"宋教仁说。

"星台的死应该让那些自私自利，只想谋取利益又不想承担责任的人汗颜。"想到已逃去梁启超那里的杨度，邹毓奇愤怒地说。

"星台的死，对我们每一个革命者都是一种鞭策。"谢国藻说。

"星台勇气可嘉！只是从今以后，我们再也看不到他的盖世雄文了。"宋教仁叹道。

陈天华的遗体运回横滨后，留日学生自动汇集到中国留学生总会馆，要求为陈天华举行追悼大会。

应留学生总会馆的邀请，香港革命志士郑贯一在杏花楼为陈天华举行了追悼大会。追悼大会上，陈天华的画像被放大了很多倍，高高悬挂在大厅中央，旁边的对联是：猛回头警世钟寰宇皆惊；烈救国怆蹈海全球都恸。

会上，由宋教仁宣读陈天华的《绝命辞》，最后，他慨叹："呜呼！使天而不亡我汉族也，则烈士之死，贤其生也，使天而即亡我汉族也，则我四万万人其去烈士之死之年几何哉？呜呼痛矣！"读完《绝命辞》，他止不住大声痛哭，引发全场哭声一片。当天参加吊唁的群众有千余人，听到陈天华的死因，人人义愤填膺，表示要与日本政府抗争到底，有的甚至愿与陈天华同死。

作为陈天华的同邑好友，方鼎英上台讲话时，因为悲恸欲绝，泣不成声，没法把话说完就支持不下去了，最后只能被友人扶了下去。

陈天华的《绝命辞》刊登在《民报》二期。宋教仁为其作跋：

此吾友陈君星台《绝命书》。犟斋每一思君，辄一环诵之，盖未尝不心悄悄然悲而泪涔涔然下也。曰：呜呼，若君者，殆所谓爱国根于天性之人非耶？

当去岁秋，湖南事败，君与犟等先后走日本，忧愤益大过量，时时相与过从，谈天下事，未尝不哽咽垂涕泣而道也。今岁春，东报兴瓜分谣，君愈愤，欲北上，冀以死要满廷救亡，殆固知无裨益，而思以一身尝试，绝世人扶满之望也。既而友人沮之，不遂行。然其常言曰："吾实不愿久逗此人间世也。"盖其抱死之目的以俟久矣。

居无何，留学界以日人定学则，议群起力争。始犟浼君曰："君能文，盍有所作以表意见乎？"君曰："否。徒以空言驱人发难，吾岂为耶！"越数日，

249

学界则大愤，均休校议事，君犹无动。迄月之十一日，其同居者则见君握管作文字，至夜分不辍。其十二日晨起食毕，自友某君贷金二元出门去，同居者意其以所作付剞劂也，听焉。入夜未归，始怀疑。良久，有留学生会馆阍者踵门语曰："使署来电话称，大森警吏发电至署，告有一支那男子死于海，陈其姓，名天华，居神田东新社者"云。呜呼，于是知君乃死矣，痛哉！天未明，犟偕友人某氏某氏赴大森视之。大森町长乃语曰："昨日六时，当地海岸东滨距离六十间处，发见一尸，即捞获之。九时乃检查身畔，得铜货数枚与书留（寄信保险证），余无他物，今既已殓矣。"则率引我辈观之。一榻凄然，倭式也，君则在焉。复审视书留，为以君氏名自芝区御门前邮达中国留学生总会馆干事长者。当是时，君邑人已有往横滨备棺衾，拟厝于华人墓地，乃倩二人送君尸于滨，犟与某等乃返。抵会馆，索其邮物，获之，则万言之长函，即此《绝命书》也。一人宣读之，听者数千百人，皆泣下不能仰。夫以君之所志，使其所怀抱得毕展于世，无少残留，则吾民族受其福祚，其所造于中国前途者，岂有涯耶！而乃竟如是已焉，吾人得毋有为之悼惜不置者乎！

虽然，吾观君之言曰："以救国为前提。"又曰："欲我同胞时时勿忘此语，力除此四字（指'放纵卑劣'），而做此四字之反面，恐同胞不见听或忘之，故以身投东海，为诸君之纪念。"又曰："中国去亡之期，极少须有十年，与其死于十年之后，曷若死于今日，使诸君有所警动。"盖君之意，自以为留此身以有所俟，孰与死之影响强，吾宁取夫死觉吾同胞，使共登于救国之一途，则其所成就较以吾一身之所为孰多耶？噫！此则君之所以死欤？君之心则苦矣。

吾人读君之书，想见君之为人，不徒悼惜夫君之死，惟勉有以副乎君死时之所言矣，斯君为不死也已。乙巳十一月晦，犟斋谨泣跋。

1905 年 12 月 25 日．

第五十八章 逃离家乡

1906年1月下旬,谭人凤被官府的人搜捕,逃离了福田村。他先到曾广轼的家乡亲睦团珂溪村躲了几天。后又到周辛铄的家乡大同团找谢映山,因为周辛铄去日本前把大同团的一切事务都交给了他打理,但他碰巧外出了,没有找到他。最后,谭人凤只好在一个叫周濬夫的会党家里躲了十多天。

风声过去,谭人凤又开始出外联络会党,2月8日,他来到宝庆府,在宝庆,谭人凤找到了此地会党头目岳尧赟。这时,他才知道,原计划一并参与隆回起义的岳尧赟部虽已召集百余人,但由于刘纲领部提前起义,岳尧赟部没接到命令还在待命中。谭人凤心里暗自庆幸,这里的会党组织尚未遭到破坏,便与岳尧赟商量对策,以后的路该怎么走下去。

"唐镜三、李燮和、李洞天他们未按计划行事,提前进入隆回县城,致使隆回起义暴露,刘纲领不得不提前举事,造成隆回起义失败,这是一个很惨痛的教训啊!"谭人凤说。

"谭大哥,你不知道,刚听到这个消息的时候,我都被惊住了,这么大的一件事情,他们怎么能这么鲁莽呢?幸好我是跟你单独联系的,以致还没暴露。"岳尧赟道。

"是啊!现在起义军伤亡惨重,官府又提高了警惕,再起事就更加难了。"谭人凤说。

"现在该怎么办呢?我们的人还在山里等令下。"岳尧赟说。

"我也正在考虑,原来我是打算带领大家往广西那边撤的,现在想来也不安全,城里到处驻扎着官兵,沿路关卡又盘查得厉害,我们这么多的人,别还没出湖南就被官府截住了,我们还是别走刘纲领的老路了。"谭人凤说。

"但是,这么多人在这里待命,时间久了吃住都是问题,该怎么办才好?"岳尧赟说。

"我看,还是先把会员们遣散了,等以后有机会再把他们召回来。这样吧,我先派人去福田老家想办法筹些钱,给他们发放一些遣散费。"谭人凤说。

"这得要不少的钱，现在去哪里找这么多钱呢？"岳尧蕖发愁了。

"这个你不用管，由我来筹集，大家都是冒着生命危险跟着我们举事，虽然事情没办成，但辛苦和努力是付出了的，我们绝对不能亏待了大家。还有，不管什么时候，做人都得讲信用，只有有诚信的人才能得到大家的拥护，才能得到大家的尊敬。"谭人凤说。

岳尧蕖敬佩地看着谭人凤抱拳道："谭大哥说得极是，怪不得谭大哥在会众里能够一呼百应，今后如果谭大哥有用得着小弟的时候，小弟定当赴汤蹈火，在所不辞。"

随后，谭人凤连夜回到福田村，托族兄找村里有钱的人家借了几百块银洋。但因为会员有一百多人，估计还不够，便去县城找罗锡藩，希望他能帮忙凑些钱，但罗锡藩不与支持，借口说现在拿不出钱来，要照派下去才能筹到钱。谭人凤听了，很不高兴，现在是急等钱用，等你筹到钱的时候，已经晚了。只好又派人去大同团找谢映山，刚好谢价僧从长沙回来，知道了这件事，想办法筹凑了百多块银洋，一并作为遣散费，把岳尧蕖手下的一百多名会员安置妥当。

谭人凤在家乡筹款安置起义人员的消息又传到了清廷，县衙马上派人来福田村抓捕谭人凤，得到消息的谭人凤只好准备再度出逃。他估计自己三番五次回来，官府一定有所提防，以后能回来的机会会很少，于是，派人去古铜坳找谭恒山。谭恒山知道谭人凤这么急着找自己，一定是有什么紧急情况，马上放下手头的事情赶了过来。

"谭先生，这么急着找我有什么事？"谭恒山问道。

"恒山兄，官府又派人抓我了，我得出去避避，估计官府这次没抓到我不会轻易罢休，所以，我得做好长期的准备。我走之后卧龙山堂的事务不能无人打理，我想把这些事情托付给恒山兄，还望恒山兄帮忙。"谭人凤抱拳说。

"谭先生放心，只要我谭恒山在，卧龙山堂就在，只要先生一回来，我保证把卧龙山堂完整无缺地交到先生手上。"谭恒山拍着胸脯保证。

"就是因为信任，才把卧龙山堂交给恒山兄。"谭人凤拍拍谭恒山的肩道。

把手上有关会党的事务交给谭恒山后，谭人凤准备跑路，家里所有的银两都做了遣散费，能借的地方也借完了，谭人凤筹不到川资，只好再次找人送信给罗锡藩借钱，可罗锡藩连送信的人都不接待，仅给他两三枚铜钱打发了，这下使得谭人凤更加不满，但也无可奈何。筹不到钱，谭人凤只好卖掉一亩祖田，凑了一点路费，心里盘算着跑哪里去好。

这时，谢价僧告诉他："谭先生，我从长沙回来的时候听说陈星台在日本蹈海自尽。"

"真的？星台自尽了？"谭人凤不敢相信自己的耳朵。

"千真万确，长沙城里现在闹得沸沸扬扬，陈星台的好朋友禹之谟现在正准备组织人员将他的灵柩迎回长沙。"谢介僧说。

"禹之谟是不是以前华兴公司的经理？"谭人凤问道。

"正是，他现在是湖南商会会长、湖南教育会会长。"谢介僧说。

"那就好，有这样的一个人物出面，星台的葬礼一定能妥善安排。唉！星台他好好的干嘛自尽呢？他写的那些书现在可以说是名扬海内外了。"谭人凤对于陈天华的自尽很是不解。

"我也不是很明白，听说是反对日本的什么《取缔规则》，那些留学生们又不团结，惹得日本人嘲笑，他是想用自己的死来唤醒他们团结起来，一致对外。"谢介僧说。

"星台性格刚烈，又极爱国，有此举动也可以理解，哎呀！可惜了一个人才。"谭人凤大叹一声说。

"很多人都是这么说。"谢介僧道。

"那我得先去长沙，帮忙把星台的灵柩安置好再说。"谭人凤决定先去长沙参加迎回陈天华灵柩的活动，再做下一步的打算。于是，他连夜赶往长沙。

第五十九章 四海同悲

陈天华的牺牲令三湘震动，四海同悲，从日本罢学返国的人络绎不绝。湖南学界听到陈天华的死讯，极为愤慨，一致要求要以更大的声势来支持留学生的抗议。听到陈天华蹈海的消息，禹之谟已经是心痛得几天都吃不下饭。陈天华的离世，不仅是他失去了一位可亲可爱可信赖的挚友，更是中国革命党人的一大损失，从此，人们再也听不到这位"革命党之大文豪"的厉啸和号呼，看不到他势如刀剑的文章和言论了。

谭人凤找到禹之谟的时候，碰上了陈天华的生前好友苏鹏。同盟会在日本成立不久，黄兴致函，禹之谟便和苏鹏在湘组建同盟会湖南分会，禹之谟被推为首任会长。由于禹之谟精诚爱国，敢于任事，且具有出色的宣传和组织才能，深得各界群众的拥戴，公认他是湖南工、商、学各界的代表，分别被举为湖南商会会董，湖南教育学会会长，湖南学生自治会总干事。也因之在湖南教育界非常活跃。

仇鳌听信也赶到了禹之谟这里，还有刚刚从日本回来不久，在湖南中路师范任监学的伍任钧，几个人开始商量陈天华的善后事宜。

"大家都知道星台兄的事情了？"禹之谟问。

"都知道了，我是连夜赶来的。"谭人凤悲戚地说。

"唉！星台兄这急进的毛病怎么就改不了呢？什么事情都会过去的，他怎么就跨不过这道坎，要用自己的生命来解决呢？"苏鹏长长叹了一口气。

"我认为，星台兄所作出的这个决定是经过深思熟虑的，绝不是意气用事，他做了一件很多人敢想但不敢干的事情，用生命抗争，你们看他写的《绝命辞》，哪件事不是考虑得清清楚楚、明明白白？"禹之谟说。

"星台兄的离世太让我感到意外了，他不仅是我岳麓书院、日本法政大学的同窗好友，还是我们参加革命的榜样，我是非常仰慕他的。"仇鳌擦了一把眼泪说。

"星台兄与我虽然交往不多，但认识就成了莫逆，今后是再也见不到他了。"伍任钧说着开始悲声痛哭。

"大家心里的痛，我感同身受，请大家先把悲痛藏在心里，当务之急，我们要讨论的是星台兄的善后事宜。"禹之谟劝道。

"星台是我们湖南人的骄傲，我们要以最隆重的仪式迎回我们英雄的遗体，让他的牺牲成为激励大家继续革命的动力，这也是星台的遗愿。"谭人凤说。

"我也是这么想的，要把星台的遗体运回湖南，用一种高规格的形式来安葬，才能让他的为革命可以牺牲一切的精神永远留在人们心中。"禹之谟说。

大家纷纷表示赞成谭人凤的这个提议。

"我去日本运回星台的遗体吧。我是星台的好友、同乡、同窗，对东京很熟，而且我舅舅周辛铄的遗体也还在日本，可以一并运回。"苏鹏主动请缨。

"我也认为，这件事只有凤初兄去办最合适，有劳凤初兄了。"禹之谟说。

"我们以什么名义去办呢？"苏鹏问。

"就以湘省学界代表的名义。"禹之谟道。

"凤初去日本，我们在家里能做些什么事呢？"谭人凤问。

"组织纪念会之事就由我和曜元兄、仲衡兄去筹备，谭先生，您帮忙策划葬礼可矣！"禹之谟说。

"好的，我这段时间一直待长沙城，随时听候派遣。"谭人凤说。

"我马上动身去上海，争取尽早把遗体运回。"苏鹏说。

"好，那两位先准备去，我和曜元兄、仲衡兄商量一下明天的行动。"禹之谟说。

夜深了，禹之谟、仇鳌、伍任钧还在商议。

"此次活动，我们要以湖南学界作为总发动点，然后把影响力辐射到社会各界的爱国进步人士，把这次活动作为一次爱国主义教育活动。"禹之谟说。

本来是奉孙中山之命回国联络反清革命人士的仇鳌马上接道："是的，这也是我们联络各界反清人士的一次绝佳机会，我们可以趁此机会试探一下哪些人我们可以发展成为革命志士，为革命输送新鲜血液。"

"为了扩大影响力，我认为星台兄的墓穴应该放在省城，省城最合适的地方莫过于岳麓山了，岳麓山不仅是灵秀之地，也是长沙城的灵魂，很多年来被不少人称颂过。山麓的岳麓书院是星台兄曾经学习过的地方。"禹之谟建议道。

"会长的提议好，星台兄是为中华民族的利益而以身殉国的，应该以'国士'之礼待之。"伍任钧说。

"各位的提议都很好，明天就按我们商议的方案执行。"禹之谟说。

第二天，三人按照协商好的方案投入了筹备工作。禹之谟将连夜写好的《致湖南学界书》交与仇鳌，让他去印刷厂印了分发到省城各学堂。他自己和伍任钧则去联系学界、商界和政界的支持者。

仇鳌在学堂的发动工作进行得很顺利，每到一处学校，他都要宣读陈天华的《绝命辞》，每次都能激起同学们的义愤，大家决心同仇敌忾，支持留学生的抗议行动，支持公葬陈天华的纪念活动。

禹之谟他们的联络工作却没有收到预期的效果。首先，这件事遭到了王先谦、孔宪教的阻挠，他们向巡抚庞洪书告状，说陈天华是"谬种"，是朝廷缉拿的革命党，请求庞洪书发令，严禁陈天华的灵柩进入省城，只能溯流运回新化。这无礼的要求当即遭到了禹之谟他们的严词拒绝。

回来后，禹之谟就陈天华灵柩运回长沙的事宜遭到官府阻挠的情况跟仇鳌、伍任钧、谭人凤商量。

谭人凤直接说："怕个球，只要把全城的学生联络起来，到时，不允许进城也得进城，不允许公葬也得公葬，官府总不会在这时候对手无寸铁的学生施压吧，那会引起公愤的。"

"因为官府的阻挠，我在商界寻求支持的行动也遭遇到了挫折，商界的人怕得罪官府。"禹之谟说。

"我认为有这些学生就够了，长沙城有一万多学生呢。"仇鳌说。

"也只有学生才是革命的新生力量，只要他们的认识提高了，革命就后继有人，我们此次活动的目的也就达到了。"伍任钧说。

"好，那我们就全力组织好学生参加公葬活动。"禹之谟说。

苏鹏到达日本时，孙中山、黄兴还在南洋一带活动，没有回东京。他找到以同盟会庶务代理总理行使职权的宋教仁，苏鹏向宋教仁通报了同盟会湖南分会的情况和准备在长沙开展公葬陈天华的活动，以期扩大同盟会在湖南的影响。宋教仁对他们的活动表示赞成，并发动在日本的同盟会员积极配合。苏鹏在与留在日本的旧日好友见面时，遇到了新化知方团澧溪村的成劼吾，成劼吾是早期留学日本的留学生，他得知苏鹏是专门来日本运送陈天华、周辛铄的灵柩回国时，作为同邑，成劼吾主动加入护送队伍。

1906 年 3 月 27 日，陈天华、周辛铄的灵柩在苏鹏及成劭吾等的护送下抵达上海。

正在禹之谟他们为陈天华的公葬到处奔波联络的时候，姚宏业又出事了。因为《取缔规则》罢学回国的姚宏业、秋瑾、于右任等人准备在上海租屋创办"中国公学"以安置回国留日学生。筹款时，遭到反动官绅无理阻挠，并受流言诽谤，办学无法持续下去。陈天华、周辛铄的灵柩到达上海，姚宏业在码头参加完迎接陈天华、周辛铄的灵柩的活动之后，觉得万念俱灰，也效法陈天华，投上海黄浦江自戕了。

姚宏业的遗体找到后，他的好友宁调元在醴陵听到噩耗，迅速赶到长沙找禹之谟商量。宁调元，字仙霞，号太一，湖南醴陵人。十九岁考入长沙明德学堂第一期速成师范班，受教师黄兴、周震鳞、张继等思想影响加入华兴会，长沙起义失败后，1905 年留学日本，并加入同盟会。宁调元是《取缔规则》罢学、罢课斗争的积极分子，曾被选为文牍干事，他不仅与姚宏业是好友，与陈天华也是好友。宁调元提出在长沙一起公葬陈天华和姚宏业两烈士，禹之谟认为可行，于是禹之谟和宁调元两人拧成了一股绳，共同对抗反对势力，坚决要求为两位烈士举行公葬。

苏鹏在上海又接到了禹之谟和宁调元的通知，把姚宏业的灵柩同陈天华、周辛铄的灵柩一起从上海运回长沙。到长沙后，周辛铄的灵柩被家人迎回老家新化安葬，陈天华和姚宏业的灵柩则一起在长沙公葬。

5 月 20 日，长沙各界近千人在左文襄公祠举行了陈天华、姚宏业两烈士追悼大会。大会上，禹之谟发表了讲话："同学们、同仁们、朋友们！当一个民族衰亡的时候，我们需要英雄、需要偶像，当一个民族重生的时候，我们需要鼓舞、需要力量。陈天华、姚宏业两烈士就是我们时代的英雄，是中国人的偶像，是他们的行为鼓舞了我们继续前行，是他们的牺牲给了我们前进的动力。旧势力与革命党，死亡与新生，这是一场伟大而赤裸的厮杀与拼搏，谁生谁死，关系到我们中华民族的前途和命运，在这场伟大的厮杀中，陈天华和姚宏业两位烈士，用他们的鲜血和生命，给我们点亮了一丝曙光，指引我们前进的方向。他们连性命都可以牺牲，我们还有什么可怕的？我们还有什么可犹疑的？我们应该迈着坚定的步伐，沿着先烈们的足迹继续往前走，最后，胜利终将属于我们，属于时代赋予的新生命……"

参加陈天华和姚宏业追悼会演讲的还有日本友人宗家小林彦五郎、孟良佐野和美国友人吴孟施，宗家小林彦五郎在会上发言说："同学们、朋友们！中日两国一衣带水，唇齿相依，有共同的黄皮肤、黑头发，本应该友好团结，互利互助去创造国家的文明和进步，然而，日本政府的倒行逆施令我们非常失望，当然，出现这种局面，清朝政府也有着不可推卸的责任。同学们、朋友们，中国人并非日本报纸上宣扬的'放纵卑劣'之徒，陈天华、姚宏业两烈士用自己的生命，体现了中国人真正的形象、真正的品德。他们就像贵国古代的屈子'宁溘死以流亡'也不愿与浊世合污，他们用自己的生命展示了一种光芒四射的民族节操、民族骨气，我敬佩他们。陈烈士、姚烈士，安息吧！"

大会现场哀歌悲鸣，群情激愤。

巡抚庞洪书虽然严词厉色表示不允许在长沙公葬陈天华、姚宏业两烈士，但鉴于民心所向，且禹之谟在商界、教育界和政界都有一些口碑，现在支持他的人也不少，加上前些日子革命党人组织的针对反动清廷官员的刺杀事件，让他心有余悸，所以也不敢正式下文力拒禹之谟他们的这一行动，只是在心里对禹之谟有了憎恨。

5月23日，陈天华和姚宏业的灵柩同抵长沙，当天便举行了公葬仪式。公葬仪式上，禹之谟要求全城学生穿制服行丧礼。出葬之日，全城一万多学生都穿着白色的制服，首尾连绵几公里，分别从朱张渡、小西门两处渡江送至山陵。送葬队伍前有两副挽联，一副是禹之谟所写：

杀同胞是湖南，救同胞又是湖南，倘中原起义，应是湖南，烈士竟捐生，两棺得赎湖南罪；

壤夷狄成汉族，奴夷狄不成汉族，痛鞑虏入关，已亡汉族，国民不畏死，一举能张汉族威。

一副是宁调元所写：

其所生在芳草美人之邦，宁葬清流葬鱼腹；以一死作顽民义士之气，奚问泰山与鸿毛。

抬陈天华灵柩的队伍由禹之谟带领，抬姚宏业灵柩的队伍由宁调元带领。当天的岳麓山满山缟白，鞭炮鸣响，悲声震天。看到这么悲壮的场面，国民的爱国情绪也为之高涨。

面对如此浩大的阵势，庞洪书慌了，他生怕革命党趁此机会暴动，赶紧调动了所有的军警以维持秩序为名，沿途分布岗哨，严密监视送葬队伍的一举一动。

陈天华和姚宏业两人前仆后继的悲壮行动，及隆重的葬礼，在国人的心中产生了巨大的影响。

陈天华蹈海事件，在日本也引起了轰动，在报纸大肆宣扬中国人"放纵卑劣"，说中国人缺乏团结精神的同时，却有中国人视死如归，敢于用自己的生命去抗争、去反驳。这无异于打了日本报纸一记狠狠的耳光。慑于留日学生的反抗和日本各界舆论的压力，日本政府未敢贯彻实施《关于许清国人入学的公私学校之规程》，开始说延期执行，后来又说终止执行，最后成了不了了之，彻底粉碎了日本政府文部省颁布施行《取缔规则》的阴谋。

陈天华、姚宏业的葬礼完成后，清政府不甘心失败，组织这次公葬的禹之谟成了清政府的眼中钉、肉中刺。此时他的一系列言行早已为清廷所注意，被清廷官吏视为"挟学界、工界、商界为重，主张民权"的为首倡乱的人物，处境十分危险。但他毫不畏惧，坚持斗争。6 月 30 日，由长沙回到湘乡，参加学界反对盐捐浮收的风潮，与一百多名学生代表求见知县陶福曾，建议停止盐捐浮收，并将已收钱款移作教育经费。但这次交涉没有达到目的，即返回长沙。

正在伺机构陷的清朝政府，立即牵强附会地罗织了一个"哄堂塞署"的罪名，于 8 月 10 日将他逮捕入狱。被捕前，有人劝他暂避一下，但他豪迈地说："吾辈为国家社会死，义也。各国改革，孰不流血？吾当为前驱！"被捕后，被秘密押送至常德。

9 月 19 日，又从常德转到边远城镇靖州 (今靖县)。在靖州监狱，经历了种种严峻的考验，他们弄断了他的手指，割了他的舌头，打得体无完肤，但终未能让他屈服，对同盟会的组织活动只字未吐。在监狱里，他留下了《告在世同胞遗书》，大声呼吁："同胞！同胞！其善为死所，宁可牛马其身而死，甚毋奴隶其身而生！前途莽莽……我同胞其图之。困心衡虑，终必底于成也！"

1907 年 2 月 6 日，禹之谟被清政府绞杀于靖州，临刑前高呼："禹之谟为救中国而死，救四万万人而死！"

禹之谟被捕后，苏鹏也被悬赏通缉，所幸未遭毒手。他所在的游学预备科等学校都被连累遭封闭。

想着陈天华、姚宏业的死，禹之谟的牺牲，自己被缉捕，苏鹏感慨万千，写诗一首表达自己的心情：

春风几度惜离别，
杜宇声声啼热血。
啼声唤彻到天涯，
血染千年帝子花。
花开花落年年在，
那忍桑田变沧海。
海水横流无限波，
恰是相思涕泪多。

第六十章 父子入同盟会

陈天华的丧葬事宜完成后，谭人凤不知道该往何处去，回家乡吧，逃出来只有这么长时间，恐怕风声还没有过去；去桂林吧，自己一次次拒绝了蔡锷的邀请，怎好再回头去找？去会党家暂住，那也是只能躲避一时，弄不好还会连累别人。思来想去，自己也是办过几所学堂的，只能从学堂方面看能不能找到合适的地方待上一段时间。禹之谟是湖南教育会会长，找他应该能想到办法。果然，当谭人凤把自己的处境和想法说给禹之谟听后，禹之谟是满口答应，过几天，便安排他在驻省新化中学堂任了监督。

原想能在长沙待上一段时间的。但到6月份，谭人凤又得到消息，说宝庆官府派人打入会党内部，探知了谭人凤安置在福田的隆回起义军的散兵，遂派兵围捕，致使两散兵丧命，还连累了收留散兵的人家。谭人凤知道此地自己不宜久留，官府一旦得到消息，一定会来抓捕的，现在看来自己也只能走为上策了。想到之前周辛铄是逃亡日本的，他知道日本是革命党人聚居的地方，新化有很多反清人士都在日本。便托人带信给家里，卖掉一些田产，筹措钱款准备逃往日本。

谭人凤还在新化时就听说有一个叫孙中山的革命家在日本组织成立了一个同盟会，这个同盟会里面的人都是些厉害角色，都是些有勇有谋的反清斗士，这些事情是谭人凤从陈天华、戴哲文他们从日本寄回的《民报》等资料中知道的。陈天华在世的时候就是同盟会的主要成员，他的好友苏鹏也是，还有在日本去世的老友周辛铄，跟自己一样叫"石屏"的小友戴哲文也加入了，听说禹之谟是刚刚成立的同盟会湖南分会的会长。陈天华、苏鹏、周辛铄、戴哲文、禹之谟这些人自己都了解，都是个顶个的反清革命者，还有谭人凤认识的，带头创办华兴会的黄兴、宋教仁等都是些很坚定的反清志士，他们也是同盟会主要成员，这让谭人凤对同盟会很是向往。特别是此次公葬陈天华、姚宏业所产生的巨大影响，让谭人凤知道，同盟会的人不仅有严密的组织，而且有非凡的魄力，这就是自己应该加入的组织，要把反清革命进行到底，不可能是单打独斗的活动，就必须寻找这样的组织。

9月中旬，谭人凤的儿子谭二式将变卖家产的钱送到长沙。谭二式，字德金，又名德辉，号玉材，是谭人凤的二儿子。父亲谭人凤在家乡以激进、刚正、实干而受家乡人的尊敬。良好的家风，谭二式从小耳濡目染，对他的成长非常有利。谭二式小时候特别胆大，喜欢攀悬崖、爬大树、登高梯，什么危险的事情他都敢干，这很像父亲谭人凤的性格，敢想敢干，我行我素。虽然谭人凤有时也怕谭二式的有些行为会惹出祸端，但心底里还是喜欢他的这种个性的，所以，也是按照自己所确认的方向来培养。

1895年，谭人凤在家乡创办福田小学，谭二式是福田小学的第一批学生。在教习邹代藩的教导下，谭二式接受的是全西式的新型教育，所受的教育很全面，国语、算术、历史、地理、自然、体育、美术、音乐等课程都上过。一方面邹代藩的教育是开放式的，一般上午学文化知识，下午则是野外活动，野外活动包括体操、登山、赛跑、技击等内容，以期学生们能锻炼体魄、磨炼意志，德、智、体得到全面发展。另一方面，因为邹代藩自身的思想觉悟，他很注意给学生们进行爱国主义思想教育，灌输反清排满的民族主义意识。谭家自古就有反清排满的思想传承，所以，邹代藩的教育很合谭二式的性格，尽管谭二式有时犟起来连父亲的话都听不进去，但对于教习邹代藩则是言听计从，所以很受邹代藩的青睐，认为他是一个可以培养的人才。

谭人凤在县城文场内办了群治小学堂后，谭二式又跟着父亲来到群治小学堂上学。父亲开山立堂，他也参加了会党，在新化、宝庆、隆回等地从事联络会党的活动，这些会党头领知道他是谭胡子的二公子，都对他刮目相看，因此，他在会党中也很有影响力。

1905年，谭二式受父亲的派遣，带领新化的杨冠陆、汪磊、刘鑫等人去到广西桂林蔡锷创办的随营学堂学习军事，直到被父亲派遣回家乡变卖家产，准备东渡。

谭人凤的大儿子叫谭一鸿，字德甲。从小受到父亲的影响，谭一鸿也具有反清思想，只是谭一鸿是那种中规中矩的读书人，接受的也是老式教育，做什么事情都是按部就班，循序渐进，从不越雷池半步。此次，一直待在新化的谭一鸿也被父亲召到了长沙。

谭人凤拿到钱后，即与同样也受这件事影响的谢价僧及谭一鸿、谭二式离开长沙，乘船前往南京，准备从南京转上海，再从上海搭船去日本。

船进入洞庭湖后，水面一下开阔起来，望着烟波浩渺的湖面，谭人凤不禁感叹道："以前都是在资江、沅江沿途联络会党，眼睛里满是资江的险峻，沅江的绵长，无暇顾及这洞庭湖的宽广，现在突然就看到了这似乎无边无际的洞庭湖面，感觉胸襟一下就开阔起来，看来，人真的是要走出去才能知道天有多高，地有多宽，感觉我以前就是一只坐井观天的蛙。"

"父亲，去日本要跨过东海，东海可比这洞庭湖宽多了。"接受过新式教育的谭二式说道。

"这湖就无边无际了，海再怎么宽，也就是无边无际而已。"接受老式教育的谭一鸿脑海里无法想象，海到底有多宽。

"地理课上，我听邹代藩先生说过洞庭湖才2579.2平方公里，而世界上的海洋面积约为3.6亿平方公里。"谭二式说。

"哇！这么宽？那我们去日本得坐多久的船啊？"谭一鸿惊呼道。

"其实，日本跟我国可以说是一衣带水，并没多远，从上海到日本还不到千公里，坐海轮三天就到了。"谭二式说。

听着谭二式侃侃而谈，谭人凤心里充满了赞许，还是邹代藩的新学好，把自己这么个混世魔王样的儿子变得这么优秀。

到达南京后，打听到上一班去日本的船刚走，下一班船还要一个把月才有。就这么干巴巴等上一个月吗？不甘寂寞的谭人凤哪受得住？知道新化老乡罗汉藩在南京办了一所法政学堂，便去帮忙办理教务，一边做事，一边等船。待了快一个月，眼看船期快到的时候，便从南京坐船去上海。谁知刚到上海，就听说族叔谭靖廷在这里治病，已是生命垂危，谭人凤便领着儿子们去医院探望。

一见到谭人凤他们，谭靖廷虽然已经无法言语，但两行老泪却能分明看出他对家乡人的思念，谭人凤不忍心这个时候离开族叔，便留下来暂时照料。不久，谭靖廷病逝，谭人凤帮忙处理完谭靖廷的后事之后，才和谢价僧及两个儿子一起坐船去日本。

谭人凤一行人到达东京后，人生地不熟，一时不知道去哪里找同盟会，想着还是先安顿下来，慢慢找，便在麹町区玉井静找了间出租屋住下。时刻不忘教育的谭人凤让三个年轻人找了间语言学校，要他们先学习日语，然后考东京的学校。

初来乍到，语言不通，谭二式他们白天都去语言学校了，留下谭人凤一个人在出租房里无事可做，活动惯了的谭人凤此时感觉到了什么叫百无聊赖，憋闷之极。幸好他们晚上都会回来把在学校里听到的新奇的消息，遇到的好玩的事情讲给谭人凤听，还把他们从学校学到的日语知识教给谭人凤，才能缓解一下白天的不适。

几天之后，渐渐适应了一些的谭人凤也想着去东京街头逛逛。刚走没多远，却看到一些汉字标语，仔细读来，原来是《民报》创刊一周年举行庆祝活动，《民报》？这名字好熟悉，谭人凤记起来了，这是同盟会的会刊，陈天华在创刊号上发了不少的文章，还给自己寄了一份。因为同盟会和《民报》这两个名字，谭人凤顿时来了兴趣，根据路人的指引，找到了会场。赶紧入场观看，只见会场盛况空前，估计有近万人参加。当天的庆祝大会是黄兴主持的，谭人凤一眼就认出了他，而台上正在发表激情演说的据说是谭人凤仰慕已久的孙中山，心想，这下好了，终于找到组织了，等开完会我就去跟他们联系。

会上，孙中山系统地阐述了同盟会革命纲领，他说："…… 我们革命的目的，是为了中国谋幸福，因不愿某些满州人专制，故要民主革命；不愿君主一个人专制，故要政治革命；不愿少数富人专制，故要社会革命……"

接着，几个日本人叫什么池亨吉、北辉次郎、萱野长知、宫崎寅藏的相继发表演说，同盟会也有数名会员发表演说。他们的演说揭露了清政府和保皇派的假立宪阴谋，阐述了革命的必要性，表明了革命到底的决心，每个人言语中充满了革命必将胜利的信心。

演讲获得阵阵掌声和喝彩声，把庆祝会推向了一波又一波的高潮。最后，黄兴发表总结性演讲，他指出，欧洲大革命和日本的革命事实证明，青年学生是革命事业的主力，是要积极承担革命责任的。所以，留日学生对于革命事业不仅要"表同情"，而且更重要的是要"拿出赤心相见""尽那革命的责任"。黄兴简短而精彩的演讲，中心突出，论证翔实，极富哲理和鼓动性，所以，在一分多钟的演讲过程中，获得了五次鼓掌及喝彩。

在底下认真聆听了半天的谭人凤却有些不以为然了，他认为，革命就是与敌人面对面真刀实枪的干；革命就是在血雨腥风中的你死我活；革命就要冒着被抓捕、被杀头的危险，如果要集个什么会，练个什么兵，还得进深山老林躲起来，就怕被官府发现。像现在这种把人聚集在闹市街头，搞搞演讲、喊喊口号，这算哪门子的革命？革命有这么和风细雨的吗？这样的革命不仅谭人凤自己从未见过,在史书里也从未读到过。所谓革命就是要革敌人的命,这种口头上的革命只是虚张声势而已,这样的革命有意义吗?况且日本与他们要革命的对象——清廷远隔重洋,在这里呼口号,他们连听都听不到,这纯粹就是隔靴搔痒,三十五里骂知县,清政府哪会怕呢?他心里开始重新思考,自己跨洋过海所来投奔的这个同盟会是不是真有传说中的那么厉害?自己革命的道路有没有选错?有了这种疑惑,他也没有了上前去与黄兴相认,要求加入同盟会的愿望,兀自回了出租屋。

晚上,三个年轻人回来,谭人凤把自己今天在街上的所见所闻跟三个年轻人一说,三个年轻人一时也沉默了。

好一会儿,谭二式才说"爹,您说,这个同盟会万一就是那种只会喊口号的秀才革命,我们该怎么办呢?"

"是啊!我们要找的是那种实实在在的革命,不是虚头巴脑的。"谢价僧也说。

"我看大家先不要操之过急,新化不是有不少人还在日本吗?我们可以通过他们先了解清楚,再做决定也不迟。"谭一鸿道。

"德甲说的有道理,毕竟才见过他们一次,这么快就下断语,难免有些片面。"谭人凤点头支持谭一鸿的说法。

不久,先于谭人凤来到日本,并已经加入同盟会的唐镜三得到谭人凤他们来到日本的消息,便兴冲冲赶来相见,要带谭人凤去见黄兴,并说要黄兴介绍他加入同盟会。谭人凤对唐镜三不能自始至终把隆回起义失败的善后事宜处理好,心里就有些别扭,加之看到上次的同盟会集会,对同盟会的印象并不佳,所以,推辞不去。没想唐镜三这件事倒是坚持了,又几次来动员,谭人凤不好意思再推辞,便勉强跟他去见了黄兴。

"哟!谭老先生,我听镜三说你们来日本有很长一段时间了,怎么也不来看看我?"见到谭人凤,黄兴连忙迎了上去,故意责备说。

"黄会长,老朽才到日本,人生地不熟,语言也不通,一出房间门就不知该往哪个方向走了。"谭人凤托词道。

"谭老先生,我们不是熟人吗?镜三不是熟人吗?您该不会是把我们给忘记了吧。"黄兴满脸笑意,没有因为谭人凤三番五次的推辞而有丝毫的芥蒂。

"怎么会呢?这不,刚熟悉一点,不会迷路了,我就赶紧来拜见黄会长。"谭人凤只能自圆其说。

"谭老先生，叫我克强就好，您的年纪可以做我长辈了。"黄兴说。

由于黄兴"于交际间，有一种休休之容，蔼蔼之色，能令人一见倾心"，谭人凤便放下心中的成见，跟黄兴推心置腹谈了两个多小时。谈话间，黄兴把同盟会的活动内容和措施跟谭人凤做了详细的说明，对同盟会的纲领又进行了反复宣传，让谭人凤对同盟会有了正确的认识。消除了之前对同盟会所产生的误解后，谭人凤便同意加入同盟会。

回到出租屋，谭人凤又把黄兴所说的同盟会的活动内容及措施，还有纲领反复推敲了几遍，越来越觉得同盟会是有发展前途的，便决定把两个儿子也拉进去。

"嗨！德金、德甲、国萃，我今天跟黄兴见过面，已经同意加入同盟会了。"谭人凤一见到放学回来的谭二式他们三个，忙不迭地说，眼里充满喜悦之色。

看到谭人凤的神色，三人都为之一愣，前段时间都还在质疑同盟会的谭人凤怎么变化如此之快呢？

还是谭二式心直口快，他道："父亲，前段时间您对同盟会还是很有看法的，怎么跟黄兴一见面就改变了呢？"

"黄兴这人是个君子，我以前加入华兴会的时候只是认识他，还不甚了解，其实，他不仅和蔼可亲，让人一见便想亲近，而且很有气量，是个做大事的人。"谭人凤解释说。

"先生，您这从何说起呢？"谢价僧问道。

"你们也知道，我是个心里藏不住事的人，一见面，我便跟他说起我对他们上次演讲会的观感，并且把他们的这种做法狠狠说道了一番，说他们的演说词多的是'祝词颂语，多涉夸张'，一点实际的意义都没有。"谭人凤说。

"爹，您这性子也是太直了吧，怎么能这样当面说人家呢？"谭一鸿在旁边听了，忍不住说道。

"连你都感觉到这话很难听是吧？可人家黄兴却没恼怒，而是轻言细语跟我解释这么做的意义何在，说中国在日本有很多留学生，他们是想扩大同盟会在留学生中的影响，只要留学生们认可了同盟会的目的、措施及纲领，自然会把这些思想散布出去，最终会在国内产生影响。黄兴还把同盟会活动的目的、措施及同盟会的纲领跟我反复解释，让我感觉到自己小家子气了，不能高瞻远瞩、顾全大局。"谭人凤道。

"同盟会真的有那么厉害？"谢价僧问。

"通过跟黄兴的这番交流，我觉得同盟会的观点具有前瞻性，很多条件也已经成熟，原来我以为能领导中国民众造反的只有洪门，现在看来，能够领导中国革命，推翻清王朝的也许就是中国同盟会了，所以，我认为你们三个都应该加入同盟会。"谭人凤说。

"既然同盟会有爹说的那么好，我是肯定要加入的。"谭二式最踊跃。

"我也同意加入。"谢价僧说。

"好吧，既然你们都加入了，我岂能落后呢？"谭一鸿不紧不慢地说，不像谭二式那么火急火燎的。

谭二式、谭一鸿、谢价僧在谭人凤的引导下，都加入了同盟会，自此，谭家父子三人同为同盟会会员一时传为佳话。谭人凤也由"抱一部落主义以自雄"的会党首领转变成了一个为实现"三民主义"理想而奋斗的同盟会会员，从此坚定地走上了民主革命之路。

第六十一章 参加起义

同盟会成立不久，就开始策动国内的武装反清起义。1906 年春，黄兴派遣刘道一、蔡绍南、彭邦栋、覃振、成邦杰等人回国返乡，运动国内的军队，联络会党，准备策划反清武装起义。

刘道一等人到湖南后，恰逢长江中下游阴雨连绵，洪水泛滥，湘赣交接的萍乡、浏阳、醴陵地区更是灾情严重，米价飞涨，生活在社会最底层的广大农民和矿工被天灾搞得苦不堪言，难以维持生计了。得知此情况后，刘道一、蔡绍南等人认为这是一个很好的时机，决定在萍浏醴策划起义。

12 月 4 日，萍浏醴起义爆发，且势如破竹。12 月 6 日麻石起义军以萍乡高家台会众为主力，共两万多人，分三路攻入萍乡上栗市。占领上栗市后，起义军进行了整编，打出了"中华国民军"的旗帜，发表了《中华国民军起义檄文》，受到民众的热烈拥护。之后，起义军又陆续攻占浏阳、文家市、宜春等重要城镇，屡败清军，声势浩大，震动了长江中下游各省。

萍浏醴起义并非同盟会直接领导发动的，起义的消息传到东京后，孙中山和负责起义军事工作的黄兴不仅密切关注着起义军的行动，经过一番考虑之后，决定向国内派遣一批同盟会骨干，支持萍浏醴起义。谭人凤、宁调元等被派往湖南任联络指挥；胡瑛、朱子龙等被派往湖北策划日知会响应萍浏醴起义；派去江苏、南京的则是杨卓林、孙毓筠和段书云等人，意在把起义范围扩大。

谭人凤欣然领命，同宁调元、周震鳞等人赶回国内。同时，联络国内的戴哲文、伍任钧、曾杰等帮助筹集经费、联系起义人员，响应萍浏醴起义。

戴哲文、伍任钧、曾杰他们收到谭人凤的信，马上筹集资金、召集人员赶往长沙，准备同谭人凤会合。

但当谭人凤等人赶到湖南的时候，清政府已经从湖南、广东、江西、江苏等省调集军队五万多人，四面围剿起义地区，起义军同清军英勇奋战二十多天后，终因寡不敌众而失败，刘道一、蔡绍南、魏宗铨、杨卓林等起义领导人先后被捕牺牲，宁调元被捕于岳州，胡瑛被捕于武昌。

谭人凤被通缉后藏在长沙晏家塘观音阁，他暗地里派人向在九江的李燮和求援。李燮和让他此时正在湖南陆军小学任监督的胞弟李云龙派人送钱到谭人凤那里，嘱咐他赶紧离开湖南。谭人凤此时也感到大势已去，别无他法，只能重新逃往日本。

清政府除在长沙大肆搜捕革命党人外，还下令各府、州、县严密缉拿，不得疏漏。

戴哲文也被通缉，他逃回了新化老家。得知戴哲文有可能逃回新化，新化县衙的捕头邹人美奉命带领一群衙役前往戴家凶捉拿。戴哲文闻讯潜逃，邹人美在戴家没找到戴哲文，有人提议，把戴哲文的妻子绑去县衙交差，邹人美斥道："县衙交代的是捉拿戴哲文，与他的妻子何干？一个大门不出二门不迈的女人什么都不知道，我们绑去县衙又有何用？"因为邹人美的"只擒首犯，不罪妻小"，戴家人才未受牵连。

戴哲文逃脱后，径直投奔广西桂林的蔡锷。当时，蔡锷不仅是广西新军总参谋官和教练官，还兼任随营学堂总理官、广西测绘学堂堂长、广西陆军小学总办等职，事务繁杂，急需助手，他曾多次写信给戴哲文前往襄助，所以，无须过多考虑。抵达桂林后，戴哲文被安排协助蔡锷办理随营学堂及陆军测绘学堂各项事宜。

谭人凤回到日本后，因在日本居留的时间久了，感觉语言不再是障碍，想着要学一些先进的政治法律知识，便入读法政学校五期班，一边学习，一边等待再次起义的机会。

第六十二章 倒孙风波

　　同盟会初创时由兴中会、华兴会、光复会等多个反清革命团体组成，每个团体都有自己的成长过程，经历了不同的革命阶段，虽然同盟会在创始之初也建立了统一的组织、统一的纲领，有了统一的目标，但时间久了，思想难免有所分歧。又因为团体之间的地域性，像兴中会的主要组成人员是广东人和海外华侨、华兴会的主要人员是湖南人，而光复会的人员大多是上海、浙江人，所以，派系斗争也时时存在。

　　萍浏醴起义遭清政府镇压后虽然失败，却也给了清政府沉重的打击。萍浏醴起义虽然不是同盟会直接发动，但被捕的革命军头领都是同盟会会员，这让朝廷对孙中山领导的同盟会充满忌恨，为了根除后患，直隶总督袁世凯、湖广总督张之洞、两江总督端方等提议，要想办法对付孙中山。

　　1907年2月8日，直隶总督袁世凯上密折给慈禧，称"革命党排满之说，以孙中山为罪魁"，请求清政府与日政府交涉，驱逐孙中山，查禁革命党。2月13日，清庆亲王奕劻遵慈禧旨意致函日本韩国总监伊藤博文，要求日本政府驱逐孙中山出境。这时的日本政府既不想得罪清政府，又怕革命党革命成功，要与中国继续保持友好关系，所以，力争不得罪革命党人。于是，日本政府通过黑龙会首领内田良平和日本志士宫崎寅藏等人通知孙中山，要求他迅速离开日本，同时日本政府又答应资助孙中山七千元作为离境费用，其中一千元作为送别宴会费用。东京证券商铃木久五郎闻讯后，愤于日本政府无理驱逐孙中山，也赠一万元。孙中山听后，因当时开展革命活动经费拮据，同意接受这两笔赠款，离开日本。

　　孙中山拿到钱后，分出其中两千元给章太炎办理《民报》，余下的准备作为随后的起义费用。

　　孙中山一行离日后，参加同盟会的日本人平山周、北一辉及和田三郎得知孙中山接受日本政府资助七千元一事，便与中介人宫崎寅藏吵闹，并告知章太炎、张继等人，说孙中山未将此事告知本部，可能与日本政府的关系中另有隐情。

得知此事，东京的革命党人情绪十分强烈，便开始大闹。

不久又传来孙中山主导的潮州黄冈起义和惠州七女湖起义相继失败的消息，章太炎、张继、陶成章等又以此及孙中山分配馈赠款之事，对孙中山发起攻击，催逼以庶务代行总理职权的刘揆一召开大会，罢免孙中山的总理职务，改选黄兴继任。刘师培也趁机兴风作浪，进一步要求改组同盟会本部，妄图实现由他当同盟会领导人的目的，从而掀起了反孙大合唱。

正在安南河内策划武装起义的黄兴闻讯后，立即致函刘揆一等表示："革命为党众生死问题，而非个人名位问题，孙总理德高望重，诸君如求革命得有成功，讫勿误会，而倾心，且免陷兴于不义。"

除了张继、章太炎、刘师培等人，同盟会多数会员还是坚持团结，反对内讧，他们认为内讧"非独陷害孙、黄二公，实不啻全体党员之自杀"。孙中山也令胡汉民写信给东京同盟会本部，谴责章太炎，又派林文返回东京，禁止章太炎等再干预军事。由于黄兴维护孙中山的威信，坚决拒绝出任同盟会总理，东京"倒孙风潮"遂告平息。

谭人凤是会党出身，早在家乡四处联络会党的时候，他就意识到了会党之间团结的重要性。所以，在此次风潮中，虽然谭人凤因为不了解全面的情况只是听信了章太炎等的传言，而对孙中山的处理方法有所误解，他认为东京是同盟会的同志聚集的地方，《民报》又是同盟会总机关最重要的场所，孙中山身为总理，身上现在有这么多钱，才给《民报》五百元（实际为两千元），然后不再管它，让它自生自灭感到有些奇怪。但对张继、章太炎、刘师培等人要求罢免孙中山的做法也不赞成，认为章太炎、刘师培等既然已经加入了同盟会，现在这时候却有的攻击总理，有的又离间党内的同志，这是"有共同之宗旨，无共同之计划"的分裂行为。通过这件事，谭人凤对同盟会内部的复杂性有所认识，感到此事虽然经过大家的努力得以平息，表面上也还能相安无事，但是，如果缺少了一种志同道合的精神，同盟会对于同志们的凝聚力会大打折扣。

第六十三章 共进会

　　张继、章太炎等人掀起的"倒孙风潮"刚刚消停。8月，同盟会中的各会党首领如四川人张伯祥、余竟成、吴祥慈，湖南人焦达峰，湖北人孙武、刘仲文（刘公），江西人邓文晕，广东人熊樾山等人"以长江各省会党头目，皆脑筋简单，非另设小团体，并委用熟悉会党情形者分途招纳，不易收效。又以同盟会誓约内之'平均地权'四字意义高深，非知识幼稚之会党所能了解，故另约一部分同盟会会员，组织共进会。"

　　黄兴得知共进会成立的消息后，感到事态越来越严重，便从安南回到日本同盟会总部向宋教仁、刘揆一、谭人凤等了解详细情况。

　　从宋教仁、刘揆一那里了解同盟会的一些内部矛盾之后，黄兴又约了谭人凤了解共进会的情况。

　　"谭老先生，四川的陈百祥，我们湖南的焦达峰，他们怎么会跟湖北的刘公、孙武搞在一起，要从同盟会中拉出一干人马，组成什么共进会？"黄兴问道。

　　"哎！克强，这可是一言难尽呀！你和中山先生南下发动起义，一盘散沙的同盟会处于群龙无首的境地，宋教仁没有威信，章太炎、陶成章他们又不听刘揆一的指挥，各种议论就在同盟会内部产生了。"谭人凤说。

　　"他们都有哪些议论？"黄兴问。

　　"很多呀！他们认为你和中山先生舍广义而取狭义，组织南部同盟会为大本营，而东京本部你们是从不过问，放任自流。再者，你们在两广发动的起义接连受挫，让他们对两广一带的革命失去信心，准备从长江流域一带着手开展革命。"谭人凤说。

　　"还有其他原因吗？"黄兴接着问。

　　"当然还有啊！他们认为你和中山先生只顾去搞武装起义，把会党工作给忘记了，现在各省会党都有人在东京，于是他们决定自己组织一个有势力的团体，成立共进会。"谭人凤说。

"先生，您对于他们成立'共进会'又是什么观点呢？"黄兴问。

"我不赞成搞分裂，我也是会党出身的，知道各地山头太多，如果没有统一的管理，那就是一盘散沙，难以发挥出力量，而且会被敌人像吃肉一样，一块一块吃掉，只有各会党联合起来，攒成坚硬的拳头，才能发挥最大的优势。再说'共进会'一方面仿照近代政党的组织形式，另一方面又照着绿林开山立堂的办法，这是反文明复野蛮，他们与同盟会'分道扬镳'更是分散了革命的力量，这种做法是不可取的。"谭人凤道。

"谢谢您！先生，您的这些看法很有见解，我会把您的想法跟中山先生沟通的。"黄兴紧握着谭人凤的手说。并邀他一起去见同是湖南人的共进会的发起人之一焦达峰。

焦达峰，原名大鹏，字鞠荪，湖南浏阳龙伏镇达峰村人，达峰为他在日本时署名。

焦达峰是黄兴早期发展的革命志士，曾经加入过同仇会，对于焦达峰离开同盟会，黄兴很是不理解。

大森海滩，黄兴、谭人凤和焦达峰进行了激烈的争论。

"达峰，你为什么要离开同盟会？"一见面，黄兴便简单直接地问。

"不是我们要离开，而是现在同盟会意见分歧，如果我们大家都纠在这内斗中，便什么事情都干不了，这样子下去，什么时候才能推翻清政府？我们的目标什么时候才能达到？大家不能这么耗下去，所以，想着不如我们自己拉起一杆旗来，先干了再说。"焦达峰说。

谭人凤听了这话急了："你们这不是闹分裂吗？"

"同盟会实质上已经分裂了。"焦达峰辩道。

"现在这种情况，革命已经变成二统了，一是同盟会、二是共进会，那么这二统，谁将为正？"黄兴问。

焦达峰有些不以为然道："呵，时下兵马未齐，何必着急？"

"那以后总要有个谁服从谁的问题吧。"谭人凤道。

"到那天，如果你们取得了成功，我们服从你们的领导，如果我们取得了成功，你们要服从我们的领导。"焦达峰说。

"你！你！"谭人凤被他气得说不出话来。

黄兴叹了口气道："真是出乎我所料啊！"

"我明确表达我自己的态度，你们共进会采用会党的形式是反文明复野蛮，我是坚决反对的。"谭人凤气得连呛了两口，好不容易才平静下心情。

明白了焦达峰的真实想法，谭人凤知道事情已经到了无法逆转的地步，只能又说："好吧，既然你们意志已决，我也只能愿你们奋发前进，取得胜利！"

"谢谢谭老！"焦达峰道，转身问黄兴："请问克强兄，下一步是否继续南行，协助孙中山在两广地区发动起义？"

"是的！"黄兴答道。

"那么谭老，您又做何打算？"焦达峰又问谭人凤。

"我谭人凤追随中山先生继续革命。"谭人凤坚决道。

见面虽然闹得不欢而散，但大家都明白了彼此的心思，也算是得到了最终的答案。

因为临行前孙中山有交代，让黄兴速回安南，准备指挥起义的，所以，他邀请谭人凤前往安南河内一起参加："谭老，您是坚定了跟随孙中山先生的，我们一起回安南，助我一臂之力吧。"

谭人凤欣然应允："好，我正想参加战斗呢。"

第六十四章 鞠躬尽瘁

　　1907 年，黄兴、谭人凤准备在广西西江流域发动武装起义，可此时，他们手上既无枪械粮草，又没钱，要怎样才能筹集到这次起义所需的资金呢？

　　"克强，我们现在去哪里购买枪支弹药？况且现在又没钱。"谭人凤说。

　　黄兴想了一下说："听说戴哲文在广西龙州开造纸公司，我们先找他筹集一部分。"

　　黄兴和谭人凤找到戴哲文说了来由。戴哲文满口答应道："我们兄弟都是支持革命的，在这里办公司就是为革命筹集资金，我们可以把手上能调动的资金全部拿出来支持这次起义。"

　　戴哲文的大哥也表示："我们不仅可以出钱，而且可以出力。"

　　"正好，筹到钱后，我们需要有人去购买粮草、运送枪支弹药，到时就有劳兄弟们了。"黄兴高兴地说。

　　"骏友，估算一下，你们现在能筹到多少钱？"谭人凤问。

　　戴哲文心里估摸了一下说："大概三四百元吧。"

　　"不够，远远不够，我们以前组织的起义，每次最低都得几千元。"黄兴说。

　　"那怎么办？我们就是把机器卖掉，也凑不够一千元。"戴哲文焦急地说。

　　"要么这样，骏友手上现有的钱，先去购买武器，我和骏友再去南洋筹一些款。"黄兴说。

　　"我们几兄弟负责去购买武器吧。"戴哲文二哥戴哲明主动请缨。

　　"好！兵分两路，不，兵分三路，我负责去联络起义人员。"谭人凤说。

　　于是，黄兴与戴哲文奔赴南洋，为起义筹款，并积极与各国领事接洽，在外交上争取各国政府不要干涉中国革命。谭人凤四处联络会党，戴哲文的二哥戴哲明、弟弟戴哲勋则去购买武器，只留下大哥蔡哲人留守公司做后援。

　　准备就绪后，他们率部由安南边境攻取龙州。黄兴、谭人凤负责指挥战斗，戴哲文主持筹饷事宜。由于后援物资源源不断，前线进展顺利。9 月

10 日，戴哲文由安南赶往桂林，与蔡锷商量，积极争取广西巡抚张鸣岐的支持。张电令龙济光停战，革命军顺利进入龙州。

虽然起义进展顺利，但这次筹饷过程中，戴哲文兄弟付出了沉重的代价，他的二哥蔡哲明、弟弟蔡哲勋在押解枪支途中，因劳累中暑猝死，当时的戴哲文也已患重病，听到二哥和弟弟猝死的消息，深受打击，但他努力克制自己的悲痛，也全然不顾自己的病，继续夜以继日与蔡锷一起筹划军事，呕心沥血。

蔡锷得知戴哲文的二哥、弟弟已为革命献身，他自己及妻子肖氏也患重病的情况后，劝道："骏友兄，你这样拖着病体工作怎么行？还是先回家一段时间把身体养好吧，再说，你两个兄弟都去世了，你得给他们安排好丧事，你父母突然连失两个儿子，不知道他们要伤心成怎样？家里人还需要你照顾呢。"

"国家正在生死存亡的关头，我哪能静下心来养病啊！兄弟的丧事可以等忙完这里的事情再办。"戴哲文说。

蔡锷听了，不禁感慨道："骏友兄，你这样舍身救国，濒死不顾，于你本身有何益？于家人又有何益？"

戴哲文说："我非病一身一家，实病一国也，没国哪有家？"

几天后，戴哲文的病情急剧恶化，临终前，他对蔡锷说："革命十余年，起事四五回，费饷数十万，大事未成，死不瞑目。松坡兄，你及同志，好自为之，以复我大汉河山，庶可告无辜负于先烈。"

1907 年 9 月 20 日，戴哲文因为革命奔走积劳成疾而病逝，时年二十八岁。

蔡锷亲自护送戴哲文兄弟三人遗体回湖南，归葬于戴家凼祖茔。戴哲文妻子肖氏与戴哲文结婚数年，尚无生育，经蔡锷建议，以戴哲文大哥戴哲人次子戴思浩（名景山）为戴哲文继子。丧事办完，戴思浩与蔡锷一同回广西，入龙州讲武堂学习。

谭人凤高度评价了戴哲文在龙州战役中的功劳："如果不是戴哲文回广西运动省城之兵，联络蔡锷一起内外交攻，则龙州不可破。"

第六十五章 镇南关起义

年末，孙中山、黄兴和胡汉民以及三合会首领多人在安南河内召开军事会议，委任王和顺为镇南关都督，准备攻取镇南关后，即会合十万大山、钦州等处的民军袭取南宁，建立中华国民军军政府，以孙中山、黄兴为正副大元帅，召集兵众，进而分别袭取桂林、梧州，进入湖南、广东和江西。

由于广西绿林与游勇存门户之见，镇南关一带游勇不愿与绿林出身的王和顺合作，孙中山、黄兴便改派黄明堂为镇南关都督。开始，起义军很顺利地占领了镇南、镇中、镇北三座炮台。第二天，驻守凭祥的清军陆荣廷部闻讯反扑，被起义军用大炮轰退。为了鼓舞士气，孙中山、黄兴等都亲自上了战场，最后由于起义军武器陈旧，弹药缺乏，寡不敌众，在炮台坚守了七昼夜后撤离镇南关。

在东京的谭人凤得到镇南关起义的消息，他认为镇南关地理位置非常重要，如果能够占领，必大有可为，于是，准备前往。但来日本这么长时间了，钱款只出不进，身上银两所剩无几，要去参加战斗，必须要筹集一些资金。在日本不比在家里，不仅有众多亲戚朋友，还有田地可以售卖。这里人生地不熟，到哪里去筹集资金呢？想来想去，最后只能把大儿子谭一鸿的留学官费折抵了一百元钱，带了林海生、李植生一起赶赴镇南关。

经过广州的时候，他找到了正在广州陆军小学堂的苏鹏。1906年春，因组织参加陈天华公葬活动而被清政府缉捕的苏鹏出逃广西桂林避祸，投奔新化实学堂的同学曾广轼，此时曾广轼正任广西高等巡警学校监督，便聘他为理化教习。不久，高等巡警学校停办。正好广州黄埔陆军小学电请蔡锷代聘教员，蔡锷立即写信推荐苏鹏往广州陆军小学，担任日文和理化教习。

得知谭人凤他们要去参加镇南关起义，苏鹏说："谭老先生，我也跟随你们一起去吧，很久没参加行动了，手都有点痒痒的。"

谭人凤阻止道："凤初，我认为你教书，比去参加起义更有意义，这里是军校，是一个为革命培养人才的地方，怎么能轻易放弃呢？"

苏鹏觉得谭人凤说的有道理，便说："谭老先生，您说的也有理，那我就在这里静候佳音了。我手上有一点钱，还请您带上，就算是我为起义尽的一点微薄之力吧。"苏鹏说着，把身上的钱统统掏出来，放在谭人凤手中。

"谢谢！凤初，你可是解了我的燃眉之急啊！"正缺钱的谭人凤感激道。

"我们学堂刚来了一位监督，他名赵声，字百先，以前是广州新军二标二营的标统，不知谭老先生听说过没有。"苏鹏说。

谭人凤当然知道，赵声在镇压广西钦州三那墟起义时被革命军策反，暗地里参加了革命，谭人凤早就想认识他，现在得偿所愿，自是非常高兴。

"早就听说过赵百先的名字，只是无缘相见，今天居然能在这里见面，自是高兴至极。"谭人凤说。

苏鹏便安排两人在一间小酒馆见面，虽然年龄相差悬殊，谭人凤与赵声却是相见恨晚，两人一聊就是酒逢知己千杯少，只是谭人凤现在有事在身，无法长久逗留，只能抱憾离去。

从苏鹏那里走后，谭人凤他们紧急赶往镇南关，可当他们赶到的时候，战斗已经结束，满腔希望化为泡影。经打听，得知孙中山、黄兴他们已退到安南河内，同时又听到一个消息："因为清政府的交涉，法国使馆决定驱逐孙中山出安南。"谭人凤又赶往河内报信。

河内，孙中山和参加镇南关起义的领导人员正在总结，听到谭人凤带来的这个消息，顿时炸开了锅。

"孙先生，这可怎么办？"旁边的胡汉民急道。

大家手心里也都为孙中山捏着一把汗，眼望着孙中山，看他的反应。

对于这消息，孙中山倒一点都不感到震惊，他说："大家别怕，没什么，我是流浪惯了的，大不了再出去流浪几个月，我觉得越是逆境越能磨炼人的意志。"

大家很佩服孙中山这种遇到逆境时豁达的态度，被他的情绪所感染，暂时抛开这件事情，继续按着刚才的议题讨论。

第六十六章 智取马笃山

孙中山被迫离开安南后，把粤、桂、滇三省起义的军事指挥权交给了黄兴。此时的孙中山、黄兴并不甘于失败，想再次发动钦廉起义，但苦于缺乏粮草和枪支弹药，黄兴知道谭人凤与郭人漳有交情，便让他去找郭人漳请求他接济枪弹。

郭人漳，字葆生，湖南湘潭人，清末大臣郭松林之子，以世荫得到陕西候补道，1904年初，因办案失误而被革职。后又因与夏寿田同为王闿运门生的关系，经夏寿田之父——江西巡抚夏时奏调到江西任巡防营统领。上海万福华案件发生时，郭人漳刚好住在余庆里八号，像黄兴他们一样，也被当成嫌犯抓了起来，经蔡锷、龙璋、杨笃生等人努力营救才被放了出来。郭人漳在此次事件中与黄兴、蔡锷他们相识，在他们的鼓动下，开始有了反清意识，并加入了同盟会。

黄兴跟郭人漳也是有交情的，郭人漳是钦州守将，1907年钦廉起义的时候，黄兴两次找他帮忙，但郭人漳出于自身的利益，不仅没帮忙，反而使诈让起义军损失惨重，最后导致钦廉起义失败。所以，黄兴这次自己不出面，派谭人凤去。

谭人凤跟郭人漳是通过蔡锷认识的。蔡锷去广西桂林筹办随营学堂，就是郭人漳向当时的广西巡抚李经羲举荐的。谭人凤受蔡锷之邀去到桂林后，经蔡锷介绍认识了郭人漳，几个人经常在一起谈论政局、交流看法，有着不浅的交情。

1908年3月28日，广西十万大山。谭人凤只身抵达郭人漳行营，受到郭人漳的热情款待。

"谭老，十万大山虽是人迹罕见的不毛之地，但有内地乃至京城都难以享受到的美味啊！今天我请您尝一尝大山深处的山珍野味，我保证您吃了以后，其他地方的就再也不想吃了。"郭人漳指着满桌子的山珍野味说道。

"乡弟啊，请原谅！我此时还真的不能下箸，就算违心从命，吃着只有十万大山才有的山珍，我谭人凤也是食之无味呀！"谭人凤说。

"为什么？您大老远地跑来，我也知道您一定有事，不管多大的事情都没有吃饭的事大，还是先吃饭，吃完饭再说。"郭人漳说。

"乡弟，今天你必须先答应我和克强的请求。"谭人凤笑着坚持道。

"哎呀！谭老，我服你了！好，您说吧！"郭人漳答道。

"克强说了，时下你到了尽同盟会会员革命职责的时候了。"谭人凤说。

"需要我做些什么？您尽管吩咐！"郭人漳回答得很爽快。

"第一，希望你率部参加这次的钦廉起义；第二，如果第一点做不到，那就为这次革命军起义提供弹药和粮草，并希望你能通知属下，主动为革命军前行让出一条路来。"谭人凤说。

郭人漳思考了一会，说："第一条，我暂时做不到，不过第二条绝对没问题，请问，开往钦州、廉州的革命军有多少人枪啊？"

"二百人枪。"谭人凤认真地说。

一听才二百人枪，郭人漳心里又盘算开了，才这么少的人，就敢发动钦廉起义？这谭胡子是不是骗我？于是试探道："哈哈！不对吧，谭老，您既不要把我当成今天的周瑜，更不要有意做当今的蒋干啊！"

谭人凤见郭人漳不相信自己，急了起来，怒道："郭人漳，如果你真的是这样看我谭人凤，告辞了！"说着起身要走。

郭人漳赶紧拉住道："唉！谭老，您别急！别急嘛！我又没说不支持你们，我的意思是说搞钦廉起义这么大的动静，你和克强不觉得两百人枪太少吗？"

"你说的是心里话吗？"谭人凤怀疑道。

"谭老，您怎么又怀疑起我来了呢？"郭人漳说。

"这也是我们要向你借人借枪的原因，所以，这次还要仰仗你啊！"谭人凤说。

"没问题！包在我身上。"郭人漳拍着胸脯说。

"好，我相信你，那我这次可以满载而归了。"谭人凤这才转怒为喜。

"确实，来，为了您的满载而归，干！"郭人漳端起酒杯道。

"干！"谭人凤回应道。

此时，黄兴、胡汉民、黎仲实等率领的防城、镇南关两次武装起义留下的骨干和安南华侨两百余人正在急行军，准备越过中安边界，进入上思举义。

"克强，你说谭老怎么还没回来？不会出什么事了吧？"黎仲实见去郭人漳营地请求接济粮草、弹药的谭人凤迟迟没回来，不禁有点担心。

"我确实有些担心，要不我们先休息一下，等谭老回来。"黄兴说，并让同志们停下来休息一会。

看见黄兴不住地回望来路，胡汉民问："克强，你是担心郭人漳会对谭老不利吧。"

"嗯！这个人确实有点反复无常。"黄兴点点头道。

"中山先生也是这么想的，他到新加坡以后，为郭人漳的事专门发来了电报，再三告诫我们，鉴于以往的教训，不要把希望完全放在郭人漳的身上。"黎仲实说。

"是啊！中山先生的担心是有道理的，前次的起义就是因为他的出尔反尔才导致失败。"胡汉民也说。

正在大家焦急万分的时候，骑着一匹老马的谭人凤终于出现在了视野里，大家这才松了一口气，迎了上去。

"先生，您总算回来了！"黄兴急切地握着谭人凤的双手说。

"我们还以为您被郭人漳押做人质了呢！"黎仲实说。

"不会的！不会的！"对于同志们的担心，谭人凤深为感动。

"谭老，郭人漳的态度怎么样？"胡汉民急切地问。

"很好！除了他不同意跟咱们一起举义外，其他的条件都答应了。"谭人凤兴奋地说。

"太好了！"黎仲实一拍巴掌说。

"这下我们胜算的把握大多了。"胡汉民也兴奋地说。

"是的，我们要赶紧行动起来，尽快赶到钦州。"谭人凤说。

"好，停止休息，继续前进！"黄兴命令道。

队伍按照原定计划继续往前行进。

走了没多远，探子来报说："总指挥，前面就到小峰山和马笃山了，小峰山和马笃山是通往钦州的必经之路，而小峰山又是第一道险关，那里有清军的两个营把守。"

黄兴不禁疑惑地看了谭人凤一眼道："先生，郭人漳怎么还派了这么多人把守？"

谭人凤信心满满地说："克强，没问题的，郭人漳答应过，只要我们把义军开到小峰山脚下，我向山上喊话，不用费一枪一弹就能顺利通过小峰山。"

黄兴听了，放下心来，命令说："好！我们抓紧赶路。"

队伍继续往前走，才走几步，前面就传来枪声，黄兴命令起义军赶紧找地方隐蔽。

"怎么打上枪了呢？"谭人凤感到很奇怪。

"先生，您看怎么办？"黄兴问。

"你们在这里等着，我过去探探路。"谭人凤自告奋勇地说。

"不行！先生，很危险的。"黄兴他们制止道。

谭人凤说："没什么危险的，第一，郭人漳他已经承诺我，一定会借路给我们的；第二，如果他失信了，我们再用枪向他借路。"

"要是敌人从山上向您开枪呢？"黄兴说。

谭人凤淡然笑道："那我就留取丹心照汗青了。"

"不行！先生，您还是不能去。"黄兴还是制止。

"你放心，等我的好消息吧！"谭人凤不听劝阻，依然走到了小峰山脚下，当他对山上的清兵喊话时，清兵不仅没有让开道，相反还朝他射击，并喊话让他们原路返回，谭人凤这才知道，又上了郭人漳的当。

谭人凤满腔怒火返回营地，把情况向黄兴做了说明。

"先生，那我们现在该怎么办？"黄兴征求谭人凤的意见。

谭人凤坚决道："让我来当先锋，打！"

胡汉民反对说："敌人居高，我们临下，这仗肯定是败的。"

"但我们也不能就这么被逼退回去呀！"黎仲实说。

"克强，你是我们的军事家，你看该怎么办？"谭人凤望向黄兴。

黄兴看了看周边的地形，顿时心里有了主意。他让谭人凤带五十人抢先占领左边的高地，隐藏在树林里；黎仲实带领五十人占领右边的高地，隐藏在树林里；胡汉民带十人准备支援；自己则带九十人正面迎向清军，边打边退，诱惑清军从山上下来后，谭人凤和黎仲实带人从左右包抄，自己带领的人再迎上去，来一个瓮中捉鳖。

因为黄兴的战略战术，起义军以两百人的微弱力量，打败了清军两个营的兵力，顺利通过小峰山。

郭人漳听到黄兴的两百人打败了他的两个营，顿时气急败坏，发誓一定要将黄兴、谭人凤他们消灭在马笃山。

这时，天下起了暴雨，为了抢在黄兴、谭人凤他们前面，郭人漳的队伍冒雨出发，赶去马笃山设堵。黄兴、谭人凤率领的起义军也是冒雨行军，在当地向导的带领下抄小路赶往马笃山，希望能在郭人漳的大部队赶到之前通过马笃山。

"这雨下得这么大，看来，今明两天是攻不下马笃山了。"胡汉民望着这倾盆的大雨说。

"如果郭人漳他们先到，肯定派重兵防守，咱们就是身生双翼也是飞不过去呀！"黎仲实说。

这时，派出的探子也回来报告说郭人漳亲率三个营的清军已经赶到马笃山，还口出狂言说要把黄兴、谭人凤率领的起义军全都埋在马笃山下。

谭人凤听了气得抖着胡子直骂："郭人漳这个浑蛋！"

就在大家认为雨太大，无法快速突围的时候，黄兴说又想到一条利用这雨天，混淆郭人漳视听的好计。

"克强，什么计呀？能不能先说给我们听？"黎仲实好奇地说。

"先保密，到时候你们自然会知道。"黄兴神秘地说。

快到达马笃山脚的时候，黄兴开始布局，他对谭人凤说："先生，您带领五十名义军兄弟在向导的带领下，迅速穿过右边的山坡，从马笃山右侧迂回，听到发起攻击半个时辰以后，迅速率领义军冲上马笃山，占领敌人的右翼阵地，千万记住，要发起攻击半个时辰以后，你们才开始行动。"

"好！"谭人凤爽快答应道。

"仲实，你也带领五十名义军兄弟，迅速穿过左边密林覆盖的山坡，向马笃山左侧迂回，待听到发起攻击半个时辰以后，迅速冲向马笃山，占领敌人的左侧阵地。"黄兴说。

"是！"黎仲实领命。

"展堂，你留在这里，跟着我从正面向马笃山发起攻击。"黄兴说。

"好！"胡汉民说。

"当我们三面攻上马笃山之后，不要封住马笃山的后面，要给郭人漳留条活路。"黄兴说。

"留条活路？"胡汉民感到不解。

"我反对！决不能让郭人漳这个混账东西跑了。"谭人凤说。

"对！要抓住他。"黎仲实也不同意。

"按我的本意，我也不同意。但是，这场战斗要迅速结束，如果天亮以后，郭人漳发现我们只有二百人枪，他们一定会拼了命夺回他们失去的马笃山，这对我们而言，就是最大的失算。"黄兴说。

"哦！我知道了，克强兄这一招高啊！"谭人凤明白过来。

"用一句军事术语来讲，叫'围三缺一'，我们只有这两百人枪，只能智取，这夜雨可算是帮了我们很大忙啊！"黄兴又解释说。

"克强，虽然我们次役属于夜袭，但郭人漳已经知道了我们的行动计划，必将严密防守，我们的人数跟敌人相比是一比十，实力相差太大了。"谭人凤还是担忧说。

"同时我们的弹药不多了，把子弹打光了怎么办？"黎仲实说。

"那我们就给郭人漳来一个'撒豆成兵'。"黄兴说。

说着，黄兴吩咐一个小兵把行军时带着的几个木箱拿过来。

"克强，这木箱里装的真的是豆子吗？"谭人凤满心的疑惑。

"不是，是鞭炮。"黄兴说。

"鞭炮？"

"鞭炮？"

大家一时不知其意，纷纷问道。

"对，战斗打响后，每一路革命军都派两个木箱，而且要派两个人专门在阵地上放鞭炮。"黄兴说。

谭人凤顿时醒过神来道："好啊！在这电闪雷鸣的雨夜里，就这么噼里啪啦一响，郭人漳还真分不清哪个是枪声哪个是鞭炮声。"

"对呀！这样一来，他们也搞不清我们到底有多少人。"胡汉民也明白了黄兴的意思。

"结果，郭人漳吓坏了，只能沿着克强给他预设的生门，从后山逃走。"黎仲实说。

"对！大家都明白了就好！大家要记住，一定要依计而行，不能擅自行动。"黄兴叮嘱说。

郭人漳的行营里，郭人漳也是焦躁难安，夜不能寐。在小峰山被黄兴、谭人凤他们打败后，满心的不服气，一股复仇的欲望强烈地支撑着他。

看郭人漳寝食不安的样子，副官劝道："将军，雨下得这么大，路上一定是泥泞难行，黄兴、谭人凤他们的叛军一时半会是赶不到的，他们都是些书生，行动哪有经过专门训练的清军迅速？您还是去休息一下吧。"

"我哪睡得着？小峰山的失败，对于我来说是奇耻大辱啊！我就恨不得黄兴和谭人凤此刻就跪在我面前。"郭人漳咬着牙说。

副官见劝不动他，只得由他去了。

郭人漳坐在椅子上，刚闭上眼睛假寐一会，梦中的枪炮声又把他吓醒，他仔细聆听了一会，问副官："外面是不是有枪声？"

副官说："将军，现在子时刚过，外面又是雷雨交加，叛军哪会在这个时候跑过来？您还是把鞋脱了，在床上好好睡一觉吧。"

"不！万一黄兴他们带人攻上山来呢？那我们是不是很被动了？我不能允许这样的局面出现。"郭人漳坚持道。

"要不，我去外面巡视一遍。"副官转身准备出去。

副官还未出帐，外面真的传来密集的枪声。黄兴他们按照原计划，把人员部署好之后，一边攻山，一边放鞭炮，枪声、雷雨声、鞭炮声混淆在一起，让生性多疑的郭人漳不知来了多少起义军。其实谭人凤当时向他求援枪支弹药的时候，说的是实话，但他就认为谭人凤充当的是蒋干的角色，是巧言骗自己的，谭人凤对起义军的人数肯定有所隐瞒，现在他更加确定了自己的判断。

"去，赶紧去摸清叛军的情况。"郭人漳命令副官。

副官领命出去。不一会，副官跑来报告说："将军，听枪声叛军的人数大概有两三千人，他们兵分三路，分别从左、右、前方进攻，先锋队已经攻了上来，有些地方已经攻破，我察看了一下，现在只有后山还没发现叛军，您还是赶紧从后山跑吧，再晚恐怕来不及了。"

郭人漳想，自己三个营也就千把人，起义军如果有两三千人，自己的队伍根本不是起义军的对手，还是三十六计，走为上计，于是，匆匆带领队伍，从黄兴给他预留的后路逃走了。

马笃山战役，起义军取得了重大胜利，震撼了清廷，也鼓舞了士气，起义军迅速扩大至六百余人。但清醒过来的郭人漳知道自己上当受骗后，更是穷凶极恶地对起义军进行穷追猛打，在郭人漳数千清军的追堵下，起义军在防城一带坚持了四十多天，最后，由于弹尽粮绝，起义失败。

第六十七章 调整策略

河口是滇南门户、中安边境重镇和滇安铁路孔道,清政府在这里设置了督办署,建炮台四座,派重兵把守,鉴于河口的战略地位,孙中山、黄兴又把目光投向了这里。

1908年4月30日凌晨2点,受孙中山、黄兴之命负责云南河口军事的胡汉民、黄明堂、王顺和、关仁甫,会合河口一带的会党、游勇,分三路向河口发起攻击,事先被策反的清军防营一部也按约定响应起义,两个多小时后,起义军迅速占领河口,清军退守炮台抵抗。到了下午,清军守备熊通枪杀河口督办王镇邦后来降,四炮台也转入革命军手里,并缴获枪千余支,子弹二十多万发。起义军占领河口后,立即打出革命党人的青天白日旗,贴出安民告示,宣布军队纪律,派兵保护领事、海关外籍人员,并把他们送往安南老街。河口起义成功后,按照原定计划,迅速出兵北上,拟攻取蒙自、昆明。

几天时间,起义军又连续攻克新街、南溪、坝洒,直逼蛮耗、蒙自,起义军沿路增加人员,此时已发展到三千人,一路顺利,让孙中山、黄兴他们看到了胜利的希望。为了巩固和发展革命形势,5月5日,孙中山委任黄兴为云南民军总司令,节制各军,立即赴前线督师。黄兴赶到河口,投诚清军拒不听从调遣,黄明堂、王和顺亦不服其指挥,黄兴遂于5月10日折返河内,准备另外组建敢死军投入战斗。5月12日,黄兴在安南老街遭法警截留,旋被驱逐出境。安南法国殖民当局又应清政府要求,封锁中安边境,阻禁革命党及粮械进入云南,并迫害、驱逐大批旅安革命党人,使河口革命军陷入孤立无援困境。

谭人凤得知河口起义成功,他认为,王和顺和关仁甫两个人都是绿林出身,且在地方上很有势力,河口又是云南省的要冲,又听说蒙自也有清军内部的人谋反,响应起义,那攻克蒙自便指日可待,蒙自是进入昆明的壁垒,蒙自一旦被攻破,再进攻省城昆明就容易多了,这个最好的机会岂能错过? 于是,谭人凤乔装打扮前往,想着去与黄兴、黄明堂并肩战斗。但当他赶到河口时，起义军遭清军围攻又弹尽粮绝，被迫撤往安南老街，遂被法国殖民地当局包围缴械，押送新加坡。5月26日，清军复占河口，起义军归于失败。遇到这样的情况，谭人凤也是无计可施。此时，孙中山、胡汉民他们在新加坡，在安南被法警驱逐的黄兴也辗转到了新加坡，谭人凤也跟着逃往新加坡。

新加坡街头。孙中山、黄兴、胡汉民、谭人凤、黎仲实正在街头吃早点，因为囊中羞涩，五个人才买了三份早点分着吃了。

起义的失败，让大家的情绪很低沉，谁都不愿意提及刚刚失败的起义。

最后，还是孙中山打破了沉寂，他说："在我的革命生涯中，钦廉、河口两次起义的失败，应该说是第七次、第八次起义的失败，如果说我们每次革命的一切失败都成为成功的种子的话，那我们就应该及时总结这次失败的教训，为以后的胜利总结经验。"

看大家还是沉默不语，孙中山又说："大家不要这样消沉嘛！我早就说革命党中有一位著名的将领黄克强，他在指挥马笃山战役的时候，取得了了不起的胜利，对不对？这次马笃山战役，克强手下兵不过二百人，将大多是从来没有拿过枪，打过仗的文人秀才，枪支我算了一下，也就是二百支不到，但是取得了胜利，这不是一场简单的胜利，这是一场以少胜多，一场战胜十倍于己的敌人的巨大胜利。"

"克强，你看中山先生是何等乐观啊！我的意见，既然是总结教训，我们不妨把心里的话都说出来，这样才能找到问题的所在呀！"谭人凤笑着对一直闷闷不乐的黄兴说。

"法国名帅拿破仑有句箴言：'战争第一是钱、第二是钱、第三还是钱'，因为购买枪械、发放军粮非钱莫办，事后追论，如果我们手里有钱，镇南关之役和马笃山之役，就可以乘胜追击，扩大战果，可是，我们手里没有钱，最后还是败了。"黄兴说。

"我同意克强的意见，打仗没钱是绝对不行的。"谭人凤支持说。

"如果中山先生身上还有钱，我们就不会五个人吃三份早点了。"黎仲实说。

"我想说几句我的意见，仅就此次河口失败而言，决不能以军费不足为理由，因为从起义一开始，就暴露了它的弱点，我也没什么好说的，我想说的是，克强被逐出境以后，他们反而能够继续前进，靠的是什么呀？靠的是勇气，这不是钱所能买到的，如果没有这份勇气，就算有再多的钱也无益于事。"胡汉民提出自己的看法。

"展堂所言甚是！"黄兴道。

"展堂，继续说。"孙中山道。

"简而言之，这些年我们发动革命，主要是依靠各地会党，我们想试图再发动一次太平天国起义，但是，历次失败的教训已经告诉我们，会党是什么？会党就是一群乌合之众，而且他们的首领难以驾驭，根本不能依靠，从今往后，我主张应该全力运动新军。"胡汉民说。

"展堂力主的，也是在我们同盟会成立不久，就有不少同志提出运动新军的主张，可是当时，中山先生和我都在国外，所以这一主张未能实行。"黄兴说。

"这个会党的性质，我很早就知道了，应该说，他们的战斗力比正规军队要差，但是，请想一想，如果我们贸然发动新军，不仅容易暴露，而且困难很多，因为他人员混杂，思想也动摇得快，你弄不懂他今天是真心向着革命，还是明天会变成叛徒和密探？所以，我们不得不更多地依赖会党。这几次起义虽然都失败了，但也应该看到我们的影响力也是越来越大。"孙中山说。

"我赞成中山先生的意见，咱就说郭人漳吧，我和克强没少帮助他、劝他，并且介绍他加入了同盟会，结果怎么样？为了自己的私利还是站在了我们的对立面。"谭人凤说。

"经过了这几次失败，不仅清朝政府把我等列为抓捕的头等要犯，而且那些封疆大吏，包括袁士凯、张之洞，据可靠人士告诉我，只要提到革命党，他们就慌乱，心惊胆战，虽然表面装得很平静，实际上都是假的。这是好事啊！这说明我们强大，说明敌人害怕。而且，我在想，我们这几次起义之后所产生的影响力对我们以后运动新军将是有利的，对不对？所以，以后新军将成为继会党之后而兴起的又一支革命力量。"孙中山说。

"嗯，我赞成！"黄兴表示赞同。

"根据我的观察，新军内部标统以上的官员，你说他们落后也好，你说他们顽固也好，他们确实是很难被打动，革命思想很难在他们之间传播，所以我主张，应当尽量去发展一些连排以下的下级军官及普通士兵。"胡汉民说。

"我赞成，运动新军这将是我们革命的一次战略、政略的转变，因此，我们要把这个事情想得更具体，作为一件大事来研究，要秘密下达命令于各位会员。具体的工作和任务的安排，我提议由克强同志负责。"孙中山说。

"我同意！"大家都赞成孙中山的意见。

接连几次的起义都失败了，让同盟会的会员们察觉到了一些问题，那就是组织涣散、战斗力弱、难以控制。另一个原因是缺少资金，这也是河口和镇南关起义开始都顺利，后面因为粮尽弹绝而导致失败的原因。还有就是革命队伍的组成，长沙起事包括萍浏醴起义等后面的几次起义，都是依靠或借助于会党、游勇的势力，结果都失败了。觉得起义完全依靠会党是不行的，还要把目标转向运动新军，应该是会党和军队同时并举为上策，不然的话，势必会出现，会党一发难，没有军队的响应，清军一镇压，会党因为缺少枪械装备和粮饷，一定不会长久。于是，他们决定调整思路，运动新军，在城市发难。

第六十八章 功败垂成

倪映典，一名瑞，字炳章，安徽合肥人。光绪三十年(1904年)考入安徽武备练兵学堂，并加入革命团体岳王会，光绪三十二年以马术科优异成绩毕业，后入江南陆师学堂炮兵科兼习马术，毕业后任新军第九镇炮兵队官。在此期间，倪映典与吴旸谷、赵声、柏文蔚等经常在南京鸡鸣寺秘密进行革命活动，并加入同盟会。

萍浏醴起义爆发的时候，清廷调新军第九镇前往萍乡镇压，倪映典与赵声等密谋响应起义，没成功。1907年，倪映典回皖任第三十一混成协炮兵营管带(一说骑兵营管带)，他与熊成基、冷遹、薛哲、范传甲、吴性元、方楚乔、其兄映书等联系，共谋于次年春发动起义。1908年2月，倪映典与方楚乔、魏义成等赴粤，经赵声介绍，与当地革命党人朱执信等人相识。不久，改名倪端，加入广州新军，初任炮队见习排长，继改任炮兵排长。在此期间，倪映典利用学科讲授机会，对部属宣传革命思想。1909年春，广东新军步、炮、工、辎各营次第建立。赵声、朱执信、倪映典等决计以运动军队为第一步，积极在新军下级军官和士兵中宣传革命，发展组织。经过不懈努力，到1909年冬，广州新军中各级革命组织逐步建立起来，营、队都有代表，有的排也有代表负责联络指挥，参加同盟会的下级军官及士兵达三千多人，约占广州新军总数的一半。

1909年10月，同盟会南方支部在香港成立，作为指导南方革命的总机关，由胡汉民任支部长。得知南方革命总机关在香港成立，倪映典去到香港，向胡汉民报告了广州新军的发展情况。听到倪映典的报告，胡汉民喜出望外，遂决定于次年在广州发动起义，并电请黄兴、赵声来香港主持。1910年1月29日，黄兴赶到香港，主持起义工作，并电召谭人凤前往香港协助。谭人凤到达后，即积极协助黄兴、赵声筹划起义大计。

2月5日，倪映典再次到香港向黄兴、赵声、胡汉民、谭人凤等汇报工作，经大家研究决定，于1910年2月24日(元宵节)后举行起义。但在2

月9日（春节）的时候，新军第二标第三营士兵因刻印章与商店老板发生争执，巡警前往干涉，引发军警双方聚众斗殴。这一突发事件，打乱了同盟会南方支部预定的起义计划，因为怕新军被解散，不得已提前起义。由于事发突然，场面混乱，起义军遭到镇压，倪映典也被诱捕后杀害。

得知倪映典牺牲、起义失败的消息后，黄兴、赵声、谭人凤感到十分悲愤。

"唉！没想到准备了这么久的起义，却因为一件这样的小事而功败垂成。"黄兴沉重地叹了一口气说。

"炳章，多么有前途的年轻人，没想到竟会遭到这样的不测。出师未捷身先死啊！"谭人凤也是满脸的悲伤。

"我不甘心！我不甘心就这么失败！我不甘心这么多人的性命白白丢在这里！我要再次发动起义。我现在就去顺德找会党首领陆领，他也是加入了同盟会的，我相信会得到他的支持。"赵声抑制不住地咆哮说。

"事情已泄露，清政府早就做好准备了，你这样贸然前往无异于去送死啊！"谭人凤劝道。

"死，我不怕，我已经给我父亲写信了，让他做好失去儿子的准备。"赵声仍然坚持说。

不听黄兴和谭人凤的劝告，赵声给父亲留下遗书后，坚持去顺德找陆领，让他组织会员准备再次起义。

知道赵声的来意，陆领说道："首先，时间这么仓促，我都没做准备，我们人数也不多，而朝廷已经从各地调集了这么的精兵强将，两军力量相比这么悬殊，这样匆忙去迎战，无异于是以卵击石，不仅无益于起义，而且会让我们的损失更大，我们不能做这种无谓的牺牲。"

看陆领这里的情形，确实是毫无准备，黄兴和谭人凤也都不支持，赵声只好作罢，三人返回香港。谭人凤的学业没完成，便回东京读书。黄兴、赵声则继续留在香港。

同盟会成立后策动的几次武装起义，大都是刚刚开始就失败，尽管如此，这些起义，每次都给予了清政府沉重的打击，让清政府成了惊弓之鸟，惶惶不可终日。清政府不仅对起义军恨之入骨，对于起义军的首领黄兴、谭人凤等人更是欲除之而后快，他们下令悬赏五千两白银捉拿"伪总司令官"黄兴，"伪总参谋长"谭人凤等则是赏银两千两每人，足见清政府对起义军的忌惮。

　　对于同盟会发动的起义，谭人凤每次都满怀信心，积极参加，但往往都是还未参与，起义已经失败。尽管谭人凤为黄兴他们的屡起屡败，屡败屡起的革命毅力所感动，但对屡屡不成功的原因进行了深刻的反思和认真的总结，他认为，起义不成功的原因除了敌强我弱、敌众我寡之外，还有起义地点不佳、起义准备不充分、用人不广等原因。几次起义都是选择在比较偏僻且贫瘠的两广及云南，这些地方都与安南接壤，诚然，地理上有些优势，如果失败则可以退至安南境内，清政府就鞭长莫及了，但这些地方的交通不便，人口稀少，后继难续，是起义失败的一个重要因素；同时，没有一个可攻可守的根据地，即便起义成功了，也难坚守很长的一段时间，只要清廷集中兵力围剿，便无法守住起义的胜利果实；还有就是起义准备不充分，几次起义，人数少的几百人，多的也就几千人，武器弹药库存都不多，一旦弹尽粮绝，后援难以跟上；用人不当也是一个重要的原因，"河口起义"胡汉民总揽全权，如果是属于无米之炊，就应该开诚布公，不要有所隐瞒。起事后，王和顺、关仁甫等因为没钱按兵不动，既然事关大局，就应该想法维持，河口有很多富商，只要是稍微有信用的人跟他们沟通，相信筹集个二三万银洋，应该不是难事，结果却是因为缺乏粮饷而导致了起义的失败。因此，他感叹道："以故前后举发十数次，靡费及数百万金，无一成功之效果，卒至进退失据，不亦可惜哉！"

第六十九章 极力维护

　　1909 年秋，来自光复会的陶成章以孙中山无法满足其经费上的要求，便在南洋纠合李燮和、柳聘农、陈方度、胡国梁等七八人，以七省同志名义，起草一份《孙文罪状》，指责孙中山犯有"残贼同志""蒙骗同志""败坏全体名誉"之罪状三种十二条，要求东京总会"开除孙文总理之名，发表罪状，遍告海内外"，并恢复光复会名义，由章太炎、陶成章分任正、副会长，在南洋一带展开活动，造成公开分裂局面。陶成章还带着这份"罪状"赶到东京，找到黄兴，要挟同盟会总部开会讨论并发表《孙文罪状》。不久，在《民报》的诸多问题上对孙中山、黄兴有意见的章太炎受陶成章的影响，刊发《伪〈民报〉检举状》，参与对孙中山的攻击。就连在法国的张继也写信给孙中山，要求他"退隐深山"。就这样，出现了第二次"倒孙风潮"。

　　在这决定同盟会生死存亡盛衰的关键时刻，当时在东京的谭人凤与黄兴、刘揆一等人顾全大局，坚拒陶成章等人要求开会和散发所谓《孙文罪状》的无理要求，并由三人联名复函李燮和等人"劝顾大局"，逐条替孙中山辩巫，指斥陶成章等"妄造黑白……其居心险毒，殊为可恨""以促南洋诸人之反省"，同时，黄兴致函孙中山，详细报告事情的经过，表示自己"当以身力拒之"，请孙中山"勿以为念"；并以中国同盟会庶务名义，致函美洲各埠中文报社，指出："南洋近二三同志对于孙君抱恶感情，不审事实，遽出于排击之举动，敝处及南洋分会已解释一切。望我各位同志，乘孙君此次来美，相与同心协力，以谋团体之进步，致大业于成功"，为孙中山赴美活动扫除障碍。黄兴还在即将续刊的《民报》上登一启事，宣布章太炎为"神经症之人"。孙中山也直接致函张继严正指出："弟被举为总理，未有布告天下始受之，辞退亦断无布告之理。"由于谭人凤与黄兴、刘揆一等人在这次风潮中旗帜鲜明、态度坚决，采取的措施及时有力、有理，"陶成章所持理由，东京亦无人附和"，从而维持了孙中山的威信和同盟会的团结，使陶成章等人分裂同盟会的活动没有恶化到危害大局的地步。

为了改变当时同盟会的涣散局面，1908年冬，黄兴"以同盟会事务所久经停办，《民报》又被封，乃邀请各省分会长商议，在东京小石川区水道町创立勤学舍，作为重组同盟会机关"，谭人凤积极协助黄兴在东京组织勤学舍，以推进东京本部各项工作的进行。勤学舍内部由"宋教仁、谭人凤、刘揆一、吴寿天诸同志负责，所有同盟会一切事务都由勤学舍来主持"。谭人凤还建议黄兴"延一二法学家住舍，草创建设各条文，公同研究"以改变同盟会日趋分裂的局面。

黄兴创立勤学舍的经费起初由在东京的同盟会员缴纳，后来，一些会员以无重要事情磋商，开始不交费，黄兴只好借高利贷支撑。到第二年冬天，陷入困境的勤学舍宣告解散，为了维持勤学舍而负债累累的黄兴为了躲避债务到宫崎寅藏家藏了两个月不敢出门。见此情形，性情耿直的谭人凤为黄兴深感痛苦和不平，于是代他借了三位官费留学生的留学生折在林肇东那里抵押借了一千元替他把账还了，为黄兴摆脱经济困境。

1910年5月，广州新军起义失败后，黄兴、赵声在九龙租一场地为筹划新的起义训练兵马，接受各方支援的枪械弹药。因为没有募到款项，谭人凤代黄兴承担租金，谭人凤的钱也是借来的，光是利息，每月都要一百元。不久，谭人凤感到偿还利息款都越来越吃力，便去香港找黄兴。此时黄兴经济也是非常之窘困，好不容易才凑了三百块钱给他，这些钱还不够偿还所欠的利息，谭人凤只好拆了东墙补西墙，再向官费生借留学生折抵押贷款偿付。到了冬天的时候，已经是债台高筑，再也无法敷衍下去了。谭人凤只好以他支持译印，宋教仁编辑的《比较财政学》一书的版权让渡给林肇东，用以偿债。但宋教仁也在林肇东处有借款，版权转让费偿完宋教仁之前所借林肇东的款和谭人凤之前欠林肇东的借款利息外，仅剩几百块钱，费用还是无以为继。于是又"以前抵林处之三折，嘱学生投使馆报失，利金因得以不缴"。谭人凤虽然感到用这种方法对付林肇东似有不妥，但也是迫不得已。就这样，谭人凤又为黄兴解除了一个难题。

第七十章 黄花岗起义

由于黄兴、刘揆一、谭人凤等人努力，同盟会不仅没有分裂，反而更加团结一致，为持续策划反清起义创造了有利的条件。广州新军起义失败后不久，孙中山致函黄兴，提出在广州再次发动起义，并强调新的起义"广东必可由省城下手，且必能由军队下手"。

6月，孙中山化名到日本与黄兴、赵声、宋教仁、谭人凤等人就起义事宜交换意见，因被日本政府发现了行踪，他只好匆匆离开东京去了南洋。

这年秋天，孙中山又约黄兴等人到马来西亚的槟榔屿，再次商议起义计划。

"经与会同志多次酝酿与协商，决定下次起义的地点仍在广州，起义的基本队伍还是以新军为主。"黄兴向大家宣布了这个决定。

接着，孙中山向大家解释为什么再次选择在广州起义的原因："我们为什么要再在广州起义？第一，在城内发起突击，可以随时占领该城；第二，我们占领广州以后，就能获得十万支新式步枪和充足的弹药，另外还有数百门大炮以及兵工厂；第三，赵声他长期在新军工作，春天的广州起义，他又是主要指挥之一，对广州的情况非常熟悉。"

"还有，鉴于以往起义的教训，起义的新军、民军或会党难于择一发难，因此，我们决定选择最忠诚的五百人作为选锋，潜入城内首先发难，破坏省城重要机关，占领军械库，然后迎接新军入城。这五百选锋他们不仅担任起义的责任，而且还要领导起义的新军和民军。"黄兴补充说。

"总之，一句话，此次要倾全党人力物力以赴之，夺取广州起义的胜利。"孙中山总结说。

计划初步确定后，孙中山、黄兴等人分头为起义筹款。

在孙中山、黄兴、胡汉民等人的努力下，在海外华人中共计募得捐款十八万五千元，其中孙中山募得七万八千余元。

筹款有着落后，黄兴于1911年1月18日到香港成立统筹部，以黄兴、赵声为正、副部长，筹划起义的各项工作，并发电报邀请还在日本的谭人凤赶紧来香港共商大计。谭人凤接电报后马上派谢介僧、刘承烈先去湖南准备，自己则于2月4日抵达香港。谭人凤来到香港，一刻都没停留，即与黄兴、赵声等人研究起义的详细方案。最后确定，广州起义成功后，黄兴率领一队人马进入广西，赵声率领一队人马进入江西，谭人凤率领一队人马进入湖南，在周边省发动起义，进一步巩固广州起义的成果，然后再挥师北上。

谭人凤汲取以前起义失败的教训，对黄兴、赵声说："我认为，长江流域的革命力量不容小觑，南京起事的事情，以前都有谋划过。湖南、湖北居中原中枢，如果能在长江流域取得胜利，那就可以震动全国，控制整个清朝政府，如果不能控制住长江流域，则广州起义虽然成功了，但还不能说取得了最后的胜利，希望大家对这个问题引起重视，此次广州起义要做到牵一发而动全身，引起各省响应的效果。"

黄兴在华兴会筹备长沙起义的时候，就有雄踞一省然后发动各省响应的想法，觉得谭人凤言之有理，便问他有什么方法。

谭人凤说："现在居正、孙武二人正在武昌谋划起义，但因为缺少资金，不能设立机关以扩大声势。湖南、湖北很多革命志士，也因为缺少资金，无法进行部署。如果能分出一部分资金给予两湖的同志，把机关立起来，就能调动各方的势力，广东一动，湖南、湖北立马响应，那中原稳定就指日可待了。"

"谭老的想法我以前也有过，只是长沙起义流产，未能付诸实践，我认为这个方法是可行的，百先，你认为呢？"黄兴征询赵声的意见。

"我认为谭老的看法很有见地，我们领导的几次起义都在安南边境，首先都取得了胜利，但最后都失败了，事实证明，在边境起义有优点也有缺点，优点是失败后容易逃脱，缺点是增援困难，后继难续，难以保住胜利的果实。"赵声说。

黄兴、赵声两人都赞同谭人凤的意见，黄兴当即给谭人凤五千元，托其前往长江流域各省联络响应广州起义事宜。

谭人凤立马行动，2月上旬，他以香港统筹部特派员的身份自香港来到上海，交给南京新军九镇革命党人派往上海设立机关从事联络活动的郑赞丞三千元，嘱咐他负责办理江苏、浙江、安徽、江西的联络事宜；然后又于23日来到武汉，召居正、孙武、杨时杰、刘英、查光佛等到旅社商议。

"我奉黄先生的命令，督助并率领长江流域的革命。南京、九江已有联络，湖南、湖北犹关重要。因黄先生与胡展堂、赵伯先诸兄均在香港，各省同志综合考量了一下，决定在广州起事，计划已经做好，钱款也已经筹集到，可能会在相当短的时间内实现这个计划，所以我们湖南和湖北应赶快行动起来，只等广州起义成功，就紧急策应。"谭人凤说。

"可以呀！我们等这个时机已经很久了。"居正满口答应。

"我们早就想有所行动了。"孙武也说。

"好！大家现在开始积极准备，等我们的消息一到就马上行动。"

说完，黄兴拿出六百元给居正，二百元给孙武作为响应广州起义的活动经费。

接着，谭人凤又马不停蹄地于3月初赶到长沙，召集谢介僧、刘承烈、曾杰、伍任钧、龙铁元、龙云墀、洪春岩、文牧希、谢宅中、邹永成、唐镕、周岐、刘文锦、吴静庵等人密议响应广州起义事宜，湖南革命党人都积极响应。于是，谭人凤决定："委任彭庄仲负机关责任，辅以曾杰、周岐、伍任钧；吴静庵、刘文锦联络新军方面，辅以唐镕、谢宅中；绿林方面，拟责成焦达峰主任，辅以谢介僧、洪春岩；文牧希担任刺探官情；二龙（龙铁元、龙云墀）担任补助经费；惟刘承烈颇近浮浪，则以前购备之炸药暨制造各器，嘱携归益阳赶造"，并留下七百元作为湖南的活动经费。此时，焦达峰不在长沙，谭人凤在长沙等了几天，还是没见焦达峰回来，谭人凤考虑到曾经与黄兴、赵声约定3月中旬前必须返回香港，接下来还要去上海找宋教仁，再等下去恐怕时间来不及，便离开长沙赶往上海。到上海后，谭人凤径直找到在上海民立报馆任主笔的宋教仁，叫他一起同往香港，共同筹划起义事宜。

谭人凤和宋教仁抵港后，参加起义的各路党人已先后到达，"重要人物由东先后到者，已有林时爽、林尹民、林觉民、陈与燊、喻培伦、方声洞、李恢、周来苏、熊越山、何晓柳诸人。……以外由上海至者，则有熊克武、但懋辛、宋豫林、石云诸人。由南洋、安南至者，则有李燮和、陈方度、胡国梁、柳聘农、刘岐山、方汉臣诸人，文武趋跄，颇有风云际会之盛"。一切筹备基本妥当之后，统筹部于4月8日在香港召开会议，决定4月13日发动起义，由赵声、黄兴任起义军正、副总指挥，指挥选锋八百人（初定五百人，后增至八百人）分为十路同时进攻，并派人放火。但在4月8日却发生了意外情况，同盟会会员温生才独自行动刺杀了广州将军孚琦，吴镜也在运炸药时被捕。清政府下令对广州实行全城戒严，四处搜捕革命党。鉴此，黄兴决定推迟起义。

到了4月中旬，黄兴、赵声以起义箭在弦上不便再缓，便召集同人开全体会议，研究发难计划。

清吏在城内搜捕革命党人，各路前来参加起义的人员锐减，黄兴临时决定将原定十路进攻计划改为六路进攻。由黄兴率一路集中力量攻打总督衙门，由赵声率一路攻提督署，由胡毅生率一路攻将军署，由姚雨平率一路攻小北门，由张碌村率一路攻龙王庙，由陈炯明、朱执信率一路攻旗下街及督练所、警察署。对于黄兴这样安排，列席会议者数十人，似乎都没有异议。

但谭人凤却提出不同意见。他说："第一，两个总指挥应当留下一个人做指挥调度，不应该全部出动，都去冲锋陷阵；第二，八百名选锋来自各地，语言不通、街道不熟，难免误冲误撞，大家合在一起力量大，分散开了会遇到很多阻碍；第三，广州将军孚琦已经死了，再去攻打将军署没多大意义；第四，以前起义失败的原因，是因为李准握有重大兵权，所以要注意防备的是李准，我们不如先把李准炸死，然后，第二天合力攻打总督署，赵百先则率新兵由城外夹攻之，较为妥当。"

在当时的情况下，谭人凤的意见不无道理。

但急于发难的黄兴听后则说："将军孚琦炸死后，耽搁了差不多一个月，现在若先炸李准，城内越发戒严，我们的行动不是又将遥遥无期？"

谭人凤答道："我们的同志都已经进城，随时都可发难，怎么还怕它戒严呢？"

……

双方争论了好久，谁也说服不了谁，最后黄兴把谭人凤拉去另外一个房间说："先生，这个计划已经做了很久了，如果再不行动的话，同志们以为我们是胆怯了、害怕了，您就不要再持异议了，再这么争论下去，会让同志们产生恐惧心理，会影响起义的。"

事已至此，谭人凤只好保持沉默，但心里还是不服气的。

黄兴最后决定4月26日（农历三月二十八）发动，并嘱咐各所率部队应在发难前一两天提前进城。

4月23日，黄兴潜入广州，在两广总督衙门设立指挥部。24日，参与起义的三百多人先后到达广州，胡毅生、姚雨平、陈炯明称城内加紧戒严，且起义所用的枪支也不能按期运到，请求改期。黄兴无奈，被迫临时决定起义延迟一天，并下令将已到各同志撤离广州。26 日，黄兴因先夜有巡防兵两营入城，姚雨平说他已经运动成熟，又电催其他同志赶往广州。赵声、胡汉民接到此电有点害怕，因为香港尚有起义用的驳壳枪三百余支还没运到广州。赵声主张率同志们一起去接应，上岸时倘若被检查，即开枪攻击。胡汉民则以彼此不接头，必误事而反对。两人争执未决，便决定请谭人凤先往广州联系，要求黄兴"无论如何必须压住一日"。

谭人凤于是立即启程于 27 日（农历三月二十九）中午赶到广州，因不知黄兴住所，找不到黄兴，便先去找陈炯明。

见面后，陈炯明仓皇告诉谭人凤："不得了！毅生、雨平都没有准备，我这里也仅七八十人，而克强那里的人数不满百，却下令即刻出发，怎么办？"

谭人凤问："你们为什么不阻止他？"

陈炯明说："已极力阻拦他了，但他不听劝阻！"

谭人凤马上请陈炯明派人把自己送去见黄兴。

黄兴此时正在做战前动员，"同志们，广州起义就要开始了，我送诸位选锋八个字'破釜沉舟，灭此朝食'"黄兴声音洪亮地说。

选锋们齐声喊道："破釜沉舟，灭此朝食。"

"好！现在到徐宗汉那里领取武器。"黄兴说。

谭人凤闯进来的时候，选锋队员们正在分发武器。

"克强，今夜起义，一定要推迟啊！"谭人凤急忙说。

"为什么？"黄兴问。

"伯先、展堂接到你的电报后一致认为，今夜举义，香港党人无法赶到，请务必缓期发动啊！"谭人凤说。

黄兴顿足说："老先生不要再扰乱军心了，事情已经到了这地步，我不去攻打他们，他们就会攻打我。"

谭人凤见黄兴此时的情绪已经到了快崩溃的边缘，不好再跟他坚持下去，转而问林时爽："各方面都反映没做好准备，香港同志和器械也都没来，是什么原因让他做出这个决定的？"

林时爽说："先生知一而未知二，现有巡防兵两营表示愿意参与，其他的一切都可以不依靠了。"

谭人凤问："巡防营可靠吗？"

林时爽答道："已接头两次，应该没什么问题了。"

谭人凤听了，整理了一下行装说："那好，请给我一支枪，我也要参加战斗。"

黄兴这时情绪已经稳定下来，他走过来，心平气和地对谭人凤说："先生年老，后面的事情还需要人来办理，我们这个是敢死队，您还是不要来了。"

谭人凤激动地回驳说："我谭人凤还没有到'廉颇老矣尚能饭否'的年龄，你们都不怕死，难道只有我怕死吗？"黄兴知谭人凤性格很执着，不会轻易改变，就给了他两把枪。

谭人凤接枪后心急误撞枪机，砰然一声，枪响了，幸好未伤人。

黄兴吓了一跳，急忙将谭人凤枪夺去，连声说："先生不行，先生不行！"立即派人把谭人凤送到陈炯明家。

谭人凤此时感到非常惭愧，不得不快快离开。

是日下午5时30分，战斗打响，黄兴率一百二十多名革命党人，足蹬黑胶鞋，臂缠白毛巾，持枪负弹，吹响螺号，由小东营五号机关出发，直扑两广总督衙门，总督张鸣岐见状慌忙翻墙逃跑，黄兴就带人放火烧了总督衙门，然后冲出来，正碰上水师提督李准的队伍，双方发生激战，林时爽等人饮弹身亡，黄兴被打断两根手指。随后，黄兴将所率部队分成三路，一路攻打小北门，一路攻打督练公所，并亲率一路接应巡防营。攻打小北门的一路很快遇到清军，与其激战一夜，最后突围时，领队徐维扬被俘；攻打督练公所的一路以喻培伦为首，遭遇防勇后改道攻击龙王庙，后来被清军围困在一家米店内，喻培伦在突围时被俘；黄兴所率一部在途中遇到了温带雄率领的巡防营起义军，但因为巡防营为了方便进城没有带约定的白巾，黄兴的部队以为是敌人，便开枪射击，双方发生枪战，黄兴且战且前，直到最后剩下他一个人才避入一家小店改装出城。

此次起义由于起事仓促、联络不周、寡不敌众，林时爽、方声洞、陈与燊、林尹民等人饮弹身亡，喻培伦、林觉民、宋玉琳、李文甫等人入狱后坚贞不屈，英勇就义，仅黄兴与少数同志脱险，起义终告失败。起义失败后，广州革命志士潘达微多方设法，收殓此役牺牲的七十二位烈士遗骸，葬于广州城郊红花岗，并改红花岗为黄花岗。这次起义是中国同盟会集中全党人力、财力而发动的一次大规模起义，也是在同盟会成立后革命党人进行的一次最为悲壮惨烈，同盟会精英牺牲最多的战斗。

第七十一章 长歌当哭

黄兴率领革命党人进攻两广总督衙门时，谭人凤已出广州城。但他仍惦记着黄兴和战友们，伫立城外向城内眺望，听见城内枪声密集并见有几处纵火，及傍晚时分，仅见一点火光，不久火光就熄灭了，心里知道，起义肯定是失败了，感到非常心痛，但也无可奈何，只得含泪返回香港。后来，从陆续返回的幸存战友处，谭人凤得知当时惨烈的战况，对死难的战友肃然起敬。他认为："是役也，死者七十二人，无一怯懦之士。事虽未成，而其激扬慷慨之义声，惊天动地之壮举，固已碎裂官僚之胆，震醒国民之魂。"

这次起义的失败对谭人凤也是一个沉重的打击，尤其是那些曾与他朝夕相处的勇士们，几天前个个还是那样生龙活虎，如今却阴阳两隔，令谭人凤悲恸欲绝。返港后数日，战友们感天动地的英勇事迹久久萦绕于谭人凤的脑际，战友们亲切可爱的音容笑貌常常浮现在谭人凤的眼前，令他情不自禁地长歌当哭，为这次起义及牺牲的战友写下了一首首感人肺腑的哀诗。

《哭黄花岗》

昏昏老眼泪潺湲，痛哭同人死粤垣。

黑弹声中寒贼胆，黄花岗上忧灵魂。

天留惨景悲林鹤，月冷孤坟泣夜猿。

他日丰碑七十二，大书贤孝祖轩辕。

林时爽，初名士爽，字广尘，号南散，后改名林文。福建省侯官县人。云南巡抚、状元林鸿年之孙。幼年丧母，随父到浙江求学，能诗文，善书法。清光绪二十九年(1903年)参加福建学生会。三十一年(1905年)入日本振武学堂学军事，后改学法科。8月同盟会成立，任十四支部长、《民报》经理、《中兴日报》编辑。与黄兴、赵声等人关系密切，多次参加武装起义，往返于南洋、香港之间，深受孙中山器重。林时爽得知黄兴组织广州起义的消息后即从日本赶回，申请加入选锋队。起义开始时，林时爽与黄兴率领一百二十多人，自小东营街出发，左执号筒，右挟小枪，腰配短剑，直扑督署，炸死守卫数人，放火烧总督衙门。冲出时，林时爽头部中弹牺牲，年仅二十四岁。谭人凤十分欣赏林时爽的才华与能力，曾说："革命党中人物，抱高尚之思想，具远大之眼光，能为国家谋幸福而又与吾契合无间者，吾始终必推君（指宋教仁）与福建之林时爽二人。"为了纪念这位年轻的战友，谭人凤作《哭林时爽》：

笑语哈哈率天真，老少论交气倍亲。

我愧颓唐偷旦夕，君原洒落拔凡尘。

静参哲理浑忘相，误信狂言奋舍身。

长才未了奸仇恨，天意苍茫负此人。

喻培伦，字云纪，四川内江人，1905 年留学日本，1907 年加入到同盟会。喻培伦曾专研化学，研制炸弹，组织暗杀团，谋杀两江总督端方和摄政王载沣均未成功。在广州起义中，喻培伦在黄兴的率领下，随林觉民、方声洞等革命党人勇猛地攻入广东督署，被俘后从容就义，年仅二十五岁。谭人凤深深被喻培伦宁死不屈的精神所感动，作《哭喻云纪》：

亡国遗民病不支，鄙为良相习良医。

精研药学探深理，巧制弹丸助义师。

心细胆豪轰敌靡，势孤力竭罹身危。

伤哉一死无人继，建设长才问仗谁？

林觉民，字意洞，号抖飞，又号天外生，福建侯官人。少年之时，即接受民主革命思想，推崇自由平等学说。留学日本期间，加入中国同盟会。1911 年春回国，4 月 24 日写下绝笔《与妻书》，后与族亲林尹民、林文随黄兴、方声洞等革命党人参加广州起义，转战途中受伤力尽被俘。在提督府衙门受审时，林觉民仍慷慨宣传革命道理，最后从容就义，年仅二十四岁。为怀念这位慷慨就义的英雄，谭人凤作《哭林觉民》：

潇洒风姿丰少年，鄙为奴隶喜为仙。

学通中外空仿古，气壮河山愧后先。

督战勇忘飞矢痛，临刑说演救时诠。

从容死义如君者，顽懦闻风志定坚。

方声洞，字子明，福建侯官人。曾在福州念私塾，自幼聪明机警、胆略过人、口才极好。虽生于富商家庭，但坦率、诚挚、尚气节、重然诺，吃苦耐劳、简朴自励。青年时代起，就怀有挽救民族危亡、献身革命事业的信念。逢人痛论国事，力主倾覆清朝。1911年4月27日，在黄兴的率领下，和闽省精英林觉民、林尹民、林文、刘元栋等人猛攻入广东督署。转战途中，方声洞见相逢的巡防营无臂号，即举枪相向，首发击毙其党人哨官温带雄。激战中，方声洞亦中弹血流遍体，弹尽力竭而死，时年二十五岁，谭人凤作《哭方声动》：

结队联翩去海东，国民天职荷当躬。

激昂慷慨悲声壮，魁杰轩扬状纠雄。

火纵督辕搜虏吏，弹伤营哨走元戎。

一门义侠兄和姊，相对无言痛惨终。

陈与燊，别名汉新，字愈心，福建闽县人。早年立志革命，曾与林觉民等在福州城内组织爱国社，宣传革命。1908年，由舅父萨镇冰资助东渡日本，入早稻田大学攻读法律，加入中国同盟会。擅长讲演，言辞慷慨激烈动人，又善作革命文字，拟办《天声》月刊，未果。清宣统二年（1910年），盛宣怀倡借外资筑路以图私利，陈与燊愤慨之极，欲往刺之。宣统三年（1911年）初，孙中山决定在广州起义，与燊返闽参与准备工作。3月上旬，先往台湾募款三千元以充军饷。因其文弱，众劝勿参加起事。陈与燊道："事苟不成，诸君尽死，我义难独生。"4月27日，随黄兴攻入督署，转攻督练公所时，与清军水师提督李准部相遇，力尽被擒。牺牲于广州大码头，年仅二十三岁。谭人凤为之作《哭陈与燊》：

陈姓由来不帝秦，揭竿起义有先人。

界严种族循家法，心醉文明吊国民。

政治远搜中外史，弹枪轻试雅儒身。

闽中风气开原早，豪侠应多步后尘。

宋玉琳，字建侯，安徽怀远人，宋玉琳自幼聪慧，文思敏捷，擅长诗文。十五岁时，宋玉琳奉父命赴凤阳府应童子试，中案首，补博士弟子员，但非其所愿。宋玉琳目睹清廷政治腐败，国弱民贫，帝国主义列强横行霸道，十分愤慨。不久，与怀远县孙斐轩等爱国知识分子结识，思想更趋激进。宋玉琳倾心革命，为遂其推翻清廷救国救民之志，毅然离家寻求革命途径。后在家书中说："富贵利禄岂能动，生死绝不变初衷。"充分表现了献身于革命的坚定意志。光绪三十三年（1907年）春，宋玉琳就学于安庆巡警学堂，暗中参与革命活动。7月6日，光复会首领、巡警学堂堂长徐锡麟刺杀安徽巡抚恩铭，并率众起义，失败被捕，宋玉琳与二十多名巡警学生亦同时被捕关押。杀害徐锡麟时，曾将宋玉琳、朱蕴山等押赴刑场陪斩，宋玉琳毫不畏惧，表现出革命者视死如归的英雄气概。翌年 11 月 9 日，熊成基在安庆领导新军马炮营起义，宋玉琳参与起义的策划工作。起义不幸失败后，熊成基策划暗杀载洵未果，壮烈牺牲。清宣统元年 (1909 年)，宋玉琳离开安庆前往南京联络同志。1910 年秋，再至安庆，为隐蔽身份，谋有所举，复考入高等巡警学校。由于两次起义未成，省会官吏防范严密，一时难有作为。当时广州为孙中山领导革命活动之策源地，宋玉琳乃决心奔赴广州。因费用拮据，曾得其姐夫林锡侯仗义资助。临行前，宋玉琳为书诀别其弟，语意恳挚，虽处危难贫困而革命意志坚定不移。1911 年春，宋玉琳率江淮革命志士七十九人至广州，参加广州起义。起义时，宋玉琳与数人参加黄兴部，从小东营出发攻打两广总督署，转战华宁里，冲锋陷阵，英勇顽强，然终因弹尽力竭被捕。讯供时，他陈述了黄兴主张立即进攻的三大理由，言辞慷慨激昂，问官及观审者无不动容。面对生死，宋玉琳大义凛然："安庆之役，吾应死而未死，将有以报吾死友，今日者可以死矣。"宋玉琳英勇就义时，年仅三十二岁。对于这位屡次参加起义，视死如归的志士，谭人凤作《哭宋建侯》：

兵变淮南主乃公，锡龄死后一英雄。

眼中有泪常悲范，身外无知艳说熊。

五岭风云成想象，半生志愿累虚空。

战场未入波诛戮，应有余哀饮恨终。

李文甫，字炽，号夷丘，广东东莞兰乡李屋村人，从小就喜欢读书，后受进步思想影响，乃与莫纪彭、林直勉、黄侠毅等秘密组织革命活动小组，到各地宣传革命，提出"内争国权，外御强敌"。1911 年 4 月李文甫加入选锋，参与广州起义。起义时，李文甫率敢死队跟随黄兴攻打总督衙门，转战飞来庙、北校场等地，在战斗中不幸足部中弹被俘。翌日，被押赴刑场，壮烈殉国，年仅二十二岁。谭人凤为之作《哭李文甫》：

温温儒雅可人儿，追逐群雄举义旗。

已遣师徒同解散，又遵命令急奔随。

单身赴难偿心愿，一死留名载口碑。

愧杀彼人甘卖友，偷生苟活世同嗤。

林尹民，字靖庵，福建闽侯人。少以悌孝闻，素有大志。1906 年自费东渡日本，入振武学堂。1909年毕业。旋考入日本第一高等学校医科，补为官费生，课余时间常习中外兵书。1910年经林文介绍加入同盟会。1911年4月，见福建党人纷纷赴广东，知有大举，乃与友人携带军械六箱返国，24日抵达香港，25日早到广州。27日广州起义发动时，参加攻打督署，力杀十余人。战斗中受伤十余处，鲜血直流，仍奋勇杀敌，后中弹牺牲。谭人凤为之作《哭林尹民》：

品质学粹迈群伦，声望同推席上珍。

矢志复仇歼彼虏，存心济世尹斯民。

仓皇出阵前无敌，冒昧开枪后有人。

寄语吾侪继起者，兵宜拣练技宜纯。

5月18日，尚沉浸在对于此次起义中英勇献身志士哀痛之中的谭人凤，又得知了这次起义的总指挥赵声因悲愤过度而病逝的噩耗。

赵声是同盟会的重要军事领导人，在策划黄花岗起义期间，谭人凤曾与其朝夕相处。因此，他的逝世对谭人凤打击很大。谭人凤含泪又作：

《哭赵百先》

才哭群英泪湿巾，胡令君病又辞尘。

两番定策堕人手，一气填膺丧此生。

威信谁收军界望，炎氛难返岭头春。

我悲前路茫无主，肝胆相输已乏人。

赵声，字百先，1881年出生于江苏丹徒（今镇江市）大港镇。青少年时期，就慨叹清廷的腐败黑暗，有拯民救世的大志。他精诗文，擅武事，体貌魁梧，性情豪爽，疾恶如仇，称誉乡里。1902年在江南陆师学堂毕业。次年，东游日本，结识黄兴，革命之志益坚。归国以后，在家乡大港举办阅书报社，宣传救国主张，唤醒国民觉悟。不久去南京，任两江师范学堂教员，创作七字唱本《歌保国》，秘密散发，宣传革命。1905年任新军三十三标标统。1906年加入同盟会。因为对士兵宣传革命，被清廷两江总督端方发觉而出走广州，历任督练公所提调，新军第一标、第三标标统。1909年与黄兴等酝酿广州起义，次年广州起义失败。清廷获悉赵声为这次起义的主谋，悬赏捉拿，赵声与黄兴等化名匿居香港。1910年6月，孙中山到日本，赵声应召会见。孙中山对赵声亲如手足，甚为器重，认为赵声运动广州新军以来，成绩卓越，虽经失败，但新军大部分力量仍在，遂酝酿仍于广州再度起义。在此前后，赵声曾去南洋，筹募革命经费，并任香港同盟会会长。

1910 年 10 月，赵声参加了孙中山召集的槟榔屿会议之后，首先回到香港主持起义的各项准备工作，收容被清廷遣散的新军战士。1911 年 1 月，黄兴、胡汉民相继来到香港，成立领导机关统筹部，后来又成立起义指挥部。赵声以其统军的资历和卓越的军事才能，被大家一致推举为起义总指挥，黄兴为副总指挥。由于种种主客观原因，黄兴先入广州指挥，应变仓促，等赵声与胡汉民次日早晨率众赶至城外时，起义已经失败。赵声痛不欲生，忧愤成疾，回香港后即大病，延至 5 月 18 日，临终前大呼："出师未捷身先死""吾负死难诸友矣，雪耻唯君等！"年仅三十岁。

除了哀诗外，谭人凤还作《赵百先传略》，以表达对赵声深深的崇敬之情。谭人凤以诗歌的形式记录了黄花岗起义中革命党人惊天地、泣鬼神的壮烈场面，歌颂了一个个革命党人感天动地的英勇事迹，塑造了一批矢志不渝、英勇斗争、宁死不屈的革命党人英雄群像。

第七十二章 劝留武汉

  黄花岗起义失败，谭人凤与此次起义的幸存者陆续撤到了香港。但香港也不是久居之地，广东总督府听说很多革命党人蛰居在香港，因香港是英国的殖民地，便与英国派往香港的港督签订了协助捉拿革命党的条约，在广州办警察学堂的革命党人夏寿华听到广东政府与港督订有条约，将在香港逮捕革命党人的消息后，赶紧赴香港营救革命同志。

  夏寿华，字小范，号卓春，1854 年出身湖南益阳桃江县一个耕读世家，自幼聪慧好学，博经通史。早年入长沙岳麓书院，肄业。清光绪二十三年（1897 年）应顺天乡试，议叙通判。中日甲午战争失败后，愤清廷腐败，绝意仕途，入汉阳兵工厂任事，1900 年与唐才常一起策动自立军起义，失败后东渡日本避难。1901 年，夏寿华回国谋杀西太后未果，遂游历大江南北，多方联络革命志士，1903 年，又潜回云南，与周云祥共谋"勤王"，但起事失败，又逃往日本。1907 年回到奉天，与罗仪陆密谋刺杀东三省总督徐世昌未果。1908 年，与雷光宇等上书申请开国会，清廷置之不理，由此放弃君主立宪主张，与革命党人黄兴等结纳，并参加同盟会。1909 年，夏寿华赴广州，在袁树勋总督府任陆军参谋。利用职务之便，暗中联络，参与策划广州新军起义，后又担任广州警察学堂总办，积极宣讲时局，鼓吹革命。黄花岗起义失败后，清兵闭城搜捕革命党人，夏寿华在这危难之际极力营救。这次抵港后，夏寿华又积极掩护黄一欧、李燮和、陈方度、胡国梁、柳聘农等人安全离港，并派人给谭人凤、宋教仁送去旅费，劝他们速速离开香港。

  谭人凤、宋教仁在夏寿华的帮助下逃到了上海。抵达上海后，宋教仁回民立报馆，谭人凤对黄花岗起义及在起义中英勇献身的战友们仍难以忘怀，想着要把前面所做的哀诗出版，于是，含泪将以上哀诗编为"狂风妒雨吹散国魂，伤心惨目地暗天昏"的"十哭"。同时又分别作"犁庭扫穴分队纵横，党人战绩轰轰烈烈"的"十颂"、"顾瞻世局火热水深，春秋大义秉笔诛心"的"十詈"、"药苦利病言逆利心，发奸摘伏籍当良箴"的"十戒"和

"革新事业靡易靡难,宏纲要领预备宜完"的"十要",共计七律五十首,其中"十哭十颂十詈言以往,十戒十要警将来"。谭人凤认为,这些七律诗"虽俚鄙无文,难免效颦之诮,然以个中人谈个中事,情真语挚,亦未必非党人之所乐闻",因而又将其编为《劫后闻吟录》一册,作为对黄花岗起义及在此次起义中死难战友的永久纪念。因为黄花岗起义的失败给谭人凤太大的打击,做完这一切之后,便决定回新化,从此不再过问革命党的事情。

6月中旬,谭人凤从上海来到汉口,适遇焦达峰、杨晋康、谢价僧、刘承烈、刘文锦、邹永成、李安甫、曾杰及自己的二儿子谭二式等湖南的革命志士。

广州黄花岗起义失败,消息传出牺牲了很多同志,并有传言说谭人凤也在此次起义中牺牲了。谭二式听到父亲牺牲的消息,当即失声痛哭,焦达峰、谢介僧、邹永成、曾杰等人与谭人凤都是深交,也是心痛至极,发誓一定要为谭人凤报仇。

起义失败和烈士死难,对革命党人的打击非常之大,这时革命党的领导人多心灰意冷。然而焦达峰、杨晋康、谢价僧、刘承烈、刘文锦、邹永成、李安甫、曾杰、谭二式等听到广州起义失败的消息,不但没有退却,而是特意来到汉口与孙武等湖北的革命党商量,想乘湖南铁路风潮之机发起暴动。

没想到,谭人凤却似从天而降,突然出现在面前,大家以为这是在梦中。谭二式走到父亲面前,双膝跪下,流泪不止,拉住谭人凤的双手说:"爹,真的是您吗?您还活着?为什么他们都说您已经血溅沙场了?"

谭人凤也是泪流满面,他叹了一口气,哽咽着把广州起义的经过和失败的原因讲述给大家听,并告诉大家自己已有归田之意,正准备回新化老家。

当谭二式告诉谭人凤他们想乘湖南铁路风潮之机发起暴动的时候,谭人凤还沉浸在失去众多战友的悲痛之中,听说此事后,极力劝道:"广州黄花岗起义我们几乎动用了所有筹集到的物资,参加起义的人员也都是同盟会的精英,起义都未能成功,就你们这些人,又没有多少准备,仓促间来到武汉就想起义,这能有多少胜算的把握?还是不要白白做出牺牲了,跟我回湖南吧。"

焦达峰劝慰道:"谭老,湖南现在的形势更加险恶,因您和黄克强都是湖南人,黄花岗起义失败后,湖南省衙也出了严查禁令,所以,您现在可千万不能回去，还是留下来主持我们湖南的革命吧。"

"可现在的革命形势真的令人很悲观啊！"谭人凤说。

"革命事在人为，我们前面已做了这么多的工作，现在怎么能轻言放弃？那不前功尽弃了吗？我们都革命了这么长时间，已经无路可退，只能革命到底！"焦达峰说。

谭人凤为焦达峰毫不气馁的革命精神所感动，顿时信心倍增，决定与他们继续从事革命活动。他对焦达峰他们说："好！我听你们的，但你们所说的暴动，我觉得行动太仓促，得暂时取消，要从长计议，等我们做好全面的规划之后再进行。"

"好吧，谭老，您革命经验比我们丰富，我们听您的。"焦达峰爽快地说。

焦达峰他们听从了谭人凤的提议，先进行讨论，最后确定"湖南方面的起义军分成三路，焦达峰任中路指挥，杨晋康任西路指挥，谢介僧、邹永成任南路指挥。"

湖北先有共进会、文学社两派，共进会由孙武、邓玉麟组织，江湖人士占多数；文学社由蒋翊武、刘复基、蔡大辅等组织，军学界占多数。这两个团体虽然都是以反清革命为宗旨，但由于人员来源不同，彼此缺乏联系和来往，因此没有形成统一的革命力量。谭人凤与共进会的人员是早已熟稔。2月份来武汉策动响应广州起义的时候，在大江报馆会晤詹大悲，得知湖北还有另一个反清组织文学社，便也想结识，于是让詹大悲约了蒋翊武、李长龄、罗良骏、王守愚在武昌府狱胡瑛的住所见面。初次见面，谭人凤见蒋翊武、王守愚像是乡下来的老农，李长龄则像老学究，罗良骏却是公子哥儿的形象，当时心里觉得不以为意，后经胡瑛介绍，才知道这些都是湖北革命党人的中坚分子，便与他们有了联系。

谭人凤认为，武汉的革命活动要取得成功，关键在于文学社和共进会这两个革命团体，"文学社和共进会这两个团体宜合不宜分，宜团结不宜各行其是"。基于这种认识，谭人凤又通过孙武约蔡济民、高尚志、邓玉麟、蔡汉卿、徐万年、潘公复、李作栋、王炳楚、杨玉如、杨时杰等共进会的同志见面，劝孙武等共进会同志与文学社的蒋翊武、刘复基等人"和衷共济，相辅而行"，共同推进武汉的革命事业。

这次武汉之行，让谭人凤又看到了革命胜利的希望，重新燃起了他的革命热情。在武汉停留几日之后，谭人凤改变了他原定的旅行路线，不再是回湖南老家，而是偕曾杰沿江而下，重返上海。

他们先是来到了九江，遇炮台上兵士曾某等同乡，他们待谭人凤、曾杰很热情，还带谭人凤和曾杰去炮台参观。接触到炮台上的一些士兵后，谭人凤用言语试探他们，没想他们一个个都是慷慨激昂，便有了赶紧把他们团结起来的念头。第二天，这些炮台士兵又前来拜访，谭人凤备了酒席于湖口庙上与他们相叙，向他们宣讲革命理论，这些兵士都表示愿意立下誓言，签订文书条约，加入同盟会，并表示愿意担任联络员，联系其他兵士加入。

在九江停留四日后，谭人凤和曾杰又来到安庆。由于熊成基曾在此发动过震惊全国的安庆马炮营起义，此时的安庆戒备森严，警察对于外来人员盘查较严，谭人凤和曾杰见事不可为，便停留一晚即往南京。到南京后，谭人凤找到在新军中担任庶务的老乡万仁山，表明来意，万仁山马上约集中下两级军官邱喝、侯成、邱伯衡、鲁涤平等人来见。他们听谭人凤宣讲革命道理后，相当赞同谭人凤的观点，又介绍第九镇军官与陆军第八中学学生李特、韩恢、邱鸿钧、吕超、向传义、任怨邑、何克夫、李铸、张宗拭、邱高、余成续等三十余人加入同盟会。在秦淮河租赁花船两艇，学生们都很认真地填写志愿书。这些风华正茂的青年才俊，此刻看上去甚是生机勃勃，像是正在遍地开花的中国革命事业，谭人凤心里非常高兴，心想，又增加了这多的新生力量，不虚此行啊！

6月底，谭人凤抵达上海后，为长江流域的革命形势感到振奋，逐步认识到"天下事，断非珠江流域所能成"。鉴于当时同盟会本部涣散和两湖地区革命运动迅速发展的实际情况，谭人凤、宋教仁等人决定成立中部同盟会总会，以领导长江流域的反清革命斗争，并努力促使湖北革命党实现大联合。

第七十三章 中部同盟会

其实，对于组建中部同盟会总会，谭人凤和宋教仁早有想法和打算。1910 年 2 月广州新军起义失败后，在东京的同志都很灰心，同盟会的事情也无人过问。谭人凤看在眼里，急在心里。恰好 6 月中旬，孙中山潜回东京，与黄兴、赵声商讨下一步行动方案。谭人凤见到孙中山后，要求其改良党务，孙中山听了谭人凤的建议，由衷表示赞同。

不料几天后，当宋教仁与孙中山商讨改良党务的具体办法时，孙中山却面带愠色说："同盟会已取消矣，有能力者尽可以独树一帜。"

宋教仁一怔，遂问："先生为什么这么说呢？同盟会什么时候取消的？我怎么不知道？"

孙中山气愤地说："党员攻击总理，无总理安有同盟会？经费由我筹集，党员无过问之权，何得执以抨击？"

宋教仁当时听了心中充满疑惑，但他并没有与孙中山争辩，回去后把这些情况告诉了谭人凤。谭人凤听后颇感惊讶，他想，我上次提议的时候，孙中山可是满心赞同的，事情怎么变了呢？第二天，谭人凤便与宋教仁一起去见孙中山谈改良党务事，但孙中山仍坚持昨日论调。

谭人凤因而辩驳道："同盟会由全国志士结合组织，何得一人言取消？……款项即系（总理）直接运动，然用公家名义筹来，有所开销，应使全体与知，何云不得过问？"

孙中山听谭人凤这么一说，一时语塞，只得应付道："可容日约各分会长再议。"

此后不久，孙中山的行踪被日本政府发现，不得不离开日本转赴南洋。谭人凤提出的改良党务一事便无下文。

谭人凤认为孙中山身为总理，放弃责任，置党务大事于不顾，又不自请辞职，心中大为不满，便与赵声商议改良同盟会。

"百先，这段时间，我在长江中下游流域开展了一些活动，发现广州新军起义失败后，这一带的革命基础并未大伤，相反，革命党人的斗志更加旺盛，潜力充足。我们在珠江流域发动的起义都以失败告终，所以，我想，我们应该尝试以长江中下游为发动起义地点，再发动周边地区，以至策动全国的起义。"谭人凤说。

"谭老，我赞成您的想法，长江中下游是全国的中心点，无论是从中心点往四周辐射，还是从周边地区增援中心点，都交通便利，行动迅速。我们可以以长江为起义地点，湖北先发难，湖南、四川、江苏、安徽四省响应，由河南、临淮、海道三路北上。"赵声极力表示赞同。

"但是，同盟会的总部在东京，南部同盟会在香港，对于长江中下游的领导可以说是鞭长莫及，所以，我建议在长江中下游组织一个中部同盟会。"谭人凤说。

"是啊！现在中山先生和克强兄大多时间都在香港或靠近广东、广西、云南边境的安南，很难顾及内地的革命形势，如果在长江中下游地区有一个革命的根据地，召集各个地方的革命党人就方便多了。"赵声赞同说。

赵声的赞同，大大增加了谭人凤对于改良同盟会一事的信心和决心，便召集张懋隆、林文、李肇甫、周来苏、邹永成、刘承烈、张斗枢等人在宋教仁的寓所开会，研究改良同盟会问题。会上，宋教仁提出上、中、下三策："在边地进行为下策，在长江流域进行为中策，在首都和北方进行为上策。请大众决定以哪一策为好。"于是，会议以同盟会初成立时本有东、南、西、北、中五部名义，而且南部同盟会已于1909年成立于香港，于是，决定成立中部同盟会总会，以推动长江流域的革命运动。最后，谭人凤根据当前情况，提出了"以事权统一，责任分组，不限时期为原则"作为中部同盟会的进行方案，得到了与会者的一致赞同。于是，中部同盟会由此发端。

虽然谭人凤与宋教仁等人决定成立中部同盟会总会，但因为没有钱，所以，中部同盟会一直没有正式成立和运作。

1910年10月，谭人凤借去香港向黄兴要回他与赵声在九龙所租的，用来"训练兵卒，接受器械"场地的租金之机，向黄兴汇报了组建中部同盟会总会的想法，并请他在经费上给予支持。黄兴听完谭人凤的汇报后表示"我没有什么意见，但必须有钱才能行动"。但黄兴此时经济极为拮据，不仅不能给予谭人凤等人以支持，就连谭人凤所索要的由他代付的场地租金也只能勉强拿出三百元，还不够偿还所欠利息。

由于缺乏经费，谭人凤等人成立中部同盟会总会的事也就只能搁置，但又怕人心涣散，便每周组织一个谈话会，大家一起聚聚。

1911年2月，谭人凤奉黄兴之命到武汉策动响应广州起义时，认为先前商议的组织中部同盟会总会之事也应加紧行动，因此，对居正、孙武、杨玉如等人说："因为孙中山、黄兴都已离开东京，会内无人主持，形同虚设。上海交通便利，我们组织这个机关，等于是把东京同盟会搬到上海。希望武汉地区的同志加入中部同盟会，以便联成一气，一致响应广州。"但当时的中心工作是响应广州的起义，所以，组建中部同盟会的工作也只是重新提起，并未着手进行。

由于先前的工作，加之目前的形势，再经过慎重的研究，谭人凤、宋教仁、陈其美等人一致认为，此时成立中部同盟会总会的时机已经成熟，决定立即启动中部同盟会总会的筹备工作。于是，谭人凤一面嘱咐宋教仁起草中部同盟会简章，一面致电正在香港的黄兴，请求他对中部同盟会总会给予经费支持。为了不泄露机密，电报是用暗语发出："粤总号亏累虽巨，幸此间分号营业甚旺，差堪告慰。望速汇二三万元，以便进货。至盼。"黄兴收到电报后，立即明白了谭人凤的意图，感到非常高兴，马上写信给冯自由，托他致电孙中山请求支援。

冯自由（1882年生），原名懋龙，字健华，后改名自由。汉族，祖籍广东南海县盐步高村人。出生于日本华侨家庭，自幼就学日本，1895年在日本横滨加入反清的兴中会。后考入东京早稻田大学。1900年毕业，与郑贯公等创办《开智录》半月刊，宣传天赋人权说。1901年与王宠惠等组织广东独立协会，翻译出版《政治学》一书，介绍西方资产阶级政治学说。1903年任香港《中国日报》、美洲旧金山《大同日报》驻东京记者。1905年参加中国同盟会东京成立大会，被推选为同盟会中央评议员。1906年到香港建立同盟会香港分会，任会长，并任《中国日报》社社长兼总编辑，进行反清革命宣传。曾参与策动潮州、七女湖等起义。1910年前往加拿大温哥华市，任《大汉日报》记者，为同盟会发动广州起义积极筹款。

冯自由收到黄兴的信，马上将此事转告孙中山，孙中山听了也是非常赞同，马上和冯自由着手准备筹款活动。

7月31日，经过紧张的筹备，谭人凤与宋教仁、陈其美等人借上海北四川路湖北小学召开中部同盟会总会成立大会。到会者二十九人。会议通过了由谭人凤起草的《中国同盟会中部总会宣言》。

在此宣言中，谭人凤对同盟会成立以来所策划的历次起义失败进行了一次总检讨，并说明成立中部同盟会总会的原因。在宣言中，谭人凤还宣布了中部同盟会总会的性质、组织方法、组织原则等重要内容。会议还通过了由宋教仁起草的《中国同盟会中部总会章程》《中国同盟会中部总会总务会暂行章程》和《中国同盟会中部总会分会章程》。

随后，根据《中国同盟会中部总会总务会暂行章程》，大会进行了总务会干事选举，公举谭人凤、宋教仁、陈其美、潘祖彝、杨谱笙等五人为总务会干事，具体分工为：庶务陈其美，财务潘祖彝，文事宋教仁，交通谭人凤，会计杨谱笙。

8月2日，同盟会中部总会召开第二次会议，公推谭人凤为总务会会议长。这样，谭人凤为同盟会中部总会会议长兼交通干事，不仅负责主持总会的日常工作，还兼管联络各等社会及会籍、选举、纠察、赏恤、通讯事务等重要工作。

中部同盟会总会为领导长江流域革命而建，因而它成立后，谭人凤等人就把发展分会，策划长江流域特别是武汉的起义摆在重要位置。作为负责与各地联络的交通干事，谭人凤在忙完中部同盟会总会的成立工作后，即与郑赞丞一起赴南京，主持成立南京（江宁）分会。

经过谭人凤等人的一番努力，各有关省会相继成立。安徽，负责人范启光（字鸿仙）；湖北，负责人居正；湖南，负责人曾杰、焦达峰；江苏，负责人郑赞丞、章木良。以上四省分会"皆直接于上海总机关，主持长江流域联络军队事"。不久，东京本部张懋隆、吴玉章途经上海回四川运动革命，谭人凤、宋教仁等人即"令其在川立分会，运动军队，与长江下游相联络"。又闻井勿幕在陕西"联络军队，亦著大效"，谭人凤与宋教仁"令其计划合为一气，与南方相声应，而立分会焉"。湘、鄂、苏、皖、川、陕等省分会相继建立后，谭人凤、宋教仁等中部同盟会总会负责人就全力策划长江流域的武装起义。

第七十四章 筹备湖北起义

谭人凤 6 月经过武汉时，劝说共进会和文学社"和衷共济，相辅而行"后，经过几个月的协商和酝酿，文学社与共进会决定于 9 月 14 日在武昌雄楚楼十号刘公住宅召开联席会议，商讨两个团体的有关合作事宜。

俗话说："人无头不行，鸟无头不飞"，会上，大家就谁来领导举事展开了讨论。

"我提议，我们就在刘公、孙武、居正、蒋翊武四位同志中间推举一位领导我们举义好不好？"张振武提议。

"好！"大家一致赞成。

"我不同意，公平地说，我担不起这么重的担子。"刘公推辞。

"是呀！我们也担不起这么重的担子。"居正也说。

"你们也太谦虚了，你们如果都这么推脱的话，谁来领导我们举义呀？"张振武说。

"严格地说，只有孙中山先生才能担此大任，可他却远在海外。"刘公说。

"对呀！"

"哎！要不我们就请黄兴、谭人凤、宋教仁来武汉主持？"孙武说。

"他们也不在武汉呀！"张振武说。

"我们不是要派居正和杨玉如二位同志去上海采购手枪吗？谭人凤、宋教仁他们现在都在上海，我们可以敦请他们来武汉主持大计呀！"蒋翊武建议。

"行，我和杨玉如立刻动身去上海联系谭人凤和宋教仁。"居正答应说。

9 月 19 日，居正、杨玉如自汉口来到上海。

上海，谭人凤寓所，听了居正和杨玉如的介绍，谭人凤一下从座位上站了起来。

"好！好！这是个好机会呀！我们一定要把握住。"谭人凤激动得连连跺着手里的拐杖。

"这样吧，你们先休息一下，我马上去联系宋教仁，还有陈其美，陈其美学过警察、法律和军事学，黄兴现在在香港，可能来不及赶回来，可以先请他去武汉。"谭人凤接着说。

居正和杨玉如相视一眼，点了点头。

"我们还正愁找不到统一的军事指挥呢，那更好！"居正说。

于是，谭人凤便约了宋教仁和陈其美与居正、杨玉如见面，跟他们讲了武汉的革命形势。

马霍路陈美其寓所。宋教仁和陈其美正等着谭人凤他们的到来。

"广州三二九起义后，克强对起义已经灰心了，公开说'同盟会无事可为矣！以后再也不问党事，惟当尽个人天职，报死者于地下。'"宋教仁说。

"是啊！我们谭老先生又何曾不是这样。"陈其美道。

"谭老还曾说：'决志回家，不再问党事'，但是，当他见到湖南的焦达峰、湖北的孙武后，心又开始动了，赶来上海与我们一起发起中部同盟会总会，借以推动长江中下游的革命活动。"宋教仁说。

"他身体不好，我劝他入院，可他一见到湖北的居正等同志到了，马上就把我叫来听他们讲湖北的革命形势。"陈其美说。

"是呀！我才刚起床呢，就被他们叫了过来，还真是迫不及待了。"宋教仁说。

"这就是我们谭老先生的做事风格。"陈其美说。

正说着，谭人凤带着居正他们赶了过来。

居正向谭人凤、宋教仁、陈其美汇报了湖北准备发难的情况，请谭人凤、宋教仁到湖北主持起义工作，并拿出一千元钱，请陈其美代购起义时要用的手枪。

谭人凤、宋教仁、陈其美等听了居正、杨玉如关于湖北革命形势的汇报后，连日在马霍路陈其美寓所召集上海机关部会议，经过反复分析和讨论，决定在武昌、南京、上海同时发动，谭人凤、宋教仁均准备赴汉；因陈其美要主持山东、广东、广西、陕西、云南、四川等在上海的代表会议，脱不开身，便决定由吕志伊、刘芷芬携函前往香港，向黄兴汇报拟于武汉及长江一带发动起义的情况，并请其速赴武汉主持革命。当时，山西、陕西、云南、四川、广东、广西都有代表参加会议，他们听了居正的报告都很高兴，"即密报本省准备继起响应"。会后，谭人凤、宋教仁将湖北军队运动情况与中部同盟会总会的意见密电黄兴。由于黄兴对湖北的情况和中部同盟会所做的工作不太了解，因而回电谭人凤、宋教仁："各省机关还没有一气打通，湖北一省恐难做到，必须推迟到九月初（公历10月下旬），约同十一省同时起事才好。"

但在这期间，湖北形势又有了新的变化。湖北两个革命团体于9月14日实现联合后，鉴于武汉形势已如箭在弦上，而请来主持的黄兴、谭人凤、宋教仁、陈其美等人又迟迟未到。孙武、刘复基、邓玉麟、蔡济民、李作栋、彭楚藩等数人又于9月23日在雄楚楼十号刘公寓所召开了一个小型会议。

经过充分讨论，决定建立由蒋翊武、孙武、刘公共同负责的领导体制，其中蒋翊武为军事总指挥，管军令；孙武为军务部部长，管军政；刘公任总理，专管民事；重大事务，由三人会同大家共同处理。次日，湖北革命党人又在胭脂巷十一号举行联合大会，出席会议人员除前几次会议的主要人员外，各标营代表亦参加，共一百多人。会议讨论通过了军政领导机构及其人员名单，决定于10月6日（农历八月十五）发动起义。为了统筹领导起义相关工作，会议还决定：在汉口成立政治筹备处，加紧制作起义时应需的旗帜、印玺、文告等；在武昌成立军事指挥部，加紧调制军事计划。会后，湖北革命党人将有关情况电告正在上海的居正，嘱其再次敦请谭人凤、宋教仁等中部同盟会总会的领导人速往武汉，主持起义大计。

鉴于湖北革命新的形势和谭人凤因劳累致病住院的实际情况，10月3日，中部同盟会总会又召开会议，决定宋教仁立即赴湖北，主持起义的发动工作。宋教仁表示同意，并答应过了10月6日（中秋节）就去。但中秋节后，宋教仁又以于右任不在报馆，自己难以离开为由，推迟了行程。

与此同时，谭人凤等人派去香港向黄兴报告的吕志伊、刘芷芬带着中部同盟会总会叙述湖北及长江各省运动情况的详细资料也于9月29日到达香港。由于黄兴的住所尚未告知其他人，所以，一时找不到他人，直到10月2日，吕志伊、刘芷芬两人才得以与黄兴见面。

本来，黄兴听说四川保路运动发展为同志军起义，并风闻占领成都，已在着手一面筹款，一面拟在云南发动起义响应，但经过与吕志伊、刘芷芬两天叙谈，对于湖北的革命形势和中部同盟会总会的工作有了深入的了解，感到喜出望外，非常振奋。他敏锐地感到："长江一带之情势，有如骑虎，不能罢手。即无吾人提挈之，彼亦将自发，有不可收拾之日，而成鱼烂之势矣。

与其日后不可救药，何若谋胜于机先。"他认真分析革命形势后认为，在武装力量的组织方面，湖北"新军自广州之役预备起，其运动之进步甚速，办法以二十人为一排，以五排为一队，中设排长、队长以管领之。平时以感情团结，互相救助，使其爱若兄弟，非他人所得间隔，成一最集合力之机体。现人数已得二千左右。此种人数多系官长下士，而兵卒审其程度高者始收之。以官长下士能发起，兵卒未有不从者，不必于平时使其习知。况其中又有最好之兵卒为之操纵，似较粤为善"。在人心方面，"鄂省军界久受压抑，以表面观之，似无主动之资格，然其中实蓄有反抗之潜力""此人心愤发，倚为主动，实确有把握，诚为不可得之机会"。在地理条件方面，"以武汉之形势论，虽为四战之地，不足言守，然亦视其治兵之人何如。……今汉阳之兵器厂既归我有，则弹药不忧缺乏，武力自足与北部之兵力敌，长江下游亦驰缴已定。沿京汉铁路以北伐，势极利便，以言地利，亦足优为"。同时，黄兴还看到，自四川保路运动发生以来，"西蜀风云变幻日急，长江一带民气飞腾"。通过以上分析，黄兴最后认为，"前吾人之纯然注重于两粤而不注意于此者，以长江一带，吾人不易飞入，后来输运亦不便，且无确有可靠之军队，故不欲令为主动耳。今（湖北省）既有如此之实力，则以武昌为中枢，湘、粤为后劲，宁、皖、陕、蜀亦同时响应以牵制之，大事不难一举而定也。急宜趁此机会，猛勇精进，较之徒在粤谋发起者，事半功倍"。基于以上认识，他觉得湖北形势更好，并确信起义成功的把握更大，即于3日晚正式复函谭人凤等中部同盟会总会负责人，赞同在长江流域发动起义的计划，在复函中，黄兴说：

欣悉列公热心毅力，竟能于横流之日，组织干部，力图进取，钦佩何极！迩者蜀中风云激发，人心益愤，得公等规画一切，长江上下自可联贯一气，更能力争武汉。老谋深算，虽诸葛复生，不能易也。光复之基，即肇于此，何庆如之！……自蜀事起，回念蜀同志死事之烈，已灰之心复燃，是以有电公等求商响应之举。初念云南方面较他处稍有把握，且能速发，于川蜀亦有掎角之势。及天民、芷芬两兄来，始悉鄂中情势更好，且势在必行。弟敢不从公等后以谋进取耶？惟念鄂中款虽有着，恐亦不敷，宁、皖、湘各处需用亦巨，非先向海外筹集多款，势难联络办去。今日与朱君执信等商议电告中山先生及南洋各埠，请先筹款救济。但各埠皆在元气大伤之后，不知能否协助多寡。惟闻人心尚在奋发，益以公等之血诚，想不至空无所得。

同时，他还特赋七律一首和谭人凤，对谭人凤奔走两湖、积极策动长江中下游起义的壮举给予了充分肯定，并表达了对长江流域革命必定成功的信心。全诗如下：

　　怀锥不遇粤运终，露布飞传蜀道通。

　　吴楚英豪戈指日，江湖侠气剑如虹。

　　能争汉上为先著，此复神州第一功。

　　愧我年来频败北，马前趋拜敢称雄。

　　自此，黄兴积极投入为长江流域革命的筹款工作之中。他专电孙中山报告中部同盟会总会的情况及发难计划，请求他赶紧设法筹集大款援救，并致函冯自由及美洲致公堂、筹饷局及南洋各埠的同志们，也让他们为长江流域起义积极筹款。

　　10月6日，黄兴又致函同盟会中部总会负责人谭人凤、宋教仁、陈其美、居正等人，提醒他们深刻吸取广州起义失败的教训，扎实做好相关工作。一是要用好经费，而用好经费的关键在于用好人；二是要"严剔内部之人"；三是要高度统一思想；四是要严格军律。

　　由于有了黄兴的赞同和支持，谭人凤等人信心更足，干劲更大。10月8日，谭人凤、宋教仁、陈其美、居正等在陈其美家开会，研究决定，同意通过《克复学报》主编李瑞春（陕西省泾阳县人）与陕西的革命组织联络，发展其加入中部同盟会并发给章程填证书，派李伯玉、邓道藩赴湖北宜昌联络并筹款；谭人凤当晚乘火车赴南京，约南京革命党人届时响应武汉起义。

　　当晚，谭人凤毅然遵照会议决定，带药出院，抱病前往南京联络革命党人响应武汉起义。

第七十五章 支援湖北

10月9日，正当谭人凤赴南京联络革命党人响应武汉起义之际，距离南京五百多公里之外的武汉，发生了一件大事。

这天下午，孙武、刘公等正在汉口俄租界宝善里十四号武汉起义领导机构之一的政治筹备处配制炸药，因为刘公的弟弟刘同不小心把烟灰掉进火药盆里引起爆炸，导致孙武受伤，浓烟从窗户、屋顶冒出，邻居大呼救火，俄国领事、巡捕闻讯赶来，夺门而入，抓捕了回来抢救资料的刘同，同时对屋内进行了搜查，搜出了革命党人为起义准备的旗帜、印信、文告以及起义骨干的名册。

得到这些物证后，俄国领事赶紧通告湖北总督府，并把刘同和所有物证交给了湖北总督府。经过几番拷问，刘同叛变，并供出了设在武昌的军事指挥所地址和人员。湖广总督瑞澂得报后大为震怒，忙下令紧闭城门，搜捕革命党人。当晚，清军根据刘同的招供，突袭设于小朝街八十五号的起义指挥所，抓获彭楚藩、刘复基、杨洪胜等一批革命党人。蒋翊武侥幸从指挥所逃脱后，召集紧急会议决定当晚起义，并发出命令，以鸣炮为号，各部队同时动作，但因通知炮队的通知没及时送到，起义计划没有实行。

10月10日凌晨，彭楚藩、刘复基、杨洪基三人被斩首于督署东辕门外。面对敌人的搜捕和屠杀，革命党人并没有屈服，他们自动联络，决定按原计划和命令行事。当晚7时许，新军工程第八营革命党总代表熊秉坤领导该营首先发难。蔡济民率二十九标参与起义，起义军击毙镇压起义军的反动军官，冲往楚望台军械库夺取弹药。军械库守军中的革命士兵群起响应，一举占领楚望台。旋即，步兵、炮兵、辎重各营和军事学堂学生约五个营兵力纷纷起义，齐集楚望台，临时推原日知会会员、队官吴兆麟担任指挥，向总督衙门发动进攻。将士们奋不顾身，血战通宵，经过三次猛烈进攻，于次日凌晨攻下督署，湖广总督瑞澂和湖北新军第八镇统制张彪先后逃走。起义军一夜之间占领了武昌城，取得了首义的胜利。

11 日晚和 12 日晨，驻汉阳、汉口的新军也先后起义，至此，武汉三镇完全被革命党人控制。此时，革命党所面临的首要任务是立即建立政权，扩大革命成果，将革命继续推向前进。但由于武昌起义猝然爆发，此时，文学社、共进会的首领或病（如刘公），或伤（如孙武），或牺牲（如刘复基），或避（如蒋翊武），主要领导干部都不在起义现场，而孙中山、黄兴等全国性革命领袖又远在国外和香港，上海中部同盟会总会的领导人也还没有赶到，在这种群龙无首又亟须建立政权的状态下，起义军人与湖北省咨议局即于武昌起义成功的次日推举原湖北新军第二十一混成协协统黎元洪为湖北省军政府都督。

黎元洪，字宋卿，湖北黄陂人，1883 年考入天津北洋水师学堂，1888年毕业后入海军服役。1894 年，参加中日甲午海战，战后投靠署理两江总督张之洞，深受器重，1905 年擢升湖北新军第二镇第三协统领兼护该镇统制，次年又改任湖北新军暂编二十一混成协协统。

武昌起义之前，文学社、共进会领导人曾多次议及起义成功之后由谁出任都督的问题，蒋翊武等人曾提出过"推举黎元洪为临时都督"的建议。

胡祖舜说："余忆首义之前，蒋翊武曾一度提议元洪为未来都督之人选问题，众议虽无任何决定，然亦无人反对，元洪之被拥为都督，非偶然也。"

还有革命党人认为黎元洪出任都督有三利："一、黎乃当时名将，用他可以慑服清廷，号召天下，增加革命军的声威；二、黎乃鄂军将领，素得士心，可以号召部属附和革命；三、黎素来爱护当兵文人，而这些文人全是革命党人，容易和他合作，所以拉黎出来，革命必易成功。"因此，武昌起义后，在群龙无首的状态下，革命党人便按先前的预案，推举黎元洪出任都督。

黎元洪虽然被革命党人推为都督，但并不是他自愿的，所以，对革命党人有较强抵触情绪，拒绝与革命党人合作，不发一言，不出一策。

12 日上午，谭人凤在南京联络革命党人之后，按照事先的约定于南京下关登上了上海至汉口的轮船，与从上海购运枪支赴汉的居正会合，同赴武汉。但此时，他们对武汉发生的巨大事变一无所知。直到第二天（10 月 13日），船泊九江时，谭人凤和居正才从当地士兵口中获知武昌起义成功的消息。谭人凤闻讯后喜不自胜，他一刻都不能等了，想马上上岸与九江新军接头，经居正反复劝阻才作罢。14 日 10 时许，谭人凤和居正抵达汉口。下船后，谭人凤和居正在与汉口革命党交接手枪并慰问正在此处养伤的孙武后，急忙赶往武昌。

10月14日，谭人凤、居正赶到武昌后，蒋翊武、蔡济民、蔡大辅、李作栋等革命党人倍感振奋，即邀集湖北同志聚会欢迎，聆听谭人凤和居正的演讲。居正首先谈了与谭人凤赴武汉的目的及沿途的所见所闻。谭人凤则重点介绍了中部同盟会总会及其在长江流域策划武装起义的计划。

他说："原来的计划，是想利用川路风潮，联合各地同时起义。没想到湖北军队同志的起义，占了革命先着，我们非常敬佩！但是清政府还未倒台，各省仍存观望，革命尚未成功，望各位同志努力进行。"

蒋翊武问谭人凤："黄克强先生为什么不来？"

谭人凤说："他还在香港啊，我们在上海动身的头一天，刚接到他的书信。"

说着，从怀里掏出信来说："这封信，是他10月3日（农历八月二十）在香港写的。我念出给各位听吧。"

谭人凤将黄兴写给谭人凤、宋教仁、陈其美等中部同盟会总会的同志们的信念给大家听。信念完后，谭人凤又说："信念完了。后面还附有七言律诗一首，也值得念一念。"说完，谭人凤又将黄兴的诗念了一遍。

谭人凤念完黄兴的信和诗之后，在场的革命党人感到精神大振、信心倍增，都盼望黄兴来汉，领导大家大干一场。

查光佛说："诗太好了！黄克强于广州失败后，立志要替同志报仇，头一句说：'怀锥不遇运何穷'（原文如此），就是说屡次炸李准总没炸死，最后一次，才炸毙一个凤山。他的精力，都用在暗杀方面，实在可惜。假使他早到武昌，今天这里，不又是一个局面吗？"

蒋翊武说："我们现在还要盼望他早来。"

李作栋说："要不，我们联名打个急电，请他和宋遁初快来，同志们以为如何？"

大家一致赞成。

谭人凤的到来，给武汉革命党人带来了黄兴对武汉革命党人工作的肯定和中部同盟会总会在长江流域策划武装起义的计划，极大地鼓舞了湖北革命党人的斗志，增强了他们必胜的信心。

当晚，在蔡济民等人陪同下，谭人凤又赶去都督府见黎元洪。此时的黎元洪双眉紧锁，说一句话叹三口气，两眼几乎要流下泪来，一副可怜巴巴的样子。

黎元洪向谭人凤诉苦说："谭老先生，谭老先生，'革命'二字，我都从没听说过，根本就不懂，现在被赶鸭子上架，当上了第一位革命党人的都督。"

谭人凤笑道："这很好啊！出任这个都督，虽然你是心不甘、情不愿的，但你现在名义上已经当上，即使想再效忠朝廷也是不可能了，他们还能相信你吗？他们能放过你吗？所以，你还不如听我一句劝，横下一条心跟着我们革命，或许能够转祸为福啊！"

"咳！我这个都督只是个招牌，谁都不会听我的号令，我如何转祸为福啊？"黎元洪说。

"不只是你，我也有同感，都督没有权威，就没有正常的社会秩序，更谈不上扭转和结束这混乱的局面了。"谭人凤也感叹道。

"我这人做都督，是不会有什么权威的，你们不要对我抱有什么幻想。"黎元洪灰心地说。

"黎都督，这点你放心，我谭人凤一定为你树起都督的权威来。"谭人凤保证说。

黎元洪听谭人凤说的也是事实，既然他说能够帮他扭转这个局面，也就不再说什么了。

15日，都督府参谋长张景良（原湖北新军第八镇第十五协第二十九标统带），得知革命党人要出击逃到汉口大智门的张彪后，极力反对，抱住黎元洪痛哭，并欲劫持黎元洪，但在居正、李翊东、蔡济民等人的强制下未得逞。

16日，谭人凤与张振武、胡鄂公等人在都督府谈及张景良欲劫持黎元洪一事，觉得一个参谋长敢劫持都督，证明黎元洪在众人中的威望越来越低，如此下去，怎么能让民众把希望寄托在他身上呢？胡鄂公建议："革命军马上开始向清军进攻，是否能够效仿汤武讨桀纣誓师故事，让黎元洪带领大家也举行一个誓师大会，以增加都督威望而震慑人心？"

谭人凤听了拍手表示赞成："好！这个提议好！"

张振武则说："事情如果可行，那就越快越好，最好明日就开誓师大会，免得夜长梦多。"

于是，他们聚集府中同志开会讨论后即连忙分头筹备。

17日上午，湖北军政府在都督府前的阅马场筑坛祭天誓师，须发飘然，气度不凡的谭人凤经革命党人公推，代表同盟会给黎元洪授旗、授剑。接着，居正发表演讲，他不仅向听众详细解读了同盟会的精神及革命对于国民的意义,还大声疾呼大家一起来参加革命。听众深受鼓舞,会场气氛很是热烈。然后,由黎元洪跪读祝文、读官宣、读誓师词:"义声一动,万众同心。兵不血刃,克服武昌,我天地、山川、河海、祖宗之灵,实凭临之,元洪投袂而起,以承天麻!"

三军举枪,山呼万岁,最后宣读祭天地及列祖列宗文。谭人凤等人主导的这场祭天誓师仪式虽然是一场礼仪活动,但对振奋湖北民军官兵士气,激励武汉市民的革命热情有积极意义。

谭人凤来到武汉后,一方面为起义的胜利感到高兴,另一方面也感到新成立的军政府虽然有参谋、庶务、军事各部办事,但规则均未分清楚,各部门之间非常喧嚣、拥挤、忙乱。于是,他与居正商量,请其按照《革命方略》大旨,起草军政府各机关条例,以使都督府各项工作进入正轨。

居正根据谭人凤的要求,即与民政部部长汤化龙等,迅速研究起草了相关条例。相关条例起草完后,居正等人于10月16日晚,召集各部门数百人在教育会开会,讨论这些条例。为避免同志们产生怀疑,居正在会上说:"此条例为同盟会本部所拟,请大家来公决。"接着,与会人员对居正等人将需大会通过的相关条例,一条一条的进行讨论,获全体通过。次日,居正等人将大会通过的相关条例,请都督公布实施。经过谭人凤和居正的努力,湖北都督府的各项工作,终于有了头绪,开始进入正轨。

在武汉期间,谭人凤作为第一个抵达武昌的中部同盟会总会负责人,积极指导开展工作,为发展武汉的革命形势做出了重要的贡献。

谭人凤十分关心武汉的战事,14日见到黎元洪后于劝勉之余,就力主驱逐刘家庙之敌,引军北上,扼守鄂豫交界处武胜关。他向黎元洪提议道:"现张彪率残兵驻扎刘家庙,为肘腋之患,且闻开封新军业已到千余人,宜及驱除,而以重兵据守武胜关,方无后患。"

但黎元洪一副萎靡不振的样子,低头不语。此后,谭人凤又连日促黎元洪下令进击张彪,但黎元洪仍意存观望,他以我们与外交团已有过约定,10日之内禁止开战,让外国使馆的人员有安全撤离的时间为由,不肯下命令。

10月17日,谭人凤听到清廷所派前来镇压武汉起义军的陆军大臣荫昌已率军南下抵达信阳的消息后,非常之焦急,马上邀都督府顾问孙发绪及海军将校去见黎元洪,谭人凤告诉他们说:"我们要很明确地告诉黎元洪,现在事情到了非常危急的时候,陆军大臣荫昌率军已抵达信阳,转眼就可到达武昌，今晚一定要逼他下达命令，如果他再这么推三阻四，想给自己在清廷留一条退路，那我们只能一枪毙了他，免得误事。"

正在这时，有一海军舰长赶来说，奉命率舰队前往武汉江面，协统陆军炮轰起义军的清政府海军提督萨镇冰可以协助作战。黎元洪听到此消息后，态度才开始有所改变，他说："有海军表同情，可无虑失"。于是，黎元洪命孙发绪致萨镇冰书，劝其反正，并照会各国领事，声明战事。萨镇冰收信后也给黎元洪回了信，表示不愿同种相残，希望和平解决。18日，黎元洪命杜锡钧、姚金庸等率步兵和炮兵各队渡江，会同驻汉标统林翼支，向刘家庙张彪残部发起进攻，拉开了汉口之役的序幕。

经过一天的激战，民军终获大胜。武汉市民都跑到大街上去庆祝，整个武汉市欢声雷动，满街燃放鞭炮庆祝胜利，在一些贤绅的赞助下，指定十多个酒席馆，邀请将士们免费晚餐。住在铁路两旁的居民，为了防止清军的增援部队开到，男人手执锄头、利斧破坏铁路，女人则给将士们送面包、粥饭、茶水犒劳，几乎是全城动员。看到全民拥军的这一幕，黎元洪也深深感觉到了百姓对腐败的清政府的痛恨，人人欲推翻之而后快。经过这次战役，黎元洪剪掉了他的长辫子，也算是跟清政府划清了界限吧。

19日，汉口民军趁势攻占刘家庙。20日，汉口民军又乘胜进攻溅口附近清军。21日，清军在民军的攻势下退守溅口。对于刘家庙大捷，谭人凤感到特别欣慰，认为"得此人天相应，何难九州光复，威震八方"。

谭人凤在武汉的艰辛努力，对于稳定和发展武汉起义成功后的大局以及促成各省的响应均起到了重要作用。

第七十六章 湖南响应

　　正当谭人凤在武汉支持民军进攻盘踞刘家庙的张彪残部并取得大捷之际，又传来湖南起义成功的振奋人心的消息。本来，武昌起义前夕，两湖革命党人曾约定一省举义，另一省十日内响应的起义计划，并商定若一省的起义日期确定，就在发难前三天用电报密语通知另一省，以便相互策应。但由于武昌起义事发突然，因而湖北同志事前未能按约定通知湖南。

　　起义后的第三天，即10月13日晚，湖北革命党人才派蓝综、庞光志携带文学社社长蒋翊武的信函到达长沙。但焦达峰此时已去浏阳联络会党，不在长沙，蓝综和庞光志两人就先找陈作新，再在立宪派左学谦、常治的引荐下与湖南咨议局议长谭延闿会面，告知武昌起义和湖北咨议局议长汤化龙已响应首义并被任命为军政府民政部部长等情况，以促使谭延闿向革命阵容靠拢。

　　10月14日，陈作新出面约集邹永成等湖南各界代表在杨家山小学集合，蓝综和庞光志参加会议，介绍了武昌首义的盛况。各界代表听了欢欣鼓舞，决定成立以焦达峰、陈作新为首的湖南同盟会战时统筹部，领导起义。为践行"十日内响应武昌"的约定，会议决定10月20日举事，以会党在城内指定地点放火作为信号，城外新军见火后，便一举攻城。

　　18日，焦达峰自浏阳抵达长沙，立即召集陈作新、邹永成、伍任钧、文经纬等军、商、学界革命志士一百余人先后于贾太傅祠堂和体育学堂开会。当时，易秉钧从湖北运来手枪和子弹密存于城陵矶，在会上报告武昌首义后的革命形势，大家听后群情激奋，准备立即响应，只因洪江会人员尚未到齐，议将起义日期推迟一天，时以炮兵营李金山举火作信号，各营同时进攻，响应起义。翌日，因湖南风声日紧，洪江会成员预计23日才能抵达长沙，于是，焦达峰又将起义日期改为10月23日。不料21日清晨，起义计划泄露，湖南巡抚余诚格指令留在长沙的新军限于次日开往株洲，以防兵变，并紧锁城门，在长沙城内大肆搜捕革命党人。值此千钧一发之际，焦达峰、陈作新召开紧急会议，决定提前至 22 日举义，并进行了周密部署。

22 日清晨，在焦达峰、陈作新的指挥下，新军士兵分二路由北门和小吴门攻城，均一路顺利进城，先后占领军装局、咨议局和抚台衙门。湖南巡抚余诚格潜逃，巡防营统领黄忠浩闻新军兵变，也仓皇逃遁，在又一村被起义军截获，押至小吴门城楼处决。营务处处长申锡绶、劝业道道员王毓江、长沙知事沈瀛三人未及时逃走，亦被起义军处决。长沙城内，转眼间就"汉"字白旗满城飘扬，广大群众兴奋异常，互道"恭喜！"当晚，各界代表在省咨议局召开会议，决定成立中华民国军政府湖南都督府，公推焦达峰为都督，陈作新为副都督、谭延闿为民政部部长、阎鸿飞为军务部部长。这样，湖南成为响应武昌起义的第一个省份。

听到湖南光复的消息，谭人凤非常高兴。此前，他考虑到湖南的绅士擅长揽权，心中有所顾虑，才到汉口的时候，就派人回湖南，嘱咐光复后由黄忠浩主持，以稳定局面。现在听说黄忠浩被杀，谭人凤感到湖南难免会发生变故，便到军务处领了快枪两千支，子弹两百万发，交给任震发往湖南，自己则于 10 月 24 日夜急忙坐船返回湖南。26 日，谭人凤抵达长沙。

长沙的光复是革命派联合立宪派共同完成的，因此，起义成功后，双方都极力争夺领导权。10 月 22 日推举都督的会上，立宪派曾力推谭延闿为都督，但革命党人以焦达峰"奉同盟会本部特派来湘主持军事，响应武汉，厥功甚伟"，陈作新"素报革命主义，因授课语涉排满被撤去职，事前辅助焦君联络军队，论功当第二"。立宪派眼见着年轻、没什么资历的革命党人掌权并不甘心，即于次日以"模仿英国立宪精神，而防止专制独裁之弊"为由，逼迫焦达峰等人同意成立参议院，由谭延闿担任议长，议员除曾杰、文斐、谭心休等几个革命党人外，大多是旧咨议局议员和地方绅士。

接着，谭延闿等人制定了《军政府湖南参议院规则》，立宪派借此就将参议院置于都督之上，对都督的权力进行了制约。10 月 25 日，立宪派又进一步提出效法湖北，实行"军民分治"，即将都督的事权分为军政、民政两部，以谭延闿兼任民政部部长，阎鸿飞为军政部部长。民政部下设会计检察院、盐政处以及民政、财政、教育、司法、交通、外交六司，其主要负责人都由地方绅士担任。

谭人凤抵湘的当晚，连夜听取了焦达峰、文斐、曾杰等人有关情况的汇报，敏锐地感觉到立宪派已经把持了湘政，事无大小，都由他们决议，而焦达峰则像一只笼中的鸟，已被他们架空。于是，谭人凤便批评文斐、曾杰说："你们得了一个参议员，就受宠若惊，把革命廉价出卖了。"并提醒大家："现在立宪派又要搞假民主借尸还魂了，你们必须注意。"他主张取消民政部和参议院，集权于都督府，并指出："这是军政时期，一切应集权于都督署。咨议局的人，多半是宪政会分子，事事阻挠，恐非湖南之福；不如采取断然的手段，以解决这个议事机关。"

焦达峰对此犹豫不决，即答道："这是做不得的，他们咨议局的人，不是翰林进士，就是举人秀才，在社会上的潜势力非常得大。"他还说："这里不比湖北，湖北起义的，都是军队中的同志，兵权在自己手里，可以为所欲为。"

谭人凤则对焦达峰说："天下乌鸦一般黑，湖北还不是一样。革命不彻底，总是没办法的。"

但焦达峰仍对此犹豫不决，认为谭人凤的建议很难行得通，而且担心这些手握重权的人会在内部搞哗变，所以没有采用谭人凤的建议。

第七十七章 阳夏保卫战

谭人凤离开武汉去湖南后，湖北的形势又发生了变化。

汉口刘家庙大捷后，10月19日夜，湖北军政府决定乘胜前进，向滠口发起攻击，任命黎元洪旧部属张景良为汉口前线总指挥。

北方清军援兵不断向湖北集结，人员、武器和装备，湖北革命军都无法与之相比。

革命成功，不在于当时振臂一呼，而在于，面对旧体制全力反扑，新生政权能否坚持下去？严酷的现实考验参与其中的每一个人，尤其是被迫从旧政府变更到新政府的一班清廷官吏，三百年皇权思想深入人心，三百年满清奴才做得驯服，对他们来讲，举义造反是杀头的大罪，要诛灭九族，怎能要求惶惶不可终日的他们和立志改换中国的革命党人同心同德？

刘家庙战斗进入第二阶段，10月20日，张景良过江来到汉口前沿阵地，不作任何战斗部署，四处看了一番，人就不见影子了。当天，湖北军政府听说汉口前线总指挥失踪，直接下达进攻命令。

10月21日清晨，革命军兵分几路进攻滠口，作战部队以湖北新军正规军队为主，此时汉口民军还未参入到阳夏战役中来，即使有，也是少数。

三道桥是刘家庙到滠口的必经之道，大片湖泊沼泽上建筑三道铁桥铺设京汉铁路铁轨，所以得名。

集结得越来越多的清兵武装在三道桥顽强阻击，压制革命军数次冲锋，大片湖泊泥沼，湖北军政府从江南派来的援军根本无法立足。进攻滠口失败，革命军伤亡很大，向后退却，在三道桥和刘家庙之间修筑工事，防止清军入城。

战事进入胶着状态，清兵大批南下，踞伏祁家湾和滠口（两地都属黄陂），另在孝感设司令部，等待信阳荫昌下达进攻汉口的命令。

黎元洪原本武行出身，凭直觉就能猜到前路凶险大战在即，派出步兵军官张廷辅、熊秉坤，炮兵军官蔡德懋，敢死队长方兴、马荣，率领部队过江支援，沿着汉口城市圈，沿汉口东北郊外的张公堤加强巡防守卫。

此时，西方各国公使喧哗京城，软硬兼施，胁迫清廷允许退隐归乡的袁世凯复返政坛，寄希望于他出山收拾天下颠覆的危局。

北洋军统帅走马换将，因和清廷执政者意见不合赌气离开北京的袁世凯，取代陆军大臣荫昌，行使对北洋军的指挥权。

荫昌出身满族贵族之家，德国军事学校受训，后来任清廷驻德国公使，中西文化教育良好，属风流倜傥贵公子之流，不能真正统兵打仗，况且也调遣不了袁世凯一手操练出来的北洋新军。北洋军第二军统领冯国璋，受袁世凯指示到汉口而按兵不动，使坐镇信阳的荫昌对湖北战局无力控制。

一代枭雄袁世凯，出生官宦之家，文武兼修，年轻时弃文从武，从基层军官做起，依靠能力及关系升任驻朝鲜总理大臣，1895 年归国受西式军事训练，1898 年变法维新失败后放弃帝党依附后党，官运亨通直至直隶总督兼北洋大臣，1907 年入主军机处，和西方各国使臣关系密切，当时被西方国认为是"挽救中国政局之第一人"。

10 月 27 日，袁世凯端起架子走马上任来到信阳，以钦差大臣身份换掉徒劳无功的荫昌，统领北洋军及湖北清军以及长江清兵水师，全盘掌控兵权。当即下令整编"旧部"北洋军，任命原第二军统领冯国璋为第一军总统官，段祺瑞为第二军总统官。荫昌并未返回北京，以普通军官身份参加清军部队南下湖北作战。

整编停当，袁世凯踌躇满志，调令北洋军水陆两路大军，气势汹汹扑向汉口。

10 月 26 日，清军分水陆两路向刘家庙发起反攻，声势猛烈非同往常，也许这与袁世凯出山有很大关系。

就在袁世凯正式上任的前一天，阳夏保卫战进入危局。海军统制萨镇冰亲自把舵，引导四艘巡洋舰乘夜由阳逻驶入滠河 (汉口东北郊长江支流)，从谌家矶帅伦造纸厂重炮轰击埋伏在三道桥一带的革命军。清军步兵则从滠口沿铁路强火力正面进攻，另一支清军从岱家山、姑嫂树向刘家庙、三道桥侧面进攻，革命军伤亡惨重，情况万分危急。当时，缺乏有威望前线指挥，受创部队陷入混乱，但其中敢于献身的革命军人为多数，坚持战斗不下火线，但是也在考虑是否向刘家庙撤退。守住刘家庙，也是一个阵地堡垒。

没有料想的事发生了，失踪数日的张景良突然如鬼影一般出现在刘家庙，乘着前线吃紧此地空虚的当口，指示跟随叛军放火烧毁刘家庙车站内的军火弹药及装备。前方将士回头，远远看见后方大火黑烟冲天，以为刘家庙车站已经被清军占领，绝望之下退出三道桥前沿阵地，不敢沿铁路返回刘家庙，在汉口东城圈往北绕一个弯，从西商跑马场侧边进入汉口市内，以大智门车站为第二道防御堡垒。

没有人指挥的革命军溃退到大智门，安定之下渐渐才获得准确战报：刘家庙并没有被清军占领，兵行诡道，自己这方出了奸细，白白放弃汉口军民流血牺牲占住的营垒。

几天后，张景良被革命军就地处决，他与清军的勾结内幕还是个谜。

张景良死了，革命军群龙无首的状况还是没有改变，湖北新军标统谢元凯站出来对众位兵士说："我们被人算计了，现在多说也没用了，战机失误，失不再来，没有总指挥，我们自己指挥自己，不怕死的兄弟跟我来，杀回去，夺回刘家庙！"

众人奋勇响应，当下组织起一支军队，谢元凯担任指挥，从大智门火车站出发沿铁路线向东直奔刘家庙车站，与刚刚赶到这里的清兵展开近距离战斗，长枪和大刀，近身肉搏，血肉横飞，近乎拼命地攻击令清军士兵胆怯，不想也不敢与之硬抗，逃出车站站房，向三道桥方向退去。刘家庙再次被革命军占领。

1911年10月和11月，汉口战事瞬息万变，每一天，每一小时，胜败输赢，进攻退守，都在转换，每一个阶段的胜利都不敢指望保持长久，胜战只是战斗的间隙，血雨腥风的鏖战还在后头。

在袁世凯介入湖北战局，分兵两路而行：一面遥控冯国璋由汉口东北郊向汉口市区沿铁路推进，一面亲自率领北洋军自河南信阳入境湖北，直奔孝感（位于汉口以北，东面与黄陂紧邻），准备从蔡甸（汉阳以西的城镇）进入汉阳，东西夹击，攻占汉阳和汉口，然后威慑武昌。

收复三镇，镇压武昌起义，并不是袁世凯的最终目标，更大的谋划还在后头，对湖北革命军的武力打击，只是他获取更高权力至关重要的一着棋。

10月27日，对袁世凯绝对效忠的冯国璋，指挥北洋军从滠口经三道桥强攻刘家庙，守在这里的革命军人数本来不多，经历之前数场战斗已经体力衰竭，武器装备更不能和装备精良的北洋军相比，刘家庙再次失守，革命军退到大智门。

10月28日，清军强攻大智门，炮火掀天，步兵突进。谢元凯和马荣率领部下前后两次冲出车站，逼近清军，近距离肉搏，迫使敌方前锋部队胆怯后退，但，这也只是片刻间的喘息，少数人的慷慨献身阻不住大部队的军事行动。于是，湖北军政府决定招募新兵，扩充起义军力量。黎元洪派人到客栈向外省返乡的军校学生发出邀请。当晚，作为学生代表的徐源泉列席武昌都督府(红楼)召开的军政会议，慷慨发言愿为革命效力。会后，徐源泉号召新化的李锡秋等学生军三百余人，自任为队长，连夜渡江到汉口，于大智门火车站与清军展开激烈交战。

数天以来，汉口民众自发组成武装，称为民军，一支特殊的之前没有受过任何军事训练的战斗团体，随着阳夏之战的持续，逐渐形成为革命军中坚力量市民参战。

大智门争夺战前后三天，清军采取扇面攻势，从刘家庙沿铁路线向西，向大智门车站进攻；从姑嫂树、岱家山、西商跑马场往西南行动，向汉口市区中心进兵。冯国璋命令炮兵避开租界，大炮向华人居住区猛轰，革命军及市民死伤惨重，大智门车站被炸成废墟。

10月28日，清军占领大智门，革命军退到循礼门再退到歆生路，借街边商店民居为屏障，和清军开始街巷争夺战。

但是，革命军(包括民军，下同)已经没有群体参战的实力了，自大智门之后，汉口保卫战，革命军没有总指挥，将近三千官兵阵亡，渡江到汉口的湖北新军正规军人所剩不多，湖南援军撤走，剩下的汉口守军队伍溃散，装备丢失，来不及整编，武昌政府派来炮队增援，但也是杯水车薪，北洋军的兵力实在是太强了。

两军交战，第一是实力，第二是指挥，兵无将不行，将无令不行，凭热血精神各自为战，牺牲自然很惨烈。

10月28日，黄兴由香港经上海乘船来武昌。

汉口战役，袁世凯授令冯国璋全权指挥。北洋军从东面和北面向汉口市中心压过来，除了一支武装沿歆生路尾随溃退革命武装追击之外，另有一支大部队合围汉口北郊，从姑嫂树向西，经华商跑马场，然后向南，以玉带门车站为堡垒，由汉口旧城区向长江和汉水交汇区呈片状推进，企图堵死汉口军民的最后的逃生之路。

玉带门，和大智门、循礼门一样，也是清末汉口北郊八大城堡之一。

1898 年，京汉铁路在南端玉带门和北端卢沟桥同时动工修建，1906 年，玉带门车站和大智门车站同年建成，是京汉铁路南段终端站，周边为汉口茶叶集散市场。

循礼门失陷，一部分革命军沿铁路退到玉带门车站，希望守住汉口北城圈最后一个堡垒，但是，和前几个车站一样，铁路畅通，清军从东而西来得更快，而且另有大批清军从万松园和华商跑马场方向整装而来，直插玉带门，革命军残部向南溃退，躲避到从花楼街到满春街一片的居民区。

冯国璋率兵占领汉口三大车站刘家庙、大智门、玉带门，将汉口出入口控制在手里，既可防止其他省市对湖北军政府的支援，也可以将北洋军直接运送到汉口城市中心区，由玉带门车站往南即汉水，这里将会成为北洋军攻打汉阳的军事基地，北洋武备学堂毕业的冯国璋，不光是好勇斗狠，还有作战谋略。

10 月 29 日，清军攻陷循礼门，革命军向南退却，退往汉口华埠商住区。清军跨过铁轨，沿街追击，搜寻每一幢房屋和每一条巷道。

当天，黄兴赶往汉口六渡桥满春茶园，指挥汉口军民与北洋军的街市巷战。

巷战自循礼门京汉铁路以南的歆生路开始，革命军躲进街巷，暗中朝清军开火，尤其是汉口民军，人头熟，地段熟，穿街过巷，和穷追不舍的清军在老汉口城区环绕迂回，从歆生路退到后城马路，从后城马路退进花楼街、黄陂街、王家巷、四官殿，朝龙王庙方向撤退。

敌众我寡，革命军且战且退，向汉水和长江交汇处转移，一条"⅃"形的撤退路线，从汉口北边的循礼门到汉口西南角的龙王庙，一条舍死求生的路，被逼无奈的逃亡。循礼门陷落之后，革命军溃散不堪衰弱不堪了，没有汉口民军的指引，革命军根本不可能由北向南、由东向西穿越整片城区赶到汉江江畔。

汉口老城像一座深藏莫测的巨大的迷宫，走得进去不见得走得出来，街巷曲折，纵横交错，辨不清东南西北，老汉口没有东南西北，房屋密集，层叠重复，看不见前后首尾，革命军退进街巷，如游鱼入水，被汉口市民保护起来了。

古代四大商埠之一，近代开埠第一洋码头，张之洞近代工业实验基地，新思想、新观念领中国之先的汉口人，自然首当其冲地成为资产阶级革命的捍卫者。

黄兴在满春茶园，组织溃退革命军六百人结集反攻，曾经一度到达玉带门，但是在清军强大火力下退回六渡桥和硚口。

交战双方实力悬殊，无论是谁，此时此刻都难以扭转汉口（夏口）之战的大局，如此，黄兴的任命更显悲壮。

汉口之战，虽败犹荣，民心所向，世人皆知。

10月31日，清军炮轰后城马路以南至河街的大片街市，冯国璋指挥部下从循礼门、玉带门一路横扫过来，跨过后城马路走到花楼街和六渡桥就傻了眼，平原上长大的北方人，密如蛛网的汉口街巷让他五心烦躁脑袋发晕，新式军训也没有教授这样麻烦的课题。他想起临行前袁世凯所授的计谋，"烧"就一个字，从冯国璋嘴里蹦出来，他悍然下令纵火，焚烧革命军坚守的汉口市区。那天夜里，北风劲吹，风助火势，火借风威，汉口瞬间变成了一片火海，他还振振有词说："防止'匪党'窝藏于街市。""汉口民匪一家没有分别。""烧光一片，看这些犯上作乱的'匪徒'能往哪里躲？"

汉口五国租界以外，沿长江往上，沿江一片，晚清以来的华人商埠聚集区，街市繁华，民居拥挤，中国内陆黄金码头，茶叶、棉花、桐油、药材、生漆等八大商帮，东西南北的商人，都在这长江沿岸设立商埠转口买卖，清军一把火，从四官殿到龙王庙，大火三日不绝，商埠民居化为焦土，财产损失难以计算，伤亡人数无法估计，数十万户家庭无家可归。

这些天，清海军统领萨镇冰常常拿望远镜站在舰首朝长江北岸看，汉口之战历历在目，革命军人奋勇拼死，汉口市民奋起护卫，硝烟战火，死人流血……回身对身边的军官说："民心向背，清廷保不住了。"

11月1日，清军占领汉口，革命军从龙王庙渡船过汉江，南岸嘴上岸，占领龟山和汉阳铁厂。

由于清军大举南下，汉口战事十分吃紧，大局岌岌可危。黄兴的到来，武汉革命军民都把他比作"天将下凡"，把收复汉口的希望寄托在他身上，莫不翘首以盼。黄兴到达武昌，也给黎元洪他们打了一剂强心针。黄兴南渡武昌时，黎元洪派出代表带着军乐队、仪仗队在江岸迎接，仪礼颇为隆重。

但黎元洪他们在感到兴奋的同时，也有很强烈的担忧，他们担心威望卓著的黄兴，会有碍于黎元洪的都督地位。

黄兴太耿直，算不上成熟的政客，从上海赶赴武汉的途中，他曾在船上对同行者田桐等人说："黎元洪本非革命党人，我到鄂后，必须取而代之，且称两湖大都督。"

11月2日，革命党人集议，田桐等人就提议公推黄兴为湖北湖南大都督，位在黎元洪之上。但这个提议遭到了湖北地域观念较重的首义人士刘公、孙武、吴兆麟等人的反对，这伙人主张由黎元洪委任黄兴为战时总司令，最后宋教仁只得表示说："此事不过征求大家意见，我们原无成见，既有利害冲突，即作罢论可也。"最后大家复议定黄兴为战时总司令，所有湖北革命军及各省援救，均归其节制调遣。

11月3日，黎元洪代表湖北军政府在武昌阅马场举行拜将仪式。黄兴临危受命，率领参谋长李书城、秘书长田桐赶往汉阳，在古琴台设立革命军总司令部，后来转移到昭忠祠在归元寺设粮台，接手指挥阳夏之战。

战时总司令黄兴布置汉阳和武昌的防务，在蛇山、龟山设炮兵守卫。任命同盟会会员曾继梧为炮兵总司令，程潜为副司令，在南岸嘴至三眼桥的汉江沿岸设兵防守。

曾继梧是武昌起义爆发后，特意回国参加汉阳保卫战的。他在东京振武学堂学习不久，就转入野炮联队学习，于1906年12月转士官学校第四期习炮科。1908年5月学成归国，被编入湖南常备新军2S混成协纵队，任主任参谋官。1909年冬，为了积极配合推翻清政府的革命活动，在极端秘密的情况下，与黄兴、宋教仁、仇亮、罗佩金等百余人组成革命同志会。不久后，又与部分日本士官学校毕业的校友蔡锷、李根源、阎锡山、唐继尧、方鼎英等组织了求知社，主张回国后，发动兵变，开展革命活动。同年底，加入了由黄兴组织的秘密组织"丈夫团"。1910年，清政府出于对内对外的需要，为了加强军事力量，再次派遣曾继梧等赴日本炮科大学学习。武昌起义爆发后，曾继梧立马回国参加汉阳保卫战，任黎元洪部炮兵团团长。

参加汉阳保卫战的新化人还有方鼎英、杨源浚、袁华选。方鼎英1908年在振武学校毕业后，在国府台野战炮兵第十六联队入伍，为士官候补生。1909年离开联队，复进东京陆军士官学校第八期炮兵科学习。与同乡曾继梧等组织"求知社"，成为挚友。

1911年春，方鼎英毕业回国，被派在保定军官学校第一期入伍生总队任炮兵教官。10月，武昌起义爆发，他约当年士官学校的同学三十余人，南下武汉，投入曾继梧任司令的起义军炮兵司令部工作，参加攻取汉阳的战斗。

杨源浚从振武学堂毕业后，1907年7月又进入日本陆军士官学校第五期炮兵科学习，1908年11月学成回国，通过好友曾广轼介绍，1909年7月去到广西协助蔡锷训练新军，任广西讲武堂学员队长。武昌起义爆发后，他也投奔同邑曾继梧参加汉阳保卫战。

袁华选先前读的是日本陆军士官学校政法科，然后转入骑兵科，从陆军士官学校骑兵科毕业，加入同盟会。1908年12月毕业后为清朝例奖骑兵科举人。1909年7月，与杨源浚、石陶钧三人同赴广西，蔡锷推荐他在测量局任少校科长。1910年10月，调充广西干部学堂科长。次年去北京，任清廷陆军部衙门军需司马队副军校。武昌起义爆发后跟杨源浚、石陶钧三人又一同参加汉阳保卫战。

曾继梧率领的炮队于龟、蛇两山与冯国璋第四师展开了激烈的炮战。

黄兴登台领受将印的这一天，袁世凯从河南信阳来到了湖北孝感，距离汉阳城已经很近了。

阳夏之战其时已由进攻争夺战转为后撤防守战，眼下黄兴身负的重任是，以汉阳为前沿阵地拖住敌方的兵力，保住武昌城，保证湖北军政府的安全，保住武昌起义的成果，因为，此时此刻，整个中国都在看着湖北，看着武汉三镇，假如武昌城被清军攻下，辛亥革命将前功尽弃，不仅是湖北，中国将陷入一片血海，一切将付诸东流，也许清廷覆灭或迟或早，但是，再来一次革命，又得要多少人流血？黄兴深感压力。

11月上旬，全国十八个省宣布光复，宣布脱离清廷成立独立政府，形势对湖北军政府有利，湖南革命党人也腾出力量，派遣军队跨省赶来武汉。

汉阳前沿渐渐聚集起湘鄂联军一万余人，黄兴感到眼前一片光明，下令反攻汉口。

战争的残酷，同胞的血泪，让海军统领萨镇冰也不忍直视，他在接到学生黎元洪的劝请信后，长叹一声，说："不忍看同胞骨肉相残杀……"于是放弃舰队指挥职务，登太古洋行轮船回上海。

11月14日，清海军舰队参谋长汤芗铭（湖北军政府要员汤化龙的胞弟）在九江宣布起义，支持湖北军政府，率海容、海琛、湖鹗三艘军舰返航汉口武昌江面，炮口掉转对准清军。

11月16日，驻扎汉阳的革命军绕过清军在南岸嘴设下的重装布防，从琴断口搭浮桥渡过汉江，埋伏在汉水北岸。汉口西城郊，荒野平土，大片沼泽，人烟稀少，所以黄兴率部渡河没有被北洋军发现。

11月17日，黄兴亲自率领反攻部队向汉口城区发起攻击，由西至东，先头部队直逼玉带门。

敌方闻讯惊惶非常，这样无所顾忌的反戈一击是他们所没料到的，完全不合军事常规思维，于是，北洋军援军大批涌向玉带门，迎着革命军的来势分两侧堵截，依然是炮兵掩护步兵，轻重武器一齐射击。

革命军北翼受重创后撤，南翼军队见敌方火力如此强大，不愿拿鸡蛋往石头上碰，顺势跟着后退。黄兴大叫："不许后退，大家向前冲！"但兵退如山倒，纷纷跑向汉水，黄兴调令不动，只得放弃汉口撤回汉阳，伤亡六百人，影响到汉阳守军的斗志。

此时，北洋军的另一支队伍，由孝感到新沟，渡过汉水占据蔡甸，11月20日，从蔡甸进逼三眼桥，黄兴调动军队西向迎敌，11月21日，双方在三眼桥展开激战。

三眼桥战斗，两方杀得难分难解，革命军斗志凶猛，清军受挫，被迫停止前进，革命军占领三眼桥以东高地——仙女山、米粮山（美娘山）、锅底山、汤家山、磨子山、扁担山，阻挡清军入城之路。

就在这一天，冯国璋指挥汉口清军从舵落口渡河，冲破米粮山防线，与蔡甸方向赶来的清军配合，攻打米粮山，对革命军形成夹角之势。

汉阳三眼桥到王家湾之间一带属岗垄地貌，小山丘陵密布，如盆圈一般围合着龟山脚下的汉阳古城。突破这一圈山岭，从扁担山到月湖古琴台，摊开一片平野湖泊，从西而东，坦坦荡荡没有遮蔽，汉阳古城便无险可守。

黄兴下令汉阳守军死守三眼桥以及以东的仙女山，阻挡袁世凯军队入城通路，但是，军队不听调令。

11月23日、24日，米粮山、仙女山相继失守，革命军退守锅底山和扁担山。

11月25日，两路清军在扁担山一带会合，合力进攻汉阳守城革命军，大炮声震撼山峦水泊，锅底山和扁担山失守，清军从王家湾、十里铺长驱直入，进逼归元寺和汉阳铁厂。

山地争夺战伤亡巨大的革命军，再也无力在平原上组织防御，数路清军如飞蝗袭来，汉水不是长江，渡河过来是很容易的，清军分数路从汉口渡河，从琴断口、十里铺、五里墩、古琴台、南岸嘴沿河登岸，汉水堤防全线溃散，困守汉阳城的革命军只能是拼死搏击，战争进行到这一步，汉阳保卫战陷入绝境。

11月26日，湖南援军自行撤退过长江经洞庭湖回湖南，湖北军队也纷纷乘船渡江到武昌。要么战死，要么逃亡，谁愿意被清军抓住？血淋淋的死，还得受尽刑罚屈辱，不战则退，只能如此，只有如此。

汉阳陷落，黄兴悲恸万分，大老远地跑来亲历阳夏之战战败，辜负了湖北人对他的期望，也辜负自己对革命的一片忠贞，一番雄心付诸东流，站在鹦鹉洲，看大江滚滚东去，心痛欲裂，一心求死，被跟随身边的田桐拉住。

历时四十一天的阳夏之战结束，这是自清咸丰二年(1852年)太平军攻城以来，武汉三镇遭遇最惨重的一次战争灾难，双方死亡人数超过五千人，其中，革命军阵亡将士四千二百人，汉口城区破坏得惨不忍睹，汉阳城郊弹痕累累，古琴台和晴川阁被清军重炮毁得残存无几，归元寺被革命军点火烧毁大部分古建筑及文物珍藏。

双方临阵换将，决定阳夏之战最终的胜败，情势再明白不过，文人出身的留日革命者黄兴，哪里是武官出身的清廷政治家袁世凯的对手？这不是革命与反革命这样幼稚简单的问题，这是一个人控制大事态的能力与魄力的问题，辛亥革命期间的袁世凯，才是一个能够挽狂澜于既倒的人，他的目标很明确，一切都在按照他预定的方向走。

11月27日，清军进驻汉阳，占领龟山炮台，炮口对准蛇山头上的奥略楼。袁世凯下令冯国璋再一次按兵不动。

这一天，湖北军政府在红楼召开紧急会议，商讨今后决策，黄兴由原来的求胜心切转变为悲观失望，痛不欲生，不理智的情况下甚至提出了："汉阳守不住，武昌也不一定能守住，我个人意见，不如大家随我顺江而下，放弃武昌，我们去南京如何？"

在场的湖北革命党人望着他，一个个眼中出血，愤怒地高声喊道："头可断，血可流，武昌不可丢！"

于是所有的矛盾全部集中到了黄兴的身上。最终黄兴在有口难辩的窘境下，抱愤辞去了总司令一职，当天下午和田桐从武昌草埠门乘船去上海，后来去南京。

11月29日，黎元洪任命蒋翊武为战时总司令，湖北军政府决定："坚守武昌，城在人在，城亡人亡！"

北洋军和革命军，隔着大江南北对峙，战斗停了，炮声息了，硝烟渐渐散去，留下被战火焚毁的街市静静地躺在冬天的阳光下，表面上安静下来了的三镇的气氛却急坏了西方各国。

西方人考虑的是本国利益，清政府早已是他们手上洗顺了的一副牌，虽然已经腐朽，但是容易掌握。所以辛亥革命之初，几乎所有的西方各国在华势力都不支持起义力量，他们不清楚中国的局势下一步将会往什么地方发展？尽管起义者宣称承认之前西方各国在华权利，承认之前与西方各国签订的所有条约。但是，革命，对于一个现存利益的拥有者，一个对所在国主权的侵入者，即使并非矛头所指，也会感觉惶惶不安，感觉到是一种巨大的潜在的威胁。英国、美国、俄国、法国、德国、日本等国都这么想：与其坐待，不如决策。于是英国在华公使朱尔典成为南北调停的一个中心人物。在那一段时间里，英国驻汉口总领事葛福秉承英公使的指令，在汉口与武昌之间、在清政府与临时军政府之间、在北洋军队首领袁世凯与起义军代表人物之间穿梭来去。

第七十八章　新化光复

中部同盟会刚成立，谭人凤立即把儿子谭二式叫来，安排成立中部同盟会总会新化分会的事宜。

"德金，中部同盟会总会正式成立，新化也要积极响应才对，你现在赶快回新化，找到谭恒山会长，首先把我们卧龙山堂会众接管过来，然后，跟谭恒山会长一起发展会员，壮大队伍，同时还要训练会员，时刻准备起事。"

"好的，父亲，我马上回新化。"谭二式用有些崇拜的眼神看了父亲一眼，感觉父亲那因为身体长期不好而有些佝偻的身躯霎时高大起来，没想到父亲瘦小的身躯里竟然隐藏着这么大的能量。

支持父亲的事业刻不容缓，谭二式回到福田村，连家门都没进就去找谭恒山。

看到急急找上门的谭二式，谭恒山明白一定是离开家乡几年的谭人凤又有什么起义计划了，忙问道："德金，是不是你爹派你回来报信的？又准备在哪里起事？"

"谭会长，您也忒厉害了，没错，我爹叫我回来就是通知您，不过在哪里起事还不确定，我爹也没给个准信，反正是长江流域的中下游城市，我爹就要我先回家把队伍拉起来。"谭二式说。

"呀！我就说谭先生不是一个马虎角色，他这一走还真走对了，在外面闯了几年，现在都这么高的威望，能够领导长江中下游流域的起义，这长江可是流过了大半个中国呀！"听到谭二式的解释，谭恒山甚是惊讶。

"我爹他们说了，只要在长江中下游站稳了脚跟，他们还要挥师北上，打到皇城去。"

"你爹他们那是个什么组织呀？"谭恒山问。

"中国同盟会，中国同盟会的总部在日本，我爹他们现在在上海组织了一个中部同盟会总会，主要就是领导长江中下游的革命。"

谭恒山深居大山里，又没念过多少书，对同盟会和革命党不是很了解，只是依稀听说过南方的一些地方，一个叫同盟会的组织领导的革命党有起过事，但都失败了，广州的那次起义还死了很多人，都是些年轻人，还大多都是读书人。当时，他心里就有些想法，可惜了！可惜了！死了这么多读书人，这是谁这么没有眼力见，鼓动这些读书的年轻人去造反？那些整天不是握着笔杆子就是捧着书，手无缚鸡之力的读书人能打仗吗？哪朝哪代造反靠的是秀才？都说"秀才造反，三年不成"，所以，不失败才怪呢。

"德金，同盟会的革命党是不是都是读书人？"谭恒山问。

"读书人很多，有些还是在国外留学的，但也不全是，同盟会里面还有不少是会党出身的，像我爹，以前不也是会党吗？我也是会党，我们都是同盟会会员，我哥也是。"谭二式食指指着自己的胸脯说。

"你们父子三人都是同盟会员？"谭恒山问。

"是呀！我们新化加入同盟会的还有很多，包括已经去世的陈星台、周叔川先生都是。"谭二式说。

"周叔川也是？这个同盟会里面人才济济呀！可为什么广州起义又死了很多书生呢？"谭恒山疑惑说。

"谭会长，你是不知道，广州起义死的那些人都是同盟会的领导，都是精英，他们既有知识又有胆识，为了起义胜利，他们争做'选锋队员'。"谭二式说。

"'选锋队员'是做什么的？"谭恒山问。

"'选锋队'就是冲锋在前的敢死队，是为后面大规模的起义开辟道路的。"谭二式说。

"我还以为他们都是文弱书生呢，没想都是敢冲锋陷阵的响当当的汉子。"谭恒山说。

"是的，这些人都很勇敢，无论是当场牺牲还是被捕后英勇就义，都是个顶个的硬汉，每个人都是慷慨赴死，谁都没有退缩过。"谭二式说。

"我最佩服的就是这种人。"谭恒山说。

"我对他们也是很敬佩。"谭二式说。

"既然有这么些有胆又有谋的人，广州起义怎么就失败了呢？"谭恒山说。

"很多原因，听我爹说是因为起义之前发生了一些意料之外的事情，不得已临时改变计划，因为人员和武器未能及时到位，所以起事仓促、联络不周、寡不敌众。我爹也是差点没命了的，只是因为我爹年纪大，他们不许我爹参加战斗，才幸免于难。"谭二式说。

"也许是老天要留下你爹，有更重要的使命让他去完成。"谭恒山说。

"嗯，我爹是不幸中的万幸。"谭二式说。

"你爹有没有告诉你，我们现在该怎么办？"谭恒山说。

"我爹说要我们多发展会员，日夜操练，只等武汉或长沙起义，我们就在宝庆、新化响应。"谭二式说。

"我也等这个机会等了好长时间了，现在我就把你爹的卧龙山堂交还给你，我们一起操练兵马，只等那举义的时刻到来。"谭恒山说。

"有备无患，我们要时刻准备着。"谭二式说。

在谭二式和谭恒山的努力下，新化的会党势力不断壮大。

10月10日，武昌首义成功，接着湖南准备响应。10月13日，邹永成获得起义的确实消息，当日，他便与新军代表安定超等多人，在民译社开会，决定履行与湖北方面所定诺言，于20日起义。14日，陈作新又约集邹永成等湖南各界代表在杨家山小学集合，仍决定20日起义，并推定起义各路指挥人员。16日，时任宝庆招抚使的谭心休因为"宝庆饥民闹事"，要邹永成即刻往宝庆。在谭心休的逼迫下，邹永成不得不于17日离开长沙。但离开长沙的邹永成也有了新的想法，既然不能在长沙参加起义，那就去宝庆、新化联络会党起义来支援长沙起义。

10月19日，邹永成来到宝庆，在河街岭"益美祥号"召集谢价僧、曾子亿、邹代烈、刘国春等开会。"益美祥号"店主曾子亿也是新化人，他与邹永成是在宝庆共谋会党起义的同志。

"兄弟们，你们应该都听说了武昌起义已经成功的消息。"邹永成说。

"这件事全天下人都应该知道，太振奋人心了。"邹代烈说。

"腐败的清政府早就该垮台了。"谢价僧说。

"我看，刚是一个武昌起义成功还难成大气候，必须全国响应才行。"曾子亿说。

"子亿兄说得极是，我们湖南很快就要响应了，我在长沙的时候，陈作新已经约集我们湖南各界代表在杨家山小学开会，决定20日起义，我这次回来就是跟大家商量组织宝庆和新化地区起义来支援长沙起义。"邹永成说。

"上次华兴会准备长沙起义的时候，我们宝庆地区倒是有几支队伍响应，后来因为隆回起义的失败，被清政府追剿，起义军首领走的走、散的散，现在唯一剩下的队伍是谭德金和谭恒山领导的卧龙山堂的会党，他们的队伍倒是在日益壮大。"谢价僧说。

"德金应该是听他父亲谭老先生的安排，特意回来组织队伍的，他们现在有多少人马了？"邹永成问。

"听说现在有两个营的兵力。"谢价僧说。

"有这么多人？好，可以大干一场了。"邹永成高兴地说。

"只是，要调动会党，还需要经费。"邹代烈说。

"经费没问题，我出八百元。"曾子亿主动提出。

"有子亿兄的鼎力支持，事情就好办了，我去跟德金兄联系吧，我不仅跟谭老熟，跟德金兄的关系也很好。"邹永成说。

21日，邹永成回到新化，先与谭二式取得联系。得知他的会党人众可以迅速召集，便于23日约集谭二式、刘鑫、杨子俊、孙崎、罗醉白、刘叔原、刘伯清等在新化居士巷适庐刘鑫的家里开会。

"德金兄，你的人马都操练得怎样了？"邹永成首先问谭二式。

"器之兄，你放心，我一回到新化，就开始不间断地招收和操练人马，现在我手上有两个营的兵力，大刀、梭镖人人都能使，大部分会员还学过射击，只是因为没枪，只能暂时用鸟铳代替。"谭二式汇报说。

"好！好！德金兄，这次可是要靠你的这些会众了。"邹永成连声赞道。

"器之兄，不知道我父亲现在忙什么，他很久都没写信回来了，你此次回新化带来了什么好消息？"谭二式问。

"你父亲忙得不可开交，他在武昌那边管事，现在的起义形势是一片大好，武昌首义已经成功了，我们湖南正要积极响应支援武昌起义，这样才能给清政府更加沉重的打击，才能为武昌保住胜利果实减轻压力。"邹永成说。

"器之兄，我们现在要怎么做？"谭二式听了很兴奋，自己这么长时间组织和训练的队伍终于可以派上用场了。

"我们的任务是攻打宝庆府衙和新化县衙，收复宝庆府和新化县，支持长沙的起义。"邹永成说。

"好啊！早就等着这一天了。"谭二式摩拳擦掌地说。

"器之，我们打算什么时候动手？"罗醉白问。

"我认为越快越好，免得夜长梦多。"杨子俊说。

"这个要看德金这边的准备工作需要多久。"邹永成望向谭二式。

"我回去就组织，时间大概需要三天。"谭二式说。

"那我们就定在三天后起事。"邹永成决定说。

"器之兄，我们都是新化人，新化县城只有这么大，巡防营的兵士或县衙的衙役很多都是本地人，彼此都是抬头不见低头见，如果能够让他们自己主动归顺，做到兵不血刃更好。"孙崎说。

"我也赞成孙崎兄的观点，希望流血的事件不要发生在我们新化县城。"刘伯清赞同说。

邹永成问谭二式："德金，你的队伍离新化近，还是离宝庆近呢？"

谭二式说："离宝庆近一些。"

"那我们就从宝庆下手，先光复宝庆，给新化树一个榜样，这样新化也许能够不用经过流血就能光复。"邹永成说。

"对，如果宝庆光复了，新化城里那些官老爷不会做垂死挣扎的，他们保命要紧。"刘叔原说。

"好，就这么定了，德金兄，29日你带着你的队伍直奔宝庆。其他人跟我先回宝庆，做起义前的准备工作。"邹永成说。

大家纷纷表示赞成。

因为准备时间只有三天，谭二式先走，他于24日就回福田村找谭恒山组织队伍。谭二式找到谭恒山，叮嘱他马上召集会党起义人员，于10月29日到宝庆待命。

10月26日，邹永成得知长沙已于22日光复的消息，便连夜动身赶赴宝庆。29日，召集谢价僧、葛天宝、陈自新、黄常存、岳如意、毕同、李洞天、唐献等在"益美祥号"开紧急会议，商讨提前起义的各种方案。

"各位，谭德金的民军已经快到宝庆了，为了减少流血或不流血，我们要争取新军倒戈，现在长沙已经光复了，我想，这对于宝庆府也是一种威慑，这时候去运动新军，会起到事半功倍的作用。"邹永成说。

"我有一个朋友叫张贯夫，现充巡防营管带，驻在五丰铺，不知能不能把他争取过来。"葛天宝说。

"真的？那太好了！我们马上去面见他，争取策反他。"邹永成顿时喜出望外。

五丰铺距宝庆有九十里地，为了赶时间，邹永成连夜前往五丰铺，策动巡防营新军管带张贯夫反正。策动张贯夫部倒戈的工作非常顺利，第二天早上，张贯夫率领军队随邹永成直扑宝庆，下午3点到达府城。谭二式率领的民军早已等在那里，两股兵力合围宝庆府。知府、知县闻风而逃，不发一枪，顺利光复宝庆府。接下来，成立宝庆军政分府，并推举谢介僧为都督，邹永成为副都督，谭二式为参都督。

宝庆府既得，新化必取。新化是湘中重镇，北倚安化，是宝庆府的北方屏障，如不尽快袭取，对革命党人极为不利。谢介僧、邹永成、谭二式等商议决定立即光复新化。

新化守军有一个巡防营，管带为晏金生，拥有三百多人和不少的枪械子弹，实力颇雄厚。有革命党人曾做过策反试探，没想晏金生凭着自己的雄厚实力，竟不为所动。如果硬对，起义军和巡防营也应该是旗鼓相当，但为了避免流血，起义军还是想着要怎样才能瓦解晏金生的武装。经摸底，得知晏金生有一大弱点，就是最怕炸弹。针对晏金生这一心态，谭二式、张贯夫等建议采取虚张声势的计策，他们订制了许多装炸弹的木箱，里面装满石块，放出风声说是炸弹。

10月31日，邹永成、谭二式、张贯夫等率军队二百余人由宝庆向新化进发。这支队伍，虽然多是背着梭镖和大刀，只有快抢三十多支，但挑着许多炸弹箱子，箱子沉甸甸的，一看就是装满了炸弹，声势浩大的队伍一路也不避嫌，大张旗鼓往新化县城开拔。

晏金生及城内官绅派出的侦探，探听到革命党人运来大批炸弹，准备轰城，慌忙跑回城报告军情。城内的革命党人趁机虚张声势，制造紧张气氛。晏金生吓得带着巡防营官兵排队出城五里迎接，革命党人趁机将晏金生扣押，迫其缴械，并解散其巡防营。但巡防营官兵自恃其武器精良，以未发遣散费为由，拒不缴械，而革命军则声称要用炸弹把他们炸掉，双方僵持不下，全城惶恐，生怕城门失火，殃及池鱼。这时，保安局长曾继辉等出面斡旋，他们与巡防营约定当天晚上把遣散费付给他们，他们就立刻缴械投降。时间非常紧迫，曾继辉马上到处筹款，直到深夜，得到新化"益美祥钱号"店主曾子晋捐献的一千余金，才把约定的款项筹齐，巡防营官兵也遵照约定缴了械，就这样，革命党人未费一枪一弹，取得了胜利。

新化继宝庆之后顺利光复。谭二式委任曾继焘为新化督办委员，驻毕家巷杨观光家办公。

新化光复后，封建政权被推翻，清王朝新化最后一个知县张维馨被囚禁起来了。但新政权并未及时建立，过渡时期，城乡秩序混乱，劫杀案件每天都有听到，革命军愈聚愈多，筹饷筹械，万分紧急。地方人士商议，成立"保安会"，推举曾继辉、游逊夫为会长，维持局面，情况才慢慢好转起来。

第七十九章 湖南兵变

谭人凤刚到湖南的时候，正是武汉最危急的时候，求援电话一天都有几个。为了保卫汉口，为了给各省的响应和全国革命形势的高涨赢得时间，谭人凤到达湖南后马上询问焦达峰援鄂部队的组建情况和出发时间。焦达峰告诉谭人凤，湖南都督府成立后"以援鄂为唯一重大事务"，并决定将在起义中充当先锋的第四十九标升级为湖南第一协，标统王隆中升为协统，全军援鄂，明日举行誓师典礼，后日出发。

谭人凤听后很高兴，说："行动很迅速嘛！我这次也带回陆军第三中学湘籍学生多人，枪支、弹药若干，拟编练一支有力的革命部队，作为后劲。"

焦达峰听了深受鼓舞，他由衷道："谭老想得很周全，这下我们没有后顾之忧了。"

10月27日，新任四十九标标统卿衡率四十九标第二营从大西门乘民船向岳州进发。卿衡，号汉藩，新化县城厢团上下村人。光绪二十九年考入湖南武备学堂，毕业后，分在湖南新军第二十五混成协任炮队排长，次年调该协四十九标任队官。由于他练兵精严，待下以诚，成绩显著，受到上级嘉奖和重视。1909年，调升为督队官，1910年又调升管带。卿衡与陈天华、谭人凤、邹永成、曾继梧、方鼎英他们都熟识，在谭人凤的介绍下加入了同盟会，当时在新军里面发展中、下级军官的时候，卿衡都是积极配合，所以，四十九标内部，除了少数满族的高级官员外，其余的差不多都是革命党人。王隆中升任协统后，卿衡由原来的管带升任四十九标标统。

因第一、三营于25日已光复了岳州，便决定全标在岳州会师。湖南都督府为援鄂湘军举行隆重的誓师典礼，谭人凤欣然出席誓师典礼。为了给援鄂湘军鼓劲，谭人凤当场吟诗四句，作为湖南援鄂军军歌：

湖南子弟善攻取，手执钢刀九十九。

电扫中原定北京，杀尽胡人方罢手。

谭人凤所作的湖南援鄂军军歌，铿锵有力，寓意深远，对于激励士气、鼓舞斗志起到了很好的作用。

28日，王隆中率领湖南第一协在长部队，作为第一批援鄂湘军，从长沙乘轮北上。长沙满街燃放鞭炮，市民夹道欢送，谭人凤和焦达峰、陈作新两督一直将他们送到轮船码头。焦达峰还发布"吊民伐罪，誓众出师，照告天下"的檄文，表示将"灭此朝食，与诸君同为黄龙之饮；建兹民国，俾万邦共睹赤日之光。"

29日，谭人凤离鄂时从军务处领的快枪二千支，子弹二百万发，由任震带领一排鄂军押运抵达长沙，这为湖南扩充军队，进一步支援湖北提供了有利条件。谭人凤和焦达峰很高兴，即开会表示欢迎。会上，焦达峰表示要辞去都督之职，率兵赴前线效力，谭人凤等人极力慰留。同时，谭人凤借此机会，再一次提及集权于都督府一事。焦达峰见谭人凤态度十分坚决，最终也就勉强同意了谭人凤的主张。次日，焦达峰主持召开各界会议，讨论改组机构问题。会上，谭人凤提出，取消参议院和民政部，民政部各机关直属于都督府。此提案获得多数通过，谭延闿被迫辞去参议院议长、民政部部长职务。这样，湖南革命政权就由以焦达峰为首的湖南都督府掌握。

四十九标于11月5日到达武昌，驻两湖书院。

所谓祸福相依。湖南长沙，立宪派趁王隆中率由原第四十九标升级的第一协出发后，所有新军中的革命分子几乎全部调走，革命派首领失去了保卫力量之机，向焦达峰、陈作新等革命党人发起了进攻。31日，湖南新军第二十五混成协五十标二营管带梅馨因个人私欲未遂，对新政权不满，指使部下制造"和丰公司纸币挤兑风潮"，先后将陈作新、焦达峰杀害，随后拥谭延闿为都督。

这次突发的流血政变在省内立马引起骚动，邹永成作为焦达峰、陈作新的旧部欲举兵复仇，而梅馨还想继续残害焦达峰和陈作新的部属，秘书长曾杰等人也被叛军逮捕，眼看场面越来越失去控制，这种乱局如不及时扭转，不仅将导致湖南政局动荡不安，而且还将直接影响到第一批援鄂湘军的情绪和后续援鄂湘军的派出。正在武汉前线指挥民军抗击清军的黄兴听到消息后，恐怕后方发生的变故影响到前线的抗敌，一面命令随他在武汉督战的刘揆一立即回湖南，以"消除内争，请兵援鄂"，一面致函正在长沙的谭人凤、周震麟等人，对处理湖南的事变作了详尽的指示："为了统筹全局，湖南局面不能再乱，如果再乱，湖北也将支持不住，其他各省响应，恐生观望，我们再不能失去这次两湖光复这千载一时的机会。既然谭延闿已经被推举为都督，就应该权且维护他的威信，共同安定湖南。……当前首要任务是迅速出兵援鄂"，并指定周震麟"留在湖南为谭延闿壮胆"。

对于焦达峰和陈作新两人之死，谭人凤深为悲痛，他认为，谭延闿对此难脱干系，焦达峰死于参事会（参议院）取消之时，谭延闿虽说未参与谋杀焦达峰，但焦达峰却是因为谭延闿而死，谭延闿既已成了都督，但是他对于谋杀焦达峰的人，不仅不予讨伐，反而赏乱兵五百块钱，这不能不让人怀疑他是主谋。但是，从稳定湖南的大局出发，谭人凤坚决落实黄兴的指示精神，对于谭延闿继任都督虽然不满意，但也只能暂时委曲求全，于是，他一面劝阻义愤填膺，扬言要为焦达峰报仇的各路会众，一面劝阻荷枪实弹，赴长沙准备报仇的邹永成及焦达峰弟弟焦达人，从而化解了长沙城内剑拔弩张的紧张局势。

刘揆一抵达长沙后，也集合焦达峰会众，进一步做工作："我们革命党的目的是倾覆清政府，对于个人来说是没有丝毫的利益之心的。现在清政府还在，武汉又正在危急时刻，北方的势力也还很猖狂，我们想要达成达峰的遗愿，则必须拥护谭延闿的抗清政府，继续支援湖北，然后再北伐。如果现在想为达峰报仇，则湖南的内讧不会停息，清政府会乘虚而入，我们前面所做的所有努力都会付诸东流，我想，这应该是达峰不愿看到的结果。"

谭人凤、刘揆一、周震麟等人的劝导有力、有为、有理、有效，不仅迅速稳住了谭延闿，稳定了湖南的局势，而且甘心典、刘玉堂、刘耀武所率第二、第三、第四批湘军相继入鄂，对武汉前线给予了有力的支援。

为了安定革命党人及会党群众，湖南都督府下令将焦达峰、陈作新二人以都督礼从优殓葬，各给恤银一万两以慰英魂，并决定择地各立铜像一具永久纪念。11月16日，湖南都督府又为焦达峰、陈作新举行隆重的追悼大会，谭人凤作为陪祭官参加了追悼大会，并含泪为焦达峰、陈作新作挽联云：

生为革命，死为革命，旬日感沧桑，古之良史今何在？

成亦英雄，败亦英雄，垂老嗟麟凤，人皆欲杀我怜才。

大会结束后，谭人凤把他的小辫子剪掉，很伤感地对陈浴新说："我之留此，原为再往北方做些工作。现在事情搞成这个样子，决定明天就走，死到援鄂前线去。"

正当谭人凤准备离湘赴鄂之际，岳州革命党人李锜来到长沙，请谭人凤前往岳州，领导当地革命活动。谭人凤认为岳州是湖南与湖北的交界地，上可以成为保护湖南的屏障，下可以支援湖北，战略地位非常重要，即与谭延闿商量，想离开长沙去岳州。谭延闿对此表示支持，遂委谭人凤为岳州镇守使兼管水陆标营及衙门局所事务。随后，谭人凤与李锜挑选壮士一团，编成卫队，赶赴岳州。

到岳州后，谭人凤发布《讨伐满清布告》，指出："满清以羶腥异族。秽貉边酋，豕逐燕京，盗据皇明之神器；鲸吞华夏，胥沦大汉之衣冠。二百余年磷火灰青，犹想见嘉定横流之血；十八行省军民皆墨，更难洗朔廷臣虏之污。满汉不通婚，谓我同胞皆贱种；文章严禁锢，目诸烈士为党人。牝鸡司晨，天阍震旦，神州鼎沸，陆县赤沉。"他表示，要"镇守斯土，代四百兆同胞复仇；倡率义师，为三百年祖宗雪恨"。但是，谭人凤到岳州后，谭延闿把持的湖南都督府却处处刁难，"军务、参谋两处心存忌惮，迁延十余日，不给枪支"，谭人凤只得愤然辞职。

恰在此时，湖北都督府向已独立的省份发出通电，请其各派代表赴武昌，共商国是，成立临时政府。湖南都督府决定派谭人凤、刘揆一、宋教仁、邹代藩为湖南代表参会，谭人凤于是离开岳州前往武汉，接受新的使命。

第八十章 临时议长

　　武昌起义爆发，各省纷起响应，宣布独立并成立了军政府。为了发展革命形势，实现彻底推翻清政府的目标，已独立各省均感到成立临时中央政府，以统一领导全国革命的任务迫在眉睫。1911 年 11 月 7 日，湖北都督黎元洪以"义军四应，大局略定，惟未建设政府，各国不能承认交战团体"为由，率先就组织中央政府问题向已独立各省军政府发出征求意见电，两天后，黎元洪再次致电各省都督进一步提出了临时中央政府暂分内务、外交、教育、财政、交通、军政、司法七部，各部政务长先由各省电举，择其得多数票者到鄂就职的设想，并承认多数省份已举的伍廷芳、温宗尧为外交首长，同时建议财政首长由张謇担任。与此同时，赵凤昌、张謇、雷奋等江浙地区的立宪派人也在武昌起义后立即着手紧张的应变活动。上海独立一周后，他们又拟订了"宣布临时国会成立计划"和《组织全国会议团通告书稿》，并于 11 月 11 日以江苏都督程德全和浙江都督汤寿潜的名义及上海"为中外耳目所寄，又为交通便利、不受兵祸之地"的理由向沪军都督陈其美建议，援引美国独立战争时召开"十州会议总机关"，"卒收最后成功"的先例，"于上海设立临时会议机关，磋商对内对外妥善之方法"。集议的具体方法是：通告各省旧时咨议局举派代表一人常驻上海；通告各省现时都督府派代表一人常驻上海；有二省以上代表到沪，即先行开议，续到者随到随议。会议的要件是：公认外交代表；对于军事进行联络之联络方法；对于清皇室之处置。陈其美即于 13 日向独立各省都督发出通电，要求"公举代表，定期赴上海，公开大会，议建临时政府，总持一切，以立国基，而定大局"。

　　由于以上电报在不同的地区分别有所延误，15 日，浙江、江苏、镇江、福建、山东、湖南、上海等七省区的一些代表赶到上海集会，成立"各省都督府代表联合会"。而赣、粤、桂等省都督府，则应武昌方面电邀，派代表直接赶到湖北。当上海方面于 17 日知道湖北都督黎元洪也有过请各省代表赴武昌商组临时政府的通电后，又致电湖北表示："本会各代表以上海交通便利，多主张在沪开会，如蒙同意，请即派代表来沪。"但黎元洪坚决不同意，马上连发数封电报，催促在上海的各省代表迅速转赴武昌。鉴于武昌方面的强硬态度，20日，在上海的各省都督府代表又当即集议，决定以各省都督府代表会名义，致电黎元洪、黄兴"承认以武昌为民国中央军政府，以鄂军都督执行中央政务"，但同时要求各省都督府代表会议在沪举行。湖北军政府收到上海方面的这种建议后，当即予以驳回："既认湖北为中央军政府，则代表会亦自应在政府所在地。"并派居正、陶凤集等人于23日赶至上海，争取各省代表转赴武汉参加会议。

11月下旬，谭人凤作为湖南都督府所派代表，抱着渴望早日成立临时中央政府，确定当前和未来的大政方针，以壮大革命力量，发展革命形势的愿望抵达武汉。抵汉后，谭人凤眼见上海与湖北因会议地点发生争执，影响了会议的召开，很不满意，即与刘揆一、蒋翊武等人致电章太炎、汪精卫、于右任、马君武、李肇甫、章梓等各省革命党人，要求各省都督府代表来武汉开会："民国渐次成立，请诸君速来鄂组织一切并乞请与敝处赴沪代表居正、陶凤集接洽。"

由于武汉是"首义之区"，加之其时同盟会重要负责人黄兴也在武汉前线作战，成为中外观瞻之所在，湖北都督府还派居正、陶凤集赴上海邀请代表赴汉，并得到了谭人凤、刘揆一等同盟会重要人物的支持，上海方面故不便再为争执，只得同意各省代表均赴湖北与会，但又要求每省留一名代表在沪，以联络声气。于是，江苏、浙江、福建、山东、安徽、广西、湖北、河南、直隶等省代表留一人在沪后即陆续离沪赴汉。

然而，此时的武汉并非谭人凤一月前离开时民军奋勇杀敌、捷报频传的景象。

汉口早已失守，昔日繁华兴盛的武汉大都市，长江边上最著名的水陆码头，此时变成了一片焦土。黄兴所指挥的汉阳保卫战，节节败退，援鄂的湘军王隆中部和甘兴典部，已退下前线，而"李纯率第六镇之混成旅团占据美娘山，进克仙女山。同时，北军之右翼团架桥于琴断口、舵落口两处，攻陷锅底山、磨子山。湖北、江西联合军望风溃逃，而精锐之湘军亦遂陷入包围中"，汉阳已危在旦夕。

为了给前线将士鼓励，以挽败局，谭人凤一到武汉便不顾自己的安危，立即渡江与黄兴商量作战计划，并在邹代藩的建议下，购备酒肉，和邹代藩一道奔赴前线劳军，前往王隆中部发表演说，鼓励将士重返前线。但当时汉阳保卫战败局已定，这些行动终无济于事。27 日清军占领汉阳，并列炮于龟山，隔江轰击武昌城。

援鄂湘军从 11 月 6 日开始，在黄兴的领导下，步兵第一协统王隆中、四十九标标统卿衡、三营营长鲁涤平分别同清军精锐部队冯国璋的三个镇，在汉阳的美娘山、锅底山、扁担山、花园山、金龙山、梅子山、汉口的玉带门、桥口、博爱书院大堤北面一带展开激战，会同徐鸿宾所率敢死队二百多人，前后战斗了二十二个昼夜，终因敌强我弱、敌众我寡、在大量消灭敌军精锐后，革命军被逼退守武昌。

黄兴率部退守武昌后，与黎元洪商量，主张去广东求援，再回师收复武昌。

谭人凤听说此事即赶到都督府对黄兴说："克强，你不留在武汉，等待援军到来，现在准备去哪里？"

黄兴答道："武昌已经不能坚守，我准备去广东，从广东带些兵过来，多带些机关枪，再图恢复。"

谭人凤当即反驳道："广东水、陆两军掌握在李准、龙济光的手中，你可千万不能去，你如果确实不愿意再待在武汉，我看还不如去上海找陈其美，攻下南京为根据地，这才是为今之计，只是请将军械分一半给我。"

黄兴问："你拿这些军械去哪儿？"

谭人凤答："运守岳州。"

黄兴笑道："人只有向外走，先生为什么还想往内走，回湖南呢？"

谭人凤听了，很是愤怒，驳斥道："克强，你怎么能这么说呢？洪、杨之乱，湖北三失三复，不是凭仗湖南吗？现南京尚未拿下，四川也未光复，湖北又已失守，如果不扼守住岳州，挡住清军南下的脚步，湖南也岌岌可危，湖南一旦失守，两广、云、贵肯定也难以支撑，九江还可以依赖吗？如果广东见风转舵，你一去不仅请不到援兵，还有可能被他们擒去，假设情况真的是这样，还有什么恢复可图？"

正当谭人凤与黄兴争执不下的时候，上海方面来电，邀黄兴赴沪"计画江南事"，黄兴便于次日清晨乘轮船前往上海。黎元洪也撤离武昌都督府，避驻葛店。黎元洪走后，武昌群龙无首，"市街黑暗，商民转徙一空，军士弃城逃者，尤不知凡几"，"金谓革命以来之危险期间，莫为此甚"。在这种情况下，谭人凤等参加各省都督府代表联合会的代表也改赴汉口租界。

11月30日，先期抵达汉口的湖南、福建、湖北、山东四省代表，在汉口英租界顺昌洋行举行各省都督府代表联合会第一次会议。谭人凤作为湖南都督府的代表参加了会议，并被公推为临时议长主持会议。会议决议，由临时议长致函黎元洪，追述上海会议提出的以湖北军政府为中央军政府的议案，并请黎元洪以大都督名义执行中央政务。会议还听取和讨论了湖北代表胡瑛关于武汉前线的战况和袁世凯派人来商停战事宜的报告，并议决答复停战条款。会后，谭人凤即以临时议长名义致电各省都督云："本日经各省代表会议，临时政府未成立之前，推举鄂军都督为中央军政府大都督，以使对外，全体赞成。理合通告。"

12月2日，江苏、上海、安徽、浙江、广西、直隶、河南、贵州等地代表陆续到会，会议决议，先制定临时政府组织大纲，并推江苏代表雷奋、上海代表马君武、湖北代表王正延三人为起草员。此日，谭人凤接到由湖北都督府转来章太炎对谭人凤、刘揆一、蒋翊武等人的复电，内称："革命军起，革命党消，天下为公，乃克有济。今读来电，以革命党人召集革命党人，是欲以一党组织政府。若守此见，人心解体矣。诸君能战即战，不能战，弗以党见破坏大局。"谭人凤读完电报后感到话不投机，也就将之置之一旁。

3日，谭人凤继续主持会议，讨论通过了《临时政府组织大纲》，并由各省代表签名后即日公布。大纲12月11日在《申报》头版全文刊发后，立即在社会各界产生强烈反应。

《临时政府组织大纲》以国家共和体制为基本精神，采取总统制为政权制度原则，以参议院为立法机构，为建立统一的资产阶级政府奠定了法律基础。大纲虽只是一个政府组织法，但在当时却起着临时宪法的作用，宣告了资产阶级共和政体的诞生和清政府封建专制统治的灭亡。

4日，代表们得知南京已光复，即决定："临时政府设于南京，各省代表开临时大总统选举会于南京。有十省以上代表到南京即开选举会。临时大总统未举定以前，仍认鄂军都督府为中央军政府，有代表各省军政府之权。"

5日，代表会讨论议和问题，最后议决，密电伍廷芳来鄂，与北使会商和平解决南北争端的问题，并公举胡瑛、王正廷为之副。同时确定了和平解决南北争端的四个条件：一、推倒满洲政府；二、主张共和政体；三、礼遇旧皇帝；四、以人道主义待满人。

6日，代表会讨论了清政府开列的停战条件，并议决答复条件："一、停战三日，期满续停战十五日；二、全国清军、民军均按兵不动，各守其已领之土地；三、清总理大臣派唐绍仪为代表，与黎大都督或其代表人讨论大局。"

7日，代表会讨论4日上海都督陈其美等人邀请各省留沪代表举行会议，推举黄兴为大元帅，黎元洪为副元帅一事，决议：由黎大都督电沪都督，查实如另有人在沪联合推举大元帅、副元帅等名目，请其宣告取消。同时，鉴于南京已光复且为未来临时政府所在地，遂又议决各代表于十八日（12月8日）同船出发赴南京。

武汉各省都督府代表会议从11月30日开至12月7日，虽然只有一个星期，却产生了一系列极为重要的成果，并对此后的中国政局产生了重大影响。一是顺应革命形势发展的要求，确定了全国革命的统一领导中心，宣告了鄂军政府为中央军政府，有力打击了清政府的反动气焰，大大提振了全国各地革命党人的推翻清政府、建立新民国的信心；二是通过了具有临时宪法性质的《临时政府组织大纲》，第一次以国家根本法的形式确立了共和政治体制，宣告了几千年的中华国土上封建专制制度的结束，为后来中华民国南京临时政府的成立和《中华民国临时约法》的制定奠定了重要的基础；三是确定了与清政府谈判的四条原则，既坚持了"推翻清政府、建立新民国"这一民族民主革命的根本目的和要求，又体现了革命的人道主义理念，为尽快促成清帝退位，实现结束长达268年清政府封建专制统治的政治目标创造了条件。作为此次会议的临时议长，谭人凤为会议的顺利召开并产生一系列重要成果做出了积极的贡献。

第八十一章 保卫武昌

正当谭人凤在汉口主持各省都督府代表联合会开会期间，湖北军政府稽查部负责人苏成章、高尚志等人于12月6日过江，找到谭人凤，代表湖北军政府请他担任副都督，承担组织防御武昌之重任。

原来，黄兴离鄂后，所遗战时总司令一职，遂委万廷献护理，蒋翊武为监军。但万廷献见时局纷乱，感觉无从着手，任职仅一天之后即挂冠而去。蒋翊武于这天便由监军继任护理战时总司令一职。蒋翊武就职后，指挥民军占领阵地，构筑工事，积极备战，并派员赴葛店说服黎元洪于12月2日回武昌洪山刘家祠办公。然而，军务部长、原共进会的孙武等人对原文学社的蒋翊武担任民军最高军事统帅并不满意，欲以谭人凤取代蒋翊武，因而派苏成章、高尚志来找谭人凤。谭人凤不知是计，从维护大局出发，只是提出"军队须由我调遣，现在的财政状况如何，必须明明白白告诉我"的要求。苏成章、高尚志满口答应。由此，本着"事由我辈起，自应城存与存，城亡与亡"的决心，谭人凤慨然应允，并同苏成章、高尚志一起回到武昌，参加稽查部会议。

这天晚上，谭人凤与孙武、杨玉如、李作栋等在武昌城内大朝街下宅开会，讨论战时总司令一职问题。

杨玉如先发言说："今日上海来电，已推举黄兴为大元帅，黎元洪为副元帅，想来黄兴此时不可能来鄂，总司令一职，蒋翊武不过暂时护理而已，应该推举另外的人担任总司令，以便计划作战事宜。谭人凤先生系革命巨子，老成练达，素孚人望，所以，推举谭先生继任黄兴之职最为合适。"

在座人员都表示赞成。

谭人凤接着表明心迹："各位同志既举兄弟继黄兴之职，但是此时武昌情形，与在汉阳打仗不同。现在武昌是防御，将来必须北伐。人凤之意，将总司令官名义取消，应改为武昌防御使兼北面招讨使。盖防御者，防内奸而御外敌也；招讨者，讨不廷而招之从我也。事切名实，各位同志以为何如？"

在座者听后都表示赞同，于是备文报请黎元洪任命谭人凤为武昌防御使兼北面招讨使,节制武昌各军并各省援军,调蒋翊武为都督府顾问。

7日上午,谭人凤即带幕僚罗仪陆、邹代藩等随员多人亲往洪山司令部办理移交事宜,改设防御使兼招讨使署于洪山宝通寺,肩负起支撑危局、保卫武昌的重任。他发文通告各部队,仍然继续执行前期的任务,在各占领阵地防御。下午6时,谭人凤面偈黎元洪,请他传达通知各机关重要人员齐集大朝街卞宅开会,划分权限,并讨论进行各事宜。

在会上,谭人凤说:"凡办事,权限务必要划分清楚,进行方可顺利。从今以后,各部队遇有军官遗缺,都要由防御使委任,以资统一而便节制,此其一;武昌现在所储子弹、枪支,均要报于防御使备查,以便计算分配需用,此其二;防御使署及所属各军队饷项,每月财政部须先筹拨,以济要需,此其三。以上三件,请大家表决,以期施行。"

但孙武对此却另有看法,他说:"任命军官,原系军务部权限,防御使只有节制指挥之权,而无直接任命之权,如有良好军官,保送军务处或都督任命即可,此第一条我们不能赞同。至于枪支弹药,防御使到了战斗的时候,可备文领取需要用的,也无须兼管,此第二条我们也不能赞同。再有,各部队及防御使饷项,到期当由财政部筹拨,不用过多考虑,这一条也不必研究。"

谭人凤听后很不满意,当即与孙武反复辩论。但孙武坚持己见,并说:"既如谭老先生说的,那我们要军务处干什么?请不必苛求,即照总司令部办法施行,待大功告成,再行规定。"

尽管在职权上与孙武等人闹了个不愉快,但谭人凤仍以大局为重,对防御武昌之事并没有松懈。他认为,此时虽然南北达成停战协议,但敌情瞬息万变,必须加强防守、构筑工事,积极备战。为此,谭人凤大刀阔斧,三管齐下,严守武昌:一是鼓舞士气;二是加强防守;三是安抚民心。

经过谭人凤的努力,武昌的防御工作渐渐有了头绪,大家的情绪也稳定下来,民心也安定了。黎元洪见武昌防御有效,便于12月11日返回武昌都督府办公。但权欲极强的孙武眼见谭人凤在武昌的防御方面大刀阔斧,风生水起,不免顿生一种失落感。他原推出谭人凤是想借其声望,夺取蒋翊武的军权,没想到谭人凤一上台就以加强防御为由要军权、要财权,大有坐稳武汉最高军事领导人位置之势,于是,就鼓动一些心腹,放出舆论"皆谓谭人凤不知军事,徒揽大权,且其年已衰老,一旦作战,恐于大局无益,而又害之"。孙武又鼓动"各机关重要人员及各部队长官,咸往都督府向黎都督陈述,并请黎都督遴选素孚众望并精通军事学者为总司令官，以便指挥而利进行"。

孙武还亲自出马，对黎元洪说："都督大人，此事不能犹豫，它关系到大局问题，您不能不下决心，况且谭人凤的防御使，根本就没有经过大众公开选举，是他连合三五人所串联而成，他既得了名义，又非常揽权，还不自量力，他也不是军人，能指挥军队吗？"

黎元洪听了，非常犹豫，一时难以决断。

恰好此时南北议和即将开幕，唐绍仪也将经武汉赴上海，湖北军政府也需要继续推举议和代表。于是，湖北军政府定于12月12日开会，推举赴沪议和代表。谭人凤以六十五票高票当选。

黎元洪这下找到了应对的方法，他当场宣布：以谭人凤现任防御兼招讨使，责任重大，谭人凤任代表后，何人可以接替，须公同选定，以重职守。当即选举吴兆麟为防御兼招讨使，吴元泽为总参谋，军务部副部长张振武总理一切。

12月13日，黎元洪派人给谭人凤送来公函一份和一些银圆。谭人凤打开公文一看，方知派他为湖北代表，赴上海参加会议。这就意味着解除了他武昌防御使兼北面招讨使之职。对此，谭人凤非常气愤，认为黎元洪对他有"疑忌心"，急忙赶到都督府质问黎元洪："朝令夕更，是何用意？南北议和，都督有全权，为何你不去？"

不待黎元洪回答，旁边的人抢着说："都督有守土之责，议和大事，先生与各省熟识，所以，请您去更合适一些。"

谭人凤又反唇相讥："既有守土之责，日前为什么出走？如果我为都督，带二三兵船，装载数百兵士，沿江巡阅，不比走葛店威武吗？"

说完，谭人凤怒气冲冲地离开了都督府。他明显感到，这是湖北一些人在故意排斥他，因而非常气愤。他认为："中国人因省界而存畛域之见，各私其地，各私其人……黎之委我为议和代表，或真因我认识各省同志，非出于排斥亦未可知。……余虽语气过激，黎亦实有取辱之道也。"当晚，一些士绅闻讯，纷纷前往谭人凤住处挽留，谭人凤则"以大局已定慰之"。14日早，谭人凤即乘轮船离汉赴沪。

谭人凤是继蒋翊武、吴兆麟、黄兴、万廷献之后，担任武汉民军最高统帅，担负保卫武昌的重任，虽然从12月6日起至12月13日只有八天时间，但为武昌首义区的巩固和稳定发挥了至关重要的作用，并为各地革命形势的迅速发展赢得了宝贵的时间。

第八十二章 鲜明主张

1911 年 12 月初，各省都督府代表会议讨论同意袁世凯提出的南北双方停战议和条件后，清政府于 12 月 7 日任命袁世凯为议和全权大臣，袁世凯又奏派唐绍仪为北方议和全权代表。9 日，十一省革命军政府公推伍廷芳为南方议和总代表。18 日，南北双方的议和代表在上海英租界南京路市政厅正式开始谈判。

确定清帝退位后的国体，是南北双方谈判的重要内容之一。袁世凯企图通过和谈实行君主立宪，并保留清朝皇帝，以达自己挟天子以令诸侯的目的。因此，在和谈中，唐绍仪代表袁世凯只承认君主立宪，不同意民主共和。而伍廷芳则声明。谈判必须以承认共和为前提，但依预定的南方意见暗中告知唐绍仪，只要袁世凯反正，逼清帝退位，就可以选举袁世凯为中华民国临时大总统。唐绍仪见南方答应选举袁世凯为临时大总统，就不再坚持反对共和。这样一来，关于君主立宪和民主立宪的国体问题，双方同意留待将来召开"国民会议"来"公决"。这种以"国民会议"解决国体的方案，表面上似乎有利于革命派。但实际上却是袁世凯精心设计出来的阴谋，因为他可以利用各省立宪派所操纵的咨议局这个"民意机构"，在立宪派的全力支持和配合下，盗用"民意"这张王牌，达到他实行君主立宪的目的。

11 月 14 日，江苏都督程德全致电光复各省，请孙中山回国组织民国临时政府。对革命前途深为担忧的同盟会黄兴、宋教仁、胡汉民、陈其美等，也不断向孙中山汇报国内形势，再三请他疾速归来。

东南巨埠上海，于全国局势起着举足轻重的作用，沪上的数十种大小报纸，自武昌起义爆发后，热诚报道、宣扬全国各地光复独立，脱离清朝专制统治，他们都把未来中国的希望，寄托在孙中山为首的革命党，也因此特别关注孙中山的行踪，纷纷热诚呈请孙中山早日回来。即使一些商业性各立宪派政治背景的报纸，也开始转变立场，在革命浪潮和民心向背的推动下，倾向于孙中山。

密切注视着国内时局的孙中山,在为未来中国谋外交与经济支持告一段落后,于1911年11月24日由法国马赛登轮东回。这位在海外奔波漂泊了十六年的革命先行者,终于踏上了归国之路。

12月25日,在"虚位待袁"的喧嚣声中,孙中山安全抵达上海。孙中山的到来,使革命派的气势为之一振。革命派认为成立中央临时政府,推定临时大总统的时机已经成熟。次日,同盟会在静安寺路斜桥总会召开了欢迎孙中山的大会,欢迎会开毕,又转移到孙中山寓所召开最高干部会议。会议一致推举孙中山先生为大总统。

同日,在南京的各省代表会议也决议:12月29日,开会选举临时大总统。

12月26日,谭人凤由上海赶到南京,参加都督府代表会议,并被会议推举与北伐军总司令徐绍桢共同商议作战计划。

29日,选举临时大总统的会议如期举行。已陆续抵达南京的十七省都督府代表开会,决定每省一票,选举临时大总统,由浙江省代表汤尔和主持。对于选举临时大总统,谭人凤先是觉得"宜举黎元洪",这当然并不是他对黎元洪有什么好感,而是在当时的情形下,只是让他过一下渡,用他自己的话说就是:"黎既冒首义功,自应俾其过渡,而后可移湖北地位于党人。"对于孙中山,他认为:"中山不悉国内情形,临时政府初起事艰,绝难胜任,不如以全权大使历聘列强,备为异日正式选任。"但选举的结果是:孙中山十六票、黄兴一票、黎元洪零票,孙中山当选。

1912年1月1日,孙中山在南京宣誓就任临时大总统,并宣告中华民国临时政府成立,改用公历,以1912年为中华民国元年。3日,代表会议续选黎元洪为副总统,并通过了由孙中山提出的九名国务员名单。

南京临时政府的成立,打乱了袁世凯通过召开"国民会议"来"公决国体"的如意算盘。尽管孙中山曾致电袁世凯表示:"文虽暂时承乏,而虚位以待之心,终可大白于将来。望早定大计,以慰四万万之渴望。"但袁世凯仍因之恼羞成怒,一面悍然宣布唐绍仪签订的关于国民会议各项办法逾越权限,他概不承认,并下谕命令唐绍仪辞职,声明以后和谈之事由自己和伍廷芳直接电商;一面又唆令姜桂题、冯国璋、张勋等北洋将领十五人联名致电内阁极力主张维持君主立宪,反对共和,并呼吁王公贵族出钱,以便继续作战。向亲贵勒索了一笔钱以后,袁世凯又发布了一道"全军整备再战"的命令,恫吓革命党人,并唆使张勋、倪嗣冲等破坏停战协议,在陕西、山东、山西、安徽、江苏等地进攻民军。接着，袁世凯又公然提出，清政府和南京政府同时解散，由他在北方重新成立临时政府接管全国政权，企图逼迫南京临时政府就范。对此，孙中山、黄兴予以坚决反对。

1月11日，孙中山宣布北伐，自任北伐军总指挥，派黄兴为北伐军陆军参谋长，并制定了六路北伐的计划。27日，孙中山又通电宣布袁世凯破坏议和的罪状，表示停战不再展期。

对于议和，谭人凤并不反对，用他自己的话说："和议成，战事弭，凡有血气，孰不赞同？"因此，谭人凤主持的武汉都督府代表会议就作出过同意南北双方和谈的决议。但谭人凤同意和谈是有原则的，前提条件是："推倒满清政府"和"主张共和政体"。同时，为了防止和谈生变，代表会议还曾通电各省，作战计划仍宜继续进行，并公推谭人凤和马君武、王延正会见北伐军总司令徐绍桢，"商议作战计划"。此时，对于袁世凯破坏和谈的行径，谭人凤极为愤慨。对于孙中山北伐的号召，谭人凤坚决拥护，特发布《北面招讨使宣言书》指出："满清以异族盗据吾土二百余年，施毒于民，水深火热。本招讨使悾焉伤之，起宝联永，南达桂垣，纠辰合沅，西通黔域。然而苍头特起，独茧不丝，爰出洞庭，观于东海，遂从诸君子后，奔走于浏阳之役、安南之役、前、后广州之役，糜款数十百万，殉义惨死之士不可胜计，而卒不能相与有成，未尝不病彻心骨。"他坚决表示，要"鸠集义师，简练精勇，刻期祓灟，航海径进，涤荡腥秽，光昭乾坤"。同时，他又以北面招讨使名义致电孙中山，指出："溯临时政府成立之初，北虏胆寒，国民颂戴。卒以按兵不进，虏运暂延。近复一再退让，致使民心愤激，共和仅有虚名，帝制仍然存在。预料和议一成，临时政府即令解组，而各省民军未甘降服，是则阁下欲谋统一，反启纷争；希望和平，激成战祸。今日舆论仅以溺职相责者，其咎尤小；将来众怒，以误国致讨者，其祸实大。"他请求孙中山再勿退让，切实北伐，维护共和。孙中山对谭人凤的建议十分重视，即复电表示："前提条件，系委曲以求和平，若虚君之制犹存，则决不能承认，文虽愚昧，亦断不容以十数省流血构成之民国，变为伪共和之谬制。祈共鉴之。"

嗣后，为维护共和国体，谭人凤以北面招讨使的名义，在上海组织北伐机关，积极筹备北伐，并对北伐充满必胜的信心。在他看来，"南军援鄂者，有沈秉堃统率之湘桂联军，马毓宝移驻九江之赣军，南京派遣黎天才之滇军，唐牺支、王政雅光复荆襄，重庆亦已光复，鄂固无虞矣。南京方面，柏文蔚率滇粤军驻临淮，扼由徐入皖之路，扬州徐分府合皖军屯宿迁，扼由京入浦之路，正阳、六合等处，亦有军扼守，以防由豫入皖之路。其集合于南京城者，有浙军、沪军、光复军、铁血军、卫戍军，以及固有之军队与新编之各军，合计不下十万余众。而广东、闽、浙尚议继续出军，兵力不可谓不厚，加之长安、太原早已光复，烟台有刘基炎等独立，河南有王天纵举兵，直隶有滦州兵变之一事，东省自牛庄发难后，关外都督蓝天蔚尚谋大举。使南政府毅然攻击，以接鄂各军出武胜关，直趋河南与山陕义军合，以南京集合各军，分配前敌，三路夹攻徐州，分一支捣开封，与鄂军合，一支由京浦取济南，与齐鲁义军合，行见北方健儿群起响应，袁且将为瓮中之鳖矣。"

1月下旬，被孙中山任命为关外大都督的蓝天蔚奉命率一旅北伐队从上海乘海琛、海容、南琛等军舰攻克烟台后，感到"事机甚迫，即应厚集兵力"，请求黄兴力催谭人凤火速统兵赴鲁支援，以便实施北伐计划。黄兴立即致电谭人凤："烟台为北伐军水师根据地，关系重大，务请谭使迅速查照办理。盼切。"谭人凤接电后积极响应，立即"派夏醉雄、唐镕、周歧等赴北方运动"，旋将曾传范率领的一个旅纳入这一编制，同时命二儿子谭二式将在湖南宝庆募集反清起义的二营将士带赴上海集结，准备不日北上。

但不久，袁世凯在得到孙中山和黄兴所作出的如袁世凯逼清帝退位，宣布共和，孙中山即宣布解职，并推袁继任临时大总统的确切保证以后，立即加紧逼迫清帝退位，并授意段祺瑞等四十多个北洋将领发出通电，要清廷"立即采用共和政府"，否则将率兵直趋北京，从而使清帝退位成为定局。这样，北伐也就停止了。对于这样的结果，谭人凤感到大失所望，认为"民党堕其术中，号令各军不许进击，决与议和，则大错特错者"。

第八十三章 废除帝号

如何处理清朝皇帝善后问题也是南北议和的重点之一，为了尽快结束清政府的封建专制和国内战争，避免外国列强的干涉和人民生灵涂炭，革命党人普遍同意对清帝在赞成共和并自动退位的前提下给予清室一定的优待。

谭人凤主持的武汉都督府代表会议时，也主张在清帝主动退位后"礼遇旧皇帝"。对于这个问题，南北双方经过一番争论，在12月29日的第三次会谈中，伍廷芳、唐绍仪达成了清帝退位后可享受的五项待遇：一是以待外国君主之礼待之；二是退居颐和园；三是优给岁俸数目，由国会定之；四是陵寝及宗庙，听其奉祀；五是保护其原私产等。

而袁世凯以篡权为目的，反对伍廷芳、唐绍仪达成的上述五条，主张要对退位后的清帝予以特别的优待。1912年1月18日，他通过北方代表梁士诒提出了皇帝称号不废，"世世相承"，皇帝仍居宫禁，皇室原有私产由民国特别保护，并要求将这些条件列于正式公文电达驻荷兰华使知照海牙万国和平会存贮立案等。

此文本送达南京临时政府时，黄兴表示强烈反对，当即致电伍廷芳指出："议和愈出愈奇，殊为可笑！第一条仍保存大清皇帝之名称及'世世相承'字样，可谓无耻之极。第二条'仍居禁宫'是与未退位无异。第一、第二，为我军人之绝对的反对。第五条实屈无理，不可轻诺。余我民国政府可优容之。至将条件列于枢弈印文，照会海牙万国和平会之案，此层仍须详细参究，万无可使污秽君主名词，永远留臭于我民国。"

孙中山也赞同黄兴的意见。伍廷芳对黄兴的意见非常重视，立即复电孙、黄表示：要求修改一、二、四、五诸条，"以为防闲，用意至为深远"。

2月6日，南京参议院讨论通过了孙中山提交的修改后的《关于清帝退位后之优待条件》。此优待条件共八款，其中主要内容是：一、清帝退位后，其尊号仍存不废，民国待以外国君主之礼；二、清帝退位后，皇室岁费四百万两；三、清帝退位后，暂居故宫，日后移居颐和园；四、清帝退位后，其原有私产由民国特别保护；五、原禁卫军归民国陆军部编制，额数俸饷仍如其旧；等等。与此同时，南京参议院还通过了《关于清皇室优待之条件》。

《关于清帝退位后之优待条件》公布后，谭人凤看了"不胜骇愕"，立即致电孙中山、黄兴及参议院议员，坚决反对保留清帝称号，并列举了五条危害：第一，"逊位之后尊号仍存云云，貌袭文明，实伏乱源"，"君主、民主国体绝不相容，总统、皇帝名称自不能两立。今总统之外，再拥皇帝，非驴非马，不独无以尊崇国体，实恐见侮外人"；第二，"清廷退位，非出于禅让之本心，而屈于民军之势力。若阳许逊位，阴行帝制，将来暗结植私党，巧借外援，路易十六之祸，行将立见"；第三，"今清廷退位，国体变更，五种民族，视为一体。君权已全体取消，帝号竟无所依据。若视为外国君主，而称帝于民国之内，则将怀抱野心，煽惑蒙、藏，徐图恢复，启藩部分离之渐，坏中华统一之基"；第四，"若仍拥帝号，难保无尔巽、升允之徒，坐据偏隅，遥奉名义，以相号召。将来内部征讨，劳民伤财，殆无宁日"；第五，"清廷一面讲和，一面备伏，山、陕民军，迭遭蹂躏。那桐、载泽私借外兵，将来利用保皇名义，阴行割据手段，破坏大局，贻害子孙"。因此，他坚决反对与北方的停战展期，请求孙中山乘"彼寡我众，彼曲我直"之机，"激励各军同时北上"，并坚定表示，"人凤立当悉索敝赋，以相周旋"。同时，谭人凤又将上述五条理由的前四条电告袁世凯，要求其"忠告清廷，速自解决"。次日，谭人凤又电孙中山要求北伐，直捣清廷巢穴。

对于谭人凤的上述意见，孙中山于2月11日复电表示"卓识伟论，鄙意极表赞同"。但又说："优待条件，曾由参议院公决。"袁世凯则电复谭人凤表示："来电所虑各节，必可消弭。此事但求实际，不骛虚称。如以武力迫协，则恐横生枝节，反多阻碍，大非吾人渴望平和之心，希与同志共鉴此意。"

对于孙中山、袁世凯的以上答复，谭人凤并不满意，又立即致一函南京参议院，对其通过的《关于清帝退位后之优待条件》逐条进行批驳。

最后，对于通过优待条件的参议院及其议员，谭人凤也毫不讲情面，提出了尖锐的批评："公等苟于存亡大计而不知之，即不应滥厕议员；如其知之，便为有心卖国。夫八月十九以前，反对革命之人，□有在院中，而假此以媚满媚袁者矣。明亡，阉人杜勋谓其徒曰：'吾辈富贵固在也。'立宪时代则立宪，革命时代则革命，议和时代则议和，沧桑陵谷，送往迎来，彼固杜勋之徒耳，奈何以吾党面多为所卖耶？ ……鄙人为公等计，惟有全体辞退以谢国民，别推有学识而忠于民国者充参议员，为公等补过，则义声所树，虏气斯熠，犹足为挽回之一法。否则，贻误大局，虽食公等之肉，庸足泄其愤乎？"

尽管谭人凤坚决反对《关于清帝退位后之优待条件》，但2月12日，清帝宣告接受《关于清帝退位后之优待条件》，宣布退位，这就意味着《关于清帝退位后之优待条件》无从更改，对此，谭人凤深感"孤掌难鸣，又无实力盾其后，致留前清奴隶时倡复辟之祸胎"。

第八十四章 反对妥协

在革命形势不断发展和袁世凯逼迫的双重打击下，奄奄一息的清政府于 2 月 12 日不得不接受优待条件，下诏宣布皇帝退位，这标志着统治中国 268 年的清王朝的覆亡，同时也结束了中国自秦始皇统一中国以来两千多年的封建专制制度。

13 日，袁世凯电告南京临时政府，表示："共和为最良国体，世界之所公认，今由弊政一跃而跻之，实诸公累年之心血，亦民国无穷之幸福。大清皇帝既明诏辞位，业经世凯署名，则宣布之日，为帝政之终局。即民国之始基，从此努力进行，务令达到圆满地位，永不使君主政体再行于中国。"

同日，孙中山履行先前的承诺，正式向南京临时政府参议院提请辞呈，并推举袁世凯为新总统人选。在辞呈中，孙中山提出临时政府地点仍设在南京、新总统到南京就任之日大总统及国务员始行解职和《中华民国临时约法》继续有效等三项条件。孙中山之所以提出三项条件，就是希望袁世凯离开北京老巢，到革命气氛浓厚的南京就职，受到革命派的监督和临时约法约束，在一定程度上保留革命成果。15 日，十七省代表一致选举袁世凯为临时大总统。

孙中山解职和袁世凯当选的消息公布后，在全国引起巨大反响。谭人凤对此强烈不满，立即致电孙中山对其让位之举提出质问，随后又致电南京总统府、陆军部、参议院及新内阁成员，对其提出严厉的批评："和议成矣，都议决矣，公等智竭术穷，举十余省绞脑流血光复之奇勋，拱手让选于杀害民军之公敌，亦已心悦诚服，毋庸争议矣。"他不仅反对孙中山让位于袁世凯，而且反对唐绍仪为内阁总理、段祺瑞为陆军总长。他通电指出：孙中山虽已辞职，"但犹有一线生机，可以维持共和实际者，则全乎内阁之组织。报纸传载有唐绍仪为内阁总理、段祺瑞为陆军总长之说。唐、段在旧政府时代毫无成绩表见，不过博有奥援，遂跻荣显。今新内阁成立，中外瞩目。总理非人，环球轻视。兵权妄授，反对立生。须知我民军消释前日汉阳惨杀之嫌疑，引公敌为公仆，并非屈于势力，特恐战祸延长。今若听其植党营私，将全国生命付之孤注，不独粤省不承认，鄙亦不赞成，行见各省军民，皆将起而抵抗。安危所迫，敢不尽言？望公等审慎将事。"

对于谭人凤的质问，孙中山于2月20日复电谭人凤："文等所求者，倾覆清朝专制政府，创立中华民国矣。清帝退位，民国统一，继此建设之事，自宜让熟有政治经验之人。项城以和平手段达到目的，功绩如是，何不可推诚？且总统不过国民公仆，当守宪法、从舆论。文前兹所誓忠于民国者，项城亦不能改。若在吾党，不必身揽政权，亦自有其天职，更不以名位而为本党进退之征。先生在野，吃苦辞甘，宁不喻此，祈更广之。"

2月21日，南京临时政府派出蔡元培、汪精卫、魏宸组、宋教仁等为代表的迎袁南下就职专使团由上海启程赴京。27日，专使团抵京，袁世凯以最隆重的礼节，大开正阳门欢迎专使团成员，并公开表示愿赴南京就职，还与蔡元培等人商谈了南下就职的路线问题。一切似乎都在按计划顺利进行。

但就在29日晚，北京东城、前门一带突然枪声大作，火光冲天。原来是驻北京的曹锟北洋军第三镇发生"兵变"，乱兵持枪闯入各商店到处抢劫，纵火焚烧东安市场、东四牌楼等处，甚至持枪闯入专使团的驻地，吓得专使们纷纷仓皇出走，分头躲避。第二天，"兵变"很快又蔓延至保定、天津等地。3月1日，袁世凯和蔡元培分别致电孙中山，告知了京津保"兵变"详情。3月4日，蔡元培等再次致电孙中山，提出袁世凯不能南下就职缘由和临时政府设于北京的意见。

为了顾全大局，孙中山最后也不再坚持己见，只好复电蔡元培，同意袁世凯不必南下就职。在这样的形势下，3月6日，根据蔡元培的建议，孙中山咨请临时参议院审议允许袁世凯在北京受任临时大总统职问题。临时参议院议决六条办法，允许袁世凯在北京就第二任临时大总统职。3月10日下午，袁世凯在北京正式就任中华民国临时大总统。4月1日，孙中山正式解除大总统职务。

在坚决反对孙中山让位于袁世凯的同时，谭人凤还坚决反对革命党让权。

上海是中国东南地区的辛亥革命中心。1911年11月3日，以陈其美为首的同盟会联络了以李燮和为首的光复会以及以李平书为首的上海商团发起起义，次日获得胜利。6日，沪军都督府成立，陈其美被推为沪军都督。

上海的光复和沪军都督府的成立，极大地鼓舞了浙江人民的斗志，对于辛亥革命的胜利产生了重要作用。上海为东南巨埠，上海的光复，迅速引起中外关注，国内人民深受鼓舞。上海又是清政府最大的军火生产基地，上海被革命党掌握后，断绝了清军弹药的供给，客观上削弱了各地清军的力量。上海还扼守长江门户，革命党人控制上海，清军海军无法溯长江西援，大大减轻了长江中下游各省民军的压力。因此，孙中山曾对上海光复和陈其美为首的沪军都督府的成立给予了高度评价：武昌起义后，"响应之最有力而影响于全国最大者，厥为上海。陈英士（其美）在此积极进行，故汉口一失，英士则能取上海以抵之，上海乃能窥取南京。后汉阳失，吾党又得南京以抵之，革命之大局因以益振。则上海英士一木之支者，较他省尤多也。"

正是由于上海的战略地位和重要作用，陈其美出任上海都督后，其政治上的反对派，主要是上海绅商、江苏立宪派以及北洋派逼陈下台的活动一直就没有消停。反对派的一再攻击，加之上海光复之初百废待举，也使陈其美萌生退位之念，他上书孙中山，在历述上海革命党人和沪军都督府的斗争历程与艰难处境，揭露了旧势力与立宪派的种种破坏阴谋及其企图之后，"请大总统取消沪都督名位，俾其美免恋栈之讥，苏、沪无骈枝之诮。仍得以革命军之一员，奔走共和事业。公私幸甚"。鉴于上海对于全国革命的极端重要性，孙中山复电，极力慰留。

谭人凤与陈其美是中部同盟会的战友，曾一同为江南反清起义而四处奔波、呕心沥血，深感上海光复、革命党人掌权均来之不易。当听说陈其美要交权，谭人凤坚决不答应，即致电孙中山、黄兴，指出："沪督去留，颇滋纷议，实则一言可决。南北起义，各都督依吾党夙定之革命方略，当然设置，即为军政期间之法律规定，自非大局敉平，断无解兵之理。不独沪为举事根基，全国枢纽，不得妄援亡清巡抚辖境议裁。"他强调："政府委任，皆不容他人妄议。有敢动摇之者，义军共击之。"最后，他对那些要求陈其美辞职者提出严重警告："若乃倡义则居人后，毁成则在人先，苟非阴为曹马之地，必其人不复知世间有羞耻事也。共和国竟从何来，岂有此曹容喙之地？"

与此同时，谭人凤又致书陈其美："我公热心毅力，本党素所钦佩。自有辞职一则，前后几若两人。窃自广州败后，凤与执事规划长江流域，实以上海为总机关。武汉举义，湘、赣继兴，若非光复上海，则海军管钥掌自虏廷、苏、浙联军诸多障碍。……汉阳新败之日，非执事克复上海，则南京不能骤得，民军之根据地极其动摇，此稍谙兵略者所应知也。"在回顾和肯定其对上海光复所做重要贡献的同时，谭人凤对其辞职之举提出了严厉批评："都督一职，乃吾党起事时法律之所规定，与虏廷督抚制不同。公既以实心任事，则不能以己意取消。现在南北尚未统一，诸事待理。加以为大功告成，可以捧身而退耶，是为不智；知而放弃责任，听其糜烂，是谓不仁；畏其难而希图苟安，是为不勇；捐弃会中秘密条约，是谓不信。不智、不仁、不勇、不信，而犹以孤洁鸣高，因个人之便利，则党中最后之手段将于公施之。幸而三思焉，毋悔。"

对于谭人凤言辞激烈的批评，陈其美一时感到难以接受，也以尖锐的言辞回敬谭人凤："现在目的既达，建设共和，自有人在。吾辈冒险家自有天职，公何不达人事，哓哓如此？其美辞职，在白头老友且不谅心曲，更望何人？……公等非岸畔闲人，何以不知舟中人支持之苦？欲其美不去易耳，何必借吾党起事时之旨以为质证？岂吾党规定其美为沪军都督，除都督之外，不能自由行事耶？公年老荒诞，牵率至此。他日如得卸此肩责，必与公一拼死命，以泄吾恨。"但话虽这么说，谭人凤的激将法也对陈其美产生了一定的效果。陈其美权衡利害后，打消了辞职的念头。3月9日，他致函上海各团体及谭人凤等人表示："沪督去留，应观事实。事实当去，挽我不留；事实当留，推之不去；始之担任及后之告辞，全属事实问题，或挽或推，均非知我。现在代表北上，警变又闻，趾企北方，尚多隔膜。且国都既未解决，项城尚未南来，全局进（通）筹，势未大定。不得不以英士之躯壳，再延沪都督之灵魂。"

沪军都督辞职风波平息不久，南京留守黄兴又提出辞职。原来，袁世凯在北京就职后，为了缓和南方军人情绪，于3月30日发布了委任黄兴为参谋总长并统辖两江军队的命令。黄兴得命令后当即致电袁世凯坚辞参谋总长一职，但对于整理南方军队一事却并不推辞。他说："至两江一带军队，维持整理，刻不容缓，兴纵怀归隐之志，断不敢置经手未完事宜于不顾，以负我军界同胞。已商请唐总理妥定办法，务使南方各军队布置得宜，各安其所。俟布置大定，始行告退，以遂初心。"于是，袁世凯改黄兴为南京留守。4月1日，孙中山正式解临时总统职。5日，临时参议院议决政府迁往北京。6日，黄兴宣布成立南京留守府，并担任南京留守。对于孙中山让权于袁世凯之后，黄兴任南京留守，当时谭人凤还认为局势仍差强人意："临时政府移北京，留守开府镇金陵。七省兵权归统御，共和国体藉藩屏。是何等重要地位，天地凑合玉汝于成。"黄兴任职后，排除种种困难和压力，全力维护了南京及周边的稳定，按照南京临时政府时期确定的军队裁撤方针，妥善裁撤了八万余人，并保留了一定的革命实力，劳苦功高。但袁世凯不仅迟迟不落实南京留守府所需的裁军和正常开支的经费预算，而且唆使其党羽不断攻击南京留守府妨害国家统一，诬称"黄兴留守权利太大"，"存割据东南之心"。在这种情况下，黄兴感到难以维持，只得向袁世凯提出辞职。

谭人凤一听说黄兴要辞职，坚决不同意，立即赶赴南京，劝阻黄兴"阁员去职后，所恃以保障共和者，君一人而已，何忍放弃责任，博功成身退之虚名？军饷燃眉，可暂时将八厘债票贱售维持，容缓当可设法。"黄兴的好友、云南都督蔡锷也致电黄兴，对其辞职提出批评："惟自我发难，沧海横流，中流遇风，我独反棹，非惟不勇，抑亦不仁。"但黄兴仍坚持辞职。谭人凤又连忙赶到北京见袁世凯，要求其慰留黄兴并为南京留守府拨款。袁世凯则答道："现时库帑如洗，请转达暂时勉强支持，俟有来源，自当竭力补助。"两天后，袁世凯召见谭人凤说："克强又有辞呈至……辞意坚决，不便强以所难，止（只）得成其高尚之志耳。"至此，谭人凤"只好怪自己多事，不便再持异议"。

5月30日，袁世凯下令："所有南京留守机关，候程德全到宁接收后，准即取消。"6月4日，谭人凤仍不甘心，又致电袁世凯说："近且许黄留守请愿取消，而且十余师两月未发饷之兵界之老病龙钟之程都督，敢信其能维持现状乎？东南动摇，北面随之，民国前途，何堪设想？乞收回成命，或改委留守为江苏都督，则危局当尚能支持。"谭人凤要求改委黄兴为江苏都督，目的是使革命党人控制江苏。对于谭人凤这一要求，正在忙于夺革命党人权力的袁世凯自然不会理会。

黄兴辞职后，袁世凯又唆使部分参议员以陈其美抗不北上就北京政府工商总长之职，指责陈其美"拥兵自卫，使江苏军政不能统一"。陈其美此时难以招架，即于8月3日在《民立报》上登出《辞沪军都督职通电》《解沪军都督职宣言》，宣布自动解职，取消沪军都督府。革命党人在南方势力最雄厚的据点遂不复存在。

对于孙中山的让位和黄兴、陈其美的让权，谭人凤感到十分痛心。他认为："吾人经营革命十余年，掷无数头颅，流无量颈血，博换共和；本应成始成终，求圆满之结果。乃孙、黄放弃责任，一让总统，一辞留守，博功成身退之虚名，致令政变频乘，扰攘至今，而不能底定，不得谓非一大恨事也。"但谭人凤又感到："共和政治，平民政治也。孙、黄欲挽官僚窃权怙势之积习，准身作则，专为公家谋幸福，不为一己便私图，共和实际固应尔尔。又况总统可让，留守可辞，独裁之专制，则断不可使复活。光明俊伟，敝屣尊荣，百折不挠，尽忠主义，求之世界人物，又岂多得者哉！然则孙、黄之手段虽劣，其胸襟气概，固自高出寻常万万也。吾安忍厚非焉！"谭人凤虽然对孙、黄等人让位、让权不满意，但也肯定了他们的举动显示出革命党领导人的民主意识和高尚品格，革命党人发动革命并不是为自己谋利益，而是为了国家的进步和人民的幸福。

第八十五章 督办铁路

谭人凤认为"破坏告终之日，即建设开始之时"。因此，他拥护孙中山的民生主义政策，深刻认识到"民生者，则取社会政策，务使家给人足，无甚贫甚富之悬殊"。

民国临时政府成立后，为了改善交通，各铁路开始开办。1912年3月22日，时任临时政府总统的袁世凯特任朱启钤接充督办津浦铁路事宜，委任冯元鼎接充帮办津浦铁路事宜。不久，国务总理唐绍仪荐任谭人凤充粤汉铁路督办，袁世凯又特任谭人凤督办粤汉铁路事宜。

谭人凤接到任命，起先"以其为虚位而又乏经验，不愿承"。后来，宋教仁听到这个消息，则力劝谭人凤担任此职，并说"此路于南方军事上关系紧要，极宜注意。即以目前论，亦可收容多数解散军队佣工，免流落为地方患。况大局难料，一旦有事，有款有人，尤可以应事变。"谭人凤觉得宋教仁看得深远，言之有理，才欣然接受这项任命。

担任粤汉铁路督办之后，谭人凤投入了满腔的热情，对中外铁路政策进行深入研究，他深知处于列强竞争时代，铁路为军事、实业的命脉所在，只有铁路畅通了，发展军事和实业才能顺利。为了早日达成这一目标，让便利的交通起到它应有的作用，谭人凤不仅博览群书，查找有关铁路方面的资料，而且到处寻找、拜访懂铁路的内行人，调查以前修铁路所遇到的问题，寻找解决这些问题的方式方法。在谭人凤的主持下，鄂路各项工程建设迅速步入正轨。

根据黎元洪所提议的"铁路巡警皆由兵士改充，以节饷糈而昭公允"，谭人凤便将已被裁撤的北伐军谭二式所部改编为粤汉铁路路警，这样的安排不仅有利于安插这批遣散人员，有一个安身立命之所，而且，人枪还在，倘若有事，可得以济缓急。但立宪派的湖南省都督谭延闿对谭二式的队伍有所顾忌，他不敢明着解散谭二式的队伍，而是采用人枪都赎归政府的手段，这样，掌握在革命党人手里的一点武装便荡然无存了。为了稳住谭二式的队伍，笼络人心，谭延闿还申报中央批准，授予谭二式少将军衔，聘任为湖南省督军兼省长高等军事顾问，给他一个虚职，架空了他与部队之间的联系。

鄂路工作基本有头绪之后，谭人凤开始着手湘路工作。但湖南的情况比较复杂。早在7月初，谭人凤刚从北京返回上海，就接到湖南银路公司来电说，湖南已开股东大会，力主废除借款条约，主张铁路商办，于零星杂税外增收契税，以为湘路之经费，并举定了总理、协理。还说此协议得到都督谭延闿的赞成。而谭人凤推行的粤汉铁路国有政策，为了工作能顺利进行，谭人凤根据湖南的实际情况作《致全湘父老兄弟书》和《致湘路股东书》，把问题阐述清楚。

与此同时，为了减少今后工作的阻力，谭人凤还托杨德邻、周来苏持其亲笔信回湘，找时任湖南筹饷局局长的老战友周震麟，请其向湘路股东宣传铁道国有政策，并先期开展引导工作。

在谭人凤的宣传和督促下，湖南铁路股东和社会各界对铁路国有必要性和可行性的认识大为提高。

谭人凤和谭延闿决定乘机推进湘路建设。有了谭延闿的大力支持，湖南路事进展也比较顺利。

1911年春，清政府将"干线国有""借款筑路"定为国策，并于5月20日在北京与英、德、法、美四国银行团商订《湖北、湖南两省境内粤汉铁路，湖北境内川汉铁路借款合同》，当年清政府与四国银行团签订粤汉铁路借款合同时，考虑到广东侨资多、风气开，招股较易，就没包括广东，因此，粤汉铁路名义上虽叫粤汉，实际只限于湘、鄂范围，与广东没什么涉及。粤汉铁路督办谭人凤的职权也限于湘、鄂两省之内。他只是在两湖段推行国办，而对于广东段则尊重其原议，仍由商办。但广东粤路公司一些股东们见粤汉铁路督办谭人凤在两湖大力推行铁路国有政策，北京政府又委担任粤汉铁路会办的詹天佑为谭人凤的助手，并令其北上协助谭人凤推行铁路国有，以为粤路下一步也将像鄂路、湘路一样被收归国有，因而群起反对，并且将事因归于詹天佑，在报刊上对其发动攻击，甚至凭空臆造，妄加其以十大罪名。面对因谣传而引起的反对粤路国有的风潮，谭人凤非常气愤，特于9月初撰《粤路意见书》，指斥各种不实的传言"莠言乱政""颠黄倒白"，并为詹天佑辩诬。

詹天佑回到广州后，又亲自向股民宣传，说谭人凤"极欢迎粤路商办，始终并无国有之说"。经过谭人凤和詹天佑的努力,"粤路国有"风潮渐次平息。

经过谭人凤的努力工作,鄂路工程步入正轨,湘路工程渐次开展,粤路建设也顺利推进,但湘省商民要求谭人凤尽快兑现路股的愿望也随着时间的推移而越来越迫切。在这种情况下,谭人凤只得连电交通部急速拨款。可交通部拨款的事情进展很不顺利,按照《湖北、湖南两省境内粤汉铁路,湖北境内川汉铁路借款合同》四国银行团的款项要及时到位的,但交通部再三催促,四国银行团却拒绝付款,其理由是:中华民国尚未得到列强各国承认之前,不能付款,因为中国政府在国际上尚无效力,此路债券在国际市场上难以售出。这无疑给谭人凤浇了一头凉水,遂致电北京政府,请求辞去粤汉铁路督办一职。

其实,让谭人凤萌生辞职念头的不仅仅是四国银行团借款不能及时到位,还有时任副总统兼鄂都督的黎元洪的无端刁难;湖北铁道协会对粤汉铁路复修工作及他本人的无端攻击;还有督办总公所内人事掣肘等等,让谭人凤的辞职愿望非常强烈。

延至 11 月 27 日,袁世凯见多次挽留无效,遂下令免去谭人凤粤汉铁路督办一职,改委为长江巡阅使。次日,袁世凯下令,任命黄兴督办汉粤川铁路事宜。

谭人凤督办粤汉铁路虽只有半年多的时间,但他在调查研究的基础上,确定和推行了铁路国有政策,筹划了建设方案,协调了借款事宜,为促使因辛亥革命爆发而停顿的粤汉铁路开始复工做出艰苦的努力,用他自己的话讲"数月以来,竭虑殚精,亦自信无忝厥职"。当然,修筑铁路本是一项牵涉面广、难度大的工程,在当时列强设障碍、内政不统一的情况下,谭人凤的铁路国有政策虽然是正确的,但要付诸实施又何其难。虽然由于各种复杂的原因,谭人凤的振兴中国铁路之梦最终无法实现,但他在民初为粤汉铁路的复工和对粤汉铁路建设方式的探索所做出的努力,是值得肯定的。

第八十六章 关注民生

1912 年 5 月，为了"发达工业，挽回权利，富国裕民"，谭人凤与贺振雄、仇亮、蓝天蔚等人发起设立中华民国女子工场。同时，"为振兴工业起见，特附设女子工业学校，以期养成女子工业人才为目的"。12 月，谭人凤辞去粤汉铁路督办之后，又联络仇鳌、彭允彝、宋教仁、黎尚雯等人发起创办中华印刷社。

在督办铁路、兴办实业的同时，谭人凤深知办实业必须有大量资金。1912 年 6 月，他曾与湖南都督谭延闿筹划成立开办路业银行，为兴修铁路筹集资金。并发起成立湖南公储钱局。经过谭人凤等人的大力宣传和鼓动，湖南官钱局出资本银二十万两，附设湖南公储钱局，办理活期、长期储蓄存款。湖南公储钱局开办不久，湖南官钱局改名湖南银行，湖南公储钱局也改名为湖南储蓄银行。湖南储蓄银行业务最盛时，全省存户达三万户，存款至四五百万元，为繁荣地方经济、筹集建设资金发挥了积极作用。

谭人凤办学出身，历来深知教育对改造社会的重要性。民国成立以后，他认为："民国初建，百端待理，普及政治思想，作育从政人才，实为当今急务。"因此，尽管公务繁杂，他仍特别关注教育，积极投身教育事业。1912年 4 月，宋运清、辛扬藻等以武昌为首义地点、交通中心，约集海内同志拟在武昌创办一所政法学校，取名"民国汉江大学"。谭人凤闻讯后表示大力支持，即邀熊希龄、程德全、宋教仁、张謇等人联名致电湖南都督谭延闿、云南都督蔡锷、河南都督张镇芳等人，请求"鼎力维持，襄兹盛举，俾得益臻完善"。被推举为旅沪湖南同乡会会长后，谭人凤即主张筹办学校，以解决旅沪湖南同乡子弟入学问题。

1912 年 4 月，谭人凤与杨士琦等人发起成立中华民国昌明礼教社，"以维持礼法，改良风俗，普及教育，开通明智为宗旨"，主张重视中华民族传统道德文化，加强对学生进行思想道德教育，改良社会风俗。

谭人凤发起成立中华民国昌明礼教社，得到了社会各界的赞同和支持。

因此，昌明礼教社 1912 年 8 月在上海正式成立后，"四方响应，风起云从"，不久，各地的支社"已达八十余处"。

洪门是清代迅速在南方诸省传播的秘密结社系统，虽然在辛亥革命中，有洪门派生出来的会党曾在各地反清起义中起过一定的积极作用，但民国成立以后，会党缺乏明确的政治宗旨、山堂林立、纪律散漫等与生俱来的负面作用凸显出来，有的居功自傲横行乡里，扰乱地方秩序；有的反对共和图谋不轨；有的沦为反动势力与革命派争权夺利的工具。

民初会党的这些变化，引起孙中山、黄兴等革命党领导人和各地军政长官的重视。孙中山下令："除有政党之性质者，可自由集合外，其余各会党一律解散。"黄兴平定南京兵变后，特发出告示，宣布："凡曾经取有入党票布及旗帜者，均准其从速呈缴该营长官或自行销毁，即日解散，不咎既往。自谕之后，倘军人等再有结党情事，一经查出⋯⋯惟有执法从事。"与此同时，为了维护社会治安，巩固政权，江西都督李烈钧、云南都督蔡锷、贵州都督唐继尧、广东代理都督陈炯明、湖南都督谭延闿等人也先后发出通告，指出清政府已经推倒，各会目的已达，嗣后各应取消会名，一律解散。并对一些严重影响社会治安的会党实行无情的镇压。

在此背景下，谭人凤也开始了相关的思考和探索。经过反复思考，在如何对待反清革命成功后的会党问题上，谭人凤更倾向于赞同孙中山的观点。他认为，在清朝推翻、民国创立的新的历史条件下，对于曾经为反清革命做出过一定贡献的会党，不能简单以取消或镇压了事，必须与时俱进，对之进行改造，使之由消极力量转变成为建设民国的积极力量。为此，谭人凤与上海都督陈其美以及李燮和、宋教仁等三十多人发起中华和平会，以解决会党改造、军队遣散以及民初社会转型后的一系列社会问题。虽然谭人凤等人的这些愿望很好，但由于规划过于宏大，涉及面太广，加之陈其美、李燮和等人先后解职，中华和平会的规划难以采取实际措施加以实施。

谭人凤通过中华和平会改造会党的愿望虽然没有实现，但他并不灰心。1912 年 9 月，他又与陈犹龙、徐宝山等人专门发起社团改进会，致力推动会党的改造，以期使之成为有益于社会稳定、有益于民国建设的合法的社团组织。

谭人凤提出，对于各会党，正确的态度和做法应当是："认为同志，施以教育，冀其改良进步，务使流品淆杂之社团，一变为完美稳固之民党。"

"为化除固有秘密会党，改良进步起见"，经过一番筹备，1912 年 9 月 28 日，谭人凤与陈犹龙、徐宝山呈函内务部批准成立社团改进会，在上海设立事务所，并次第于各省设立分会。由于自身是会党出身，又曾为会党头领，谭人凤对于会党的特性十分了解。因此，他提出，对于这些会党，"刀锯所不能威吓者，可动之感情；法律所不能防维者，可化之以道德。诚使纳之正轨，导以生计，以联络为同化之具，寓解散于归并之中，不特可祛隐患于将来，且可慰遗民于地下"。谭人凤发起成立社团改进会，就是通过这种方式使从前的会党兄弟"人人都有一点知识，人人都有一门职业"，成为对民国建设事业有所贡献之人。

　　谭人凤等人试图将以前的会党改造成为有益社会稳定，发展社会生产、促进社会和谐的建设民国的进步力量的想法，得到了内务部的赞同。10 月 11 日，内务部经研究后回复谭人凤说："该发起人等以改良旧有秘密会党，维持地方永久治安起见，组织社团改进会，先就上海地方设立事务所，并次第于各省设立分会等因，规模宏大，用意深远。本部实深嘉许，应俟该会将详细章程修订完善，呈报到部，再行核查办理。"

　　正在谭人凤与内务部讨论修订完善详细章程之际，临时大总统袁世凯于 11 月 9 日发布命令说："凡以前秘密结会，如能知悔自首解散者，均准不咎既往。其有愿改进社会者，但能不背法律，不扰公安，自在保护之列。"鉴此，谭人凤认识到，改造会党的步伐必须加快。但他也感到，会党组织庞杂，人员众多，要在全国范围内实施改造会党计划，恐一时难以奏效。为了尽快将改造会党的计划付诸实施并见成效，谭人凤决定先从地方办起，于是，选择先从自己的家乡湖南着手。主意既定，谭人凤立即呈文湖南都督谭延闿，要求其批准"以改革旧有秘密会党，维持地方永久治安为宗旨"的社团改进会湘支部立案并拨给开办费，"以树基础，而资进行"。在所附《社团改进会湘支部章程》中，谭人凤表示"就秘密会党之分子及习惯，择其健全者而保留之，汰其不良之分子而教养之，举其不良之习惯而取消之"。并将进行化导（定期或临时演讲会，巡回演讲团，白话报、劝善书报会，感化院，戒赌会，禁烟会，禁酒会等）、调查（调查团，调查报告团等）、教育（夜学校、半日学校、艺徒学校等）、生计（工艺会，习艺所，矿务会，矿业公司，垦殖会，物产品评，农业巡回教师，工业巡回教师，水产巡回教师，渔业会，职业介绍所等）、表彰（先烈祠，秘密会党始末记）等五大事业。

对于谭人凤社团改进会湘支部的宗旨和措施,谭延闿深表赞同,有了谭延闿的大力支持,谭人凤劲头更足了,又立即起草了《社团改进会湘支部白话通告》,以通俗易懂的文字,宣传社团改进会湘支部的宗旨,阐述将以前的秘密会党改为公开、进步的社会团体的道理和办法,最后希望"大家总要把保护地方治安的担子,放在自己肩上。将来民国强盛了,人民知识开通了,全国的人民都晓得各位有维持秩序、成立民国的大功,流传史册,万古不磨,那才算是各位的真光彩呢"!

在谭人凤的推动下,社团改进会湘支部在长沙理问街设立筹备会,开始进行相关的工作。

可是不久,革命党人柳聘农家中便挨了一颗炸弹,立宪派和权绅们大起其哄,说"会匪闹进城来了",准备大举清乡,实行屠杀,谭人凤只好宣布作罢。

第八十七章　巡阅长江

民国成立后，南京临时政府高度重视长江流域的政治、经济、军事等方面的整治，1912年3月12日孙中山即令陆军部商海军部筹议相关治理办法。陆军部与海军部反复协商后，拟定设长江水师总司令，由李燮和出任，统一节制长江上下游湖北、湖南、江西、安徽、江苏等五省水师。

李燮和走马上任后，在其战友和助手卢性正的大力协助下，为维护长江沿岸各省的治安秩序，对长江水师花大力气进行了整顿，促使长江流域各省社会治安秩序明显好转，人民安居乐业。7月，临时大总统袁世凯又任命李燮和为长江水师总稽查，但李燮和却称病坚辞，遂与黄兴等革命党人一道，从事实业和文化活动。

李燮和辞职后，袁世凯于1912年11月27日委任刚卸去粤汉铁路督办之职的谭人凤为长江巡阅使。袁世凯此时安排谭人凤担任的中华民国长江巡阅使却是一个无正式品级、无明确职权的闲职，本意也是让他到处走走看看，提提意见和建议而已，但曾为发动长江流域起义而奔走的谭人凤对长江流域的重要地位有着深刻的认识，因而对于加强长江江防，维护长江流域治安等事宜十分认真，雄心勃勃，立即就投入相关工作，很想干出一番大事业，为民国建设做出贡献。

经过对长江防务的研究后，谭人凤迅速制定了一个《长江布置方法》，提出了加强长江防务的五条主要措施：

第一，要调整水警。……

第二，要编练巡防。……

第三，要编练侦探。……

第四，要设置炮舰。……

第五，要专设电房。……

为了使上述五条措施得以落实，以便顺利开展工作，谭人凤深感还有必要理顺外部关系，因而又在此基础上起草了更为详尽的《长江巡阅使之权限及其组织》。

谭人凤对《长江巡阅使之权限及其组织》进行反复修改定稿后，即于1913年2月下旬携文稿进京，面交袁世凯。袁世凯收到谭人凤所拟之《长江巡阅使之权限及其组织》后，并没有马上表态，而是交由国务会讨论。但在此之前海军部已根据袁世凯的意见，拟就了《长江巡阅使职权简章》并提交到国务院。其主要内容是：一、长江巡阅使对于扬子江内，有调查、派遣军舰之权；二、遇有非常变故时，得一面呈报政府，一面下封锁江口之令；三、沿江省份如筑口岸、炮台或其他工程，须会商该使办理；四、长江上下游应各置公署一所；五、沿江各炮台，该使有节制之权；六、使署员司可直接呈报海军部分别委荐任；七、使署经费应由海军部筹拨。

很明显，海军部所拟长江巡阅使署实际上是海军部下面一个具体负责监督和检查长江江防的直属单位。而根据谭人凤所拟之《长江巡阅使之权限及其组织》，长江巡阅使直隶大总统；长江巡阅使不仅有调遣、校阅、检查辖境内沿岸之巡防营、炮台、师船之权，而且还直接掌握巡防营五营，侦探队一队；对于沿岸防营、炮台、师船各官长之成绩及应改良事件，巡阅使有通报该管各部暨该管地方办理之权；遇有紧急事件，长江巡阅使有独断处理之权；长江巡阅使所需经费径向财政部请领。这就意味着谭人凤所希望的长江巡阅使与海军总长是平行、平职的，都直接听命于大总统，而且在管理监督长江江防方面具有相当的实权和实力。

这样，谭人凤关于长江巡阅使的职权与袁世凯的本意产生了较大分歧，与海军部的想法也有较大距离。

谭人凤提出的《长江巡阅使之权限及其组织》，最后"经国务院委员会详细讨论，以其诸多不合，当即否决"。此事对谭人凤无疑是一个较大的打击。这就意味着，谭人凤希望将长江巡阅使变成一个具有实权的职务的努力落空。

对谭人凤的打击还不止这一个。谭人凤接受长江巡阅使一职时，国务院曾答应每月拨给谭人凤公费5000元，但海军总长刘冠雄则以长江巡阅使署为长江流域巡防兵舰、缉捕炮船之监督机关，其经费应由鄂、湘、赣、皖、苏五省分摊合筹，并通电五省都督每年分两次解交。而副总统兼湖北都督黎元洪则以长江水师自改为水警后已各自为政，所以，前设水巡总稽查几成赘瘤，现在裁撤未几，又有巡阅使之设，政府只知为人择事，不恤虚耗公帑，是以不肯承认鄂省应年解之一万五千元，并电请取消摊任经费之议。他还指出，此项官署系属海军部直辖，所需经费自应中央担任，况鄂省行政费须先通过省议会并须交审计厅审查。此项糜费万难得议会承诺。与此同时，内务部原批长江水陆总稽查部的公产由谭人凤的长江巡阅使署接受，但不久国务院又提交参议院议决，将此项公产转拨作国民大学经费。

由于长江巡阅使的职权、组织、经费均没有得到落实，谭人凤对巡阅长江之事一筹莫展。而一些人对此却并不理解，由此还产生了一些误会，1913年6月，众议院议员董增儒、汪秉忠等对谭人凤又提出质问案云："谭人凤为长江巡阅使，扬州属于该使职权范围内，该使平日不尽心职守，迨徐事发后尚复逗留都下，延不赴任，政府对于溺职之官如何处分？"

民国初年，政局错综复杂，袁世凯为了达到安抚或笼络革命党重要人物的目的，因人设官、因人开署而导致的权限不明、人事不协、经费不拨的现象常有发生。长江巡阅使一职就是一例。因此，谭人凤虽遭人非议，也只好有口难辩。

第八十八章 力主征蒙

在清代，清政府根据其对蒙古地区统治政策的需要，以戈壁沙漠为界将蒙古分为两部分，北部为外蒙古，南部为内蒙古，并在外蒙古设有库伦办事大臣，乌里雅苏台将军，科布多参赞大臣和阿尔泰办事大臣，分别进行治理，同时又通过蒙古王公、活佛、喇嘛等上层贵族加强统治。1910年，为了改变蒙古地区的落后状态，从而达到巩固边疆和防止强邻入侵的目的，清政府决定在外蒙古实行以编练新军，兴办学校，招民垦荒，设立银行，建设铁路，安设电线，创办实业为主要内容的"新政"。然而此举却遭到了库伦活佛哲布尊丹巴为首的一小撮僧俗封建领主的反对。因为他们担心实行"新政"之后，他们原有的统治特权和经济利益会受到损害。俄国利用哲布尊丹巴等封建主与清政府的矛盾，乘机挑拨离间，煽动他们背叛祖国，投靠俄国。

1911年7月，哲布尊丹巴派出以土谢图汗部副将军杭达多尔济亲王为首的封建主代表团到俄国首都圣彼得堡，以承认俄国保护和给俄国以种种特权换取沙俄以武力支持外蒙"独立"。于是，俄派兵千余人进入外蒙，要挟清政府在外蒙停办新政。10月，俄又向清政府提出承认外蒙"独立"、不得在外蒙驻军和建立行政机构、不经俄国同意不准在外蒙进行任何改革等无理要求。武昌起义爆发后，俄又趁清政府无暇北顾，借口保护领事馆，增派俄军侵驻库伦，并拨给杭达多尔济集团大批军械弹药，与他们一同进攻清政府库伦办事大臣衙门，驱逐办事大臣。12月3日，杭达多尔济集团在库伦发表《独立宣言》，宣布成立"大蒙古帝国"，以哲布尊丹巴为皇帝。俄立即从军事、财政和外交等方面，大力扶植傀儡政权。同时，科布多的封建领主和乌里雅苏台的扎萨克图汗也在俄国的策划下，占领科布多和乌里雅苏台，驱逐了科布多参赞大臣和乌里雅苏台将军，并于1912年1月11日宣告乌里雅苏台"独立"。

就在俄国在蒙古和东北大举扩张的同时，日本也不甘示弱，力图乘中国革命之机，巩固自己在东北的地位，并把侵略魔爪伸向内蒙古。它背着中国向俄国提出，以张家口至库伦的大道为界，划分日俄两国在内蒙古的势力范围。俄国在外交上也进行了一系列阴谋活动，与日本经过多次谈判，于是年7月签订第三次《日俄密约》，把我国内蒙古分为东西两部分，俄国以"承认"日本在东部内蒙古的"特殊利益"，以换取日本对俄国侵略西部内蒙古和外蒙古的支持。当俄日两国在我国北方你争我夺之际，英国侵略势力也乘机向我国西藏扩张。武昌起义的消息传到西藏后，西藏内部出现了动荡。英国认为有机可乘，积极插手西藏事务，企图把西藏从中国分裂出去。9月，俄国又与英国就英国侵略西藏和俄国侵略外蒙古问题达成了"谅解"。11月，俄无视中国政府关于《满蒙藏之主权五事》的严正声明，公然迫使外蒙古与其私自签订了《俄蒙协议》(《库伦条约》)和所附《俄蒙商务专约》，宣称"蒙古对中国的过去关系已经终止"，俄国政府"扶助蒙古的自治"，规定俄国有在外蒙古练兵、征税、通商、开矿、筑路、开办银行和邮电等特权；同时还规定不准中国军队进入蒙境，不准汉人移居蒙古；俄人在蒙古享有特权，其他外国人不得享有超过俄人之权利；不经俄国政府允许，蒙古不得与中国或别国立约等等。1912年冬，外蒙古当局依仗俄国支持及内蒙古部分王公的响应，兵分三路进入内蒙古北部地区，并攻占昭乌达盟北部及多伦、张家口以北、阴山以北地区。

面对外蒙古封建领主的叛国和俄国入侵外蒙古的罪恶行径，民国成立后，临时政府总统孙中山曾明确指出，蒙古为中华民国五大民族之一，并多次电告外蒙古王公、活佛，要求他们立即取消"独立"，勿为俄国利用。袁世凯继任临时大总统后，对外蒙古独立问题，却无心也无力解决，企图通过外交谈判和平解决，并通令全国："值兹民国初兴，根本未固，既不能使领土稍有亏缺，又未便招列强群起环争，故目前对外宜持严重态度，对内宜主慎密主义。"社会上因此也有一些御用文人宣扬"强敌难制"，主张与俄谈判解决。

民国初年帝国主义列强阴谋分裂我国领土的强盗行径严重影响到中国领土的完整、民国政权的巩固和各项建设的进行，也引起了谭人凤的高度关注。在深入分析国际国内形势后，谭人凤对袁世凯政府以谈判和平解决蒙事的主张，颇不以为然。他认为："对俄谈判，所谓平和解决，不过欲敷衍一时，毕竟非武力解决，不能收美满效果。"

11月下旬，谭人凤致电总统府、参议院、国务院和蒙藏局，强烈要求征蒙。在此电中，他首先指出，所谓"强敌难制"之说，完全是"庸懦误国之说，决不可从"。他强调武力征蒙，"武装换和平"，不仅不会导致亡国，相反，"可以促民国进步"。谭人凤分析征蒙形势后认为，中俄开战，"我可操胜券"。其理由如下："一、国际战争，多在海上，中国海军方始筹划。今与俄敌，纯系陆战，不至困难；二、专制体制，不为世界所容，俄国虚无、革命各党，布满内地，东疆有事，西顾增忧，必有进退狼狈之势；三、俄以亚东为进取地，以欧西为根本地，日俄之战，再接再厉，尚不敢调动欧兵，今以中国全力，与可萨克队对抗，决不足畏；四、东俄军队，多以囚徒补充，非西俄征集精练之兵可比，一旦强迫出师，行且溃散。若夫财政一节，则事至法生，不可预言，天下断无父母病革，而诿于无资购医药之理。"基此，谭人凤强调指出："中华存亡，在此一举。国家新造，人民富于朝气，一种爱国之热诚，不可遏抑。若竟委蛇退让，损失国权，阻丧民气，必成不治之症。"

最后，谭人凤坚决请缨出征。他说："人凤现司路事，然国苟不存，路于何有？且路政为专门事业，詹天佑、颜德庆等均可担任，拟由人凤召集湘中旧部，组织一师，一切饷械，或请中央拨给，或请令湘都督筹备，但有命令，立即拨队前往，不胜迫急待命之至。"

在谭人凤坚决要求下，袁世凯免去了谭人凤粤汉铁路督办的职务，但却并未派其领兵征蒙，而是改委谭人凤为长江巡阅使。而谭人凤已经下定决心要筹划讨蒙事宜，并准备担任此任务，所以，一而再，再而三电报推辞袁世凯安排的其他公务，以便全力完成这次征讨任务。

帝国主义列强阴谋分裂我国领土的行径不仅引起了谭人凤等爱国人士的强烈反对，同时也激起了中国人民的强烈反对，全国各地民众纷纷成立了征蒙抗俄爱国团体。对于广大民众的爱国热情，袁世凯政府十分害怕，连忙通令各地政府对征蒙抗俄爱国团体"严行查禁，毋任蔓延，至干风纪"。

面对袁世凯政府严行查禁各地征蒙抗俄爱国团体的倒行逆施，谭人凤坚决反对，积极支持各地征蒙抗俄组织开展活动。

在谭人凤、黄兴、宋教仁、章太炎等爱国人士和云南都督蔡锷、山西都督阎锡山、广东都督胡汉民等地方军政长官的一再强烈要求以及全国舆论压力下，袁世凯政府不得不于1913年春下令驻守热河、张家口、山西、归绥一带的民国军队对外蒙古叛军进行反击，将其全部逐出内蒙古，暂时保住了内蒙古地区的安宁和主权。谭人凤、黄兴、宋教仁等爱国人士等人坚决主张征蒙的呼吁，终于产生了一些积极的效果。

第八十九章 不党主义

辛亥革命后，封建君主专制制度被推翻，封建统治者长期实行的党禁被取消，南京临时政府制定的《中华民国临时约法》明确规定："人民有言论、著作、刊行及集会、结社之自由。"这在中国历史上第一次以根本法的形势肯定了人民结社组党、参与政治活动的合法性，为政党的政治的形成和开展提供了宪法上的依据和保障。于是，神州大地上，各种各样的集会结社借政党的名义如雨后春笋般成立起来，数量多的时候有将近一百个。这些为数众多的政党，经过分化组合，到了1912年7月，人数较多影响较大的，只有同盟会、共和党、民主党、统一共和党等几个政党。

由于同盟会大而不强，共和党有以袁世凯为首的北洋军阀官僚的暗中支持，其他几个小党派游移不定，因此，民国初年，在借外债、责任制内阁人选、国会议员选举、宪法制定等重大问题上，各党各派明争不断，暗斗不已，致使当时的政局动荡不定，各项建设难以进行。

对于民初无序的党争，谭人凤看在眼里，急在心里，极力呼吁消除无序的党争，共谋建设。1912年4月6日，统一党章太炎、程德全、熊希龄等在上海静安寺路哈同花园开会欢迎孙中山，谭人凤即呼吁消除党争："同盟会于未革命以前极为重要，今既革命，凡属国民，皆应一体，致力于国家，不必各立党派，各存党见。"6月22日，在北京同盟会总部举行的欢迎孙毓筠、王天纵大会上，谭人凤也表达了对同盟会现状的忧虑。

6月下旬，由于在六国银行团借款和王芝祥督直问题上与袁世凯发生重大分歧，第一届国务总理唐绍仪愤然辞职，接着蔡元培、宋教仁、王宠惠、陈其美等四名同盟会籍阁员一同提出辞职，由是引发了"唐内阁风潮"。当时在京的谭人凤闻讯不胜感慨，返沪后即撰《敬告各团体及当道书》，借此系统地表达其对政党政治的看法和主张。他还呼吁当政者要化除南北猜嫌。

然而，事情并未朝着谭人凤的良好愿景发展。1912年8月，为了在第一届国会议员选举中占绝对多数席位，进而实现政党内阁的目标，经宋教仁积极工作，并取得孙中山和黄兴的支持，同盟会与统一共和党、国民公党、国民共进会、共和实进会、全国联合进行会等五党合并，组建国民党，选举孙中山、黄兴、宋教仁、王宠惠、王人文、王芝祥、吴景濂、张凤翙、贡桑诺尔布九人为理事，胡瑛、温宗尧、陈锦涛、张继等三十人为参议，各理事推孙中山为理事长，孙中山又命宋教仁为代理理事长。国民党成立以后，党势大大扩张，但党员成分更为复杂，内外矛盾更为突出。9 月，黄兴借应袁世凯之邀入京调和政见之机，亲自出面游说内阁成员加入国民党，甚至还想把袁世凯拉入党内。最后内阁成员除教育总长范源濂、财政总长周学熙之外，全部加入了国民党，俨然成了"国民党内阁"。对此，谭人凤极不以为然："所谓政党者，其党员必具有政治上之智识，而又为政见合一之人，始为纯粹之政党。"并对黄兴等人拉人入党之事提出了严厉的批评："国民党除旧有同盟会本团体之外，青年之士子，跋扈之武人，市侩之商贩，皆掺杂于其中；对于大官阔佬，则不问其是否同情，预写文凭，强之加入，如程德全为革命响应之人，张謇与闻革命之事，可说也。梁士诒、赵秉钧、朱启钤，袁之走狗，思想政见枘凿不相入者也，克强于北京亦席请加入，非咄咄怪事欤！构成之分子既如此，故其选人之议士，亦遂多志行薄弱、缺乏政治道德之党员，其始攀附势利，亦颇意气自豪，迨一经煽惑，脱党跨党者有之，受贿卖票者有之；避席不与议，默表敌党之同情者，无不有之；而其尽忠主义，奋精神财力以与敌党及恶劣政府争者，厥为真正之民党，然类多年少气盛，逞愤一时，不免过于激烈，又实为取亡之道也。"因此，对于国民党，谭人凤"始终置身局外，不表赞成"，"且以狐群狗党目之"。以后对于党争，谭人凤的态度是："持不党主义也。"

第九十章 调和南北

　　1913 年 3 月 20 日晚 10 时，黄兴与廖仲恺、于右任等人到上海火车站送宋教仁乘火车经南京去北京。当他们走向检票处时，忽然有人向宋教仁连开三枪后逃逸。事发后，黄兴等人迅速将身负重伤的宋教仁送往车站附近的沪宁铁路医院抢救，但因伤势过重，抢救无效，于 22 日凌晨不幸去世。这就是震惊全国的"宋案"。

　　宋教仁遇刺身亡之时，谭人凤正在北京，闻此噩耗后，悲恸欲绝。谭人凤比宋教仁大了二十二岁，但在同盟会内部谭人凤却与这个湖南老弟最为投缘，而且十分欣赏宋教仁的才华与能力。他曾说："革命党中人物，抱高尚之思想，具远大之眼光，能为国家谋幸福而又与吾契合无间者，吾始终必推君（指宋教仁）与福建之林君时爽二人。"当年在日本东京，谭人凤还曾与阴阳家谈论宋教仁命相，阴阳家预言其"三十年太平宰辅"。1911 年，林时爽在黄花岗起义中英勇牺牲，谭人凤十分悲痛，在为烈士们所写的"十哭"中，第一篇就是《哭林时爽》。黄花岗起义失败之后，谭人凤与宋教仁一同探索中国反清革命的道路，决定筹建中部同盟会，致力长江革命，最终促成了武昌首义的爆发和中华民国的成立。民国建成后，正是宋教仁发挥才华的大好时机，谭人凤也对他寄予了厚望，但没有想到却遭遇这样的灾祸，使谭人凤感到非常难以理解。冷静下来后，他细细想了想整个事情的来龙去脉"国民党中人物，袁最忌者惟宋教仁。唐解阁时，宋尊重阁制，联辞农林总长职，移住农事试验场。袁极力牢笼，饵以官，不受；啖以金，不受。日奔走于各政党间，发表政见，冀以政治策略，为有次序之进行，改革一切弊政，一时声望大哗。及选举揭晓，国民党又占多数"。

　　他还感到宋教仁遭暗杀好像也有先兆。原来，1912 年 12 月，陈犹龙曾奉谭人凤之命赴京联系铁路事宜，住在西河沿中西旅馆，发现青龙帮头目应夔丞、洪帮头目张尧卿也住在该馆，常与内务部秘书洪述祖秘密约会，后来打听到应夔丞、张尧卿二人都在中央领有巨款，考虑到这些黑道上的危险人物直接与政府交涉，肯定是政府有些不能见光的问题需要他们去解决。因而返回武汉后将此事告诉了谭人凤。

不久，宋教仁为鼓动国民党员参加国会竞选事宜从湖南来到武汉，谭人凤便将陈犹龙在北京发现的情况告诉了宋教仁，并说："遁初老弟，你现在到处宣传的议会政治、民主共和理念很受欢迎，很多人对你充满期望，但你的这些行为也会损害某些人的利益，陈犹龙发现的这些问题你要有所重视，害人之心不可有，防人之心不可无啊！"

当时春风得意的宋教仁对此毫不在意，答道："谭老，以前在湖南的时候，也有人劝我要有所戒备，可我认为，我做的事情光明正大，都是为人民谋幸福的事情，别人干吗要害我呢？这些猜测只是蛇影杯弓，我不必考虑得太多。"

离开武汉后，宋教仁又先后到九江、上海、杭州、南京等地活动。每到一地，宋教仁总是发表演讲，宣传议会政治，阐述国民党的性质、任务和主张，抨击袁世凯政府的腐败无能，颇受社会欢迎。1913 年 3 月 10 日，宋教仁又回到上海。在沪期间，他除了多次发表演说外，还为国民党起草了《国民党之大政见》一文，就民国的政体、政策方面提出多项重要主张。这次，他又是接到袁世凯要他进京议事的电报，才决定于 3 月 20 日乘火车北上的。

分析结果，谭人凤认为，"宋案"必与袁世凯政府有牵连。于是，他去谒拜袁世凯，探其口气说："总统，遁初的案件您是怎么看的？"

袁世凯故做惋惜的样子说："遁初，中国难得的人才呀！再过几年，阅历多了，经验丰富了，总理这个席位他应该是能够胜任的。不知是什么样的狂徒，竟要对他下此毒手！"

谭人凤说："现在坊间传闻，这件事与政府有关，总统如果不赶紧缉获凶犯，恐怕难塞悠悠之口呀！"

袁世凯答道："已悬重赏缉拿凶犯了，政府怎么可能做出这样的事情呢？这是有人在造谣生事。"

谭人凤说："但愿是谣言，不然笑煞世界各国。"

从袁世凯处退出，谭人凤又来到国务总理赵秉钧处问道："遁初被刺事，外间有很多传闻，君是否听到？"

赵秉钧坦然答道："当然有听到，但这些议论我现在无法辩解也无须辩解，过不了多久，只待凶犯落网，自然会水落石出，还请先生安静等待，不要轻信谣言。"

谭人凤说："是不是谣言，我会去上海打探清楚的。"

第二天，谭人凤立马离开北京前往上海。谭人凤到达上海时，英租界巡捕房已捕获了暗杀宋教仁的直接指使者应桂馨，又在应桂馨家里捉住了凶手武士英，同时搜出应桂馨与内务部秘书洪述祖来往的密电本及函电多件，五四手枪一支。

事实果然证实了谭人凤的分析和判断。谭人凤到达上海后，立即匆匆赶到黄兴住处，与黄兴、陈其美和因"宋案"刚从日本赶回的孙中山商量对策。

孙中山主张武力解决。他说："这些件事是因为我对袁世凯的错误认识造成的，如果我手上现在有两个师的兵力，我必定亲自领兵向袁世凯兴师问罪。"

黄兴当时则倾向于法律解决，说："现在人赃俱获，证据确凿，我们可以用法律解决。"

而谭人凤则不同意他们的意见，说道："孙先生之说是空谈，我们现在手中无一兵一卒，两个师的兵从何而来？克强说的办法有些迂腐，他们是当权者，法律掌握在他们手上，我们跟他们谈法律有效果吗？依我的意见是先想法促成湘、粤、滇三省独立，再联合其余各省一同兴问罪之师，以至仁伐至不仁，必有起来响应的。"

黄兴听后反驳谭人凤道："宣告独立？那我们不是正好有让袁世凯说我们破坏统一的借口，再用武力来征服吗？"

谭人凤回道："公道在人心，曲直是非已大白于天下，袁世凯想出兵，根本是师出无名，而且他现在借款未成，每个月的政府费用都没有着落，兵费从何而来？云南、广东远在边陲，中央鞭长莫及，湖南正当要冲，有江西、安徽作为屏障，也不用过多考虑，我们为什么要害怕呢？"

黄兴仍坚持自己的意见说："先生议论虽然豪爽，但经过前期的战乱，国民的元气尚未恢复，此时不宜再大动干戈，所以，我还是认为用法律解决比较好。现在证据确凿，只等国民大会时把这件事情提出来，可组织特别法庭，缺席审判，难道还怕它不产生效力吗？"

谭人凤见国民党主要领导人之间意见分歧，一时难有结果，便以筹划宋教仁丧事为己任，电请中央拨款，一心一意经营宋教仁葬地。

4月13日，国民党上海交通部在张园为宋教仁开追悼大会，与会者近四万人。谭人凤怀着悲愤的心情，参加追悼大会，并题写挽联一副，表达对亲密战友的深切哀悼和对暗杀行为的严厉谴责：

破坏建设一身肩，有思想、有学问、有才能，谓之政治大家曾何愧；

瘈狗毒蛇全国布，无人心，无天理，无国法，成此暗杀世界岂能堪！

大会原定由黄兴主持，因黄生病，改由陈其美代为主持，会上，居正、徐血儿、吴永珊、于右任、伍廷芳、马君武、黄膺白等二十多人发表演说，矛头直指袁世凯政府，群情激愤。

一波未平，一波又起。宋案尚未了结，国务总理赵秉钧、外交总长陆征祥和财政总长周学熙代表袁世凯政府于 4 月 26 日晚与英、法、德、俄、日五国银行团签署了《中国政府善后借款合同》，这是一个从垄断借款到指定用途，又从指定用途到监督财政的不合理条约，在一定程度上干涉了中国的经济主权和政治主权。

善后大借款合同签字的消息一传出，全国舆论大哗。国民党籍参议院议长张继和副议长王正廷立即通电各界，认为借款合同未经国会批准，并明确表示反对缔结此监督财政之借款条约。4 月 29 日，参议院召开第四次会议，讨论大借款问题，争论十分激烈，但最后以表决方式通过的议案称："此次所签订的中国政府善后借款合同，未经临时参议院议决，违法签字，认为当然无效。"众议院也为此于 5 月 5 日特开会议，所通过的反对议案称："对于五国银行团善后借款案，多数否决，谓政府违法签约，咨文本院查照备案，本院决不承认。"孙中山、黄兴等人也发出通电，指责政府违法借款，并"深望政府俯从民意，非得人民代表之画诺，一文不敢苟取"。湖南都督谭延闿、江西都督李烈钧、安徽都督柏文蔚、广东都督胡汉民等国民党籍四省都督也联名通电，批评袁世凯政府"悍然不经院（参众两院）议私借巨款"和"以巨金资助（宋案）凶手"。对此，袁世凯立予训斥四都督："当国基将定之秋，不于国际债权求根本之解决，坐待破产，徒为叫嚣"，"以影射勾串之虚言，为（宋案）牵连政府之确据"，"且唆同僚以抗争，陷国事于危险，雌黄信口，更非身列军界、政界者所当为"。

面对更加强烈的社会舆论和日益激化的南北矛盾，从避免南北冲突、维护社会稳定出发，5 月 4 日，谭人凤和岑春煊、伍廷芳、李经羲、王芝祥等通电袁世凯、黎元洪、参众两议院、国务院及省都督、民政长、省议会、各团政、各报馆，提出四点和平解决因"宋案"和借款而引发的党争和政争的主张。

谭人凤等人强调指出："各省都督，具有保护人民治安之责任，当必能持以镇静，不至逞小愤而乱大谋。各省军人同是共和国民，尤当不忍遂各方面之感情，互相仇杀，同心同德，极力维持，一秉国民公意，和平解决各项问题，转危为安，民国幸甚！"

袁世凯阅电后即复谭人凤等人，对其提出的四点主张作了回应，最后说："政府与人民未尝不以诚相见。惟因党派争持，人主出奴，政府一秉至公，未尝偏徇，以致不见谅于人则有之矣。"并表示："诸公在沪言沪，或未悉原案实情。请约同志数人联袂来京，调查正确，必有真知灼见。"

于是，谭人凤等人商议后决定，岑春煊与李经羲赴湖北，开导黎元洪，谭人凤与王芝祥则北上，调停袁世凯。

谭人凤5月20日下午7时抵京后，稍作休息即与王芝祥于22日入总统府面见袁世凯。

一见面，袁世凯大肆攻击黄兴。谭人凤知道，此时若为黄兴辩解，袁世凯肯定是听不进去的，于是，他说："人凤现在是为大局着想，为总统着想，并不是来为克强作说客。南北之间的猜忌没有化解，也没什么不能说的，宋教仁的案件现在闹得沸沸扬扬，至于赵总理有没有嫌疑，还要看法庭最后的审理结果，总统现在替他辩护，会有人认为总统是在袒护他。现在总统又派兵南下，人凤听了非常吃惊，这不是贻人话柄吗？这样下去连以前做得好的地方都会受到质疑呀！总之，南北宜和睦相处，不宜闹分裂，这是我所希望看到的。"

袁世凯说："赵总理开始是准备去上海的，后来因为武士英在狱中死亡，巡捕房有所戒备而未能成行。发兵南下是黎宋卿（黎元洪）请求的，中央没有要动武的意思。"

"听说李烈钧新编了一个敢死队、一个决死队，有意在湖北谋反，好像没什么事情惊扰到他呀？"袁世凯又说。

谭人凤解释说："李督年少气盛，因北方有调军队过来，大军压境，他调兵自卫这事确实有，至于说他有在湖北谋反之意，却是有人造谣、中伤，这一点我敢保证是绝对没有的事情，李督治理江西还是颇有能力的，且在民众中声望很高，请总统为了国家爱惜人才，仔细调查事情的原委，另外，也不能让南北两军接触太近，以免擦枪走火，发生意外冲突，要尽量避免战争，没有战争才是国家之福。"

接着，谭人凤又以民国官吏为人民之公仆，并非专制时代之权威，可以不受约束，放纵自己，自己不愿因为进入政界而约束自己的自由，所以，请求袁世凯开去其长江巡阅使之职，并声明以后不再入政界，辞职以后，准备专办国学编辑社，并请袁世凯发给《四库全书》一部，以飨学者。对此，袁世凯表示赞赏，但又说《四库全书》现在还在清室尚未移交，就答应先发《图书集成》一部，以应急需。这样谈论了两小时，谭人凤才高兴离开。既然与袁世凯谈得不错，谭人凤便决定离京南下。

次日，谭人凤到总统府辞行，谈话中又提及昨天的话题，请求袁世凯撤兵，以缓和南北之间的紧张关系，也不要再追究江西都督李烈钧的责任。

袁世凯和颜悦色回答道："谭老先生这次来的目的挺好，民国的伤痛尚未痊愈，我也不愿再起动乱。是否退兵，还请你去与黎都督商量一下。至于江西都督的去留，我也没什么成见，但谭老先生必须劝他们以国家的稳定为前提，不要蓄意谋乱才好。不然，我受国民之托，不得不把他们作为乱匪处置。"

谭人凤听了袁世凯的这番话，心里很高兴，看来和平解决南北冲突这件事情还是有希望的。从总统府出来，立马有记者问谭人凤对于此次调停南北冲突前景的看法，谭人凤答道："宋案听法律解决，借款听国会解决，中央勿用兵，李某应服从政府，谓此为根本调停法。"又说，"孙中山大言有兵三万，足以打倒北方，荒谬之极，余已痛骂之。"

5月24日，有记者请谭人凤谈时局问题，他说："南北冲突绝非如外界所传，其恶感之原因多出于误会。现在有各种重要人物，由各方面热心、诚实，从事调和，想不久即见和平解决。如宋案及大借款问题，虽为重大，然尚未能为第一问题。所谓第一问题，在将来之宪法问题。若宪法得完全编定，则其余问题可迎刃而解，深忧大患亦逐渐消散。现在政党、名流徒斤斤于枝叶问题，头脑狂热，将第一问题置之度外，诚为可惜。余所愿者，一切纠纷问题宜速从大局打算，逐次解决。对于宪法问题，热心研究，以树立民国万年之基础。"

谭人凤在北京的调停，效果似乎不错，"有一点和平的希望"，但岑春煊与李经羲在湖北的调停却"因黎拒谏"而形成僵局。因此，谭人凤闻讯后又马不停蹄，于5月28日赶往武汉，继续调停黎元洪。

黎元洪不如袁世凯圆滑，听完谭人凤在京调停的情况后仍不为所动，坚持己见:"李烈钧跋扈桀骜,中央即使允许留下,但还有十三省都督不承认,此人非撤不可。"

谭人凤极为愤怒,拍案训斥道:"你们这些人就是这样,心甘情愿做一个只知道服从的人,稍有个性的人就排挤出去,这样子,国家事还可以表示有不同的看法吗?"

黎元洪反问道:"都督不受中央管理,谭老先生也可以换位思考一下,总统能够容忍吗?"

谭人凤说:"现在南北关系极其糟糕,万一再激发,变成大的动乱,那这个责任由谁来承担?"

黎元洪则说:"这个先生请不必担心。江西省的大小军官及各机关人员,多数已来过湖北联系,李烈钧已经成为孤家寡人,很难再有意外发生的。"

既然与黎元洪没法谈拢,谭人凤便赶回上海,一面将调停黎元洪的情况电告袁世凯,"请袁勿听黎言",一面专心安排宋教仁安葬事宜。宋教仁去世后,宋母想让儿子归葬家乡湖南常德桃源,因此,几次三番写信叮嘱堂侄宋教修将宋教仁灵柩盘回湖南。谭人凤从永久纪念宋教仁出发,发起将宋教仁在上海安葬,并派人到湖南做通宋母的工作。同时,谭人凤又商准袁世凯,由政府拨款二十万两购地建墓经费,并先拨五万两交谭人凤支用。在谭人凤的一力主持下,宋教仁墓园建设工作进展很快。至6月中旬,宋教仁墓园已初步建成。6月26日,宋教仁遗体安葬仪式由谭人凤主祭在上海闸北宋教仁墓园隆重举行。

第九十一章 二次革命

虽然谭人凤为调停南北,不辞劳苦,奔波京、汉之间,然而事情并没有按照谭人凤良好的愿望发展。在做好了政治、军事准备以后,袁世凯向南方革命党举起了屠刀。6月9日,袁世凯以李烈钧"不称厥职""不孚众望"为由下令罢免其江西都督职务,同时任命黎元洪兼领江西都督。6月14日,袁世凯又步步紧逼,以调任的方式,任命胡汉民为西藏宣抚使,撤去其广东都督职务。

袁世凯这连番的操作,让形势愈发明朗,黄兴要求谭人凤回湖南做好讨伐袁世凯的准备,但因宋教仁灵柩安葬在即,谭人凤此时不能丢下不管,没有答应,而是在上海专心安排安葬宋教仁事宜。6月30日,袁世凯又下令,免除柏文蔚安徽都督的职务,改任没有实权的陕甘筹边使。国民党籍都督接连被袁世凯罢免,无疑对谭人凤是当头一棒。严酷的现实,彻底粉碎了谭人凤对袁世凯的幻想,虽然他先前对孙中山的武力解决和黄兴的法律解决的批评都有一定道理,但他希望通过与袁世凯、黎元洪的协调来化解南北冲突的愿望,无疑也是一种与虎谋皮的美好幻想。宋教仁的安葬事宜安排妥帖后,谭人凤丢掉幻想,接受黄兴的派遣起程赴湘,督促谭延闿,择机宣布起义,以壮大革命党的反袁声势。但路过武汉时,谭人凤却发现武汉正笼罩在一片白色的恐怖之中。

原来,孙中山、黄兴在谋划反袁起义时,考虑到湖北为首义之区,又是南北交通枢纽,历来为兵家必争之地,即将湖北列为发动起义的重点。"宋案"发生后不久,黄兴主张法律解决"宋案"的同时,还暗地为武力解决做准备,令田桐去武汉面告革命党人詹大悲、季雨霖、蔡济民、熊炳坤、蒋翊武等人"务当振奋精神,从新努力"。4月,湖北革命党人在武昌县华林举行秘密会议,决定组成"改进团",以"改进湖北军政,继续努力进行革命事业",推翻袁世凯政府和黎元洪在湖北的统治为宗旨,设秘密机关于汉口碧秀里和武昌大朝街、巡道岭等处。他在孙中山处领取五万军费后,加紧部署讨袁计划，并把突破的方向定在湖北，急派宁调元、熊樾山赴湖北组织机关、发动起义。但不久，有关改进团的事情及机关地址泄密，被黎元洪侦破，逮捕数十人，二十多人被秘密处决，季雨霖、熊炳坤等人亦遭通缉，宁调元、熊樾山在德租界被捕，被杀的人当中有相当一部分是湖南志士。

对于黎元洪捕杀湖南革命党人的行径，谭人凤感到愤怒至极，愤然致书黎元洪给予痛斥："闻公近日政策专以仇杀湖南人为事，而其被杀之人，则不审罪状，不问姓名，概以'乱党'二字加之立予枪毙。此等暗无天日，惨无人道之举，即前清官吏如赵屠户（镇压保路运动的四川总督赵尔丰）其人者，尚未闻狠毒至此。殊不意公负长厚之名，又当民国保障人权之时代，竟有过之无不及。"最后，谭人凤正告黎元洪："湖南人不可侮，请勿轻启衅仇，自祸祸鄂，兼祸天下。"谭人凤此举之意在于打击黎元洪的嚣张气焰，即如其后来所言："盖冀用远交近之策，专与黎为难也。"

谭人凤此书见报后，立即得到湘人赞许和响应。7月9日，《长沙日报》发表时评《谭石老之忠告黎氏》：

谭石老致书黎元洪，直斥其残杀湘人之非，是中有一语，谓虽满清时代之赵屠户未闻狠毒至此。快人快语，沁我肺肝。欲拯救横流，而诛奸暴，舍斯人其谁与归哉！

夫湘人果何负于黎氏，而黎氏必如此之深恶而痛绝也。自《民国日报》封禁以后，武昌城内几无日不杀人，往来过客，口操湘音者，无论其有罪无罪，皆被屠戮。呜呼！黎氏读谭石老至诚恻怛之言，午夜思维，能不愧死！

武昌非一人所有，湘人非凉血动物，寄语黎氏，幸勿以石老之言，置之脑后也可！

与此同时，谭人凤还致电袁世凯，在痛斥黎元洪"专以仇杀湖南人为事"的同时，要求袁世凯"急电救援"宁调元，"以免湘鄂仇视"。

7月7日，谭人凤抵达长沙，见到湘督谭延闿即传达黄兴指示："赣、苏、皖、闽、粤各省决计在7月间起义讨袁，湖南万不容坐视，要立即响应。"谭延闿虽为湖南国民党支部长，但听后未置可否。恰好这天晚上，长沙荷花园军装局突然爆炸，库存的所有械弹尽付一炬，共损失步枪11000余支，子弹约300万发。原来早在一个月前，袁世凯发觉湖南局势不稳，便派遣向瑞琮、唐乾一、唐镜三等携带巨款回湖南，伺机进行破坏。向瑞琮、唐乾一等人见湖南独立如箭在弦上，便贿买该局科员王章耀、司事喻直三等纵火自焚。

军火被焚，极大地削弱了国民党人的反袁力量，后果非常严重。这样，湖南独立的形势就变得十分严峻了。谭人凤认为，虽然军装局爆炸已经无可挽回，但枪弹还是需要准备，遂立即致电广东都督陈炯明，请求支援。陈炯明复电答应支持，但需派人前去购办。谭人凤马上与谭延闿商议，自告奋勇，请求前往广东为湖南反袁起义购置军火。

谭人凤正要出发，却传来李烈钧7月12日在湖口通电江西独立的消息。为应对形势突变，谭人凤只好派遣得力助手罗澍苍代为去广东购办军火。

谭人凤自己则留省协助谭延闿维持秩序，督促其响应江西起义。15日，黄兴赴南京成立讨袁总司令部，促使江苏都督程德全宣布江苏独立。16日，赣省都督欧阳武、讨袁总司令李烈钧致电谭人凤和谭延闿，指出："现武汉空虚，务乞火速发兵，直捣武汉，督师北上，推倒袁黎，巩固共和。"17日，九江保商局长蔡公时也致电谭人凤，在通报九江前线反袁军捷报的同时，希望谭人凤"即起直追，协诛国贼，还我共和"。

"二次革命"爆发后，黎元洪积极充当袁世凯的帮凶，不仅电请北军再次入鄂，而且还派兵镇压江西反袁起义。面对急剧变化的形势，谭人凤一面通电各省，猛烈抨击黎元洪："吾国统一以来，南北本无嫌忌，黎元洪不能自了鄂事，勾引北军南来，当宋案、借款两问题发生，国民与政府争执，经人凤京汉奔驰，双方均愿和平解决，独黎觊兼赣督，极力挤排。然固已矢言在前，决不令北军侵入赣境，今又背约犯浔，肇开南北战祸，赣拒敌犹可谅，黎挑衅实难容。此獠不除，终无宁日。凡百君子，谅有同情。"并直接电告黎元洪，要求其"速撤兵停战引罪，以谢天下"，"否则，祸不在赣而在鄂，请自三思！"另一方面，谭人凤又与周震鳞、蒋翊武等国民党人积极敦促谭延闿响应江西、江苏，立即宣布湖南独立。

对于谭人凤等人一再的催促，谭延闿的态度却一直暧昧。谭延闿既为湖南都督，又兼任湖南国民党支部长。但作为湖南国民党的支部长，谭延闿从一开始就对孙中山、黄兴筹划的"二次革命"不太积极，信心也不足，但又不便与革命党人公开唱反调；作为湖南都督，谭延闿又不愿与袁世凯政府为敌，更不愿开罪袁世凯、黎元洪。5月间，李烈钧等人未经谭延闿同意，就以他的名义领衔发表声讨袁世凯政府违法借款的通电之后，谭延闿对此一直悔恨不已。所以，李烈钧在江西起事之后派信使前来湖南与他联系时，谭延闿已经婉言拒绝。7月初，湖南军装局爆炸后，谭延闿对"二次革命"更加信心不足，因此对于谭人凤等人的催促，他便以种种理由虚与委蛇，尽量拖延。7月14日，在李烈钧通电讨袁后的第三天，谭延闿通电全国，反对讨袁，并称："伏望大总统开诚布公，与民休息；副总统、各省都督排难解纷，各抒谠论，以维大局。勿使浔阳一隅，首为全国糜烂起点。"同时，他又暗中派人到湖北，向黎元洪私通款曲："已准备药水，如湘称独立，即服毒自尽，以谢天下。"

对于谭延闿风吹两边倒的骑墙态度，谭人凤等激进派当然不满意。随着安徽、广东、上海、福建等地纷纷宣布独立，谭人凤更是急不可待，每天都在向谭延闿进言，逼他宣布独立。谭延闿迫不得已，才同意于7月17日起召开政务会议，讨论湖南去向。

7月17日第一次政务会议，激进的谭人凤携带手枪入场，并举着枪宣称："今日有不赞成独立的人，以此物相赠。"看到这阵势，那些不赞成独立的"稳健派"此时哪敢吱声，会议便成了"激进派"的主场，"激烈派"相继演说一番便散会了，也没有得到什么实质性的结果，便决定再开第二次会。第二次会议，由于规定不准携带危险物入场，凡到会者都要先在门外接受检查，方能准许入场。没有了人身威胁，"稳健派"才开始发表意见。

内务司长萧仲祁说："江西都督李烈钧他与北方做对干嘛还要牵扯上别的省呢？他这样危害地方，实在是一点人道都没有。我是绝对不同意湖南独立的。"

省防守备队长余道南、国税厅筹备处长陈炳焕、机关枪营营长张松本等也都发言反对讨袁。眼见这些"稳健派"人士不赞成湖南独立，谭延闿似乎底气更足，即当众宣布："如果湖南宣布独立，我是不敢赞成的，但也没有能力反对，我只能辞职，大家另选贤能来担任湖南都督这个职务，如果大家不允许我辞职，我唯有闭门不出，隐居起来，任凭大家，想怎么干就怎么干。"

谭延闿的想法公之于众后，革命党人谭人凤、陈强、唐蟒等人与"稳健派"开始了激烈的辩论，争论一番后，仍无结果。

到21日，在谭人凤等革命党人的再四鼓动下，湖南省议会才致电江西、安徽、福建、江苏、广东、四川等都督、民政长及上海省议会联合会，表示赞同讨袁，并发布讨袁公告：

袁贼横暴，罪恶昭彰，赣粤指戈，用彰挞伐，本会连日集议，极表赞同，务恳一意进行，速即讨贼，激扬士气，指白日以誓师，取彼凶残，抵黄龙而共饮，共和绝续，一发千钧，临电神怆，无任企祷。

面对这种局势，谭延闿权衡利弊之后，感到不得不有所表示，即于当日“率学商各界”致电已宣布独立的广东、江西、福建、江苏、安徽等省都督、民政长云：

湘省议会及军政学界已于个日宣布，与中央脱离关系，军队集中岳州，随诸公后，一致进行，会攻袁贼。

谭延闿虽然发出了上述通电，但谭人凤等革命党人并不满意。以为此电只是对已宣布独立的各省，并不是对全国各省，尤其是袁政府的通电，其分量与成色显然不够。这就表明，谭延闿还是在观望之中，并未下最后的决心。

延至24日，谭人凤等人眼见再如此拖下去，对反袁的大局十分不利，于是采取果敢行动，“草定宣告独立通电，公推谭都督为讨袁总司令”。

在革命党人的一再催逼下，谭延闿走投无路，不得不于25日清晨，在都督府悬挂讨袁军大旗，正式宣告独立。同时，谭延闿通电参众两院及各省都督、民政长，历数袁世凯的种种倒行逆施，并宣布：“延闿自光复以来，忝膺重任，保障共和，责无可辞，终告既穷，仗义斯起，敝省宣布，起誓与袁世凯断绝关系，延闿当勉竭驽钝，率三湘子弟，援旌擐甲，以返共和之魂。伫望各省同胞，协同声势，誓灭袁贼，早奠邦基。”

湖南宣布独立后，对于谁来当讨袁总司令一职曾有过争论，鉴于谭延闿在宣布湖南独立前的骑墙态度，为了掌握讨袁的主动权，谭人凤有过亲自当总司令的想法。当时的报纸也说：“湘省倡始独立之人，以谭人凤最为激烈，其讨袁司令一职，谭人凤以为非己莫属，而大众则公推蒋翊武，旋因争执甚剧，遂以谭都督兼之。”讨袁总司令确定后，湖南国民党人商议了讨袁的军事部署：以程子楷任讨袁第一军司令，赵恒惕为副司令，进驻岳州；邹永成以湘鄂联军第三军军长，同赴岳州；蒋翊武为鄂豫招抚使，部署对湖北军事；唐蟒为援赣司令，进兵江西；驻守常德、澧州一带的讨袁军，以湖北荆州为进攻目标，在荆州、襄阳一带与四川、湖北讨袁军会师后，进攻武昌。

湖南宣布独立后，黎元洪于7月31日致电袁世凯，以湖北中部兵力不足，准备先破岳州，再出师阻断四川和湖南的联合。8月4日，黎元洪致电广西都督陆荣廷令其进兵湖南，次日又电催贵州都督唐继尧进兵湖南。其用意十分明显，企图从北、西、南三面钳制湖南。

这样，湖南用兵的重点主要在北面的岳州。谭人凤因此要求谭延闿"将省垣所有军队，全开驻岳州城陵矶等处"，再将"所有驻扎岳州笪镇之老兵数千，则调往长沙"，其目的是增强岳州前线的兵力。其后，谭人凤积极参加军事行动，亲自赶赴岳州，于城陵矶洋关右侧设立司令部。在布置省内用兵计划的同时，谭人凤还积极争取外省的援助，与谭延闿、周震麟等致电甘肃教育司马振吾，要求马振吾"联合回族，举兵东向，保障共和"。

然而，湖南讨袁的计划并未实现。当时的湖南本来就兵微将寡，又加上枪弹被焚，其军队的战斗力不言而喻。进驻岳州的部队基本上是采取守势；由澧州起兵的讨袁军向湖北公安、石首二县的进攻没有获胜；支援江西的司令唐蟒率军开往江西萍乡等地，以掩护赣军主力集中，但赣军节节败退，渐成瓦解之势。不久，江西、南京军事失利，黄兴从南京出走，闽、粤、皖纷纷宣布取消独立。

8月6日，袁世凯下令："蒋翊武着褫去上将衔陆军中将，剥夺勋位。应由湖北、湖南、河南各都督严行拿办，并着各省都督一体饬属通缉，务获惩治，以肃法纪。"10日，袁世凯又加谭人凤、程潜、陈强、程子凯、唐蟒以"勾结土匪、诱胁军人、迫悬白旗，妄称与中央断绝关系谋叛民国""甘心叛逆"等罪名，下令撤销谭人凤长江巡阅使，褫夺程潜等人军职，着谭延闿饬所部"重悬赏格"，"严拿惩办"。谭延闿见风使舵，连忙致电袁世凯请罪："湘事措置无方，咎在延闿一人，惟维持操纵实具苦衷。现情安谧，终当始终保持，不敢上烦苈忧。"

次日，易宗義、文经纬等人听到风声后到都督府来打探情况，见到谭人凤就问："湖南独立的事情，先生有没有把握呢？"

谭人凤知道谭延闿已经转向，故答道："论人心，则应当问大家是不是敌忾同仇；论军事，则应当问都督能否御侮捍患，怎么问我有没有把握呢？"

易宗義、文经纬等人说："外面的人都说是先生主张独立的。"

谭人凤看了谭延闿一眼后回答道："这么说就更加奇怪了，没有独立前，我没有说过一句话逼迫独立，即使独立以后，我也无一点实权，又能有什么主张呢？请问到底是都督主张独立的？还是我主张独立的？"

谭延闿听了，很是尴尬，忙笑道："只不过先生和我一样都姓谭。"

谭人凤见谭延闿支支吾吾，不肯正面回答，便正告易宗義、文经纬等人说："南京已经失败了，南昌又危在旦夕，湖南已没有独立的能力，如果我们这时候要都督出面说不独立了，那就是出尔反尔，肯定会被人耻笑，我已派人请王湘绮（王闿运）来省里主持此事了。”

易宗羲、文经纬等人非常惊奇道：“先生既然有这样的意思，我们这些人必须把事情传出去，免得被别人误会。”说完，都开心离去。

13日，谭延闿发出布告，宣布取消独立：“照得自赣省独立，各省继起，吾湘为巩固共和起见，不能不同声响应，以维治安。凡我人民，同此企望和平之心，非以张皇武力为事。现在闽、粤、宁、皖，已均各取消独立，大势所趋，皆以保境息民为主。湘省既不能以独立为支柱，又何可以全省为牺牲，于事无裨，于心不忍！本都督已一面发布命令，即行罢兵，一面电达中央，静待处分。所有咎戾，罪归一人，务使秩序如常，市民安堵。”

谭延闿宣布取消独立后，有些热心的同志，因为独立事宜想再次找谭人凤商量，谭人凤见大势已去，便托病闭门谢客，第二天，雇了轿子，返回新化老家，不再参加社会活动，准备在家乡的山石旁、田野间度过余生。

谭人凤离开长沙后，袁世凯于10月24日下令调谭延闿到京城另候任用，任命海军次长、湖南查办副使汤芗铭署湖南都督兼查办使，并兼理湖南民政长。汤芗铭走马上任后，即下令搜捕革命党人，并令长沙警察厅查封了谭人凤创办的中华印刷社，所有印刷物件均予封闭，听候处理。同时宣布谭人凤创立之社团改进会为“召集无赖，分布党羽，潜为谋乱机关”，予以取缔。

第九十二章 避走东瀛

袁世凯对发动"二次革命"的革命党人恨之入骨，必须拿获治重罪而后快。镇压"二次革命"之后，袁世凯即下令各地"严捕乱党，各省首要，务获惩治"。并将谭人凤列为"湘省之乱首魁"，即刻抓捕归案。

正在此时，原安徽布政使王家宝得知此事，急匆匆跑去袁世凯那里为谭人凤求情："谭人凤大有恩德于小人，请总统网开一面，不要急于追捕抓获。"

当时，王家宝是袁世凯心目中最可靠的人，一时也是无法拒绝，所以，推迟了缉捕命令的下达，以至谭人凤有了逃脱的时间。

王家宝为什么要为谭人凤求情呢？原来，早在1911年10月10日武昌首义后，全国大多数省相继响应独立，而当时安徽布政使王家宝迟迟不肯表态，云南同盟会便将王家宝在云南华宁县宁州镇的家属逮捕入狱。谭人凤得知此事后，说："人各有志，与家属何干？"电云南同盟会将其家属释放，从此王家宝对谭人凤感恩在心。

根据袁世凯的指令，总检察厅向大理院以内乱罪起诉并开单行文各省通缉谭人凤等"二次革命"的革命党人。同时，袁世凯开出包括孙中山、黄兴、谭人凤在内的"乱党"四十六名，电饬上海镇守使照会领事团协拿。

因为之前谭人凤的种种态度，湖北的黎元洪对搜捕谭人凤十分卖力，悬赏一万元缉拿谭人凤。当他得到谭人凤乘日清汽船株式会社的武陵丸轮船于8月15日下午到武汉的情报后，立即派汉口稽查长刘友才带同探警在日清码头守候缉拿，又派交涉员胡朝宗与日本领事馆交涉，准予上船逮捕。但武陵丸号抵汉后，刘友才带人上船搜查结果一无所有。

在湖北没有抓到谭人凤，黎元洪仍不死心，又致电上海镇守使郑汝成，要求其派员在镇江、淞口等地截拿。后来，他获悉谭人凤确已抵沪，匿居租界的情报后，又立即请郑汝成设法严拿。当时逮捕谭人凤的传言也甚多，有的说谭人凤在新堤被船舶检验局查获，还有的报道说谭人凤在原籍被抓获，都说得有根有据的。

然而，这些都是捕风捉影，毫无根据。事实上，谭人凤于8月20日化装悄悄返回老家新化后，找到他的学生，新化县长李定群。

李定群，字登弟，隆回金石桥人，从小性敦敏，长而旷达，赋性刚毅，志行高洁，酷爱读书，但非常讨厌俗儒章句之学，最爱读魏源、邓显鹤等近代乡贤的著作，且极其仰慕他们的人格。他常与人说，读书的目的是为了经世致用，而不是为个人谋富贵。1906年，他考取湖南高等学堂，受业于皮鹿门、邹代藩等人门下。当时，长沙革命志士很多，课余时间，他就与志趣相投的同学到岳麓山、橘子洲等处相聚，讨论革命的话题。不久，他与禹之谟、宁调元、黎尚文等人组建了中国同盟会湖南支部。毕业后，他积极参加邹代藩、谭人凤等领导的反清革命活动，不避艰险，全力以赴，为湖南的光复劳碌奔波。民国成立后，湖南都督谭延闿委派他担任新化县知事。在任期间，他遵循孙中山先生的革命学说，大刀阔斧进行改革，政声卓著，舆颂载途。

李定群也收到过省府的缉捕令，看到谭人凤找上门，知道情况危急，一时也没找到可以躲藏的地方，便要谭人凤身穿棉衣，头戴棉帽，坐在室内烤火。不久，汤芗铭派来的捕兵找上门来，他们不便进入县长家搜查，便借故与县长谈事，暗中观察，看到一老人坐在内室，就问李定群："请问县长大人，内室坐的是何人？"

李定群说："那是老太爷，他老人家这几天害病，正在服药，不便打扰。"

捕兵虽然怀疑，但也不敢深究，只能悻悻离去。谭人凤虽然逃过一劫，但汤芗铭并没有放过李定群，他说谭人凤的老家福田村属新化县的管辖范围，头号通缉犯在你管辖范围内逃脱，不管是有意庇护还是无意放过，你李定群都是失职，脱不掉干系。于是，汤芗铭不仅撤了李定群的职务，并密电继任李务拯将他扣留。怎奈李务拯并不买汤芗铭的账，不但没有扣留李定群，反而极力为之辩护、开脱。但李定群也从此被迫到处奔波避难。

谭人凤回到家乡后，本来"愿从此一年四季，赏玩那桃红柳绿，领略那桂馥梅香，五湖四海倦游赏"。但外面的风声越来越紧，10月5日，邹代藩来到谭人凤家，催促他去外面躲避一段时间，加之又有卿衡等一些在省内的同志，也纷纷写信让他出去躲避，谭人凤开始感到在袁世凯的罗网下，躲在家乡也非长久之计，且国内各地袁世凯的党羽正在大肆搜捕革命党人，已无容身之地，经反复权衡之后，还是决定外出逃亡。

出走前，谭人凤十分谨慎，作了周密的计划和准备。他先是派人连夜赶到岳阳，雇好民船，并带信给在长沙的谭一鸿先到武汉接应，自己则绕道荒郊野岭，避开官府的耳目，经过七天的跋涉才到益阳。在益阳上船时，为防止被人认出，谭人凤化装成算命先生，身穿青布长衫，手拿招幡，眼戴墨镜，顺利地上了船。

经过洞庭湖时，遇到刮大风，船不能行驶，便找一背风处停船暂避，避风处客船越来越多，人员复杂，谭人凤怕有密探混杂其间，就日夜躺在舱中，不敢露面。由岳州至武汉，需要经过多处收税的关卡，谭人凤便另外雇了一只小划子同行，船快到关卡时，他便坐小划子先行通过，以免过税卡时被查到。船行至湖北嘉鱼县境内的宝塔洲时，为避免被黎元洪的侦探发现，谭人凤乘小划子夜间行动，到武汉附近的白沙洲过夜。第二天早晨，谭人凤到达日租界，先派人上岸告诉谭一鸿，谭一鸿马上带着日本人久原仲东前来迎接，然后进入一日本人家中。当晚 12 点，谭人凤在日本人的掩护下即上火轮，经过湖口、南京赴上海。一路上，谭人凤见湖口炮台已拆毁，南京下关一带成一片焦土，满目萧条，不胜感慨。到达上海浦东后，谭人凤请船主以小轮专送上岸，巧妙躲过上海的侦探，平安回到家中。到上海后，谭人凤见租界内也在搜捕革命党人，感到"棘地荆天风鹤紧，再除东渡四无门"便决定立即出走日本。经过数日海上的漂泊之后，谭人凤终于平安抵达日本长崎。上岸后，谭人凤思前想后，不禁百感交集，即赋《感怀》一绝云：

昔日雠仇耻共天，栖随蓬岛已有年。

而今光复重亡命，另我逢人色赧颜。

到日本后，谭人凤隐居福冈县筑紫郡太宰府町，与日本人久原仲东同居，题其室曰"卧庐"，整日以观鱼赏梅为乐，文酒之余，散步庙中，并改名林泉逸，表示已忘情世事之意。

谭人凤尽管嘴上自己已经摆脱了世事，但他心中对于"二次革命"的失败却仍有隐痛，心中的愤懑之气还是难以释怀，因此他书房座位的右边写有："牵涉老夫，以至于此；痛恨竖子，不足与谋。"这样的一副对联。当福冈《日日新闻》记者泽村幸夫造访再三，指问："谭人凤现在何处"时，他也只是稍微提示说：

出笼凡鸟匪无音，权托林泉逸此身。

若欲问我名和姓，南北言和反对人。

因此，当时谭人凤在福冈县，"其他无人知我为何许人，我亦甚不愿有人知之也"。

第九十三章 讨袁护国

"隐居"福冈县的谭人凤虽然声称"忘情世事","灰心党事，不愿掺杂期间"，但作为一个坚定的职业民主革命家，他却又难以超脱凡尘，真正归隐。抵日后不久，他收到老朋友龙璋从国内托人捎来的一封信。在此信中，龙璋告诉他，袁世凯已经对他没有了猜疑，想要重用他，劝他回国效力。谭人凤知道，袁世凯是想用收买的方式，达到分化革命党人的目的。当即回复龙璋说："远适异国，昔人所悲，丘墓闾里，岂不眷念。况残年风烛，莫卜存亡，骨肉生离，尤增忸怛。惟是国家多故，尚未承平，外仇内讧，相承无已，山居多盗，易惹流言，倦鸟思还，尚须筹度，且个人或留或返，或隐或现，虽不足系国家安危，但既为国民，谁无爱国之心？所以铤而走险，大都迫之使然耳。"这表明谭人凤反袁专制、建设民主共和的斗志仍十分坚定。

孙中山、黄兴等大批国民党人在"二次革命"失败后，都流亡到了日本，他们都没有灰心，继续从事着反袁斗争。但在总结"二次革命"失败的教训，谋划今后革命行动方略时，革命党人内部却发生了严重的意见分歧。

孙中山认为，"二次革命"失利的主要原因：一是没有立刻发动武力讨袁，若立即出兵，则"吾党有百胜之道"；二是同盟会改组为国民党后，全党纪律涣散、组织庞杂，以致形成"不服从，无统一"这两大弊端，尤其是"不肯服从一个领袖的命令"。同时，他还严厉批评黄兴在"宋案"发生后，主张法律解决，以致贻误战机；战争发生时，又以孙中山"不善戎伍"，阻拦他"亲统六师，观兵建康"，使其正确策略得不到贯彻执行，结果"措置稍乖，遗祸匪浅"；战争过程中，不坚守南京，"贸然一走，三军无主，卒以失败"。不过对于今后的方略，孙中山对形势的估计还是很乐观的。他认为：袁世凯表面气焰嚣张，不可一世，实际上内外交困，危机四伏。与此相反，革命党遭此失败，"自表面观之，已觉势力全归乌有，而实则内地各处，其革命分子较之湖北革命以前，不啻万倍。而袁氏之种种政策，尚能力为民国制造革命党"。因此，孙中山主张，当此四方不靖之时，革命党人惟有聚精会神，一致猛进，持激进主义，共图"三次革命"。同时，孙中山鉴于"二次革命"失败"实同党人心之涣"的教训，主张解散国民党，建立中华革命党。

而黄兴的看法却截然不同。作为战时的三军主帅，对于自己的责任，黄兴并不推卸，他说："南京事败，弟负责任，万恶所归，亦所甘受。"但他认为，"二次革命"乃"不得已之战争，实袁氏迫成之耳"，失败的根本原因是国民党在各方面缺乏足够的准备。因此，从根本上说，"乃正义为金钱、权力一时所摧毁，非真正之失败"。他坚信"最后之胜利，终归之吾党"。对于今后的革命方针，黄兴认为，国民党新败，原有的地盘丧失殆尽，而袁世凯正值盛时，其野心还未完全暴露，一般民众仍被其伪共和招牌所惑，因此，革命时机还未成熟，暂时不能盲动，应从长远计议，"不为小暴动以求急功，不作不近情言以骇流俗"。他主张当前应"从根本上做去"，一是要宣传党义，将"吾党素来所抱之主义发挥而光大之"，同时，"披心剖腹，将前之所是者是之，非者非之，尽披露于国民之前，庶吾党之信用渐次可以恢复"。二是要广泛团结一切可以团结的力量，"宽宏其量，受壤纳流，使异党之有爱国心者有所归向"。三是"合吾党坚毅不拔之士，学识优秀之才，历百遍而不渝者，组织干部，计画久远，分道进行"。对于孙中山解散国民党，重新组建中华革命党的做法也不赞成，主张"仍用旧党加以整理，力求扩充之"。

谭人凤听到孙中山和黄兴在总结"二次革命"失败的教训，谋划继续革命行动方略时出现严重分歧后，心里很是着急。对于"二次革命"失败，他心里也反思了很久，他认为，失败的根本原因固然是敌强我弱，但革命党人内部也有血的教训值得认真总结。对于孙、黄两派的争论，谭人凤总体上还是赞成黄兴的观点，但他认为，革命同志之间虽有意见分歧，还是要以团结为重，这样才能共同对付袁世凯。因此，他往来于福冈与东京之间，分别做孙中山和黄兴的工作，希望调解他们之间的分歧、化解他们之间的矛盾，使他们重归于好，从而促进革命党人的团结。但由于孙、黄两人各持己见，两人又有各自的支持者，所以，谭人凤的努力并未见效。

鉴于与黄兴在一些问题上存在严重分歧，虽经谭人凤等人多次调解也一时难以弥合，孙中山遂提出，黄兴"静养两年"，让他为"第三次革命"独干两年，如过期不成，再让黄兴"独办"，对于孙中山的这个建议，黄兴不以为然，他回复孙中山："革命原求政治之改良，此乃个人之天职，非为一公司之权利可相让渡、可能包办者比，以后请先生勿以此相要。"但此时陈其美等人却又借题发挥，无中生有地攻击黄兴"置产若干，存款若干"，而且"在东京建造房屋"。对此，黄兴愤愤不平。他感到在革命党人内部，长此相持下去，争吵不休，同志之间将意见日深，会自行削弱革命力量，给敌人以挑拨离间的机会。因此，他决定于1914年6月30日离开日本前往美国。表示"从此誓漫游世界一周，以益我智识，愿以积极手段改革支那政治，发挥我所素抱之平等自由主义，以与蟊贼人道者战"。黄兴离日前夕，谭人凤与周震麟等人多次前往黄兴寓所看望。黄兴非常关心谭人凤的生活，希望他住到东京来，以便得到同志们的照顾。6月29日，谭人凤又前往寓所话别，与黄兴互道珍重，依依惜别。

7月8日，孙中山在日本东京筑地精养轩召开大会，正式宣布中华革命党成立。

7月28日，第一次世界大战爆发，孙中山认为："刻下欧洲混乱，确为中国革命之空前绝后之良机"，决定乘时起兵举事。经与陈其美、戴季陶、周应时等商议，他改变了最先在东北建立革命基础的方针，转注全力于江、浙与广东三省，并派"邓铿图粤，夏之麟图浙，复宁兄弟图宁，互为犄角"。为了便于统一指挥，孙中山又决定在上海设立总部，并派蒋介石、陆惠生前往筹办；同时还派遣大批党员回国，调查情况，运动军队，筹备起事。而李根源、李烈钧、陈炯明、熊克武等一些虽在东京而未加入中华革命党的旧国民党人，考虑到"欧战情势影响于中国局势者甚为严重，应研究其发展与演变"，而组织了欧事研究会。其主张主要是集中人才，"不分党界"；对于孙中山，取"尊敬主义"；对于国内革命取"渐进主义"，以争取各方同情。欧事研究会成立后，李根源致信远在美国的黄兴，报告了欧事研究会及其主张，并请其加入。黄兴认为欧事研究会"本爱国之精神，抒救时之良策，主旨宏大，规划周详，其着手办法，尤能祛除党见，取人才集中主义"，并爽快同意入会，从而成为欧事研究会的精神领袖。

第一次世界大战爆发后，谭人凤感到"欧风紧急"，"颇认为吾党最好时机"，立即赶到东京，"与各同志磋商，冀齐一人心"，因而"奔走于民党之大联合，准备进行倒袁"。但他面对的却是中华革命党与欧事研究会的意见颇不一致，"孙派则犹是盲从瞎闹，大言欺人，致党人离心离德；非孙派又各分门别户，意见分歧"，因而"茫无条绪"，难以形成统一的行动。他认为，"就现在以测将来，敢决海外同人，必无革命成功之一日"。鉴此，谭人凤与白逾桓、柏文蔚等人辗转捎信远在美国的黄兴，指责欧事研究会对于反袁"绝无所预备，徒大言欺世"，甚至"取媚于袁贼，阻革命之实行"，希望黄兴对欧事研究会有所劝导，以利形成利用"一战"爆发之机一致反袁的大局。

对于谭人凤促进革命党人内部团结的不懈努力，黄兴深为感动，即复信给予充分肯定："公等苦心热忱，大谋进行，无任感佩。其办法从维持固有之党势入手，既与中山无所冲突，且有事时得以助力，实为正大稳健之至。现在所谓革命党，其弊在不能统一，公等着意在此，将来救国目的必可达到。望诸公等持以毅力，不患事之无成也。"但黄兴对于今后反袁的策略也与谭人凤不同。在他看来，第一次世界大战爆发后，德、日冲突，袁世凯必乞怜于美国。而"美之金融机关亦受欧乱之影响，断无大宗款项以助袁贼。……袁贼以无外款之助，于国内必横加诛求，国民既负担之不胜，其积怨必甚。吾国国民之性质，必待其身受痛苦然后求救，此时吾人乘其惫而掊之，袁贼将不受一击"。根据以上分析，黄兴指出："人谓乘欧乱吾人可起而击袁，不则失此时机，吾人终无倒袁之日，此似是而非之说，观察不到，理解不真，最足以偾事。吾谓乘欧乱吾人可谋革命之预备（阋墙之事可免，私见即可去）。有此时机，庶预备方有着（不能统一，预备上则生冲突，两方面均空，无此时机以迎我，预备亦颇难着手）。如利用此少数人之激烈心理，逞一时之愤，或一部之力，必终归无效，徒自减少其势力。是主任者不可不审慎于先也。"因此，他认为，当此之时，革命党人惟有加强预备，在融洽感情，疏通意见，增进团结，培植势力等方面"著著蹈实进行，或至袁贼坐困之时，可能收群策之益。不则各自为政，不相关联，事必无济也"。与此同时，黄兴又婉转向谭人凤解释，李根源等人组织欧事会并不是像谭人凤所说的"绝无所预备，徒大言欺世"，"取媚于袁贼，阻革命之实行"，而是正在积极努力，"其办法皆趋于有条理之预备"。他认为，谭人凤之所以对欧事研究会及其策略有不同的看法，可能是因为与李根源等人"感情素未融洽，意见尚未疏通，至有彼此误会之处"，因此，他建议谭人凤与李根源等欧事研究会成员多沟通，消除误会，防止"各自为政，不相关联"，以收群策群力之效。这就意味着，谭人凤的调解未有成效。为此，他感到既不满意但又茫然，只好与周震麟等人按照黄兴的指示，前往南洋筹款，待机倒袁。

1915 年 1 月 18 日，日本为了实现其独霸中国的美梦，以解决中日间的"悬案"为名，秘密地向袁世凯政府提出了灭亡中国的"二十一条"无理要求草案。"二十一条"分五大部分二十一款，主要内容是：一、承认日本继承德国在山东的一切权益，山东省不得让与或租借他国。二、承认日本人有在南满和内蒙古东部居住、往来、经营工商业及开矿等项特权。旅顺、大连的租借期限并南满、安奉两铁路管理期限，均延展至九十九年为限。三、汉冶萍公司改为两国合办，附近矿山不准公司以外的人开采。四、所有中国沿海港湾与岛屿概不让与或租与他国。五、中国政府须聘用日本人充任政治、财政、军事顾问。中日两国合办警察和兵工厂。武昌至南昌、南昌至杭州、南昌至潮州之间各铁路建筑权让与日本。日本在福建省有开矿、建筑海港和船厂及筑路的优先权等等。"二十一条"要求严重损害了中国的主权，袁世凯不敢立即表示接受。日本驻华公使日置益对袁世凯说："今次如能承允所提条件，则可证明日华亲善，日本政府对袁总统亦可遇事相助。"这就暗示袁世凯如能接受日本所提出的条件，日本不仅可支持他专制独裁，还可支持他复辟帝制做皇帝。为了取得日本对其帝制自为的支持，对于日本的无理要求，袁世凯以中国积弱已久，无力抵御外侮为由，竟于 2 月初派出代表同日本驻华公使进行秘密谈判。消息传出，举国哗然，抗议之声四起。

在日本等待机会的孙中山又决定利用这一时机，掀起"第三次革命"，推翻袁世凯的专制独裁统治。而欧事研究会则从缓进的讨袁方针转向倾全力反日救国，并于 2 月 25 日发出通电，提出暂时"停止革命"活动，联合袁世凯政府"一致对外"的口号，希图以停止革命活动换取袁世凯拒绝日本的"二十一条"要求，抵制日本的入侵。一些留日学生也采取了与欧事研究会的同一立场，成立中华民国留日学生总会，并上书孙中山，请停止革命，一致对外。

对于欧事研究会的主张，谭人凤却有不同的看法，十分担心革命党人因此再次分裂，又一次写信给黄兴，汇报了欧事研究会主张"民党暂不革命，庶政府得以全力对外"，并"唆使一般无识学生，发起爱国团，欲发表中山罪状，莠言乱政"等情况，希望黄兴制止李根源等欧事研究会成员的联袁抗日行为，加强与孙中山等革命党人的联络与沟通，形成一致行动，促进革命党内的团结。

然而，5 月 9 日，袁世凯政府接受了"二十一条"。铁的事实，无情地粉碎了欧事研究会成员"联袁反日"的幻想，促使欧事研究会成员向中华革命党靠拢，覃振、周震麟、李烈钧等欧事研究会骨干分子，也相继以个人名义，加入了中华革命党。谭人凤更是积极投入各种反袁活动之中。

镇压"二次革命"后，袁世凯虽然从临时大总统到正式大总统，进而成为终身总统，但他的野心并没有得到满足，竟然利令智昏，违背历史潮流，不顾全国人民的反对，承认耻辱的"二十一条"中一至四号的要求，梦想在日本的支持下，恢复帝制做皇帝。1915年8月14日，杨度、孙毓筠等人在袁世凯的授意下，发起组织"筹安会"，讨论国体问题，公开鼓吹复辟帝制，拉开了复辟帝制丑剧的序幕。在袁世凯及其爪牙的操纵下，10月初，参政院议决以国民代表大会来决定是否改行君主政体。嗣后，袁的亲信及各地党羽操纵各省区代表的选举和对国体问题的投票。11月20日，各省区投票全部告竣，"全部赞成"君主制，并"一致委托"参政院为"国民代表大会总代表"上书"劝进"。袁世凯又经过一次假意谦让后，于12月12日宣布接受帝位，复辟帝制，改中华民国为"中华帝国"。13日，袁在中南海居仁堂"受百官朝贺"；15日，袁大肆封赏，并下令废除民国纪元，改民国五年（1916）为"洪宪"元年，设立"大典筹备处"，准备于1916年元旦正式登基。至此，袁世凯策划的复辟帝制闹剧达到高潮。

杨度等人在北京成立"筹安会"，袁世凯复辟帝制公开化之后，正在南洋为反袁筹款的谭人凤闻讯非常愤怒，即与柏文蔚、陈炯明、李烈钧、熊克武、林虎等二十余人，在槟榔屿开军事会议，决定"分途担任筹画举义"。

军事会议结束后，谭人凤即于8月底从南洋返回日本。他告诉友人说："岑春煊、柏文蔚两人现在新加坡，林虎则在槟榔。近四月间，余与彼等往返会商中国之前途，皆以按诸现在之情态，革命固为必要之处置，如果袁氏帝制自为，无论我党、全中国人民均必起而反对。"

1915年11月10日，陈其美派遣革命党人王明山、王皖峰成功刺杀上海镇守使郑汝成于上海外滩白渡桥，除去袁氏一大爪牙，引起袁世凯反动营垒的震惊，使各地革命党人备受鼓舞。但二王旋亦被捕并于12月7日遇害，12月18日下午，革命党人在东京大手町私立卫生会为二王举行追悼大会，谭人凤与戴天仇等参加追悼会。在追悼会上，谭人凤发表演说，号召革命党人前赴后继，坚决反对袁世凯复辟帝制。

1915年12月25日，唐继尧、蔡锷等人在昆明宣布云南独立，兴兵讨袁，拉开了护国战争的大幕。

谭人凤闻讯后，"兴高采烈"，即赴东京与孙中山磋议革命党人今后进行之方法。计划既定，谭人凤即赴长崎，为回国参加护国战争做准备。他充满信心地对日本《每日邮报》记者说："岑春煊向在香港，今已入滇，肆力于党人之事业，其他重要党人亦已从各方面入滇、桂两省，中国命运不日即可决定。"与此同时，谭人凤还热情地向日本各界介绍蔡锷的履历及为人，以争取日本各界支持护国战争。国内的护国战争如火如荼地开展，促使谭人凤迫不及待地要返回国内与战友们共同战斗。稍事准备之后，谭人凤束装就道，返抵上海，投身期待已久的反袁护国战争。

抵沪后，谭人凤就投入紧张的反袁斗争之中，并提出了一系列的主张，对护国战争的发展发挥了重要作用。

1917年无疑是中国近代史上的多事之秋，参战之争、府院之争、张勋兵变、溥仪复辟、护法运动爆发等重大事件相继发生。谭人凤态度鲜明、积极应对，坚决反对中国参加"一战"，坚决反对帝制复辟，坚决支持以孙中山为代表的民主革命派开展护法运动，调处护法军之间的矛盾，以协同进行护法斗争，谭人凤呼吁护法军北伐，反对议和，并三赴粤闽，为护法运动的开展做出了积极贡献，在护法运动史上留下了浓厚的一笔。

1919年5月，五四运动爆发，谭人凤在对南北军阀失望之际，敏锐地看到了中国民主革命的"一线生机"，立即重振革命雄风，率先公开表态，坚持支持北京大学生的爱国行动，坚决反对北京政府镇压学生运动，对全国各地学生爱国运动以极大的鼓舞和支持，对北京政府以沉重的打击。之后，谭人凤又关注和支持广东、天津等地学生和民众的反帝爱国斗争，对于推动五四运动的持续和深入发挥了重要作用。

1920年4月24日，一代革命巨子谭人凤在上海寓所逝世。他逝世前所写的《革命词评》即《石叟牌词》是为后世留下的一部近代中国民主革命运动的信史。

第九十四章 淡泊名利

汉阳保卫战结束后，曾继梧回到湖南被谭延闿委为岳州镇守使，以司令长官之职兼管民军，不久改任陆军第三师师长。方鼎英也跟随曾继梧来到岳州，任参谋处长兼教练科长，同来的还有邹序彬。邹序彬，号天三，又作天山，字正美，新化县敦信团利村双木函人，1883年生。1903年离家出走，考入湖南武备学堂附设的兵目学堂。1905年选送日本留学，加入同盟会。1909年12月毕业于振武学堂陆军士官学校第8期工科。1911年5月归国。随即去到吴淞防地参观，由余焕东推荐与李燮和在上海吴淞起义。1911年11月4日上海光复，任光复军总司令部参谋，随即挥戈南下，12月2日在光复南京战斗中负伤。1912年1月，南京临时政府成立，被委为沪宁光复军少将参谋次长。4月，南京留守府黄兴又令他兼任沪宁联军混成旅旅长。然后部队整编回到湖南，来到曾继梧的湘军第三师任参谋，驻守岳州。

后来，镇守岳州的部队发生内讧，由于驻军袁润庵（日本士官第五期同学）旅所辖团、营、连、排长，都是曾继梧任湖南混成协主任参谋时招训的一批湖南陆军速成学堂分发来协见习的，由曾继梧亲自主管考勤，要求很严格，引起他们不满。曾继梧鉴于岳阳为湖南门户，为预防北兵入侵，恐兵力不够，曾呈请省政府批准添招新兵两个补充团，借方鼎英他们教育科的教练员（有广西干部生百余人）来训练成军，以固北防。袁润庵受部下怂恿，伙同捏造谣言，说曾继梧不相信他们旅，特地招来补充团，准备撤换他们，竟带兵将司令部围住，抢劫一空，逼迫曾继梧下令解散补充团，遭到曾继梧的怒斥。义愤填膺的方鼎英代替曾继梧告到省里面，控诉该旅造谣惑众，犯上作乱，主张严加惩办，借申纲纪。但方鼎英的申诉没有结果，于是，愤而辞职。

1912年，南北议和后，有鉴于湘军各部将悍兵骄、极为靡杂的情况，曾继梧便决计舍旧图新，率先解除兵权、遣散部属。当时，省督颁有退伍饷章，曾继梧分文不收，告归故里。

1915年，蔡锷督办经界局，曾继梧受邀赴任经界局评议委员、总参议，与蔡锷日夕共商国防及经界事务。此时，袁世凯称帝野心公开暴露，激起全国人民极大愤慨。年底，蔡锷潜赴云南，发动讨袁护国起义，曾继梧也随即赶赴上海，与谭延闿商议去云南支持蔡锷，谭延闿认为"此时以分途进行为宜"。当时，湘督汤芗铭也是拥护袁世凯称帝的人物，虽因各方所逼，于1916年5月宣布湖南独立，但省内各方仍坚持驱汤。谭延闿出面调停，转荐曾继梧回湘，为汤芗铭整顿各地护国军，6月3日，汤芗铭任命曾继梧为湖南护国第一军总司令。6月11日，汤芗铭将直辖北军改编为一、二两师，曾继梧以护国第一军总司令兼第二师师长。7月1日，程潜率部进攻长沙，陆荣廷桂军抵衡州，汤芗铭的军队节节败退，4日，汤芗铭逃跑。第二天拂晓，曾继梧入督署维持秩序，当即截获汤芗铭部携逃公款七十余万元，并命士兵严守银库，以候点验。省议会即日公举曾继梧暂代都督。当时有一同乡经商省城，欲借库银，曾继梧给予了严词拒绝，他说："此乃国库所有，须涓滴归公，继梧有守护之责，无借贷之权。"7月15日，军事会议推举程潜为军事厅长，曾继梧为军事参议会会长。7月16日，黎元洪代总统特任刘人熙代理湖南督军，刘人熙呈请，委曾继梧为军长授陆军中将加上将衔，曾继梧认为："军长乃战时高级指挥官，既非战时，留此虚位，徒縻公费。"故屡次请求裁撤军司令部和军长一职，并于8月4日辞去一军军长及参议会会长职务，8月15日军司令部撤销。中央参众两院选举，省议会以全体同意票选曾继梧为参议院议员。他又以当时获选者多靠金钱运动得票，真伪难辨，恐有玷清名，辞而不就。

1916年9月，曾继梧被委为陆军工厂总办，次年7月，奉命赴美考察工厂。1920年8月，谭延闿第三次督湘，他委任曾继梧为湖南省政务厅长，除掌管民政外，还主管实业、教育事宜。

1926年，北伐军攻克武昌，曾继梧正寓居汉口，他与原安徽都督柏文蔚收集北伐残部，改编为国民革命军第三十三军，曾继梧任副军长，随李宗仁部北伐。

1927年，行政院长谭延闿推荐曾继梧为中央监察院长，曾继梧不肯接受。有人问他原因，他答道："各部人选，乃分赃式也，国事乌乎济。"

1928年，鲁涤平主湘，曾继梧任湖南省政府委员、民政厅长兼全省地方自治筹备处长，首倡乡村自治，积极招生培训，并亲赴上海购置所需设备，外商沿例送以回扣手续费，曾继梧不仅拒而不受，并且当面对这种行为进行了批评，外商为之惊叹不已。

1929 年 2 月，鲁涤平被免职，省政府改组，以何键为湘省政府主席，此时，何键正在萍乡主持所谓"湘赣会剿"，主席一职由曾继梧暂时代理。3月，何键就任省府主席职，此时的何键已附蒋倒桂，于 4 月亲至衡阳督师讨桂，再次以曾继梧代理省主席。

正当曾继梧为乡村自治而奔走忙碌时，何键暗生嫉妒，多方刁难掣肘，趁其离湘赴沪时，下令撤销全省乡村自治筹备处。曾继梧决计不与何键为伍，便不辞而归。何键续选他为省府委员，也不去就职。后聘为顾问，每月汇县政府转送车马银 100 元，也不予接受。他认为："食干薪，我国恶习也。"数年累计近万元，后来多人劝他收下这笔钱，给地方办点公益事业。他的从兄曾继辉也劝他说："当世受干薪者多矣！子独拒之，洁身自好，恐反招嫉，不如留以办公益。"这才同意由他人代领，全数捐修县城至亲睦团的石板大道十五公里。

曾继梧告别政坛，息隐家乡时，家中仅存伸手就能摸到屋檐的几间破屋，遂另外建了一座园子，起名为"了园"，意思是"既了先人之心愿，亦以自了"，并刻一联于大门云："因地卜居，以绳祖武；归田守拙，亦爱吾庐"，以明"息交绝游"不复出山之志。

1941 年，曾继梧族侄曾广济以庇护共产党罪名被捕，国民党省党部派专人监视，并将其软禁于梅城澹园。曾继梧得到消息，马上写信告诉新化县长胡翰，大意是：广济既是我族侄，又是我办自治训练班的学生，我从未教过他共产主义。小子犯法，罪在家长，他如有错，理应由我负责教管。曾继梧亲自出面，胡翰也不敢随便得罪，因此，曾广济得以重获自由。

曾继梧在国民党官场 20 余年，出淤泥而不染，一身铮铮傲骨。有人叹他性傲，"当不了大官，发不了大财"。他身为国民党元老，不贪利、不贪权、不图名、光明磊落，其同僚部属都飞黄腾达，而他自愿归田守拙，特立独行，这在当时众多的军政要人、达官显宦中实属少见。

1944 年冬，曾继梧病逝于"了园"，享年 66 岁。

方鼎英得悉噩耗后，亲自来亲睦团为他主持葬礼。曾继梧与方鼎英不仅情同手足，对方鼎英还有救命之恩。当时湖南选参众两院议员，曾继梧全票得以通过，可他不与奸为伍，对于这种分赃式的选举深恶痛绝，便借故自动退避。而方鼎英战功卓著，尤其在黄埔任职期间，保护了大批共产党重要人员，有目共睹，功高至伟。且行伍出身，手握兵权，又深受民众拥戴，却让赵恒惕、何键、程潜等人心生嫉妒，图谋暗害于他。某日，他们设下鸿门宴，企图算计方鼎英，方不知情，一直被蒙在鼓里。此举却被曾继梧识破，他不请自来，与大家客套一番之后，转身猛拍了下方鼎英的肩膀，大声说道："方老弟，你让我找得好苦，有老朋友在公馆等你好久了，赶快去应酬一下吧！"说完，牵手便走。出门后立即叫上黄包车，递给他一张轮船票，亲自送他登船，安全离去。事后，方鼎英十分感激曾继梧的搭救之恩，"吾每回忆及此，不禁热泪盈眶矣。"

曾继梧与方鼎英是梅山的两位旷世奇才。二人皆具有经天纬地之才，有力拔山河之能，存忧国忧民之志，拥能进能退之广博胸怀，出淤泥而不染的高尚情操。遗憾的是生逢国难当头，国共纷争，群魔乱舞，新旧军阀攘权夺利之境。然二人有一个共同特点：就是居功不傲，以退为进，忍让怀柔。在中国近代史上留下了不可磨灭的光辉印记。

第九十五章 义薄云天

杨源浚参加汉阳保卫战不久,回到湖南,与谭延闿、赵恒惕、程潜等共事。1913年孙中山领导的反袁"二次革命"失败,孙中山、黄兴、谭人凤、李烈钧等人相继逃亡日本,杨源浚也潜去了日本。1914年底,蔡锷也潜去日本,杨源浚与石陶钧、张孝准三人不仅把蔡锷安全迎到日本,又安全护送蔡锷离日返国,促成蔡锷及时倡导云南独立反袁,组织"云南起义",起兵声讨袁世凯称帝。杨源浚随后到云南任湘黔路指挥使,领兵倒袁,战功显著。第二年,袁世凯暴毙,杨源浚立即同滇军一起入湘参与驱逐张敬尧之役,后供职于湖南省政府。

1923年,杨源浚任湖南护宪军赵恒惕部等七路军指挥,率部经新化赴湘西招抚,驻防靖县、绥宁一带。

1925年6月,辞职赴广东任孙中山大本营高级参谋,参与策划北伐大计,并任第六军第五师师长,驻肇庆府新会县待命。9月,参加第二次东征,平定陈炯明叛乱后,驻惠州整编。

1926年7月,广东国民政府誓师北伐,杨源浚任北伐军第六军第十九师中将师长,经江西、安庆于次年3月迫近南京,旋即与第二军各师分三路对南京进行总攻击。在安庆期间,杨源浚曾奋不顾身,冒险犯难,渡江会见原日本士官学校同学,当时驻守安庆的北洋军师长陈调元,经过杨源浚的争取,陈调元易帜投向革命,杨源浚得以首先率部攻入南京。这次战役,杨源浚为北伐建卓著功勋。

1927年,蒋介石发动"四一二"政变,4月18日,南京成立国民政府,从此宁汉分裂。第六军军长程潜对蒋介石的背信弃义深为不满,拒绝去南京,并准备投奔武汉国民政府。蒋介石暗中调动其亲信部队,挥兵相逼下关,然后通知程潜入城。程在兵力悬殊的情况下,化装成小火轮司炉工,只身乘轮溯江而上去投奔武汉。蒋介石闻讯即以高官厚禄为许诺,命杨源浚乘兵轮速追强留。杨源浚乘船至九江附近江面追上,因为双方的卫兵都是相互认识的，程潜知道是杨源浚追来了，即从锅炉房出来，到兵轮上与他相见。杨源浚告诉程潜自己的来意，程潜则告诉他自己的志向及出逃的目的地。杨源浚对程潜的想法表示赞同，经共同密商，他帮助程潜顺利抵达武汉。

回来后，杨源浚以没有追上为由回报蒋介石。蒋介石对此事心存疑虑，害怕他对自己不忠留下隐患，不久便借整编为名，令杨杰接任第十九师师长，接管财政，削去杨源浚的兵权，仅委以军事委员会委员闲职。杨源浚称病离开南京寓居上海。

1930 年，杨源浚离沪回湘，居住长沙。他目睹国事日非，内忧外患，忧国忧民，心情郁闷。1932 年，蒋介石任命他为军事参议院参议，他没上任。1933 年 5 月 12 日因脑溢血病逝于长沙，终年 55 岁。

时任国民党主席林森、军事委员会委员长蒋介石及程潜、国防部曹文典、曾继梧都分别送来挽联：

大地起风云，每听鼓鼙思将帅；

南天失耆宿，倍教袍泽动悲哀。

蒋中正挽。

江表岭南留战绩；

维山资水护英灵。

程潜挽。

跃跃中将，革命之英，三十余载，卓越干城。

善战善谋，功莫与争，令名不朽，死哀生荣。

曹文典挽。

将门种子，莘野一农。历患难贫贱富贵，行其素不离其宗。柔和似先生之柳，刚健类后凋之松。是殆鸡群之鹤，人中之龙。自幼而壮而老，数十年莫逆，时相过从。辛亥之役，海内惊烽。运筹借箸，兵甲在胸。尽君之瘁，补予之蠢。刚柔相济，同寅协恭。予怀鱼水，君忽龙钟。沪滨问疾，湘鄂重逢。强相言笑，予怀戚戚其无惊。后生先死，哀此鞠凶。顾瞻遗像，彷接音容。后有千秋，请视管彤。

曾继梧敬挽。

第九十六章 继续前行

苏鹏经蔡锷介绍到广州陆军小学堂任职，在这里继续联络革命同志，支持革命活动。黄兴、谭人凤等先后发动镇南关、河口起义，他们往返过广州时，苏鹏都悉心接待，支持费用，他这里俨然成了湖南革命党人在广州的联络站。

1908 年冬，光绪帝和慈禧太后相继死亡后，全国群情浮动，局势动荡，清廷加强了对革命党人的镇压，广东的形势也越来越紧张。在广东的湖南新化籍革命党人罗澍苍被捕入狱后，苏鹏也引起了当局的关注。与苏鹏肝胆相照的好朋友，其时任广州陆军小学监督的赵声得到在广州任督练公所总办兼管陆军小学的韩国钧暗示，说当局要加害苏鹏，要他劝苏鹏请假离校。赵声立即告知苏鹏即时请假离开广东。临行前，赵声还写下《满江红》一首：

好男儿，为人役；好身首，何须恤！看锋刀不伤，血花狼藉。对此聊堪图大嚼，伤心快意都无迹。独何来，触耳动雄愁，吹箫客。

……

赠给苏鹏。

苏鹏离广州去香港，绕道上海，回到家乡新化，休息一段时间之后，来到广东韶州办锑矿，1910 年在广东组织宝昌锑矿公司。次年又在长沙和龙璋、曾杰、彭庄仲等组织百炼矿务公司。当时革命形势日益发展，亟须经费。他办矿的目的，正是为了便于为革命活动提供经济支援。为了获取实业成效，筹措革命经费，他深入矿区，成年累月在粤湘边远山区奔走。

由于此前他在广州从事革命活动，已受到当局的注意，为安全起见，他以实业家身份作为掩护，转移敌人视线。为此，还引起蔡锷的误会。当时蔡锷在广西，得知苏鹏的行止，以为苏鹏真的转为实业家了，他在 1909 年写给曾广轼的信中提及：凤初近抵粤佐理矿务，他"才识俱超出等伦，将来必卜其以实业露头角也。"直到后来，蔡锷知道苏鹏的真实意图，不禁开怀大笑，说苏鹏"做什么像什么"。

1910年夏，矿区瘟疫流行，在当时的医药卫生条件下，苏鹏从兄和表兄从新化招往矿区的一百二十多个工人十死八九，他自己也染役大病了五个月，可说是九死一生。以后又回家调养了三个月，才得以痊愈。1911年10月武昌起义爆发，消息传来，他心潮澎湃。而此时他大病初愈，无力奔赴斗争前线，只能以笔墨抒发自己的感慨和焦急的心情。于是，写了《梦江南》五阕：

江汉上，霹雳一声雷，五色旌旗翻上下，关心成败费疑猜，庭院几徘徊。

更漏水，新月上帘钩，忽梦少年豪壮事，屠龙快似解庖牛，燕市尽遨游（京门伺狙颐和园事）。

山月小，风挟万松号，乍见繁华歌舞地，割鸡曾许用牛刀，鱼眼困龙鳌（上海万福华刺王之春案，予与黄瑾午等均被逮）。

风瑟瑟，吹过蓼花洲，黄鹤楼高仙迹渺，长鲸未斩剑含羞，江水逝悠悠（钦命铁良南下检阅三江两湖新军，余与张榕川等伺狙黄鹤楼下未成）。

心绪恶，无计去安排，商遍恩仇都不是，前尘留影拨难开，似去又潮来。

1912年，国民党在湖南成立支部，办理议会选举，以此遏制袁世凯的党羽。湖南分五大选区，苏鹏任第二选区监督。他在衡阳一带大力支持发展国民党力量，在国会及省、县议会选举中，国民党候选人都以百分之九十以上的票数当选，使亲袁力量遭到极大挫败。后来，苏鹏被委任为湖南省铜元局局长，掌握财政。袁世凯复辟帝制，蔡锷在云南组织护国军讨袁，在军费筹措上陷入十分艰困的境地，苏鹏立即多方密筹经费，给予支持，并为之暗中谋划，为推翻袁世凯的斗争做出了贡献。

1920年，驻新化的一旅北洋军败退溃逃时，沿新化、安化两县城境内五十里途中，抢劫烧杀，无恶不作，焚毁民居以千计，杀害大批群众，人民诉冤无门，群情悲愤。苏鹏当时在常德任职，他得悉家乡人民的呼声，立刻投袂而起，请假赴长沙省会，进行控诉和呼吁。在群众呼声和社会压力下，湖南当局不得不接受他出面提出的控诉，把这支祸害乡民的北洋军司令、副司令判处死刑，为受害群众一吐冤气。他的所作所为，给省内人民留下了深刻印象。

1921年当选为湖南省议员并任副议长，直到1926年。在此期间，他团结湖南政界开明人士，力图阻抑北洋军阀直接控制湘局的企图，以各种方式支持参加孙中山北伐大业的湖南军人程潜、唐生智等，对赵恒惕借"联省自治"以行其割据之实的活动，则予以多方阻挠和抵制。

1927年蒋介石发动"四一二"反革命政变,对共产党大开杀戒。中共湘西七县特委会被国民党反动派侦破,二十多名党员和革命群众分别在新化、长沙被捕,国民党当局决定次年1月将这些人全部杀害。此时的苏鹏尽管对共产党并无太深的认识,但对蒋介石背叛革命党人的救国理想深为不满,获知多名党员和革命群众即将受害,来不及多想,立即从汉口赶回长沙,在旁人噤声远祸的情况下,他却以辛亥革命元老的声望和影响力,奔走呼吁40余天,终于在年终岁尾的紧急关头,将中共党员刘荫仁等十三人营救出狱。此后,他也不再与旧友苟合,退出政界活动,从事教育工作。先在上海群治大学讲学,后回家乡新化主办青峰农业职业学校,长期担任校长,直到抗战末期才卸去校长职务。

在抗战以前,军阀何键担任国民党湖南省主席期间,残酷屠杀共产党员和爱国群众。苏鹏对何键的黑暗统治极为反感,多次利用机会表示反对,以打击其反动气焰。1935年,何键曾把湖南各县民团枪支和款项,收归省政府掌握。枪支总数达五万余支,岁收款项达六百万元。还借此为名,进一步加收田赋,增抽壮丁,加重对人民的压榨。何键的这些做法,既用以扩充自己的实力,更加放手地镇压共产党和群众,并凭此为资本对国民党中央政权讨价还价,巩固他的割据势力。苏鹏洞烛其奸,带头出面联络省内人士,提出控告,用合法的斗争形式反对何键的种种行径。何键企图用金钱对他收买,遭到他的严词拒绝。这场官司一直打到了国民党政府的行政院和军事委员会,并获得胜诉。何键为此而痛恨苏鹏,密下缉令,企图加以暗害,迫使苏鹏不得不在晚年又一次流离转徙于武汉、南京等地。苏鹏对此自豪地笑道:"前清时,我为革命,遭清廷湖南巡抚通缉,辛亥革命胜利后的今天,我又遭新的湖南巡抚通缉,真是'与有荣焉'。"

国民党政要,曾多次以官禄劝驾,甚至利用"元老旧交"拉他出山,统统都被他谢绝了。他曾经写了《忆旧游》一词,书赠同盟会旧友陈荆(树人)淋漓跌宕地抒写了他的政治抱负:

"忆狂来说剑,醉后拈诗,四座都惊。不解温和饱,惯撑持傲骨,拼却牺牲。宗社百年幽恨,洒血洗神京。喜胜友如云,丹忱为国,会结同盟。陈荆!到今日汉业已重兴,谩说升平。虎视眈眈逐,蜗角年年斗,磋我民生。剩得几人新贵,意气许纵横。只劫后相逢,班荆道故谈转清。"

抗日战争爆发,苏鹏热诚支持全民抗战事业。曾向国民政府提出毁家纾难的要求,愿把自己的家产变卖,捐给政府购买枪炮飞机,并在群众集会上和当时新化报刊上公开做出宣传。在抗战的第四年,写了《薄幸》一词,感叹除非青春能再,自己倘能重赴战场,方能实践自己的爱国愿望,以此沉痛地抒发了自己的感慨:

"举樽为寿,望碧落,玑璇挂斗。欲摘此,横天柄杓,一饮世间清酒。记当年,书剑飘零,浮名误我难回首。剩歇浦滩潮,幽燕夜月,休说屠龙屠狗。放眼看,神州地,锦绣似,山河依旧。几回凭,碧血丹忱相换,伤今却被腥膻垢。不先偏后,倘三十年小我,单于手执牵凭右。国仇待复,趁取黄金印绶。"

苏鹏对于共产党的抗日主张心悦诚服,表示极大的信赖和敬佩。他信任共产党员,支持和同情党领导下的各项活动。在他的主持下,青峰农校聘请了一些进步教员。当时青峰农校学生中的地下党和民先队员数目在新化各校中都是比较多的,青峰农校还有上梅中学,成为新化学运中进步力量的两个主要阵地。国民党对进步力量进行阻挠和迫害时,苏鹏立刻运用自己的威望和影响,进行支持和掩护。

为了广泛发展壮大抗日游击队,长沙八路军办事处派欧阳奔程来新化,秘密开设游击战训练班。国民党县长王秉丞密派便衣,拟乘夜捕杀欧阳奔程。苏鹏得悉此讯,急告新化上梅中学负责人曾广济,连夜将欧阳奔程转移脱险。苏鹏通过自己的亲身体验,逐步增强了对共产党的了解和信赖,一步步向党靠拢。

抗战胜利后,苏鹏对国民党发动内战的反动行径非常痛恨。他写了《感时》一诗,表达了对人民解放战争将获得胜利的信念:

"胜利刚才乱又生,伊何内哄动刀兵。才看枯草萌新蘖,谁令平畴辍偶耕。三户亡秦符楚谚,四郊多垒有长鲸。自残同类供乌狗,梦到华胥恐不成。"

当时,国民党决定召开所谓"国民代表大会",曾以"国大代表"为饵,企图对苏鹏进行拉拢,以换取他对国民党政府的支持。苏鹏严正地加以拒绝。他以《丁亥春有友以国民大会代表应选相促,诗以谢之》一诗,表明了他的立场:

"轻寒嫩暖作游惰,双鲤频来动展筹。爱种时蔬养生意,腻看狎蝶弄春风(原注:弄政治手腕者多非善类)。黄粱有梦温难熟,禅悦无恁静或通。厌倦风情人亦老,夕阳无限照山红。"

解放战争开始后,苏鹏积极为迎接解放而贡献自己的力量。他把自己的庄园作为地下党派来人员的隐蔽场所，掩护地下党行动。他密函旧友唐星，望他剖析形势，当机立断，辅佐程潜，促成湖南和平解放。还和唐生智、方鼎英等组织省、县的迎解组织，并担任"湖南自救会新化分会"副主任，运用自己的影响力，亲自向驻本乡的国民党警察部队的首领进行说服工作，劝其弃暗投明，向解放军交枪，防止了地方的破坏。

新化解放时，富绅陈静初将逃往台湾。陈静初多年担任青峰农校校董，和苏鹏很熟。他力劝苏鹏和他同行，以台湾的故交和亲友相招，并表示可以承担同行的旅费。苏鹏沉静地回答："静初，我革命几十年，是为了强国富民这个目的。孙中山、黎元洪、蒋介石都没有办到，现在共产党办到了。解决了地权、节制了资本，帝国主义也吓得逃跑了。我夙愿得偿，祖国昌盛，我怎能背叛祖国，去偏安小岛呢？"

1950年抗美援朝战争爆发，苏鹏又积极支持留在身边的幼子苏业成赴朝参战，他鼓励儿子说："我年轻的时候，是个独子，不顾身家性命，刺那拉氏，炸铁良，都为的是国家独立，民族生存。现在美帝又来欺侮我们，我老了，不能上前线，你还年轻，正该响应党的号召，勇敢杀敌，不用再犹豫了，勇敢地去吧！"苏业成后来在朝鲜前线没有辜负他的嘱托，勇敢杀敌，壮烈牺牲，成为烈士。

苏鹏对文史有深厚造诣，工于古典诗文，但作品大都散佚，晚年才把所余诗文集为，《海沤剩沈》一书，下分《文剩》《诗剩》《词剩》，编为两册。他的《文剩》中关于革命先烈陈天华、周辛铄的传记以及他自己参加辛亥革命活动的回忆，如《柳溪遁叟自忏记》《柳溪忆语》等，保存了辛亥革命的第一手史料，十分可贵。他的诗作，很多是蒿目时艰，抨击弊政，同情人民，抒发感慨的篇什，其中由多篇诗章构成的《柳溪杂咏》组诗，更表达了他的态度和观点。他的词沉郁慷慨，感世抒怀，继步苏、辛，寄托高远，具有深厚的艺术意境，不少词作缅怀革命旧迹，激扬救国壮怀，本身便是宝贵的革命文献。这本书新中国成立前曾排印出版，但传世不多，经过多年时局变迁，多已毁佚，仅湖南省图书馆藏有一部。他在抗战胜利后，还组织和领导了新化文献委员会，保存地方文献。特别是主编了一部新化县志，全面详尽地整理记述了新化的沿革、地理、交通、文化、风俗、人物等情况。他在晚年，穷数年之力，孜孜不倦，为故乡的文化建设贡献自己的最后一分力量。

1953年1月，苏鹏在新化病逝，享年73岁。

第九十七章 两袖清风

受"万福华案"牵连，周来苏被判刑6个月，因牢房阴暗潮湿，得了脚病，痛苦不堪。后经革命同志买通巡捕房，保释监外就医。

1905年夏，周来苏出狱在上海稍予诊治后，即前往东京一医院医治脚病，无法再入振武学堂就读。是年8月20日，中国同盟会成立，周来苏因为原本是华兴会会员，在此前的同盟会筹备会上已转为同盟会会员，成立大会上，周来苏因在医院，未能出席，但仍由黄兴推荐，担任评议部评议员。

1906—1907年周来苏任同盟会湖南分会会长。1908年，受黄兴委派，到广州陆军速成学堂任德语教官，执教的同时积极发展同盟会员。一年后，清朝官吏有所察觉，派暗探到校侦查，欲逮捕周来苏。周来苏得讯，即乘船离开广东至香港，再转往日本。

1911年1月，黄兴、赵声等在香港筹划广州起义，周来苏受命多次从日本运送枪械到香港、广州，最后一次派周来苏从日本押运手枪一百多支，子弹数千发，乘美国总统号海伦去往香港，途中出事，枪弹尽弃于海。这次运枪失事，令黄兴大为光火，说周来苏"太不知道应变了"，周来苏本人也甚为懊悔。幸有一份孙中山的机密文件，尚完好地交给黄兴，黄兴才缓和下来，仍按原计划安排周来苏筹备起义工作，去广州参加战斗。

1911年4月27日，广州（黄花岗）起义打响，周来苏随黄兴等攻打两广总督衙门。出发时，黄兴吩咐要活捉总督张鸣岐，逼其交出军队，控制两广，作为革命基地。但攻入总督衙门后，却没有搜到张鸣岐。从捕获的一名清军军官口里得知，张鸣岐已事先逃往郊区军营。后来，张鸣岐指挥清军大举反攻，由于寡不敌众，革命同志死伤甚多，周来苏也先后各中一弹，幸好只穿入斜披在身的毛毯，没有伤身，最后，随黄兴他们撤退到香港。

1911年10月10日，武昌起义爆发，周来苏等人随黄兴赶到武昌，参加武昌保卫战。周来苏被安排带人在鹦鹉洲设卡，收缴逃散义军枪支，收留了70多名逃散义军，劝服他们重上前线抵抗，并分两批亲自渡过汉水送至江口。随后，黄兴又命周来苏往长沙发动湖南起义。周来苏即乘火车前往长沙，来到明德中学，同盟会湖南分会暗设于此，当时由曾杰主持分会机关事务。曾杰、周来苏等当晚即召集同盟会主要人员开会，传达黄兴的指示，要求迅速发动起义，夺取政权，响应武昌起义，得手后派兵前往武汉增援。经过商议后，连夜分赴各处联络，磋商起义日期。并在 10 月 22 日协助湖南同盟会负责人焦达峰、陈作新发动长沙起义，光复了长沙。

周来苏在长沙停留不久，即和湘籍同盟会员邹序彬、张斗枢、余焕东等前往上海，在李燮和领导的沪军都督府吴淞军政分府和光复军司令部任参谋，协助李燮和稳定上海局势，谋划进攻南京。

1912 年初，经孙中山和黄兴介绍，周来苏回湖南，任湖南省省长谭延闿秘书兼督军署参事。1912 年 11 月，黄兴由上海回到长沙，受到各界的热烈欢迎。黄兴在各种场合的讲话中，表示对教育和实业的重视，认为教育与实业为民生政策之首要。鼓励各位革命功臣兴办实业，将中国建成最富足最强盛的国家。周来苏响应号召，1912 年 11 月，与刘文锦、邹永成、彭庄仲、刘承烈、谢介僧、龙养源等七人，向都督府要了 30 万元作资本，扩充原秘密机关"醴陵百炼公司"，以办实业。

1912 年至 1920 年，周来苏相继任湖南省省长谭延闿、林支宇秘书兼督军署参事。1921 年，湖南省设立了一个水利机构，叫"驻益疏凿资滩总局"，委派周来苏为总理，龚克夫为协理。在资费短缺的情况下，周来苏不辞辛劳，带人分段测量，裁弯取直，疏通资江河道，废掉被土豪富室侵占河道圈出的田地，使资江航运更加便利。但也因此得罪了一些豪强地主，受到他们的诽谤。周来苏认为为百姓办点实事如此不易，遂于 1923 年夏愤然辞职，回到老家。

1925 年，经族人举荐，担任周姓石成小学校长。1926 年，周来苏任家乡区农民协会会长兼团防局局长，组织农民打土豪劣绅。大革命失败后，反动派欲捕杀周来苏，幸亏大同高小教师谢序仁暗告，周来苏出外躲避了半年，才幸免于难。

周来苏早年为推翻帝制，复兴中华，奔波中外三十余年，不为家计。曾在湘省任职，巡视邵阳、新宁、新化、安化等县政，光明磊落，正直无私，两袖清风，一尘不染。晚年，周来苏在家乡为资助办学，兴修水利，修桥铺路，卖去 10 余亩祖田，自己过着清苦的生活，有两年甚至身披蓑衣，头戴斗笠，赤脚下田，并拾牛粪，因脚病复发，亲友力劝才止。

1945 年 2 月 10 日周来苏因病去世，终年 65 岁。

第九十八章 道义为怀

1912 年，方鼎英因招训新兵事，为曾继梧辩诬，主张严惩造谣惑众之徒，未获结果，愤而辞职。

1914 年，方鼎英到北京政府陆军部任中校一等科员，在此期间，他潜心研究军事，编著《炮兵操典》《射击教范》和士兵兵卒教科书等，以陆军部令颁行全国。

袁世凯为羁留云南都督蔡锷于身边，将蔡锷调回北京。蔡锷在北京密谋反对袁世凯复辟帝制阴谋时，派石陶钧赴美国联络黄兴，其所有往来信件，都由方鼎英秘密转送。

1917 年，方鼎英受北京政府派遣，携带眷属东渡，再度赴日留学。先就读于东京陆军炮兵学校，在普通、高等两科学习一年，又到千叶野战炮兵射击学校学习一年，最后入东京帝国大学造兵科研究一年。这次他在日本学习了四年之久。

1921 年，方鼎英应湖南都督赵恒惕和"求知社"同志电邀，从日本回国，任湖南陆军第一师参谋长。7 月赵恒惕发动援鄂之役，方鼎英任援鄂军总指挥部参谋长。8 月援鄂兵败，赵恒惕向吴佩孚投降。1922 年方鼎英奉派去日本观看秋操，回国途中在上海面晤谭延闿，并劝他跟随孙中山革命，回湖南发动倒赵运动。1923 年，孙中山任命谭延闿为湖南省省长兼湘军总司令，命令他入湘讨伐赵恒惕。8 月 7 日，谭赵战争爆发。当时原湘军第一师师长宋鹤庚，第二师师长鲁涤平，都持观望态度。时任宋鹤庚部参谋长的方鼎英要宋鹤庚表态倒向哪一边，宋鹤庚却说要去上海休养，并将讨贼军第一军军长的委任状及印绶交给方鼎英代为行使权力。

临危受命的方鼎英与张辉瓒的部队曾一度占领长沙，后来，赵恒惕在吴佩孚部的增援下调集部队反攻，方鼎英被迫指挥部队退往衡阳。就在这时，陈炯明叛军进攻广州，孙中山急电谭延闿军回师救粤，于是，方鼎英随谭延闿到了广东。

当谭延闿的部队到达广东驰援孙中山时,与陈炯明相呼应的江西督军方本仁率部进攻广东江北,前锋已过南雄,到达周田,韶关危急。谭延闿率湘军第二、三、四军沿始南大道堵击。方鼎英带领第一军由始南大道右侧,翻山越岭,向始兴河中游地段急进,威胁赣军的左翼。这时,方鼎英部因远道奔袭,官兵已精疲力竭,粮饷、械弹、衣服、费用也缺。但方鼎英毫无畏惧,坚持战斗。他身先士卒,带领部属冲击,一直坚持苦战到第十一天的拂晓。随后,他派出一部突击始兴城的东侧高地,俯射始兴城之敌,威胁其退路。赣军溃败后,他率部朝南始大道跟踪追击,不料,其右翼在始兴城外遭到赣军伏击。在这紧急关头,他冷静地命令一部抢占有利地形,阻击敌人,掩护主力顺利脱离危险,继续向南雄追击前进,直到赣军全部退出广东。在这次战役中,他取得大胜,并收编了赣军主力之一的第九旅旅长高凤桂部。战后,得到孙中山的特殊嘉奖,获赠八挺手提机关枪。1924年冬天,方鼎英被任命为北伐军特遣军总指挥。1925年8月到广州,被谭延闿任命为湘军整理处副监和湘军驻粤讲武堂帮办。

1925年11月,经谭延闿推荐,方鼎英被蒋介石聘为黄埔军校入伍生部中将部长。他将办事机构设为秘书、总务、军事、外语诸科,并翻译审定了军校四大教程。即使到了军校,他仍然保持他身先士卒的精神,每天清晨提前起床,到操场检查学生操练,晚上推迟睡觉,一一查看学生寝室。他经常给学生讲话,提倡军官身先士卒,养成吃苦耐劳精神,鼓励学生自觉自愿锻炼身心。

1926年4月,方鼎英被蒋介石委任为黄埔军校教育长兼入伍生部部长和军校第四届国民党特别党部监察委员。鉴于学校许多方面都是照搬日本士官学校的做法,与现代军事科学要求不相适应,于是向蒋介石建议:"黄埔军校要有自己的办学特色,学校的学科设置,规章、条例,要适合中国军队建设的要求","学校的用人尺度要放宽,不能只用某些军事学校的毕业生","进黄埔军校的人才要给予较高的待遇"。蒋介石采纳了他的建议,使学校人才不断增加,办学规模逐步扩大。他还根据各种部队的需要,增设特种兵班,改变了黄埔军校单一培养步兵初级军官的格局。

1926年7月,国民革命军誓师北伐。蒋介石欲将学校全权交方鼎英代行。方鼎英不但不肯接受代校长职务,还要求辞去校职回第二军参加北伐。

蒋介石坚留不许,他说:"黄埔军校乃本党之命脉所在,今大军北伐,学校的一切，完全交由你主持，也就是将本党命脉交给你了，责任何等重大，何遂言辞呢？只要你带好学生，将来还怕没有兵带、没有仗打吗？"

方鼎英提出学校派系斗争难以解决，蒋介石说："这是一个政党问题。吾将党的问题拜托中央党部主席张静江先生；政治问题，吾将拜托行政院长谭祖庵先生。…… 你只负带好学生的责任好了。"

方鼎英又说："那么，我们对待学员，就不能戴有色眼镜看人，就是说，不论他是国民党还是共产党，都一视同仁。凡是好的，都要嘉奖；凡是不好的，都要惩罚。必须这样，才是公道，你同意吗？"

蒋介石说："当然同意。"

经过这样一番意见交换，方鼎英才表示愿意留任。于是，蒋介石当即加委方鼎英为黄埔军校代校长兼黄埔要塞司令、军校兵器研究处处长。临行前，蒋介石还召集全校学生及教职员于大操场上，一再交代说："我北去之后，大家要跟我在校时一样，遵守校训'亲爱精诚'好好服从方教育长的领导""方教育长对我校长来说是前辈（蒋为留日陆军士官学校第十期学生，方鼎英为第八期），我校长都把他作为先生一样看待；方教育长不独是你们的老师，也是我校长的老师。"

1927年4月12日，蒋介石发动"四一二"反革命政变，黄埔军校进行"清党"。方鼎英对时任国民政府后方留守主任、黄埔军校副校长的李济深，国民党中央党部后方留守处负责人的朱家骅和广州卫戍司令钱大钧等人说："我是教育长兼代校长职务，这个责任应归我负。不过我要声明：去年决定北伐时，鉴于校内国共两党师生间暗潮日大，故曾坚求辞职，虽未获允许，但我一再说明，我只一心办学。因此，我在学校对任何人皆一视同仁，对中共师生亦未曾有所调查。"同时，对学校的"清党"问题他提出了三点要求：（一）自宣布"清党"之日起，请给我三天时间，在这三天之内，凡属学员、学生、入伍生所属范围，不论省城、郊区及黄埔海面，都不要派一兵一舰前来；（二）三天之后，成立"清党"委员会，负责办理此事；（三）请给我一笔款项，以便在宣布"清党"后，师生可以请假自由离校，并可预支三个月薪水作为川资。他还说："至于熊雄主任（校政治部主任），谁都知道他是一个公开的共产党员。他是否为学校共产党的总负责人，我不得而知。但他是对学校有功绩的。我拟请他赴法国留学，川资多少，任他需要，不在此限。""能这样，我保证不出问题，否则另请高明。"方鼎英的这些意见得到李济深的点头同意。

　　于是，三天之内，所谓"问题严重"的人差不多都已离校他去。4月14日深夜，他送给熊雄两千五百元港币，并用蒋介石乘坐的小汽艇送他离开黄埔军校。方鼎英的这些措施，有力地保护了师生中的共产党人，受到了周恩来的称赞。

　　在黄埔军校三周年校庆大典上，方鼎英高兴地宣布："三年来，军校已从步兵一种到骑兵、炮工、辎重及军工专科无不设立，从五百学生到两万学生，经费由三万元到五十多万元。"当年的学生说他是"一位和气慈祥的忠厚长者""具有渊博的军事知识"。学校党代表廖仲恺先生说，方鼎英计划作战跟蒋介石的作风完全两样。蒋介石遇有重大决策之前，必关起门来，独运神思，考虑三天始成熟；而方鼎英"则对敌我友情，集思广益地尽情讨论，一经决定，便对照地图执笔疾书，倚马可待。可谓运用之妙各有千秋矣！"

　　1927年秋，方鼎英因同情中国共产党，被迫辞去军校所兼各职。李济深主持的临时军委会任命他为新编第十三军军长、广州政治分会军事委员会委员。当时，下野了的蒋介石正由日本回到上海，准备去南京复职，蒋介石打电话询问方鼎英的意见。

　　方鼎英当即回电说："如要复职，惟继续北伐，才有政治生命，吾当率部追随。"

　　蒋介石复电说："一到南京，即行宣布北伐。"

　　方鼎英接电后，立即率领部队前往。1928年春到达南京，十三军被改编为国民革命军第四十六军，方鼎英仍然任军长。5月，第二次北伐开始，方鼎英兼任津浦路运输总指挥。后任第一集团军第三军团总指挥，率部沿津浦路向北追击溃退的孙传芳、张宗昌部。"二次北伐"刚一完成，方鼎英特地赶到北京，向在西山碧云寺为孙中山守陵的蒋介石进言："总理遗嘱，要我们打倒军阀，完成北伐。这次战役是告一段落了，可以告慰总理在天之灵矣。其次，我们应该做的，便是打倒帝国主义者，取消不平等条约了。"又说："诸帝国主义者中，对我们最凶恶的是日本帝国主义者，应作为我们的首要之敌。"建议采取"攘外以安内"之策，对日本"定一预备十年的军事计划"。还认为"只要能以党政对内，绝对避免军事行动，有了十年的军事准备，日帝虽强，我敢包打。"事隔几天，蒋介石任命方鼎英为胶东总指挥。

　　1928年7月，国民政府召开编遣会议后，废军改师，方鼎英被蒋介石任命为第十师师长兼步兵第二十八旅旅长。与此同时，国民党中常会也通过方鼎英为福建省省主席的决定，但方鼎英坚持不就任。编遣会议之后，方鼎英内心非常痛苦，他当时想到的是："内战已成一触即发之势，如一经发动，则将不可收拾。而济南惨案是日欲亡我之先声。此时各方势力都只想保全自己的力量，谁也不会存此国家危亡的观念了。"方鼎英不想参加内战，只好称病请求退休。可一而再，再而三都得不到批准，只好硬着头皮顶下去。不久，部队调动频繁。方鼎英知道，内战已经开始，按照蒋介石的意图，必先向西讨桂，再北进讨冯，跟着讨阎，从此神州大地盖无宁日。因此，无论蒋介石怎么安抚，方鼎英都无心考虑，对前途也无心去猜测，只是身上带着部队，交不出去，因此感到非常苦闷。这时的方鼎英与蒋介石已经貌合神离了。

果然，到了1929年3月，蒋桂战争爆发，方鼎英被任命为讨逆军军长，率部堵截桂军，使胡宗铎等部桂军被迫接受改编。讨桂结束后，蒋冯战争爆发，方鼎英任西征军第一路总指挥，兼第四十四师师长。为防西北军进入鄂西，威胁武汉，方鼎英率领一路军从安徽开往河南，迫使孙良诚、宋哲元部退至潼关，方鼎英率领指挥部进驻洛阳。

蒋冯之战宣告结束时，唐生智忽于12月初在郑州通电反蒋，断绝了对方鼎英部的后勤接济，并密令悬赏五万元换取方鼎英的头颅。方鼎英正因蒋介石发动内战，与其志趣相背，便借机电告蒋介石，请求辞职，将部队交与副军长。方鼎英立即偷偷从北京转道南回，向蒋介石称病请假，隐居上海。从此永远脱离了蒋介石政权，时间为1929年年底。

1930年，方鼎英任军事参议院参议，后辞职引退避居湘西。同年春，方鼎英在上海组织了"革命同志会"，出版《怒潮》月刊，宣传"内战是自杀政策""力反内战以对日"，唤醒大家不要忘记济南惨案血迹犹新，到必要时，不论中央与非中央，凡有部队的，都应采取统一行动，枪口一致对外，决不再为敌人造机会。

"九一八"事变前夕，新任驻日大使蒋作宾，接连来到方鼎英家里，请方担任驻日大使武官。

方鼎英说："你好大胆子，济南惨案的血迹未干，你便敢去当大使？请问你，这个使命怎样完成呢？"

蒋作宾说："所以要你去特别帮忙啊！"

方鼎英说："这个忙，我可敬谢不敏，望另请高明吧。"

被方鼎英这么直截了当地拒绝，蒋作宾只能讪讪离去。

"九一八"事变发生时，这位蒋大使刚到南朝鲜的釜山，尚未踏入日本国门。后来，他见到方鼎英的时候说："你真厉害，看问题这样准呀！"

"九一八"事变后，革命同志会在野的原国民党中央执行委员、中央执委会和政府临时联合会议主席徐谦的劳资合一小组合并，改名为抗日会。方鼎英和徐谦分别负责军、政方面的工作。朱蕴山负责与中共及有关社会团体的联系。抗日会以"凡是抗日者皆为友，不抗日者皆为敌"为宗旨，广泛联络各界人士团结抗日；并秘密发行了《晨曦》《怒潮》《民岩》等刊物，从事抗日救国的宣传活动。邓演达牺牲后，跟随邓的一批黄埔学生也转而和方鼎英合作。不久，李济深在南京汤山解除软禁，方鼎英专程前往南京，邀请李济深出任抗日会的领导。

1933年，方鼎英在香港参与了蒋光鼐、蔡廷锴等发动"福州事变"的谋划。他认为，发动反蒋抗日，光靠十九路军的力量是不够的，要组织一切抗日力量（包括中国工农红军）在各地响应这次事变。他主张事变要注意策略，不赞成"搞社会民主党那一套，辱骂国民党，撕毁孙总理遗像"的做法。他说，否则，将被"蒋介石作为借口，振振有词地讨逆"。谋划之后，方鼎英被推派到湘西组织"湖南抗日政府"，与粤、桂、黔等省联合行动。计划暴露后，蒋军随即封锁交通，并派遣便衣队谋杀方鼎英。他只好爬越岭，躲避搜捕，逃到南宁，辗转回到香港。从此，抗日会的活动中心移到香港。

1936年7月，方鼎英获国民政府授予的国民革命军誓师北伐10周年纪念勋章。"西安事变"后，方鼎英才公开身份回到南京和上海。抗日战争爆发后的1938年，方鼎英出任第九战区战地党政分会副主任委员，但是，其主任委员、第九战区司令长官薛岳，"权亦独揽不放"。方鼎英仅在党政分会成立时，到长沙参加过一次会议，以后便从未参与过分会的工作，一直闲居原籍新化家中。1946年9月，方鼎英被授予陆军中将。

抗战胜利后，方鼎英致力于和平民主活动。他将新化原宅扩大规模，兼营一小型农场，表示自己"不再与闻政治，以释蒋介石疑"。实际上他经常秘密去香港，劝隐居那里的李济深开展反蒋活动，北上东北和中国共产党合作。1948年，李济深在香港成立了中国国民党革命委员会。方鼎英派人赴香港与李济深取得联系，遵李济深的嘱咐在湖南从事民革地下活动。他在沅陵、辰溪、安化、新化一带联络湘籍军界人士，组织了"迎解军"，并策动驻新化县湖南保安旅旅长周笃恭、副旅长黄玉谿等人、及新化县警察局、自卫队、时雍乡公所等起义。此外，他还印发了毛泽东的《新民主主义论》《论联合政府》等小册子，供大家学习，发出了《告黄埔同学书》，规劝他们起义。同时，还组成了新化自救会，创办《三湘日报》，以对抗国民党新化县党部所控制的《新化报》，维护进步人士的言论自由，支持新化县县长伍光宗抗拒为国民党军队派夫派粮，筹集迎接解放经费。

这年秋，中共上海地下组织派吴成芳来长沙，要方鼎英与唐生智合作，发动湖南和平自救运动，开展迎接湖南和平解放的工作。他欣然接受了任务，与唐生智相约，唐生智负责湘南，方鼎英负责湘西，湘中则两人共同负责。他还派人几次策动宋希濂、李文起义，但未成功。1949年秋，他援助湖南省主席程潜、国民党第一兵团司令长官陈明仁率部起义。

人民解放军向湖南进军时，方鼎英利用黄埔的师生关系，派人到河南信阳与黄埔第四期毕业生，解放军第四野战军司令员林彪联系湖南的迎解工作。他接到林彪复信后，便与解放军第十二兵团司令员兼政委萧劲光接洽。不久，四野司令部驻军汉口，他通过国民党军队的两道封锁线，前往汉口，向林彪等面告湖南的"迎解军"工作情况，受到林彪、陶铸、倪志亮等黄埔学生出身的四野高级将领的欢迎。经林彪请示毛主席，方鼎英被委任为四野军事顾问。这年冬天，他应萧劲光的邀请，赴邵阳、湘西等地，协助解放军收编国民党军队的散兵游勇。

新中国成立后，方鼎英受到中国共产党和人民政府的礼遇，历任湖南省人民委员会委员，省参事室主任，省司法厅厅长。他还曾当选为湖南省第一、二、三届人民代表大会代表；中国人民政治协商会议第二、三、四届全国委员会委员和政协湖南省委员会副主席；中国国民党革命委员会中央委员和湖南省委员会副主任委员。

方鼎英同许多黄埔早期学生一直保持着深厚的师生情谊。在国家尚未特赦战犯之前，他每次到北京开会，总要申请去监狱看望王耀武、廖耀湘等人，勉励他们重新选择道路。以后，宋希濂、侯镜如等原国民党将领，每到长沙必登方府拜谒；陈赓、陶铸等解放军高级将领、中共高级领导干部来长沙，也要上门与方共叙师生之情。1962年，全国政协会议期间，恰逢方鼎英的寿辰，在京早期黄埔学生欢聚一堂，为他祝寿。

方鼎英晚年，念念不忘祖国统一大业，他多次通过自己的袍泽，捎话给旅居台湾、香港和国外的旧部下，规劝他们为祖国统一大业做出贡献。

1974 年，方鼎英 87 岁时，曾作《八七感怀》七律一首，概括自己的人生历程：

作辍人间八七年，艰难险阻味尝全。

驰驱南北东西地，阅尽风霜雨雪天。

起伏沉浮声受惯，忠诚老实志弥坚。

欣逢盛世欢无限，百岁超然慨自然。

1976 年 6 月 1 日，方鼎英在长沙逝世，享年 88 岁。

第九十九章 死而后已

　　1911 年保路运动兴起后，伍任钧联络曾杰、仇毅等革命党人以及龙璋、文斐等湘中士绅商学界头面人物四十余人成立铁路协赞会，以争路为名，宣传教育群众，秘密积蓄革命力量。协赞会还组织万余人在教育会坪集会，当场宣布清廷二十六条罪状。发言者言辞激烈，使民气激昂高涨，随时有革命爆发之可能。此时，协赞会已是伍任钧他们进行革命活动的秘密机关，并成立众多分部，鼓励革命。此外，设在贾太傅祠的湖南体育社、辛亥俱乐部湖南分部，设在胡家花园的富训商业学校，以及长沙自治公所等革命性质的团体和机关都在暗中训练骨干。在学界，陆军小学堂、明德、修业、广益、惟一等中学堂以及高等学堂、中路师范学堂等校均以提倡革命著称，在这些地方无不留下了伍任钧活动的足迹。设在贡院东街的优级师范学堂里的革命机关就由伍任钧主持。

　　1911 年，武昌首义爆发后，湖南响应，并迅速光复长沙。湖南光复后，革命党人面临的最大困难是财政。由于兵额骤增，税收尚未统一，以至"民军初起，饷无所出"。危难之际，伍任钧配合周震麟组建筹饷总局，各地设分局；周震麟任局长，伍任钧任次长。通过采取编查富民财产，按房、地、田产的多寡摊派捐款，把各种私立祠堂财产征作军饷。这些坚决果断的措施，为新生的革命政权筹集军饷提供了有力的支持，保证了军政费用的正常开支。这些措施也遭到了地主、官绅的激烈反对，他们大造舆论，大骂筹饷员"叫嚣于东西，飞突于南北"，"使社会暗无天日，鸡犬不宁"。还把钱存进上海外国银行以逃避"筹饷捐"。前清军机大臣瞿鸿机在草潮门正街置有巨宅，有筹饷员前去收捐，立宪派官僚竟以"禁止侵犯私有财产"为名予以抵制。伍任钧和周震麟对此毫不退让，态度坚决。由于他俩的努力，民国元年，"国民捐"达 160 万两。此外，筹饷局还在 1912 年发行 500 万元筹饷公债，虽然有富绅抵制，实际上也筹得 380 万元。由于这些有效的筹饷措施，湖南军饷竟有余力接济他省。1912 年湖南支援京、津赈米 5000 担，上缴中央银 100 万两，援助甘、新、黔等省起义军饷 60 万两，援助南京黄兴第八师 30 万两。这些数字无不凝结着伍任钧苦心经营的辛勤汗水，但他激烈的筹饷措施也得罪了不少官绅富商，让他们怀恨在心。

1912 年 8 月，宋教仁为争取在国会选举中获胜，将同盟会改组为国民党。同盟会改组后，国民党湖南支部成立，伍任钧被委任为党内会计科副主任。

1913 年，伍任钧由筹饷局调任省河厘金局任局长，继续为革命筹集经费。3 月，"宋教仁案"发生，孙中山号召革命党人发动"二次革命"，讨伐袁世凯。伍任钧积极响应，在湖南策划反袁斗争。5 月，他把长沙三个反袁政治团体即刘松衡为首的公民会、邹代藩为首的外府联合会、周召南为首的公民团联成一体，组成反袁政治大团体"湖南公民联合会"，从事反袁活动。

"二次革命"失败后，袁世凯派汤芗铭为湖南查办使取代谭延闿。汤芗铭为了掠取财富，委派其亲信胡瑞霖为湖南财政厅厅长，把持财政。将阻碍他实行掠夺财富的前财政司司长杨德邻、会计检查院长易宗羲和筹饷局副局长伍任钧杀害，为其掠取巨额财富扫清道路。当时金库尚存黄金一万两，纹银七十余万两，银圆一百余万元，都被汤芗铭吞没。

伍任钧遇难时年仅 31 岁。

第一〇〇章 铁路人生

陈天华为了唤醒国人，愤然蹈海殉国，噩耗传来，曾鲲化愕然，也让他幡然醒悟。

事态在日本持续发酵，留学生会馆总干事长杨度辞职后，因无人管理，留日学生会、学生界一时陷入混乱。此时尚在日本的曾鲲化挺身而出，被推举为中国留日学生会馆总干事长。上任后，他主持制定和修改了一系列章程，积极处理留日学生们遇到的各种问题，逐渐使留日学生会重获威信。

1906 年，24 岁的曾鲲化从岩仓铁道学校毕业回国后，开始了史无前例的"丙午考察"（1906 年为丙午年），走遍全国 15 省，历时 10 个月，行程 900 多公里，完成中国铁路有史以来第一次全国性的个人铁路实地大考察，并写出考察报告。此前，中国既无学士作过此类调查，也无政府有关部门作过报告，中国铁路详情鲜为人知。为了查到最真实、最原始的数据，他装扮成铁路基层工役、普通旅客、商人、学生、乞丐，甚至侦探。他乘坐过一、二、三等客车，还多次藏身于机车、工程车、守车以及货车里，与地方大员、中外铁路官员、旅客、记者、乡民、乘务总监、查票人、卖票人、司机、过磅员等各种人物面对面，跨越英、法、日、德、俄多种语言障碍，深究所谓商业机密。访谈内容既庞大巨制，又精细入微，包括三个层面：宏观，关注路权归属沿革、铁路局组织结构、铁路公司管理章程、铁路局管理制度与法规、人事选用与薪酬政策等；中观，则遍及线路铺设、桥梁构架、车站建设与设施、技术装备、客货运输测算与经济评估等；微观，则细腻于铁路公文、列车时刻表、车站告示等行文的章法词句，乃至火车票、免票的样式等，凡铁路事物几乎无不涉及。

1908 年，曾鲲化撰写了《中国铁路现势通论》一书，该书"阐以铁路学理，证以外国成例，举凡得失厉害之所存"，运用统计法"以各路材料为经，以鄙人议论为纬"，尝试着构建中国的铁路管理科学的基本体系。1908 年 4 月，由知名人士程明超、章士钊作序，时任湖广总督赵尔巽拨借 2000 银圆官款，著作正式出版。

1908 年底 1909 年初，时任邮传部通讯局稽核的曾鲲化，虽职位不高，胸中却激荡着一腔爱国热情，感于中国路政弊端，向邮传部高层呈递了《上邮传部创办铁路管理学堂书》这篇充满真知灼见的论文，对管理理论和倡导创办铁路管理学校进行了精辟、深刻的阐述，对中国铁路管理学校的诞生起了至关重要的作用，曾鲲化堪称中国第一所管理学校的首倡者。此举使曾鲲化挚友章士钊发出"绝忠于所学，不尚虚荣，不辞劳瘁，寻轨锐进，以求达其能力之所至者，厥惟抟九"的感叹。曾鲲化的上书，最终促成了北京铁路管理传习所的创建。

辛亥革命后，任铁道部参事和湘鄂、京汉等铁路局长兼北京交通传习所所长、交通部路政司司长等职务，并协助被袁世凯软禁的蔡锷逃出虎口。

曾鲲化极力反对帝国主义掠夺中国铁路主权，上书揭发曹汝霖等卖国罪行，被撤销路政司长职务。孙中山就任大总统后，电召其赴广州参加就职典礼，拟任国民政府交通部总长。1925 年病逝，时年 43 岁。著有《中国铁路史》《交通文学》《交通统计》《政余随笔》等。

第一〇一章 疾恶如仇

湖南光复胜利后，谭延闿纵容旧军官梅馨、向瑞琮等发动流血政变，都督焦达峰、副都督陈作新相继殉难，谭延闿接任湖南都督。邹永成为此义愤填膺，誓要为死难烈士报仇，于是前往武汉，请求援助。到达武昌找到孙武等同志，此时湖北也面临紧张局面，孙武劝邹永成去南京与黄兴商量。于是，邹永成和肖翼鲲从武昌来到南京，找到黄兴，向黄兴讲述了湖南的情况，要求黄兴为焦达峰和陈作新报仇。黄兴为稳定大局着想，认为既然谭延闿已就任都督，就应该维持他的威信，共同安定湖南。为此，邹永成陷入十分苦闷与彷徨之中。

中华民国临时政府成立后，唯独劳苦功高的谭人凤没有获得一官半职，邹永成很替他不平。在汉阳失守武昌吃紧时，黄兴与黎元洪都已离开防地，武昌剩一空城留给谭人凤去独立撑持，那时他的名义是武昌防御使兼北面招讨使。南京光复后武昌的局势稳定了，大家又把他挤开，推他到南京去当代表。在选举大总统时，只有他一个人投了黄兴一票，其余都是票选孙中山，因此不为当局所喜欢，把他闲在上海逛马路。

袁世凯破坏和谈，谭人凤极为愤慨。对于孙中山北伐的号召，谭人凤极力支持，便以"北面招讨使"名义招兵买马，整师待发。邹永成为此事四处活动，得到上海都督陈其美支持十万元，黄兴支持三万元的军饷开拨费，又调集了曾传范一个旅和谭二式两个营的兵力，正当加紧整编、训练、扩充，准备兴师北上之际，忽报南北议和告成，袁世凯继孙中山任大总统，委谭人凤为粤汉铁路督办，命令解散所部军队。谭人凤虽然想不通，也只能委屈照办。邹永成坚决不接受这一命令，他说："你（指谭人凤）去与克强商量，把所有不要的军队都配好子弹，交给我带到绿林军训练去，等到需要的时候备用。"谭人凤骂他："你得神经病吗？"邹永成气愤不过，深感革命军兴革命党消，拱手让权，革命夭折，大背初衷，十分忧愤，郁结于心，不能自释。于是，决议仿效屈原、陈天华，投江明志。1912年4月24日晚写了一首绝命诗；

轰轰革命十余年，

志灭胡儿著祖鞭。

不料猿猴筋斗出，

共和成梦我归天。

即乘黄包车到黄浦江边，纵身跳入滔滔洪涛之中。幸亏被江中渔民及时救起，得免于难。邹永成投江之事，在上海引起轰动，各级争相报道。他为了摆脱记者纠缠，便离开上海去北京了。

邹永成念念不忘为焦达峰和陈作新报仇，送焦的胞弟焦达人五百元，要他弟报兄仇，刺杀梅馨，如果有人为难他，大家一起帮他说话。岂知焦达人一去杳无音信，邹永成只好自己回去组织。于是，告别孙武，从北京回到湖南，恰好碰到葛天保被谭延闿捉去。为了救葛天保，邹永成只能屈尊去见谭延闿。谭延闿见邹永成来，很是高兴，为了笼络人心，立即将葛天保释放，又将谋杀焦达峰、陈作新的刽子手梅馨、向瑞琮保送中央任职，远离邹永成，以避祸端。同时，聘邹永成任都督府高等顾问。另外，又千方百计想将邹永成骗出湖南，先托罗仪陆向邹永成疏通，送他一个赴美考察的名义，到美国去留学。邹永成不答应。后又下个条子到秘书室备文去中央保荐授陆军中将，均被邹永成拒绝。邹永成依旧进行他的秘密组织，从新化招来数百人与骑兵团长刘文锦、水师统领易棠龄、分统领杨玉生及谢介僧等密谋起事，推翻谭延闿。却被侦探刘石渠所悉，赶紧报告谭延闿。谭延闿将易棠龄扣押，刘文锦、杨玉生被免职，送谢介僧一万元要他离省。易棠龄等人又把此事全推在邹永成身上。那时黄兴、宋教仁先后都回到湖南，谭延闿正想巴结他们，不敢动邹永成，只得托周震麟、彭庄仲、伍任钧等人向邹永成疏通说："谭延闿实在对你不错，既送你出洋考察，又保你的中将，要多少钱就拿多少钱，这回的事也不愿根究，他决不学汉高祖杀功臣，只劝你安静的住在湖南不要再闹了。"邹永成见一般同志都是这般拉稀，一人孤掌难鸣，也只好答应不再与谭延闿为难。

1913年3月，宋教仁在上海被袁世凯派人刺杀身亡，邹永成新仇旧恨交织在一起，因而急切要报仇。他对谭延闿说："我们必要报仇，我决计到上海去与克强诸人商量去。"

谭延闿说："你不用到上海去，我们请你到湖北，湖北的同志如孙武之辈，都同你好，你可以同他们去联络，对湖北的军队也要联络好，将来南北有事,湖北是要紧的,要钱数十万或一百万都由你去用。"

邹永成说:"既然这样,我就到湖北去,现在不用多带钱去,只需两万元便足,等到要用巨款时我再打电来。"

谭延闿更是表示赞成,当时便给了邹永成两万块钱又交密码一本给他带去。从此,邹永成频繁往来于两湖之间,积极参与反袁的"二次革命"。7月,谭延闿宣布湖南独立,并以湖南都督名义通电讨袁。任命邹永成为湘鄂联军军长,同程子楷、蒋翊武进驻岳州。谭延闿于8月份又取消独立,邹永成受到通缉,被迫逃亡日本。

这年冬,邹永成约亡命日本东京的湖南同志,在自己的寓所"三湘别墅"开会,商议讨袁事宜。会议决定成立民义社,作为组织讨袁的领导机构。推刘承烈为社长,邹永成为副社长兼财政部长,王道为总务部长,李武为军事部长。民义社政纲为:"恢复真正共和,珍除国贼,制造良善宪法,保存固有领土。"后因刘承烈不肯把他从湖南实业司司长任内带来的公款作讨袁活动经费,取消了他的社长职务,改由邹永成担任。邹永成接任后,积极设法筹款,前后所得近一百万元。然后派同志分途回国,在各地秘密组织反袁机关,在反袁斗争中做出了重要贡献。民义社是"二次革命"失败后全国最早出现的反对袁世凯的社团组。半年之后,孙中山于1914年7月成立中华革命党,"民义社"决定全体加入,成为中华革命党湖南支部,但在内地活动时仍以民义社名称对外。当时孙中山派覃振担任中华革命党湖南支部长,而民义社成员却公举邹永成继续担任此职。

1915年夏,邹永成回到上海,主持策动长江一带的反袁斗争。他一方面派王道主办《救亡日报》,为三次革命做舆论工作;另一方面组织民义社成员捣毁鼓吹帝制的《亚细亚报》,组织社员攻打上海警察局,谋刺南京警察厅长齐燮元,配合陈其美运动肇和兵舰起事。他在上海召集不少青洪帮供其驱使,并派人运动江阴独立,将革命运动做得风生水起,基本形成有利局面的时候,陈其美派杨虎、蒋介石前去参加,后来,这功劳算在杨虎、蒋介石的身上。民义社的这一系列斗争,是全国早期反袁护国斗争的重要组成部分,特别对湖南反袁驱汤斗争的胜利产生了深刻的影响。年底,蔡锷在云南组织护国军,高举反袁大旗。邹永成回到湖南,在郴州收集散兵2000余人,编为湖南独立第一旅,自任旅长。为配合云南起义,民义社、中华革命党派杨王鹏、王道、龚铁铮先后回湖南主持驱逐袁氏鹰犬汤芗铭的斗争。

护国战争胜利后，邹永成继续从事反对南北军阀统治的活动。

1916 年袁世凯死后，黎元洪继任大总统，任命谭延闿为湖南省长兼督军。谭延闿派曾继梧回湘，接收李佑文一旅，又把陈复初、赵恒惕两旅扩充为师，共成一军，委曾继梧任军长。谭延闿又回湖南任督军兼省长，湖南的政权依旧又落到宪政党谭延闿的手里。跟着曾继梧又逼着解散邹永成的军队，邹永成灰心已极只得让他解散，前往广东。谭延闿再次督湘后，邹永成认为中国革命最不彻底，最无正谊，无论如何革不好，从此决不再谈革命了。然而为生活所迫又不得不与世沉浮，在旧革命队伍里任过几年闲职，无非是顾问、参议之类，只混一混饭吃而已。1917 年回湖南，任湖南督军署中将高等顾问。1918 年至 1920 年任湖南总司令部中将参议。1921 年任广州孙中山大元帅府中将高等顾问。次年随孙中山避难上海。1923 年任广州大本营军政部高等顾问。他拥护孙中山改组中国国民党，实行联俄、联共、扶助农工三大政策。1924 年 1 月 20 日至 30 日，中国国民党第一次全体代表大会在广州召开，出席大会的代表有夏曦、袁达时、毛泽东（以上在湘推举）、林伯渠、邹永成（以上在粤选派）、程潜、谭延闿、陈嘉佑、李执中、谢晋、刘况（以上为孙中山指定）11 人。1926 年 7 月，广东国民政府派出国民革命军正式出师北伐，邹永成任国民革命军第六军参议。奉程潜命，前往叶开鑫部运动所部师长新化永靖团的邹鹏振加入国民革命军。

自从谭延闿重新督湘，邹永成已经心灰意冷，只想混日子了，1927 年蒋介石发动"四一二"反革命政变以后，他越发灰心，本不想再在污浊社会里混饭吃，但到 1930 年胡汉民敦劝他任中国国民党党史委员会撰修委员时，他念先烈的史实不可不彰，更怕蒋党颠倒是非伪造党史，不得不出来任职与之奋斗。然而心与力违，在职十八年，屡与篡改历史的徐忍恕等争论，终因寡不敌众，史实多被歪曲。

1948 年，邹永成弃职后从南京搬迁回湖南，在长沙组建中国同盟会湖南联谊社，从事反蒋斗争。为了迎接湖南和平解放，邹永成与仇鳌、黄一欧等知名人士共商政局，积极主事。新中国成立后被任命为湖南省军政委员会参议。从 1951 年起，邹永成得痼疾，辗转于病榻 4 年之久。患病期间，黄兴长子黄一欧经常前往看望他，与之切磋辛亥革命前后历史。1955 年 6 月去世，终年 74 岁。

第一○二章 英雄殒命

1913年"二次革命"失败后，革命党谋求东山再起，谭人凤受孙中山等人之请在广东、福建等地活动，并授命谭二式与曾传范、罗澍苍等人在益阳组建革命机关，树帜讨袁。他们在益阳成立湘中司令部，以谭二式为总司令。

为了招集人马，当听到消息说安化资江下游的马蹄市有会党首领李晴林一支队伍，拥有三百多人枪，独霸一方时，谭二式凭着父亲在会党中的威望和数年来与会党的关系，独闯李营，意欲说服争取李晴林跟自己一起反袁，兴师北伐。然而，尽管谭二式软磨硬泡，李晴林还是不为所动，只是看在洪门兄弟的分上，以好酒好菜热情招待，谭二式见劝不动他，只好作罢。

尽管招募人员时遭到了一些挫折，但他们的反袁之心却更加坚定。一次，曾传范听以前的同僚说汤芗铭近段时间要来宝庆府视察，他赶紧把这个事告诉了谭二式。

"汤芗铭这狗贼，还敢到宝庆府来？家父就是被他和黎元洪逼得背井离乡的。"谭二式对汤芗铭可是恨之入骨。

"谭司令，要么我们去宝庆府狙击这狗贼，除掉袁世凯的这个爪牙？"在场的新化党人谢敬轩听了，提议道。

"这可是千载难逢的好机会呀，平时这汤芗铭都是缩在都督衙门，我们没法接近他，现在居然来到我们宝庆了，这不是送货上门吗？我们一定让他有来无回。"另一个新化党人张壮湘也说。

"南华，你认识汤芗铭，在我们这些人里面，你可算是经验最丰富的，你就领着我们干一件大事吧。"谢敬轩跟罗澍苍提议说。

"对，只要能干成一件轰轰烈烈的大事，就是让我死都愿意。"张壮湘说。

"同志们，这件事不是我不想干，而是现在时机还不成熟，'二次革命'后，袁世凯他们如惊弓之鸟，睁大着眼睛盯着那些他们认为可能会造反的地方，汤芗铭是他派来镇压湖南的革命党人的，谭先生被袁世凯定为'湘省之乱首魁'。宝庆府又是他革命的发源地，难道汤芗铭会不知道？不会做好一切准备以应对不测？何况我们现在人员和枪支都不是很充裕，难以跟官府抗衡，所以，我认为现在这个时候不宜暴露我们的力量，等待以后队伍壮大了，谭先生召唤我们，再出山也不迟。"罗澍苍说。

"我也认为南华兄说的不无道理，小不忍则乱大谋，我们还是先观察一段时间，待有机可乘的时候再说。"谭二式也支持罗澍苍的观点。

革命心切的谢敬轩、张壮湘听不进劝告，当晚就带领手下的几十个会党赶往宝庆府。这么多人的行动自然非常显眼，还没等他们到达宝庆，就被官府发觉，几百官兵把他们几十人死死围困在一个山坳里。谢敬轩、张壮湘被捕入狱，第二天就被汤芗铭下令杀害，其他会党跑的跑、抓的抓，一下就溃败了。

眼看着好不容易召集起来的会员一下就损失了几十个，谭二式和罗澍苍痛心不已，悔不该没有提防他们擅自行动。

"我当时就说了，我们的队伍还在壮大阶段，无论从装备还是从人数上来说都处于劣势，这样出击无疑是鸡蛋碰石头，是非败不可的。"罗澍苍深叹一口气道。

"我也没提防他们没有经过我们的同意就擅自行动，好不容易组建起来的队伍一下就损失了这么多人，他们两人带的队伍都是些冲锋陷阵的勇士啊！"谭二式也心痛地捂住胸口。

"德金，事情既然都成为事实了，再怎么心痛都于事无补，我们以后一定要对队伍加强服从命令方面的教育。还有，尽管谭敬轩、张壮湘他们是违背命令擅自行事，现在人牺牲了，我们还是要给他们好好善后，因为他们都是为革命而献身。"罗澍苍说。

"嗯，这些事情我爹在家的时候就经常教我，不管事情成功与失败，一定要做好死难会员的善后工作，这样才不会让人寒心。"谭二式答道。

尽管"二次北伐"失败，罗澍苍和谭二式始终没有放弃革命，他们坚持重组队伍，等待又一次革命到来。

1917年7月张勋复辟时，孙中山即号召护法。8月在广州召开国会非常会议，成立护法军政府，领导护法运动。1918年1月，谭人凤向各界致电，表示拥护孙中山的护法运动，并嘱谭二式"拟在湘西召集旧部，效力疆场"。

此时，南方军队抗击段祺瑞北洋军队的战斗正在激烈的进行中，谭二式想起北兵中仍有很多会党成员，何不去进行策反工作。"1918年5月3日下午，谭二式身着北洋军服，乔装成北洋兵模样，起身前往北洋兵军营策动起义。他来到安化县马辔市资阳河畔，乘船行至马辔市下的对河口，当时正是夕阳西下，暮霭渐起，谭二式准备跨上渡船时，不慎失足落水。虽然他大声呼救，然而，渡船虽近，敌我难分，因天色暗，船上的人看不清容貌，只是见他身上穿的是北洋兵的服装，便认定他是北兵，仇人相见，分外眼红，他们不但不予相救，反而用篙杆猛击其头部，顷刻，资水流红，英雄殒命，时年31岁。当船工们把谭二式尸体打捞上岸，从他身上搜出会党符号等身份证件，证明他是谭胡子之子谭二式将军时，一切都迟了……

第一〇三章 宁死不屈

完成谭人凤交代的去广东购办军火的任务后，罗澍苍就开始回湖南积极开展反袁斗争的活动。

罗澍苍是谭人凤的得力助手。罗澍苍，原名洽霖，字南华，号澍苍，新化县永靖团文田村人。罗澍苍幼受庭训，天资聪颖，善于吟诗作赋、作对联，早在读私塾时就以才气闻名乡里。某日，塾师出上联曰："今日大风大雨又大雹"，罗澍苍对曰："他年为将为相更为王"。他曾以井中小鱼为题吟诗抒志："未变蛟龙可奈何，年年空对旧山河。暂将鳞甲藏深处，待得风云起巨波。"可见少年罗澍苍志向远大。年纪稍大一点，罗澍苍须发变红，见者无不称奇，唤之"红毛"。

罗澍苍毕业于新化实学堂改成的新化速成学堂，与谭人凤早就有交往，谭人凤家所在的福田村就在文田村隔壁，谭人凤曾在文田村的"四香书屋"念过书，在谭人凤的影响下，罗澍苍开始有了革命思想。新化速成学堂毕业后，罗澍苍想学陆军，但因为头发是红黄颜色遭拒绝，然后进入京师学堂。在京城，他目睹清廷腐败，反清革命思想更加浓郁。1906年，同盟会发起的萍浏醴起义遭遇镇压，让他深受刺激，决定"弃书事武"，遂南下广东，准备投入虎门陆军学堂，又因为头发颜色异常而遭到拒绝，遂入广州先锋队当兵。因他善于文，又长于写字，闲时乐于为士兵代写书信，很受欢迎。统领魏宗禹见他字写得很好，就提升他为司书，在营中有"红毛司书"之称。

早年投身会党的湘籍志士谭馥因考虑到广州巡防营士兵多为湘籍，且多数人加入过会党，便跟葛谦、黎尊等人投入广州巡防营，开展革命活动，后经葛谦介绍加入同盟会。谭馥是保亚会的发起人和组织者，"因熟识洪家反清复明之宗旨，慨然以光复为己任"。虎门陆军速成学堂毕业的同盟会会员曾传范、何秉钧等人闻讯，也赶紧加入谭馥所在的巡防营中做下级军官及其副职，与谭馥联合起来，使得谭馥更加斗志昂扬，信心百倍。

罗澍苍又因文笔好，博得了谭馥的好感，把他视为自己的左右手，经常与他商讨进行革命斗争的方式方法。他曾经对罗澍苍谈过自己的想法：拟先"运动军界数千人，即通知孙文进兵，届时官方必派营勇对敌，而营勇皆系我党，则倒戈相向，易如反掌。广东素以富著，民间亦复藏有军械，起义时一经传檄，军民响应，大事成矣。虎门各处炮台为入口要隘，现并设法运动，多布同志，以便由香港进兵及输送枪炮，既得广东，即西略广西，北进湖南、江西各省。"北伐中原，直捣幽燕。在谭馥等人的积极组织和热心鼓动下，广州巡防营中革命空气日益浓厚。

1908 年 11 月 14 日，清光绪皇帝病死，第二天，慈禧接着病死，这对资产阶级革命派来说，无疑是一个发动反清武装起义的极好机会。赵声、邹鲁等人一致认为"非速举，将坐失良机"。于是，决定由邹鲁、姚碧楼通过谭馥等人的关系发动广州巡防营起义，并在广州清源巷设立总机关，各地设立分机关。计划"以巡防营发难，赵声以新军应，朱执信以绿林应"。

谭馥与葛谦等人因筹备事项渐有头绪，特在广州城内桂香街师古巷古家祠大同旅馆设一办事处，接洽各方军人；葛谦心腹赴香港同盟会分部，请冯自由致电孙中山，请示方略，商议接济饷械办法，并函邀黄兴、谭人凤来粤主持大计。冯自由当即给予活动经费三百元及《革命方略》两册，以备起兵时急需。从此，谭馥、葛谦、罗澍苍等人"四出联络，尤无片刻能安寝食"。

谭馥认为要运动巡防营中湘籍官兵，可以利用各地士兵的旧习惯，采取联络长江会党散发票布的方法，能争取事半功倍的效果。于是仿唐才常散发"富有票"发动自立军起义的办法，设立"保亚会"。而且各人以票布为凭，可以互不相干，即使某一部分出了事，也不至于影响全局，其用意是周详的。

作为谭馥的得力助手，罗澍苍处理事务、计划、布置有条不紊，在保亚会活动中起到了非常重要的作用。谭馥每次去广州清源巷总机关与邹鲁商议时都邀约罗澍苍同往。在他们组织发动下，"一时风声所及，在营伍中之哥老会籍会员莫不以加入革命党及领取保亚票为荣幸"，尤其是罗澍苍借替士兵写家信之机广发票布，使水师提督亲军营收效最为显著，"保亚会"会众最多，"殆占全数中十之八九焉"。

为预防局部失败牵连全局起见，凡保亚票会员除谭馥、葛谦、罗澍苍、曾传范、黎蕚、姚碧楼等人外，一概不准与其他会员相识，布置颇为周密。同时也说明了罗澍苍在"保亚会"领导集体中的重要地位。

虽然布置周密，意外还是发生了。同年 12 月 7 日，领有数十张"保亚票"的伙夫严国丰在广州太平街水师提督行署内蹲地燃火，不慎失落"保亚会"票布一张，被水师提督李准的卫兵捡到，呈报李准。李准知道事体重大，不可忽视，立即派人将严国丰拿获，并搜出记有谭馥、葛谦、曾传范、罗澍苍等名字的日记本。李准迅速捉拿革命党人，葛谦当场被捕，谭馥虽然得以逃脱，但其包裹被清军搜获，内有保亚票册底、天花板旗帜及往来信件等证据。在严行查究下，保亚会起义计划完全败露。李准按册捕人，又先后捕获曾传范、罗澍苍等。当晚，水师提督亲军营兵士因藏有"保亚票"而被捕者多达三百人。保亚会主要领导人黎萼、姚雨平、姚碧楼等人闻风逃脱，巡防营中各机关人员出走一空。李准见本营士兵入会者如此众多，大为震骇，本想将这个案件追查到底，把所有人抓捕入狱，后来越查越多，巡防营中持票布的人达百分之八十以上，整个军营已经呈现出动荡局面，加上又有情报说有革命党准备在广州举行大规模的起义，现在新军内部的情况也是极不稳定，李准生怕此事会动摇军心，造成集体哗变，便想办法要稳住人心。当天晚上，即令人将所有被捕的士兵释放，将"悔过自新"箱悬挂在各营，凡领有"保亚票"者，只要将票据自行投置箱内，即准予自新，照常供职，不予追究；同时派兵严密防患，全省戒严，如临大敌。

　　李准多次审讯葛谦。葛谦毫无畏惧，侃侃而谈其革命道理。李准再三刑讯逼供，葛谦始终无一语涉及他人，他说："我的同党，我决不供出，我已下决心拼一死""我之宗旨，虽死亦不能变，言尽于此，请速杀我。"李准恼羞成怒，于 1908 年 12 月 16 日清晨将葛谦杀害于珠江天字码头，同时遇难的还有严国丰。罗澍苍也被多次提审，但他每次都巧妙托词掩饰。谈时事则慷慨激昂，主张改良政治，对"保亚票"事件坚实不吐，一口咬定他对此毫无所知。当问及他对葛谦、曾传范的看法时，他鉴于葛谦已供认不讳而曾传范并未直供的事实，故意说葛谦"势力甚大，学问甚好"，而曾传范"学问有限，不足革命"以相掩护。因谭馥在逃未抓获，供词不能确证。曾传范、钱占荣均不承认有入会行为，仅与葛谦、谭馥相识而已。罗澍苍虽与葛谦书信来往，证据确凿，惟须待拿获谭馥审讯明确，暂缓发落。

　　葛谦行刑前，李准命狱卒传唤罗澍苍、曾传范、钱占荣等人前去拍照、陪刑，以示恐吓。忽然，营中有人呼"空手"，罗澍苍误听为"红手"，而"红手"即刽子手，以为自己要被行刑了，就找狱卒要来纸笔，书写对联一副，上书："授首足千年，黄种国民应有恨；伤心惟一事，白头老母竟无依。"照相的时候，他将那副对联粘在自己的衣服上，想把这张照片寄回家乡，留作纪念。第二天，广州各报纸将这张照片配以长文当作特大新闻争相刊载，在社会上造成巨大反响。为了稳定军心，李准不敢将罗澍苍立即杀害，而以"监候待质"关押在广州监狱。

葛谦、严国丰遇难之日，罗澍苍与曾传范在狱中作挽联二副，纪念并肩战斗过的革命同志，其一云："自中华失南越以来，美雨淋淋，欧风飒飒，汉奸授首，满贼低头，壮志渡重洋，直将吸海国文明，代四百兆同胞续命；闻烈士遭东林之祸，词如金石，气贯山河，妇孺寒心，胡奴丧胆，声名腾百粤，愿留得英雄碧血，为五千年历史增光。"其二："赤手拯乾坤，壮志西归名不朽；丹心贯日月，珠江东去血横流。"1909年4月，黎萼、谭馥相继被捕入狱，故友重逢，虽在狱中，仍然不忘国事。罗澍苍在暗中继续联络狱卒和囚犯。

1911年4月，黄花岗起义失败，罗澍苍得知同志死难的噩耗后，痛哭不已，作《吊黄花岗七十二烈士文》以悼之：

"是谁丧失中原鹿，二百余年归异族。凶蛮狠毒逞淫威，人为刀俎我鱼肉。惨哉祖国久沦亡，中原志士共悲伤。浩气冲霄贯牛斗，同心誓死逐豺狼。威风凛凛炮声声，革命雄狮起惠城。叱咤数声山岳动，咸阳一炬鬼狐惊。交锋夹道决雌雄，众寡悬殊势不支。弹雨横飞天地暗，正是英雄战死时。志沉恨海水茫茫，无恨悲风转石羊。封冢垒垒七十二，千秋纪念黄花岗。菊纵黄花留晚节，闾里黄花埋碧血。秋深菊丛有余香，哪及岗前雄鬼烈？黄花岗葬国殇，岗上英灵射日光。黄花岗葬国殇，岗上英魂草木香。黄花岗葬国殇，岗上声名万古扬。呜呼死者长已矣，生者革命焉可已。及时团结唤国民，尚武精神当振起。从来有志事竟成，只要同胞具热情。任教美华开创迹，斯以告慰依台魂。"罗澍苍他们在监狱被关押数年，直至辛亥革命爆发。

1911年10月10日，武昌首义，各省纷起响应。11月8日，罗澍苍和黎萼、曾传范等人乘两广总督张鸣岐慑于党人声威化装出城之际，破狱而出。次日，他们又召集保亚会同志谭鼎新、朱永汉、王国柱等三百余人联络友军占领水师行台及各部门。邹鲁得到他们出狱的消息，赶来慰问，见罗澍苍红须与眉发相映，说道："不意今日复见孙仲谋。"两人相视大笑。于是，罗澍苍又被同志们称为"孙仲谋"。广州光复后，罗澍苍受黎萼派遣前往香港迎接胡汉民出任广东都督。此后，他们在藩署成立建字军，黎萼任统领，罗澍苍任执法处长。民国初年，黎萼先后任粤军旅长及潮梅绥靖处处长，罗澍苍为其"主记室"（秘书），多所襄助。

南京临时政府成立后，以前参加革命的同志大都封有一官半职，而革命元勋谭人凤则无任何头衔。罗澍苍为之抱不平，电调曾传范统率的一个旅交谭人凤节制，并推举谭人凤为北面招讨使，组军北伐。1913年"宋案"发生后，罗澍苍潜往湖南积极开展反袁斗争。

"二次革命"失败后，谭人凤等人流亡日本，罗澍苍仍然留在省内继续从事反袁斗争。1914年，罗澍苍奉母亲的召唤，返回新化原籍。罗澍苍在母亲身边尽孝的同时，从未放弃他的反袁事业，他与曾传范、谭二式等分头联络资江流域军队和会党，在益阳曾传范家中成立湘中司令部，以谭二式为总司令。聘日本人山本大郎等暗制炸弹，准备反袁起义。曾秘密策划狙击袁世凯心腹、湖南都督汤芗铭。新化党人谢敬轩、张壮湘欲推举罗澍苍任指挥，急图起义。罗澍苍见起义时机尚未成熟，告诫他们不可轻举妄动，而谢敬轩、张壮湘不听劝阻，贸然起事，以致兵败身殉。

袁世凯复辟帝制，罗澍苍非常愤怒地说："我辈艰难缔造之民国，决不愿为人摧毁。"其时，汤芗铭正在全省秘密布置爪牙抓捕他，新化劣绅杨某将罗澍苍行踪密报县衙，县衙将其诱捕押解省城。汤芗铭对他严刑逼供数十次，一无所获。1916年1月12日将他杀害于长沙星沙刑场，年仅31岁，同时遇难的还有其堂弟罗世栋（亦名罗作求）。由于当时全省一片白色恐怖，兄弟二人的遗体浮厝于长沙义馆5年之久，直到1921年才由族人迁回新化安葬。

第一〇四章 视死如归

李锡畴，名一球，字叔海，早年入新化县高等小学堂和湖南旅鄂中学学习，后东渡日本，入东京工业学校应用化学科，潜心研究炸弹、地雷等制造，1908年加入同盟会。1911年回国，正值武昌起义，黎元洪派人到客栈动员外省返乡的军校学生参加战斗，他参加了学生军，在阳夏保卫战中艰苦奋战。阳夏保卫战失败后，李锡畴不甘就此罢手，他邀集友人赶赴烟台，"谋炸清室要人"。后因清帝宣布退位，放弃暗杀计划，返回湖南。

当时的湖南政局一片混乱，武人横行，袁世凯的爪牙十分嚣张，李锡畴自制炸弹将袁系某师长"炸裂其足，武人为之敛气"。1913年，宋教仁案发生后，"二次革命"兴起，袁世凯出兵镇压革命党人。李锡畴愤怒之极，潜入北京刺杀袁世凯，不幸被捕，被囚禁半年。因事先已改了名字叫叔海，最后，以证据不足获释。之后，又东渡日本。邹永成组织民义社的时候，他积极参与配合，又自己组织炸弹队、少年再造党等团体。在日本，他"求得其国深于制炸药者师之，术益精，且多有发明"。

1914年，袁世凯党羽龙济光统治广东，李锡畴与谭启秀、范其务、罗侃廷、陈钜海等分赴潮汕、钦廉等地联络军民，秘密商量驱龙。1915年冬，李锡畴肺病日益严重，此时袁世凯称帝，他扶病到香港后与邹鲁等人共商讨袁大计，因咯血症复发而住院治疗，但他仍然时常往各地制造炸弹，联络同志，并未因此影响革命活动。对有损革命利益者，则"时加苛责，人以其持身谨而待人公也，皆惮而敬之"。

鉴于广东潮州、梅县等地军人多为湘籍，于是商定先从潮、梅地区发动，由李锡畴和陈钜海负责联络军队。湘籍军人听说李锡畴参与领导起义，都奔走相告，"知其护国诚，办事实也"。起义计划确定后，李锡畴等人由香港赶赴汕头，任护国军汕头支队司令。由于12月23日待运汕头的大部分枪械、炸弹为香港当局查获，起义只得延期。1916年1月4日，李锡畴补充制造的炸弹完工后，正与罗侃廷、陈钜海分发各营，准备发难，没想被袁世凯派出的镇守使马存发发现，对他实施了抓捕。李锡畴在狱中很是镇静，像往常一样，该吃吃，该睡睡，完全没有一丝恐惧。有人劝慰他珍爱生命，好自为之。他回答说："如以护国讨袁不幸而死为不当，而怜我耶，则谁驱我而为此？如以为当，则知有此日久矣，何慰为？"

1916 年 1 月 6 日，李锡畴与罗侃廷、陈钜海等革命志士英勇就义于汕头，年仅 25 岁。事后，人们对李锡畴"就义之际，颜色一如平日，至今谈者尤为感叹！"

第一〇五章　惨遭杀害

　　1911 年 10 月 31 日，由于立宪派谭延闿背叛革命，发动武装政变，指使第二营管带梅馨带领叛军进攻都督府。前一天，都督府已经听到有关消息，革命党人聚集在一起秘密商量对策，有人主张先发制人，除掉谭延闿，而曾杰则误信了立宪派，主张"革命要王道，不要霸道"。没承想，第二天，焦达峰、陈作新真的被杀害，曾杰也被叛军逮捕。后因叛军中有熟人营救，才得以化装从都督府后门脱险。因为立宪派对革命党人的穷追猛打，曾杰只能逃往国外，1912 年，曾杰只身赴美留学，然后入德国柏林大学。1916 年回国，在广州参加孙中山领导的革命活动。1922 年任上海中国大学教授。后奉孙中山之命任劳军委员。1923 年参加北伐，1924 年任建国军赣边先锋司令。1926 年 11 月 29 日任广州国民政府副官长。1927 年 3 月，任武汉国民政府首席参事。

　　自从蒋介石发动"四一二"政变背叛革命以后，曾杰就开始对蒋不满，特别是"九一八"事变，蒋介石采取不抵抗主义，放弃东三省，曾杰对蒋更加不满。1932 年 1 月 28 日，十九路军在上海英勇抗日，蒋介石不但不予支援，反而把蔡廷锴部队调往福建，曾杰就毅然离职赴上海，在上海办《义勇周刊》痛斥蒋介石。1933 年 11 月 20 日，十九路军将领陈铭枢、蒋光鼐、蔡廷锴等人联合李济深等一部势力在福建成立反蒋人民政府，曾杰也参加了这一活动。福建人民政府失败后，曾杰被蒋介石指派特务囚禁于福建厦门鼓浪屿，后通过一英国人将他所拟的快邮代电带到外边印发，蒋迫于各方面的压力，才将曾杰释放。1933 年曾杰所著《大道建国与实力御侮》一书出版，对蒋介石独裁专制和放弃东北三省的卖国行为，深恶痛绝，在书中指名批判揭露。如书中指出："国民党到了民国十八年，这个训政的党为个人所操纵，实际上实行了军治，乱军、乱党、乱政。"书中号召国民党党员起来反对蒋介石，倘有领袖甚至做了反三民主义的事体，就应该毫不客气地站在正义的立场上采取去恶务尽的态度，不达到目的不止。对蒋介石不抗日的卖国行为，在书中无情加以揭露，指出："自九一八事件发生后，张学良所以采取不抵抗主义，全师辱国，其所秉承者，是一个乱政毁党以内争召来外侮的军人领袖。"曾杰历来就主张积极抗日，他在这本书中就提出了实力御侮的主张。他认为当时最急的一项，就是抗日。他自己也抱定抗日的决心，坚决表示："至于作者的本身，则久已抱定决心，在南京政府决不抗日的短期间内，恕不能为政府作傀儡。"他主张发动民众，组织自卫队，武力抗日，认为"武力抗日必操胜算，其原因有五：第一攻守势殊，敌人劳师远征，我则以逸待劳；第二，我众彼寡，日本常备军不过二十万，而我国现役兵已达三百万；第三，我直彼曲，日本是侵略，我们是抵抗侵略，能得到世界的同情；第四，假令海口被封锁，则利归于我而怨及于日本；第五，我国地大物博，日本则反是。"因此，他主张持久抗战，认为抗战在十年之内，日本必败。他认为抗日的结果，国内能团结一致，能唤起旧文明以成新文明，能修明政治、取消不平等条约，收复东北三省失地，收复台湾、澎湖、琉球等我国领土。曾杰还极力反对内战，他认为"不抗日必内战，决心抗日，则志在内战者，可以民意扫除之"。他骂国民党正式国军连土匪（指辽东小白龙抗日的行动）都比不上。他不仅著书立说，积极主张武力抗日，而且到处奔走，筹组抗日义勇自卫队伍。1939 年至 1940 年到湖南担任张治中将军顾问，共商抗日救国大计。1941 年 10 月当日寇进攻长沙，国民党军队仓皇逃走时，他还奋不顾身，留在长沙，计划组织抗日志愿军，抵抗敌人进攻，不幸壮志未酬，竟惨遭国民党特务杀害。终年 55 岁。1949 年 7 月 5 日，被追赠少将军衔。

第一○六章 扶危反正

1911 年 11 月 5 日，卿衡率 49 标到达武昌，驻两湖书院。在黄兴总司令指挥下，从 11 月 6 日开始血战到 27 日，汉阳失守。会同徐鸿宾所率敢死队二百多人，前后战斗了二十二个昼夜，终因敌强我弱，敌众我寡，在大量消灭敌军精锐后，革命军亦被逼退守武昌。

27 日晚上，黄兴退到武昌向黎元洪报告失利情况，即率部分学生军及其夫人等乘江轮赴沪。

28 日，汉阳失守，主帅离鄂，群龙无首，王隆中与卿衡等则整军率部返湘。途中，军纪严明，秋毫无犯，令人钦佩不已。武昌一役，虽说暂时失利，但 49 标在局部战斗中，功勋显著，湘、鄂两省，妇孺皆知，而此役的政治意义尤大。由于武昌起义的英勇战斗，延续了时间，赢得了各省的纷纷独立。

49 标回长沙后，被编为第四师，王隆中任师长，卿衡任第七旅旅长，陈强任第八旅旅长，鲁涤平、朱斗光、杨万贯、胡兆鹏均任团长。

1912 年，孙中山任临时大总统，黄兴任陆军总长。因民国首义之勋，授予卿衡陆军少将衔和开国勋章。当时，湘中将士，恃参加支援湖北有功，多骄纵自恣，军纪松弛。针对这种情形，卿衡首先提议建立团防，散置军队于各区，继办教练团，俾资休整，不出数月，骄悍之风，无形消失。9 月，中央令全国各省裁军，减轻人民负担。有些将领拥兵自重，官兵都不肯退伍，湖南的裁军工作很难开展。谭延闿都督以第四师军功显著，不敢议裁。然卿衡深明大义，与王隆中商议以国家人民利益为重，不计较个人得失，首先响应裁军号召，使湖南的裁军工作，得以顺利进行，减轻了人民对军馈的过重负担，第四师即被解散。

1913 年，卿衡被委充湖南第一区守备司令，驻军潭州。3 月，袁世凯破坏共和，推行专制。孙中山、黄兴、谭人凤等发动"二次革命"，组织南方各省，同兴问罪之师，出兵讨袁。6 月，袁世凯罢免四省都督职，江西李烈钧树帜讨袁，七省纷纷独立，并组织讨袁军北伐。袁世凯派重兵南下，进抵南京、安徽，屯军武汉。当时卿衡驻军湘中，首当其冲，当即部署将士，加紧备战，积极练军。这时谭人凤等来湘联络，卿衡以当时饷械俱缺，裁军不久，军力薄弱，主张稳重行事。不久，宁、赣战役失利，"二次革命"惨遭失败。孙中山、黄兴等逃往日本，湖南幸免遭兵祸。后来，卿衡又掩护谭人凤等逃往日本，袁世凯派汤芗铭为湖南都督。

1916年，洪宪之乱起，袁世凯称帝于北京。汤芗铭怂恿附和于湖南。蔡锷在云南起义，曾继梧、卿衡等起兵湖南响应，卿衡复召旧部成一旅，任护国军第一师第二旅旅长。湘省护国军四起，汤芗铭在四面楚歌中，被迫宣布"湖南独立"。袁世凯看到像汤芗铭这样的宠臣都倒戈相向，于6月6日气急病死。而汤芗铭也被逐出湖南，卿衡与湘中诸革命将领，维持湘局，不激不随，扶危反正，共和复活。黎元洪总统嘉其功，授三等文虎章，聘为陆军部一等咨议，兼任谭延闿督军署高等顾问。

1917年，湘西兵乱，卿衡奉命移驻常德，剿抚兼施，又以功勋卓著晋升二等文虎章及陆军中将衔，旋任常澧镇守副使兼湖南守备第三区司令。8月，孙中山在广东组织护法军政府，拥护"临时约法"反对段祺瑞的武力统一，史称护法运动。在护法运动中，卿衡镇守湘西，驻军常德、慈利、大庸等县，严阵以待。他平时注意训练军队，严守军纪，严防匪特，提高军人素质，加强战斗力，战时能以一当百，保卫地方，不致增兵筹饷以苦人民。及至冯玉祥进攻常德，南北和局已成，双方都以民为重，未动干戈而和好相处。

在卿衡驻军常德期间，全国大局混乱，大庸更加严重。镇守使王子彬奉命平定后，其中一些乱党党徒逃至常、澧请求收编，卿衡释其首领，谕其党缴械，资遣回家，不戮一人而事就定，曾主张"使功不如使过，收集党徒，禁诘凌暴，而不咎其既往"。其至大庸，分防设险，每获盗匪，必具实证，征求舆论，非罪大恶极者，无不释之。并谕各乡，整理保卫团，佐以游击队，收集党徒，编为团兵，禁止奸暴，不咎既往。其党各就范于清乡之中，行靖边之法，仁育而义正。是卿衡镇守慈、庸两载，而四境平安，成效显著；农安予野，行旅出于途，匪患烟消烬灭，街市焕然改观。

1919年，五四运动爆发于北京，湖南学生纷纷响应，遭到张敬尧的血腥镇压。卿衡极力支持学生，并树帜讨张。

1920年11月，湘军发生内讧。谭延闿出走，赵恒惕任湘军总司令，这年12月，卿衡回新化奔母丧，次年1月，赵恒惕趁机将卿衡的常澧警备军五个营并归第二师第四旅邹序彬整编，削去其军权，聘为"高等顾问"。卿衡愤辞不就，将带回的卫队百余人枪交地方办理团防，1923 年被推为新化县团防总局总办。回家乡后，卿衡致力于矿业事务，在锡矿山、宝庆、新宁等地开采锑矿。有时在家，则以农为乐，不再参与国家军政大事。

1923 年，孙中山在广东成立革命政府，确定"联俄、联共、扶助农工三大政策"，卿衡表示极力拥护。1927 年，大革命时期，新化建立了农民协会，开展农运工作。当时新化县委周廷举、方石波等亲临邀请卿衡指导工作，卿衡曾给予大力支持。马日事变后，反动势力复辟，大举镇压工农革命干部和群众，卿衡站在人民立场，营救过新化农会会长朱道祥，纠察卿禄光、卿柱臣、卿位祥等。1928 年，应湖南省府主席鲁涤平之邀，出任洪江禁烟委员，到职未及半载，不愿横征暴敛，毅然辞归。

1935 年，红军长征经过新化时，领导农民打倒土豪劣绅。后来红军走了，反动势力复辟，关了很多农民，卿衡与反动政府交涉，把农民都放了出来。1937 年 8 月 28 日，卿衡因积劳成疾，病逝于新化，时年 59 岁。

第一○七章 彪炳青史

1911 年 10 月，在武昌起义胜利的欢呼声中，孙中山当上了临时大总统。1912 年 3 月 6 日，为了表彰陈天华为民主革命所做出的伟大贡献，孙中山以临时大总统名义下文，批准给陈天华烈士建立专祠，并题词"丹心侠骨"，刻文褒扬。

1917 年，周恩来总理怀着爱国济世的心，找不到真理的苦闷，远渡重洋，来到日本谋求先进的科学知识，以图报效祖国。在他出国之前，写下一首感人肺腑的诗："大江歌罢掉头东，邃密群科济世穷。面壁十年图破壁，难酬蹈海亦英雄。"书赠为他饯行的同窗好友张鸿诰等人。

"难酬蹈海亦英雄。"引用了陈天华蹈海的故事，表明了周总理决心之坚，立志之远，并且预想未来，即使壮志难酬，捐躯东海，亦不愧为一英雄。舍生而取义者也。

周总理的诗虽然只是引用了陈天华蹈海的故事，但对陈天华虽短暂但不平凡的一生给予了充分的肯定。

中华人民共和国成立后，中国革命历史博物馆曾专题刊列陈天华的生平简介和《猛回头》《警世钟》的书影，以示对陈天华烈士的纪念。

"能争汉上为先著，此复神州第一功。"这是辛亥革命前夕，黄兴自香港经上海赴武汉，动身前写的一首《和谭石屏诗》中的名句，充分体现了谭人凤在武昌首义中的功绩。

章太炎在《前长江巡阅使谭君墓志铭》中赞道："君素刚，民党独君最长老，在武昌功犹高。若夫见利思义，见危授命，久要不忘平生之言者，唯君一人而已矣。"在为谭人凤《石叟牌词》所写的《弁言》中说："其平生功状，如黄花岗败后，奋迹江湖，以成武汉倡义之端；汉阳既陷，支柱会城，令全国不至瓦解，皆可铭之鼎彝，以垂后嗣，为表而出之。"这是对谭人凤最为确切的历史定论。

1935 年 7 月 15 日，国民政府下令：先烈谭人凤，致力革命，功在党国，着追赠陆军上将，用示褒崇。

黄埔军校在我国军事教育史上以其辉煌的业绩，开创了中国近代军政教育的先河，是国共两党将帅的摇篮，被誉为东方的西点军校，成为当时世界四大著名军校之一，他既顺应革命时代的需求而创建，更在推动革命历史进程的同时而得以发展、盛兴，又在历史蜕变的状况下而衰落。方鼎英将军在黄埔军校任职近两年，经历了国共两党合作办校近三年的后半段，是任职时间最长的教育长兼代校长。他与共产党坦诚合作，参与、主持和推动了黄埔军校的规范发展，使之达到全盛时期，为之建树了卓越的历史功绩，在中国及世界近代军政教育史上留下了不可磨灭的光辉印记。他军事教育家的思想、风范，他的伟绩丰功，和他的名字一起，必将永载世界军事教育的史册。

就是以陈天华、谭人凤、方鼎英等为首的这群站在历史风尖的梅山人，他们或审时度势，催动革命潮流；或忍辱负重，力挽狂澜；或舍生忘死，驰骋沙场……他们都不是简单的历史的行者或过客，他们集中着一个时期的历史信息，由此成为历史的节点。他们的功勋伟绩，将永垂青史，彪炳千秋。

后 记

写完长篇历史传记小说《陈天华》，本想放松一下，可写作《陈天华》的时候，那一个又一个的曾经跟陈天华并肩战斗，陈天华牺牲后，沿着陈天华烈士的足迹继续前行，革命到底的梅山英烈们的形象一个个浮现在脑海里挥之不去。

"辛亥新化潮"是一个很特殊的、不可复制的社会现象。新化处在梅山的中心位置，是梅山文化的发祥地，梅山人古称"梅山蛮"，性格以勤劳朴实、吃苦耐劳、勇猛顽强著称，梅山人心忧天下、敢为人先、勇于担当，是一群不会轻易屈服的人。正因为具有梅山人的这些特质，梅山先烈们才能勇往直前、前仆后继，为中国革命不惜抛头颅、洒热血，才让新化有了"同盟会荟萃之乡"的美称。为了传扬梅山文化、弘扬梅山精神，让梅山先烈们的事迹不仅在梅山大地上永久流传，而且能在更广阔的空间发挥他们不畏强暴、积极向上的能量，继《陈天华》之后，我又续写了这部《辛亥风云之梅山英烈》。

因水平有限和资料的缺失，还有不少没有涉及的内容，像参加同盟会成立大会的陈庭柱，还有同是同盟会会员的高霖、彭作楷、童俊、唐声太、廖楚恭等，我至今都没找到有关他们的资料，所以非常遗憾，只能留下一个名字。而袁华植、唐义彬、邹鼎介、罗醉白、成劲吾等人的资料也是少之又少，因为必须尊重历史，不能随意篡改，所以，也只能一笔带过。留下的这些遗憾，希望能在新化政协以后的历史发掘中得到补充。非常感谢新化政协为我提供的新化文史第二十六辑《新化辛亥人物》！非常感谢《新化辛亥人物》的撰稿者！

2022 年 10 月 4 日

资料来源：

1.刘晴波、彭国兴先生所著的 2011 年 9 月版《陈天华集》。

2.邓江祁先生所著《谭人凤传》。

3.新化政协主编的新化文史第二十六辑《新化辛亥人物》。

4.新化文史第十三辑《方鼎英将军史传》。

5.石芳勤先生编辑的《谭人凤集》。

6.谭人凤先生的《石叟牌词》。

7.鸢飞天先生的《左宗棠收复新疆这一功劳有多大》。

8.鄢吉先生的《辛亥革命 新化人的血流得最多》。

9.曾文辉所著《陈天华》。

10.方鼎英先生所著《方鼎英将军自传》。

11.万先俊先生的《回忆祖父万福华先生》。

12.电视剧《辛亥革命》。

13.360 百科。

14.百度百科。

附录一

中国同盟会新化籍会员名单

陈天华、曾继梧、邹毓奇、张斗枢、周叔川、陈廷柱、曾广轼、伍任钧、高霁、谭人凤、谭一鸿、谭二式、方鼎英、邹代藩、邹永成、曾杰、苏鹏、袁华植、袁华选、曾鲲化、杨源浚、周来苏、戴哲文、谢介僧、高霖、曾继焘、曾继略、邹代烈、刘鑫、彭作楷、刘华式、童俊、唐声太、廖楚焘、邹序彬、唐义彬、成劲吾、邹鼎介、周岐、卿衡、李锡畴、罗元熙、罗醉白、罗澍苍

部分辛亥志士名单

陈润霖、曾继辉、罗元鲲、李抱一、罗仪陆、萧竹雯、邹鹏振、谢国藻、康历干、杨培甫、曾庆湘、游石命、谭恒山、彭宝卿、彭笏卿、罗锡藩、张湘砥、刘叙彝、戴思浩、杨俊望、奉孝培、方乘、王访苏、杨冠陆、彭石民、谢映山、曾立三、罗儒烈、邹元和、毕春深

附录二

新化籍辛亥革命人物附表（65人）

序号	姓名与生卒	地址	简介
1	陈天华（1875—1905），字星台，又字过庭，号思黄	新化知方团下乐村人（今属新化县荣华乡）	革命党之大文豪，著有《猛回头》《警世钟》《狮子吼》等永留青史的著名文章。从小出身贫寒，15岁始入蒙塾，后得族人相助入新化资江书院就读。1898年考入新化实学堂，1903年获公费留学日本，入东京弘文学院师范科，先后参加拒俄义勇队和军国民教育会，1904年在长沙与黄兴等组建华兴会。在同盟会成立大会上，他当选为本部书记，会前负责起草旷世闻名的《同盟会章程》，会后与宋教仁负责经理《民报》。《民报》在其主持之下，锋芒毕露，像革命的烈火一样扫向清王朝。1905年，英年蹈海而逝。
2	谭人凤（1860—1920），字有府，号石屏，晚年又自号雪髯。	新化永靖团福田村人（今属隆回县）	在同盟会中被"尊为长者"。早年在新化境内开山立堂，利用会党缔结反清势力，以后辗转于长沙、日本等地从事专职革命活动。他先后参加黄兴领导下的20多次起义，"几乎无役不与"，但每臻失败，仍不堕其志。后与宋教仁组织中部同盟会，并与宋一起被推为总干事，后又被推为总务会议长，积极筹划长江流域起义。武昌首义后，他立抵湖北，参与领导事宜，并促革命党人焦达峰等夺取湖南政权。后来形势危急，黄兴南撤时，他毅然挑起武昌防御使兼北面招讨使的重任，主持军事，坚守武昌，终奠革命基础。袁世凯时曾授上将衔。后来，他又与孙、黄一同反袁，直到为革命油灯耗尽。

3	曾继梧（1878—1944），字凤岗，号祖生	新化亲睦团人（今属新化县维山乡）	先就读于日本士官学校，学成回国曾任湖南常备军混成协参谋官，代理50标标统。辛亥革命时任武昌起义军炮兵司令，以后又历任岳阳镇守使，湖南新军第三师师长，湖南护国军第一军司令，代理湖南督军等，为湖南和新化地方做过许多好事。
4	杨源浚（1878~1933），字伯笙	新化城厢团上下村人（今新化县上渡街道塔田村）	早年留学日本士官学校，先参加兴中会，后转入同盟会。参加辛亥革命，担任湘军团长。后任孙中山临时大总统高参、第五师师长，参与蔡锷领导的云南起义，任湘黔铁路指挥使，后改任第19师师长等职。
5	苏鹏（1880—1951），字凤初	新化大同镇柳箕村人（今属冷水江市铎山镇）	1902年自费赴日留学，参加拒俄义勇队，组织暗杀团多次北上欲暗杀清政府大员。与禹之谟主持陈天华等烈士的长沙公祭大会，也是蔡元培的同盟会入会主持人。襄助镇南关、河内起义。以后主要从事实习救国。
6	周辛铄（1856—1905），字叔川，又名督川	新化大同镇人（今属新邵县）	为当地巨绅，"为人任侠有奇气"。1898年与晏孝仁等创办新化实学堂。先与谭恒山、谭人风等于一字山结社，频年奔走于湘黔桂一带，谋划武装反清。1904年积极响应黄兴、马福益长沙起义，1905年避走日本，延入同盟会，并委以长江上游招讨使职衔，不幸病逝于日本神户。
7	周来苏（1880—1945），字瑟铿，号东山	新化大同团筱坪村人（今属新邵县）	1903年留学日本，入振武士官学校。参加军国民教育会，与杨毓麟、苏鹏等组成五人暗杀小组，潜入北京，谋炸清吏。又与谋华兴会长沙起义，事泄后走日本。1905年同盟会成立时，被推为本部评议员。1906－1907被推为同盟会湖南分会会长。辛亥革命时，参与武昌保卫战，后被黄兴派回湘省策动湖南起义。

8	方鼎英（1888—1976），号伯雄	新化时雍团人（今属新化县圳上镇）	早年留学日本，同盟会会员。回国后任炮兵教官，武昌起义发生后，约同士官同学30多人南下参加汉阳作战。后在岳州镇守司令部任参谋处长，陆军部当科员。1923年，孙中山命湘军组织讨贼军讨伐湘督赵恒惕，方鼎英代理军长。旋又奉孙中山命，平陈炯明叛乱，解广州之危。1925年起，先后任黄埔军校入伍生部中将部长、教育长、代校长等职。1927年后，历任暂编第13军军长、46军军长、第一集团军第三军团总指挥，西征军第一路总指挥等军事要职。1949年赞助程潜、陈明仁长沙起义，为湖南的和平解放做出了贡献。
9	伍任钧（1883—1913），字仲衡	新化西成团人（今属新化县孟公镇三塘村）	1904年参加华兴会，旋东渡日本，加入同盟会。后返湘任湖南中路师范学堂监督。曾参与黄兴组织的长沙起义，后又参与策划萍、浏、醴起义。武昌起义后，帮助光复长沙。曾任省筹饷局会办、省河厘金局局长。"二次革命"时，参与讨伐袁世凯，力主湖南独立。后被汤芗铭杀害，年仅31岁。
10	曾鲲化（1882—1925），字拚九	新化西成团傅家村人（今新化县孟公镇）	1903年东渡日本深造，并任大清留日学生总干事长，曾任清末邮传部尚书，协助过蔡锷从北京虎口脱逃，以后又分任过交通部路政司长，交通总长等职。
11	邹永成（1882—1955），字器之	新化永固团罗洪人（今属隆回县）	1904年加入华兴会，煞费苦心，多次筹措革命活动经费。1911年与谢介僧等领导宝庆光复，任副都督，然后又光复了新化。参与"二次革命"。

12	邹代藩 （1861— 1922）， 字价人，	新化永固团 罗洪人（今 属隆回县）	1905年参加同盟会后，与谭人凤奔走湘、 赣、鄂、宁、日本等地。参与1911年长沙 起义并胜利。为湖南省代表在南京参会，选 举孙中山为临时大总统。曾任湖田局局长。
13	罗澍苍 （1884— 1916）， 字南华	新化永靖团 人（今属冷 水江市文田 镇）	早年入新北速成师范，毕业后入京师学 堂，又入广东新军先锋队。旋任新军营司 书，密助谭馥组织保亚会。1908年11月， 与邹鲁、赵声、朱执信等谋率新军及巡防 营起义，事泄被捕，投入广州监狱。1911 年11月，广东光复后，在广州藩署成立 建字军，担任执法处长。1914年，反对袁 世凯时遭汤芗铭杀害。
14	戴哲文 （1879— 1907）， 字石屏	新化敦信 团人（今属 新化县洋溪 镇）	1902年东渡日本，后加入兴中会，先后襄 助了或参加了萍浏醴起义、广西西江起义、 龙州起义，后积劳成疾而亡。
15	谭二式 （1887— 1916）， 字德金	新化永靖团 福田村人 （今属隆回 县）	1906年，随父谭人凤一同东渡日本，不久 与其父兄一同加入同盟会。辛亥革命时与 谢介僧等光复宝庆和新化，任都督。后 参加"二次革命"反对袁世凯，欲建湘中 反袁司令部，落水牺牲。

| 16 | 曾杰（1886—1941），字伯兴 | 新化遵路团球溪人（今属冷水江市） | 1904 年初与黄兴组织华兴会，旋密返宝庆，与周叔川、谭人凤、李燮和等共谋举事，响应长沙起义。事泄，走避日本。次年同盟会立，为首批会员，同盟会中坚持不懈之激进分子。同年底，返湘，任教湖南铁路学堂，与文斐等主持湘省同盟会事。1911 年随谭人凤参与组建中部同盟会，为辛亥革命成功之重大机枢。是年与焦达峰、陈作新等率新军攻入湖南巡抚衙门，成立湖南都督府，任都督府参议长兼秘书。未几，湖南兵变，焦、陈被害，曾亦被叛兵所执，几及于难。抗战期间，因抨击蒋介石之对日投降政策，为国民党特务暗杀于长沙市郊猴子石。 |
| 17 | 卿衡（1878—1937），字汉藩 | 新化城厢团下田人（今属新化县上梅镇） | 1910 年任湖南新军炮兵管带（营长），经谭人凤介绍加入同盟会。武昌首义后参与湖南光复，任 49 标标统，为首批援鄂军。以后历任旅长、湖南第一区守备司令等职。 |

18	周岐 （1891— 1911）	新化大同镇人（今属新邵县）	为周叔川侄孙。1905年周岐考取湖南高等实业学堂，1911年随谭人凤在长沙筹备响应广州起义。武昌首义爆发后周岐组织人马武器协助焦达峰光复湖南。随后，他又组织暗杀队奔赴南京，协军攻城。又受谭人凤派遣，组织唐吉篓、刘越、唐铬等新化同乡赶赴华北反清前线。在烟台形势危急关头，周岐力劝王传炯固守烟台，并组织军民赶制弹药，加紧布防。由于在配制炸药时失慎，双手、头、腹遭受重创而亡，年仅19岁。
19	谢介僧 （1887— 1945）， 号国萃， 字介僧	新化大同团人（今属新邵县）	中国同盟会早期会员，曾留学日本。1911年初从谭人凤响应广州起义，以中部同盟会湖南分会领导成员负责联络会党。广州起义失败后，与邹永成等在长沙设民译社设点策划响应武昌起义。10月26日率部光复宝庆，被推为宝庆军政府分府都督，然后又分兵光复新化。后任湖南护国军中路军司令。
20	袁华选 （1880— 1949）， 字曙庵， 号士权	新化中和团下庄村人（今属新化县科头乡）	同盟会员，日本士官生。清末陆军衙门副军校，参加辛亥革命，任北京参谋部局长。后协助赵恒惕治省。

21	张斗枢 （1874— 1929）， 字镇衡	新化时雍 团人（今属 新化县白溪 镇）	早年赴日本留学，就读于日本高等工业学校，加入同盟会。回国后在长沙南阳街设民译社，于汉口俄租界设广惠公司，交通国内外同志。并先后为革命捐助达万余元。辛亥革命时，与新化籍的邹天山、周来苏、余焕东均任李燮和沪宁革命军的参谋，参加了进攻南京的军事行动。民国后，授荆襄宣抚使，不就。协助宋教仁改组国民党，宋教仁管党事，张斗枢管实业，开始经营湖南锑矿。
22	曾广轼 （1884— 1950）， 字叔式	新化亲睦 团人（今属 新化县维山 乡）	毕业于日本警政学校，后在广西主办桂林高等巡警学堂，与蔡锷、谭人凤是挚友。后曾因被人告发为同盟会分子，蔡锷以自己爱马赠友逃回新化。曾返乡后在锡矿山经营矿业，开办新华昌炼厂，以经济支持辛亥革命。后任县劝学所长、县立中学校长、县议会副议长、省议员、第19师参谋长。
23	邹序彬 （1883— 1943）， 字天三	新化敦信 团人（今属 新化县洋溪 镇）	日本士官生，曾以江宁光复军参谋长参加辛亥革命，寻改沪宁联军混成旅旅长。1920年后，历任湘军旅长、湘军榷运局长、湖南护宪军第八路中将总指挥，改省卫军督办兼旅长，1924年任南华镇守使，收编岳州守备司令部所属部队。1926年4月，改任岳阳镇守使。
24	唐义彬 （1882— 1950）， 字佑后， 号经百	新化满仓 人（今属新 化县石冲口 镇）	先就学于湖南武备学堂，后以优异成绩考录日本陆军士官学校，被誉为支那豪杰。当时受革命感召，加入同盟会。于宣统二年，卒业回国从戎，参加辛亥革命。1921年初任湘军少将参谋长，寻改任湖南戒严司令，陆军第一师长，湖南总司令部参谋长，再任湖南省水利局长。1923年8月，代理湖南省军务司长……

25	刘鑫（1883—1944），字钜钟	新化在城厢人（今属新化县上梅镇）	1905年与谭二式等入蔡锷创办的广西桂林随营学堂学习。1906年去日本留学加入同盟会。1911年10月23日，与谭二式、邹永成等革命党在新化县城居士巷刘家适庐商讨起事，实施谭人凤配合长沙起义的战略部署，刘鑫参与了宝庆和新化光复。1912年3月，中国同盟会新化分会成立，刘鑫任首任会长。1913年参与配合谭人凤发起"癸丑之役"反对与袁世凯议和。后在新化锡矿山开办了富民矿产公司，获利颇丰。1926年出任新化商会会长。1944年病逝于新化。
26	刘华式（1882—1955），字锡成（城）	新化大同团人（今属新邵县）	1905年被清政府选派赴日本留学，就读于海军学校。辛亥革命爆发后，刘华式回到上海参加革命。1912年南北议和后，刘华式任海军部军务司司长，以后分别授海军中校、上校、国防事务委员会海军委员、海军少将等职。
27	谭一鸿，字德甲	新化永靖团福田村人（今属隆回县）	1906年，随父谭人凤一同东渡日本，不久和其弟二式加入同盟会，父子三会员，一时传为佳话。
28	曾乾伯（1886—1941），原名曾继煮	新化亲睦团人（今属新化县维山乡）	1901年留学日本学博物，回国后在广西蔡锷主办的随营学堂任教，后跟随谭人凤、宋教仁等奔走革命。在资江书院任教时，以教书作为掩护继续从事革命活动，并相约每人提留一半薪金作为革命活动经费。后参与宝庆、新化光复。

29	曾猛伯，原名曾继略	新化亲睦团人（今属新化县维山乡）	原名济略，1903 年与陈天华、曾继梧等留学日本，为早期同盟会会员。1905 年因回国在新化销售《猛回头》《警世钟》等陈天华著作，被清政府拘捕入狱，经曾继梧等保释营救，人或谓其"何猛如是？"因自号猛伯。曾在新化上梅中学教学《史记菁华录》，宣传进步思想。
30	高霁（1881—1950），名兆奎	新化城厢团人（今属新化县上梅镇）	17 岁留学日本陆军士官学校，先参加孙中山领导的兴中会，旋又参加革命黄兴组织的"丈夫团"，后加入同盟会。回国后，任保定陆军军官学校教官，清军陆军衙门副军校。辛亥革命时任战时总司令参事参加武昌起义及保卫战。
31	邹代烈	新化人	早期同盟会员，曾参与宝庆、新化光复。新化光复后，革命党人内部发生火并，同盟会激进分子邹代烈被杀。
32	邹毓奇（1875—1927年），字人澍	新化敦信团利村人（今属新化县洋溪镇）	光绪三十年考取官费留日生，就读日本东京弘文政法大学，次年参加同盟会。自此，积极进行活动，撰文宣传革命，以《民报》等杂志为阵地，批判改良主义，谴责清廷暴政。1910 年学成归国，适各地武装起义蜂起，邹毓奇召集 200 余人星夜进攻宝庆府，势孤不克而败，逃奔上海。辛亥革命后，任孙中山临时大总统府秘书，后任湖南省榷运局长。
33	袁华植，字璠瑜，号立荄，	新化中和团下庄村人（今属新化县科头乡）	袁华植，为袁华选堂兄弟，与袁华选同祖，父章琏，清光绪十年甲申正月十九日子时生，日本振武学校毕业，早期同盟会员，曾任武昌兵目学堂教官，楚丰兵舰舰长，山西右王县税局主任，湖南铲子坪粤盐税收主任。卒于民国二十八年己卯七月十七日巳时。有子国燮、国灿、国熙、国导。

34	罗元熙，字益之	新化人	早年留学日本弘文学院，清光绪二十九年（1903年）春，与县人陈天华、苏鹏、谢介僧、周来苏、张斗枢等组织拒俄义勇队，后改"军国民教育会"，后跟随与黄兴从事革命活动。
35	罗醉白	新化满仓人（今属新化县石冲口镇）	毕业于湖南优级师范学堂，早年加入孙中山的同盟会，从日本归国后主要从事教育事业。1911年武昌首义后，10月23日，谭二式、邹永成等革命党在新化县城居士巷刘鑫适庐约集刘鑫、杨子俊、罗醉白、刘叔原、刘伯清开会，商讨起事，罗醉白先后参与了宝庆、新化的光复活动。后来，受先进民主思潮影响，响应对时代人才的需求的呼声，罗醉白变卖所有家产在家乡创办了石冲口完全小学并担任校长兼任教师。父子俩一边教书，一边从事革命活动。
36	邹鼎介	新化人敦信团人（今属新化县洋溪镇）	清末在云南任要职，后弃官回新化。1911年武昌起义爆发，湖南率先响应，邹鼎介是时为同盟会新化支部主任，受湖南谭延闿任命，组织县治，任执行官（相当于知县）。以后相继担任过县团防局总办、县商会会长等，民望甚孚！
37	成劭吾（1889—1924）	新化知方团澧溪村人（今属新化县琅塘镇）	成仿吾先生长兄，早年留学日本，加入中国同盟会。1906年春，与苏鹏等护送同里陈天华灵柩归葬于岳麓山。回国后担任过湖南机械厂总务科长、工程处长，国民革命军湘军第一师军需处长。1924年36岁时病逝于广州军中。成仿吾13岁时随其到日本留学。

38	李一球 （1890— 1915）， 字锡畴	新化人	早年留学东京工业学校应用化学科，参加学生军，参与辛亥革命，专攻炸弹、地雷制造术。辛亥革命时邀集友人赶赴烟台，"谋炸清室要人"。后因清帝逊位放弃暗杀计划，返回湖南。袁世凯当政时爪牙十分嚣张，李一球自制炸弹，将袁系某师长"炸裂其足。武人为之敛气"。1913年，李一球潜入北京谋刺袁世凯，不幸被捕，囚禁半年，得以保释。1915年袁世凯阴谋恢复帝制，李一球愤而回国，在香港、潮、汕等地广泛联络军中湘籍志士，赶制炸药，不幸被袁氏爪牙侦知，李一球被捕入狱，次年就义于汕头，时年25岁。
39	陈润霖， 字夙荒	新化在城厢青石街人（今属新化县上梅镇）	清光绪五年生（1879年）。与陈天华、杨伯笙，同称新化三杰。辛亥革命后出任湖南军政府教育司司长，民国二年（1913年）参加倒袁驱汤运动，后受命创办长沙第四师范。翌年春，与第一师范合并，创办楚怡高等工业学院。
40	曾继辉 （1862— 1950）， 号月川	新化亲睦团珂溪村人（今属新化县维山乡）	清宣统元年（1909年），当选为省咨议局议员、常驻议员。次年，清廷大借外债，出卖粤汉路权。曾继辉与陈炳焕冒死上京请愿，联络旅京湘绅，召开"两湖铁路同盟大会"，全国保路运动因而进入高潮。辛亥革命后，出任新化保安会会长，负责维持地方秩序。1916受委派任湖南省清理湖田总局局长。
41	罗元鲲 （1882— 1953）， 字翰溪	新化敦信团人（今属新化县洋溪镇）	1906毕业于湖南中路师范学堂，在新化中学任教七年。反袁世凯时，新化曾继梧任湖南护国军第一军总司令，邀他入幕相助，任过机要秘书。但他不愿意做官，以后在长沙师范、省立一师、湖大等相继任教，曾任毛泽东老师。

42	李抱一 (1887— 1936)， 字景侨	新化大同团 时竹村人 （今属新邵 县）	为周叔川、邹代藩著名弟子，民国时期湖南著名报人。整理辛亥志士文集，有《邹叔绩先生年谱》《周叔川先生传》等。
43	罗仪陆 (1869— 1943)， 名永绍	新化永靖团 文田人（今 属新化县文 田镇）	1891年参与岁试，获第一名。督学使张某送之入两湖书院。光绪二十八年留学日本法政学院，曾为陈天华《警世钟》题词。三年后回国，先后任湖南政法速成科讲义编辑会撰述员，光绪三十一年任湖南游学预备科副监督兼教务长。该年冬赴辽宁，任奉天咨议局地主自治局参事，与东北革命党密谋起事，未成。宣统元年至二年，在锡良、赵尔巽先后任东三省总督期间，充总督署农工商科参事兼蒙边科参事。民国元年任湖南都督谭延闿的督署参事。
44	邹鹏振 (1885— 1951)， 字叶侯	新化永固团 罗洪人（今 属隆回县）	1905年考入蔡锷主办的广西桂林随营学堂，毕业后历任排长、连长、营长、团长，参加过援鄂、护法诸战役，勇猛善战，累立军功，晋升为湖南陆军第三师第六旅少将旅长，参与军阀混战，后任中将师长、军长等职。1928年后息影田园、寓居家乡。
45	谢国藻， 号干青	新化大同镇 人（今属新 邵县）	1903年与周来苏、苏鹏等5人一同留学日本，习商科，留日时与熊希龄极友善。1905年，周辛铄病重时，旅日新化同乡会决议派谢国藻护送其回国并安葬。民国二年，熊任北洋内阁总理，谢干青任湖南审计处处长，后任华洋义赈会总中，兴筑潭宝公路，以工代赈，并办贫民织布厂。

46	康历干，字兆南	新化永溪团人（今属新化县温塘镇）	早年留学日本，与蔡锷同学，回国后襄助蔡锷在广西、云南一带从事军、警、营工作，一直为蔡锷掌管经营后勤军需，参加云南起义。后因家庭变故，心灰意冷，与蔡锷分道扬镳回家当乡绅，新中国成立初期作为恶霸地主被镇压。
47	杨培甫	新化在城厢人（今属新化县枫林街道）	留学日本三年，入法政警监专科，卒业后在广东任职，又奉云贵总督电，被命为滇越跌路巡警正局局长。武昌起义后，迫蔡松坡入主滇政，即与培甫同学，仍委铁路局督办。后回湘，于桃源冷家溪勘得金矿，遂禀案开采，建长江公司，大力支持邹干于办行素学校。
48	曾庆湘，原名庆潢，字子亿	新化下庄村马甸人（今属新化县科头乡）	为新化籍大商人。1898年大力支持新化筹办"实学堂"。清末，新化自费留学欧美日本及京、省的学生，有困难求援者，无不资助。光绪三十年，蔡锷自日本归，与邹永成、曾广轼等在宝庆河街岭曾庆湘所开商店秘密集会商量起义，所需活动经费，湘均慨允负责。辛亥革命武昌起义后，邹永成、谢价僧等谋在宝庆响应，曾庆湘赠银洋800元赞助，光复后成立宝庆都督分府，推其出任财长，不数日即辞去，自称"只惯经商。不宜于做官"。以后曾在锡矿山经营金生泰采矿公司，获利颇多。

49	游石命（1860—1938），名纯佑，字石命	新化永安团人（今属新化县游家镇）	曾受同乡之邀率弟子数赴汉口宝庆码头，在"宝帮"中传授武功并应对抢码头者。辛亥革命前夕，同盟会元老、新化人谭人凤受命联络社会各界力量策应武昌起义，闻游石命之名，以民族大义前往说之，游石命欣然从命，率儿子游国华及"宝帮"帮众随谭人凤参加武昌起义。游国华受命赴岳阳留守师任国术教官，游石命则护卫在谭人凤身边，奔走于全国各地从事推翻清朝建立民国的革命活动。后曾任孙中山保镖。
50	谭恒山	新化永靖团人（今属隆回县）	为永靖团一带洪门会党头头。谭人凤通过他进入洪门，一起在香炉山开山立堂，取名卧龙山堂，谭人凤自作山主。后来，谭人凤又在宝庆府城分设一个山堂，先后吸收李燮和、唐镜三、李洞天等多人加入，然后派遣谭恒山去湘西一带联络会党。谭人凤离开新化后，当地会党主要由谭恒山组织，后成为谭二式光复邵阳和新化的主力。以后会党的大部分人被改编为谭二式率领的川、粤、双铁路路警。
51	彭宝卿，字凤翔	新化永靖团人（今属隆回县）	谭人凤恩师彭延宣之子。1911年谭二式、邹永成等光复新化后，1912年1月改县公署为县行政厅，革命军委彭宝卿为首任县知事。
52	彭笏卿	新化永靖团鸭田人（今属隆回县）	1906年，谭人凤亲自送恩师彭延宣的第六个儿子彭笏卿和数名有志青年去日本士官学校学习。学成回国后，笏卿等人均投入辛亥革命，笏卿被授陆军上校军衔，历任营长、团长。

53	罗锡藩，又名罗崇夏	新化永靖团人（今属新化县水车镇）	1904年任新化大同小学堂教习，加入同盟会，以教师身份为掩护，从事革命活动。后任资江学堂教习、校长等。
54	萧竹雯（1865—1944），名湘柱	新化大同镇黄佩村人（今属新邵县）	曾任湖南咨议局议员，积极推行维新事业，反对将川汉、粤汉铁路路权出卖给外国，为湘省著名士绅。先后任省议会议员、新化县议会议长，劝学所所长，县立中学校长，并创办女子职业学校。主要为民主革命宣传了思想，培养了人才。
55	张湘砥（1889—1954），又名张柱中	新化大同镇岱水桥人（今属新邵县）	湖南陆军小学堂毕业后升入湖北武昌陆军第三中学第二期，时值辛亥武昌起义，以陆军学生参加武昌保卫战。1912年9月入保定陆军军官学校第一期炮兵科学习，与唐生智、李品仙、邓锡侯等同学。1914年10月毕业，被分发到湖南陆军服务，历任湘军第一师炮兵队教官、队长、步兵团连长，炮兵营营长、团长、旅长等职，后任35军参谋长。
56	刘叙彝（1886—1952），字奎焕	新化安集团满竹村人（今属新化县桑梓镇）	先投入湖南混成协当兵，由排长、连长、营长到团长。1915年冬，参与蔡锷在云南发起的护国运动，刘叙彝随湘西镇守使兼湘军第六旅旅长周则范出动讨袁。后任讨贼第五军第一师师长、国民革命军湘西第一军师长等职，在湘西通电响应，襄助谭延闿出任湖南督军兼省长。

57	戴思浩，名景山	新化敦信团人（今属新化县洋溪镇）	为戴哲文继子。1907年，戴哲文三兄弟相继为革命鞠躬尽瘁而死，丧事办毕，戴思浩与蔡锷同返广西，继续学习。他在讲武堂结业后，又前往湖北陆军中学继续深造，并在1911年参加武昌起义，颇具劳绩。民国建立后，经时任云南都督的蔡锷申请，官费派遣戴思浩前往日本士官学校学习军事。
58	杨俊望（1887—1960），字光俊	新化敦信团利村杨家边人（今属新化县槎溪镇）	杨冠陆之从弟，参加辛亥革命，在新军中任事。民国时任华容县府秘书，抗日战争爆发后，弃政从商。
59	奉孝培，又名奉集勋	新化永靖团人（今属新化县文田镇）	早年曾与周叔川、罗锡藩从事过会党活动。在资江书院任教时，以教书作为掩护继续从事革命活动，并相约每人提留一半薪金作为革命活动经费。后留学日本弘文学院。
60	方乘（1897—1968），字抚华	新化时雍团人（今属新化县圳上镇）	11岁丧父，生活孤苦无依，乃入药店做学徒，1911年才15岁时，得叔父方鼎英资助，考入武昌文普中学，为高才生。辛亥革命爆发，旋即加入学生军，积极投入阳夏战斗抵御袁世凯的进攻。1915年入北京工业专门学校学化学，1919年赴法国留学，后成为我国著名化学教育家。
61	王访苏（1875—1949），自号爽公	新化时雍团人（今属新化县白溪镇）	早年跟随孙中山进行民主革命，主张实业救国。他与张斗枢为同乡挚友，二人同时留学日本，回国后共同兴办工业企业。晚年回乡隐居。著有《纪年杂录》。

62	杨冠陆 （1884- 1958）， 字庭曙	新化敦信团 利村杨家 边人（今属 新化县槎溪 镇）	年长后考入长沙湖南高等实业学堂，嗣后投笔从戎。1905年在蔡锷主办的广西随营学堂学习，毕业后在新军历任排、连、营、团长等职。辛亥革命光复长沙，湘督谭延闿令其率部援鄂。民国11年，参与平息陈炯明之乱，后在黄埔军校任上校骑兵大队长兼教官。次年参加国民革命军北伐，进兵湖南，转战江西。
63	彭石民	新化永靖团 鸭田人（今 属隆回县）	谭人凤欲逃日本，恩师彭延宣卖48担租谷田之钱与他，并安排彭石民护送。彭石民一直跟着谭人凤来到日本留学，后又跟随谭人凤参加了武昌起义。
64	谢映山	新化大同镇 人（今属新 邵县）	为谢价僧之叔。周叔川东渡日本后，谢映山继为大同团同志主任。
65	曾立三， 字启旒	新化亲睦 团人（今属 新化县维山 乡）	1901年与曾乾伯同时留学日本，习警政学校，回国后，与曾乾伯在广西蔡锷主办的随营学堂任教，后死在该学堂，其灵柩由族弟曾叔式运回梓里安葬。